KUWEI
酷威文化

图书 影视

七天七夜

SEVEN DAYS

SEVEN NIGHTS

春风遥　著

天地出版社｜TIANDI PRESS

CONTENTS ///// 目录

第一章

睡吧，我亲爱的宝贝

阳光在石墙上投射下斑驳的错影，墙上的牌子有些歪斜。清瘦的年轻人推开蓝天咖啡厅的玻璃门，视线一扫，看到了坐在角落里扎着高马尾的女生。

在他进来的瞬间，独特的气质和过于完美的五官招来了不少人的注视。

"苏尔。"女生也看到了他，招了招手。

"干吗约在这里？"因为皮肤过于白皙，苏尔的黑眼圈格外明显，一看就是没休息好。

他走到角落坐下，忍住打哈欠的冲动。

女生回避了他的问题，半开玩笑说："这么困，你不会是也在熬夜打游戏吧？"

"游戏？你知道我对那东西不感兴趣，我纯粹是没睡好……"

后面的话苏尔没继续说下去，翻着桌上的菜单。

服务生这时走过来："您好，我们周六有活动，情侣半价。"

女生摆手："我们不是情侣，他是我从前的学长兼同学。"

服务生纳闷，好奇怪的说法。

"一杯拿铁……"苏尔懒得多想，直接点了店里的招牌饮品，同时看了眼女生。

"一样。"

苏尔合上菜单："那就两杯拿铁。"

服务生点了点头，转身时还在琢磨他们的关系。

"当代人最不缺的就是好奇心。"女生名叫祝芸，此刻她垂着眼不知在想什么，忽然说了句，"好奇心有时候很致命。"

"你今天怎么神神道道的？"

苏尔曾因父母遭遇意外而"精神受创"休学了很久，复学后做过祝芸一段时间的同桌。

祝芸问："听说过《七天七夜》吗？"

苏尔说："略有耳闻，一个游戏，听说要停止运营了。"

祝芸的手指不自然地屈起："确切地说是一款VR（虚拟现实）游戏，剧情很……特别。"

苏尔皱了下眉。

《七天七夜》真正开始流行是在半年前，似乎他身边每个人都知道，但都没玩过。猎奇心谁都有，他曾经试着在网上搜索，可惜一无所获。

任何东西，只要存在过就不可能消失得彻底。但这个游戏不同，苏尔在搜索过程中发现，要么网页打不开，要么就是假资源骗点击量的。不过倒是在一些论坛上看到有人说，凡是玩过这个游戏的玩家都容易遇到意外。

在苏尔看来，过分沉迷游戏使得人注意力无法集中，最后导致出现意外很正常。看祝芸今天的状态也是如此，他叹道："少玩点游戏。"

祝芸看向窗外，冷不丁扯到另外一个话题上去："你还在怀疑那件事吗？"

苏尔似笑非笑："我的状况你应该了解。"

他有轻微的幻想症和被害妄想症，比如走在路上要时不时回头看一眼，担心有疯子会突然过来给他一刀。偶尔他还会怀疑自己的身世，甚至觉得身边的亲人都是虚假的。

祝芸摇头："我觉得你的怀疑很有必要。"

"嗯？"

"你父母去世后留下一大笔赔偿金，你身边的亲戚却没有一个主动来亲近你，也没有向你借钱的。"祝芸撇了撇嘴，"我爸年前买彩票中了一次奖，家里的门槛都快被人踩破了。"

"……"苏尔倒吸一口冷气，"好有道理。"

祝芸笑了下。

服务员送来咖啡，苏尔喝了一口，味道还行。

反观祝芸，碰都没有碰，她好像很冷，还打了个哆嗦。

"我有点不舒服。"祝芸冷不丁站起身，"回头电话里说。"

她急匆匆迈步离开，留苏尔一头雾水坐在位子上。

说是要打电话，但一直到晚上，别说电话，苏尔连消息都没有收到一条。

傍晚，苏尔正在看书，外面响起敲门声，力道非常大，听起来就像是在撞门。

他放下书本，从猫眼望出去，楼道里是一张慌张惨白的脸。苏尔一怔，连忙打开门："祝芸？"而后朝她身后探望，没有发现可疑的人。

"出什么事了？你怎么……"

"收好！"祝芸声音沙哑，从口袋里掏出一个小型电击器，硬塞进他手里，"任何人问都别提起。"

啥玩意儿？

祝芸根本没给他反应的时间，转身飞奔离开。

苏尔连忙追了上去。

他的体测成绩一向很好，运动会八百米破过全校纪录，然而就是在这种情况下，他居然把人追丢了。站在幽深的巷子口，他摸了下口袋，触碰到手机的金属壳时松了口气——还好带了。

电话响了许久也没等到祝芸接通，苏尔迟疑一瞬，准备报警。祝芸是个很理智的人，如果不是遇到特殊状况，她不会做这种莫名其妙的事情。

可他不知道的是，祝芸的父亲已经先一步报警了。

回去的路上，苏尔看到了停在自家楼下的警车，这个时间外面几乎没人，对方一眼就看到了他。来人一共两名，是警员，一名手上拿着苏尔他们以前在开学典礼上拍的照片，稍微比对了一下，问："苏尔？"

苏尔点了点头。

"你好，先不要紧张，我们是来找你了解点情况的。"

苏尔请他们上楼，交谈过程中得知就在不久前，祝芸的父亲叫女儿吃饭，许久没听到回答便推门进去，发现房间里没人，桌子上却多了一封信。祝芸在信里面写她最近压力太大，想要出去散散心，归期不定，请父母勿念。祝芸没带手机，最后一通电话是今天早上打给苏尔的。

"她约我去咖啡厅。"苏尔如实说，"当时祝芸有点神情恍惚，还没聊上几句，她说身体不舒服，就走了。"

"哪家咖啡厅？几点？"

"市中心的蓝天咖啡厅。"苏尔回忆了一下，"三点左右见的面。"

这些细节都很好核对，查一下咖啡厅的监控就知道，警员又陆续问了几句，苏尔犹豫了一下，他想起祝芸的话，隐瞒了电击器这件事。

"大约十分钟前，祝芸来找过我一趟，她当时的状态很不对劲，好像受到了什么威胁。看了我一眼后又跑走了，我跟着追出去，但她人不知道跑去了哪里，我没追到。"

这话就有些可疑了。警员皱眉："她见了你什么都没说？"

苏尔摇头。

警员还想再问什么，被同事用目光制止，两人暂时结束了笔录。

走出单元门，同事指了下前面的商店，原来附近正好有一个监控摄像头。

他们去调了监控，画面里清楚显示一个女生急匆匆上楼，不到片刻又跑了下来，身后的年轻人追出来，焦急地喊了两声她的名字。

接下来奇怪的事情发生了，他们沿着祝芸跑的方向走了一遍，发现是一条死胡同。苏尔住在这附近，知道这是死路，所以追人的时候直接拐进了另外一条巷子。他的嫌疑是洗清了，警方这边的调查却陷入了僵局：一个大活人怎么就消失在了死胡同里？

胡同的墙体不算太高，难不成是翻墙跑了？

苏尔原本睡眠质量就很一般，祝芸莫名失踪，让他的心情十分沉重，他一直在床上辗转反侧。

深夜，外面下起倾盆大雨，桌上的手机突然开始疯狂振动，本就没有入睡的苏尔一个激灵醒了过来，发现来电是一串陌生的号码。

"喂。"

"是我。"电话那头的声音有些含糊不清。

"祝芸？"

苏尔心中有不少疑问，比如：对方在用谁的手机打电话？人在哪里？可是还没等他抛出一个问题，祝芸先开口道："记住，《七天七夜》这个游戏非常刺激……"

对方没解释太多，而是抓紧时间道："现在是凌晨三点四十二分，你将会在三分钟后成为游戏选择的玩家之一……"对面说话的声音开始断断续续，"记得随身携带电击器……"

通话戛然而止。

苏尔皱着眉头回拨过去，却传来一阵忙音。

他条件反射地拿起桌上的电击器拨弄，方才在警员调查时他没有提及这个。除了有祝芸的叮嘱，更因为他有精神受创的前例，一五一十说出来，说不准会被怀疑他利用这个对祝芸做过什么。

奇怪的是，苏尔明明没按电击器的电源，激烈的电流却直冲体内。半边身体瞬间陷入麻木，苏尔艰难地动了动手指想要叫救护车，身体却犹如被澎湃的海浪压住，容不得他再有动作，他便被强行卷到了旋涡当中。

漏电了？

这是苏尔陷入黑暗前的最后一个念头。

再次睁开眼是在一片灰蒙蒙的世界，苏尔刚开始看任何地方视野都夹杂着雪花，就如同电视屏幕上加载不出来的画面，让人的心情莫名压抑。

他狠狠闭了闭眼，重新睁开时视野终于变得清晰，他看到身边还有几个人。

"这是哪里？"有人帮他问出了心底的疑问。

诚然，无人知晓。

"那里有人！"一名女生突然指向前面。

顺着她手指的方向望过去，前方摆着好几张小桌子，瞧着像招生现场。

说话的女生按捺不住跑过去，其他人连忙跟上。苏尔也在队伍当中，不紧不慢地跟着，用余光留意着周围，数了数，加上自己在内，一共是四个人。

跑到最近的一张桌子前，女生气喘吁吁地就要开始提问。

"闭麦！"坐在桌后的男人跷着二郎腿，狠狠拍了下桌子，女生被吓得后退一步。

倒是对面另一张桌子后的女士比较温柔："桌上有前辈们总结出的宣传手册，你们可以自己看。"

苏尔和另一名男子是反应最快的，两人的手同时触到桌子边缘。

"你先。"成年人主动做出让步，横竖那册子有一厚沓，不存在争抢问题。

自苏尔开始，每人依次拿了一本。

"这次不错嘛。"跷着二郎腿的男人夸人的语气仿佛都带着嘲讽，"不像上次的一个蠢货，非要被折腾得半死才接受现实。"

他说话的时候，苏尔已经翻开了宣传册第一页。

第一页的标题写着"七天七夜"几个大字，目录层次分明：

《七天七夜》?

那不是祝芸三番五次提起的 VR 游戏?

苏尔低头看册子的时候,狠狠咬了一下唇瓣,直至能品出血的味道,才佯装无意舔了舔伤口。疼,有创口,在做梦的可能性不大。

所以现在的游戏行业这么发达和完善了吗?可以身临其境,还有人提前通知,来了还有宣传册介绍?

问题是他是怎么进来的?不是说这款游戏已经停止运营了吗?

苏尔回忆登录游戏前的瞬间,莫非电击器相当于一个全息游戏头盔?

他摇了摇头,甩开这个荒唐的猜想。他听力好,忽然听到"招生办"中一人的自言自语:"就快要开始了。"

同一时间,远处升起一块巨大的水幕。

跷着二郎腿的男人面色有些严肃:"长话短说,都给我记好了。你们在新手场的表现会被水幕记录并公放,各大组织会据此招人。"

公放?

苏尔皱眉,翻到对应目录,看到上面写着只有第一次参加副本的表现会被公布时,轻轻松了口气。不管接下来要遭遇什么,谁也不希望被人当作动物一样观赏。

男人注意到他的行为,嗤笑一声:"要是每场副本都被透露出细节,玩家岂不是没了秘密?"

而想要在这个游戏中存活,每个人都必须有秘密,又或者说,要有保命的筹码。

"时间差不多了。"跷着二郎腿的男人眨了眨眼。

话音落下,空中落下几道光束,分别罩住四人。从旁观者的角度看,他们被包裹的躯体像是在一点点被溶解,直至消失。

"不知道这次能留下来几个。"一道温柔的女声传来。

跷着二郎腿的男子正准备说些什么,突然端正坐姿,众人不约而同朝远处望去——雾蒙蒙的一片中,一前一后走出两道人影。

"是归焚的人。"

"看来传言是真的。"一直趴在桌子上不怎么动弹的眼镜男抬起头,"归焚被淘汰了一个成员。"

归焚是实力最强的一个玩家组织，成员讲究精而不求多。

"不知道是什么副本，连归焚的人都栽了。"眼镜男的表情有几分复杂。

众人不由得陷入沉默。

那两个人由远及近走过来，停下，跟在高大男子身后的"杀马特"开口问："这次来了几个新人？"

"四个。"有人回答。

"杀马特"撇撇嘴："都怎么样？"

"素质算不错。"眼镜男温和地开口，"没有一个大呼小叫的。"

"杀马特"是话痨，还想再唠唠嗑，被自家老大瞥了一眼，乖乖闭嘴。

高大男子看向水幕："究竟怎么样，很快就会有答案。"

四周充斥着淡淡的酸木头味，苏尔身处一栋别墅中，前方的儿童床上躺着一个哭闹不止的孩童。

他偏过头，旁边的人一脸惨白，闭着眼低声嘀咕："不是恶作剧。"

苏尔沉默，的确没有人有力量创造出这样的恶作剧。

"吵死了。"令人窒息的沉默中，儿童床旁突兀地出现一道身影，他穿着破旧的西装，骂骂咧咧地用指关节敲了下护栏，孩子突然就不哭了。

众人下意识后退了两步，无他，只因出现在他们面前的男人左耳处开着一朵颜色黯淡的月季花，根茎从他耳后皮下穿过，能清楚地看见像树根一样蔓延开的纹路，滑稽又可怕。

这是游戏里的NPC（非玩家角色）吗？

"欢迎各位成为《七天七夜》的玩家。"男人意识到自己语气有些冲，抱歉地一笑后冲他们弯了弯腰，"我是本场的主持人，月季绅士。"

"耐心是一种美好的品质。"月季绅士张开双臂，用一种夸张的语调说话，仿佛在他面前的不是胆战心惊的玩家，而是热情的现场观众，"这场游戏很简单，叫作《睡吧，睡吧，我亲爱的宝贝》。"

女生小声嘀咕了一句："那不就是哄孩子睡觉？"

月季绅士耳畔的花朵动了动，似乎捕捉到了这句自言自语，拍手赞赏："说得很对——"他的尾音拖得很长，嘴角咧出夸张的弧度，"现在我宣布，游戏正式开始——"

每个人的胸口立刻出现一枚徽章，上面刻着各自的姓名。

成年人苦笑一声："至少免去了自我介绍的环节。"

苏尔的视线随意一扫，便记住了其他三个人的名字。

成年人叫张河，女生叫李黎，还有一个话最少的青年，姓氏有些独特，姓轩辕，名傲宇。见大家的目光都在自己的胸牌处多停留了一秒，他无奈地摊了摊手："姓氏不是我能决定的，也不是我父母能决定的。"

月季绅士就站在阴影里，看着他们讨论。

"不管现在是什么情况，玩游戏总要了解清楚规则。"苏尔晃了晃手中的宣传册，"不如大家分工，看完自己的那部分，再一起总结出重点。"

宣传册里内容很多，每个人都一条条全部看完明显不实际，囫囵吞枣式的硬塞记忆显然也不是明智之举。

因此没有人反驳。

十分钟后，众人先后合上册子。

张河说："胸牌上刻着每个人的武力值和灵值，低于1会自动被淘汰。"

众人低头，仔细看才发现胸牌右下角还有两行十分小的字迹，大家的数值相差不大，不过苏尔的灵值要比其他人略高，初始的武力值和灵值分别是50和14。

李黎紧接着道："从某种意义上说，这是生存游戏，我们要直面一种被称为魅物的怪物。武力值超过150，可以轻微扭曲空间，给魅物带来一定伤害，俗称'大力出奇迹'。灵值大于80，可以实现魅物附体，不过有风险。"

他们离达到要求差十万八千里。

轩辕傲宇攥着册子的指尖发白："即便通过本场，也还有很多高难度的游戏在等着我们。"

苏尔看的是最后一部分："游戏结束后会根据我们各自的表现给我们结算武力值和灵值。"

换言之，躺赢是不可取的，新手场的难度不大，是最好的刷分机会。

沉默中张河叹了口气："失败的代价我们恐怕付不起。"

宣传册最后那个微笑挥手的表情符号令人不寒而栗。

众人显然也都看到了那个符号，一股寒意蔓延上脊梁骨。

张河是众人中年龄最大的，看事情比较全面，想了想说："我们被选进来，也许是随机的，也许有其他原因。"

大家各自回忆起进入这个奇怪的世界前最后做的事情，发现没有共同之处。作为唯一的女生，李黎咬了咬牙，忽然道："我的身体感受不到疼痛。"

为了防止自己受伤没有被察觉，她不得不主动说出来，希望到时候能有人提醒。

张河灵光一闪，指了指自己的脑袋："神经衰弱，不过已经治愈。"

苏尔其实也有异常，除了被害妄想症，家庭出现变故后他像是丧失了某些情感。心理医生说，或许是因为受到过沉重打击，大脑在潜意识里保护着他。

担心引起不必要的猜忌，苏尔想了想，道："轻微的情感认知障碍。"

轩辕傲宇苦思冥想许久："除了名字，我想不出来自己哪里不对。"

张河又把目光放到其余人身上，叹了口气："好在大家都能很快接受现实。"

除了轩辕傲宇，众人俱是垂眸，显然都有些难言之隐。

"哇——"清亮的啼哭声打断了几人的交流。

一直扮演空气的月季绅士满脸笑意："睡午觉的时间到了。"

苏尔大着胆子走近，李黎本来跟在他身后，忽然被一只胳膊拦住了。

"慎重。"苏尔道，"这孩子的脸被女娲捏坏了。"

李黎没当回事，本以为只是丑，真的走近了，瞬间倒吸一口凉气。"小孩"的五官十分不和谐，明明单看都挺好看，放在一起却十分不搭，而且他的眼睛毫无光彩，嘴巴一张一合，不像是在呼吸，更像是在咀嚼吞咽着什么。

奇怪的画面让李黎后退了一步，心中产生了一个荒诞的念头：不是人，这个孩子不是人！

"这是不是……是不是宣传册里提到的魅物？"

苏尔稍稍凑近一些，得出了同样的结论，保持着安全距离说："他像是刚进食过不久。"

李黎大着胆子又看了一眼小孩，鼓起勇气看向月季绅士："如果他睡不着，会怎么样？"

月季绅士闭口不言，仿佛只是一个尽职尽责的观察员。

小孩的哭闹声越来越大，众人的耳膜被刺得生疼。

苏尔面无表情地盯着他，想到本场游戏的名字，突然开口哼唱《摇篮曲》："睡吧，睡吧，我亲爱……"

第一句没唱完，小孩一个扑腾从床上坐起，张开嘴就要朝他咬来。

苏尔及时后退一步，摊摊手："我尽力了。"

轩辕傲宇嘴角一抽："你都快把我的恐惧唱没了。"

张河认同地点头："呕哑嘲哳难为听。"

李黎："……哄小孩最常见的方式就是抱着哄，或者讲睡前故事。"

抱着哄？

众人的视线汇聚在小孩的面容上，又不约而同地移开——这是嫌命不够长？

"睡前故事或许可行。"李黎尽量让急剧跳动的心脏保持镇静，"我来试试。"她咽了下口水，努力让自己的声音听起来温柔，可惜喉咙发涩，她绞尽脑汁只想到一则寓言，"一个寒冷的冬天，农夫在路上瞧见一条被冻僵的蛇……"

她每多说一句，小孩的手指便往上多移一分，身子一点点往床外挪动，眼看着就要爬出来了。

"根据我看电影的经验，"张河看着这一幕，心几乎要跳出来，"我们打不赢他。"

一旦让小孩爬出来，估计队伍里无论如何得葬送一个。

小孩的身体已经探出护栏，他之前的腿是塞在被子里的，如今露出了惨白的皮肤。苏尔忽然道："我有一个很作死的想法，饮鸩止渴的那种。"

他的手原本已经放在兜里的电击器上，临时又改了主意，新手场的表现会被公放，财帛动人心，他直觉这东西最好不要暴露在人前。

"刀子再钝，能杀鸡就行！"张河的嗓音因为紧张而变得尖锐，"先阻止魅物爬出来！"

苏尔垂下眼帘，手用力攥紧，末了视线像刀子一样射向小孩，在李黎故事的结尾补上了一句："再不睡觉，蛇就要来了！"

在他的老家，有很多大人喜欢用吓唬的方式哄孩子入睡。

小孩伸出来的手僵在半空中，片刻后，他不情不愿地爬回去，盖上被子开始睡觉。

"有效！"张河一脸惊喜。

苏尔却第一时间看向月季绅士，对方一直是笑着的。

"怎么了？"女孩子的心思比较细腻，李黎第一时间注意到了他的异常。

"游戏没有宣告结束。"苏尔说，"按照最糟糕的情况推算，接下来会出现什么？"

李黎一怔。

张河嘴快道："晚上真的会有蛇出现……作为讲故事的人，你首当其冲。"

夜晚如约而至，其间小孩又哭了一次，事已至此，苏尔索性又把同样的故事讲了一遍。小孩虽然不大乐意，仍旧是乖乖躺回去睡觉了。

人多力量大，大家本想着聚在客厅，有困难可以搭把手，但月季绅士给了每人一把房间钥匙，笑容意味深长："晚上十二点后不要出门。"

众人面面相觑，最终各自散去。

透过水幕看到这里的"杀马特"啧道："那个少年要出局了。"

毫无疑问，晚上会出现蛇，而且是普通人对付不了的那种。

"可惜了，这批新人的素质难得不错，就是缺乏经验。"

除了高大男子在闭目养神，其余人正聚在一起讨论新手们的表现打发时间。

"杀马特"凑近高大男子："老大，剩下的三个人如果有能活下来的，可以勉强收一个进入我们组织。好好培养一下，应该还行。"

高大男子微微颔首："你看着办。"

苏尔坐在床边，完全没有入睡的意思，现在是二十三点五十分。先不说能不能对付过去今晚，如果房间是殒命之地，房间里面的情况应该会被公放。危急时刻电击器肯定是要用起来的，他得找个地方，不会被监视的那种。

楼下，秒针又转了一圈，时间停留在二十三点五十五分。

月季绅士想到一会儿某个房间会出现鲜血淋漓的场面，露出了开心的笑容。

二十三点五十六分，房门突然被敲响了。

二十三点五十八分，门外出现一张和善的面容。

苏尔左手插在兜里，握住电击器，同时亲切地挥了挥右手："嗨。"

"作死啊！"

"我就没见过这么嚣张的人。"

聚在水幕前的人正抱臂讨论，远处又陆续走来几位，都是有同伴折损在上一场游戏中，需要吸收新鲜血液的。

看到高大男子时，大家互相对视一眼，不过很快注意力就被屏幕上的人的举动吸引了。

"他不会想去找主持人求救吧？"

真的是无知者无畏，从某种意义上讲，主持人的存在甚至比魅物更加恐怖。

画面里，月季绅士已经侧身让苏尔走了进去，门被缓缓关上，观众中有个俏丽女子于心不忍："估计会死得很惨。"

淡淡的花香味从男人身上传来，月季绅士耳边的花在夜晚要比白天时颜色鲜亮一些。

苏尔问："这里发生的一切也会被人窥视吗？"

月季绅士摇头，盯向他脆弱的脖颈，笑道："当然不会。"

苏尔走到他面前："你准备除掉我？"

这种羊入虎口还主动再向前一步的举动令人迷惑，月季绅士发怔的一瞬间，突然感觉腰间一麻。他低头就扫见一个黑漆漆的物件顶在自己腹部，皱眉问："这是什么玩意儿？"

电击器没用。

苏尔来的时候抱着赌一赌的心态，很明显，他赌输了。

他面不改色地收回手："舒服吗？"

月季绅士轻而易举地从他手中夺过物件，稍稍研究了一下又猛地扔回苏尔手中，方才这东西……似乎在汲取自己身上的生命力。

苏尔原本做了两手准备，利用弹簧做了个小机关，一旦月季绅士碰到那个位置，就会被划到手，他可以趁机进攻对方耳朵上的那朵月季花。

这么招摇的花朵一般都相当于游戏里 boss（头目）的心脏。

当然，自己的成功率不足百分之十。但如果留在房间里，想必存活率连百分之五都不到。毕竟蛇的攻击速度非常快，那么近的距离，他八成会被咬伤。

苏尔抿了抿唇，暂时也找不到更好的措辞自圆其说，便顺着这种逻辑说下去："我是想让你舒服。"顿了顿，又道，"方才那一瞬间，有没有感觉到淡淡刺痛伴随着酥麻感直冲脑神经末梢，痛苦中感觉到舒适，舒适中有一丝舒爽？"

他话还未说完，一片花瓣悠悠地飘落到地上。

"……"月季绅士面色微变，摸向耳边，果然，那一瞬不是错觉，这玩意儿真的能汲取他的生命力。

感受到危险朝自己袭来，苏尔果断道："虚不受补，电习惯就好了。"

月季绅士眯了眯眼："哦？"

眼下为了让游戏继续，苏尔不得不违心道："这是一个神奇的道具，能养生。"

电击疗法了解一下？

末了他又补充一句："我不敢骗你。"

月季绅士深深看了他一眼，不过是个跳腾的小虾米罢了，一只手就能按死："哪怕有一个字是假的……"他微微一笑，"你的身体就会成为这朵花最好的养料。"

苏尔抬起手，毫不犹豫地将电击器调到最大功率，对准他耳畔的月季花电了过去。

近身攻击的好机会，大不了殊死一搏。

滋滋——电击器的动静有些大，花非但没有蔫，反而色泽更艳丽了一些。

"是挺舒服。"

苏尔手一抖，隐隐感觉到了牙疼。

"可惜了……"月季绅士瞥了眼苏尔，心道：可惜这东西不能为自己所用。他不死心地又试了一下，确定他只要妄图使用就会被汲取生命力，而苏尔受到的影响倒是很小。

认主的道具虽然少，但也不是没有，他记得曾有一个玩家在通关高难度副本后，就获得过替身娃娃。不过这个电击器，新人是从哪里得来的？

清晨七点半。

门被打开，苏尔顶着黑眼圈，一脸疲惫地扶墙走出。他一晚上没休息，一直在给月季绅士"充电"，足够累人。

楼上传来呜咽声。苏尔皱了皱眉走上去，看见另外三个玩家聚在自己的房门口，李黎还流了两滴眼泪。当转身看到他的一刹那，她的面色变得惨白，就跟活见鬼了一样。

李黎退后两步定下心神问："你还活着？"

苏尔点了点头，看见地板上有黏腻的痕迹，角落的凳子上挂着脱落的蛇皮。

昨晚他离开前特地抖开被子塞了个枕头进去，如今最上面的一部分已经被腐蚀，棉絮粘成了好几撮，散发的味道酸臭难闻。

毒性这么烈，已经超出了自然界毒蛇能达到的程度。真要遇到，他的电击器连蛇皮都电不穿。

李黎面色惨白："我们的猜想成真了。"

哄小孩的恐怖故事里的事物会实质化，并且会趁着夜晚发动攻击。

张河连忙问苏尔昨晚去了哪里，怎么躲过蛇的追杀。说来惭愧，零点左右他们都听到了动静，可惜没人敢踏出房门一步。

"在主持人房间打的地铺。"

轩辕傲宇眼前一亮："原来还有这个方法。"

"对你们可能不适用。"苏尔信口胡诌，"我是七月半出生的，算命的说我体质特殊，昨晚才没被赶出来。"

月季绅士依旧站在阴影里，满脸笑容道："欢迎大家随时来找我。"

规则中，主持人不能伤害玩家，但也是有漏洞可寻的。譬如这场游戏中，玩家不能夜晚出门，一旦违反，主持人可以以监视者的身份将他们淘汰。

　　看出轩辕傲宇和张河都有些意动，苏尔心下一沉。从外表上看，月季绅士大约比毒蛇要好上一些，所以他们宁愿把这当成一条后路。

　　啼哭声打断了他想要警告的话，小孩肉眼可见地比昨日消瘦了一些。

　　"他的手……"李黎捂住嘴，感觉到反胃。

　　张河倒吸一口冷气："他把自己的身体当作了口粮。"

　　坦白讲，这小孩真要这么死了他们都能松口气，但这魅物的复原能力显然很强，没过多久，手就恢复了正常。

　　眼下显然又到了讲故事的时间。

　　苏尔故技重施，然而小孩的哭闹声依旧没有停止，苏尔摇头："同样的故事在新的一天不能重复讲。"

　　张河："带有恐怖元素的故事倒是不少，只是……"

　　谁来讲？

　　大家的目光下意识地汇聚到苏尔身上，他开口拒绝："昨晚我也是九死一生。"

　　刚才轩辕傲宇有意向也去打地铺时，月季绅士眼中的愉悦几乎可以轻易捕捉到。经过昨晚一夜的体验，再新鲜的感觉也会消失，眼下将玩家踢出局对主持人的诱惑估计已经战胜了被电击的舒爽。

　　轩辕傲宇抿了抿唇，想说什么终究没说出来。李黎是女生，总不好硬推她出去，讲故事的人选多半要从他和张河二人中做出抉择。

　　张河苦笑："石头剪刀布？"

　　谁都不愿意主动去送死，不如交给运气。

　　轩辕傲宇点头。

　　李黎说："要不手心手背，我也参与？"

　　"算了。"张河和轩辕傲宇一局定下胜负，后者负责讲故事。

　　轩辕傲宇满怀恐惧又带着些认命的意思，颇有些自暴自弃："快睡，再不睡大灰狼就要来了。"

　　小孩再次不情不愿地闭上眼。

　　李黎小声道："可以尽量找一些好对付的说。"

　　"没用的。"张河在一旁道，"眼下这个情况，一个脸盆说不准都能溺死人。"

　　苏尔略一思忖："总会有通关方法，先四处找找有没有线索。"

　　张河说："两人一组？"

　　苏尔摇头："昨天犯蠢浪费了一天，现在时间就是生命。"

　　别墅面积不小，算上阁楼，想要把每个犄角旮旯都注意到，一天的时间兴许都不够。

　　不知是谁的肚子突然响了一声。

　　李黎不好意思道："有点饿。"

张河说："我早上看过，冰箱里有过期的面包。"

能有口吃的已经不错了，大家硬塞了几口面包填饱肚子，便分头在别墅内搜寻。

苏尔负责二楼。房间里放着一张全家福，相框落了灰，照片里的人看着却很鲜活。他突然觉得自己和里面的人没多大区别，都是以一种被圈禁的方式活着。

家庭出现变故后，真正让苏尔惊恐的是他感受不到父母离去带来的悲伤。至亲之人离世却不觉得伤痛，他岂不是丧失了基本的人性？

来到这里，除了一开始的惊异，苏尔更多的感受竟然是庆幸，或许他能借此找回些什么。

照片里的一家三口都笑得很开心，他盯着看了几秒，突然有些头晕。

照片里的人似乎眼珠一动不动在盯着他。

"来。"照片上的女人温柔地开口，面容慢慢发生改变，和记忆中母亲的轮廓渐渐重合。苏尔的大脑就像快要没电的钟表，即将停止运转，温柔的声音在他耳边徘徊，"把手给我，你就能得到最想要的。"

然而，事实和苏尔看见的完全不同，此刻照片里的女人满脸恶毒，正期待地看着苏尔的瞳孔渐渐失去焦点，眼看就要得手。

"永远的宁静……"女人蛊惑道。

这时，苏尔的身子突然开始战栗，一小撮头发都竖了起来，身体执行着大脑下发的最后指令：电自己。三波电击后，苏尔的目光恢复清明，一巴掌朝照片挥过去，义正词严道："我是想找回丢失的爱与情感，但不是找死。"

照片里女人的脸被打歪了，苏尔望着自己发麻的手心，再看女人惊恐的眼神，乐了。

相较于一般游戏，这个活在相框里的 NPC 似乎有蛊惑人的能力。

"可惜你的能力只限于制造幻觉。"

把照片揣进兜里，苏尔走出房间，看向站在阴影里的月季绅士："厕所里发生的事情会被公放吗？"

月季绅士："关键画面会加马赛克。"

厕所可是魅物常出现的地方，自然会被公放。

"……"苏尔叹道，"好在只有第一场会这样。"

长此以往谁受得住？

打消了在厕所里试验电几下照片的想法，突然折回去又显得太突兀，苏尔站在马桶边，用两根手指夹着照片："我问你答，沉默或者被识别出是错误答案……"

后面的话他没有说，而是按了一下冲水的地方，警告不言而喻。

"第一个问题，我好看吗？"

女人盯着他的眼睛，眼神里面闪烁着野兽般的凶残，下意识摇了摇头。

"果然奸诈。"苏尔一点没犹豫就把照片撕下一片扔进水里，差几毫米就要扯断女人的胳膊，"我讨厌谎言。"

女人没忍住，破口大骂："畜生！"

苏尔眼神一冷，冷酷地从她胳膊处撕了过去，女人痛得哇哇大叫。

水幕外。

"好狠。""杀马特"收起脸上玩笑的神情，"不过他居然能不受照片的影响。"

"也许是意志力强悍。"有人开口，"幻觉这种事因人而异。"

"杀马特"看向身边的高大男子，后者不再闭目养神，睁开眼道："我感兴趣的是，昨夜他是怎么从主持人的房间活着走出来的。"

"杀马特"想到苏尔扶着墙出来的画面，自言自语："出卖自己，救赎灵魂？"

众人："……"

苏尔的神情未有半分变化，他的手指挪到照片的另外一边，在男人和孩子的面容上摩挲："该从谁开始下手好？"

女人顾不得胳膊的疼痛，怨恨道："拿亲人做威胁，你还是不是人？"

苏尔陈述事实："反正你不是人。"

不知道愤怒会不会激发魅物的潜力，他不想再用过多言辞去刺激对方，开始新一轮提问："这里发生过什么事？"顿了顿，又摇头说，"算了，一个一个提问太麻烦。"

哗啦！抽水马桶的声音再次响起。

照片被苏尔用从扫帚上取下的线绳吊着，几次险些沾到水，然而苏尔毫不心软，说道："在这里应该不用节约用水，还有，你刚刚问我是不是人……我一直怀疑自己有一个悲惨却很厉害的身世。"

"我知道。"女人欲哭无泪，"你是从地狱里爬出来的恶魔。"

如果不是来自十八层地狱的恶魔，怎么会做出这么可怕的行径！

苏尔居高临下地俯视着被吊着的照片，脸上带着些文艺味儿十足的忧郁深沉："我有抽水马桶，你有故事吗？"

"有……"

和大多数人的人生并无不同，女人叫林娟，曾有一份不错的工作，顺利同相恋多年的男友步入婚姻殿堂，平静的生活却因为孩子的到来开始改变。

"他很可爱。"因为陷入回忆，女人眼睛里的怨毒散去了一些，"可惜天生有很严重的哮喘，去了好几家医院，都无法根治。"

每每看到孩子发病时像金鱼一样费力张大嘴巴呼吸，做父母的心就像是绞在了一起。

"直到有一天，我在下班回家的路上遇见多年不见的老同学，她很热情地拉着我寒暄。"女人叹了口气，"后来我逐渐意识到不对，她总是在有意无意地宣扬一些奇怪的观点。"

作为受过高等教育的人，听到那些观点的第一反应自然是觉得荒谬。

"我以做饭为由着急要走，她却非要加我的微信。"女人说，"就在当天晚上，孩子哮喘发作，后半夜又高烧，偏偏路上没有一辆车愿意停下帮我一把。情急之下我准备叫救护车，却不知为何鬼使神差地点开了同学下午发来的文件，里面是一张那些观点提出者的照片……我很虔诚地许愿，如果这时有一辆车愿意停下，我就终身供奉他……"

苏尔挑眉："巧合的是真的有车停了下来。"

"不是巧合！"女人情绪激动，"是他在保佑我！后来我又许了很多愿，结果不但我和丈夫在工作上顺利晋升，孩子也逐渐好了起来……还有，家里有个亲戚过世，他无儿无女，竟然把别墅留给了我们！"

苏尔理智地分析："你们找到了精神上的寄托，所以对生活恢复了信心，工作加倍努力，得到上司赏识，这都说得通。"

至于亲戚，如果生前两家关系好，留下遗产也说得过去。

"你这样说，他会降罪于你！"

"实践出真知。"苏尔胳膊垂低了一些，"不如试试把你扔进马桶，看看他会不会来救你？"

女人："……"

苏尔不只是说说而已，真的把半边照片浸在水里，一上一下，没有要停下来的意思。

"在吗？在吗？在不在啊？"

他仰头望着天花板不停提问，就像是一个没有感情的机器。一刻钟后，苏尔把照片拎出来扔进水池里。他打开水龙头，继续用线吊着照片冲刷："看来他并不与你同在。"

女人："……"

有句话说得好，"鬼晓人心毒"，林娟算是见识到了。

照片经过长时间的折磨有些失真，上面的人脸如同糊了一层马赛克，女人因为怨憎而扭曲的面庞不再清晰。

差不多了。

苏尔默默注视着照片，对方的情绪波动大，现下谈不上理智，得到的答案也会更加真实。

"你是怎么死的？"一般这种 NPC 都会有背景故事。

女人露出一个恐怖的笑容："有人举报了我们，我们选择用生命来证明内心的虔诚。"

苏尔眼神一冷，耐着性子听她说下去。

"可惜我还是不够虔诚。"女人充满着遗憾，"没有被选为使徒，不甘与嫉妒让我被困在了这里。"

"楼下的孩子是怎么回事？"

女人冷冰冰道："那不是我的孩子，只是占据了宝宝身体的魅物！"很快她又一脸幸福地道，"我的孩子和丈夫已经被使徒接走了。"

苏尔拧紧水龙头："所以当初你是带着孩子一起走的？"

女人沉默，过了几秒，又坚持道："他会保佑宝宝的。"

她显然已经无可救药，苏尔没去辩驳，问："那孩子最喜欢听什么故事？"

"故事？没什么特别喜欢的。"

苏尔在照片外面裹了厚厚一层纸，塞进兜里，打听起存放故事书的地点。阁楼、卧房，还有地下室，他搜罗出整整一大箱故事书，可见当初这对夫妻确实疼爱孩子。和他有一样想法的还有一个人——张河手里也拿着几本幼儿读物，但在看到苏尔身后的箱子时，他震惊了。

"你从哪里找来这么多的书？"

"阁楼里有很多。"苏尔解释了一句。

张河说："李黎在书房发现一个雕像，那玩意儿我也去看了，有点邪门。"

"在知识的海洋中搞这些？"苏尔若有所思。

两人朝书房走去，苏尔忽然问："轩辕傲宇呢？"

"他的精神有些紧张。"张河叹道，"如果失败，他今晚就危险了。"

这可是在赌命。

李黎正盯着雕像看，雕像的那双眼睛似乎黏在了她身上，她想要移开视线，又忍不住继续对视。突如其来的脚步声让李黎浑身打了个激灵，一扭头，苏尔推门而入。

李黎回过神，出声提醒："别去看它的眼睛。"

苏尔仍是抬眼相望，只是插在兜里的手没有离开过电击器。好在雕像带来的影响力远不如那张照片，片刻后他说："我还发现了些宣传单。"

苏尔看向李黎："还有没有其他发现？"

后者摇头："这些童话书……是要念给楼下的小孩听吗？"

苏尔"嗯"了一声。

下楼时刚好碰见从房间走出来的轩辕傲宇，他的神态有几分焦灼："他们经常在这里聚会，探讨那些观点。"

抽屉里全是宣传奇怪观点的小册子，看得人发怵。

小孩躺在儿童床上一动不动，轩辕傲宇迟疑道："会不会吵醒他？"

苏尔说："可能性不大。"

根据两天来总结的规律，这孩子一日只会哭三次，分别是早中晚。

轩辕傲宇不再耽搁，随手抽出一本故事书开始读，全程声音不敢太大。起先还好，随着时间一点点过去，他的喉咙逐渐开始沙哑，语气变得很凶。

李黎给他端了杯水，轩辕傲宇没喝，嘀咕道："狼吃人的时候，疼吗？"

李黎不知该怎么安慰他，反复强调一定会有办法的。

轩辕傲宇重新拿起故事书，几乎麻木地读下去，本该温馨的童话现在带给人的感觉只有绝望。

　　苏尔站在靠墙的位置翻看起宣传册，上面提到过新手场难度不大。纵观他们来此之后遭遇的一切，破局方法很好摸清，而搜寻过程中唯一带来威胁的也只有他接触过的那张照片，一定是有什么地方被忽略了……

　　他的视线落在紧闭眼睛的小孩身上，试图看出点什么。

　　太阳的轨道逐渐偏移，中午时小孩又哭了一次，轩辕傲宇近乎麻木地重新讲了一遍大灰狼的故事。小孩不得已再次闭上双眼。

　　苏尔发现他这次闭眼的速度慢了几秒，其间眼角的余光似乎还留意着轩辕傲宇手上的童话书，神情有些嘲讽。这绝不是一个孩子的神态。苏尔突然想到女人强调客厅里的孩子不是自己的，当时他只当对方在欺骗他，现在看来或许确有内情。

　　夜晚降临前，熟悉的啼哭声响起，轩辕傲宇突然扔掉手上的故事书："没用的，没用的……我要离开这里！"

　　绝望令人力气变得很大，张河试图去拉住他，结果被推搡撞到桌角。

　　轩辕傲宇冲往门的方向，张河忍痛拉住他："宣传册里写了贸然出去的下场！"

　　"谁敢肯定里面写的是真的？"轩辕傲宇扭过头吼道，"也许最简单的破局方法就是冲出去！"

　　说话间别墅门已经被打开，外面的天空像是一片黏稠的黑雾，乌云张大着嘴巴时刻准备吞没什么。见势不妙，李黎对苏尔道："我们去帮张河把人拉住。"

　　"为什么要拉？他说的不无可能。"在李黎诧异的目光中，苏尔走到轩辕傲宇身边，"不过有件事你还没做。"

　　他指了指啼哭的孩童。

　　轩辕傲宇露出惨淡的笑容，僵硬地走向儿童床："发挥最后的价值吗？"

　　小孩因为没有及时听到故事，已经蹬掉了被子。

　　轩辕傲宇面无表情地站在床前："大灰狼要来了。"

　　小孩遗憾地舔了舔牙齿，缓缓闭上眼。

　　哭叫声戛然而止，空气瞬间陷入死一般的寂静。

　　就在这时，苏尔一个箭步冲上前，伸手从儿童床里一捞，下一秒，半空中划过一道完美的抛物线。"咔嚓"一声，苏尔关门，上锁，动作一气呵成。他的速度太快，前后不过三秒钟，以至于在场没一个人反应过来。

　　队友："……"

　　月季绅士："……"

　　轩辕傲宇反而最先回过神，咽了下口水："你刚刚……做了什么？"

　　"虽然可能性微乎其微，不过也许冲出去真的能获救。"苏尔指了指窗外，"实践出真知。"

　　他认真考虑过，小孩要伤害他们是有条件的，只有在听不到睡前故事时，他才会变得暴躁。而睡眠过程中他明显是最脆弱的。至于冒险击杀，不太可取，谁知道他有没有自卫反击的设定。

"别站在那里。"苏尔招呼众人站到窗边，"去找个手电筒，让我们看看外面是什么情况。"

手电筒还没拿来，月季绅士先一步瞬间移动到苏尔面前，用力抓着他的肩头摇晃："你知不知道自己在做什么？"

这么多年的主持生涯里，他就没见过这么有想法的玩家！

这位主持人全程都是看好戏的状态，骤然瞧见他这副气急败坏的样子，苏尔有些抑制不住地嘴角上扬。不过他很快控制住面部表情："我应该没有违反规则。"

也就是在低难度的新手场里他才敢做这样的尝试，如果成功通过这关，他绝对不会再做类似的危险举动。

轩辕傲宇明白过来什么，投去感激的目光，苏尔算是为他冒了一次险。

苏尔没过多表示，他不是多管闲事的性子，甚至骨子里渗透着冷漠。只是为了不丧失人性，日常他都是按照预先定下的原则行事。如果相处过程中，轩辕傲宇有意找个替死鬼，或最后无视他的要求放弃给孩子讲故事，抱着大家同归于尽的念头，苏尔可不会像现在这样。

"找到手电筒了！"李黎小跑过来，打开手电筒递给苏尔。

一束光照亮黑夜，大家第一个晚上几乎是在惊慌和求生的挣扎中度过的，很少有人真正注意过外面的世界。随着一小片区域的清晰呈现，一个念头不约而同浮现在众人心底：还好昨天没看。

空荡荡的区域里，小孩不再装睡了，身体像是被挤压的海绵一般变了形。不过他的复原能力相当强，很快躯体恢复原样，开始朝着空气张大嘴巴，做出咀嚼的动作。

轩辕傲宇看得浑身起了一层鸡皮疙瘩，虽然有一瞬间他绝望得想要夺门而出，然而真正目睹了门外的"风景"，他才知道是何等恐怖。

张河眯了眯眼："他好像在一点点挪动。"

每次前进不过几厘米，但那小孩确实在朝着门的方向爬行。

苏尔关掉手电筒："剩下的时间不多了。"

零点后不能出门，他们还剩不到三个小时。

苏尔望向轩辕傲宇："即便他被关在门外，也不一定意味着晚上恐怖故事的具象物不会出现。"

轩辕傲宇冷静了不少，点头说："我知道。"

眼下算是最好的情形，至少让人能看见一些生的希望。

大家各自散开，开始重新寻找线索。苏尔突然感觉浑身一冷，回头，发现月季绅士的眼珠正一动不动地凝视着他。

危险……这回是确确实实感受到了对方的敌意。

苏尔指着门外："那孩子和你非亲非故。"

一片花瓣隐隐有要飘落的趋势，月季绅士脸色难看："要是他有个三长两短，这个副本就会崩塌。"

苏尔问："我会被淘汰吗？"

"废话。"

苏尔又问："你会消失吗？"

月季绅士："更是废话。"

副本崩塌相当于一个小型世界的崩塌，里面的任何生命都别想逃脱。

苏尔走上前，对着他面前的空气拥抱了一下："那我们就是同生共死过的情谊。"

月季绅士："……"

苏尔弯了弯手指："爱你哟。"

月季绅士："……"

暂时找不到机会除掉苏尔，本着眼不见为净的心思，月季绅士在楼上寻了个阴影角落站着。

苏尔没跟上楼，而是坐在沙发上重新翻起宣传册。有关升级打怪的章节很清楚地介绍了应对魅物的方式，武力值超过 150，能输出一定程度的伤害。换言之，玩家若实力足够强大，甚至可以击杀 boss。

这便和主持人方才的言论相悖。

苏尔垂下眼帘——月季绅士没理由说谎，但宣传册似乎也很合逻辑。毕竟如果魅物无法被清理，那副本就是死局。

他站起身走到儿童床前，褥子上渗着的血迹，提醒他早晨发生过的一幕……

不过，魅物吃玩家说得过去，吃自己是个什么说法？

"看看这个。"张河手里拿着几张照片走过来，"压在雕像下面的。"

苏尔深深看了他一眼，同样是人，对方抬雕像取照片一点事情都没有，反观自己，在卧房里随便瞧了张全家福就险些栽了。

一般朋友拍合照都会下意识靠近一些，表现出亲昵感。但这张照片里，每个人都坐得规规矩矩，笑容全是一扯嘴角，没一个露出牙齿的。

"肯定都是一起信奉那些观点的人。"张河一脸嫌恶，"瞧着人还挺多。"

苏尔忽然抬头朝楼上的月季绅士发问："晚上能多人同住一间屋子吗？"

月季绅士不耐烦地道："本场只规定零点后不能出门。"

他的回答印证了宣传册上的说明，主持人会解释清楚规则，在这方面他们是可信的。

张河问："要一起住？"

苏尔点头："轩辕傲宇就住在你对面，晚上我和你一起，看看会发生什么。"

正巧轩辕傲宇从洗手间出来，无奈地摊手："你还真是爱做实验。"

窗户外面，小孩还在艰难地一点点往大门方向挪动，轩辕傲宇原先是惧怕，现在看到这幅画面，突然觉得对方和自己一样，在有些人眼里就是小白鼠。

这么一想，这魅物似乎就没那么恐怖了。

"晚上不知会发生什么。"苏尔话说得直白，"力所能及的范围内我们会尽力帮忙，太棘手的你就只能自求多福了。"

轩辕傲宇点头，觉得苏尔算是很有爱心了，毕竟昨天可没人想着帮苏尔一把。他去厨房拿了把生锈的菜刀，苏尔也拿了水果刀，还从柜子里翻出一把锤头。进房间后，他开始对着房门捣饬。

张河纳闷："你在做什么？"

"凿个洞。"苏尔说，"晚上难不成趴门缝观察？"

"万一被外面的东西注意到怎么办？"

"冤有头债有主，他今晚要找的是轩辕傲宇。"

对面还未来得及进门的轩辕傲宇觉得心窝子被戳了一下，又找不到话来反驳。

为了观察外面小孩的最新动静，苏尔特意拉了窗帘。月光照进来，正好照亮床前的一片区域，明明没温度，张河却觉得身体在被炙烤，起身换了个地方重新坐了下来。

还差几分钟就是零点，张河有些紧张地搓着手。他瞟见苏尔凑在门上，不时还腾出时间看一眼宣传册，查漏补缺。

张河问："你不害怕？"

苏尔信口胡说："我打小就体质特殊，那时候还小，傻乎乎地到处和人说。周边人都视我为异类，久而久之就习惯了。"

张河脑补了一下那个画面，一脸同情："那是挺惨的。"

过了零点，走廊里依旧很安静，苏尔站了约半小时，有点乏，回到床边休息。

张河吐出一口浊气："应该没什么问题了。"

他记得，昨晚零点一过，就传来了蛇蠕动的响动。苏尔蹙眉，问出藏在心里的困惑："听说这栋别墅的设定是发生过集体自杀事件，但迄今为止只有我找到了别墅女主人的照片，其他死者的东西在哪里？"

张河先是愣了一秒，接着差点从床上跳起来，这都是什么时候的事情！

苏尔从口袋里掏出照片，照片被纸厚厚地缠着，完全辨认不出。

张河刚想要拿起来看，苏尔说："我放马桶里冲了好几遍。"

"……"张河悻悻地收回手。

"你先背过身。"苏尔准备取下缠在上面的纸，"这照片有迷惑人的能力。"

张河连忙转过身。

苏尔又阴恻恻说："做人要有点警惕心，万一我突然给你一刀怎么办？"

"……"张河感觉背后一股寒气袭来，哆嗦了一下，"你可千万别被它迷惑了。"

苏尔强调："我的意志力很坚定。"

张河："……"

照片里的女人早就被气到没脾气了，一脸麻木地直视着前方。

"和你一起的那些人去了哪里？"

"不知道。"女人说，"当我恢复意识时，就被困在这里了。"她的语气变得惊恐，"对了，还有那个占据我孩子身体的魅物，他曾经想要吞噬我。"

"后来呢？"

"他突然又变得很虚弱，具体的我也说不清。"

尖细的声音传入耳，想到苏尔和魅物对话的画面，张河打了个寒战："我能转过来了吗？"

为防止照片作怪，引诱他们做出自相残杀的举动，苏尔重新包好照片揣进兜里，才慢悠悠道："可以了。"

张河一脸复杂地看他："现在我信了，你是真的招那些玩意儿喜欢。"

苏尔要的就是这种效果。

到了凌晨两点，还是没有任何情况，张河为了保存精力，躺倒在床上，翻来覆去好几下："睡不着怎么办？"

苏尔开始哼唱："睡吧，睡吧，我亲爱的宝贝……"

歌声在房间内飘散开，张河抱紧了被子："……别唱了。"

不知道是不是心理作用，他觉得可以听见外面有东西被挤压、骨骼破碎又复原的声音，他忍不住小声问："窗户关好没有？"

苏尔正研究着张河找到的那几张照片，头也不抬地道："关了。"

"唉，还是睡不着。"张河扭来扭去，被子发出的簌簌声吵得人头疼。

苏尔警告他："再不好好睡觉，大灰狼要来吃了你哦。"

张河："……"

还能不能愉快地相处了？

外面似乎就一种天气。

次日依旧阴沉沉的，白昼的光刚刚勉强照进屋子，四人便不约而同走出了房间。轩辕傲宇几乎处于脱力状态，右手还握着生锈的菜刀，汗水顺着虎口流下。

"活下来了。"他靠在墙上平息急促的呼吸，忽然想到什么，神经开始紧绷，"那小魅物进屋没？"

苏尔摇头："还差一点距离。"

连续两天只吃了一些干面包，大家的武力值或多或少都有些下降，虽然距离"1"的生死临界点还很远，但在这样的环境下，难免忐忑不安。

李黎不死心地进厨房四处翻找，还真让她在橱柜最里面找到些粉条和干紫菜，把它们混在一起煮成汤，虽然味道不怎么样，但在这种条件下也足够让人心满意足。

"要是能有包方便面就好了。"张河畅想起更高品质的饮食。

苏尔纳闷："这么大的别墅，人都死绝了，居然没断水断电。"

张河说："也许才死不久呢。"

李黎关注到更现实的问题："以后要随身备点吃的。"

在残酷的游戏世界里，一不留神就会陷入危机，如果再饿个半死，岂不是很惨？

话一说完她就发现大家都在看她。

苏尔说："游戏宣传册里写了，武器、食物、通信设备都带不进来。"

这也是他不愿意暴露电击器的最大原因，那东西一定有什么特殊之处。

勉强吃了顿饱饭，众人沉重的心情微微放松了一些。

张河起身："我再去阁楼看看。"

苏尔瞟了眼大厅挂着的钟："往常这个点，我们会轮流讲故事。"说完不理会众人变化的神色，把门打开一条小缝。小孩正艰难地匍匐前进，每一下移动都格外费力，骨骼在被碾压和复原间循环往复。

苏尔说："距离你哭泣的时间还有两分钟。"

小孩抬起头，目光阴森森的。

苏尔又说："现在就剩一分钟了。"

李黎拉了拉他的袖子："别，别怼了。"

苏尔说："我前天好心讲故事哄孩子睡觉，他却放蛇想咬死我，奚落他两句怎么了？"

众人："……"好有道理。

"十、九、八……三、二……"苏尔开始了美妙的倒计时，"零。"

此刻小孩距离正门还有一米，苏尔回过头，望向月季绅士："他上班迟到了。"

月季绅士眼皮狠狠一跳。

"魅物比人严厉，我们犯点小错就要被杀，按照流程，他是不是该直接被解雇？"

月季绅士温和的声音中透露出杀意："这块不归我管。"

漏洞钻不了，苏尔摇头："你不行啊。"

如果不是受规则所限，月季绅士真的很想一点点拆开这人的关节，把他做成花的肥料。

李黎本来想劝劝苏尔，别一怼到底，转念一想，苏尔的行为揭露了一个隐藏的点：小孩不进门，夜晚就会相对安全，也就是说那些实质化的恐怖故事，其实是受这个魅物操纵的。

苏尔关上门，准备开始整理已经获得的信息。

李黎："就这样？"

苏尔没立刻反应过来她在说什么，过了片刻才好笑道："不然呢？往门外丢几个臭鸡蛋？"

他像是这么丧心病狂的人吗？

几道视线同时落在苏尔身上，停留了两秒才各自偏移。苏尔从他们的眼神中读出一些信息，蹙眉道："如果真有鸡蛋，还不够我们吃的，我怎么舍得拿去丢！"

众人哑然。

"不过……"苏尔若有所思，从卫生间找来一根拖把，重新打开门，小心朝前一推，刚爬近一段距离的小孩便被强行推退了几步。

"有用。"苏尔眼前一亮，"看来外面的空间挤压只针对活物。"他激动地转过身，"多亏大家给我的灵感！"

小孩眼神如刀，越过苏尔，愤恨地紧盯屋内其余三人，瞧着像是恨不得活剜了他们。

被痛击的队友："……"

月季绅士眼前一黑，只觉得自己的职业生涯就要走到头了。

苏尔又往前一推，然而这次拖把还没近那孩子身，便被锋利的指甲抓开了。苏尔轻"喊"了一声，心道果然有些捷径不可取，遗憾地关门："我们还是脚踏实地吧。"

张河深吸一口气，走近拍了拍苏尔的肩膀，道出大家的心声："这句话你多用来劝劝自己。"说罢，他也不再浪费时间，走进一个房间开始地毯式搜索。

依照目前的距离来看，午饭前小孩肯定能再次进门。昨天是轩辕傲宇，今天该轮到他讲故事了。

苏尔没加入搜查，径自低头研究着几张照片。

李黎本来要上楼，看到后走过来问："这些照片，有什么特殊之处？"

苏尔说："总觉得忽略了哪里。"

李黎犹豫了一下："我看看。"

苏尔递过去。

李黎坐在旁边，认真地一张张看过去，垂落的发丝遮住半边脸。

苏尔忽然想起了祝芸，那也是个心思细腻的人。

"他们穿着一样的衣服，但这些照片应该是不同时候拍的。"李黎挑出其中两张，"从窗台上花开的程度就可以看出。而且聚会时间多是在晚上。"

苏尔说："晚上才好掩人耳目。"

门外传来指甲划地的声音，大家听着心里很不舒服。

李黎说："虽说房子里恐怖，我看外面更胜一筹。"

她毫不怀疑，只要踏出一步就会被屋外扭曲的空间活活挤成碎片。

"也许外面的世界才是真实的。"

"啊？"

苏尔站到窗边："魅物一旦横空出世，多少人得遭殃，所以规则才限制那小孩出去。"

李黎心下震动，条件反射地想要跟着探讨几句，却听苏尔笑了一声："胡乱猜测几句，别太放在心上。"说完转身看向儿童床，盯着上面的血迹研究。

李黎凝视着他的背影，许久才垂下眼。这人身上透露出的信息看上去都很合理，七月半出生，体质特殊，患有轻微的情感认知障碍，但远远不足以解释他在这里的表现。至少她从没在苏尔眼中看见过对魅物的敬畏。

楼上突然传来奔跑声和叫骂声。

李黎下意识就要跑上去，苏尔拉住她："带上家伙。"

厨房里能用的工具昨晚都被带到房间去了，李黎只找到一把剪刀，苏尔就地取材，一脚踹掉儿童床的护栏当作武器横在身前。这玩意儿输出值不高，但可以有效规避近身攻击。

张河一脸血地出现在楼梯口，他的脚崴了，他强忍着疼痛往前移动。在他身后，轩辕傲宇提着生锈的菜刀一步步走来。

祸不单行，别墅的门突然传来一声巨响，门锁处直接被掏出一个窟窿。伴随着"吱呀"的响动，小孩爬了进来。他的脚几乎退化成了野兽的利爪，反而不适合站立行走。终于爬到了熟悉的位置，一抬头，发现床的护栏被卸了。

被人赃俱获的苏尔："……"

张河正艰难地下楼梯，望见这一幕忍不住骂了句脏话，一时竟分辨不出楼上和楼下哪里更危险。

"退一步海阔天空。"苏尔暗示他下来。

轩辕傲宇双眼无神，好在移动的速度不快，手里的菜刀朝着空气挥舞，可以说是在无差别攻击。

不等他们开口，张河就主动说明情况："我们在阁楼里发现一个香炉，这家伙低头看了会儿，就不正常了。"

苏尔问："香炉呢？"

张河有些不确定："还在阁楼里吧。"

李黎声音有些哆嗦："先想想身后的这位祖宗怎么对付吧。"

苏尔回头看了一眼，小孩坐在被破坏了的床边，冷冷注视着自己。

苏尔看了下时间："还没到他听故事的时候。"

说是说得难听直白了些，但如果这魅物可以随时随地出手，他们根本活不到现在。

李黎盯了一会儿，确定小孩虽然看他们的目光不善，但没有动手的意思，便强迫自己转过身，将注意力集中在轩辕傲宇身上。

"得想个办法让他恢复清醒。"

从人数上说，他们占据绝对的优势，然而疯子和想活下去的玩家，明显前者的战斗力要更强。

苏尔把护栏顶在身前，一步步迈步上楼梯，轩辕傲宇被声音吸引，挥刀砍来。护栏比想象的好用，失了神志的轩辕傲宇一顿乱砍，苏尔趁机放弃护栏，手快速伸进兜里，隔着口袋电了对方几下，为了不引起怀疑，其间他还假模假样地拿出照片对着轩辕傲宇，大喊了一声："让他清醒。"

照片里的女人还未反应过来，又被苏尔重新塞进口袋。

电击带来的疼痛让轩辕傲宇手上的动作慢了下来，他的眼神透露出迷惘，但神志似乎恢复了几分。

苏尔假模假样地呼唤："你不记得了吗？我们是队友，是危难中彼此的依靠！"

趁大家的注意力集中在他的表演上时，苏尔又电了轩辕傲宇一下。

"轩辕傲宇，你醒醒！你看着我！想想我们一起经历过的一切！"

那香炉只能影响人的意识，却无法改变身体的受力极限，轩辕傲宇被过大的电流冲击，晕了过去。张河连忙跑上来帮忙把人搬到沙发上，以防万一又捆住了他的手。

李黎去找来些凉水浇在他脸上，片刻后，轩辕傲宇悠悠转醒。

他感觉身体麻木，尤其是腰间，见大家都围着自己，他皱了皱眉："出什么事了？"

苏尔说："你受到了奇怪东西的影响。"

一旁的张河反应过来，猛地一拍手："对啊！你找到的那张照片也能影响人的意识，以毒攻毒。"

照片其实根本没发挥作用，但表面上的工作还是要做的，只见苏尔长吁一口气："不过最后关头唤醒你的是队友情。"

轩辕傲宇："队友情？"

苏尔点头。

轩辕傲宇眉峰聚拢，感觉一定是有什么误会，他怎么不知道自己对大家还有这么深刻的感情？

"是真的。"李黎描述身为旁观者看到的景象，"当时你和苏尔四目相对，手中高举菜刀，在砍与不砍间挣扎，最后痛苦地晕了过去。"

轩辕傲宇心存疑虑，但有惊无险地度过一劫，他也没过多计较旁枝末节的东西。大家各自喝了口水舒服一些后，才后知后觉地把注意力放到苏尔口袋里的那张照片上。

除了张河，没人知道照片的来历，苏尔三言两语解释了一下，李黎一脸羡慕："这是不是就是宣传册里提到过的道具？"

苏尔说："保命还是害命可不一定。"

李黎反应过来："不可控的？"

苏尔点头。

李黎羡慕的目光瞬间就淡了许多。能制造幻觉的道具，谁知道会不会对持有者下手？李黎看了眼轩辕傲宇："再过一刻钟，又要到讲故事的时间了。"

气氛瞬间就变得有些沉重。

轩辕傲宇："能不能再试着扔他一次？"

苏尔："之前是出其不意，但今早他没听到故事，一直维持着清醒状态。"

醒着的时候对这小魅物动手动脚，实在有些冒险。

这次轮到张河来讲故事了，他心下一紧："实在不行就喂点药丢出去！"

李黎问："哪里来的药？而且，怎么喂？"

这小孩连真正意义上的人都算不上，平日里也没见过他喝水如厕。

"我看角落里有老鼠药。"张河咬牙，"别忘了他食生肉，大不了我割下一块肉来喂他。"

割肉保命，也值了。

李黎不想泼张河冷水，犹豫了一下还是问："老鼠药管用吗？"

张河神情一冷："可以一试。"

总不能坐以待毙。

"打断一下。"难得没怎么说话的苏尔指向床边，"我觉得他能听懂我们的讨论。"

"……"众人先后僵硬地扭过头，单从年龄上看，这孩子很小，还有听睡前故事的设定，这让他们下意识没考虑对方的智商。此刻小孩躺在没有护栏的儿童床上，脑袋靠着床边，脖子扭曲成一个诡异的弧度，就像是挂在那里的，黑沉沉的眼睛直勾勾地盯着他们。

张河颤声道："他好像真的能听懂！"

"说坏话的时候要先看一眼背后正主在不在。"苏尔认真地道，"搞成现在这样多尴尬。"

张河倒抽冷气："我怕是被记恨上了。"

苏尔反问："不被记恨就能活下去？"

张河："……"有道理。

苏尔说："我个人觉得，既要谨慎，又不能把他当作上帝对待，畏畏缩缩岂不得憋屈死？"

张河沉默了片刻，接受了苏尔的部分观点。

的确，游戏的规则他们已经摸清，现在只要找到小孩真正想听的故事就好，至于他们表现出的态度，并不会影响生死。

苏尔说："要不练练胆？反正故事是肯定要讲的了，就讲个《爸爸，再丢我一次》？"

张河立时如芒在背，仿佛小孩已经用眼神凌迟了自己和苏尔千遍，遂即摆手拒绝了这作死的提议。苏尔则不以为然，如果有一天真的走到绝境，哪怕实力悬殊，他拼死一搏也要拽掉杀人者的一根头发丝。

"还有些时间。"他说，"先带我去看看那个香炉。"

阁楼被尘封许久，窗户锁得严实，里面散发着腐朽木头的气味。上次苏尔来这里重点都放在找书上，没有留意到还有香炉。

轩辕傲宇心有余悸地指着窗台："就在那里。"说完睁大眼睛，"我记得丧失意识前，明明失手把香炉摔到了地上。"而此刻它正稳稳当当地立在窗台上。

因为有前车之鉴，苏尔避免直接接触香炉，而是拿出照片询问里面的女人："香炉是谁的？"

女人说："再往前些，我看不清。"

苏尔反而后退一步，用力捏紧照片一角，警告道："别耍花样。"

见骗不了他，女人只得暂时忍耐。她起先是准备利用香炉魅物，与其联手淘汰苏尔，真正看清后才惊讶地开口："怎么会是她的东西？"

"谁？"

"我的那位老同学。"

不等苏尔发问，女人先开始了自言自语："不可能，她是我们中最虔诚的一个，应该被选去侍奉才对！"

"这玩意儿害人不浅。"张河在背后嘀咕了一句。

"你懂什么！"女人被激怒。四目相对，张河瞬间就觉得头开始昏沉。

面前仿佛不是阴暗的阁楼，而是能带给人安全感的家，温暖舒适的床不过咫尺之遥，躺上去就能终结一切噩梦。

眼看差一步便可以享受惬意，刺耳的号哭声骤然在耳边响起。张河脑壳都被震得生疼，眼前的世界发生了天翻地覆的变化："我这是……"

"被魇住了。"苏尔说。

"你救了我一命。"

"不是我。"苏尔摇头，指向对面，"是他。"

冷不丁对上小孩干瘪的脸，张河吓了一跳。方才大家聚拢，苏尔不方便用电击器，只能另觅出路。

"算算时间，孩子该哭了。"他说，"我们就合力把你搬了下来。"

一边的李黎同样庆幸不已："没想到哭声真的能帮人打破幻境。"

苏尔说："可惜通信工具带不进来，否则可以废物利用，录下来以备不时之需。"

"……"横竖李黎是不敢去看小孩此刻的表情的。

张河哑着嗓子说："香炉……"

"那个一会儿再说。"苏尔说，"重点是，他在哭。"

张河一愣，绝处逢生又遇危机，还有比这更刺激的人生吗？口中的唾液似乎都干了，张河望着哭泣不止的小孩，慢慢张口却又说不出话来。他这辈子都不想再接触睡前故事了！

"我来吧。"见他畏畏缩缩，苏尔突然道。

张河满脸惊愕。

苏尔走上前，没有护栏的限制让人失去了安全感，他停在一米外，想了想，缓缓开口："很久以前，有一对夫妻，女的貌美如花，她有多美呢？传说她肤如凝脂，貌赛西施，看人时娇羞中透露着妩媚。女人持家有道，丈夫在外拼搏，两人勉强度日。直到有一天，丈夫发现了妻子偷情并捉奸在床，奸夫打伤了丈夫。女人不得已只好照顾重伤卧床的丈夫……后来，也是这样一个阴沉沉的天气，她带着对美好生活的憧憬和丈夫说：'大郎，喝药。'"

众人："……"

经典的故事总能带给人不同的感受。

小孩一时不知道该不该哭。这个故事里确实死人了，勉强称得上恐怖。他犹犹豫豫，最终还是满怀不甘地闭上了眼。

苏尔扭过头和队友说："被美女药死，还能留个全尸，也算体面。"

张河一脸复杂地看着他，心道：难怪他要用那么多华丽的辞藻去描述女子的美丽。

轩辕傲宇更实际："要不要趁现在把孩子丢出去？"

苏尔暗含斥责："不能一味使用暴力。"

轩辕傲宇："……"

苏尔轻咳一声："昨天是讨了巧，现在再扔恐怕不会这么顺利了。"

李黎担忧地道："那怎么办？总不能等着晚上真来个美女把你药死吧？"

苏尔盯着正在假寐的孩子，沉声道："他真正想听的故事是什么，我大概有了些猜想，不过需要再确定一下。"

"无论如何，都谢谢你。"张河说。

今夜本该张河讲故事的，苏尔完全可以袖手旁观。

"富贵险中求。"苏尔道，"成功通关会结算积分，帮助队友说不定是加分项。"

就算不是，他出场戏份最多，理应被关照一些。

"……"张河的感动如潮涨般升起，又如潮落般退回。

轩辕傲宇旁观这一幕，不禁摇头，难以想象自己是被这样的队友情打动而脱离幻境的。

李黎打圆场："还是先想想怎么离开吧。"

零点前要是没逃脱，又该面对新一轮的生存危机了。

张河瞟见桌上多出的香炉，预感苏尔的猜测和这东西有关系。

"香炉的所有者是这家女主人的老同学。"苏尔带着嘲弄说。

张河就差拍手称快了。

苏尔又说："她被那个小魅物吞噬了一部分。"

张河这下彻底打消了把孩子丢出去的念头。

苏尔沉吟："当日这栋别墅出事后，女主人被困在了别墅里，那其他人呢？"

张河反应过来什么，突然有一个不太好的猜想。少顷，他猛地看向床上躺着的小孩，咽了下唾沫说："难不成，都被困在他身上了？"

苏尔沉吟："游戏时间是七天，超过时限无法逃脱的人就可能会'死'，也就是出局。不过这也分很多种方式。"

总不至于他们站在原地，脑袋像烟花一样炸开，游戏结束。

"最有可能的……"苏尔看向小孩，"我猜他体内应该有很多力量在互相吞噬，所以他才会这般虚弱。"

养蛊之事自古以来不缺，等到这孩子的身体里只剩下最强的力量，就是他们这些玩家的殒命之时。

根据苏尔的观察，随着时间流逝，这孩子入睡的速度越来越慢，脚上的指甲每日都在变得更加锋利黑长。

口袋里传来女人的咒骂声,指责他是在信口胡说,她坚信自己的那些同伴已经被选为使徒。

苏尔走到儿童床边,扯了一下小孩身下的被褥,这一举动看得众人心惊胆战,生怕孩子被惊醒。但很快大家转念一想,既然是装睡,又何来的惊醒?

森森的血迹星星点点溅开,全是小孩留下的。苏尔把照片拿出来,条件反射般后退一步。

人类惧怕鲜血,看见血会下意识地别过头去,照片里的女人却一眼就看见了血渍中有两个扭曲的"救"字。

苏尔说:"你还没有消失不是偶然。"他指着那个"救"字,"你丈夫的意识同样寄存在这具躯体里,他在试图向外来者传递求救的信息。"

尽管已经失真,依旧可以看出照片里的女人面部轮廓正在扭曲。

"不可能!"女人的声音带着恐慌,她拼命裹紧最后一块遮羞布,"这一切都是你的谎言!"

苏尔叹道:"魅物不需要食物,但他试图啃食自己的躯体,怕是想毁灭这个已经沦为罪恶的容器。"

可惜今早再未出现类似的画面,小孩在门外面艰难前进时,恐怕已经吞噬了女人丈夫的意识。

女人的精神显然处在一个临界点,苏尔转过身,对队友说:"再这样下去,我担心她先进化成更恐怖的形态。"

张河试探道:"不如适当安慰几句?"

苏尔不得已耐着性子,温声劝慰道:"我送你去抽水马桶里清醒一下,如何?"顿了顿又说,"或许和抽水马桶带来的痛苦比,你会觉得现在承受的苦难根本不算什么。"

周遭一派静谧。

苏尔轻轻松了口气:"可算冷静下来了。"说罢不好意思地挠挠头,"我不太会哄人,好在有成效。"

"……"说句不地道的话,张河原先还挺可怜苏尔的,年纪轻轻的就被拖进了这个游戏。他们好歹年长几岁,多享受过几年生活。不过现在……其实进游戏也有好处,否则以苏尔这副德行,怕是到四十岁都找不到女朋友。

李黎有几分惶恐:"兜兜转转,我们还是要想办法杀掉魅物吗?"

"杀不死。"苏尔摇头,"如果我没猜错,这些人的疯狂执念纠缠在一起,才构成了这个独立的空间。"

所以当苏尔把小孩丢出去时,月季绅士才会有如此大的反应。要是当时小孩死在外面,恐怕这个世界真的会顷刻间崩塌。

不善的视线再次落在自己身上,苏尔抬眸望去,对杀意沸腾的月季绅士展颜一笑:"不求同年同月同日生,但求同年同月同日死。"

对方丝毫没有被感动，还投来一个让他好自为之的警告眼神。

"魅物是没有情感可言的。"苏尔别过脸做出提醒，"日后大家万不可被眼前的温情蒙蔽。"

张河实在没眼看，强行转移话题："在这里多留一刻都是危险，还是想想怎么出去吧。"

苏尔面朝轩辕傲宇："我记得你说过，看到不少宣传那种理念的东西，在哪里？"

轩辕傲宇愣了下，转身走进小房间，从抽屉里取来一摞小册子。苏尔依次翻阅，最后找到一本介绍那种理论的书。

轩辕傲宇迟疑地问道："他想听的……该不会就是这玩意儿？"

苏尔微微颔首。

"是不是有些草率了？"

东西就明晃晃地塞在抽屉里，一点隐蔽性都不讲。

苏尔朝阴影处望过去，突然转移话题："大多数 NPC 的名字都有内涵，比如'月季'代表他耳畔的花。那为什么要加一个'绅士'的后缀？"

"……"这算是问题吗？或许就是因为读起来顺口而已。

苏尔幽幽地瞥了眼轩辕傲宇："阅读理解很重要，上学时老师说题干中每一个字都能拎出来单独品。"

轩辕傲宇还想说什么，被张河阻止。张河轻声道："理解一下，这世上书呆子多的是。"

这少年一看就还没正式走上社会，轩辕傲宇向苏尔投去同情的目光。

"绅士有着美好的品德，他们很少说谎。"苏尔对张河的话充耳不闻，直直地望着月季绅士，"而他，说的每一个字都是真实的。"

四目相对，月季绅士诡异地一笑。

苏尔叹道："如他所言，这场游戏很简单，只是搜集线索需要时间。只要玩家足够聪明，除去第一个讲故事的倒霉鬼，其他三个完全可以全部存活。"

说到这里他自嘲地一笑："谁能想到真正的'故事书'，就放在谁都可以注意到的抽屉里？"

"是啊！"月季绅士的笑意中蕴藏着杀机，附和着点头，"谁能想到这么简单的游戏，差点让我在第二天因公殉职。"

"……"苏尔佯装没听见，走到儿童床边，等待下一次孩子啼哭开始。

被褥上的血腥味散发在空气中，苏尔掩住口鼻，用商量的语气闷声道："反正都是装睡，不如现在就哭？你早点下班，我们也可以早点撤退。"

孩子："……"

没得到回应，苏尔继续耐心地游说，时间一长，站在阴影里的月季绅士就像在看一只聒噪的乌鸦，终于忍不住提示："哭闹时间是规则定好的，他没资格反抗。"

苏尔指出这话里的漏洞："但早上这孩子就旷工了没哭，却没受到惩罚。"

这制度不完善啊！

但他的话就像石子沉入大海，月季绅士没有回应只言片语。苏尔只能静下心等待。因为看到了希望，气氛较平日要更活跃一些，大家开始讨论更实际的问题。

李黎说："宣传册上写了，攒够 10000 积分就能离开。"

那听上去就是个遥不可及的数字。

"还是及时行乐的好。"张河比较看得开，"出去后我要好好睡一觉。"说完他偏过头问离他最近的轩辕傲宇，"你呢？要不要一起喝一杯？"

后者摇头说："我要先去改名。"

他深刻怀疑是这个嚣张的名字害了自己。

"除了攒积分，这里还写了一种方式。"苏尔忽然道，手指停留在宣传册其中一页的底端，"获得 24 个成就点。"

至于成就点是什么，宣传册里并没有写。不过月季绅士却主动开了金口："仅凭人类的力量是做不到的。"

苏尔认真地道："不尝试怎么知道？"

"哇——"

往常催命一样的哭泣声，这会儿众人听着却有一种"终于等到你"的错觉。

作为今天讲故事的实践者，苏尔轻叹道："若是失败了，今晚就是牡丹花下死。"

他突然有些后悔在讲故事时没有把潘金莲的形象塑造得更加美艳。他清了清嗓子，慢悠悠地开口诵读小册子上的内容："神会赐予苦难的人力量，他无时无刻不在寻找最虔诚的使徒……"

小孩原本空洞的眼睛里浮出一丝神往，仿佛已经沐浴到了阳光。等到苏尔读完半页纸，小孩枯瘦干瘪的面容上已经带着深深的陶醉。几人望着这一幕，都有些不舒服，明明是这些理论害了他们，可是他们却没有丝毫觉知。

"神将与世人同在。"读完最后一句，苏尔伸手合上小孩的双眼，面无表情地道，"你们都是神选中的使者。"

这一次小孩不再是装睡，而是平静地把双手交叠放在腹部，做起了一个他渴望了许久，永远不愿意醒来的美梦。

张河语带讥讽："所谓死不悔改，大约便是如此。"

苏尔从口袋里掏出照片："也许有一个人后悔了。"

照片里的女人眼中流下两行泪，泪水在地面汇聚，缓缓朝着儿童床的方向流淌。泪水越来越多，乃至照片本身都快被浸透，苏尔皱了皱眉，把照片丢到了儿童床上。下一刻，照片被吸纳进小孩体内，苏尔手上只剩下淡淡的水痕，证明那泪水不久之前还存在。

张河说："可惜了这个道具。"

苏尔没有丝毫惋惜："有意识的魅物被允许带离这里的可能性不大。"

作为一个女生，李黎比较感性："她已经有悔意了，为什么还要选择被吞噬，沉沦在虚假的梦境世界？"

轩辕傲宇耸耸肩："投入了那么多，都家破人亡了，哪可能轻易认错？"

月季绅士并未留给他们太多感慨的时间，他从阴影中走出，弯了弯腰，说出结尾词："祝贺大家通过这次愉快的游戏。"

绝对不是众人的错觉，他说"愉快"一词时，是咬牙切齿的表情。作为一名有着丰富经验的主持人，从前每次游戏的结尾，他看到的画面都是千篇一律：费尽心机存活下来的玩家露出一脸解脱的表情。

可如今……苏尔正坐在沙发上抓紧时间看宣传册，一个人上进，也带动了剩下的三个，为了生存，他们开始像海绵一样汲取宣传册里面的重点。

月季绅士："……"

感觉到有人在盯着自己，苏尔抬起头："怎么了？"

月季绅士终究没忍住，缓缓吐出一个字："滚。"

和来时一样，几道光束笼罩住众人的身体，包括苏尔在内，众人清楚地看见自己的躯壳在慢慢溶解，视野彻底变黑前，他们最后看到的是儿童床上安静睡着的小孩。

水幕已经消失。

苏尔又站在刚进入这个游戏时站的地方，同时看到了几张陌生的面孔。

"很久没有全员存活的情况出现了。"一声复杂的叹息传过来。

苏尔望过去，是最初见到的那位比较温柔的女士。她的左右两边站着两个装扮比较奇特的人，其中一个背着一把长刀。

"长话短说。"温柔的女士开口，"我叫谷研。"

说完递给苏尔等人一张传单。

宣传册上提到过，组织有意向招收某位玩家时便会向他派发传单，传单内容包括但不限于关于本组织的介绍。传单同样相当于报名表。苏尔是这次收到传单最多的一个玩家，他没有时间一一细看。

这时"杀马特"在他面前驻足，塞过来皱巴巴的传单，上面没有介绍，就印着两个黑色大字：归焚。

"慎重考虑。""杀马特"打了个哈欠。

"这是在威胁？"苏尔问道。

"杀马特"说："是规劝。"他也不怕得罪人，说话大大咧咧，"你的观察力不错，也挺冷静，不过惹是生非的能力不小。照往常来说，保守点的组织不会愿意招收你这种类型的玩家。"

苏尔望着手上的一沓传单，若有所思。

"他们给你传单，更多的是想探究你是怎么从主持人的房里活着走出来的。""杀马特"摊手，"虽然我们老大也很好奇，不过他能护住你。"

苏尔嗤笑一声："很简单，放下身段去哄就行了。"

"杀马特"眼睛一睁，气场陡然变得凌厉："谁也不是傻子，你的那点小伎俩瞒不过去的。"

对峙间，苏尔发现天空中乌云更加密集了，像是浓墨正在往一处汇聚，紧接着整个世界突然响起令人浑身发寒的机械提示音："恭喜玩家苏尔解锁新的技能，获得成就'蛇蝎美人'。"

第二章
罪恶的小镇

随着播报结束，所有玩家的胸牌发生变化，右下角除了以往的武力值和灵值，又增添了一栏——魅力值。

武力值达到 150，可以轻微扭曲空间，灵值超过 80，能灵物附体，现在多出的魅力值又是什么？！

"杀马特"深吸一口气，眼神十分复杂地看了一眼苏尔："……是我们误会你了。"

"……"苏尔最先回过神来，"有笔吗？"

"杀马特"愣了一下，下意识地从另外一张桌子给他要来一支。

苏尔迅速填完报名表，伸出手："请多多指教。"

"杀马特"重新开始审视他。作为新人，苏尔可能还没意识到解锁成就点代表着什么，通常这样的玩家，无论善恶都是要被各大组织争抢的。但苏尔没有待价而沽，反而第一时间在大庭广众下直接选择了归焚。

"这里每个人都有秘密。"苏尔道，"事事遮掩实在没有必要。既然选择了你们，不如光明磊落一些。"

被苏尔坦诚又信任的目光注视着，"杀马特"非常感动："你这个朋友，我交定了！"

这时，一个高大的男子打断他们，转过身朝着来时的方向走去，"杀马特"连忙叫苏尔一起跟上。

"苏尔。"李黎追过来，带着喘气声说，"谢谢你。"

苏尔看了她一眼："好好活下去。"

说完便走了。

"杀马特"笑眯眯地道："行啊！我还以为你们会互换联系方式。"

苏尔摇头，如非必要，他甚至会避开和其他玩家在现实中的交集。

"杀马特"咂舌道："说实话，我原本只当你是个会耍小聪明的，没想到你骨子里挺正直。"

苏尔微微蹙眉，"杀马特"又笑言道："放心，就冲适才你在众人面前毫不犹豫选择了归焚……"

他话没说完，便被一声含着轻嘲的"喊"声打断。

"杀马特"："老大，怎么了？"

高大男子脚步未停，声音却清晰地飘了过来："他加入我们是另有目的。"

"杀马特""啊"了一声，再看向苏尔，后者面上倒没有半分被拆穿的不自然。

能在这里活下去的都不蠢，自家老大开口，那绝对是真话，"杀马特"开始思考苏尔加入的真正原因。

苏尔主动开口："政治老师说事物都有两面性，就像武力值达到一定程度可以对付一切魅物，低到临界点也能要人命。"

宣传册里清楚地介绍了，武力值和灵值低于 1 会被抹杀，那魅力值呢？

"杀马特"彻底反应过来，猛地低头看向自己的胸牌，只见新增的魅力值一栏赫然写着鲜明的个位数字：6。

"杀马特"："……"

苏尔选择归焚有两大原因：第一，方才来招收成员的组织都下意识地远离这二人，目光中存有忌惮，这从侧面印证了归焚的实力。但真正促使他做出决定的是第二个原因，当横空出现的提示音响起，大多数玩家都处于惊讶状态中时，苏尔却第一时间留意到了那些人胸牌上的魅力值……没一个超过 20 的。

晴天霹雳过后，"杀马特"眼皮颤抖地望向苏尔，瞥见对方胸牌上的魅力值，没忍住伸出双手掐向苏尔脆弱的脖颈："59！你还是人吗！"

他还没人家的零头多！

再看自家老大，19，"杀马特"悲哀中又有那么一丝诡异的满足感。

有关成就点的问题宣传册上几乎是一笔带过，苏尔任由"杀马特"掐着，欲要详细询问，"杀马特"放手说："等回到补给点再讨论。"

有几只黑色的小飞虫在周围环绕，苏尔不大喜欢这种生物，不时会用手驱赶。

"杀马特"眺望着远方，语气中透出一股子得意劲儿："最西边的区域全是属于我们阵营的。"

苏尔想的却是另一件事，这个组织叫归焚，又住在最西边，这是分分钟要升天的节奏。

路上碰见几个神情恍惚的人，有的满脸是血，有的抱头在路边哭泣，他不免多看了几眼。

"都是才从副本中回来的。""杀马特"目不斜视。

苏尔问："如果闯关失败会怎么样？"

"杀马特"摇头："不清楚。来这里的也不乏现实中的大人物，很早以前就有人调查过，然而只知道那些在游戏中被淘汰的人是失踪了。"

苏尔想起了祝芸："也就是说，他们也有可能还活着。"

"别抱侥幸心理。""杀马特"的声音突然变得冷淡。

苏尔自然不会去做实验。

"杀马特"没注意到脚下的石子，险些被绊了一跤："对外面来说，游戏里面的时间是静止的。"

苏尔立时抓住关键："那一直不离开游戏，岂不是能获得永生？"

"杀马特"摇头："在这里滞留四天以上，会被自动传送进一个高难度副本。"

再往前走，几乎就看不到什么人了。在这个世界里瞧不见太阳，天空永远是阴沉沉的。有几个瞬间，苏尔甚至有种还困在之前的副本里没出来的错觉。

"到了。""杀马特"停下脚步。

抬眼望去，前方是几个零散的白色帐篷。苏尔方才在路上看见过一些其他组织的建筑，高大有气势。与之相比，这里就像是高大森林里的一排低矮灌木。走进帐篷后，他也只能瞧见一些普通的生活用品。

"很有特色。"

"杀马特"摊手："老大说了，这里又不是家，没必要布置得温馨敞亮。"他简单地介绍了两句宣传册里没有提到的地方，"日用品会自动供应，有需要可以去取，不过能拿的不多。"

正说着，又有几人走进帐篷，看上去年纪都不超过三十岁，全都保持缄默，气质和外表透露出的年轻感完全不同。

"杀马特"说："理解一下，他们也刚离开副本不到半天。"

其中一人的半边袖子都染了血，可以想象在副本中受了不轻的伤。这个世界唯一偏向玩家的设定就是无论玩家在游戏中受了多重的伤，只要各项数值不低于1，出来就能复原。

"新成员？"其中一人哑着嗓子问。

"杀马特"笑着点头。

那人看到苏尔的胸牌，表情微微一僵："就是你开创了魅力值的先河？"

饶是苏尔再淡定，此刻也不免觉得有些尴尬："一个意外罢了。"

"6？"那人视线从他身上移开，瞥见"杀马特"的魅力值，语气中带着些鄙夷。

"杀马特"回怼："你也好不到哪里去。"

"好歹他们都破10了。"一直沉默的高大男子忽然开口，"再进副本时你自己留点心。"

"杀马特"苦兮兮地点头。尽管胸牌上都有名字，他还是给苏尔依次介绍了一遍在场成员，最后说："我是赵三两，你喊我三两哥就成。至于老大，纪珩，他的绰号是'鬼见愁'，就是字面上的意思，鬼见了他都发愁。"

苏尔注意到纪珩胸牌上的武力值一栏是"？"。

赵三两解释："用了道具遮掩。"

苏尔说："这不是欲盖弥彰？"

赵三两："老大做事有他自己的考虑。还有几位成员，最近没下副本，所以你暂时见不着。"

"先说正事。"纪珩打断喋喋不休的赵三两，看向苏尔，"下一个副本我会用组队道具带你一起过。"

苏尔还没说话，另有一位队员便皱眉道："这样会不会拔苗助长？"

有纪珩在，副本的难度想必不会低。

纪珩道："60 应该是个临界点，我有预感，魅力值一旦超过 60，很可能能对灵物造成伤害。"

有大佬带着，苏尔也不怕冒险，点了点头。上场游戏结算后，他的武力值和灵值加起来也才提高了 6 个点而已，积分 35，离 10000 的脱离值还差十万八千里。

看出他的郁闷，赵三两道："你的积分已经很多了，到后面你会更难看见希望。"

苏尔不再纠结，打听起成就点的事情。

"现在拥有成就点的人，加上你总共就三个。"

苏尔惊讶。

"想要获得成就点，就要达成游戏里的某个隐藏条件，并且只有第一个完成的人能得到。"赵三两苦笑道，"曾经有玩家试图淘汰一个游戏里的其他玩家，就是为了试验能不能因此得到成就点。"

"结果呢？"

"失败了。"

苏尔说："另外得到成就点的两个人……"

"老大有一个'路遥知马力'的成就点。剩下的一个玩家叫祈云，他是游戏里唯一灵值超过 100 的，不过我怀疑那家伙早就半人不鬼了，以后遇见他记得避着点。"

"路遥知马力"？

苏尔抿抿唇："最后一个问题，宣传册里的内容可信吗？"

"可信。"赵三两点头，"它由最顶尖的玩家一起编撰而成。毕竟每个月都有新人进来，个个都是十万个为什么。"

苏尔："……"

赵三两和纪珩已经在游戏里逗留了有三日，再多待一天就会被强制下高难度副本。大家互相留下联系方式，便准备回现实世界。

苏尔按照宣传册上的方式，用力一按胸牌花纹的凹陷处，熟悉的麻痹感霎时传来，一时间手指想要弯曲一下都很困难。最后苏尔索性闭上眼，任由这股劲席卷全身，待他缓过神来，墙上的钟表显示的是他离开前看到的时间——凌晨三点四十五分。

熟悉的房间，仿佛之前的一切不过是做了场梦。

苏尔摸了摸口袋里的电击器，准备深入研究一下，忽然想到了什么。思忖片刻后，他给赵三两发过去一条信息："用组队道具进入游戏，可以自己选时间吗？"

赵三两是个话痨，很快回复道："道具太珍贵了，我没用过，应该是可以的。"

苏尔："倘若我在现实中有什么重要的考试，岂不是可以到游戏里寻求场外帮助？"

赵三两发来一个擦汗的表情。

苏尔："比如我可以先把不会做的题记下来，都是队友，你们会助我一臂之力的，对吧？横竖游戏里的时间过去再久，回来依旧是同一个时间节点。"

这条信息发完，十分钟过去了，苏尔依旧没有收到赵三两的回复。

苏尔叹了口气，做人果然还是得脚踏实地。

酒店里。

赵三两自在地躺在大床上，被苏尔的请求震惊了，再三思索后还是打电话给纪珩，说出了苏尔的"奇思妙想"。

"……"电话那头的人也沉默了。

昨夜下了场雨，睡得太晚，苏尔起床时不免有些头疼。

他条件反射地先拿起床头柜上的手机，上面有一条来自赵三两的未读信息：好自为之吧。

他细细琢磨了一下这几个字的深层含义……看来他们拒绝了自己的请求。

苏尔也没太把这件事放在心上，昨晚赵三两还发来一份文件，都是一些比较重要的信息。苏尔设计了一套只有自己才明白的密码，把内容全部转换过来，然后把邮件彻底删除了。

"睡吧，睡吧，我亲爱的宝贝……"他哼唱着小调去超市，行人皆对他避而远之。

附近就一个超市，里面人山人海，苏尔采购了一堆东西，出来时一股脑儿抱在身前，视野因此被遮挡住了一部分。

"麻烦让让。"他隐约看到一双皮鞋停在自己面前。

对方没有移开，反而拿走了苏尔怀里抱着的一个袋子。

光天化日下抢劫？

苏尔正要大喊一声"站住"，却发现这人压根儿没有要跑的意思。

少了一包东西，他的视野重新开阔起来，有些诧异地道："姚老师？"

来人是他曾经的班主任，身材微胖，戴着一副无框眼镜，整个人显出几分严肃感。

姚知看了眼苏尔，职业习惯让他先问起苏尔学业上的事情："你最近学习如何？"

"您放心。"姚知已经不再教他，但苏尔还是认真地表达了决心，"我已经在努力了。"

"努力想着卡游戏时间找外援？"

"……"苏尔的笑容淡去几分，"什么意思？"

姚知盯着他："纪珩跟我说了，有人想在游戏中打时间差来作弊。"

苏尔面色微变，倏地反应过来："您该不会……"

姚知吐出四个字："《七天七夜》。"

他话音一落，苏尔下意识地朝后退了几步，似乎受到了莫大的震撼。片刻后，他回过神来道："您先让我缓缓。这么说您和纪珩认识？"

四目相对，姚知忽然就笑了："赵三两说你是属狐狸的，看来不假。"

他的目光落在苏尔身前："别偷偷摸摸了。"

苏尔挑了挑眉，认命般地把刚刚悄悄塞到兜里的一只手放到明处："看来我不适合在老师眼皮底下做小动作。"

适才姚知自曝身份的时候，苏尔便第一时间悄悄打电话给了赵三两。如果姚知是在信口胡说，他还可以尽量拖一拖时间，等赵三两来救援。

按了免提后，赵三两的声音便从听筒里传了出来："小子，够机灵的。放心吧，姚知可是资深玩家。"

前两句话打消了苏尔的疑虑，紧接着的一句又破灭了他的美梦："所以进副本打时间差的事别想了，说不准他还会看在同为玩家的分儿上，时不时抽查一下你的学习进度。"

苏尔轻轻揉了揉太阳穴。所以他今天和姚知不是偶遇，姚知是特意来找他的。

"祝芸失踪后，我去学校查看了一趟，发现她留了几本书在柜子里。"姚知这才道明了真正的来意。

正常情况下，放假前大家都会把东西全部带走。

姚知将书递给苏尔："我研究过，但不知道她想表达什么，或许你会有所发现。"

苏尔接过书，姚知忽然笑道："我听三两说了游戏里的事情。"

苏尔有种不祥的预感。

不常笑的人突然笑起来，要么惊艳要么可怕，姚知属于后者："听说你开创了魅力流打法。"

"……"苏尔最担心的事情发生了。

姚知淡淡地道："我已经有一周没去过游戏，到现在还不知道自己的魅力值是多少。"说罢，他停下脚步，偏过脸看向苏尔，"你觉得我能得几分？"

纪珩是苏尔见过生得最帅的人，面相气质都是一流，那样完美的配置，魅力值也没超过20，更何况是姚知！

"对了，最近没有进游戏的玩家不知凡几。"姚知望着他，"等他们进去，一定会非常'意外和惊喜'。"

一夜爆红，全民公敌，苏尔隐隐觉得自己都占全了。

姚知转身朝相反的方向走，声音随着微风飘过来，说了一句和赵三两所说差不多的话："年轻人，路还长，好自为之吧。"

苏尔："……"

在这座经济高速发展的城市里，苏尔有一套属于自己的房子。现如今只有他一个人住，显得空荡荡的。

他回到家后的第一件事就是拿出从前的一张全家福来看，照片里每个人都恰到好处地勾着嘴角。想到游戏里一家人在拍照片时都能露出带有真情实感的微笑，他心里便有些不舒服。

问题究竟出在哪里？

嗡。

手机振动了一下，是纪珩发来短信，让他有个心理准备，后天晚上要进副本。

这天晚上，赵三两突然打电话叫苏尔下楼。

大树下依稀能看到有两个人正在交谈，不过似乎主要是一个造型吸睛的人在说，另一个只偶尔点一下头。

"哟！"赵三两自来熟地挥手，"干什么呢，磨蹭这么久？"

"刚把最后两个公式背了。"

"……"赵三两见过不少进入游戏后放弃现实生活，过起今朝有酒今朝醉的日子的人，没想到居然还有一个愿意继续奋斗的。

苏尔目光掠过他，凝视纪珩："为什么要专门知会姚知？"

"规则禁止玩家在游戏中互相攻击，但事无绝对。"纪珩淡淡地道，"姚知有责任心，关键时候能护你一下。"

苏尔微微颔首，算是接受了这个说法。

纪珩又道："后面我想办法尽量把你和姚知往一个副本凑，好督促一下你。"

"……"怎么督促？别人打怪，他在一边被抽背文章吗？

想到这里，苏尔面色一变："我听说组队道具很珍贵的，不用麻烦了。"

纪珩没什么表情，淡淡地道："道具的事情我来解决。"

赵三两憋着笑，附和着点头："没错，作为最厉害的组织，我们有这个条件！"

纪珩摊开手，掌心出现两枚镶着红宝石的胸针。

赵三两在旁边说："这大概是游戏中唯一被允许带出的道具。"

苏尔没反驳，但可以肯定它并不唯一，至少自己手中的电击器就是一个完美的例外。按照纪珩的提示，苏尔将胸针别在胸前，不知道是不是心理作用，他总觉得胸口一片滚烫。

很快他就发现并非错觉，胸针带来的温度仿佛透过了皮肤直接在他心脏上炙烤。周围的一切都静止了，离他最近的赵三两表情停留在一抹痞笑上。苏尔瞥见自己的影子在一点点消失，当灼浪随着血液流动席卷全身，他终于彻底丧失意识。

苏尔睁开眼后的体验并不美妙，他感到浑身上下火辣辣地疼。他忍痛掀开袖子，只见上面遍布红肿的伤痕，像是被狠狠抽了一顿。而他的武力值已经下降到49。

他后知后觉地意识到自己是跪着的，身边还陆陆续续传来吃痛声。观察周围，和他一样跪着的一共有六人，都有胸牌，一看便知道是玩家。

纪珩就在旁边，苏尔本以为他会是第一个站起来的，不料他跪得十分坦然，一动都不动。

"什么情况？"有人"啷"了一声，站起来活动了一下筋骨，问，"你们的武力值有没有下降？"

"我降低了10个点都没说什么，别瞎嚷嚷。"

又有一人说："我也降低了一些。"

苏尔确定大家正跪在一个类似祠堂的地方，他坚持一言不发，并且腰板一挺，学着纪珩的样子，跪得特别标准。他用余光瞟见还有两三人也都保持缄默，保持跪着的姿势。

"纪珩！"

有玩家发现纪珩也在，后知后觉地叫了一声，不过很快就意识到不妙。这次来的大佬不少，除了纪珩，还有万亿和沉江北。但他们除了跪着，始终未有其他动作。

最先站起来的男子瞬间面色一变，连忙要重新跪下。

"不知悔改！"一道含着怒气的声音猝不及防传来。

祠堂的门本身就是敞开的，来人跨过门槛，目光死死锁定站着的男子。

很快，一道长鞭甩了过来，精准无误地打到了男子身上。苏尔瞥见男子的胸牌，武力值是 142，按理说他的反应能力应该远超常人，然而这一鞭子下去，他明明有躲闪的意向，却还是结结实实挨着了。

"还敢躲？"来人眼一眯，顿时又甩来两鞭子，男子拼死忍住身体下意识的行为，伴随着"嗖"的一声，胸前的衣服就被抽烂了，留下骇人的血痕。挥鞭者这才满意。

"还落了两个。"挥鞭者身后还站着一人，瘦弱的身躯被遮挡了大部分，只见他伸手朝跪着的一排脑袋中点了点。

疾风顺着耳畔划过，苏尔忍住没回头，鞭子落在他左侧的一人身上。这名玩家方才不过是说了一句武力值降低，想不到也会被责罚。

继她之后，又有人挨了一鞭。

这时，挥鞭者才收手，语气稍微和缓了一些："都起来吧。"

纪珩率先站起来，苏尔也没耽搁，第一时间打量起这二人来。

挥鞭者大约四十岁，衣服上几乎瞧不见褶皱，眼角的细纹透露着严厉。他身后的人则长相十分斯文，身穿长马褂。

"别给镇子抹黑。"挥鞭者警告了一句，看都不愿意再看众玩家一眼，又对长马褂道，"麻烦你了。"

脚步声渐渐远去，长马褂视线一扫祠堂里的玩家，神情十分古板地说："欢迎大家进入《七天七夜》的世界。"

似曾相识的开场白，从他口中说出就像是在念经。

"我是本场的主持人，书海先生。"

书海先生完全没有月季绅士那样夸张的表现欲，开门见山地道："确认玩家人数七人，进入《无渡》的世界。这里崇尚恪守秩序，你们所在的位置是一个宁静的小镇，在这里人人恪守规章制度。一年一度的卫长选拔就要开始了，投票对象竞选成功的玩家即可通关。"

"我们有多长的时间做选择？"老玩家问问题总是一针见血。

书海先生："六天。相关资料在你们的口袋里。"

有一点书海先生倒是和月季绅士出奇地一致，介绍完就躲去阴影里了。主持人身上似乎自带某种削弱属性，不说话的时候，玩家甚至可能会忽略他们的存在。

苏尔看完资料得知，这次的副本给他们安排了一个身份——小镇上的孤儿，从小在育婴堂长大。育婴堂没什么人情味，规矩十分严苛。

玩家都拿着一样的孤儿身份，连年龄都强行给他们设定成了二十岁。

可其中几个玩家怎么瞧也不像二十岁。

"方才来打人的应该就是现任卫长。"苏尔对纪珩道，"他眼神不大好使。"

纪珩："这种事游戏里很常见，比如游戏里的 NPC 会下意识忽略玩家的胸牌。"

一提到胸牌，苏尔立刻收到几波不善的注视。

"59。"有人紧盯他的胸牌，阴阳怪气地道，"很高嘛。"

苏尔皱了皱眉，在看清对方魅力值是 4 后，默默移开了眼……真的不好反驳。

在被进一步嘲讽前，他好心提醒道："还是先把脏衣服换了，你刚挨了鞭子，万一影响魅力值……"

那人面色一变。

谁知道魅力值是怎么计量的，万一掉到 1，不就玩完了？

众人朝祠堂外走。

或许和腿长有关，往外走的时候，纪珩没迈出几步，便和其他人拉开了一段距离。作为队员，苏尔自然是跟在他左右，分出心神观察周围的环境，说："比我想象中要好很多。"

他还以为自己会因为魅力值一事，遭到许多玩家的迁怒。

"都是老玩家，就算有怨言，也只会在方便时坑你一把。"纪珩淡声道，"'蛇蝎美人'的成就，他们不得不顾忌。"

苏尔思索着要不要解释两句，纪珩又道："曾经有玩家试图淘汰游戏里的其他人。"

苏尔点头表示记得，赵三两提到过这件事。

纪珩说："那是个二十人共同参与的大副本，他淘汰了其余十九名玩家，连最终的 boss 都一并坑害，却没获得成就点。"

而苏尔一个年纪轻轻的新玩家，特意被副本冠上了"蛇蝎"二字，这就有点耐人寻味了。

苏尔摸摸鼻尖，决定在这次的副本中用行动扭转自己的风评。

根据资料上提供的地址，大家兜兜转转终于找到落脚地。目前所有人都住在一个不大的破旧院子里，这是育婴堂分配的，但要求众人在年满二十三岁后就离开，自寻住处。

此刻大家聚在院中，理了理目前已知的线索。

为了消灭罪恶，这个世界制定了严格的规章制度，卫长负责惩处，一旦有人违反规则，就要受到惩处。镇上有个祠堂，里面供奉的是历代卫长，所有的刑罚都会在祠堂执行。

方才玩家们之所以被鞭打，仅仅是因为偷偷喝了点酒。按照规定，为避免人在酒醉后做出失控的举动，每个月可饮酒的人的名额有限，且要提前申请报备。

一个玩家忍不住嘀咕："李白要是生活在这里，肯定活不下去。"

"还是关注眼前的问题为好。"一个高个子男人开口，数名玩家都在仔细听着。

苏尔看了眼对方的胸牌：沉江北。

纪珩给他介绍："沉江北是问世的首领，他旁边的是万亿，他们都是一个组织的。"

苏尔暗暗对这二人上了心，能被纪珩特别点出的，想必本事不小。

万亿在沉江北之后做补充："不错，剩下几天想熬过去不容易。"

有人意识到了什么，脸色微微发白。根据主持人透露出的信息，卫长选拔的结果将在六天后公布。

"一共就七天时间。"刚换完衣服的戈旭岩打了个哆嗦，"岂不是没有提前通关的可能？"

众所周知，在游戏世界停留时间越长，危险系数越高。

"这多半是个中高级别的副本。"一名女玩家抿了抿嘴，"这次运气可真不好。"

另一名女玩家叫温不语，她要现实很多，看向阴影处的主持人，轻声询问："有没有什么特别的规定？"

书海先生用寡淡的语气回复："没有。"

苏尔敏锐地察觉到，在书海先生说完这句话后，气氛立时一僵。纪珩的面色倒是变化不大，他虽沉默寡言，却履行了组织首领的职责，会在苏尔表现出不解时主动解释："明面上的没有，不过别忘了，这小镇里处处都是规矩。"

喝个酒都会被送去祠堂鞭打，再稍微严重些就可能致命。两相对比，苏尔忽然觉得新手场只有夜晚不能出门这一条规矩是多么仁慈，想到这里，他不禁嘀咕了一句："我该对月季绅士好一点的。"

在他左手边不远处的万亿听到了这句低语，用一种异样的目光注视着苏尔。他倒是不像其他人对苏尔有着掩藏的敌意，反而开了句玩笑："副本里主持人很多，如果没有意外，恐怕你们不大可能再碰到了。"

苏尔垂首不语。

万亿揶揄道："很遗憾？"

苏尔摇头，望向阴影里的某处："落花风雨更伤春……"吟诵时他的手无意识地放进兜里，电击器冰凉的外壳让他莫名心安，随即他露出一个温柔的笑容，"不如怜取眼前人。"

书海先生似乎感觉到了什么，朝这里看过来，双方的目光冷不丁在半空中交会。

书海先生严肃少话，就像是一位威严的长者，让人不敢生出任何造次的心理。对待苏尔，他也仅仅是因为苏尔胸牌上标注的成就点而多看了他一眼，目光很快再次移开。

万亿说:"天色还早,各自行动吧。"

无人反驳。玩家三三两两结伴出发,似乎有不少人都是互相认识的。苏尔挑眉问:"莫不是都用了组队道具?"

纪珩说:"沉江北和万亿多半用了,其余几个应该是碰巧。"

有些组织注重人数,成员水平参差不齐,但好处是容易在副本中遇到队友,利益纠葛不大的情况下可以相互照应。

育婴堂外面有不少镇子上的居民,大多穿着偏素净的现代装。人与人之间少有交流,但遇到长者都会立刻停下脚步,侧身让路。小孩被父母牵着,哪怕看到路边花花绿绿的糖果,也只是投去渴望的目光,无一人敢提要求。

人人有礼节,营造出的气氛却是一片死气沉沉。

苏尔有样学样,看到长辈不但让开路,还会低头摆出谦恭的姿态,果然收到了路人褒奖的目光。到了一处不显眼的地方,他才重新开口:"主持人和卫长有过交流,想必他在这里也有一个身份。"

纪珩点头:"很正常,上个副本里,主持人扮演的是赵三两他爷爷。"

苏尔:"……"

卫长的身份被视作一种荣耀,参选者不知凡几,每走一段路便能碰见正在演讲拉票的。

苏尔因为好奇,驻足听了一段——"我从幼时便家教严格,记得八岁时不愿意念书,父亲为了让我长记性,打折了我半边胳膊……"

扭曲的教育理念居然获得了围观群众的热烈掌声。

苏尔听得蹙眉:"矫枉过正,便是病态了。"

纪珩经历过的副本多,早已见怪不怪。一路打听下来,目前有三个人最可能继任卫长,有趣的是,三人正好是三兄弟,分别叫李有遵、李有规、李有矩。

收集完信息,大家回到破旧的院子,太阳正好落山。

苏尔和纪珩最先回来。苏尔望着夕阳,忽然道:"不知道和我一起进游戏的几个人现在如何了。"

纪珩说:"你很幸运,在新手场遇到的那几个人素质都算不错,但不代表全部玩家都是如此。"

苏尔点头:"我知道。"

老话说防人之心不可无。

纪珩说:"游戏禁止玩家之间直接互相淘汰,但借刀杀人的方法数不胜数。"

正说着,众人陆陆续续回来了。温不语心思细腻,带回来好几份小吃充饥。

戈旭岩大大咧咧地啃着鸡腿,吃到一半,状似不经意地对温不语道:"对了,我看到有个没见过的人在巷子里和你搭话。"

众人不由得望向温不语。玩家间都打过照面,那么按照戈旭岩的说法,和温不语说话的很有可能是镇子上的NPC。专门挑在巷子里见面,多半是说隐秘的事情,想必其中有信息可以挖掘。

温不语笑了笑，没说话。

戈旭岩说："都到一个副本里了，用不着藏着掖着吧？"

温不语坐在一旁，还是没有要回答他的意思。戈旭岩骂了句脏话，扔下啃了一半的鸡腿，起身回房间休息。

一顿饭吃得不欢而散。剩下的人因为紧张的气氛，也不怎么说话，温不语特意收拾完桌子上的垃圾才和一名叫白燕的女玩家一起离开。

苏尔说："他们关系似乎不大好。"

"他们同属一个叫东风误的组织。"万亿望着温不语离开的背影，不知在想什么，片刻后才说，"东风误原先的首领是温不语的丈夫，在一个副本中被淘汰出局了，温不语便接管了组织。戈旭岩认为女人成不了事，一直想顶替温不语。"

苏尔挑眉："性别歧视？"

万亿轻笑："想上位的理由罢了。东风误只是个很小的组织，没多大凝聚力。"

这时沉江北开口道："温不语是有些手段的，戈旭岩武力勉强可以，他们相争恐怕会影响到任务。"

万亿一眯眼："只要火不烧到我们身上就好。"

沉江北无意继续这个话题："都早点回去休息吧。"

苏尔是第一个起身的，往外走的时候，耳边突然传来一道声音："你睡哪儿？"

苏尔一脸莫名其妙地望向纪珩，掏出记录玩家信息的小纸片："这上面写了，我住北边那屋。"

纪珩说："不是我问的。"

"……"方才那声音不带任何情绪，苏尔回过味来，看向书海先生。

"你睡哪儿？"对方一板一眼地再次问道。

作为主持人，他肯定知道每个人的房间，所以这句话定是另有深意。苏尔迟疑了一瞬，问纪珩："他这是在向我发出邀请？"

纪珩平静地反问："所以你要不要答应？"

苏尔沉默后摇头："抱歉，我暂时没有那种想法。"

主持人不再开口，静静地站在阴影中，就像一尊不带任何情绪的木雕。

两人并肩走出去，纪珩忽然道："感觉到了吗？"

苏尔点头。主持人对他有杀意，如果适才他应下"邀请"，就算有电击器，今晚他也未必能活下来。

"只是不知道缘由。"

纪珩说："权威。"

苏尔稍稍明白了一些。上一个副本中他让月季绅士吃瘪的行为，明显是一种挑衅。半晌，他苦中作乐道："暗中设套就好了嘛，那么明晃晃地邀请，我又不是傻子。"

"总有人自命不凡，会不带脑子地应下。"纪珩停下脚步，"我到了。"

这间屋子的门就像是个摆设，甚至合不严实，纪珩却无所谓，交代了两句便进去了。苏尔自己的那间也好不到哪里去，屋顶上的瓦片都少了一块，好在今晚看着不像会下雨，否则还要想办法修补。

像是一种无声的默契，没有一个玩家提出要跟谁合住。毕竟中高难度副本中能制造幻觉的道具不少，玩家使用道具后自相残杀的案例更是数不胜数。

夜晚在无声无息中降临，今晚月亮躲在云层后面，周围安静得可怕。

这个时候哪怕能有蝉鸣蛙声都是好的，极致的安静下，仿佛随时都会响起某种令人惊悚的脚步声。

苏尔躺在床上，正在考虑要不要入睡。他担心睡着了，万一有响动他听不见，会非常麻烦。然而还要在这里待好几天的时间，不睡似乎又不现实。

他还没做好决定，有人已经先一步准备入睡了。

西面都是墙壁，戈旭岩躺在床上，调整好状态准备入眠。第一个晚上是危险最小的，必须抓紧时间积蓄精力。

"温不语那个贱人。"他翻了个身，嘀咕了一句。

戈旭岩心中清楚，他和温不语都不算好人，为了活下去都可以不择手段。问题在于温不语的表面功夫做得太好了，笑着就能把人算计了。

他忍不住又骂了两句难听的话。睡意侵袭，他渐渐合上眼皮。下午的鸡腿有点咸，屋子里的水又带着股味儿，戈旭岩入睡前一直觉得口渴，直至睡着了都是下意识张着嘴呼吸。不知过去了多久，一股冷意侵袭而来，无数次死里逃生培养出的危机意识让他第一时间睁开了眼睛。

一直躲在云层后的月亮偏偏这时候现身，惨淡的月光将面前的一切照得真切：和他面对面的是一个年纪不大的姑娘，嘴唇上有很明显的伤口，看见戈旭岩醒了，她笑起来，才结痂不久的嫩肉瞬间被扯烂，开始淌血。

戈旭岩倒吸一口气，这姑娘显然不是玩家。他知道自己的实力远不能够和魅物对抗，最好的办法就是想办法跑出去。想法很好，可惜冷意刺骨，他冷到疼得咬牙，寸步难行。

就差一点，只要过了这个副本，他的武力值就能攒到150，到时候他便能拥有勉强够和魅物对抗的资本，成为新的首领。内心深处的不甘和怨念一瞬间爆发，然而他才跑出去两步就被拖了回来，最后关头，戈旭岩近乎绝望地大叫了一声："救命——"

小姑娘唇角的笑容陡然扩大，似乎就是在等这一刻，她伸出枯瘦的手指，猛地拽住了戈旭岩的舌头……

惨叫声被堵在嗓子眼儿里，屋外的云雾再次遮住了月光，这个夜晚保持住了相对的安静。

翌日，太阳尚未彻底升起，月亮淡淡的影子还残留在天边。绝大多数玩家已经醒来，简单地洗漱后便聚在院子里。纪珩走过来，看到人群中没有苏尔的影子，皱了皱眉。

"才第一个晚上，不会有事的。"温不语轻声开口，与众人一起往苏尔的房间走。

白燕环顾四周："戈旭岩也没来。"

过了一会儿，她又自己想通了，一般第一天危险都不大，戈旭岩可能是想多睡会儿养养精神，这也不难理解。

相较而言，苏尔这个新人出事的可能性更大。温不语去敲门，万亿的做法则更加简单，直接走到窗户旁朝里面窥视，没忍住骂了句什么。白燕好奇心重，也贴过来看，立刻就震惊了："死的还是活的？"

苏尔身上缠着不少线，另一端线头分别绑在门、窗户等各个入口处，连房梁和屋顶上都有，乍一看他就像是被制作成了提线木偶。

床上的人听到响动，缓缓睁开双目，偏过脸，从容地解下手上的线，过来开门。

"早上好。"

白燕无语地看着那些线头："你就不怕真遇到什么状况跑不出去？"

"缠得不紧，一拽就断。"苏尔演示了一下，"我只是担心自己睡得死，有东西进来都不知道。"

"没事就好。"温不语柔柔地开口，"纪珩看到你没来，还有些担心。"

苏尔说："我知道。"

温不语失笑："其实缠线没多大的用处。魅物来时温度和环境都会发生变化，可以感觉到；至于玩家……不大可能深夜串门。"

"事无绝对。"苏尔望着纪珩说，"昨晚他就过来了。"

数道目光汇聚而来，纪珩平静地道："我听到了些轻微的动静，不确定是哪里发出的，就过来看看。"

屋外的大树正好遮住月光，为了不打扰到屋里人的睡眠，他便上了屋顶。

苏尔指着缺了一块的屋顶："我们就是通过那个空隙四目相对的。"

脑补了一下那个画面，众人不禁打了个寒战。那场景虽然骇人，但苏尔还是挺感激的，纪珩人是冷了点，却是一名合格的首领。

白燕咽了下口水，想了一下，弱弱地道："……我们是不是去看一下戈旭岩比较好？"

五分钟后，众人齐齐停在了戈旭岩住的屋子门前，还没进去，就知道出事了。血腥味扑面而来。

万亿没什么顾忌，和沉江北对视一眼后点了点头，直接推门进去。

万亿见多识广，检查过后有了判断："是封口魅。"

温不语微微一惊，看向纪珩："这么说，昨晚你听到的动静很有可能是……"

"或许吧。"纪珩的表情淡淡的。

温不语轻声道："其实你可以阻止的。"

如果及时赶过来，说不定能把人救下。

然而不等纪珩开口，温不语就表达了歉意："抱歉，是我情绪不大对。在这里没人有义务为他人的生命负责。"

　　游戏世界里"死亡"再正常不过，眼看这个话题就要翻篇，纪珩忽然道："他怎么被淘汰的，你不清楚？"

　　温不语"啊"了一声，短暂的疑惑后愠怒道："我和戈旭岩关系是有些不好，但同在一个组织……"

　　"食不言，寝不语。"纪珩目光如刀，用六个字打断了她。

　　他一开口，众人便先后发现了一个之前被忽略的细节，面色倏地变了。这个小镇处处讲究规矩礼节，而在有些地方，吃饭时说话会被当作一种不礼貌的行为。

　　昨天戈旭岩不但在饭桌上爆了粗口，食物也没吃干净便甩袖而去。联想到今日发生的惨剧，多半与此有些关系。

　　温不语脸上的怒意消散，脸色惨白，显然也是想到了这茬，整个人都愣住了："怎么会这样？"

　　她的神情诚恳，一时还真不好分辨是不是在做戏。毕竟现代人吃饭时说话交流是挺常见的。万亿可就没那么好脾气了，小吃是温不语主动带回来的，他们都围着一个桌子吃，若非戈旭岩先开了口，今日遭殃的还不知是谁。

　　"但愿你真是无心的。"万亿看了她一眼，若她此刻是在做戏，那这份心机就有些吓人了。

　　游戏里只剩一个玩家的时候，副本难度会自动降低。很多人遇到高难度副本，见通关无望便会走歪门邪道。

　　温不语气得眼眶都红了。

　　不过眼下最令人为难的是怎么处理戈旭岩的尸体，虽然是虚拟的游戏世界，草草处理也还是不太妥当。然而苏尔注意到一直站在阴影里的书海先生不知何时不见了，等他再出现时，却是跟在卫长身后。

　　老玩家基本演技都是有的，万亿很快调整好状态，做出受到惊吓的表情："出人命了！"

　　卫长看到房间内的惨剧，脸色难看："怎么回事？"

　　万亿装傻充愣，言语间透露着他什么都不知道的意思。

　　书海先生却在这时开口："昨晚死者在饭桌上污言秽语，浪费粮食，可能是遭天谴了。"

　　如此荒诞的理由，卫长听完竟真的信了。

　　书海先生一板一眼地道："吃饭没个规矩，他这张嘴不要也罢。"

　　卫长立时露出深恶痛绝的表情："真是个没教养的孩子，我要叫人把这件事写到报纸上，也好给其他人提个醒。"他口中念念有词，背着手往外走，似乎真的要去找人来撰写文章。

　　白燕咬了咬唇："你们说，这卫长到底是人还是……"

　　万亿说："谁知道呢。"

大家关注着卫长的举动时，纪珩却发现苏尔在观察周围。

"不害怕？"

苏尔说："真遇到魅物，不张嘴号叫就行了。"

纪珩说："做起来不容易。"

苏尔瞥了他一眼："反正我不怕。"

纪珩挑眉。

苏尔神神秘秘地说："其实我发现了一个秘密。"

四目相对，纪珩安静地等待着下文。

"这里的魅物似乎对礼节有超乎人想象的执念，她要是敢来，拼了性命我也要毁了她的清白。"

纪珩的面色有了些微变化。

苏尔嗤笑："不就是封口魅吗……只要我还有一口气，我的嘴巴就不会死。我还会强吻别人，可怕得很。"

短暂的静默后，苏尔忽然问："在之前的副本中，你有没有遇见过封口魅？"

纪珩摇头。

苏尔皱眉："万一对方不是小姐姐，而是个七八十岁的老头怎么办？"

他怕自己下不了口。

纪珩瞥了他一眼："你还挺挑的。"

苏尔："……"

不知道是不是错觉，话音一落，苏尔感觉到一阵阴恻恻的风从身边掠过。

其实强吻之事他只是说说而已，他自知没那么大的本事，还能壁咚一只封口魅。

戈旭岩的离奇出局让其余玩家感受到了时间的紧迫，来不及去体会兔死狐悲，便先后出门去执行各自的计划。苏尔和纪珩也没有在院子里久留，开始搜集有关当选卫长呼声最高的三兄弟的线索。

打听到他们的住处后，苏尔想了想："深入接触一下才好做判断。"

纪珩在这方面很有经验，选择直接登门拜访。

他摆出一副弱者的姿态，虽然语气中听不出多少谦卑："我们想拜访一下李先生。"

来开门的是一位二十岁出头的年轻人，问："哪位李先生？"

纪珩说："哪位都行。"

男子用审视的目光望着他们。

纪珩微微低下头："我们两个在育婴堂长大，因前些日子偷喝酒被惩罚，去找工作都被拒之门外了。"

苏尔配合得很好，附和着开口："镇上人人信服李家的三位先生，如果三位能帮忙说说情，我们找份工作就不是难事了。"

年轻人在听到他们偷喝酒后一脸嫌恶，原本是想把人赶走，却忽然眼珠一转，不知为何改了主意："你们先在这里等一下。"说罢他把门合上，似乎是回去找人商量什么去了。

门外一时就剩下纪、苏二人。树上有麻雀在叫个不停，十分吵闹。

苏尔笑着问："你说他会同意吗？"

纪珩说："应该会。有七成可能他们会让我们暂时留在这里帮忙。"

想起早上卫长面对尸体时想要找人来宣扬的表现，苏尔的语气里多了几分嘲弄："然后就可以宣传我们如何在他的教导下，幡然悔悟，踏上正途。"

确实是一个很好的拉票方法，只是未免显得可笑。

纪珩明白他的想法，淡淡地道："规矩是规矩，人心是人心，不可一概而论。"

过了三四分钟，门内走出一位五十多岁的男子，头发梳得一丝不苟，因为常年不笑，嘴巴抿成了刻薄的弧度。苏尔和纪珩恭恭敬敬地鞠躬问好。

男子对他们的态度还算满意："随我进来吧。"

镇上强调血缘宗亲，李家人住在一个很大的宅院中。

男子自恃长者身份，自然不可能主动跟他们说太多，方才开门的年轻人揽过去这个活儿，开口介绍道："这位是我的父亲，李有遵。"顿了顿又说，"我是李守章。"

根据之前得到的线索，李有遵是三兄弟里年纪最大的，也是口碑最好的。原本这次卫长的位子非他莫属，只是李有遵还有一个女儿，这女儿和人争吵时骂出了粗鄙之言，导致他名望下降。

苏尔还记得早餐铺老板提到李有遵女儿时的鄙夷："无知小辈，连累了家中长者，好在她还有点羞耻心，前几天上吊死了。"

苏尔回忆到这里，和纪珩对视一眼，后者颔首，确认那个封口魅多半就是李有遵的女儿。在《七天七夜》这个游戏中，NPC死后是可以升级成强大的魅物的，魅物分很多种，能力和形态各不相同，这也是玩家需要攻克的对象。

游戏世界虽然残酷，不过讲究因果，里面能搜集到的线索往往可以前后呼应，直至彻底串联。苏尔松了口气，轻轻拽了下纪珩的袖子，用口型道："是个小姐姐。"

他又好了。

纪珩眼皮轻轻一跳，佯装没听见。

"宅子后面有一片地，你们负责那里。"李有遵开口，"当然，工钱不会太高。"

苏尔假装感恩戴德："能解燃眉之急，我们已经很感激了。"

育婴堂的孩子多数只读到初中，每个人都在告诫他们，已经没了父母，不可以再失了教养，因此出身育婴堂的孩子通常很自卑，初中毕业便会去学门手艺，用于谋生。

苏尔初时觉得挺同情育婴堂的孩子们，不过有李有遵女儿的前车之鉴，他忽然觉得在这个病态的地方，没有人真正过得好。

宅子后面的地里零散地种着一些树。

"每年父亲都会带我们到这儿来栽种树木。"李守章话语间带着一种荣誉感，"你们要好好照顾。还有，父亲讨厌野草，看到必须除掉。"

苏尔扫了眼四周："但这里的树木并不多。"

李守章道："歪歪扭扭的树都会被连根除掉。"

他刚一说完，苏尔就看见路边躺着一棵叶子还没完全枯黄的树，看上去是才被砍倒不久。

李守章又交代了几句日常需要做的工作，就转身离开了。苏尔摇头："连根除去？也幸亏这些树还没长大，否则根系蔓延地底几十米，累不死他们。"

两人守着这片地，也见不到其他人，耗到吃午饭的时间，才终于有人来叫他俩。李家有两个保姆，因为小有资产，还请了一位夜间看门的，这些帮工有专门的吃饭地点。

按常理，从他们口中最能打听出有用的信息，可惜饭桌上没一个人开口，就连咀嚼的声音也很小。说话会坏了规矩。

安静地吃完饭，苏尔本来准备去找李守章，不料对方主动过来了。视线一扫确定人都在，李守章才开口："今晚是姐姐的头七，父亲要请人来超度，请各位晚上十点后不要出门。"

苏尔找准机会开口，问起住宿的问题："我们现在住的地方屋顶都是破的。"

李守章年纪不大，算是这里比较好说话的，安排了两个相邻的小房间给他们暂住。

午休时，苏尔和纪珩坐在后院的树下。

"是不是今晚留下来比较好？"

纪珩点头："肯定会发生什么的，多了解些李家的信息有益无害，不过有风险。"

苏尔表示明白，抛出一个更为现实的问题："为什么没有其他玩家来打听情况？"

不出意外，卫长的最终人选会是李家三兄弟中的一个。

纪珩的语气很平淡："可能他们另有打算。"

这座宅院很安静，每个人说话都是轻声细语的，走路也是静悄悄的。太阳快落山时，终于传出些不一样的动静，苏尔躲在暗处观察，一位穿着袈裟的和尚被簇拥着走进宅院来。

在他身旁，除了李有遵，还有两个与他长得很相像的中年人，多半是李有遵的兄弟们。他们在交谈着些什么，可惜距离太远，苏尔听不清。

工作提前结束，进屋休息前，纪珩给了苏尔一张篆纸。

"新生魅物不会太厉害。"纪珩道，"这张篆纸是我从其他副本中带出来的，贴在魅物身上可以限制魅物的行动。"

苏尔好奇地来回翻看："有时效吗？"

"最长不超过五分钟，足够你跑出来求救。"

苏尔表示了感谢，又说："不过我应该没那么不走运。"

"玩家比 NPC 更容易吸引魅物的注意。"纪珩不再多说，先一步进了房间。

苏尔盯着手上的篆纸，思索着如果晚上真的撞上魅物，他现在能做些什么准备工作。很快他就得出了结论：补觉。

熬夜会使人的注意力下降，为了保证自己注意力能够集中，苏尔几乎是强迫自己入眠。但这种时候不可能睡得太沉。天色从暗沉变为浓墨般的黑，苏尔半梦半醒间隐约听到了咏诵经文的声音。他睁开眼，很快清醒过来。

冷气四溢，他特地检查了窗户有没有关严，其间刺骨的凉意让他几乎寸步难行。

苏尔现在确定，魅物盯上自己了。

也难怪第一个晚上戈旭岩没有逃出去，这种冰冷限制了人身体的动作。

他低头朝掌心哈了哈气，抬头的一瞬间冷气扑面而来，一张脸猝不及防地出现在他面前，嘴部溃烂，空洞洞的眼睛深处藏着怨毒。苏尔不禁后退了一小步，硬是忍住了没叫出声。

对视了几秒，女魅先一步耐心告罄，枯瘦的手直接朝他的嘴伸来。

苏尔活动了一下僵硬的手指，同一时间伸出胳膊，忍着寒意把篆纸贴在了她身上。有一瞬间，苏尔思索过篆纸会不会掉下来，好在它就像磁石一般，稳稳当当地粘在了她的肩侧。

苏尔没有第一时间跑出去求救，反而盯着女魅看了起来。纪珩说过，这种小魅物往往不会很强，换言之，这会是一个很好的试验对象。

他先是掏出电击器往对方身上一电，因为疼痛，女魅张开嘴巴，溃烂的范围随之变得更大。

苏尔又试了一次，周围的气温逐渐回升，侧面证实了这个女魅确实处于虚弱状态。他认真记录下观察到的情况，总结出电击器可以给主持人补充能量，且能对魅物造成伤害。

为什么会这样？

可惜到目前为止也就遇到了两个试验对象，不能进一步采集数据。苏尔叹了口气，收回电击器，进行下一项测试。他认真地问对方："你有对我一见钟情吗？"

女魅拼命摇晃脑袋，长发满天舞。

苏尔皱了皱眉，自言自语："看来魅力值不能让魅物觉得亲近。"

魅力值既然能跟武力值和灵值并列，一定有其存在价值，他想了想，尝试眨一只眼"放电"。

女魅的眼睛明明是空洞的，但看苏尔的眼神就像在看什么妖魔鬼怪。

篆纸只能拖住魅物五分钟，即便有电击器，苏尔也不敢把自身安危全部寄托在一个不确定的东西上。眼看时间没剩多少，他赶紧冲对方钩了钩手指，做出几个自认为酷帅的姿势。

"这样呢？要不这样？快说，你到底有没有爱上我？"

正在进行不同尝试时，进游戏以来格外敏锐的第六感突然对苏尔发出警告，苏尔猛地抬眼朝窗外看去，只见那里站着一道熟悉的身影："纪珩？"

纪珩摸了摸左边耳垂，这是两人之前定好的暗号，以识别彼此是否是魅物伪装而成的。

苏尔打开窗，平房没安防护栏，纪珩轻而易举地跳了进来。

纪珩说："我听到你的房间有动静。"

迟迟没等来求救，以防万一，他选择出来查看情况，毕竟破窗而入要比破门而入的难度小。他万万没想到，等待自己的会是苏尔对着魅物搔首弄姿的"美丽"画面。

此刻身上贴着篆纸的魅物还缩在角落里疯狂摇头，溃烂的嘴角又多了几道伤口，瞧着好不可怜。

苏尔为自己正名："这都是表象，别忘了她昨晚才害死了戈旭岩。"

纪珩充耳不闻，走到女魅面前，没有打听李家的事，反而问了一个比较奇怪的问题："镇子上还有没有你的同类？"

女魅咧着血淋淋的嘴角，做出威胁的表情。

纪珩指了指苏尔，说："或者我让他来审你。"

女魅沉默了一下，猛地摇头。

纪珩重复问题，这一次女魅很快点头，表示镇上有她的同类。

纪珩说："李有遵是你父亲？"

女魅继续点头。

纪珩说："你之前发生了什么事？"

女魅张了张嘴，吐出一条长长的舌头，表示自己根本没办法说话。

苏尔提醒道："不是还有手吗？写下来。"

这只手既然掏得了戈旭岩的舌头，应该也握得住笔。说完他还真的从抽屉里找出来半截铅笔，递给了女魅。

女魅的描述和传闻相差不大，事情发生后家里人视她为耻辱，镇子上的人也议论纷纷，她受不了便选择了自尽。

纪珩垂眸思索时，篆纸上的光芒逐渐散去，魅物感受到力量回归体内。她毫不犹豫，指甲猛地变长，伸手就朝面前人的眼睛戳去。然而纪珩甚至没有看她一眼，抬起手掌往前一推，她的动作便生生停在了距离目标对象几厘米处。

对于武力值，宣传册上只简单写了一句话：超过 150，可以轻微扭曲空间以对付魅物。真正见识到这一幕，苏尔才知道这有多么不可思议。

目睹魅物的身子渐渐变得虚无，苏尔皱眉："有没有办法只剥夺她的力量，保留她的意识，等研究完魅力值再送她走？"

女魅原本只有怨恨的眼里陡然浮现出惊恐的神色。

纪珩深深看了苏尔一眼，没有留手。在女魅消散前的一刹那，他伸手合上了那双散不去怨恨的双眸，淡淡地道："安心去吧，愿地狱没有苏尔。"

苏尔："……"

苏尔没太计较这句话，反而对纪珩竟然能灭了魅物一事感兴趣。

"如果让她活过了今晚，我们就得躲了。"

苏尔说："这么厉害？"

纪珩颔首："她似乎受过伤。"

苏尔的第一反应是和电击器有关，口中却道："李家请了和尚，兴许伤着了她。"

纪珩也不知是否接受了这个说法，视线定格在苏尔胸牌上的最下面一栏。

苏尔见状，很是无奈："我到现在都不知道魅力值有何作用。"

纪珩说："不急。"

李守章交代过，晚上十点后不要出门，纪珩却另有盘算："出去转转。"

封口魅已经解决，料想出门危险不会太大，因此苏尔没质疑他的决定，直接跟了上去。

诵读经文的声音依旧，院子里空荡荡的，两人循声摸索过去，找到一间敞开门的小屋。灯光从屋子里散出，在院内照出一片扇形的光亮区域。

苏尔这才真正看清了灵堂，里面布置得相当寒酸。和尚坐在蒲团上念经超度，李家三兄弟和他们的子嗣都在，个个面色严肃。有蚊子在李有遵周围飞舞，他像是看不见一样，没任何驱赶的意思。

苏尔低声道："李有遵觉得女儿辱没了门楣，丧事都不愿意大办，竟还愿意来守灵？"

何况李家其他两兄弟也在，更加说不过去。

纪珩说："心虚作祟。"

苏尔回过味来："他们是担心被报复？"

纪珩点头。

守灵没有不能吃喝的忌讳，中途和尚念完经，李守章和父亲李有遵说了两句话，便从灵堂走出来。纪珩冲苏尔使了个眼色，两人小心地隐藏身形，在后面跟着。

路上很黑，李守章却没有用任何照明工具，仿佛有心事一般，一直低着头，直到拐进一个小房间。

为了不暴露行踪，苏尔和纪珩绕到窗户那边，借着月光观察房间里面发生的事情。

李守章从柜子里拿出一套茶具，将杯子都添上热水。待到最后一杯满上，他从兜里掏出小纸包，小心翼翼地将纸包中的东西加进了其中几个杯子。刚端起盘子时他的手还有些颤抖，出去时险些绊了一跤。站稳后又在原地站了许久，李守章抬头看了看夜空，深吸一口气，心神已定，才重新迈开步伐。

灵堂内，李守章低下头，恭敬地用双手递给和尚一杯水，又依次将水放在剩下的人面前。苏尔一直牢牢记着下药杯盏摆放的位置，也多亏他不近视，清楚地看见下过药的杯子分别给了李家三兄弟。

纪珩说："这一家人真有意思。"

苏尔眉梢一动："往光明处想，说不定下的是代餐粉。"

纪珩看了他一眼，苏尔耸耸肩。

李守章再大胆，也不敢公然在灵堂毒死李家三兄弟，那样未免太明显。事实也是如此，李有遵在喝完水后，并未表现出太大不适，只是咳嗽了几声。

夜间风大，长时间站在一处不动，血液循环似乎都慢了，苏尔感觉到手脚有些冰凉。

纪珩说："回去吧，快天亮的时候再来。"

苏尔不会跟自己的身子过不去，万一落下个感冒，只会影响任务。纪珩同样没有多留，一并回到房间休息。

翌日一早，纪珩把苏尔叫醒出去蹲点。此时天已是蒙蒙亮，和尚起身离开。一夜无事发生，李有遵松了一口气，亲自把人送到门口。

"父亲。"李守章恭敬地道，"我再送大师一段路程。"

李有遵满意地道："去吧。"

苏尔和纪珩不可能直接从大门招摇地出去，只好翻墙。这个点街上几乎没人，他们不敢跟得太紧，有意放慢了步伐。

正走着，纪珩忽然问："宣传册你看完没有？"

苏尔说："看了个大概。"

纪珩说："上面都是些众所周知的要点，但玩家不会把自己独有的重要的经验写进去。"

苏尔预感到对方可能要告诉他什么知识点。

果然，纪珩再次开口："副本选择玩家是相对公平的。"

苏尔琢磨了一下这句话，感觉此话并不尽然，至少这次就不算公平。

纪珩提示道："用了组队道具，一方出局，另一方就算通关也拿不到积分。"

苏尔若有所思："我是新人，对你很可能会是拖累。"

纪珩和苏尔的组合明显会让队伍整体实力大打折扣。而沉江北和万亿虽然分开来看实力都不如纪珩，但配合默契，说不准比他们更容易通关。

苏尔一面贴着墙寻找遮蔽物，防止李守章突然回头看见他们，一面问出自己的困惑："温不语和戈旭岩为什么会进来？"

纪珩没回答，先给足他时间自己思考。

苏尔和戈旭岩接触不多，回忆一番后试探道："和武力值有关？"

纪珩露出赞赏的笑容："无论是哪个数值，快要突破临界点时，就会被游戏传送进难度高的副本。"

这是对玩家的制衡和筛选。

他顿了顿，又说："如果我没猜错，魅力值的临界点是 60。"

苏尔挑眉。

纪珩说："因为游戏想让你出局。"

苏尔："……"

"卡在临门一脚处让你出局，的确符合游戏的恶趣味美学。"

苏尔想了想，无从辩驳，何况 59 这个数字的确诡异："那温不语呢？"

"要么她使用了什么逆天的道具，要么……"纪珩停下脚步。前方李守章送别大师后没直接回家，而是七拐八拐地进了条暗巷。不一会儿，远处走来一道倩影，纪珩看着这一幕，挑眉："游戏安排了一个有利于她的身份。"

纪珩没靠近，反而看了眼附近的一棵大树，只见苏尔已经干脆利落地爬了上去。

离得太远，完全听不到那二人的交谈，不过可以看到温不语轻轻抱了一下李守章。苏尔"嚯"了一声："按这里的规矩，他们算是私相授受了，竟然没有魅物对她下手。"

一对比，戈旭岩有些冤。

纪珩说："魅物对李家有怨念，李守章给李家人下药怕是受了温不语的教唆，利益趋同。"说到这里，他目光一凝，"只是不知道李守章为什么要听她的。"

苏尔从树上跳下来，冷不丁抓住纪珩的双肩，用尖细的声调道："我犯了错进祠堂被惩罚留下污点，你家里人不会同意我们在一起的！杀了那些阻止我们的老顽固好不好？我有办法帮你当选卫长！"

纪珩："……"

"要是你不同意，我就把我们的事情抖出去，和你一起死！"说到这里，苏尔把手放在肚子上，"何况我已经有了……"

赶在苏尔做出更夸张的表演前，纪珩打断了他："你说得很有道理。"

按理说，知道这些信息已经足够他们暗中谋划，渔翁得利，纪珩却没有离开的意思。又过了一会儿，他微微勾起嘴角："捉奸的来了。"

苏尔一抬头，就看见沉江北和万亿不知从哪里冒了出来，直接进了巷子，里面瞬间响起一声惊呼。

"走！"纪珩说，"去看戏。"

争吵的声音渐渐清晰。李守章愤怒的声音传了过来："这是诬陷！"

"不错。"温不语更加冷静，"就算你们宣扬出去，也没人相信他会和我在一起。"

"就是知道这点，"万亿满眼笑意，"我才提前租了台相机，这两天可拍到了不少有趣的照片。"

温不语死死攥着拳头。按照她的计划，她是想要赌一把。其他玩家都在关注李家三兄弟，她暗中扶持李守章当选，就可独吞积分。如今最大的秘密被发现，她只能临时改变主意："不如大家联手？"

李守章连忙承诺："只要我当上卫长，绝对不会亏待你们！"

"可以。"万亿玩味地一笑，"不过……"他看了眼温不语，不说话了。

温不语似乎猜到了万亿想做什么，瞳孔猛地一颤。

"李家有权有势，你回去后找人除掉我们也是可能的。"万亿抚摸着手里的相机，"只有当大家有共同的秘密，一切才有得谈。"

一直沉默的沉江北这时开口："你姐姐已经给家族蒙羞，如果再爆出你和进过祠堂的女人恋爱，你父亲怕是会大义灭亲。"

提到父亲，从小到大受过的种种惩罚让李守章的身体条件反射地一抖。

温不语已经感受到李守章的动摇，指甲几乎掐进了掌心。气氛越来越紧绷，沉江北突然扭过头，锐利的眼神一扫而过："谁？"

纪珩不闪不避地走了出来。

苏尔挑眉："教唆杀人，这也能被允许？"

纪珩说："又非买凶，他不过是暗示了几句。"

何况虽然温不语的武力值不高，但她在游戏里能活到现在，合理推测她除掉一个成年男性不是问题。最可能的结果是温不语受伤，李守章死亡。如此一来，他们不但能利用温不语除掉她手上的王牌，届时说不定她还会因为伤势而不得不依附沉江北。

然而就在这时，温不语突然对纪珩道："你带我通关，我告诉你关于镇子的一个秘密。依照你的实力，一旦获知这个秘密，绝对会成为这个副本的最大胜利者。"

为表忠诚，她不惜自断后路，又对万亿沉声道："相反，就算死，这个秘密我也不会对你透露一个字。"

沉江北皱眉，没料到她会玩这一手。

几方对峙，空气仿佛在这一刻凝结了。

"为什么要闹到这个地步？"不知过去了多久，苏尔出声打破静寂，"每个人都有自己的立场，都在为了活命拼尽全力。为了达到这个目的，拼尽手段，互相算计也无可厚非。但别忘了……我们也曾经笑过哭过，有过情谊，也差点成为彼此的依靠，可信赖的朋友！"

他仰着脸，面朝广袤的天空，笑容苦涩："所以，为了我们能够和好如初，只能重新让我们利益趋同……请大家选我做卫长吧！"

众人："……"

苏尔的话打破了静寂，却很快带来了新一波沉默。

数道目光投来，眼神大致可分为"这人疯了"和"这人有毒"两种。最先受不了的是李守章，他说："卫长一般都是从有名望的家族中选出来的。"

"这不是问题，暗中操作一下，就说我是你失散多年的弟弟好了。"

李守章："……"

这人怕是失了智。

毕竟是自己带进来的队员，纪珩摇了摇头，看了眼沉江北："温不语我要带走。"

沉江北皱了皱眉，正想开口，纪珩又道："作为交换，告诉你一个额外信息，那小子在给家中长辈投毒。"

万亿和沉江北只抓住了李守章和温不语有奸情的证据，不承想还有这一出。另一边，温不语长松一口气，防备地望着万亿，贴着墙走到纪珩身边。苏尔看了看天色，预计再过半个时辰就是工作时间了，他问："回去吗？"

纪珩摇头。

苏尔说："旷工不是件好事。"

纪珩看向沉江北和万亿，说："拜托二位了。"

离开暗巷时，苏尔回头看了一眼。

纪珩说："为了掌握李家的信息，他们会去打白工。"说完他转向温不语，神色又冷了下来，"希望你提供的信息有点价值。"

才经历一场危机，温不语面色微微泛白，强行镇定下来，点了点头。

"投票有猫腻。"她边说边观察着纪珩的面色，见他没有特别的反应，才继续道，"按照流程，即将离任的卫长会把选票从投票箱里一张张拿出来，旁边有人登记。去年负责登记的人是李守章，他说总票数比镇上的总人数还要多出好几百。"

苏尔说："也许有居民多投了票。"

"不可能。"温不语道，"李守章说投票过程非常严格。"她缓了缓，忍不住倒抽了口气，"他把情况反馈给卫长，卫长听后只让他不要声张。"

她低下头："你们说，多出来的票……会不会是魅物投的？"

纪珩平静道："或许吧。"

温不语"啊"了一声，惊讶于对方的毫无波澜。

苏尔则想起遇到封口魅的那个夜晚，纪珩问的第一句话就是镇上有没有她的其他同类，当时她给出了肯定的答复。

纪珩淡淡道："我的灵值虽然比不上祈云，但也不低。"

灵值超过 80 可能会被灵物附体，想到这里，苏尔有了猜测："莫非……"

这回纪珩直接点头："来这儿的第一天，便有灵物想上我的身。"

一旦被灵物上身便可以借用其力量，相对的，风险也会很大。

苏尔不禁好奇，又问了一句："祈云的灵值高得离谱，那岂不是一堆灵物都会争着想上他？"

好端端的话从苏尔口中说出来总会变味。

温不语却是一脸向往："灵值高的人有时甚至可以感受到魅物的位置，利大于弊。"

苏尔的灵值距离临界点还很远，好奇过后他很快专注于眼下的问题："票数有古怪却选择无视，卫长肯定是知道什么。"

温不语又道："还有一件事，镇子上有不少人专门负责监督民众的言行，一旦发现谁有过失会立刻汇报给卫长。"

苏尔估摸着主持人的身份应该就属于这个范畴。

而此刻温不语的神情有几分忐忑："我知道的都告诉你们了，我只想活着出去，所以我保证接下来不生事。"

纪珩说："能否通关副本，看的是个人造化。"

纪珩至少话没说死，温不语重新升起希望。戈旭岩被淘汰了，横竖她已经解决了心头大患，这趟不算亏。又走了一段距离，纪珩和苏尔都没再开口，温不语也只好忍住疑惑，跟着他们一路前行。

大家的脚步最终停在祠堂外。这里没有任何人看守，相反，镇子上的人都对祠堂敬而远之。苏尔把袖子往上捋了捋，鞭伤历历在目，估计只有等离开游戏才能好。

温不语显然也记起刚来时挨的鞭子了，面色难看。

祠堂里供奉着历代卫长的牌位，其中最多的是"李""周"两个姓氏。投票箱很沉重，就放在祠堂外一角，上面蒙着半块红布。

纪珩突然看向温不语："李守章有没有和你提过历年的选票会怎么处理？"

"好像会集中销毁。"

纪珩走到投票箱前，探了只胳膊进去，很快又缩了回来。苏尔注意到他胸牌上武力值一栏的问号闪烁了一下，问道："没事吧？"

纪珩摇头，把投票箱翻过来，出去找了个尖锐的石块对着箱子底部不显眼的位置砸了砸，又刮了几下，箱体顿时露出一片森然的白。起初苏尔以为是掉漆了，走近才看清是材质的原因："这是……骨头做的？"

纪珩颔首："似乎还是取的活人骨，所以会附着这么重的怨念。"他将投票箱物归原位，冷不丁起身抛给苏尔一个选择，"卫长家和坟地，你想去哪里？"

苏尔抿了下唇，没立刻回答。

温不语："这还用考虑？"

正常人都会先排除坟地这个选项。

苏尔说："为保险起见，不如都去看看？"

纪珩挺满意他的这个回答。

卫长有独居的传统，自当选后便要疏远家人，保证在任期间不会给任何人留情。现任卫长住在小镇上远离喧嚣的一块僻静区域，连大门的颜色都是乌沉沉的。苏尔站在门口望着两尊威严的石狮子，感觉到一种死寂。

纪珩上前去敲门。过去好一会儿，门才被打开。即便在家，卫长的穿着都十分讲究，看到来人，他不悦地眯起眼。

纪珩恭敬地道："我们自小无家中长辈教导，所以才会犯下偷喝酒的错误。您是镇上最讲规矩的人，我们想在您卸任前最后聆听一次您的教诲。"

苏尔还好，连连点头配合；温不语的面色就有些怪异了，她没想到纪珩天天冷着张脸，睁眼说瞎话的本事倒不小。

被人好言好语地捧着，卫长的神情略微缓和，他微微抬起下巴，说："进来吧。"

屋子里几乎看不到什么现代化的东西，一套实木家具占据了大部分空间，墙上挂着数张字画。

卫长连续说了不少大道理，其间苏尔微微低着头，看似在虔诚地聆听，实则早就开了小差。若非有种奇妙的凉意在周身萦绕，他或许都能睡过去。

等卫长讲得差不多了，纪珩才道："众生皆有惰性，您平日里是怎么做到完全约束自我的？"

卫长面色一变，语气变得有些冷："习惯成自然。"

纪珩又问："镇上犯了大错的人，死后会被葬在哪里？"

卫长一脸狐疑："你打听这个做什么？"

纪珩说："想去看看，好引以为戒。"

作为助攻，苏尔把胳膊抬了抬，很自然地展示出伤口："那日您打醒了我们，等参观完坟地，我们准备写一篇心得体会，给育婴堂的人宣传一下。"

在他们身边，温不语完全插不上话，大抵也是无话可说。

卫长不知想到了什么，有一瞬间脸上露出一种扭曲的快意："是该去看一看，好知道破坏规矩的下场。"

按照卫长提供的位置，三人很顺利地找到了坟地。荒山下到处是七散八落的坟堆，墓碑上死者的名字刻得很小，一大半文字都在记录他们生前的罪过。苏尔还在其中看到了一处新坟，是李家那位死去的姑娘，碑上刻着"污言秽语，辱没门楣"八个大字。

四周风不大，可就是有股散不开的寒意。

"好冷。"温不语竖起衣领，把手插在了口袋中。

苏尔："卫长家的气温好像也比外面低很多。"

纪珩："我问如何约束自我时，卫长是怎么答的？"

苏尔："习惯成自然。"

纪珩冷笑一声："镇子上的人是被卫长约束，卫长则是被魅物约束。"

温不语瞪大了眼睛："他家里有魅物？那我们岂不是在魅物眼皮子底下说谎？"

"慎言。"苏尔认真地道，"回去我就写心得体会，哪里算说谎！"

温不语："……"

纪珩数了数坟堆的数目："都可以凑出百鬼夜行了。"

温不语勉强扯了下嘴角，都不大能站得稳了："也不一定……都是魅物。"说着她咽了下唾沫，"多出的票，也可能是一只魅物投了许多张。"

纪珩不欲和她多费口舌，望着墓碑，面色一沉。

温不语当然知道他们现在面对的困境是什么，镇子上的人本就不多，保不齐卫长到底选谁的决定权是在魅物的手里："只要呼声最高的李家三兄弟一死，我们为李守章造势，赢面就很大了。"

这本是她原先的计划，方便实施但也有风险。

原本抿着嘴的苏尔下意识地道："可能不成。如果我们没发现你和李守章的奸情……"

"麻烦你换个词。"

"情意。"苏尔轻咳一声，"把票投给了李家三兄弟之一，结局可能就是你获胜，独自美丽。可现如今大家合作，游戏不可能让这么多人如此轻易地通关。"

纪珩不止一次提示过，游戏有恶趣味，且偏向魅物。

温不语有些急了："那怎么办？"

苏尔皱了皱眉，很多想法是要有实力傍身才能实现的，毫无疑问，目前的他弱小得像是一只蚂蚁，最多带点电。他下意识地看向纪珩，后者笑了笑："你不是想当选卫长？"

他指了指前方的一片荒坟："那就得想办法让它们投你。"

阴风掠过远处的山谷，带来一阵诡异的回音。纪珩的笑容意味深长："所以你现在该做什么？"

苏尔面朝坟堆，仔细想了想，说："……开始我的表演？"

坟堆之间的间距不算远，有的墓碑足有数米高，上面的小字密密麻麻，制碑的人在用行动展示什么叫罄竹难书。

祠堂里历代卫长最多的是"李"和"周"两个姓氏，再加上那个白骨制成的投票箱，让苏尔下意识地开始寻找带这两个姓的墓碑。

除去李家不久前死去的姑娘，他只找到一个李姓墓碑，从碑上的生卒年计算，那孩子死时不过十三岁，是偷偷出去玩时溺水而亡。苏尔耐着性子从头至尾转了一圈，最后在靠近山壁的一面找到一座叫周林均的碑。

因为年代有些久远，墓碑受到风雨侵蚀，上面的"周"字已经模糊不清。

再看罪责：偷窃。

相比其他墓碑，这人的罪责只用了寥寥两个字来记录，着实奇怪。

苏尔回头看向纪珩："会不会有魅物突然冒出来？"

"可能性不大。"纪珩道，"除非你犯了什么忌讳。"

游戏偏向魅物，但也给了它们限制，否则玩家根本没有立足之地。

苏尔："刨坟算吗？"

纪珩未开口，温不语先倒吸了一口凉气，这家伙疯了吗！

苏尔当然不是任性妄为，只有开棺才能确定祠堂里投票箱的骨头是不是属于这人的。

纪珩没回答。

苏尔知道自己不该习惯事事向他请教，于是迅速扭转心态，独立思考。埋在这里的都是被镇上的居民视作耻辱的人，因此这里根本看不到有人来祭拜的痕迹，可以说就是个乱葬岗。

即便如此，他们也不能确保刨坟后能全身而退。用了半分钟时间思考，苏尔下了狠心，准备刨。现在还有纪珩带着他，以后他还不知道要面临多少次生死一念间的抉择，哪能次次做到万全？

温不语眼见苏尔用袖子把手包起来，先刨了刨地，或许是嫌速度慢，又转悠一圈找来块木板当简易铲子，她觉得自己的神经都在发麻。

"是不是该阻止……"

纪珩瞥了她一眼，温不语将未说完的话硬生生咽了回去。她咬了咬牙，走上前开始帮苏尔一起挖。

"嗯？"苏尔有些惊讶。

"你一个人，天黑前都不一定能挖完。"温不语根本不想来搭手，可如果她什么都不做，早晚会被纪珩当作弃子遗弃。

苏尔挑了挑眉，心想这人的实力虽然不强，但能活到现在也是有原因的。

在挖东西这件事上，温不语的经验显然比苏尔丰富，懂得找准点、施巧劲。何况她进游戏已久，武力值也远在苏尔之上，两人合力，很快就看到棺木一角了。

温不语问："要开吗？"

苏尔轻轻敲了敲棺材盖："在吗？"

温不语无语，刚想说话，突然棺内传来"咚"的一声。冷不丁的声响吓得她直接后仰，栽坐在地上。再一看，苏尔居然已经跳到了三米外！

苏尔也有些尴尬，抿了一下嘴说："逃生的本能。"

温不语含恨爬起，心道：倘若适才棺材破了，首当其冲的绝对是自己。

苏尔一脸正色，重新靠近，对着棺材用征询的口吻道："前辈，您觉得我这个人怎么样？够不够资格当卫长？"

棺材板沉默了。

苏尔继续毛遂自荐："一旦我当上卫长，保证会制定出更为严苛的规矩，不让任何人钻漏洞。"

温不语蹙眉，低声提醒："这里埋着的可都是被规矩残害致死的人。"

苏尔充耳不闻，继续道："现在的惩处还是太轻了，不足以服众。"

棺材内传来一阵奇怪的声音，来自山顶的罡风似乎直冲而下，从人的天灵盖灌入，让人脚底如生粘胶，根本迈不出一步。随着"吱呀"一声，棺材打开一条缝隙，苏尔甚至能看到已经生锈的钉子弯弯曲曲地卡在那里。

一沓红纸从棺内飘出，分成三份，落了苏尔、温不语和纪珩手上。

"明天早上前，谁能守住这些东西，谁就是新的卫长。"棺材内传来沙哑的声音，周围的坟堆仿佛也有所感应，一时间风更大了，吹落不少坟上的黄土。

三人没一个露出喜色，盯着手上的红纸，反而像是在看烫手的山芋。温不语率先对苏尔道："我弃权，东西给你。"

苏尔没接，只道："先离开这里再说。"

坟堆渐渐在身后缩小成模糊的影，气温回升了些。苏尔握紧手上的红纸，望着纪珩，有些哭笑不得："跟你的理念一样，没条件创造条件也要上。"

这些红纸守得住还好，守不住他们估计就会死在魅物手中。

说穿了，魅物给出好处和条件，完不成条件的代价就是性命。

温不语想到一个不大好的假设："晚上我们会不会遭遇魅物的大规模追杀？"

"推测很合理。"这是纪珩第一次肯定她的想法。

温不语欲哭无泪，第二次试图把红纸塞给苏尔："你不是一心想当卫长吗？"

苏尔说:"如果第二天你手上一张红纸都没有,说不定会被列为抹杀对象。"

想起棺材里传出的话,温不语的手霎时僵在半空。一路苦思逃脱之道,快走到集市了,她突然开口:"对了,适才你为何说要制定规矩,而不是破坏规矩?"

后一个理当更合枉死者的心意。

苏尔和她讲起之前副本中的故事:"那些生前被蛊惑的人,死后仍然心心念念想要成为使徒。"

活着时都不能浪子回头,又怎么能指望他们死后大彻大悟?

"如果真像纪珩说的,卫长的一举一动都在魅物的监督之下,就证明这些魅物不是想报复,而是想用更严苛的规矩束缚后来人。"

温不语望向纪珩,后者微微颔首,表示认同苏尔所说。

苏尔轻叹了一声:"十年媳妇熬成婆,婆又开始虐媳妇,无限循环。"

"……"这比喻离谱,但莫名形象。

温不语努力静下心:"当务之急是今晚活下去。"

苏尔说:"兵分三路。"

镇上明显不止一只魅物,若它们聚在一起,他们面对的就是围攻。想分散开这些魅物,只能分而击之,面临的压力会相对小一些。

温不语没有反对。柿子都挑软的捏,苏尔是他们三人中武力值最低的,相较而言她面对的威胁应该不会太大。

一阵淡淡的幽香入鼻,温不语抬起头,看见纪珩给苏尔递去一个小盒子。

"这是什么?"

"魅骨花。"纪珩道,"在花朵完全绽放前,其他人包括魅物都看不到你。"

苏尔没想到他手上还有这等奇妙的东西,问:"能坚持多久?"

纪珩摇头:"没用过,应该够拖一段时间。"

苏尔没推辞,郑重地道了声谢,把东西收好。

温不语眼神闪烁,纪珩就这么当着她的面把东西交给苏尔了?就不怕……她刚萌生出一个念头,一抬眼,就见纪珩正用余光瞟她,并用口型道:"试试看。"

简简单单的三个字,却让温不语心下一震,收起了抢夺的心思。打狗也要看主人,何况以苏尔的潜力,他很有可能成长为一头狼。

纪珩对苏尔说:"我身上的其他东西虽然也有你能用的,但也可能会害死你。"

苏尔点头,他并非贪得无厌之人,魅骨花已经是无比珍贵的东西了。

夜晚来临前,三人聚在路边的小吃摊吃了顿饱饭,然后各自分开。苏尔朝西面而去,那里离坟地最远,周围地形他也熟悉,算是比较有利。

天色变得昏暗前尚能平静地思索对策,当黑夜真正降临,即便是苏尔,也难免有几分紧张。他不知道魅物是如何寻到玩家的,不过好歹会有一个过程。联想到前几次碰到它们时周围的气温都会降低一些,他便故意往湿冷的地方去。反其道而行之,说不准能借由气温掩盖藏身之处,反而不容易被找到。

最后苏尔挑了个大水缸，在旁边蹲着，周围的遮掩物也挺多。

镇子上完全没有夜生活，天一黑，便很少有人会出现在路上。苏尔背抵着墙，森森的寒意顺着脊梁骨往上爬。街道上一点声音也没有，不知过了多久，忽然刮起了风，簌簌声入耳，说不清地瘆人。

苏尔不敢放松哪怕一丁点，竖起耳朵仔细辨听，发现四周似乎混杂着某种不和谐的声音——"嗒嗒"。

不对，是更倾向于"铿铿"的声音。

今晚月亮出奇地圆，苏尔悄悄探出半个脑袋，想借着月光看看外面是什么情景。才瞟了一眼，险些忍不住骂了句脏话。

空荡荡的街道上，凭空出现了一具骨架，确切地说，是小半具。它失去了腰部以下的部分，单纯依靠半截身子前进，可移动速度却很快，上一秒还在十几米开外，下一秒它和苏尔的距离就缩短成不到一米了。

这不是传统的魅物，而是一只骨魅。

离得近了，苏尔可以清楚地看见有蛆虫从骨魅的眼睛里冒出，他当即低头看向纪珩给他的盒子。

有电击器傍身，面对普通的魅物他自然不舍得浪费道具，再说这骨魅看上去也不怎么厉害。问题在于苏尔看见它总想起用骨头做的投票箱，而它正好少了很多块骨头。

到底要不要用道具？脑海中闪过不少想法，真正做决定也就用了三秒，苏尔快速打开盒子，把花揣进兜里。

几乎是同一时间，头上扫过一阵疾风，苏尔躬下身子，心里一阵后怕，自己果然被发现了。

身后的墙被尖锐的指骨戳出一个洞，这骨魅有些疑惑，它明明感应到了有玩家在这里，为什么突然没了气息？

苏尔松了口气。

骨魅的眼睛早就没了，不能正常视物。看来魅骨花比纪珩描述的还要珍贵，不仅仅能让魅物看不见自己，甚至能屏蔽它们的感知。

五分钟过去了，骨魅还没有要离去的意思，苏尔尝试往侧面走了一段距离，然而没多久，骨魅也跟了过来。

怎么回事？

魅骨花也是有时间限制的，等这花开全了，自己也就玩完了。苏尔努力镇定下来，忽然发现那些从骨魅眼中钻出的蛆虫就在距离自己半米的地方，像无头苍蝇一样打着转。

苏尔再淡定，也为自己的"逆天"运气感到悲哀。魅物也能有帮手？

又过去了十分钟，魅骨花已经开始绽放。

魅骨花显然坚持不到天亮，而无论他走到哪里，骨魅都会在蛆虫的指引下跟过来，这样下去他必死无疑。

"赌一把。"苏尔回头望着不取他性命誓不罢休的骨魅，做出一个大胆的决定，"最危险的地方往往最安全。"

祠堂。

纪珩靠在柱子上。到目前他也就碰见了两只孱弱的小魅物。

喘气的声音传来，温不语跟跟跄跄跑进来，半边袖子染血，显然是受伤了。

"这里已经有人了。"纪珩丝毫不讲人情味。

温不语绞尽脑汁才想到来祠堂，这里放着的投票箱明显有问题，可能会出现魅物。但大部分魅物生前是在祠堂被处死的，多半不愿意进来，所以这里反而会相对安全。

只是现下祠堂聚集了两个玩家，就不好说了。杀人的原始欲望很有可能会促使魅物一同拥入。

她有些不甘心："苏尔也很狡猾，说不定很快就会来，你也会把他赶出去吗？"

纪珩说："这个地方本来就是给他占的。"

苏尔到了，他自然会离开。

温不语愣了一下："既然如此，你为什么不一开始就……"

话没问完，她自己先反应过来，纪珩这是在培养新人。归焚选人重在精，有好处也有坏处，上次他们在副本中折了一位成员，那就得尽快找一个人来补上，才能弥补组织被削弱的力量。

纪珩倒也没赶尽杀绝，给温不语指了条明路："你可以去找万亿，告知他红纸的事情。以他的能力，护住你不成问题。"

温不语想不通纪珩为什么愿意把红纸的事情泄露出去，但她当下也没更好的选择。

因为轻微的嫉妒和不甘，临走前她又说了一句："他不一定能想到来这里。"

苏尔的确优秀，但生存经验还是不足。

"最危险的地方最安全。"纪珩淡淡地道，"这么浅显的道理，他不会不明白。"

苏尔的确第一时间想到了祠堂，不过却多想了一层——自己能想到，那纪珩和温不语肯定也能想到，三人一碰头，那分头行动的意义在哪里？

何况最危险的地方不是祠堂。

"祠堂算什么……"苏尔望着还在追赶自己的骨魅，又望了望前方的院子，咬咬牙，"书海先生的床上才是最刺激的地方。"

苏尔在书海先生家门口徘徊了一会儿。魅骨花能蒙蔽魅物的感知，却不一定能蒙蔽主持人的。根据宣传册上的说法，主持人有监察的能力，意味着玩家间的小伎俩瞒不过他们。

"不对……"苏尔摇头，"这是谬论。"

电击器也算是道具，它对主持人可以产生作用，只不过和应用在魅物身上的效果不同。

想到这里，苏尔一眯眼，恐怕就连纪珩都不知道这东西对主持人有没有用，毕竟玩家直面的敌人是魅物，主持人通常只需要小心提防，不被他们下套就行。

试试看。

眼下也没有更好的去处，总不能自己到祠堂去，把温不语和纪珩逼出来，苏尔自知没那本事。苏尔动作轻缓地翻墙进了院子，身后骨魅如影随形。

此时书海先生正靠在床头，手中拿着书翻看，听到院子里的动静，皱了皱眉。

苏尔故意弄出些声响，有意引对方出来查看，不过没效果。他转念一想，第一天戈旭岩被淘汰时，主持人肯定也听到了动静，却选择了无视。他心一横，索性直接推门而入。

进去的一瞬间，苏尔难免有点怂，手片刻未离电击器，仿佛是在寻求一种心理安慰。

书海先生抬眼，目光越过苏尔，看向他身后的骨魅。

苏尔不禁暗喜，管用！

然而这份喜悦没能维持多久，他便发现口袋里魅骨花的绽放速度比之前更快了。趁着书海先生的注意力被门口的骨魅吸引，他连忙拐去床尾，轻手轻脚地用慢动作往上爬。

书海先生似乎感觉到了什么，有转身的征兆，苏尔立时僵住。他再小心，也免不了会因为重量在床上留下一点点的凹陷。好在育婴堂提供的住处条件不好，只有薄薄一层褥子，因此凹陷不算太明显。

苏尔深吸一口气，又往前爬了一点。书海先生还没来得及细究，忽然面色微变。密密麻麻的蛆虫正在朝床前爬，有的甚至要往他鞋里钻。

"混账玩意儿！"

身后的苏尔露出淡淡的微笑。从平日里的穿着举止就能看出，书海先生爱整洁爱读书，连衣服都甚少有褶皱，如今乍一看到这些蛆虫，他哪还能淡定？

滋滋的响声传来，蛆虫的身子像是着了火似的，噼里啪啦全部炸开了。

"把人交出来。"骨魅浑然不在意死去的蛆虫，竟动了动，发出了声音。它的嗓音极度喑哑，像是喉咙里卡了什么似的。

苏尔挑眉，这声音似曾相识，和白日里在坟地听到的一致。

周林均。

他还记得墓碑上的名字，联想到它最后留下的话语——谁能守住红纸，谁就是卫长——由此可见，坟堆那么多，这只魅物占主导地位，应该是镇上所有魅物的首领。

"焰罗，你我井水不犯河水……"

焰罗？躲在后面的苏尔在心里重复了一遍这个词语。骨魅是周林均死后升级所化，焰罗肯定不是它的名字，更像是一个级别的称呼。

"把人交出来。"骨魅又重复了一遍。

对视间两人都不肯退让一步，料想骨魅不会无缘无故冲进来，书海先生皱了皱眉，说："你退出去三尺。"

待骨魅退出了门槛，书海先生拿着书轻轻一扫，房间里的家具瞬间化为粉末散在地上，甚至连四分五裂的过程都没有。苏尔看得诧异，主持人的力量远远超乎他的想象，而且这力道控制得是何等精准，墙壁和角落地底钻出的几朵小花竟然都毫发无损。

"倘若有活物，哪怕遮掩身形，也扛不过去。"书海先生眼神如刀，语气中带着一丝不善，"焰罗，你是故意来找事的？"

苏尔不是个自恋的人，这时也不免感慨起自己的英明神武……果然，书海先生的床上才是最安全的。

否则现在他恐怕连个全尸都没有。

骨魅似乎也很意外，书海先生冷声道："别中了别人的招还蠢笨不自知。"

距离这么近，书海先生说的每一个字都清晰地传到了苏尔耳中。劫后余生的庆幸迅速过去，苏尔首次认识到，主持人并非他想象中般能主宰一切。他们不但受制于游戏规则，还要和一些高级魅物打交道。

他不禁暗恨自己经验太少，今夜若是纪珩在这里，想必有办法试探出更多有用的信息。

因为只有半截身子，骨魅转身的动作不太流畅，声音越发沙哑："他的命，我的。"

"铿铿"声在院子里一点点散开，又随风飘逝，骨魅已不见踪影。

苏尔凝视着它的背影，直皱眉，他想起祝芸失踪前的梦想是学医，如果以后有机会，他想把骨魅抓去给祝芸研究研究，连声带都没有，它是怎么说话的？

他忍不住斜眼瞟向书海先生，能被主持人称一声焰罗，这骨魅的本事应该不会太差。

就在他苦中作乐时，书海先生已经重新躺到床上。苏尔屏住呼吸，紧紧贴着墙皮。魅骨花已经绽放了大半，别说是熬到天亮，再坚持一个小时都难。

苏尔尝试着挪动了一下。没了骨魅的干扰，几乎是同一时间，书海先生微微皱了下眉。苏尔不敢再轻举妄动。

接下来的十分钟里，苏尔几乎变成了一只蜗牛，连偏个头都小心翼翼。好不容易下了床，正欲离开之际，他忽然瞟见床侧蛆虫的尸体。

按照苏尔原先的推测，骨魅是因为有蛆虫才能找到他，可这些虫子不过是些常年生活在地底下的玩意儿，不像是有智商的，真能有那么神奇？

苏尔咬着唇，思考半晌，从口袋里掏出白日里得到的红纸，做完记号，只留了三张在手上，其余全部悄悄塞进了床缝中。

直到撤出院子，他都没敢贸然收起魅骨花。

院外。

月光把残破的骨骼拉成了长长一截影子，苏尔眼皮狠狠一跳，不愧是焰罗……不忘守株待兔。它此时就贴在院子对面的那堵墙上，显然是没有全信书海先生的话。

苏尔出现的一刹那，骨魅似有所察，朝前移动了一些，然而没多久又退了回去，依旧执着地守在院外。

祠堂不可能去，苏尔再三权衡，朝着李宅的方向疾步而去。

确定走出足够远了，苏尔连忙把魅骨花收进盒子里，花开的速度霎时有所减缓。合上盖子，苏尔心道：这盒子多半也是个宝贝。没了魅骨花，他只能谨慎地找障碍物遮掩身形前进，速度慢了很多。

翻墙进了李家的宅院，苏尔轻车熟路地找到帮工住的地方，一句抱怨随风飘来。

"今天是什么运气？"说话的人五感十分强，听到墙边的动静，瞬间回头。跟苏尔四目相对，万亿有些惊讶，"苏尔？"

比他更惊讶的是另一边的温不语："你怎么来了这里？"

苏尔说："躲魅物，找帮手。"

温不语："……"

苏尔猜到温不语多半是来寻求庇护的，皱眉道："你的红纸呢？"

温不语有几分警惕。

这是正常人的反应，苏尔没计较："想办法散出去一些，这东西会招魅物。"

温不语愣了下，而后脸色煞白，万亿则骂了一句什么。

平日里看上去挺温文尔雅的一个人，竟也有不顾及形象骂脏话的时候。

"难怪……"万亿看了眼温不语，自从她来了，哪怕用道具，还是能被魅物找上门。

"扔了太可惜。"一直沉默的沉江北突然开口，"不如一人拿一些，然后再分开行动。"

苏尔也是同样的想法，所以才用了"散"字，不过他更加关注温不语："你没去祠堂？"

不提还好，一提温不语就免不了委屈。她说："去了。被纪珩赶出来了。"

当然，她也无话可说，毕竟她赶到的时候，纪珩早就在那里了。

苏尔说："我去找他告知红纸的事。"

万亿闻言，欣赏地看过来，暂不说苏尔的处事方式如何，至少为人是合格的。

苏尔朝他微微颔首，又看了眼沉江北，然后道："所以你们谁愿意和我一起去？"

沉江北："……"

苏尔说："我没一个值上了临界点，干不掉魅物。"

万亿是个利益至上的人："我们帮你，有什么好处？"

苏尔说："纪珩手上的红纸最多。"

按照规则，能守住的红纸越多，对他们越有利。

被空手套白狼还不得不承认他说得在理，万亿叹了口气，对沉江北道："我跟着去一趟。"

一出李宅，万亿整个人的气质就变了，他警惕地注意着四周，不敢有丝毫懈怠。

苏尔说："绕路走。院子门口有个大麻烦。"

万亿深深地看了他一眼，却没多问。也是他们运气好，路上竟一只魅物都没遇见。更深夜静，祠堂外有不少参天大树，树冠几乎遮天蔽日，也遮住了洒下来的月光。

万亿小心翼翼地在黑暗中前进。祠堂门是敞开的，进去的一瞬间他便感觉到凛冽的杀意。这股杀意在纪珩见到苏尔时又散了许多。纪珩靠在柱子上，看过来："这么久？"

苏尔苦笑："被一具骨魅盯上了，好像还是个焰罗。"

"不可能。"纪珩尚未开口，万亿就下意识地道，"真碰到焰罗的话，你不可能还活着。"

苏尔说："我去了临时避难所。"

三言两语说完自己的经历，他问道："你们说，主持人和魅物之间，究竟是什么关系？"

问完，许久也没听到回应。苏尔抬眸，发现万亿看着自己的目光震惊中带着一言难尽。

这是什么表情？苏尔又看向纪珩，见他也一脸深思状，便问："到底怎么了？"

"没什么。"短暂的沉默后，纪珩又恢复了往常的状态，淡淡地道，"只是故事有些离奇，一时不知该可怜谁。"

苏尔觉得他话中有话，不过眼下时间紧，他没去质问，继续抓重要的讲："红纸招魅物，我们三个不能聚在一起太久。"

纪珩从口袋里掏出红纸，嗤笑一声："这个焰罗倒是打得一手好算盘。"

苏尔犹豫了一下："焰罗……很厉害吗？"

纪珩正低头研究手中的红纸，万亿回答他："先不论实力，焰罗的智商普遍要高于一般魅物。"

苏尔皱眉："兵对兵，将对将，魅物该挑势均力敌的对手，它来打我一个小虾米，过分了。"

万亿好笑道："在那些东西的世界里，它们只会挑软柿子捏。"

苏尔强调："我不软。"

万亿："……"

趁万亿无语的间隙，苏尔低声对纪珩说："如果把东西放在那个盒子里，能不能阻挡对魅物的吸引？"

魅骨花装进盒子里便停止绽放，可见盒子不俗，只是当时前有焰罗，后有主持人，苏尔不敢做这种危险的尝试。

纪珩想了想："可以一试。"

最后，每人身上只保留了三张红纸，其余全部装进了盒子，万亿看到魅骨花时更是满眼艳羡。

以防万一，三人移动到祠堂门口，确保魅物追来时，他们也能在第一时间分散逃开。犹记得初来乍到时，门口的树上还有几只乌鸦筑巢，如今万籁俱静，使得等待的过程格外煎熬。这个时候无论谁开口，或许气氛都能稍微缓和一些。

万亿不喜废话，纪珩更不是个没话找话的，苏尔想了想，率先打破静寂："你们说魅物是靠什么分辨玩家的？"

万亿摇头，这算什么问题？

苏尔却认真道："如果是靠眼睛看，那万一进游戏来的玩家是双胞胎，该怎么办？况且一些化妆技术也能让人变成和他人相似的模样。"

万亿："……"

苏尔又说："假如 A 违反了规则，B 化装成 A 的模样偷偷和 A 互换房间，黑漆漆的夜晚，魅物把 B 误杀了，算不算重大工作失误？"

万亿："……"

万亿从来没思考过这点，进入游戏的玩家都只会想如何在不违背规则的情况下通关，谁会去探讨魅物是怎么找到玩家的？

无话可说的情况下他忍不住偏头望向纪珩，后者平静地开口："或许是个人磁场不同，使得魅物能够分辨出来。"

伴随着短短几句交谈，时间又流逝了一些。万亿松了口气，看来今晚能应付过去的可能性挺大。

不知又过去了多久，远处的天空渐渐能看到太阳模糊的轮廓，纪珩开口："去坟地。"

晨曦能带给人一种安全感，当周围的一切渐渐都能看清，苏尔也轻轻舒了口气。有惊无险，很多时候是对玩家而言最幸运的词，可惜难得拥有的轻松感在走到坟地的那一刻荡然无存。

沉江北和温不语已经先他们一步到达坟地入口处，不过没进去。

纪珩径直走过去，开门见山地说："红纸每个人留一张，其余的都给到一个人手上。"

众玩家看上去有选择，实际上没有。

温不语先前遇到魅物的时候弄丢了几张，此时纪珩手上的红纸数量最多。至于被苏尔藏在书海先生房间的红纸……除非有人活腻了，否则没有谁会冒着那么大风险去拿。

"给谁？"良久，沉江北问。

纪珩看向苏尔，说："如果你能当上卫长，结算积分时，你会有很大的优势。但相应的，游戏通关前，你的风险也最大。"

苏尔没有考虑，直接颔首道："我当。"

浪费了半朵魅骨花，倘若通关后只得到一点可怜的积分，实在说不过去。

"那就你来当。"

自始至终，纪珩未再去征求其他人的意见，只是视线轻轻一扫。

无声的对峙下，沉江北看了一眼还在迟疑的万亿，以组织首领的身份命令道："给他吧。"

除非他们有能力从纪珩手中抢走全部红纸，否则就算强行保留自己现有的那份，也没用。

几分钟后，苏尔攥着一小沓红纸出现在周林均的坟前。

棺材板露出一条缝，里面传出的声音带着不悦，似乎因为没有达成杀人目的而怨恨。

苏尔说："到你履行诺言的时候了。"

沉默席卷了整片坟地，落叶被吹到半空中，发出哗啦啦的声音，紧接着狂风乱作，刮得人皮肤刺痛。

"好——"待到大风渐渐平息，棺材内的人再度开口，"下一任卫长就是你，不过……你得能活到那个时候。"

苏尔一怔，不由得皱起眉头。距离投票还有三日，这意味着他接下来每晚都会遭到魅物攻击。尚在沉思时，手中的红纸忽然变色，颜色趋近于深红，重量似也增加了一些。

纪珩沉声道："先离开这里。"

苏尔回头看了眼墓碑，掩下眼底的思绪。

一行人走在路上，温不语忍不住起了几分幸灾乐祸的心思，但很快面色难看起来。要被魅物连续追杀三个晚上，苏尔活下来的可能性不大，她投李守章似乎赢面更大。不过有纪珩在，一切都是未知数。

大家没继续聚在一起，苏尔和纪珩先走一步。

万亿盯着二人的背影深思："怎么选？"

投票和公布结果不是实时的，中间还相隔半天，就怕这半天内候选人出现意外。

沉江北瞥了一眼温不语："你到李守章那里去，确保他继续给那三人下药，杜绝其他的变数。"

温不语点头。

无论如何，李家三兄弟必须死，这样他们只需要在苏尔和李守章之间做选择就行。

万亿则说："我去街上转转，继续留意有没有其他强力候选人冒出来。"

暗巷中，空气不太流通，带着股阴暗潮湿的味道。苏尔靠在墙上休息，他凝视着掌中的红纸："继续放在盒子里，未必保险。"

纪珩颔首："上面的气息更重了，至少是昨日的数倍。"

换言之，一到晚上，苏尔就会变成移动的活靶子。

苏尔似乎有自己的打算："我想先去打听一下周林均的事情。"

纪珩没阻止。

当然在此之前，苏尔没忘记先写一篇心得体会，履行之前的承诺。而后他以此为借口，登门造访卫长家。

"不错。"卫长挺满意这篇心得夸张到极致的文字。

"不瞒您说，昨日我去了坟地感慨颇多，镇子上的人还是太仁慈了，愿意将他们安葬。"

卫长一脸嫌恶："的确该将他们挫骨扬灰。"

苏尔垂了垂眼，忽然道："您听说过周林均这个人吗？"

卫长的眼神倏地一变："你打听他做什么？"

"引以为戒。"苏尔不慌不忙道，"其余碑上的罪责都写得挺详细，唯独他的只有'偷窃'二字。"

看出对方有拒绝回答的意思，苏尔先一顶高帽子扣了上去："您是卫长，料想一定熟知这些事。"

卫长的目光几经变化，最终长长叹了口气："周林均曾经也是卫长。"

苏尔装出惊讶的模样，和纪珩对视了一眼，又问："为何我们从没听说过？"

"他这个卫长，只当了三天，"卫长缓缓道，"就被查出来偷了属于别人的选票……这都是十几年前的事情了，事发后，周林均在祠堂被腰斩，以示惩戒。"

苏尔说："那他还有家人在世吗？"

一旁的纪珩微微侧目，这个问题有些出乎他意料。

卫长点头："他母亲年纪已经很大了，现在就住在镇尾，人有些疯癫。"

苏尔轻声道："白发人送黑发人，难免伤心。"

卫长的笑容讥讽："就是她告发的周林均。"

苏尔发怔。

卫长说："当年落选的一人是她年轻时钟意过的男子，老太太偏心眼。"

根据规定，只要满了二十岁，不超过七十岁，都能竞选卫长。

从卫长家里出来，恰好到了饭点，纪珩说："吃点什么？"

苏尔没开口，余光瞥见街角有一道熟悉的身影。四目相对，温不语有些尴尬，迈步走过来，表示她不是在偷听。

"沉江北和万亿还没做决定。"温不语望着苏尔承诺道，"不过我会投你。"

她是个投机主义者，选择赌一把，说不准还能赢得纪珩的好感，只是看样子纪珩并没放在心上。

温不语很是尴尬地扯了扯嘴角，转移了话题，问："有没有想好今晚怎么应付？"

苏尔点了点头。他身旁的纪珩难得开了个玩笑："又去主持人的房间？"

苏尔摇头："那不是个好去处。重点是周林均这个人，他虽然成了魅物，也对规矩有着很强的执念。"

这里的镇民被迫害致死，却只想着怎么用更严苛的规矩继续迫害后来者。讽刺的是，也正是因为镇民大部分都恪守规矩，镇子至今没被魅物灭绝。

想到这里，苏尔眼神闪烁："还记得周林均的墓碑上刻了什么吗？"

"偷窃？"温不语说。

"还有更重要的信息……"苏尔抬起头，一字一句地道，"他的生辰八字。"

坟地中的每一块碑上，都详细刻着死者的生辰八字和生前罪责。

温不语越听越迷糊。

苏尔说："我要和周林均结缘。"

温不语："……"

"两个人缔结缘分后，便要肝胆相照互相扶持，从某种意义上说，我也算是周母的另一个儿子，我要叫她一声妈……"

纪珩："……"

佯装看不见二人一言难尽的神情，苏尔说出了自己的计划："走，去找周林均的母亲，再寻个见证人，他如果杀我，那就是坏了规矩的大罪。"

温不语的脸都吓白了："……他能同意吗？"

苏尔神情一冷："你见过谁做事还要征求死人的意见的？"顿了顿，他又对纪珩说，"我不大了解流程，你见识广，届时你来主持会更加稳妥。"

纪珩一时半会儿没有要回应的意思。

温不语目瞪口呆，好不容易才憋出来几个字："是不是有些……草率了？"

苏尔自认为这是当下最好的法子了。

半晌，纪珩终于开口："在副本中，这是犯忌讳的，活的 NPC 我们都避之不及。"他理性地和苏尔分析弊端，"说不定会弄巧成拙。"

"我知道。"苏尔沉声道，"避开袭击只是目的之一，如果能靠这个法子渡过难关，结算时魅力值可能会有飞跃，再者……"他的视线扫过二人，"周林均的母亲是害死他的罪魁祸首，我想知道他为什么没展开报复。"

温不语下意识地道："不孝可是大罪。"

苏尔说："按照卫长的说法，当年周母是因心上人落选而迁怒儿子。若只是年轻时有几分心动的对象，还不至于让她头脑发晕，去害亲儿子。再怎么说也是亲生骨肉。"

温不语神情一变，略显迟疑："难不成……周母在外面有人？"

苏尔颔首："非但如此，也许还被周林均察觉了，她不得已才先下手为强。"

在这镇子上，亲情什么都不是。李守章可以为了卫长的位子向父亲、叔伯下毒，周林均自然也能因为担心被母亲连累，想秘密除掉对方。

温不语有种反胃的冲动，她不是个好人，但也绝对做不到对父母下手。

"偷情无疑是坏了这个镇子的规矩，周林均有理由杀她。"苏尔目光微动，"除非周母手上有什么东西可以保命。"

闻言，温不语眼前一亮，隐隐想到了什么。副本里总会有那么一两个隐藏的道具供玩家挖掘，可惜想要找到难于登天。

"只是猜测罢了，还要等见到周母后才能做定夺。"苏尔嘱咐纪珩，"当然，缘也不能白结，你想办法把我卖了，换回道具。"

"……"纪珩说，"你确定？"

苏尔点头，忽然问："白燕呢？"

他记得那个女玩家喜欢和温不语一起活动。

"刚来时她因为接话，比我们多挨了几鞭子，伤口感染了，一直在休息。"温不语道，"还是想想怎么筹备仪式吧。"

苏尔："我准备换套淡色系的衣服，你再帮我稍微抹点粉什么的，让五官显得柔和些。有周林均这么一个'狂野'的儿子，周母一定会喜欢看上去柔和些的儿子。"

温不语："……你开心就好。"

苏尔正色道："对了，办礼时，得想办法引走那具骨魅。"

温不语自知没这个本事，下意识地看向纪珩，后者却淡淡地道："我还要主持仪式。"

温不语："……"

同万亿和沉江北合作是最合适的，但道具的诱惑太大，那二人不可能轻易放弃。

纪珩对苏尔点了点头，后者会意，问："确定？"

纪珩说："把万亿搅进来会更麻烦。"

下一刻，一个盒子突然出现在温不语面前，温不语呼吸一滞。

纪珩说："大概能撑四个小时，但合理利用的话，挨到天亮不成问题。"

苏尔只保留了几张红纸，一大半给了温不语，剩下的则被纪珩带在身上。

温不语离开前，纪珩忽然对她道："如果你怕了，试图带着盒子去找沉江北道明原委，我就杀了李守章。"

一旦如此，所有人都会是竹篮打水一场空。

温不语瞳孔一颤，压下翻涌的心绪："我当然不会。"

她走后，苏尔戴上斗笠："走吧。"

用"僻静"两个字来形容周母住的地方都嫌不够到位。周围几乎听不到人声，院子里因为疏于照料，杂草遍地。不过门开后，室内的场景倒有几分出乎苏尔的意料——屋内十分整洁，只是窗子被刻意封死了。

纪珩弯了弯腰，先做了自我介绍，表明他们是从育婴堂来的。老太太两鬓斑白，眼神却很犀利，看上去就是个不好相处的。

纪珩说："前些日子，育婴堂死了一个人……"

老太太已经有些不耐烦，想拿拐杖驱逐讨人厌的客人。

纪珩说："是被魅物杀死的。"

拐杖用力敲了两下地，老太太骂道："胡言乱语！"

"我亲眼瞧见的。"

老太太说话刻薄："那魅物怎么没把你一并带走？"

"原是想的。"纪珩道,"当时我情急之下恳求了一番,它才改了主意。"

卫长说老太太疯癫,这时纪珩才发现实际上她挺精明。

纪珩一字一顿道:"那魅物自称是周林均。"

这个名字一出口,老太太面色大变,嘴唇颤抖了几下,下意识地就想关上门。

纪珩像是没看到似的:"它说自己走的时候太年轻,非常孤单,想和我弟弟结缘。"

老太太充耳不闻:"赶紧走!再不走我就叫卫长来了。"

纪珩苦笑:"我不是骗子,谁家的骗子会主动把亲弟弟送上门来跟一个亡者结缘的?"

静默了几秒,老太太眼中的怀疑才散去了些。

纪珩说:"据说,结了缘能平息亡者心中的愤懑,减少家中祸事。"

站在他身后的苏尔挺诧异的,心道:纪珩平时多正经的一个人,说起胡话来一套接着一套。倘若是不知情的人,上钩也很正常。

纪珩最后一句提到的"减少家中祸事"似乎打动了老太太。

老太太问:"你弟弟也同意?"

纪珩点头:"他是个哑巴,又在育婴堂长大,他都听我的。"

苏尔配合地点了点头,畏畏缩缩地躲在纪珩身后。

纪珩掏出一个信封,里面是些散钱,递过去的同时道:"这就算是结缘礼金。"

他主动给钱,可见不图财,老太太彻底打消了疑心。

纪珩趁热打铁,表示最好今晚就把仪式办了。

"迟了被镇上的其他人知道,他们容易说闲话。"

这事就这样在三言两语间被敲定了。

夜晚,月亮隐于云层后。两张写着生辰八字的庚帖被放在一起,院内立着两根一尺余长的白幡,随着夜风鼓动。纪珩从前经历过有结缘场景的副本,了解结缘的基本步骤,大体照搬了过来。其间他假意在屋内外忙着布置,实则是借机寻找道具。

苏尔双手交叠放在腿上,坐姿十分端庄,趁着周母到院子里去的工夫,轻声道:"找到没?"

纪珩点头:"有了些眉目。"他扫了眼纸糊的衣服鞋袜,说,"等庚帖也被烧了……你现在后悔还来得及。"

苏尔只问了一句:"等出了这个副本,有没有可能再见到他?"

纪珩失笑:"这比遇见同一个主持人的概率还低。"

苏尔松了口气,干脆利落地道:"那我不后悔。"

冷寂的街道上,温不语浑身发凉,没走几步便要左顾右盼,防着魅物突然从某个角落钻出来。过度的紧张让她出现幻听,仿佛远方正在响起鞭炮声和锣鼓声。

人家在屋里喜结缘,她却在街道上受冻引怪,何等心酸。不过转念一想,苏尔其实也挺惨。

"铿！"似乎有什么声音。这次温不语可以肯定自己不是幻听，她毫不犹豫地打开盒子，里面的花瓣开始极其缓慢地绽放。

骨魅明明感觉到目标就在附近，却像是遭遇了鬼打墙，无论如何也无法找到。愤怒让更多蛆虫从它的眼中钻出，这是温不语第一次直面这种东西，她恶心得用手捂住嘴，死死贴着墙。

骨魅逐渐朝她的方向挪过来。温不语的心跳格外剧烈，她屏住呼吸，却掩盖不了心脏的跳动。就在她一度怀疑今天会不会交待在这里时，骨魅突然拍向临近的一块巨石，飞溅的碎石子在温不语的嘴角留下一道血痕，她连忙用手按住，防止血腥味吸引到骨魅。

出乎她意料，骨魅不过是在宣泄怒火，转头朝某个方向疾奔而去，它没有下半身，姿势就像是某种爬行动物，地上还能看到似是爪印的痕迹。

不知过去了多久，温不语贴着墙瘫坐在地，额头冷汗淋漓。

暴怒的焰罗过境，街道上的夜行生物会纷纷躲进巢穴，不敢招惹。

它正在被人强行举行结缘仪式！

可惜它早已没了眼睛，否则现在的状态一定是目眦欲裂。

骨魅心中暗恨，它死在规矩之下，畏惧规矩，要说它最厌恶的，绝对就是斩不断的血脉。别的同类还好，早已摆脱了这层束缚，它却还有半具残骸存活，等同于还欠了那老太婆一半身子未还。

庚帖在火盆中烧得正旺。纪珩用眼神给了苏尔暗示，苏尔顺着他的视线望过去，只见老太太脖子上挂着个吊坠，里面红珊瑚的图案若隐若现。

纪珩说："高僧开过光的玉佩，内壁注入了脐带血。"

苏尔问："你怎么看出来的？"

纪珩说："我有个鉴宝的道具。"

苏尔没多问，暗道：这人大概是寻宝鼠转世。

黑色粉末在空中被风吹散，庚帖彻底化为灰烬。院子里的白幡骤然开始猛烈地晃动，老太太吓得从火盆旁连连后退，想要到屋中把门关上。

进副本以来，纪珩都是让苏尔来做选择，此时也一样，他问："是逃还是进去？"

"进去。"苏尔斩钉截铁。

现在想跑估计很难。两人的动作都很迅速，硬是赶在老太太把门关上前挤了进去。

老太太一脸惊恐："他是不是……不满意多了一个家人？"

纪珩说："您别担心，先去喝口茶缓一缓。"

这种时候随便做点什么都比干站在原地的好，老太太一边神神道道地念着什么，一边转身去倒水。

苏尔压低声音："礼已经成了，他总不至于杀我的。"

这个节骨眼上纪珩居然还有心情开了个玩笑："老太太有玉坠防身，他动不了你，想来会先对我下手。"

苏尔摇头："我现在的身份是你的弟弟，换言之你和他也是亲戚。"

二人说话的同时，外面的动静越来越大，院中立着的两根白幡从中间被掰成了两截。

竿子砸在地上的声音清晰可闻，老太太手一抖，杯子掉落，伴随"啪"的一声响，杯子四分五裂。她狠狠闭了下眼睛，再睁眼时，她望着地面残片的双目已经失了神："碎了。"

苏尔说："岁岁平安。"

"……"原本陷入呆滞状态的老太太突然回过神来，不可思议地看向苏尔，"你不是哑巴！"

她能活到现在，也不是个蠢笨的，此时她激动得从椅子上站起来，狠狠抓住苏尔的肩膀："串通说谎，你们会遭报应的！"

苏尔镇定地道："您不告发，有谁知道我们说谎？"

老太太一愣。

苏尔说："违反规矩那也得被抓个现行才行，我们是当着您的面说的谎，不过当时除了您，还有谁听见了？"

他边说边瞥了一眼那枚红色的吊坠。有这东西护着，哪里有魅物能近她的身！

老太太算计了一辈子，就连亲儿子都拿她无可奈何，陡然被两个小辈戏耍，她恨得咬牙切齿："你们等死吧！"

苏尔看向纪珩，后者可没那么讲人情味，语气格外冷淡："你那东西防得了魅物，却防不了人。"他弯腰捡起地上一片杯盏的残片，拿在手里比画了一下，斜眼瞟向老太太。老太太忍不住后退一步，就听纪珩又道："把你杀了，圆他的一个心愿，还能得到护身符，一举两得。"

一时间，老太太竟分不出到底是门外的魅物更可怕，还是门里面的人更可怕。

一个唱红脸，一个唱白脸，苏尔适时地道："不妥。枉造杀孽，我们和外面的魅物还有什么分别？"

见有人替自己说话，老太太连忙点头。

苏尔笑了笑："您别怕，打开门，承认这场结缘仪式就好。"

"可……可镇上不让……"

"无妨。"苏尔露出安抚的微笑，"都是您一个人的主意，自然要您一力承担。"

老太太瞪大了眼睛。苏尔说："您不过是多担了条罪名。"

老太太的手放在门上，迟迟不敢推开。这些年魅物虽伤不到老太太，但时不时就会来吓唬她一趟，她早就有些精神衰弱。

"我能不能……"

纪珩不知何时站到了她身后，瓷片灵巧地在他指缝间翻转。

苏尔添油加醋道："被迫害了这么多年，您也该硬气一回了。"

门最终还是开了。

院子里的白骨颜色发青，小虫子密密麻麻堆积在倒伏的白幡前，从远处看就像是一幅变幻不定的画卷，可一细瞧，便令人胆寒。极致的恐惧过去，老太太的状态缓和了一些，不过还是下意识地别开了眼。

"为娘怕你在地下孤苦……"身后的瓷片悄无声息地抵在腰间，老太太咬牙道："给你找了个弟弟。"

一道残影从眼前闪过，她来不及眨眼，骨魅和他们的距离已经缩短了几丈，却在快到老太太身前时被挡住。金光一闪，骨魅退回到原位，它颈间的骨头动了动，发出一种类似兽啸般的低吼。

见状，老太太眼中竟然流露出一丝快意："你的命是我给的，我有资格拿走。"

当初若不是自己先一步举报，恐怕早就被这个孽障弄死了。

骨魅的情绪似乎毫无波动，反而平静地问："父亲可不欠您什么，不是一样被您毒杀了？"

这么多年，它跟这个老太太谁都没把谁弄死，它也不急这一时半刻，澎湃的杀意更多是朝着苏尔涌去的。

苏尔一字一句地道："你不但不孝，还想除掉另一个家人，简直大逆不道啊！"

火盆里的火早就熄了，空气中残留着淡淡的焦味，提醒他们适才这里上演着怎样一场闹剧。

骨魅突然哑声笑了，比那些尖锐的声音听着还让人难受。片刻后，不知为何它忽然转换了态度："结缘礼已成，接下来我们该好好聊聊了。"

苏尔的手指不经意间从口袋蹭过，滑过电击器的外壳，然后应了下来。纪珩没干扰他的选择，低声提醒："魅物因执念而存在。"

苏尔微怔，眼中渗出一缕恍然。难怪魅物死后没有任何悔过之心。骨魅的执念是规矩，它便不能随意打破规矩。

这么一换算，苏尔觉得自己存活的概率挺高。

纪珩悄悄塞给苏尔一张篆纸："出了事就用这个拖延几秒。"

苏尔说："几秒可不够我跑出来。"

纪珩说："我会在门口守着，这时间够你喊一嗓子了。"

苏尔想了想，挺稳妥。

骨魅用一种扭曲的姿势爬进房间。门再次合上，只不过这次魅物和苏尔在屋内，纪珩和老太太在院内。

今夜发生了太多事情，人一旦上了年纪，精神上受了刺激，体力也会跟不上，老太太喘着气去了别的屋。

房间内还有些未用完的红烛，苏尔挨个儿点上。有了光明，视野才能清楚，紧急情况下才可以精准电击。

烛光摇曳不定，骨魅空洞洞的眼眶都仿佛有了神采，它的声音像是被拉坏的二胡发出来的，说着与夜色无关的话。

"点蜡烛的人有选择，蜡烛却没有，就像没有一个孩子能选择自己的出身。我的父母都很严厉，我犯一点小错就会被罚去太阳下暴晒。"骨魅大概是想笑，只是没了皮肉的包裹，它整个下颚被拉开的模样极其吓人，"但我不在意，镇上的孩子都是这么过来的……直到有一天，我亲眼看到母亲往父亲的酒里下毒。"

烛火晃得人眼睛疼，苏尔转头避开，问："为什么不去告发？"

有的孩子看到父母犯罪，会因为亲情而做出违心之事，不去告发，可骨魅对父母的感情很淡。

"因为父亲偷喝酒了。"骨魅似乎觉得苏尔问了一个很没必要的问题，开始有些不耐烦，"有次过年，饭菜上桌，我趁亲戚还没来，偷偷夹了块肉吃，结果被父亲打得半死……偷喝酒的性质要更加严重。"

骨魅掐灭了一支蜡烛："或许我们一家都有偷的癖好，父亲偷喝酒，母亲偷情，后来我又偷了选票。血脉里流传下来的东西，改变不了。"

这么说完之后，它似乎好受了很多，语气恢复成之前的样子，虽然沙哑，但少了些戾气。

苏尔认真扮演着倾听者的角色，全程不开口。骨魅对他的这份缄默很满意："既然你这么想当卫长，我可以成全你。"

苏尔眸光一动："当真？"

骨魅说："现在这种情况，你的荣光也是我的。"

深知天下没有免费的午餐的道理，苏尔静静等待着下文。果然，没多久，骨魅又开始拨弄一根蜡烛的烛芯，它说："只要你帮我取下老太婆身上的吊坠。"

苏尔问："为什么是我？"

这个忙谁都可以帮，随便在镇子上逮住一个坏了规矩的人，逼迫对方按指令行事，它的仇不就早能报了？

骨魅说："沉睡数年我才能苏醒一次，每次清醒的时间不超过七天。"

其间很难正巧遇到一个坏了规矩的人，顶多抓住那点时间去吓吓老太婆。如果真能吓死她，倒是一桩美事。

苏尔提醒道："这镇子上可不缺魅物。"

指使小魅物打个下手也不难。

骨魅说："家丑不可外扬。"

苏尔指了指自己，一脸的不明白。

骨魅笑着，带着强烈的恶意道："现在我们是一家人了。"

"……"苏尔沉声道，"我再想想，明晚给你答复。"

骨魅似乎对他的迟疑感到不满，几次伸出手骨，最终还是强忍了下来。

天色从浓稠如墨渐渐变成了可窥得一点光芒，紧接着骨魅像蛇一样，从窗户飞速地爬出去，消失不见了。

苏尔打开门。

纪珩问："谈得如何？"

苏尔说："它几次想要杀了我，不过忍住了。"

这和预料中一致，纪珩淡淡地道："有智慧的魅物虽然难对付，但有时候也有些好处。"

苏尔把骨魅提出的条件原原本本道出。

纪珩勾了勾嘴角："你怎么想？"

苏尔叹道："取了吊坠我就是帮凶，谋害长辈的罪名足够这个镇子把我一并解决了。"

纪珩点头："你能想到这点不容易。"

吊坠肯定是要拿的，但怎么个拿法还有待商榷。

天亮后温不语跑了过来，她嘴角结着血痂："我在路上碰到了万亿，他说主持人让大家回育婴堂一趟。"

苏尔看了一眼她的伤口："你还好吗？"

温不语道："小伤罢了，能活下来就是万幸。"

昨晚的事情她不想再经历一次。

好半晌没听见纪珩说话，温不语有些担心，连连保证："我什么都没和万亿说。"骨魅走后，她又被一些游魂追了半宿，哪还有时间去琢磨阴谋诡计。顿了顿，她又道："万亿应该也不敢借主持人的由头骗人。"

纪珩面上看不出有几分相信，他侧过脸对苏尔说："回去看看也好，这个副本的主持人安静过头了。"

苏尔也有同样的感受。自从进了副本以来，平日里几乎见不到书海先生，他似乎大部分时间都待在房间中看书。沉思片刻，苏尔对纪珩低语了几句，后者点了点头。

井然有序的街道上，两道身影格格不入。

温不语有些紧张："苏尔不去能行吗？"

纪珩说："留个人，以防万一。"

"可……主持人问起来，我们要怎么圆？"

纪珩没回应。

不知道是不是心理作用，越是想慢点走，脚下的路仿佛就变得越短，再一抬头，已经到了育婴堂门口。温不语深吸一口气，推门进去，万亿和沉江北正坐在石凳上，书海先生也在。

书海先生的目光一扫："还差一个。"

纪珩说："苏尔昨夜刚和人结了缘，按这里的习俗，三日后他才能回自己家。"

"……"书海先生的眉头微不可察地皱了一下，想来也没料到苏尔能这样糟蹋副本。

就连向来话不多的沉江北也不禁发问："什么意思？"

为了通关和副本里的 NPC 虚与委蛇，苏尔不是个例，让沉江北奇怪的是纪珩的说辞。

纪珩说："苏尔结缘的对象有些特别。"

书海先生竟一语猜测出真相："焰罗？"

话一出，除纪珩外的人纷纷面色一变。温不语是惊讶于主持人足不出户却知晓了此事，万亿和沉江北则诧异于苏尔的胆大包天。

得到肯定的答案，书海先生的视线终于从手中的书卷上移开，说起别的话题："后天下午镇子上会统一投票，翌日早上公布新任卫长。"

温不语脸色发白："往年不都是上午投票，下午出结果吗？"

书海先生说："都一样。"

"怎么可能一……"意识到自己是在和谁讲话，温不语强行收住质疑。

沉江北和万亿虽然没表露出疑问来，眸光同样沉了沉。毫无疑问，镇子的夜晚比白天更加危险，多留一晚就多一成丧命于魅物之手的可能。

温不语突然想到了什么，面色古怪："投票那天正好是苏尔回家的日子。"

说着，她忍不住偷瞟纪珩，该不会他们早就考虑到了这点？

书海先生重新低头看书，众人一时也不知该走还是该留，情况不明之时，没一个人愿意当出头鸟询问一句。沉江北距离书海先生最近，清楚地看见他的书中夹着一张红纸作为书签。

这纸不就是骨魅给出的选票？

书海先生此刻似乎乐于解惑，平静地道："这是在我床边的缝隙里发现的，很有意思，对不对？"

"……"沉江北面色微变。万亿告诉他苏尔那晚去了主持人的房间避难，时至今日他都半信半疑，现在算是实锤了。

书海先生随手拿出一沓红纸放在石桌上，再度开口："镇子上有不少负责监察人言行的镇民，我也是其中之一。作为镇民，我也有投票权。"

话音一落，已经有人想到了什么，表情不大好看。

"如果煽动部分镇民，再加上这些选票，或许对改变选举结果能起些作用。"书海先生淡淡地道，"不过有这个工夫我宁愿多看会儿书，不如大家都图个方便……再淘汰一个玩家，我便把这些选票交给你们。"

短短几句话使得大家瞬间沉默。书海先生起身，回屋专心看书去了，留下院子里的一群玩家面面相觑。

温不语是最紧张的，心知一旦玩家里有人起了狠心，被淘汰的必定是自己。

"主持人是故意的。"温不语想要捋一下耳边的碎发以缓解紧张，一不留神胳膊撞到了石桌，她却丝毫没感觉到疼痛，绝望地道，"那天晚上他就已有怀疑，甚至有可能故意放走了苏尔，为的就是等到今日来算账！"

看着玩家像耗子一样自作聪明地想办法，等他们得意时，再从暗处递来一个捕鼠夹。

无人接话，不祥的沉默中温不语突然低低笑了几声。就算今晚她必须被淘汰，苏尔也讨不了好，他胆大妄为留下致命的漏洞，免不了会受到其他玩家的迁怒。

在她的声音因为愤怒变得更加尖锐之前，纪珩忽然道："几张选票罢了，有什么好在意的？"

沉江北皱眉："几张可不少。"

纪珩意味深长地说："苏尔和我提过，其中能用的票就五张，最上面的三张和最下面的两张。"

沉江北问起原因。

纪珩说："按苏尔的原话，他当时太紧张了，不小心咬烂了嘴唇。为了分散注意力，就在中间的一沓红纸背面依次留下了唇印。"

镇子这么重规矩，在神圣的投票环节发现票纸后面多出一个唇印，投票的人只怕会被认为是品行不端，讨不了好。

众人："……"

纪珩看了众人一眼："我还有事，先走了。"临走前他又看了眼温不语，后者连忙把红纸连同盒子递还给他，"里面的东西我已经用完了。"说完，她的面色有些复杂。

能屏蔽魅物感知的道具，多少玩家连听都没听过，这辈子她拥有过，不算亏了。

纪珩带着东西离开。

万亿没去深究温不语和纪珩私下做了什么交易，微微仰脸活动了一下有些僵硬的颈椎，片刻后问："你们觉得他的话里有几分真，几分假？"

温不语算是同苏尔接触得比较多的，实事求是地说："唇印估计是真的，其他的听听就罢了。"

万亿轻轻"咦"了一声，看向沉江北："你上学的时候，有这么多心眼？"

他宁愿相信苏尔是误打误撞，否则一个新人，这素质未免有些可怕。

沉江北道："你读小学的时候，同龄的神童可能已经在念大学了，别轻易看轻一个人。"

万亿努努嘴，轻声道："还是快些离开这座院子比较好。"

一旦书海先生发现红纸的内情，恐怕会拿他们当出气筒。

随着几人先后离开，院子里恢复了安静。

屋内，书海先生看的是一本兵书，兵法诡谲，值得琢磨的地方很多，这一节中大肆赞美了一场势均力敌的战役。

"嘁——"

在他看来，想在对抗中获胜，最省力气的方法当属离间，即用最小的消耗从内部将敌人瓦解。硬碰硬有什么意思？

就像若用几张红纸就能让玩家们轻易反目，又何必他亲自时时盯着？

他无聊地用手指拨弄了一下堆在一起的红纸，其中一张无意间被推到一边，屋外的阳光打在上面，纸张的厚度仿佛跟着变薄。不过随意瞟过去一眼，书海先生的视线却突然定格——他翻开红纸，背面有一个暗红色的唇印。

他陡然意识到什么，又连续翻了几张，毫无例外，都是同样的状态。

选卫长是一件相当严肃的事情，票纸被血污了也就罢了，这个唇印才是真正致命的东西。若投票日苏尔借题发挥，反咬一口，他就会很麻烦。

单薄的纸张被揉捏成一团，扔到一边。

书海先生眼中透露出几分危险的光芒："难怪要急着与焰罗结缘。"

对于苏尔来说，恐怕此刻这里要比那只骨魅的老宅更危险。

四四方方的院子里，苏尔正在清扫地面的灰烬，顺道把火盆收了回去。太阳终于彻底挂在天边，苏尔洗干净手，沏了杯茶，敲响房间的门。

老太太的声音带着浓浓的疲惫："谁？"

意识到问了句废话，她并不想开门，但担心苏尔硬闯，还是起身开了。

苏尔说："现在是奉茶环节。"

老太太脸色难看："你奉个什么茶？"说完，她便怀疑地望向杯子。

"没下药。"苏尔说，"这是没有必要的操作。"

精力旺盛的年轻人和一个垂暮老者，体力上的差距不言而喻。老太太也知道对方一旦要抢夺吊坠，她也阻止不了，只是生性多疑，她控制不住。

精神紧绷了一个晚上，这会儿喉咙确实有些疼。老太太喝了口茶，暗想不知昨晚这人是怎么活下来的。

苏尔留下茶具，又退回到院子中。老太太对他的防备之心不减，面色阴晴不定，很快就重重关上了门。

树影婆娑，沙沙的声音让苏尔觉得悦耳。在副本里待久了，死气沉沉的夜晚令人窒息，他更喜欢有着丰富声音的世界。

"吱呀——"木门被推开时发出难听的声音，打断了苏尔的思绪。

外面的大门只是虚掩着，门开后纪珩走了进来，手上还提着些糕点。从昨夜到现在，苏尔基本没吃东西，他原本不大喜欢甜腻的口感，如今一口塞一个，居然也觉得味道不错，前后也就用了三分钟来填饱肚子。

在院子里说话容易被偷听，苏尔指了指隔壁的房间，和纪珩先后走进去。

苏尔拍了拍手上的糕点渣，神情变得认真："当务之急是解决道具的事情。"

今晚骨魅肯定会旧事重提，让他取走老太太身上的吊坠。

苏尔的唇瓣一张一合，纪珩隐约可以看见上面的伤口，想到红纸上的唇印，他摇了摇头："在票纸上做手脚，亏你想得出来。"

"咬伤嘴是意外。"苏尔反应了一秒才明白他指的是什么，掀开袖子，"那晚翻墙时剐蹭到鞭伤，大部分是鞭伤上面的血。"

否则那么多张红纸，靠着咬烂嘴唇一个个唇印往上贴，不得疼死。

苏尔的手指抚摸过伤口边缘，神情一冷，说起来，鞭伤还是拜卫长所赐。刚进副本就莫名其妙挨了鞭子，降低了武力值不说，晚上休息时不小心压到也是真的疼。可惜时间紧张，这份债不能讨回来。

纪珩说："吊坠的事情其实不难解决，偷梁换柱即可。"

苏尔想了想："找人做个差不多的，把老太太身上的换过来？"

纪珩颔首："只要骨魅不主动攻击，大概也分辨不出真假，问题只在于……"

苏尔扶额："如何应付骨魅？"

骨魅昨夜咄咄相逼，目的只有一个，让苏尔亲手把老太太的吊坠拿走。

难得在苏尔面上看到一丝苦恼，纪珩笑了："规则是死的，人是活的。"

正如这个处处讲规矩的世界，反而处处都是漏洞和黑暗。苏尔好像隐隐捕捉到了什么，却又说不上来。

纪珩神情一肃："投票是在后天，按理说我们要再度过两个危险的夜晚。"说到这里，他顿了顿，眼带笑意，细看却能瞧出些许凶狠，"如果投票时间提前呢？"

苏尔发怔。

"打个比方……"纪珩说，"卫长突然病重，快不行了……正如国不可一日无君，这个镇子，不可一日无卫长。"

苏尔愣了几秒钟才回过神来，忍不住上前一步握住纪珩的手，亲切地叫了声"哥"。

纪珩挑了挑眉。苏尔满脸写着"知音难觅"，动容地道："哥，原来你也不是什么好人！"

在如遇知己的灼热视线下，纪珩冷静地抽出手，就事论事："我打听过，卫长负责刑罚，死在他手底下的人不计其数。"

苏尔没多惊讶，也就是玩家的身体素质高于一般NPC，否则那顿鞭子无论谁来挨，都不一定能挺过去。

冷不丁被发了恶人卡，纪珩也没太在意："我去找人做个吊坠，顺便去卫长那里一趟。"

苏尔道："时间可能有些紧张，找人合作会方便些。"

纪珩提示道："游戏里做事尽量别假借他人之手，结算时有好处。"

纪珩一走，四周顿时安静了不少。苏尔在屋内坐了会儿，忽然透过打开的窗户看到一道身影。走出去一瞧，老太太不知何时出了房间，正望着墙边的野花，神情晦暗。

"今天天气不错，不如陪我走走？"她说。

苏尔想了想，跟了上去。老太太讲了些自己年轻时候的事情，少时无望的爱恋，成婚后丈夫的苛待，不服管教的孩子，等等。短短一截路，她已经快说完大半个人生。

老太太的脚步停在一扇小门前，她伸手推开，十几平方米的空间里立着一帘草席，搬开草席，后面是一缸酒。

"均儿一直认为他父亲是被我毒死的，其实他父亲是酒精中毒。"老太太取下塞在酒缸上的红绸盖，醇厚的酒香飘了出来。

她去院子里取了个小杯子，舀了一杯，递给苏尔说："尝尝。"

苏尔拒绝得很干脆。

老太太自己喝了："放心，没毒。我只是害怕有朝一日死在魅物手中，这酒就可惜了。"

说着她又给苏尔舀了一杯。苏尔依旧没喝。老太太也没逼他，自己再度一饮而尽。走出小屋前，老太太突然从袖中掏出一把利刃，朝苏尔头上扎去。

苏尔本就对她心生提防，偏过头躲开，为保安全，又朝前跑了好一段，转眼间两人的距离已经拉开十几米。

老太太眼皮颤抖。这种时候，有点血性的年轻人都会下意识地选择抢夺匕首，或者反手一击，苏尔却跑得这么干脆利落，实在叫人无话可说。

此刻苏尔已在安全距离外，还在跟老太太理性分析："镇子上限酒，想酒精中毒也是不大容易的，下次找个好点的理由。"

老太太年纪大了，视力却很好，将苏尔目中的嘲讽看得一清二楚："你知道我要杀你？"

苏尔点头："有我在，那魅物晚上肯定会寻来，你自然不会留下祸患。"两人四目相对，他摊摊手，"别激动，换个角度想，魅物来找我，就顾不上你那头了。"

其实老太太想杀死苏尔的最大原因是怕他抢夺吊坠，之前是两个年轻力壮的小伙子，她对付不了，现在一个有事外出，她看到了机会。

可惜……人老了，体力是硬伤。当然，也是她错估了苏尔，失手了。按照原计划，苏尔的注意力会集中在酒是否有毒上，离开房间前的一刻，正该是他精神最为松懈的时候。

苏尔冷不丁主动往前一小步，老太太条件反射般后退，险些被门槛绊倒。

"您累了。"他换上尊称，"回房间休息一会儿比较好。"

摸不清他这是在打什么主意，老太太看了苏尔一眼，直到进门后都没松开手中握着的匕首。

门关上后，苏尔面色阴沉，坐在院子里看游戏宣传册打发时间。外面突然传来一阵闹哄哄的声音，远处住着的一两户人家几乎是全家出行，疾步朝一个方向而去。苏尔走出去，拦住其中一位："请问出了什么事？"

"李家三兄弟昨晚一个中风，还有两个暴毙了。"

苏尔半信半疑："这也太不幸了。"心里却知道这和李守章脱不了干系。

"李家人都很有德行，这会儿我们要去看望……"那人的话还未说完，便被前方的人催促着快些走。

那人不再和苏尔多说，急匆匆走了。

"喊。"老太太听到声音，打开门看到这一幕，表情不屑地道，"什么看望？分明是自己想竞选卫长，这会儿去确认竞争对手是不是真的不行了。"

苏尔说："死得这般蹊跷，没人来查？"

老太太神情冷淡地道："都说了，是意外，不是谋杀。"

看见苏尔皱眉，她勾了勾嘴角道："镇子上人人循规蹈矩，哪里会有杀人犯？"

这话从她口中说出来，莫名就有些讽刺。

苏尔很快想通了，在这里，子女犯了错而被父母打死的事很常见，死在卫长手中的镇民也不少。没有法律，只讲规矩，这才是真正可怕的地方。他转念一想，纪珩才离开不久，李家三兄弟便全军覆没，多半就是他通过温不语指使李守章动的手。

果然，纪珩才是蔫儿坏的那个。

正念叨着，正主就来了。纪珩手中拿着个木匣子，慢悠悠地跨过门槛，不见丝毫急躁。

苏尔说："这么快？"

纪珩说："许以重利，没什么做不到的。"

横竖也是这个副本的最后一天了，剩余的钱币留着无用，他便去找了温不语，把钱都凑在一起给了玉匠。

片刻后，纪珩正色道："来时我路过卫长家，他惊闻李家三兄弟的噩耗，伤心欲绝，身子突然就垮了。"

"……"苏尔深深地看了他一眼，没有质疑。

纪珩道出重点："我回来时，卫长已经宣告要提前进行投票了。"

苏尔回忆起之前的事，皱着眉道："若非我要竞选卫长，其实你早两天就可以通关。"

让卫长卧病在床，再解决李家三兄弟，送李守章上位，一气呵成了。

纪珩摇头道："在副本里，世界探索度很重要。"

好比苏尔挖掘出焰罗这个隐藏 boss，有利于最后结算。说完他把木匣子里的吊坠递了过去。

苏尔险些被老太太刺杀，自然不会留手，当然这也是在游戏里，老太太只是个NPC，否则苏尔哪敢这么放肆。这会儿他找了把劈柴刀壮声势，一脚踹开门，在老太太惊恐的目光中打晕了对方。他换下吊坠后，拿给纪珩。

纪珩说："你收着。"

苏尔略有迟疑。他先用了人家半朵魅骨花，现在又收下吊坠，有些说不过去。

"培养新成员很耗费时间。"纪珩直接挑明了说，"目前你是组织中实力最弱的，活下去才是要紧事。"

苏尔说："我担心被人抢了去。"

纪珩不以为意地说："那就再抢回来，顺便让掠夺者付些利息。"

投票时间定在午后。卫长是真的不行了，说话都很困难。

走在街道上，听到有镇民在议论，苏尔不禁问纪珩："你到底对卫长做了什么？"

"只是把曾经枉死在他手上的灵往他那里引了引。"纪珩淡淡地道，"灵气太盛，人体一时受不住。"

引灵物？苏尔不禁看了他一眼。

沉寂久了的镇子因为接连的突发意外而变得有些热闹，连老太太幽居的地方附近都能听到些喧闹声。倒是坟地至今安静得可怕。

棺材自从被挖出后，便孤零零地停在黄土上。苏尔和纪珩对视一眼，走上前轻轻敲了敲。棺材猛地一震，苏尔连忙后退一步，即便如此，还是被扬起的尘土糊了一脸。

苏尔咽下口中的土腥味，说："按照约定，你要保举我做卫长。"

若是别的魅物，苏尔不一定会相信它的承诺，但骨魅的执念便是遵守规矩，即便它内心不想践行诺言，行动上也得做。

棺材内没回应，苏尔权当它默认了，道："今天下午开始投票，还请你守诺。"

"距离卫长选举还有两日。"良久，棺材内终于传来一道沙哑的声音。

苏尔说："你睡过头了。"

骨魅："……"

苏尔轻咳一声，改口说："玩笑话。事实上是卫长病重，投票日不得不提前。"

"病重？"喑哑的嗓音头一次透露出尖锐感。

苏尔面不改色地说："若是我心狠些，大可以在选举结束后再告知你，届时我若不是卫长，就得算你违约。"他闭眼片刻，又缓缓睁开，"你我是一家人，我才特意来告知你的。"

话音刚落，便见周遭树枝摇曳。细小的动静引起地面落叶巨大的战栗，强劲的罡风下，苏尔感觉胳膊上的伤口再次裂了开来。他本想负手而立装装遗世独立的样子，可惜风太大，刮得他身体不稳，连连倒退。

他一路退到纪珩身边，后者拉住他，脸上的笑容颇堪玩味。苏尔尴尬地摸摸鼻尖，决定树立新的处世原则：没事不要瞎嘚瑟。

就在他痛下决心的时候，棺木开了条缝。

"红纸。"短短两个字，带着森然的杀意。

苏尔从纪珩手中接过红纸，上前递过去。可怕的手骨从缝隙处探出，有一瞬间那尖锐的指骨和苏尔脆弱的脉搏只相差一丁点。

"那我就回去等结果了。"苏尔临走前说，"相应的，我会为你取下老太太身上的吊坠。"

这算是给双方一个台阶下。

直至彻底远离坟地，苏尔才道："老太太想杀了我，骨魅会解决她；卫长重病，算还了来的时候那几鞭子。"顿了顿，他抬头看天，"书上所写没错，善恶终有报。"

挺有道理的话，但纪珩听在耳中，一时竟无法分辨其中善的一方是谁。

午后的太阳又毒又辣，卫长被人搀扶着站在祠堂前，身前是投票箱。

祠堂外面被围得水泄不通，镇民纷纷屏息凝神，盯着不过半人高的投票箱，就像是在看稀世珍宝，满眼放光。玩家们早就到了，温不语来得最早，找了个好位置——她站在了一棵古树下的巨石上，不会受人潮拥挤，视野也开阔。

白燕也在，苏尔几乎要忘记还有这么个玩家存在了。白燕也挺不好意思，进副本第三天，她就因为伤口感染，大部分时间不得不躺在床上，本以为自己很快会出局，没想到全程躺赢。

看到纪珩和苏尔，她连忙招了招手，低声道："怎么才来？票都投完了。"

她跟着温不语做的选择，投了苏尔。苏尔只说自己去了个地方，然后看向沉江北和万亿。

"我们选的是你。"万亿笑了笑。

投票日期提前，肯定和纪珩脱不了干系。细想起来，他们一开始就犯了低级错误，光考虑了人选，而忽略了还完全可以通过人为干扰把投票时间往前提这回事。

正说着，天空中多出一片巨大的乌云，灼热的阳光瞬间就被遮挡住了。

天气变得凉爽了些，没日头晒着，卫长也好受了很多。

苏尔凝视着投票箱，不知是不是错觉，投票箱似乎往前移动了些。他刚想开口，纪珩把食指放在唇边："嘘。"之后，又给他指了一个方向。

苏尔顺着纪珩指的方向望过去，只见祠堂内多了半具骨架，正朝着投票箱爬去。投票箱最下面一层原本就是用周林均的一半骸骨打造的，如今骨魅和投票箱就像是磁铁的两极，牢牢粘在了一起。

如此可怕的画面，镇民乃至离得最近的卫长却好像没看见似的。苏尔细看他们的眼睛，发现他们的瞳孔深处都有一个小红点，没一个聚焦的。

温不语也觉得头昏昏沉沉的，勉强道："是那只魅物的手段。"

好不容易离远一点，睁开眼，却见苏尔跟没事人一样站在原地，她不由得纳闷。从武力值来看，这家伙明明是最弱的，怎么反倒只有自己受了影响？

其实苏尔不过是勉强保持清醒，全靠自我电击死撑。所幸这段时间不是很长，待乌云渐渐消散，他看到投票箱中多了数百张红色的纸张，不过眨眼间，红色一点点消退，便和普通的选票没什么区别了。

骨魅离开之际，在苏尔这边停留了一下，大概是在考虑要不要趁机杀了他。

一旁的纪珩冷冷道："卫长人选还未公布。"

骨魅心有不甘，它想到自己这次被迫在白日出行，导致重新陷入沉睡的时间也会提前，一番权衡后，还是决定先去要了那个老太婆的命。

"我会记住你的。"

原本已经爬出一段距离，骨魅突然以迅雷不及掩耳之势折回，向苏尔伸出半条白森森的手臂。

命不能拿走，给点教训也是可以的。

苏尔似乎早知道它会如此，竟在它折返前先一步做出了逃跑的动作。骨魅伸出的手臂僵在半空中，一时有些呆滞。

苏尔喘着粗气道："你我真是心有灵犀。"

现下骨魅距离温不语最近，只有几寸的距离，后者腿都要吓软了。好在骨魅最终放弃了攻击，在街道上飞速前进，很快消失不见了。

其实即便不躲，有吊坠在，骨魅的攻击也奈何不了苏尔。只是苏尔不想暴露道具的存在。

纪珩走过来，轻声提醒："那东西在你身上产生的作用还不如戴在老太太那里的十分之一。"

言下之意，是让他不要太过依赖道具。

苏尔点头表示知道了，心里跟明镜似的。老太太和骨魅是母子关系，那吊坠中又有周林均的脐带血，他戴和老太太戴自然效力不同。

镇民的神志逐渐恢复清醒，卫长让李守章留下统计票数，其余人渐渐散去。有镇民临走前还在贪婪地望着投票箱，做着不切实际的卫长梦。

李守章进去前忍不住看了下温不语，想起今早温不语的承诺——只要卫长选举结束，她就会离开这个地方，李守章毒杀父亲、叔伯之事便会随着葬礼一同埋入地底。

票数很分散，原本李家三兄弟呼声最高，出事后镇民只能选择其他人。加上投票时间又提前了，使得大多数人竟是三五结群，投了身边亲近的人。

有骨魅助力，苏尔以绝对的优势获胜。卫长看到结果后，捂住胸口咳嗽了好几声，非常震惊。

李守章早知结果，脸色依旧很难看。假使没有中间的一系列变故，他完全能够在父亲死后造势，博取镇民的同情，从而当上卫长，现在却只能眼睁睁看着这个位子花落别家。

他不甘心地说了一句："这票……是不是有问题？"

卫长的脸色一下就冷了，灵气入体本就使得他面色发白，现在更是瞧不出血色。他低喝一声："谁给你的胆子质疑选票！"若非力气不够，他早就甩过去一鞭子了。

潜意识里对卫长的畏惧让李守章乖乖闭了嘴。

"谁的票最多，谁就是新的卫长。"卫长突然低头，从喉咙里挤出一阵诡异的笑声，"没关系，当上了卫长，从今往后便不能有任何细微的错处。"

其中的滋味，他比任何人都有感触。

当天下午，卫长当着所有人的面，宣布了新一任卫长。

这是一个无比重要的时刻，即便心中存有疑惑，也无人敢在大庭广众下质疑。

苏尔站在卫长身边，视线从一张张面孔上扫过去，没太多表情。其间他只简短地说了几句话，加之刚刚卸任的前卫长身体不好，站着都需要人搀扶，接任仪式很快便匆匆结束了。

这很合玩家心意，否则时间一长，太阳落山，又不知会出何等变故。

随着上一任卫长被李守章搀扶着离开，镇民也相继散去。

温不语征求其他玩家的意见，问："回院子吗？"

万亿摇头道："主持人会过来。"

正如他所说，不过片刻，书海先生便出现在了他们面前。

"恭喜各位通关。"说话的时候，他的视线在苏尔身上多停顿了一瞬，杀机迸现。

同样的表情，苏尔在月季绅士脸上也看见过。

"山水有相逢。"书海先生冷淡地道，"期待与各位再会。"

说罢他一甩袖，玩家的身子被光束笼罩，逐渐消失。

他们并未直接离开副本，和上一个副本结束时一样，苏尔站在一片空地上，血腥味涌入鼻腔，他侧过身，发现不远处的树下躺着一个受伤的女人，伤口正在以肉眼可见的速度痊愈，她身边还有个啜泣不止的姑娘。

"好在是活下来了。"受伤的女人安慰同伴道。

苏尔周遭，除了戈旭岩，同入一个副本的玩家都在。温不语迫不及待地查看结算下来的积分，谁料头顶上方的天突然黑了，乌云像墨汁一般聚敛。

苏尔眼皮一跳……这场景似曾相识。

没有一点意外，下一刻，冰冷的机械提示音响彻周遭："恭喜玩家苏尔获得成就'消失的爱人'。"

提示音结束后的数十秒，四周鸦雀无声。之前一直号啕大哭的姑娘此刻也用袖子蹭去眼角的泪珠，不可思议地左顾右盼起来。她知道，播报刚刚结束，意味着这个获得成就的玩家也是才出副本不久，甚至有可能就在他们身边。

苏尔之前已经出名了一次，他在新手场的所作所为又都通过水幕进行了公放，很快就有人认出了他。

纪珩突然出声："跟我走。"

苏尔没有迟疑，跟了上去。

身后那些探究的目光如同刀子般扎在他的背上，若非顾虑到纪珩，其余玩家恐怕早就把他围住打听成就点的事情了。

温不语不想惹麻烦，没有透露和苏尔进了一个副本的事，趁着众人的关注点转移，她赶紧退出了游戏。

第三章

有借必有贷

归焚补给站。

帐篷里只有三个成员在，其中一个看到苏尔和纪珩进来，说："桌上有热水。"

苏尔正好有点口渴，便拿起水喝了一口。

这三人同样听到了播报，看苏尔的目光十分复杂。他们虽然沉默寡言，但基本的好奇心还是有的。就连老大都只有一个成就点，而作为新人，苏尔又拿到一个，成为游戏中独领风骚的存在，这到底是怎么回事呢？

一名成员开口问："可否和我们说说？"

跟苏尔进入同一副本的还有其他玩家，身后各有组织，各种传言很快就会扩散开来，苏尔知晓就算现在不谈，很快大家也都会知道。

"有关成就点怎么获得，各位比我清楚，就是达成副本中的隐藏条件。"他顿了顿，又道，"我只是误打误撞。"

一名成员苦笑道："的确。但大家怕的不是条件苛刻，而是不知道条件是什么。"

就像昔日不惜屠戮其他玩家的疯子一样，玩家们能做的只有不断尝试，所以他们才好奇苏尔究竟做了什么，能一连在两个副本中拿到成就点。毕竟游戏存在也不是一天两天了，能做的尝试高级玩家几乎都做过了。

苏尔面色有些怪异，正在想该如何开口，纪珩先替他把话说了："他找焰罗结了个缘，然后就跑路了。"

"焰罗……"那人扯了扯嘴角，"老大，别开这种玩笑。"

纪珩冷冷地道："我主持的仪式。"

"……"那人站起身走到桌边，连喝了三杯水，然后对苏尔说，"硬气！"

苏尔是真正感觉到了脑壳疼。

纪珩一句话把他拉回现实："你的魅力值上去了。"

苏尔这才低头看胸牌，只见原本的 59 已经被 69 取代。

一下实现这么大的飞跃，算是相当不易。正常情况下，从一个副本出来，各项数值的增幅最多也就是三四个点。可惜的是这次他武力值增长得不多。苏尔叹了口气，嘀咕道："也不知道魅力值有什么作用。"

纪珩说："再进一个副本，或许就能知道了。"

两人四目相对，同时用力一按胸牌花纹的凹陷处，双双暂时离开了游戏世界。

苏尔回过神来，第一眼看到的便是令人瞩目的"杀马特"发型，赵三两还保持着他们离开之前和他们说话的状态。一瞬间，苏尔成功离开游戏的庆幸荡然无存。

他第一次发觉时间差的可怕。如果这个时间差打得好，可以成就不少大事。想到这里，他用征询的目光望向纪珩。以高级玩家的聪明才智，纪珩不可能想不到这一点，但游戏里的玩家似乎都只专注于通关。

纪珩竟仿佛看穿了他的想法似的，指着前方路灯下的飞虫，提醒道："别做飞蛾扑火之事。"

苏尔问："有人扑过？"

"数不胜数。"

赵三两是个看重结果的人，冲苏尔挑眉道："收获如何？老大亲自带你，想必结果不错。"

苏尔想为自己保留最后一点好名声，刻意没提成就点的事，只说："魅力值涨到了 69。"

"不错，质的飞跃。"赵三两打了个响指，"走，去你家附近吃顿大餐，包厢我之前就订好了。"

对于他掌握了自己住址的事，苏尔没说什么。赵三两肯定调查过他，否则上一次也不会和纪珩找到他家楼下来。

赵三两也不藏着，摆明了说："成员的人品很重要，如果在现实中有案底或者作风不好，归焚不会要。"

也对，这样的人，谁知道在游戏中会不会在背后捅你一刀。

苏尔点了点头，表示理解。

赵三两找的餐馆生意火爆，好在包厢的隔音效果很好。苏尔把招牌菜几乎全点了，在副本里吃不好，自然要在现实世界补回来。

赵三两吃得挺香，其间还不忘打趣："你这次有没有收集到成就点？"

天地良心，只是话痨的天性让他想打趣一句而已，没料到苏尔面色骤变，他的神情也跟着发生了变化。

"不会真的有吧？"

苏尔试图用微笑掩饰。

很快就有更加悲伤的消息传来，姚知给他发了短信，表示这次的测试他成绩又退步了一些。

纪珩瞥见短信内容，提醒了一句："姚知差不多这两天也会进副本，如果他能成功出来，下次我给你们安排进同一个副本。"

话题顿时变得沉重，就连赵三两嘴角的笑容都淡去了几分。

等到菜一盘盘上桌，气氛才缓和一些。吃饱喝足回到家，翌日正好是周末，苏尔便多睡了一会儿，到底是年轻，他的精神很快恢复到饱满状态。他决定晚上早点睡，第二天起来再看书。

然而事与愿违，下午刚洗完澡，他便接到赵三两的电话，约他出去见一面。到了以后他发现不但纪珩在，而且姚知也在，后者看上去非常疲惫。

"老师才从副本出来？"

姚知点头道："副本里发生了点事，说出来好让你早做个心理准备。"他推了推镜框，正色道，"这次碰到的主持人有意把话题往你身上引，暗示你身上有什么见不得人的秘密。"

苏尔也不傻，知道这是主持人想借其他玩家的手来对付自己。

"倘若只是他一个主持人在带节奏也就罢了。"姚知说，"如果所有副本的主持人都给玩家灌输这个思想，你麻烦肯定不小。"

赵三两适时开口说："老大的意思是杀鸡儆猴，找一两个刺头来给点教训做示范。"

虽玩家间不能自相残杀，但在游戏里把人踢出局的方法有的是。

苏尔说："副本何其多，如何才能和特定的玩家进入同一个副本？"

赵三两神秘地一笑："办法总会有的。"

姚知说："拿出一个道具做筹码，便可以在小范围内搅动风云。"

纪珩看向苏尔："你怎么看？"

"浪费道具不值得。何况生命都是宝贵的，就算有人想对我出手，我也不能以此为由，残害他的性命。"

"……"

"为了尊重生命，我有一个不太成熟的想法。"

"说说看。"

"把我在上个副本中的事迹宣扬出去，要重点提到这种做法能带来的好处，结算时的数值增长就是最好的点。"

赵三两失笑道："即便如此，谁会真的敢效仿？"

这跟找死有什么区别？

苏尔认真地道："所以我们要宣扬的是另外一个消息 —— 和主持人结缘就能增加寿数。"

话音一落，其余三人的目光多少有了变化。姚知藏在眼镜后的眸光深不可测，纪珩的眼神则充满玩味。最终还是赵三两率先开口："这话说出去……未必有人信。"

"一定有人信。"苏尔笃定地道，"玩家胆战心惊地进副本，活下来，攒积分，这就像是一场没有希望的死循环。"这时候便无比需要一个能打破循环的"希望"。

"想法很大胆，也有可操作性，但，为何要宣扬？"

纪珩一开口，众人都朝他看去。

苏尔："轻易得到的消息都是廉价的，反而是付出大代价得到的东西才会被重视。"

赵三两闻言，若有所思，补充道："可以先找几个和我们有宿怨的大组织，让他们用道具来换消息。"

姚知说："就说是苏尔从焰罗身上得到的机密。"

当然，还有很多待商榷的细节不是一时半会儿能讨论出结果的，但归焚中有善于布局谋划的成员，想必很快会给出一套完整、可行的方案。

苏尔蹙眉道："如果是大组织首领，或许会对我们的说法持怀疑态度。毕竟，这么珍贵的消息我们为何不守着，反而要卖出去？"

纪珩略一沉吟，说："没错，这么珍贵的消息，价格要再提一提。"

苏尔："……"

赵三两拍了下苏尔的肩膀："行啊！这种转移视线的策略够大胆！"

苏尔脸上瞧不出丝毫得意，反而有几分沉重，苦笑道："我不怕被淘汰，但人活一世总得留下点什么。据我观察，玩家对主持人存在着过多不该有的恐惧，长此以往，只会长他人志气，灭自己威风……主持人也被游戏规则限制，我想让大家认识到这一点，面对魅物可以恐惧，但面对主持人不能反！"

沉默了片刻，赵三两十分复杂地看了他一眼，是真的没忍住，骂了一句。

算计也就罢了，竟然还要把自己放在道德的制高点上……这是人干的事吗？

纪珩却眼含赞赏道："这是大交易，完成还需要一段时间，下一个副本你小心些。"

苏尔颔首："我一定会活下来。"他的目光陡然变得锋利，"然后亲眼看到全世界的玩家都学会算计主持人的那一天到来。"

泥人尚有三分火气，主持人想通过灭杀他来立威，他便要以其人之道还治其人之身。

赵三两抿了抿唇，实在说不出再多的话。

姚知轻咳一声，说："老师相信你。"

苏尔保证道："我不会让老师失望的。"

姚知："……"

天色已晚，纪珩亲自开车送苏尔回去。

等红绿灯时，向来不苟言笑的纪珩难得开了次玩笑："好歹和书海先生有过同床共枕半个晚上的缘分，你是不是做得太绝了？"

苏尔望着天边流云，眼睛里像是进了沙子，做作地说："我好像只是……非常短暂地感谢了他一下。"

这次无话可说的是纪珩。

回到家后，苏尔直接躺到了沙发上，没多久又一个鲤鱼打挺跳起来，翻看祝芸留下来的课本。课本上每隔几页就是密密麻麻的笔迹，祝芸的字体再娟秀，也不免看得人头疼。

苏尔安慰自己道，就当顺便巩固学过的东西，遇到知识点还可以背下来。翻到某一页时，苏尔的目光终于有了变化。只见角落不起眼的地方写着"大预言术"四个字，他连忙往后翻了几页，可惜再未看到什么有用的信息。他不信邪地又翻阅了一遍，忽然发现祝芸在末页画了几个绿帽人。

苏尔眼皮一颤，同桌这么久，他竟不知对方还有如此癖好。他合上书，觉得有必要更新一下从前对祝芸的认知。

时间一分一秒流逝，早睡计划宣告失败。苏尔思考着自己已经进过两次副本，在月底前如果再不使用组队道具，不大可能继续进副本。纪珩行事雷厉风行，这段时间他一定会把和主持人结缘能带来好处的情报卖给几个组织。

想想看相关说法也不是完全没有根据，主持人算不上真正意义上的人，更趋近于游戏里的魅物。

迄今为止苏尔获得成就点不是和主持人有关，就是和魅物有关，按照游戏的恶趣味，很有可能把获得成就点的隐藏条件放在跟玩家对立的魅物身上，而非原则上中立的主持人身上。

"这一点我能想到，纪珩应该也能想到……"苏尔靠在椅背上，晃动着转椅自言自语，"这么说来，引导其他玩家把主意打到主持人身上去，或许是个正确的做法。"

夜风徐徐，苏尔躺在床上，睡得并不安稳。

梦境光怪陆离，他先是被魅物追杀，后又在血泊中瞧见其他玩家和主持人对峙。苏尔没被噩梦吓到，却被睁眼时一瞬间产生的幻觉惊到浑身冒冷汗。有一刹那，他看见祝芸惨白的面孔正对着自己，她像是在冰冷的水中泡了几日，水藻的味道扑面而来。

"苏尔——"她轻声呢喃，黏腻的头发缠绕在脸侧。

苏尔再也无法入睡，起来用冷水洗脸以保持清醒。

"还是想点实际的问题吧……"

他发信息给纪珩，表示想下月初就再进副本。

纪珩似乎也没睡，回复得很快："短时间内频繁地进游戏，容易造成过大的精神压力。"

苏尔把对主持人和成就点的猜测发了过去，又补充了一句："僧多粥少，狼多肉少。一旦大家都把主意打到主持人身上，以后可能不够我们分的了。"

毕竟一个副本就只有一个主持人。

如果正在和苏尔交流的人是赵三两，对方在收到短信后一定会保持缄默，并嘱咐苏尔不要作死。但纪珩和苏尔本质上有相似处，他们绝对不会对主持人掉以轻心，却也拒绝掺杂过多的恐惧……是以纪珩并未再说什么。

"月底前你若还没改变主意，就去找姚知，我把组队道具给他。"

得到满意的回复，苏尔迅速回了条短信："好。"

一晚上睡了不到四个小时，第二天苏尔的神情略带疲惫。

祝芸离家出走的消息不知被谁传到了网上，很多人开始呼吁父母多关注年轻人所承受的压力。苏尔正在刷新闻，姚知的电话打了过来："纪珩说你想下月初就进副本？”

“对。”

“原因？”

除了个别比较疯狂的玩家，大多数人对副本的态度都是唯恐避之不及。

苏尔说：“我想挣一条活路。”

新手有新手的好处，思维还未被游戏中的条条框框束缚，再者，苏尔还年轻，不想到了四五十岁还在被这个莫名其妙的游戏折磨。

姚知清楚他是个有主意的人，没再说什么，只沉声道：“你是成年人了，要为自己做的决定负责。”

苏尔沉默了片刻，道：“我知道。”

到了月末，苏尔准时来找姚知。

都不是喜欢说废话的性格，姚知递给他一枚青色的果子。

“吃了。”

“……我能不能打电话跟纪珩确认一下？”

还真不怪苏尔多疑，哪里有组队道具是靠吞服起效的？

姚知不但没生气，反而点头：“你做得很对。”

苏尔直接和纪珩开了视频通话，确保青果确实是组队道具后，不再迟疑，一口咬下。

酸。就像一口吞下了十个柠檬。

酸到极致，竟让人如同丧失了味觉，视线逐渐变得模糊不清，等苏尔吃完最后一口，面前的一切天翻地覆。回过神来，他发现自己身处一座古堡当中，面前是摆放着美食的长桌，食物的香气充溢着整个大厅。

苏尔口中发涩，很想喝点什么缓解，硬是忍住了。

为了转移注意力，他开始打量周围。除了自己和姚知，还有六个玩家，四男二女。不过此时最吸引人的不是玩家，而是他们所处的环境。

入眼皆是极致的奢侈，就连他们坐的椅子，都是黄金打造的。

“欢迎大家回到《七天七夜》。”熟悉的开场白响起，所有玩家下意识地坐直了身体。

说话的男子长得极为英俊，头戴一顶小礼帽，衣服上每一粒纽扣都镶嵌着宝石：“我是本场的主持人，笑脸商人。”

人如其名，哪怕是停顿的时候，他都保持着淡淡的微笑。

“本场为福利场，各位将迎来有生以来最大的福利。”

苏尔瞟了一眼姚知，后者摇头，表示他也没听说过什么福利场。其他玩家也都面面相觑，似乎都不知情。

“现在，让我们用热烈的掌声欢迎全世界最棒的中间商，苟宝菩先生！”

玩家配合着鼓掌。主位上凭空出现一个胖乎乎的男子，乍一看长得挺喜庆，白白胖胖的，像尊弥勒佛。然而天花板上悬挂着九层水晶灯，灯光照到苟宝菩这里，却没有影子。

"是焰罗。"有经验丰富的玩家下意识地说。

笑脸商人欣赏着众人无意识中透露出的畏惧，缓缓地说："这次诸位需要通关的副本叫作《有借必有贷》。"

姚知问："通关条件是什么？"

"别紧张，都说了本场游戏是福利场。"笑脸商人腼腆地搓着手，"三天后这里将举办一场游戏道具拍卖会。"

包括苏尔在内，大家心下都有些震动，道具的诱惑力几乎就要战胜恐惧。

"拍卖会到来前，请各位努力创造财富，维系日常的生活，如果有结余可以攒下来买道具。"

"什么叫维系日常生活？"有人问。

笑脸商人说："比如眼前这些食物，每一份都是明码标价的。"

苏尔低头仔细看了看，各个菜品的盘子上确实都有一行黑色的数字，连水杯的底座上都有。

"对了。"笑脸商人像是突然想起来，猛地一拍手，"住宿也是要收费的。"

焰罗苟宝菩笑着举杯："这里的建造费用不低。有能力的人还是付费住房间里比较好，住走廊的话，晚上可能不大安全。"

他侧过脸拍了拍手，阴影处爬出来两个魅物娃娃，它们踮起脚往墙上贴了张纸。

"任务每天都会更新，后面标注着赏金。"焰罗苟宝菩笑得很和善，"各位可根据自己的能力选择。"

别人在看任务，女玩家之一朱艳艳却看向了苟宝菩。

"现在天色已晚，做任务不大实际吧。"

苟宝菩耷拉着眼皮，晃动着酒杯，不说话了。

笑脸商人适时开口："我补充一点，如果你们有什么奇珍异宝，可以随时来找他兑换。"他突然停下来，凑到苏尔身边嗅了嗅，"我闻到了……你身上藏着值钱的宝贝。"

苏尔垂了垂眼，他这是明摆着要让自己成为众矢之的。

苟宝菩最后问了一遍桌上的饭菜可有人吃，见没人应声，便差魅物娃娃收掉，自己则拿了片面包叼在嘴里，顷刻间从大厅消失了。

玩家中年纪最大的名叫吕焕，已有五十岁。不过他的武力值还挺高，没人敢轻视他。

"今晚大家聚在一起比较好。"吕焕提议。

无一人拒绝。夜晚太危险，他们又都暂时付不起房费，聚在一起才能提高存活的可能性。大家正说着话，水晶灯熄了，只剩走廊上每隔几米安着的比较暗淡的小灯。大厅里凉飕飕的，众人暂时歇息在走廊上，至少这里还铺着厚重的地毯，隔绝了地底泛上来的冷气。

胸牌的作用在这时体现得淋漓尽致，视线一扫便知道彼此的名字，是以大家基本没怎么交谈，各自找了个比较舒服的姿势坐下，闭目养神。

夜晚的时间格外难熬，不知过去了多久，终于有人受不住，问了句："几点了？"

手表带不进游戏，周围又没挂钟，朱艳艳回答他："大概过去了四个小时。"

见众人盯着她，朱艳艳冷淡地道："我一直在计数。"

"四个小时吗……"姚知站起身，走到前方的一扇窗户旁往外望去，天色没有任何变亮的迹象。

朱艳艳说："有的副本白天或者黑夜时长可能会长达二十个小时。"

坐在她旁边的侯可为抿了抿嘴："我们应该没这么倒霉吧？"

朱艳艳别过头，她从来不会把希望寄托在运气上。

"有什么东西在靠近。"苏尔忽然道。

走廊里静悄悄的，至少目前来看没什么异样。吕焕和朱艳艳却是第一时间站了起来，准备换个位置待。

虽然没感觉到异常，多个心眼儿总不会错。

苏尔其实也不大肯定，只是觉得有些冷，根据从之前两个副本里得来的经验，每当他有此感觉时，离遇见魅物也就不远了。

像是羊群迁徙，一个人站起来，其他人也跟了上去。原本走在最后面的姚知突然喊了声"跑"，接着以百米冲刺的速度拉着苏尔就往前跑。

吕焕回头看了一眼，骂了句脏话，只见魅物娃娃距离他们不过十几米，嘴角咧得很大，眨眼便像是被开了个窟窿，鼻子以下全是黑洞。不过它没有追来，而是爬到了一位刚走过来的厨师肩膀上，后者手里拎着菜刀，一步迈出便是好几米，满脸怨毒地注视着几个玩家，质问道："为什么？"

厨师很是不悦："为什么不吃我做的饭？！"

"别跑散了。"到了分岔路口，朱艳艳低声提醒。

这个时候，落单基本等于凉凉。

这几个玩家的武力值都还可以，耐力和跑步速度没一个差的，苏尔胜在年轻，即便武力值不如其他人，有姚知拉着，倒也没落下。跑了十几分钟，有人回头望了一眼。

"好像是安全了。"

众人停下脚步，靠在墙上连连喘气。苏尔对姚知道了声谢，后者表情严肃地道："没钱吃饭，夜晚的时间也不正常，这样下去我们迟早要耗尽体力。"

紧靠着朱艳艳的女生叫赵雪，轻声开口："不如趁着还有力气，先去做任务？"

"死了这条心吧。"吕焕说，"我看了，最简单的任务就是帮花园里的赵大爷挖坑，可赏金还不够吃顿饱饭。"

朱艳艳正色道："不吃饭还能坚持，喝不上水更麻烦。"

苏尔没吭声，不远处又传来声音，预计再过不久，他们又得开始逃命。

侯可为突然看向角落："什么时候找苟宝菩做交易都行？"

笑脸商人微笑着点头。

"那路上如果遇见魅物……"

笑脸商人道："我会送你们过去，苟宝菩是位很棒的中间商。对于交易伙伴，他还有免费的茶点供应，不过如果你拿不出让他满意的东西……"

后面的话不言而喻。

侯可为叫上认识的一个玩家："我们去做交易。"

那个玩家愣了下："可我没什么能拿去交易的东西。"

"我有。"侯可为说，"可以借你一个。"

两人看上去关系不错，那人激动地揽住侯可为的脖子，高兴地道："哥，你可真是太好了！"

他们走后，剩下的几个玩家又陷入了沉默，苏尔察觉到有人在打量自己，微微笑着看了过去。目光与那人撞上，对方的视线有些闪躲，苏尔反而一直盯着对方，直到那男子不大自在了，问："你看我做什么？"

苏尔清楚这人是在打自己的主意，没回应，默默记下他的名字，而后便移开了视线。

远处的声音越来越近，正当众人犹豫着要不要再度逃跑时，却见迎面走来一道熟悉的身影。

"侯可为？"朱艳艳后退一步，保持安全距离。

侯可为的袖子上染着血，左手则拿着一张门卡。

"你朋友呢？"朱艳艳问。

侯可为没回答，主持人笑吟吟地开了口："被他出卖了。"

侯可为朝主持人投来愤怒的目光，不过在笑脸商人的目光中很快又怂了，咬牙道："交易内容会被透露？"

"当然，副本在改进。"主持人理所当然地点点头，"毕竟这是福利场，你们的得失都能给其他人一个参考。"

主持人侧过身面朝着众人："这位聪明的玩家选择了出卖同伴，要知道，卖队友也是一种交易。"

苏尔说："玩家间禁止自相残杀。"

笑脸商人又凑近他闻了闻："还是值钱的味道，看来你的好东西没被人抢。"

苏尔看了眼笑脸商人："托您的福。"

同一时间，笑脸商人的声音陡然变得严厉："我最后强调一遍，苟宝菩是位很棒的中间商！只要你们交易的东西有价值，他就能收。"

姚知低声对苏尔说："福利场怕是不受一些游戏规则的限制。"

"说得很对！"笑脸商人将他的话听得一清二楚，"侯先生透支了一把餐刀，捅伤了同伴，欢迎各位效仿。不过我事先说明一下，只有在和苟宝菩交易时，诸位才可以不受部分规则的限制。"

主持人笑眯眯地带着侯可为走到一个房间中，弯了弯腰，说："祝您有个愉快的夜晚。"

见状，苏尔眼神闪烁："玩家可以重复进入同一个副本？"

姚知摇头道："曾经有人统计过通关方法和副本内容，没发现这种情况。"

朱艳艳也道："游戏不可能出这样的漏洞，让玩家重复刷经验。"

苏尔挑眉："侯可为看着不像是第一次进这个副本。"

这次回答他的竟是笑脸商人，对方的语气带着宠溺，眼神却恶意满满："福利场是特殊情况，运气足够好说不定可以碰见之前进过的副本。"

说完他夸张地"哟"了一声："瞧瞧，你们好像又有新的麻烦了。"

天花板的缝隙中渗出像水母一样透明的东西，滴答滴答的水声传来，渗下来的积水带着一股腥臭的味道，地毯随之变得黏腻难闻。

笑脸商人退回到角落，准备重新开始看戏。

苏尔突然道："我要做交易。"

姚知拉住他："别冲动。"

苏尔轻声说："我心里有数。"

笑脸商人也没给苏尔反悔的机会，直接带着他往苟宝菩那里去了。

有主持人在，一路果然安全无虞，哪怕是在拐角处遇见了拎着刀的厨师，厨师都对他们视若无睹。

门一开，苟宝菩主动站起身，露出热情洋溢的笑容："欢迎我尊贵的客人，快请坐。"

苏尔在他对面坐下。

苟宝菩亲自倒了杯热茶，苏尔接过吹了吹，喝了一口，又剥了块糖塞进嘴里。

主持人不会在规则上说谎，既然他说这里的东西能吃，那就肯定能吃。

苟宝菩默许了他的举动，亲切地问："客人准备交易什么？"

苏尔反问："只要是有价值的，什么都可以交易？"

苟宝菩点头："不过，一旦被判定为没价值，你就得拿命来补偿。"

苏尔掏出一张红纸放在桌面上，上面写着黑色的字。

苟宝菩问："这是什么？"

苏尔说："结缘书。"

在上个副本中，苏尔原打算将这些东西和庚帖一并烧了的，结果焰罗到达的时间比他预计的早，他便把东西夹在宣传册里收了起来。

补充了糖分，苏尔觉得好受了很多，继续说："和我结缘的是焰罗，这东西可值钱了。"

苟宝菩转动着手腕上的珠子："……他是他，你是你。"

苏尔说："老太太都承认我的身份了，那他们家的财产我也有继承权。林均他死得早，只剩下我来继承他的财产，我做主，把一半的财产给你。"其间他还不忘留下周林均的生辰八字，"老太太现在大概已经不在了，我有权处理林均的身后事。"

这理直气壮的语气听得苟宝菩眼皮一颤。

"明人不说暗话。"苏尔认真地道，"眼下我连口饭都吃不起，想把我那好哥哥一同变卖了补贴家用。你看行不？"

苟宝菩："……"

决定做交易前，苏尔谨慎地进行过评估。哪怕苟宝菩拒绝，自己还可以拿出吊坠再试一把。道具珍贵，但终究是为保命服务的，没必要舍不得。再不济，若苟宝菩直接动了手，那他便靠电击器搏一下。

苟宝菩用指腹拨拉着手腕上的红色珠子，转动速度越来越快。当珠子终于渐渐停止转动，他一眯眼，有了决定。

"你很有胆量。"

苏尔不在乎对方话里暗藏着的到底是杀机还是褒奖，只暗自琢磨失败后的逃生之法。

苟宝菩卷了卷袖子，肉乎乎的手掌平展在半空中，腕间珠子上的红光倏地扩散，萦绕在周围。

笑脸商人这时再笑不出来了，面色阴沉："这笔交易，你要做？"

"为什么不呢？"苟宝菩露出恰到好处的疑惑，"优秀的中间商不该拒绝任何一笔合理的买卖。"

笑脸商人提醒道："被他拿来交易的可是焰罗。"

苟宝菩笑了笑，手掌周围的红光不但没有减弱，反而有加强的趋势。他敛住笑容的一刹那，眼中的阴狠一闪而过，对苏尔说："小子，看好了。"

哪怕是有心去看，强烈的红光也刺得人睁不开眼。

"隔空取物。"

这四个字掷地有声，竟像是有回音般不断在苏尔耳旁重复。他心里"咯噔"一声，骨魅不会真的应召而来吧？

好在苟宝菩没那么大的能力，红光消失后桌子上只多出堆积如小山般的一沓红纸。苟宝菩取了一张放在鼻下嗅了嗅，满意地点点头："不错，灵气很足，是大补之物。"

笑脸商人摇头："为了一桩买卖，得罪一个同级别的焰罗，不划算。"

不知道是心虚还是错觉作祟，红纸出现时，苏尔感觉到一股强烈的恶意在周围徘徊，像是骨魅隔空传来的怨念。但债多不愁，他和骨魅早就结下了深仇大恨，甚至投票结束时骨魅都还想要拽断他的一只胳膊泄愤。哪怕没这茬事，骨魅对他的杀心也不会有丝毫减少。

苏尔定了定心神，问："我能得到多少赏金？"

苟宝菩伸出五根手指，说："这个数字。"

苏尔大胆猜测："五百万？"

苟宝菩为此人的厚脸皮折服，淡淡地道："五十万。"

苏尔嘀咕道："竟然只值这么点。"他说着还不忘大口把桌上的水喝完，顺便问了句，"能打包带走吗？"

苟宝菩摇头。苏尔二话不说，把桌上的食物全部吃了。

和主持人离开时，苟宝菩敲了敲桌子："把契约书带走。"

苏尔停下脚步，不经意地蹙了下眉。

苟宝菩道："我带走的是财产，不是本尊。"

苏尔重新坐回去，试探地问："可以重复买卖吗？"

苟宝菩深深地看了他一眼："……不行。"

遗憾地收回契约书，苏尔最后问了句："我得到的赏金能不能转给其他人？"

苟宝菩吸食着红纸上的灵气，说："你只能帮他人代付，但合计金额不能超过五万。"

连续用了四五张红纸，苟宝菩心情不错，补充了一句："房间必须是一人一间，食物也是一样。分享这种行为在福利场行不通。"

一张紫卡凭空出现在苏尔手上。

苏尔走到门口，瞥了一眼身旁面色不善的主持人："你和林均是旧识？"

笑脸商人冷漠地摇头。

"既然如此。"苏尔纳闷，"我拿他的东西交易，你生些什么气？"

笑脸商人道："我会被另一个焰罗迁怒。"

他做事向来圆滑，毕竟是生意人，哪边都不想得罪，这次他完全是被牵连了。

魅物娃娃从走廊尽头而来，嘴巴已恢复正常，走到苏尔身边客客气气地问："客人需要消费吗？"

苏尔打听起房价。

"一晚上一万。"

苏尔把卡给了它："要两间房。"

魅物娃娃办事很利落，没过多久便把卡还了回来。

其余玩家此刻正聚在走廊拐角处，分别监视走廊两头的动静，以便有情况可以及时逃跑。

侯可为当时是去去就回，和他相比，苏尔离开的时间有些久。

"怕是交待在那里了。"吕焕一脸惋惜。

"主持人不是说他身上有值钱的宝贝吗？"之前一直不怀好意打苏尔主意的男子持怀疑态度。

这个玩家叫蔡斗。

姚知留心看了一眼蔡斗胸牌上的数值，目光发沉。

"回来了！"吕焕望着前方，突然出声，惊讶的声音打断了众人心里的盘算。

苏尔不但回来了，手上还拿着两张门卡。

蔡斗迫不及待地问："你交易了什么？"

苏尔说："一个大宝贝。"

说完，他递给姚知一张门卡。

蔡斗看得有些眼红："能不能借……"

朱艳艳打断他的话，用看蠢货一样的眼神扫了一眼蔡斗，转而问苏尔："如果想问你借钱，需要付出什么代价？"

苏尔摇头道："我一共只能帮他人代付五万元，住宿费一晚便是一万。"

他肯定是要把额度都用在姚知身上。

朱艳艳没纠缠，开始思索别的出路，偶尔会和身边的赵雪说上一两句话。

蔡斗转而看向笑脸商人："交易内容不是会被公布吗？"

这时苏尔已经被安排好房间，还顺带和姚知互道了一声"晚安"，闻言轻叹一声："所以说，没有买卖，就没有伤害。"

他这么一说，众人更加好奇了。

姚知无意去探知自己学生的秘密，刚要进房间，就听到笑脸商人用格外冰冷的语气说："他变卖了家人的部分遗产，有本事的欢迎朝他看齐。"

主持人开口前，苏尔就进了房间。他两次进副本的时间非常近，和焰罗结缘的事情还未传播开，其余玩家听完后一脸莫名其妙。

苏尔的家人也进过游戏？

无论苏尔用了什么方式，如今已有三个玩家成功入住房间，气氛瞬间紧张起来。

赵雪绞尽脑汁地思考着究竟什么东西能拿去交易，指甲无意识地挠着手心，都快挠出血了。朱艳艳看到后说："不用太紧张，住进房间的人多了倒是好事。"

赵雪一时没反应过来："啊？"

吕焕同样点头："房间里算是相对安全之地，但副本不可能一直让玩家处于安全状态，它会想办法给进入房间的人增加麻烦，所以黑夜或许没我们想象中漫长。"

无论如何，游戏遵循一天有二十四小时的自然法则，如果黑夜占二十个小时，那么白天只剩四个小时。一旦有玩家开始交换高级道具，便可以大部分时间都躲在房间里，这不符合游戏折磨玩家的恶趣味。

赵雪哭丧着脸："一定要想办法赚到赏金才行。"

适才逃跑时，她还看见有房门上贴着卫生间的标识，可底下竟然注明使用一次收费五百！

这一夜过得并不平静，没多久他们又遭遇了一次厨师的追杀，幸而正如朱艳艳的猜测，体力快要耗尽之时，天边终于曙光初现。

跟他们一墙之隔的苏尔睡得比较踏实，房间内的一切都包含在房费当中，包括淋浴器。倒是镜子旁贴着一张温馨提示：生水不能直接饮用。

苏尔冲了个澡，清清爽爽地走出门。

正好姚知也从房间出来，两人结伴往大厅走。

"托你的福，我也算睡了个好觉。"因为一晚上没喝水，姚知的嗓子有些沙哑。

苏尔清楚，作为师长，姚知在游戏里对他很照顾，之前有危险发生时，姚知也是第一个拉着他跑的。忆往昔一时心下感动，苏尔承诺道："老师放心，我绝对不会卖了你。"

姚知眼皮一跳，一抬头就看见这个年轻人对自己露出了腼腆的笑容。两人相谈间走到大厅，一眼望去，只有朱艳艳一人。

苏尔说："其他人呢？"

朱艳艳说："做任务去了。"

没钱吃早饭，就得抓紧时间去赚赏金。

"那你……"

"他们选的是比较简单的体力活儿。"朱艳艳指了任务栏中的几条，摇着头道，"报酬很低，这样下去会形成一个恶性循环。"

姚知看得透彻："你留下是想同我们合作？"

朱艳艳点头，望向最上面的任务——在 1211、1233、1265 中任选一间客房进行打扫。这任务乍一看平平无奇，但赏金是最高的。

而且，这三间正好是昨晚苏尔等人入住的客房。

姚知眯着眼道："晚上的避难所说不定会成为白日里的夺命窟。"

同时有效杜绝了玩家白日也想躲在房间里享清闲的行为。

朱艳艳向苏尔表明希望他能替自己付一顿早餐钱："如果能顺利完成任务，我会把钱还你，进房间时我也可以打头阵。"

苏尔看向姚知，后者微微颔首。朱艳艳的武力值已经突破临界点，遇到不强的对手是能勉强斗上一斗的，何况他们如今也不知客房里是个什么情况，有人打头阵就再好不过。

苏尔说："好。"

朱艳艳是个很懂分寸的人，只挑了最便宜的面包，又要了一杯水。饭桌上最便宜的食物也要一千元，苏尔不敢太过奢侈，同样吃得很简单。早餐结束，他们稍稍缓了下，便站在了 1233 客房门口。

朱艳艳很守信地走在最前面，刷了下房卡。门应声而开的瞬间，腥臭的味道扑面而来。

她死死抓住门框，勉强抑制住逃跑的冲动，说："是昨晚的那只东西。"

苏尔对这玩意儿记忆犹新，犹记得它出现时自己感觉到的那股强烈的阴冷，远胜于魅物娃娃，是以他当时才会毫不犹豫地去找苟宝菩做交易。

朱艳艳抬头说："它好像出不来。"

天花板上的奇怪生物从缝隙中艰难地挤出一片透明的薄膜，还在不停地努力往外延伸。

朱艳艳试探性地往前走了一小步，毫发无伤。唯一需要小心的是那些滴落下来的毒液，似乎具有一定的腐蚀性。朱艳艳也算是胆子大，快速奔跑进去把所有的窗户都打开了，如果房间里真的有毒气，在保证通风的情况下，会稍稍好一些。

姚知看着这一幕，没有丝毫庆幸，他说："有蹊跷。"

任务看上去过于简单了。

"先别进去。"姚知对苏尔说，"说不定这魅物是想降低我们的防备心，然后将我们一起灭杀。"

话未说完，他忽然感觉到背后刮来一阵劲风，连忙拉着苏尔避开。避倒是避开了，但也是因为这次闪躲，两人踏入了客房中。姚知定睛一看，原来客房外面也有透明的薄膜，从天花板缝隙中垂下，猛地朝前一扫，客房门被牢牢关上，周遭的缝隙也瞬间都被黏液塞了个严实。

姚知的眼镜差点在闪避时掉落。他皱着眉说："麻烦了。"

苏尔说："这魅物体形巨大，智商也不低。"

只是攻击力不强，否则也不会用这种方式把他们困在客房中。

看出他心中所想，姚知无奈地道："实力再强大一些，可就是一尊新的焰罗了。"

朱艳艳提议："不如从窗户跳……"

话未说完，她连连后退。黏膜已经糊住了窗户，形成透明的隔断。而此刻，魅物轻而易举地就从缝隙中钻出来了，可见之前他们看到的都是假象。

数十只黄褐色的眼珠锁定了客房内的玩家，魅物没有第一时间发起攻击，似乎是还想再欣赏一下他们垂死挣扎的模样。

朱艳艳握紧拳头："恐怕我们三人合力也不是它的对手。"

在游戏中，魅物几乎是不可灭杀的，虽有例外，但现在的他们还远远做不到打败魅物。苏尔的手第一时间放在了电击器上，然而他摇了摇头，又松了开来……太依赖某件东西不是好事。

具有腐蚀性的液体不断从上方滴落，将三人逼得背靠背站在一起，俨然是画地为牢。

苏尔低声问："你们觉得它的智慧能不能和人相提并论？"

朱艳艳苦笑："比不上，但也差不太远。"

毕竟还不是焰罗。

苏尔说："它能听懂人话的可能有几成？"

这个问题没人能回答。

此刻魅物似乎也玩够了，黏膜从四面八方同时席卷而来，准备将他们一击毙命。

苏尔忽然抬头问："你知道自己的父母是谁吗？"

魅物毫无所动，苏尔继续道："其实你有一个特别了不起的出身！"

无论是人还是魅物，都会追求力量和与众不同。闻言，黏膜停在苏尔的身前一米处。

苏尔松了口气，还好，它听得懂人话。他平复了一下气息，问："如果我在这里打翻一个水杯，会如何？"魅物自然不会回答，苏尔自问自答说，"恐怕要照几倍的价格赔付，而你看看这里……"

客房内的床和柜子早就毁了，被腐蚀出密密麻麻的小孔，更别提地板了。

苏尔说："昨晚你出现时，还毁了张价值不菲的地毯。魅物娃娃负责为客人服务，厨师负责做饭，古堡里大家都在各司其职，焰罗为什么纵容你留在这里……搞破坏吗？"

听他这么一说，连姚知和朱艳艳都有几分愕然。虽然只见过一面，但苟宝菩明显是商人做派，怎么能任由一个魅物在自己的地盘上胡作非为？

苏尔面色不变地拍马溜须："况且你的实力还在不断增长，说不定有朝一日能进化为焰罗，取代他成为这里的主人。那他为什么纵容你成长？"

几十只黄褐色的眼珠同时透露出疑惑。苏尔笃定地道："所以，你是一个魅物二代，背后有很大的靠山。"

魅物的额头伸出几只触角，它不能说话，苏尔看不明白它想要表达的意思，但为了掌握主动权，苏尔装出一副很懂的样子，正色道："你亲自去问，苟宝菩不一定会说实话……不如你帮我完成几个任务，赚取赏金，我拿着赏金去帮你换答案。"

几滴黏液从苏尔衣服侧面坠落，他的袖子立马被腐蚀坏了。苏尔沉声道："苟宝菩是个商人，我的家人是焰罗，这样的买卖他都敢做，更何况其他事。"

而作为中间商，苟宝菩不可能只买不卖。

朱艳艳忍不住看向苏尔，只见苏尔还一脸真诚地说："任务只对我们这样的客人发布，你做了也拿不到钱，但合则两利，我在中间传个话，赚个跑腿费，你也能得到你想要的东西，何乐而不为？"

魅物没有立刻做决定，有毒的黏膜一会儿靠近一会儿远离，明显是在犹豫。

这一刹那，朱艳艳突然觉得，和苏尔比起来，苟宝菩这个中间商真是弱爆了。

细想下来，苏尔分析得头头是道，但说到底他在这场"交易"中不过是传话筒，他这是典型的空手套白狼。朱艳艳收回震惊的目光，轻轻摇了摇头，暗叹世道果然变了。

话说到最后，苏尔自己都信服了几分，却不敢有丝毫放松。黏膜尚在周围环绕，保不齐下一刻就会席卷而来。短短的几秒钟对玩家来说却像是过去了一个世纪。

天花板上，魅物的触角重新缩了回去。魅物不会说话是最麻烦的一件事，苏尔只能小心翼翼地试探："不介意的话，请让我们先把房间打扫干净。"

魅物没离开，却也没有再滴落毒液。朱艳艳去洗手间找来毛巾包住手，防止接触到腐蚀性液体伤了皮肤。她心中畏惧干活儿，动作却很麻利，一想到头顶上有几十只眼睛在注视着自己，她就恨不得一瞬间做完清洁，再长出一对翅膀飞出去。

床和地板被腐蚀得彻底，其实也有好处，方便拆成木板扔出去。

苏尔一边用力把木板捆好，一边还不忘和魅物唠嗑："作为魅物二代，你家里一定留下了不少好东西给你。"

黄褐色的眼珠转了转，它对父母可没什么孺慕之情。苏尔留意到魅物的不耐烦，又想到它的狠辣无情，补充说："如果你能吞噬掉同类，一定会成为霸主。"

魅物扁长的躯体在天花板上蠕动游走，显然，苏尔的这句话说到了它的心坎上。它开心了，底下的三人却是心中一寒。

姚知低声道："我们得加快速度了。"

苏尔点头，心中已改了主意。这东西阴晴不定，又十分狠辣，真让它去做任务，它一个不开心，万一把怒火对着他们发泄，如何是好？就算需要留着自己传口信，姚知和朱艳艳的安全又如何保障？

清洁工作完成，苏尔轻轻吸了一口气，给另外两人使了个眼色，让他们先退到安全距离外。

姚知和朱艳艳各自拖着垃圾去楼道。苏尔用尽量和善的语气对天花板上的魅物说："其实还有个更快的法子。你随便给我点不值钱的玩意儿，我直接拿去和苟宝菩做交易。"

魅物不耐烦地甩了甩半透明的尾巴。这些玩家在它看来不过是食材而已，一个食材居然接二连三地提条件，实在是不知好歹。它吐出一口浊气，绿色的烟雾自苏尔脚底升起，苏尔没感觉到疼痛，却听门外的姚知提醒道："小心！你的武力值在下降。"

胸牌上的武力值一下子降低了 5 点，苏尔忍住迈步逃离的冲动，咬牙道："完成任务需要耗费时间，尽快交易，你才可能提前吞噬掉同类。"

烟雾未彻底散去，依旧在苏尔周围盘旋，好在淡了些，至少他武力值的降低速度正在变慢。

"苟宝菩极为狡诈，你去必定会被他剥削。而人类擅长谈判，我可以用最小的代价帮你打听到你要的消息。"

黄褐色的眼珠死死锁定苏尔，像是要把他看穿一样……这食材好像是挺能说的，它也确实讨厌苟宝菩那副见到谁都和气生财的样子。

半空中掉落下一枚白色的卵，苏尔用袖子包着去接。即便那卵没有接触到皮肤，微麻的刺痛感依旧隔着袖子传来。

姚知走了过来，说："我来拿。"

苏尔没拒绝，他的武力值本就不高，要是再往下降，恐怕会有性命之忧。

等到离客房足够远，朱艳艳才轻声道："你还好吗？"

苏尔苦笑，自己这状态说好估计也没人信。他靠墙站立以节省体力，凝视着那枚白色的卵，说："这魅物比我想象中要聪明。"

姚知点头道："卵有毒，哪怕用东西包着也无用。"

换言之，他们不能一直带在身上，只能尽快去做交易。

朱艳艳说："找个地方先藏起来如何？"

"不妥。"适才苏尔也打过这个主意，很快就推翻了，"迟则生变。"说着，他看向走廊的尽头。朱艳艳抬眼望去，瞧见笑脸商人的刹那，她的目光下意识躲闪，长久以来大部分玩家已经从骨子里对主持人形成了一种畏惧。她瞬间就明白了苏尔的隐忧——如果他们把东西藏起来，主持人一定会利用这一点生事。

苏尔提出要去做交易，笑脸商人自然没有拒绝的道理。

白色的卵重新回到他手里，在武力值进一步下降前，苏尔加快了步伐。

苟宝菩永远是一副笑眯眯的样子，看到苏尔手捧着卵走进来，也没怎么惊讶。

苏尔迅速把东西放在桌子上，喝了几口免费的水，说："这东西值多少？"

苟宝菩："十万。"

苏尔皱眉……没他想象中值钱。

"没经过交配，这是枚死卵。"苟宝菩微笑道，"它一个月就可以产下十几枚，它会再吞食，强大自身。"

苏尔收了钱，缓了缓，换了个问题："这里卖东西吗？"

"当然。"苟宝菩毫不犹豫地点头，竟是格外坦诚，"你可以把我这里看作典当行，低价入，高价出。"

说完，他竟把刚买来的货物吃了。

苏尔眼皮一颤。苟宝菩评价道："口感不错。"

苏尔隐约猜到了他为什么能容忍破坏力强的魅物在这里生存，那东西等同于他的储备粮。

"看在客人给我带来了小点心的分儿上。"苟宝菩眯着眼道，"我给你提个醒——两天后拍卖会上买会更划算。"

苏尔出来时一直低着头，姚知一个人在大厅里等他。

"朱艳艳已经让魅物娃娃把早餐钱转到了你卡里，你记得查一下。"

苏尔点了点头："她人呢？"

"做任务。"

苏尔看着任务表，打扫客房的报酬一共是三万，分摊到他们手中各一万，刚好够付一个晚上的房费。

姚知提醒道："再接任务要小心些，避开那玩意儿。"

苏尔点头。给不出实际好处的话，任凭自己有三寸不烂之舌，也会被那魅物当作食材解决掉。

"也别太担心。"姚知又道，"副本里的魅物也不能随意伤害玩家，总有规则可循的。"

至少从目前看，玩家只在两种情况下会碰到魅物，一是晚上没客房住，在走廊徘徊时可能遇见，再者便是接了白日打扫房间的任务。

对着任务表格琢磨了一会儿，苏尔和姚知决定试着去做一个"缝制布娃娃"的任务。

任务地点在阁楼。

古堡像是被隔绝了阳光，走到任何一处都逃脱不开低温的束缚。阁楼要稍稍好一些，单开着一扇窗，阳光透射进来，铁栏上的护栏便呈现出略柔和的光泽。

侯可为也在。他脸色泛白，听到脚步声，反应相当快地后退了一步。苏尔没和他打招呼，他连队友都能卖，基本可以从人类的范畴中划出去了。侯可为也清楚自己不受待见，目不斜视地让开道，用行动表示他们可以先做这个任务。

不过几个呼吸的工夫，苏尔便知道这种"谦让"从何而来了。

阁楼里坐着一位老婆婆，熟练地一会儿踩缝纫机，一会儿塞棉花。而她手中那个半成品布娃娃，五官竟然有些似曾相识。

苏尔的面色有些难看。难怪侯可为迟迟没进行任务，被他害出局的队友以这种方式再次出现在他面前，他的内心怎么可能毫无所动？

老婆婆轻轻叹了口气，自言自语道："现在的年轻人，光顾着看，也不知道来搭把手帮个忙。"

她的脚"无意间"踢到了旁边的桶，"啪"的一声，桶口盖着的纸壳掉落，露出里面存放着的材料。

"走。"姚知使了个眼色。

原本还在克服心理障碍的侯可为已经准备离开了。

老婆婆却突然说："皮肤最好的留下。"

姚知肯定被排除在外，侯可为的皮肤也很好，不禁紧张地一抖。

老婆婆却微笑地看向苏尔说："你年纪小，皮肤有弹性。"

见她有了抉择，侯可为赶忙离开，姚知自知留下无用，临走时悄悄塞给苏尔一个道具，瞥了眼楼梯口，示意他会在那里接应。

"不错。"老婆婆似乎十分满意。阳光照在苏尔身上，特别是手的部位，在血管的衬托下，更显出皮肤的白皙。

加上姚知给的，苏尔身上共有三个道具，他估摸着用这些道具逃命应该不成问题。他想了想，说："任务说是来缝制布娃娃？"

老婆婆点头道："所以需要你负责提供材料。"

苏尔蹙眉，这哪里是福利场，送命场还差不多。

"婆婆我心善，给你两个选择。"老婆婆温和地说，"一是你把你手上的皮剥给我，我给你钱；二是你留下上半身的皮，婆婆就送你一个娃娃。"

她边说边从口袋里掏出一个巴掌大的小泥人，用慈爱又诡异的目光望着苏尔说："这娃娃很有用的。"

第一个选择或许可以保命，不过苏尔的武力值已经降低了一些，再降下去他差不多就要"含笑九泉"了。

苏尔试探着开口："如果我可以带您去找到一张更好更透更白的皮……"

老婆婆停下踩缝纫机的动作，来了兴趣："在哪里？"

苏尔说："就放在房间，我现在回去取。"

老婆婆的目光陡然变得不善。

苏尔说："您要是不放心，怕我跑了，我也可以带您亲自去取。此皮薄如蝉翼，经得起裁剪，所谓凝脂肤理腻……"

长长的一串辞藻堆砌，听得老婆婆头疼。

苏尔适可而止："满意了您就带走，不合适我再提供自己的皮肤给您。"

沉默了约有一分钟，老婆婆慢悠悠站起身，拿起桌上锋利的大剪刀，弓着腰，蹒跚着一点点朝门口移动。

苏尔抑制住逃跑的冲动，攥紧姚知留下的道具，另一只手也悄悄摸进兜里，握紧电击器。

老婆婆斜眼看他："要是不能让我满意，我要你整张皮。"

若非苏尔说得天花乱坠，她才懒得走这一遭。

苏尔垂眼道："好。"末了又问，"要是您特别满意……"

老婆婆："我再送你一个娃娃。"

楼梯口，准备做接应的姚知已经规划好逃跑的路线。任务表上有一个修剪花草的工作，报酬很低，预计危险系数不大。如果能跑到园丁那里，应该会相对安全些。

一分钟后，苏尔出现了，旁边还多了个恐怖的存在。

担心让拎着剪刀的老婆婆走在后面，她会突然来个背刺，苏尔故意放慢步伐，落后了小半步。

姚知投去询问的目光，苏尔笑得丝毫不走心："我领这位婆婆回房间去取皮。"

姚知是个聪明人，立时明白了他的打算。这个方法有可操作性，不过也要赌几分运气……那魅物又不是傻的。

苏尔很清楚这点，可一时也想不出更好的方法。

古堡很大，老婆婆走路的速度又慢，一段路程足足走了十来分钟。

重新站在 1233 客房的门外，苏尔暗暗定了下心神，刷开房门。

"在天花板上。"推开门的瞬间，他压低声音说了一句。

尽管不久前才做过清洁工作，房间的窗户全部敞开，腥臭的味道却还是没有散去多少。几十双黄褐色的眼珠在看到苏尔时，掠过一丝猩红，传达出饥饿的信息。

早在苏尔离开时，它就有了决定，一旦得知同类的消息，便先把这人吞了果腹。

不过苏尔做得比它还绝，靠门边站着，说话含糊不清："还满意吗？"

老婆婆用裁缝打量缝纫材料的眼光打量着黏膜魅物，有些挑剔地道："尾端有瑕疵，不过面积是够大了。"

黏膜魅物同样在盯着老婆婆，第一反应不是疑惑苏尔为何带她来，而是准备把她跟苏尔一网打尽。这一次它可是丝毫未留手，垂下来的皮囊一甩，高腐蚀性的液体像箭矢一般射来。

神仙也好，魅物也罢，打起架来遭殃的都是凡人。幸而苏尔挑了个好位置站着，侧身躲在墙后。一阵"噼啪"的怪声后，房间里如同被泼洒了浓硫酸，墙面被腐蚀得斑驳不堪。

姚知就站在距离他一米远的左前方，用眼神示意他趁现在离开。

苏尔把方才在阁楼上的事情完整道出，低声道："如果老婆婆赢了，我们现在走了就不划算。"

姚知皱眉："魅物说的话不可全信，事后再去问她要报酬也不迟。"

老婆婆许诺的娃娃只是苏尔留下的原因之一，他抿抿唇，说："其实我更想……"

就在此时，客房内突然传来一声怪叫，打断了他接下来要说的话。

姚知说："我去看看，你站着别动。"

绿色的烟雾已经蔓延至门外，苏尔的武力值不允许他放肆，他捂住口鼻，顺手把姚知之前给他的道具还了回去。

房间内宛如一个雾气弥漫的世界，雾气中央，老婆婆的半只胳膊都已被毒液侵蚀得皮开肉绽，但她视若无睹，正熟练地剥着魅物的皮。

姚知连忙退了出来。受到毒气的影响，他的视线有些模糊不清，他闭上了眼，缓了一会儿才重新睁开。

"黏膜魅物死了。"

苏尔道了声"万幸"。

大约过去了二十分钟，老婆婆把薄薄的一张皮对折好，从客房中走出。其间她的视线从苏尔手上滑过，似乎依旧没有放弃对这部分皮肤的兴趣。

苏尔的手指微微蜷缩："您还是先处理新得到的材料比较好。"

老婆婆听进去了，扔过来一个娃娃，迈着缓慢的步伐从他身边路过。直至她的身影彻底消失在走廊尽头的拐角处，苏尔和姚知才不约而同地松了口气。

苏尔迫不及待地瞟了眼客房的方向，说："走，去捡尸！"

姚知："……"

客房里还有毒气残留，地面经过腐蚀，遍布小窟窿眼。皮被剥去后，黏膜魅物的身体就像是虾泥，从中间塌了下去。

"找卵。"苏尔沉声说。

姚知的反应比他还快，把垃圾桶当作临时储存工具，用拖把的一头在肉泥中仔细翻找。

料想是受了毒气影响，苏尔的喉头泛起一股血腥味，他跑去卫生间取来垃圾桶，索性将魅物的烂肉全部铲进了垃圾桶中。

"撤！"

到底是武力值高，姚知的状况比他要好很多。

苏尔趴在桶旁，几乎要虚脱了，好半晌才平复气息，大汗淋漓地把战利品往前推了一下，继续在客房外翻找。

加上姚知找到的，他们一共收获了四枚卵。

"好在它没全吃掉。"姚知擦了擦镜片，"否则我们就白忙活一场了。"

"一枚魅物的卵价值十万。"苏尔想了想，"我们留下三枚，另外一枚给朱艳艳。但要让她拿出五万的额度用在赵雪和吕焕身上。"

姚知同意他的想法，除了朱艳艳，其他玩家去做的都是低级任务，拿到的赏金不可能付得起房费。福利场一共就三天，今晚再住走廊里的玩家估计无一能幸免。

人在绝望下会做出很多意想不到的举动，一旦队伍里有成员开始互相迫害，他们也讨不了好。

姚知想到了什么，明知故问："侯可为和蔡斗呢？"

苏尔说："让他们自生自灭。"缓了口气，他喊了声"交易"。

笑脸商人似乎无处不在，下一刻便出现在他们面前。

苏尔低头望着桶里的东西，问姚知："你要吗？"

姚知摇头。

苏尔原本准备只带走一枚卵，姚知让他拿两个："后天有拍卖会，把财富聚在一个人手里比较好。"

苏尔分得清轻重，点了点头，搬起桶吃力地往前走，额头上的汗水从脸颊滑落，又坠在衣领上。

笑脸商人语带深意："胆大包天的人往往活不长久。"

苏尔停下来抹了抹额头上的汗，开口说："我只是一个平平无奇的搬运工。"

笑脸商人："……"

相较于前两次，这次跟苟宝菩见面时苏尔的状态可谓相当狼狈——衬衫又脏又皱，毒素在体内淤积导致他唇色不自然地泛紫，眼睛布满红血丝。

焰罗苟宝菩白胖的手指拨动着手腕上的珠子，笑容满面。从他的立场来说，自然是乐于见到玩家受难。

卵本身就有毒，苏尔不敢耽搁，迅速将桶放在桌上，又朝苟宝菩指了指桶。

只看了一眼用垃圾桶盛放的肉泥，苟宝菩便移开了目光，只对魅物的卵开价："二十万。"

苏尔心存疑惑……吃卵不吃肉，没道理啊！

顾不得皮肤的刺痛感，他熟练地用手搓了个雪白的肉丸，推销道："这可用的是最新鲜的原料，嫩滑不腻，入口香甜。"

试问游戏里哪个魅物不好这口？

赵三两曾对游戏中各种食材来源不明的食物颇有怨言，不止一次向苏尔吐槽过，说他差点因此得了厌食症。

站在苟宝菩的立场上，苏尔体贴地继续道："现在不吃可以冷藏，取出时加点水煮成香喷喷的肉汤，上面还会飘着一层淡淡的白油沫。"

他描述得绘声绘色，苟宝菩的笑容却有一丝僵硬。

时刻察言观色的苏尔主动闭上了嘴，意识到这话对方可能不怎么爱听。

不知道是否是因为某人的"过激"言论，苟宝菩并未像之前一样直接吞食魅物的卵，而是把它们暂时收好。

担心久留招焰罗嫌，苏尔没有再啰唆，跟在笑脸商人身后往外走。魅物娃娃正好也在门口，恭敬地鞠躬："一分钟内，将向您打款。"

苏尔点头："麻烦了。"

走在前面的笑脸商人忽然问："你父亲叫什么？"

苏尔心下一动，低下头沉默了片刻。再抬起头时，不知出于何种缘故，他竟说出了父亲的真名："苏鹤洋。"

"母亲呢？"

苏尔看着他："宋知。"

"亲生的？"

苏尔点头。他父母的基因很强大，和父母站在一起，别人一看就知道他是他们的孩子。

苏尔的视线牢牢锁定笑脸商人，可惜后者除了一瞬间轻轻蹙了下眉，没太大反应，只拨弄了一下头顶上的小礼帽。

"原来你不是孤儿。"

苏尔："……"

笑脸商人说："狡诈奸猾，你身上倒有几分苟宝菩的影子。"

而在有些事上的做派，他又有些像自己。

总之，就是不像个人。

笑脸商人不信邪地又问一句："你祖上可有人是笑姓或者苟姓？"

苏尔眉心一跳，恰巧这时有另外一道声音插入，说要交易。

姚知就在附近，看到苏尔出来，便准备把自己手上的一枚卵也卖掉。

笑脸商人履行主持人的职责，为姚知引路。暂时避开灵魂拷问的苏尔松了口气，走到大厅去看任务表。

赏金最高的两个任务已经完成，第三个"帮厨师择菜"看着就不大美妙，再往下瞧，基本就都是体力活儿了。现下苏尔的体力已经严重透支，权衡一番后他打算休息。念及客房里可谓是满目疮痍，他索性坐在大厅等午饭。

约莫过去了一个小时，两个魅物娃娃出现，开始忙着铺桌布。不多时，又有一位玩家来了。

吕焕脸色苍白，手上还裹着一层厚厚的纱布。

苏尔说："你……"

"去接了阁楼上的任务。"

毫无疑问，他被剥了手上的皮。

吕焕也是个能忍的，都这个时候了居然还能保持礼貌的笑容："我耗费了治疗的道具，勉强能扛过去……对了，还没来得及谢谢你。"

苏尔眉梢一扬。

"刚在花园里碰见了朱艳艳，她帮我付了两天房费。"

朱艳艳没独自揽功，说明了前因后果，是以吕焕和赵雪少不得对苏尔心生好感。

苏尔没过多表示，只说："我只是做了对我自己最有利的选择。"

其中多少掺杂了私心。不过在副本里，大家只看结果，吕焕也记下了这个人情。

古堡里的一日三餐均是十分豪华，随着玩家陆续到场，菜品已经多达二十多种。众人皆是挑了最便宜的食物吃，偶尔会出声交谈。

苏尔全程沉默。还有一天就是拍卖会，以他目前的财产来看，生存不是问题，但眼光要放长远些。他开始考虑如何积累更多的原始资金，好去买一些有用的道具。

正想着，目光不由自主掠过角落里的主持人，他心里不禁"咯噔"一下，连忙提醒自己上个副本结束时立下的处世原则：没事不要瞎嘚瑟。

这个副本的夜晚时长几乎是白日时长的一倍，午饭后外面的天色一瞬间转暗。

苏尔早就知道游戏对玩家恶意满满，不承想福利场几乎是把人往死里逼，如此一来，白天还能完成多少任务？姚知用眼神给了他暗示，低声提醒："多留些心。"

大厅里，蔡斗正在不安地徘徊，显然是还没赚够房费。

苏尔自问看不透他。一般在游戏里玩家就算有害人之心，表面功夫也还是要做的，在这一点上，温不语就做得相当到位。可蔡斗又不是新人，怎么会毫不遮掩地对另一个玩家表现出恶意？

姚知淡淡地道："请尊重物种多样性的自然法则。"

苏尔无话可说。

他叫住收拾完桌子准备离开的魅物娃娃，询问可否换一间客房。

魅物娃娃说："要加钱。"

苏尔说："可以。"

他那间客房里尚有残留的毒气，除非是活腻了，才要继续住。

回去的路上，苏尔碰见了侯可为，后者靠在走廊的墙上，更像是刻意在等人。他的心情似乎有些烦躁，不经意间蹙了下眉，但很快又平复了，态度还算和缓地询问："苏尔，要不要和我做笔交易？"

苏尔望着他不说话。

侯可为吐了口气，说："我可以把上一次参加福利场的经过事无巨细地告诉你。"

苏尔实话实说："看起来你混得比我惨。"

沦落到找自己一个新人合作，侯可为的这份经验似乎可有可无。

侯可为面色有些难看，沉声道："任务每天都会更换，我的实力有限。"在被怼之前，他拣重点说，"我要提供的这些信息是关于拍卖会的。"

说到这里，他的语气突然加重："只要你付我十万……"

"打住。"苏尔道，"一个人最多帮其他玩家支付五万，而且我已经用掉了一部分。"

"用道具交换也行。"

苏尔瞥了他一眼，猜测这多半才是他的主要目的……他在垂涎老婆婆给的娃娃。

侯可为承诺："我给出的信息，绝对能让你在拍卖会上把损失双倍拿回来。"

可惜苏尔不为所动，轻轻晃了晃手。

侯可为皱眉，思索着他这是什么意思。

"拜拜。"

侯可为："……"

苏尔摇摇头，准备去新换的客房里休息，侯可为的声音又传了过来，语气平淡，却夹杂着一丝阴狠："你的武力值不高，可得考虑清楚了。"

苏尔脚步猛地一顿，回过身看着侯可为，在对方阴恻恻的目光中，他一字一句地道："天下武功，唯快不破。"

同苏尔交谈向来不是一件愉快的事情，侯可为还没明白他的这句话，便又听他道："拳头再大，速度快也可破。"

苏尔说完，竟是没有一点预兆地开始朝大厅飞奔。

伴随着耳畔的风声，苏尔的思绪同样在纷飞，下决心回到现实世界后苦练长跑。武力值并非一朝一夕能提上来的，但只要他跑得够快，拳头就追不上他！

侯可为的反应慢了半拍，按计划，谈不拢索性就动手抢夺，谁能料到会出现这一幕！

他当即面色一沉，咬牙追了上去。

前方传来一阵喧嚣声，转过弯，眼瞧着就要追到，却见苏尔突然折返，开始往回跑，还气势凌人地一挥手。

"给我打！"

侯可为一怔，恍惚间他面前多了一道微胖的身影，未来得及看清就被一脚踹翻在地。

"你——"

话音被腰间连挨的两脚打断，同一时间，吕焕和朱艳艳的铁拳从半空中砸了下来，丝毫不讲情面。

"你们——"双拳难敌四手，侯可为用胳膊护住脑袋，低吼道，"疯了吗？"

他知道姚知和苏尔关系不错，心想着交易不成就直接抢了娃娃去苟宝菩那里做交易，接下来躲在房间中闭门不出，他们也奈何不了自己。当然计划失败的结果他也考虑过，但无论如何也和被群殴扯不上关系。

此时苏尔其实特别想上前补两拳，可惜他发现侯可为周围已经满员，根本没有他的立足之地，只能靠嘴找回场子："一个好汉三个帮。"

苏尔帮了朱艳艳等人，他们只要心肝没坏透，自然也会对他有所回馈。何况，只是帮忙教训一下侯可为，又非找魅物拼命。

弹指间的工夫，侯可为全身都挂了彩。苏尔抬起头望向不远处，躲在暗处原本想暗地里捞好处的蔡斗脸色发白，连忙避开视线。

另一边，笑脸商人在阴影里面无表情地看着这一幕，不时扶一下头顶的小礼帽，盘算着如何才能更快踢玩家出局。

外面的天色就要彻底黑了，走廊里亮起了小灯。几人先后收手，各回客房。侯可为勉强从地上爬起来，连骂句脏话的工夫都不敢耽搁，快速往自己的房间移动。

就在这时，蔡斗突然冲上来，死死拉住了他。侯可为受了伤，用力一抖肩，竟没有甩开桎梏。

蔡斗死不放手："要么你付房费救我一命，要么我俩一起死！"

侯可为紧盯他："你可别后悔。"

苏尔离得近，刷开房门的一刹那正好看到这戏剧性的一幕，摇摇头关上了门。

"拍卖会……"苏尔倒在床上，望着天花板嘀咕了一句。

侯可为的话到底给他带来一些警醒，拍卖会可能跟他想象中的不同，并非简单的一群人叫价，价高者得。苏尔翻了个身，渐渐进入半梦半醒的状态。不知过了多久，外面突然传来一声惨叫，他立马坐起身，握住电击器。

走廊里传来的声音很奇怪，除了惨叫声，还有沙子落地的哗哗声。时间一分一秒过去，这声音越来越沉重，门上也没有猫眼供苏尔窥探外面究竟发生了什么，他只能干熬着。

这一夜格外难熬，苏尔后半夜基本没睡，虽然不大可能，但是一有个风吹草动，他就忍不住怀疑会有人破门而入。

小心驶得万年船，他靠在床头半坐着眯了一会儿，待到白昼的光芒倾泻在脸上，他才微松了口气。他保持着安全距离，把手放在门把手上，迟疑了片刻才往下一按。

门应声而开，走廊里到处散落着黄沙，魅物娃娃正在打扫卫生。不知道是不是有意的，它们先清理的不是玩家的尸体，而是无关紧要的一些黄沙。

出局的玩家已经看不清面容，胸口被开了个窟窿，只能从穿着上勉强辨认出是蔡斗。

其他玩家陆续开门，看到这一幕都面色难看，却也都有一分庆幸，还好昨晚成功入住了客房。

姚知神情凝重，贴着墙从沙子少些的地方走到苏尔这边，说："今天别接高难度的任务。"

苏尔点头。

"这些沙子好像来自花匠。"赵雪忌惮地开口，"我昨天做的任务便是去帮花匠挖沙子。"

"不对劲。"朱艳艳道，"这次副本里的魅物太多了。"个个有着不低的智慧，若非武力不够，感觉都有进化成焰罗的可能。

在场唯一可能知情的侯可为靠在门边，一言不发。

姚知打量着他："抓过来打一顿，看能不能抖落出点消息来？"

"算了。"苏尔摇头，"万一他混淆视听，得不偿失。"

侯可为这个人，相当不可信。

魅物娃娃的清扫动作很快，没过一会儿，它们就拖着出局玩家的尸体离开了。其中一个魅物娃娃还去大厅张贴了新的任务表。

除了"缝制布娃娃"，其余的任务几乎全部进行了更换。

苏尔指着和花匠有关的那条：为花匠庆生？

姚知说："蔡斗可能是被他踢出局的，你确定要做？"

苏尔说："蔡斗死于夜间，现在去那里或许更安全。"

赏金本来就低，两人去做不划算。姚知看中的是搬运任务，离花匠那里挺近，万一出事，他也能跟苏尔互相有个照应。

室内外温度相差不大，空气中透着丝丝凉意。

白天时间短，光照不足，花圃中很多花长得歪歪扭扭，一副营养不良的样子。

"生日快乐。"苏尔停在几丈外开口。

花匠怪笑了几声，招了招手。苏尔把手插进兜里，握住道具，走了过去。

花匠面前摆着一个心脏道具，细长的蜡烛被一根根插上去，每插一根都能听到"噗叽"一声，血液从细小的孔往外钻。

"吹。"花匠说。

他的脚旁边有一个胸牌，上面写着蔡斗的名字，这东西属于谁可想而知。

腥臭的味道不时飘过来，花匠催促了一声："吹。必须全部吹灭。"

苏尔看了他一眼，深吸一口气，将蜡烛全都吹灭。

花匠眼中闪过几分失望，很快又用小刀切下心脏上的一瓣："吃。"

苏尔未有动作。这个任务赏金是最低的，就算不吃应该也不会有性命之忧。这更像是花匠见蜡烛成功地全部被吹灭后的一点报复。

花匠语气不善："别浪费了蛋糕。"

苏尔静静看了花匠递来的"蛋糕"半晌，忽然道："我有些东西落下了，能不能先回去一趟？"

花匠很大方地点点头，咧着嘴道："如果你不来，我就去找你。"

时间在消逝。

清风拂过，心脏外的血液已经开始凝固，苏尔却迟迟未归，花匠非但不生气，反而高高兴兴地提起铁锹，准备往古堡里走。然而他还没来得及迈开脚步，就见苏尔急匆匆走来，手里还提着一个大桶。

为防汤液溅出来，苏尔把铁桶放在地上的动作格外轻，桶里白花花的肉丸随着轻微的振荡一晃。适才苏尔先是去找苟宝菩要回那日对方不愿意收的魅物肉，无奸不成商，苟宝菩还敲诈了他一万。事后他又去厨房，付了六千，用魅物肉下了一桶面条。

"来闻闻，是不是香喷喷的？"苏尔微笑着说。

加足了调料，味道闻起来不差，肉丸周围还漂着一层油。

花匠觉得有几分恶心。

"你请我吃蛋糕，礼尚往来，我请你吃长寿面。"苏尔从口袋中掏出一双筷子，把一枚肉丸夹成两半送到他面前，"趁热吃。"

肉丸似乎没煮熟，中间还渗着血丝。见花匠不动，苏尔又把装着一瓣心脏的盘子端在手上，强忍着反胃的冲动："我们一起吃。"

话虽如此，花匠没有动，苏尔也没有动。

唯有桶里的肉丸面味道和血腥味混杂，随着风在他们之间流动。

苏尔说："价值一万六的面，不香吗？"

他有一个大胆的猜想，越是厉害的魅物，发布的任务赏金数额就越高。譬如昨日的任务里那个黏膜魅物和老婆婆提供的任务赏金最多，可惜魅物都擅毒，这东西对玩家有用，对同类可能效果要大打折扣。

如此看来，花匠应该是古堡里实力最弱的魅物。

想到这里，苏尔从口袋中大大方方掏出娃娃，花匠面色微变，眼中暗含忌惮："你怎么会有老太婆的东西？"

苏尔伸出手在阳光下晃了晃，皮肤更显白皙。

"她可喜欢我的手了。"苏尔笑着说，"如果有人欺负我，我就拿这双手去换，让婆婆来为我讨回公道。"

魅物也有求生的本能，花匠听到这话的第一反应是荒谬，然而低头望见油腻腻的肉丸面时，又顿时陷入了沉默。

确定在对方眼中看到了一丝忌惮，苏尔满意地弯了弯嘴角。

冥冥中似乎感觉到了什么，他抬眼望去，和前方姚知的视线撞了个正着。姚知正盯着他手中的餐盘和一桶已经有些凉的肉丸面，突然摘下眼镜，继续忙活手头的任务去了——他用实际行动诠释了什么叫眼不见为净。

苏尔抿抿唇，放下盘子，在同一时间清楚地听见花匠放下刀叉的声音。双方暂时达成一致。

自知适才将花匠得罪狠了，苏尔又恭维道："生日快乐，祝愿你有朝一日成为焰罗。"

花匠冷声道："没那个可能。"

苏尔不由得瞟向自己手中的娃娃，听见花匠又道："老太婆是厉害，但她永远都成不了焰罗。"

苏尔顺着话茬问："为什么？"

花匠的语气中透露出一丝快意："这个地方，只能有一个焰罗。"

血腥味犹在，不过被风吹散了些，气氛不似之前那般剑拔弩张。苏尔把握住时机，问："明天的拍卖会，你会不会参加？"

花匠吃了口"蛋糕"："大家都会去的。"

苏尔故作得意："我赚了不少赏金，怕是会挑花眼。"

咀嚼的声音在耳侧不断响起，花匠咽下口中的食物，似乎看出苏尔在打什么主意，他站起身开始用铁锹给花松土："东西的确很多，我的花也会拿去拍卖，不过最值得买的东西只有一件……"花匠冷不丁朝苏尔看过去，笑容令人毛骨悚然，"入场券。"

他手下松土的动作越来越快，偶尔铁锹被东西硌着，用力一翻，底下的骸骨便会被铲上来。

花匠的实力再弱，淘汰个玩家也不过是一铁锹的事情，知道问不出更有用的信息了，苏尔遂转身准备离开。

"等等。"花匠叫住他，"把你的东西带走。"

苏尔提上桶往前走。花一万六做碗面，打听到些情报，不算亏，但白白把长寿面倒了又挺不舍。苏尔四下观望，姚知离他最近，负责来回搬运的工作，看到苏尔迎面而来，居然和魅物同时后退了一步。

苏尔："……"

伤自尊了。

苏尔深深看了他们一眼，只能继续目不斜视地往古堡中走。刚踏入大门，余光忽然瞥见门后站有一人，那人无声无息地站在那里，双眼直勾勾地盯着苏尔。任谁看到这一幕都会吓一跳，苏尔也不例外，手一抖，桶里的汤洒了出去。

笑脸商人淡淡地说："地脏了，你要赔钱。"

话音未落，魅物娃娃已经出现在面前，伸手问苏尔要卡："两千。"

苏尔把卡交出去，冷冷看了笑脸商人一眼："碰瓷？"

没等对方说话，他就要迈步离开。

笑脸商人道："问到了想要的信息，就是再多花两千，这买卖你也不亏。"

花匠是这个副本里本事最弱，也是最好套话的一个魅物。

苏尔缓缓停步。

玩游戏一段时间，他早就有了基本的危机意识。主持人主动搭话，绝对不是因为对玩家高看一眼，而是在想着法子下套弄死玩家。

如今笑脸商人的绳索已经抛出来，就看苏尔愿不愿意上套了。

苏尔叹了口气，侧过半边身子："什么是入场券？"

笑脸商人脸上浮现出笑容，免费分享了信息："它可以帮你知道一切你想知道的。"

明知道他这是在故意勾起自己的好奇心，苏尔仍忍不住又问了一句："一切？"

笑脸商人颔首："有了它，你就可以进入一个叫《弄虚》的副本。具体的等到了那里你便会知道。"

苏尔说："很危险？"

笑脸商人没有正面回答："收获也会很大。"

魅物娃娃还回卡后，苏尔这一天再未接任何任务，而是待在客房里琢磨入场券和《弄虚》的事。晚饭后和姚知交流，后者突然就陷入了沉默。苏尔猜测他知道些什么。

过去了好几分钟，姚知才再度开口，神情中夹杂着一丝疲惫："在你之前，归焚的一个成员就是折在了这个副本当中。"

苏尔猛地抬眼。他分明记得，就在不久前，姚知才说过除了福利场，至今没有玩家重复进入一个副本的事情发生。

姚知垂下眼："《弄虚》是个很特别的副本，进去过的人都没出来。"末了又道，

"入场券你一定要拿到，各个组织都在争抢去往《弄虚》的媒介。"

上赶着找死的事情谁都不会做，除非那个副本真的有非常大的好处。

苏尔说："哪怕知道是死局，也要入？"

姚知手指微微动了下，点了点头："据说《弄虚》里藏着能彻底脱离游戏的方法。"

饶是再淡定，苏尔此时都没能掩藏住惊讶，片刻后才道："会不会只是一个陷阱，引诱玩家入局，好猎杀玩家？"

进去过的玩家都没出来，这消息又是如何传出的？

姚知说："曾经有玩家进过另一个难度极高的副本，从里面意外获知了一些线索。当时纪珩和祈云也在那个副本里，想必不会有错。"

苏尔蹙着眉暗自思忖。

"明天有拍卖会，早点休息。"姚知脸上的严肃淡了些，他拍拍苏尔的肩膀，"别想太多，你年纪最小，就算拿到入场券，归焚也不会让你去冒这个险。"

一夜辗转反侧，偏偏黑夜漫长，迟迟无法得见阳光。莫名的压抑感快要逼疯苏尔时，他忽然耳朵一动，听见些窸窣的声音。他立时跳下床，趴在窗户上往外望。

月光并不亮，可以看到花园里的几道身影正在往古堡里来，其中一个走在最后，似乎感觉到什么，抬起头冲着苏尔咧着嘴一笑。

客房是相对安全之地，苏尔并未太过紧张，猜测外面的魅物同时进入古堡多半是为了拍卖会。伴随着纷乱的思绪，天空终于透出一丝微光。

大厅里灵气森森。今日菜品很特别，大厅里多出一张长桌，上面摆放着的全是六分熟的肉块，酒杯里盛有黏稠的红色液体，让人不得不怀疑又是用什么奇怪的东西做的。

玩家均有些面色不好，依次坐下。

苟宝菩姗姗来迟，他似乎更胖了。苏尔看着他，突然可怜起骨魅来，同样是焰罗，骨魅不仅没了皮肉，半截身子还被拿去做了投票箱。不知年轻时，周林均又是怎样的姿容。

苟宝菩主持的拍卖会没有那么多规矩，他摩挲着手腕上的珠子，似笑非笑地说："多余的话就不说了，谁有想交换的东西，直接拿出来报价，愿意买的出价即可。"

规则听上去相当简单，花匠最先拿出几朵之前摘下来的花，报价三万。

花瓣离了泥土的滋养，早已枯萎，单从卖相上看也勾不起人任何购买的欲望。

果然，大厅内无人应声。

苟宝菩帮他问了一句："不过三万而已，确定没人要？"

苏尔原先还在想这些魅物拿倒卖东西的钱有什么用，在看到苟宝菩吸食红纸上的灵气时，明白过来，多半与此有关。

"我买。"朱艳艳忽然开口。

她只有三万多的赏金，错过了恐怕就会一无所获。

只不过话一出口，她就看见满脸皱纹的老婆婆在对着她笑，心中陡然升起不太好的预感。

魅物娃娃负责刷卡，同时把花给她拿了过来。

朱艳艳咽了下口水，遵照内心的预感，说："钱我照付，东西我不要了。"

"这可不行。"主座上的苟宝菩摆手，"我们要保证交易双方的公平。"

朱艳艳不敢得罪他，手指才刚碰到花茎，就像是粘了胶似的拔不下来，细看才发现茎秆表面有东西在蠕动，似乎是在通过吸收人体内的血液来得到新生。她正在考虑要不要当机立断砍掉手时，花吸够了血液，主动脱离了她的手。

因为失血，朱艳艳脸色发白，晕乎乎地坐下。

有了前车之鉴，当一位瘦高男子拿出小刀片时，没人再敢应声。

"一群不识货的。"瘦高男子撇了撇嘴。

最后花匠买下了刀片，实现了魅物群体内部的一次交易。

苏尔和姚知对视一眼，低声道："有的东西还是值得一买。"

譬如之前完成任务后老婆婆给他的娃娃，就不错。

正说着，老婆婆拿出一个娃娃："四十万。"

众人先后看向苏尔，在座的玩家只有他付得起这个钱，可惜苏尔心动了一下，终究败在了入场券的诱惑下。老婆婆也不在乎，"哼"了一声，又重新把东西揣进兜里。

在她之后，各项拍品的价格都在二十万以上，其间笑脸商人买下了一枚奇怪的纽扣，镶嵌在自己的衣服上。拍卖会快要进入尾声，苟宝菩稍稍坐直身体，把一张紫色的卡片放在桌上，视线扫过众人："底价……六十万。"

这东西一出来，气氛便沉寂了不少。

笑脸商人不怀好意地朝苏尔笑了笑，摸着头顶的小礼帽，用口型道：入场券。

苏尔看向姚知，后者点了点头，便不再迟疑，直接出了价。

苟宝菩转动着紫卡，视线往四周一扫："这么好的东西，没人要竞价？"

花匠讪笑一声："无福消受。"

玩家中吕焕和侯可为似乎也知道这东西，但他们一个摇了摇头，另一个则露出了幸灾乐祸的笑容。

吕焕有意给苏尔一个提醒，看到姚知却又闭了嘴。作为资深玩家，姚知肯定给苏尔普及过入场券的事。吕焕心底里是佩服这些敢于探索的玩家的，但佩服归佩服，他本人还是宁愿在游戏中平平安安。

《弄虚》，不知多少玩家折在了里面。

侯可为则轻"喊"一声，用看死人的眼神看着苏尔。苏尔还记着对方想要从自己手中夺宝的心思，突然就笑了，一拳挥了过去。论武力，他自然不是侯可为的对手，侯可为轻轻松松接住这记拳，长腿一扫，苏尔直接被踢倒，撞在后面的桌子上。

一切不过电光石火间，姚知想出手阻拦时已经晚了。

"就凭你这点微末的实力，还敢搞偷袭？"侯可为满目鄙夷。

谁知苏尔转而望向苟宝菩："如果有人在这里和人打架，损坏了财物，怎么算？"

苟宝菩看热闹不嫌事大，说："自然是谁弄坏的谁赔。"

侯可为面色一变，适才两人交手时，有几盘菜摔在了地上。

苏尔"哦"了一声："那这些……"

苟宝菩说："一人一半。"

侯可为不可置信："分明是他先动的手！"

话一出口他也意识到自己愚蠢，竟然妄想跟魅物讲道理。

苟宝菩话锋一转，说："赔不起，那就留下来还债。"

侯可为的余钱也就够买其中一盘菜，他用求救的眼神看向其他玩家，却没一个愿意搭理他的。他恶狠狠地剜了苏尔一眼，不得已拿出一个道具抵债。

苏尔微笑着说："再打一架，好不好？"

毕竟他还有余额没用完。

侯可为是真怕了他，深吸一口气，咬牙退让一步，为自己那日的行径道歉。

苏尔想了想："要不你送我个道具，咱俩的账便一笔勾销。"

四目相对，侯可为眼神闪烁，心中霎时杀意腾腾。出了福利场，玩家间便不能再自相残杀，眼下便是最好的机会。与其把东西给苏尔，不如直接把人杀了一劳永逸。

苏尔的行动比他脑子运转的速度都快，眨眼间便躲到了姚知身后，假模假样地一抹脸："他欺负我，还想要杀我。"

很假的演技，姚知却往前走了一步，对着侯可为伸出手，只说了一句话："要么交东西，要么交待在这里。"

本想撂一句狠话，想到方才苏尔的无耻行径，侯可为险些气得吐血，硬生生把话憋回心里。他也是个能忍的，为了活着出去，只好拿出一个小瓶子扔给苏尔。

苏尔挑眉，这人身上的好东西还挺多。

姚知拧开瓶盖，看见里面装着的黑色血液，尚算满意地点了点头。

苏尔随即息事宁人，再逼下去，可能就真是拼命了。

免费看了场戏，苟宝菩移开视线，拍了拍手，宣告本次拍卖会圆满结束。在笑脸商人把玩家送出副本前，苟宝菩微笑着盯着苏尔说："红纸不错，我期待与你的再会。"

苏尔："……"

再度回到中转站，众人皆有一种劫后余生之感。

"好在就三天。"朱艳艳苦笑一声。

"是啊。"吕焕跟着感慨道。

侯可为早就灰溜溜地跑了，没加入众人的讨论。除了他，其他人似乎暂无离开的意思，包括姚知。

苏尔忍不住问："你们在等什么？"

"成就点。"姚知淡淡地说，"听说你每去一个副本便可以获得一个成就点。"

"……胡说。"

余音尚在，天空中突然乌云滚滚。

苏尔心中陡然升起不妙的预感，下一刻，便听到提示音响起："恭喜玩家苏尔获得成就'卖亲证道第一人'。"

不知是不是错觉，苏尔觉得自己的胸牌好像变大了。

姚知了解的信息很广，指着他胸牌最下面："成就点其实是会显示的。"

闻言，苏尔有些惊讶地低下头细瞧，发现自己的胸牌边缘有一层细碎的花纹。再看其他玩家，都没有这层纹路。

姚知说："字无限缩小后就会呈现出这种状态。"

沉默中，朱艳艳忽然掩着嘴笑道："会不会日后成就点过多，你这胸牌刻不下，最后直接进化成一面盾？"

众人忍不住跟着笑出声，笑着笑着，笑声逐渐变得僵硬。

……不可能吗？！

大家的视线齐聚在苏尔身上，回忆起他在游戏中"丧心病狂"的行径，都沉默了。

第四章

一人得道，鸡犬升天

略带诡异的气氛中，姚知开口："我们还有个地方要去。"

朱艳艳说："鉴宝点？"

姚知点头。

苏尔还是第一次听说这个地方，姚知解释道："游戏里得到的道具，在那里可以检测出品质和功能。"

这时朱艳艳笑着说："你可把侯可为坑惨了。"

也是那人咎由自取，没料到苏尔会提前卖人情给其他玩家，导致自己反被群殴。

苏尔颇有些遗憾："可惜没再遇见几个针对我的人。"他还剩下些赏金没花出去，其实还能再捞一笔的。

再次热络起来的气氛因为他这话重新归于死寂。

吕焕憋出一句"英雄出少年"，而后道："就不多耽误你们时间了，再会。"

说完摆摆手离去。赵雪和朱艳艳也先后跟他们挥手道别。

游戏里的见面和分离很常见，经历多了，内心连波澜都不会起几分。

苏尔默不作声地跟在姚知身后，直至到达一处椭圆形的建筑下，姚知指着一处凹槽，让他把东西放在上面。

苏尔说："不怕被抢？"

姚知说："他们没那个胆子。"

苏尔环顾四周，才发现路过的玩家都会避开他们，这才逐渐意识到有组织的重要性。他先是把从侯可为那里得到的瓶子放了进去，旁边的显示屏很快浮现出一行文字：黑狗血，可阻挡魅物输出的伤害七秒钟。

七秒？

苏尔挑眉，也就是喊个救命的时间。

他摇了摇头，将娃娃换了上去，对于这东西，他还是抱着很大的希冀的。

"如果是替死娃娃，那就赚大了。"

姚知听着好笑，除非是高难度副本，一般副本中不大可能得到替死的道具。

这次鉴定的时间比方才略长，几个呼吸后屏幕上浮现出结论：会哭的娃娃，三分钟啼哭时间内会让周围人对使用者产生无限怜爱。

苏尔期待的神情瞬间凝固在脸上，他面无表情地把娃娃拿起来，看了眼姚知。

姚知摆手："我对这个道具没兴趣。"

苏尔说:"……以后进副本有需要随时找我。"

待他把东西收好,姚知才重新开口:"这次我们最大的收获是入场券,回去后你尽快和纪珩见上一面。"

"好。"

大概是心理作用,退出游戏回到现实世界,偶尔看着外面的阴天,都比游戏中的暖阳晴天要令人舒服。得知他通关回来,赵三两做东,选在一家高档餐厅碰头。几天不见,他又换了个新发型,同样具备非主流特色。

苏尔没忍住:"是理发师给你建议的发型?"

赵三两撇撇嘴:"是我自己的独家创意。"说着还一甩头,"酷不酷?"

"厉害。"

能做到完全不介意他人的眼光,还是很考验心态的。

等菜上齐了,一直没怎么说话的纪珩才开口:"顺利吗?"

苏尔先介绍了福利场的规则,具体发生了什么却没说,而后挑出大家都关心的重点,说:"我拿到了通往《弄虚》的入场券。"

一旁的赵三两不知想到了什么,自顾自倒了杯酒,神情有几分恍惚。过了片刻,他嗤笑一声打断他们的对话:"说是地狱的敲门砖还差不多。"

初生牛犊不怕虎,苏尔毛遂自荐:"你觉得我适合去《弄虚》吗?"

赵三两和纪珩都没说话,只盯着他看。

苏尔说:"其实我一直怀疑自己有一个了不起的身世……"

他平时不是爱说废话的人,这会儿却是滔滔不绝。

赵三两觉得这孩子可能是频繁下副本,被折磨得转变了性格,谁料纪珩忽然道:"你是不大正常。"

他的观点和昔日祝芸的说法一致,哪有父母出了变故留下巨额遗产,家里亲戚却没人愿意来走动的?

纪珩问:"一个问你借钱的亲戚都没有?"

苏尔重重点头:"没。"

这下连赵三两都觉出不对劲了。

纪珩想了想:"我会帮你查查看,不过别抱太大希望。"

苏尔思忖时,赵三两缓和气氛道:"动筷吧,菜都凉了。"

一顿饱饭后,话题回到副本上。苏尔喝了口茶,有些遗憾地道:"其实我这次亏了,这次游戏没有结算积分。"

赵三两惊讶:"一项都没涨?"

苏尔沉痛地颔首。

所谓的福利场,就是一个巨坑。

纪珩看了他一眼:"姚知说你还没有掌握魅力值的用法。"

苏尔的神情变得有几分认真:"按照字面意思,该是那些魅物拜服在我的魅力下，但事实恰恰相反……会不会魅力值就是拉仇恨用的？"

"不可能。"纪珩出言否定。

赵三两同样道："游戏明说了它能对付魅物，就一定能。"

苏尔反驳："对比其他玩家，我更容易遭到恶魅的敌视。"

纪珩说："这是由于个人原因。"

苏尔："……"

纪珩说："下个副本，你跟我一起。"

苏尔暗自盘算着这家伙究竟有多少组队道具。

纪珩说："这次情况比较特殊。"

有时候下好几个副本都不一定能得到一个道具，纪珩手上的道具是比其他人多不少，但也不充裕。他正要详细说明时，突然接到一个电话。挂掉电话，他面色微微一沉："下周六早上十点，准时在大地公园会合。"

末了他收起手机："我还要去见个人，让赵三两送你回去。"

"纪珩。"苏尔突然叫住他，"你要去见谁？"

纪珩挑眉，多管闲事可不像是苏尔的作风。

"影视剧里出现这种情形，通常都是一去不复返。"苏尔一本正经，"以防万一，你还是留下点信息比较好。"

纪珩深深地看了他一眼，转身离开。

苏尔摸摸鼻子："我说得不对吗？"

赵三两冲他竖起大拇指："你真棒。"

苏尔："……"

周六，阳光非常好。

大地公园有着很长一段历史，四周的墙面又脏又破，园内单单种植着一些普通的树木，树下长椅落满灰尘。平日里除了来晨练的老年人，基本看不到什么人。

一群聚集在门口的年轻人此时就特别显眼。苏尔看了看表，确定自己提前了二十分钟到。

"苏尔？"有人带着不确定叫了他一声。

苏尔循声望过去，就看到一个不认识的人在冲他笑。

"我看过你在新手场的表现。"那人走过来，主动伸出手，"我姓卫，卫骏。"

苏尔和他虚握了一下，似乎不经意地保持着安全距离。

卫骏并不介怀，恰好这时，纪珩从出租车上下来了。

卫骏问："没开车？"

"麻烦。"纪珩视线一扫，确定人都来得差不多了，向苏尔说明情况，"这次大家要下的是同一个副本。"

苏尔有些惊讶，大家？这儿至少有十来个人。

"会用到团体道具。"纪珩道，"这东西很稀少，目前玩家里就卫骏有一个。"

卫骏笑了下："这里太显眼，进去说。"

根据纪珩的介绍，说白了，此次这么多人一起进游戏的目的只有一个，各个组织联合起来探究魅力值的用处。

卫骏说："来的都是如今魅力值较高的人，不过没一个超过 20。"

目前已知的玩家里，苏尔可谓是一马当先，只是他本人不觉得这是值得骄傲的事情。

一位女士笑着开口："你做了一件好事。"

苏尔一怔。

"能多出一种办法对付魅物，就是好事。"

苏尔说："双刃剑而已。魅力值掉到 1，也可能会出局。"

女士摇头，和身边的人说："这孩子认死理。"

苏尔："……"

卫骏拿出一个罗盘，找到一个没有摄像头的地方，让众人依次滴进去一滴血。传送过程很稳，苏尔并未感觉到不适，比上次吃青果好了不知多少，几个眨眼间便已身处另一个世界。

这次是卫骏提供的道具，众人也就把他视为主导者，暂时由他掌握主动权。

原本卫骏给人的感觉挺阳光，进副本后他突然变得沉稳，嘴角微微朝下，一副不好打交道的样子。

"从未有过十几人一起进副本还全员生还的例子。"他的目光依次扫过每个人，"遇到危险大家能互相拉一把就拉一把，但如果有人想拉别人下水，就算顺利通关，我也会想办法让他出局。"

最后他又冷冷地补充了一句："这条规则也适用于我。"

空气瞬间变得安静，过了一会儿，纪珩十分平静地扮演起唱红脸的角色："大家齐心协力，说不定能创造奇迹。"

从默契度上看，苏尔猜测这几人在现实中不但认识，而且关系不错。

进了副本的第一件事通常是观察周围的环境，这次明显是省事了，他们正处在半山坡的阶梯上。山势险峻，两旁又无凭栏，朝下望去，不禁一阵眩晕。

"那里有人。"苏尔抬起头，指了指一块不起眼的石头旁边。

众人循着那道人影的方向又往上走了一段阶梯，终于看清了对方的全貌。此人坐在小马扎上，穿着一身宽大的破旧衣裳，很瘦，眼睛是琥珀色的。

"大家好，欢迎来到《七天七夜》。"他的声音很温和，远胜山间的清风，"我是本场的主持人，神算子。"

玩家间有一个不成文的共识——主持人越是看着无害，越是危险，是以此刻根本无人愿意靠近他。

神算子微笑地望着他们，招招手："来，排队算命，谁先？"

众人面面相觑，最终纪珩主动走上前。

神算子看了看他的手相："你一生中有三次劫难，五天后你将迎来生死劫。"

纪珩面色不变，退到一边。

卫骏在他之后伸出手，神算子摇头："你命里灾煞将至，三日后会溺亡。"

轮到一名叫宋佳月的女玩家，神算子只看了她一眼，便说："印堂发黑，你将在某个夜晚死无全尸。"

宋佳月深吸一口气，把位置让出来。

神算子依次批命，到了苏尔时，摇头道："灵气重，孤辰寡宿难婚嫁，你都占齐了。凡与你相好者，必定命数断绝，死于非命。"

所有人中，没一个算出好命的。

这时神算子神秘地一笑："想要改命，各位便要在天黑前赶到山顶的一座寺庙去。"

现在天色已晚，玩家们看了看前方那长长的一截山路，不敢耽搁，准备往上爬。

苏尔忽然道："我这个命其实不改也行。"

在众多目光中，他镇定地道："总结下来，不就是克媳妇吗？这命有什么好改的。"

他身边的纪珩若有所思："有道理。"

神算子似乎才反应过来，笑容一僵，一把抓过苏尔的手，左手掐指，眉间拢起沟壑："不对啊……"

按照规则，每个玩家都该是死于非命的命格，这样游戏才能继续下去，为什么此人会是例外？

游戏中主持人众多，显然苏尔在之前几个副本中的所作所为还没传到神算子这里来。神算子松开手，佯装苦思冥想，少顷才道："的确，你没有必要去。不如就留在这里等结果。"

话说得真假难辨，苏尔在他面上也看不出端倪。但从常识判断，留在山间过夜，可以说就是离死神又近了一步，于是他毫不犹豫选择跟着大部队走。

神算子没有干预苏尔的决定，尽职尽责做着主持人该做的事，提醒道："山里天黑早，大家还是快些赶路的好。"

他本人并未跟上去，只冲着玩家的背影挥了挥袖子。

山路经过日晒雨淋，出现很多断层。为防扭脚，所有玩家均低头认真看路，小心翼翼地前行。等到走出足够远的一段距离，卫骏才缓缓开口："有些不对劲。"

一般情况下，主持人只负责告知通关条件，便坐视玩家自生自灭，偶尔兴趣来了，还会在暗处推波助澜一把。神算子和他们遇见过的绝大多数主持人都不同，更像是这个副本的一个主要参与者。

"小心为上。"纪珩淡淡道，"别忘了我们这次来的主要目的。"

卫骏闭了闭眼，嘱咐众人："在力所能及的情况下，首先确保苏尔的生存。"

周围人面色各异。突然被点名，苏尔有些不适应。

卫骏把话说得直白："你的魅力值最高，远超旁人，会是很好的突破口。"

苏尔突然有些佩服这些玩家，为了在和魅物的对抗中掌握主动权，一次次地冒险。

"咳咳。"一旁的矮个子男人名叫曹乐道，瞟见苏尔面上浮现出的敬佩之情，尴尬地咳嗽了两声，"我们也没你想象的那么伟大。"

苏尔一怔。

曹乐道苦笑道："我没多大本事，迟早得出局。组织里提出的条件是只要我来下这次副本，无论成功与否，都会给我家人一笔钱。"

好几人都是类似的原因。

卫骏佐证了这种说法："几个大组织各派出一名成员，合作条件是但凡我们中有一个成功出去了，必须要把发现全数告知他们。"

苏尔忍不住看向纪珩，自己来之前怎么没听说组织里会给福利？

纪珩淡定地道："归焚人少，谁有时间谁来。"

苏尔："……"

事实证明，精英路线也不是好走的。

攀登阶梯很费力气，行至半途中，天空突然阴云密布，下起了绵绵小雨。如此一来，山路更加不好走，众人却也不敢为了节省力气停下休息。有人苦中作乐地打趣："腿都酸了，别等会儿遇到魅物跑都跑不动。"

"你们看！"就在这时，曹乐道有些惊喜地站在旁边的一块石头上往上看，"快到了！"

他话音一落，顿时有两三人也下意识踮起脚望去，果真瞧见烟雨笼罩的雾气当中，寺庙的轮廓若隐若现。有了前行的目标，大家加快脚步，一鼓作气爬到了山顶。然而，等真正站在庙门前，众人又都哑然无语了。

"这庙……"苏尔沉吟了一下，"是不是有些太破败了？"

一句话道出了众人心声。

按照那神算子的说法，这里是可以改变命数之地，故而他们在潜意识里认为这会是一座很威严的寺庙。哪知面前的小破庙不知多少年没有修葺过，四周杂草丛生，风一吹，陈旧的木门来回晃动，发出一阵声响。

然而，眼下天快黑了，风又有变大的趋势，明知面前的破庙有问题，他们也只能进去。

曹乐道说："有没有人想方便一下？"

在天黑前解决生理问题是最合适的，接下来的一夜，不可能有人敢冒险出来方便。

"忍忍吧。"卫骏阻止他，"这山里的异样恐怕不少。"

有几人跟着点头。曹乐道灵值低，感觉不到，他们却感觉到了……前方的山林里时时会有一股冷气侵袭而来。什么都没命重要，曹乐道最终还是选择跟大家一起进了庙。

风越发猛烈，离庙门近的玩家关上门，往前挪动了一些。

咚咚！狂风打在门上，像是不速之客在砸门。

纪珩来回走动着，观察庙里的一切，苏尔站在离他不远的地方，也有样学样地四处打量。但大概是因为他经验浅薄，他什么异样都瞧不出来。

纪珩瞄见苏尔的表情，抬起手："你看那边，有魅物。"

苏尔觉得他在把自己当小孩逗，微微撇了撇嘴。

一旁的卫骏忍不住看向纪珩，似乎没想到这人也会有这么幼稚的时候。

纪珩说："我是认真的。"

苏尔迟疑了一瞬，朝着他手指的方向望去，发现那里不知何时出现了一个书生模样的人——头戴方巾，嘴唇苍白，从穿戴就能看出几分落魄来。

突然冒出来的身影把大家吓了一跳！

曹乐道本来就是硬憋着没去上厕所，这会儿他离得最近，差点被吓得尿失禁，连连后退了好几步。

书生像是看不见他们一般，背着双手在原地打转，口中念念有词。

"你好。"

主动与他搭话的是宋佳月，她并不想做出头鸟，无奈神算子批命时说她将在某个夜晚死无全尸，谁知道"某个夜晚"会不会就是今晚，是以她只能尽快收集信息，以求改变副本定下的命数。

书生一开始没理她，沉浸在自己的世界当中，没过一会儿却突然凑近，惊得宋佳月呼吸一紧。

"命可改乎？"

宋佳月不敢给出太肯定的答案，只说："我需要时间想想。"

书生一把推开她，力道奇大，身后的人来不及扶，宋佳月重重撞在墙上，闷哼一声，捂住半边发麻的肩膀，却也不敢大呼小叫。

苏尔也不知是什么运气，原本离得最远，却眼睁睁看着那书生疾步朝自己走来。

"命可改乎？"

书生的语气比适才更加暴躁，长衫随着他的步伐摆动，呼呼作响。

不懂就反问，苏尔说："你觉得呢？"

书生死死盯着他看了半晌，视线突然又转移到了其他人身上，打量了一圈，满眼鄙夷："没一个好命的！"

纪珩便是在这时开了口："我们是专程来此处寻找改命之法的。"

书生眼珠一转，一口应下："可！"

这干脆利落的回答令人心下难安。

"不过你们要先做一件事。"天下没白吃的午餐，书生很快提出了自己的条件，"密林中有一只白狐所化的精怪，你们得先帮我把它杀了。"

苏尔说："你和白狐有仇？"

刚问完，周遭的空气瞬间冷了。

书生一脸愤懑："算命的说我在二十岁那年会死于桃花煞，为了避煞，我自小不敢与女子过多接触。哪知白狐狡诈，装扮成男子与我一同去科考，半路设计让我解下护身玉佩，要了我的命！"

苏尔说："你也说了，白狐狡诈，如果我们没能杀了它……"

书生冷冷一笑，一脚踹开地面的杂草，依稀可见一片森白，不知是人还是动物的残骸。

玩家们原本还挺同情书生的遭遇，这会儿才想起来，魅物就是魅物，在副本中对它们滥生怜悯心是大忌。

书生阴恻恻地道："天亮之前，白狐不死，死的就是你们。"

靠墙的地方，宋佳月可以确定自己的肩膀肯定已是一片青紫，她忍着痛问："白狐可有什么弱点？"

书生道："它当然是怕我那开过光的玉佩。"说着他怒容再现，"当初若不是我轻信于它，解下那枚玉佩，它根本奈何不了我！"

宋佳月连忙问："玉佩在哪里？"

书生不耐烦地挥手："估计掉在山林中了。"

山林何其广袤，书生的这句话说得含糊不清，明显是不想道出实情。他一面想报仇，一面又想淘汰玩家。如今看来是后者占据了上风。

主动权不在玩家手里，听之任之是目前众人唯一能做的事。几个被预言会最早死亡的人联合起来，准备去附近寻找线索。

纪珩的名声在玩家中传得很广，出发前宋佳月望着他："如果你能随我们一道去，东西找到了就归你。"

这玉佩听上去有很大可能是个道具。话说完她心里也是十分忐忑，不知道道具对纪珩的诱惑力有没有达到让他出门冒险的地步。

纪珩没立刻回答，在她的局促不安中看了眼外面的天色，眼见雨势有渐缓的趋势，他缓缓开口："半个小时，找不到我会回来。"

苏尔本欲一道去，纪珩冲他微微摇头，暗示他留在这里。

和魅物共处一庙绝对不会是愉悦的体验，庙中又湿又冷，好在留下来的还有六人，让人还不至于太害怕。书生又开始边自言自语边踱步，玩家间也不敢说什么话，担心吸引他的注意。

一番度日如年，外面终于重新传来声音，卫骏眼尖，不知看到了什么，连忙走到门口，帮着回来的人将一名玩家抬进庙里。

"曹乐道？"苏尔走过去，拢起一堆杂草，让他躺在上面，"怎么弄成这样？"

从外表看，根本瞧不出伤，但肉眼可见曹乐道比之前瘦了不少，武力值更是下降了一大半。

宋佳月摇头："密林里起了雾气，待雾气散开，人就倒下了。"

怕是白狐见他们人多，选择了分而击之。

纪珩沉吟道:"看不到真身,对付起来不容易。"

"一群废物。"书生幸灾乐祸,语气却是恶狠狠的,"我这里不收留废物。"

他瘦长的手指指向昏迷不醒的曹乐道,说:"把他扔出去!"

宋佳月说:"这跟之前说的不一样,天亮前我们必定会再想办法……"

书生打断她:"要么把人扔出去,要么你跟着一起滚。"

魅物想要人命时,是说不通道理的。宋佳月的武力值已经突破临界点,但对付书生还远远不够,便把目光先后放在纪珩和卫骏身上,二人微微点头。下一秒,三人同时出手。

在之前的副本里,苏尔亲眼见过纪珩灭杀一只封口魅。可眼前这书生明显要比封口魅难对付很多,面对三人之力,还能缠斗。

纪珩看了苏尔一眼:"我们尽量把时间拖长一些,你把握机会。"

书生见他还有空说话,被激怒了,所有的攻势几乎都朝他一人而来。苏尔很快就明白过来纪珩的意思,现在是试验如何利用魅力值的好时机。

魅物越战越勇,玩家的体力则有限,时间一拉长,纪珩等人就落了下风。

"最多再坚持两分钟。"卫骏低吼一声。

苏尔定下心来,奈何想破了脑袋也想不出能怎么使用魅力值,又不甘心就此一无所获,便冒险试着靠近,想看看离书生近一些会不会有其他感受。

"一分钟!"卫骏道,"实力弱的全都靠门口站,情况不对就往密林里跑。"

密林里有白狐,书生应该不敢靠近,否则也不会怂恿他们去替他报仇。只不过那里也是龙潭虎穴,能不能活下来全看个人造化。唯有苏尔一直紧盯着书生,不断向他靠近,发现一旦自己对他生起杀心,血液里就似乎有种力量开始叫嚣。

苏尔试着挥了挥拳头,没有对书生造成任何伤害。冷不丁地,苟宝菩笑呵呵的圆脸浮现在脑海,苏尔又往前走了一小步。

书生周围非常冷,冷得刺骨。苏尔的大脑并未因为寒冷而停止思考,和苟宝菩交易的场景重现,他隐约记起对方在买下红纸时说过很满意上面的灵气。苏尔的眼中瞬间绽放出光芒,大声道:"帮我按住了!我要吸他的灵气!"

宋佳月被他这一嗓子吓到,险些身受重伤。

她咬了咬牙,坚持配合纪珩和卫骏的动作,把书生往墙角逼。

纪珩看了其余二人一眼:"用道具。"

宋佳月掏出一张箓纸。她一共就只有两个道具,此刻心都在滴血,卫骏则拽下脖子上的桃木小剑。至于纪珩,同样用的是箓纸。三个道具齐上,才勉强定住书生一时半刻。

苏尔毫不迟疑地冲过来,顺从心底的冲动,隔着一尺之距,轻轻吸了口气。这一口气十分绵长,根本不是人类的肺活量能够做到的。

书生感觉到体内的灵气在源源不断地流失,脸上的皮肉逐渐干瘪,整个人像是被强行拔出泥土的大树,生机溃散,不由得颤抖地开口求饶:"住……住嘴……"

这突如其来的一手，显然出乎所有人的意料。眼瞧着不久前还得意扬扬的书生顷刻间变得一脸灰败，身似未发育完全的细竹，任谁都能轻易折断，玩家们看苏尔的目光明显变了。原来"魅力值"三个字听着不大正经，产生的效果却如此可怕。

作为被关注的中心，苏尔心中的惊喜很快被冲散，取而代之的是一丝说不上来的担忧。

……电击器。

看到魅力值发挥的作用后，苏尔第一时间就想起电击器也有类似吸收魅物生命力的作用。初入副本时，他曾使用过电击器，魅力值也是在那之后被游戏公布的。若说二者毫无瓜葛，那二者的效用如此相似也未免太巧合了些。

苏尔皱眉，莫非自己的本体其实就是个电击器？毕竟白狐都能化为精怪，电击器为什么不可以？

"嗞——"

灵气不断离体，书生从喉咙里挤出痛苦的呜咽声。偏移的一丝注意力迅速回归，苏尔摇头甩开不切实际的想法。

"留他一口气。"纪珩轻声提醒。

即便他不说，苏尔也已经快到极限了。他现在看东西都有些模糊，血液似乎也在发凉。

他搓了搓冰凉的脸颊，长松一口气，神情瞧着十分疲惫。

纪珩问："身体有没有不适？"

苏尔摇头："似乎只要掌握好度就好。"

宋佳月惊奇的目光不停在他身上打转："被吸食的灵气都去了哪里？"片刻后，她又蹙了蹙眉，"会不会堆积在体内造成伤害？"

苏尔摇头，实话实说："目前倒没什么感觉。说起来，吮吸时那灵气伴着些许微甜，入口即化，但后劲略大，像是吃了一道做失败的醉蟹，本该香中带甜，却掺杂了几分不该有的腥味。"

"……"宋佳月深深地看了苏尔一眼，觉得他这水平不去参加美食节目真是屈才了。

卫骏理智地分析道："造成伤害的可能性不大，游戏中还有几个能被灵物附体的玩家，一样活得很好。"

但使用魅力值大概会有一个极限，超过了便是自讨苦吃。

"可惜……"一位目瞪口呆的玩家回过神来，叹道，"通常魅物都不会太弱，单靠一个人恐怕成不了事。"

卫骏眼光长远："苏尔如今魅力值不过 69，还有成长空间。而且哪怕就现在来说，他也是一个很好的辅助了。"

那玩家闻言失笑……哪里是很好的辅助，分明是最强的辅助。

队友负责打怪，苏尔负责躲在暗处吸食灵气，如此就能神不知鬼不觉地削弱魅物的实力。

此刻书生的耳朵嗡嗡作响，根本听不清他们在说什么，想要反击却又提不起力气，好半晌才缓过来一些。但卫骏没给他喘息的机会，抓住他的领子向上一拎。书生站不稳，只能像弱鸡崽似的在他手下晃动。

"说说看，如何才能改命？"

书生恶意满满地一笑："我都这样了，没能力再帮你们改命。"

卫骏没拆穿他的谎言，指了指苏尔的方向："想再来一回？"

书生倒也不蠢，看出苏尔已经达到极限，短时间内无法再做什么，当即出言挑衅："试试看。"

需要留他套话，直接弄死肯定是不行的。卫骏松开手，正寻思怎么办才好时，苏尔突然开口："我瞧着他也没多厉害，哪里能逆天改命？不如带到密林里去，交给白狐，让白狐再弄死他一次。"

"……"虽说都跟苏尔是一个阵营的，但庙里的男同胞们想象了一下那个画面，都下意识倒吸一口凉气。

老话说得好，再一再二不再三，书生已经被弄到死亡边缘两回了，若再让他经历一次这样的磨难，倒不如早早让他魂飞魄散，也算是个解脱。书生"哇哇"怪叫几声，双目瞪得滚圆，恨不得将苏尔千刀万剐："竖子！"

苏尔蹲在他面前，声音又轻又柔："最后一次机会。"

书生的皮肤干瘪后脸上几乎看不出表情，但能感觉到他怀恨在心，快速思考着如何能坑上此人一把。纪珩离他们不近，不过一眼就看出这货是在打什么主意，走过去直接用武力提要求："我倒数十声，十声内，我要听到答案。"

他计时的速度很快，中间未有任何停顿。

在谋略方面，书生绝对谈不上过人，否则也不会被白狐设计，当纪珩数到"一"时，他也没能想到任何脱困的方法，终是屈服道："我只能勉强看出一个人的运势，你们几乎个个有血光之灾。"

缓了缓，书生颇为不情愿地说："改命的话，或许当年为我批命的大师可以做到。"

"那人还活着？"

书生没好气道："我怎么知道！"眼看纪珩面色不善，他又识时务地补充，"但我猜大师应该寿数未尽。"

纪珩问："他人在哪里？"

书生道："山下便是天机城，大师自称'天一卦'，认识他的人不少，随便找人打听一下就行。"说到这里他诡异地一笑，"不过不是谁都能见到他的……大师与我父亲有旧，你们带着那枚玉佩去，事情才能有转机。"

这次书生的话不带任何诓骗，但杀意不减。纪珩看出他的盘算，没计较，直接站起身来。

书生心怀鬼胎，主动道："玉佩就在东边树林的河道旁。白狐当初就是把秽物泼洒在我身上，骗我去那里清洗的。"

一旁的宋佳月暗骂书生奸猾，之前还说不记得把玉佩丢在了哪里，转眼就改变了说辞。等到信息都问得差不多了，她迫不及待地指着书生插话道："怎么处理他？"

纪珩看向苏尔，后者露出一个和善的微笑，望着书生缓缓开口："算命的说你二十岁会有桃花煞，如今你永远停在了二十岁……先是白狐，再是我，日后不知道还会有谁……"

书生的身子重重一震。苏尔看向纪珩，说："帮他解脱吧。"

完全是吸完不认人的典型。

纪珩倒没想到苏尔会这么干脆利落："想好了？"

苏尔点头。破庙里白骨累累，书生死得倒霉凄惨，但死后也没少害过人，留下就是个祸患。

书生自不会坐以待毙，果断地反扑，冲昏迷的曹乐道而去……他的目的很明确，哪怕是下地狱，他也要捎带上一个！离得最近的宋佳月来不及捞人，只能一脚把曹乐道踹开，书生扑了个空，未来得及二次攻击，便被纪珩和卫骏合力灭杀。

书生倒在地上，眼中流露出近乎实质化的怨毒，最后盯着的是苏尔的方向。过了片刻，那两颗眼珠化为两摊水，留下一地发青的白骨。书生的骸骨同曾经枉死在破庙里的骨头堆在一起，不免让人心绪复杂。

纪珩不多耽误，准备出去寻找玉佩，大门边叫李骊的玩家听着外面呼呼的风声，有些不安，道："还是白天去比较稳妥吧。"

纪珩淡淡地道："以往白狐不进庙，多半是顾忌书生。"

如今书生一去，庙里便不再是安全之地。

受这句话的影响，此刻外面树叶摇动发出的细碎声响听在李骊耳中都像是白狐的脚步声，他下意识离门远了一些。

纪珩把话说得明白："出去和留下都有可能碰上白狐，怎么选你们自己看着办。"

这就是纯粹的碰运气了，但书生死前都不忘把他们往密林引，合理猜测出去碰到白狐的概率或许会略高。

李骊咽了下口水："白狐和书生的实力或许相差不大，如果我们联手……"

"没那个可能。"不等纪珩说话，之前去过密林的宋佳月便道，"白狐擅长隐匿，又可以化形，对付起来绝对不容易。"

纪珩点点头，算是认同。

数名玩家表态愿意去密林，其实盘算的是跟着纪珩可能要安全些。再者，那玉佩不知落在河道哪里，说不准还有捡到的机会。

选择留下的人有一大半。苏尔是准备和纪珩一道出去的，正要拉开门，纪珩忽然把他往身边一拉，摇了摇头。待他退后几步，纪珩才上前一步把门拉开，涌进来的除了狂风，还有白色的长发。细长的发丝随风舞动，仿佛随时都能轻易勒断一个人的脖颈。

站在门外的女子堪称绝代佳人，睫毛很长，雨珠滴落在上面，有一种脆弱的美感。

女子笑的时候有风夹杂着淡淡的香气吹来，瞬间令人昏昏沉沉。

女子慢悠悠地朝着纪珩盈盈一拜："奴家……苏媚。"

出奇的是，在女子自报家门后，玩家们反而清醒了不少，都不动声色地朝苏尔瞟去。

苏媚朝远处招了招手，密林里跑出一只小野狐，嘴里叼着个玉佩。玉佩上的气息令她不适，她蹙了下眉，挥挥袖子，野狐瞬间离苏媚远了些。

"这东西可以送给公子做见面礼。"

话是对着纪珩说的，她瞟见角落里昏迷不醒的曹乐道，有些遗憾之前没能吸收完此人全部的阳气。

纪珩看了她一眼："条件。"

苏媚捂着嘴浅笑："我可以不对诸位动手，作为回报，你们要想办法带我入城。"

书生变的魅物都不讲人性，更何况是白狐，真把她带入城，绝对后患无穷。

苏媚看出他们的顾虑，娇笑道："天机城高人数，万一我有个什么歹心，你们随便高喊一声，立刻会有道士将我诛杀。"

这时卫骏走过来，冷笑道："但作为领你进城的人，我们也会被迁怒。"

苏媚道："互相制衡，彼此都放心嘛。"

此刻，卫骏手中已经多出一张篆纸，显然不准备按白狐的套路来。

苏媚不紧不慢道："庙里可不单单只有你们的人。"

她的视线从一张张玩家的脸上扫过，语气中有几分嘲讽："你能确定身边的人都是同伴？"

此话一出，众人的面色多少有些变化，紧接着都条件反射般和周围人拉开了距离。苏媚说得有道理，书生还在时，有好几人去过密林，至于回来的是人还是魅物，谁能肯定？

当然也不乏苏媚在挑拨离间的可能，只是谁也赌不起。

苏媚见状，笑道："我还有一位好姐姐，现下就在你们当中。"说着她耸耸肩，"信不信随你们。"

卫骏没感觉出玩家中谁有异常，他看向纪珩，后者低着头没说话，不知是在考虑什么。

苏媚也不急，等着他们做决定，几个呼吸后，她的目光骤然朝某处望去，她发现苏尔一直盯着自己，便故作妖娆地扭扭腰身，道："你这么瞧着奴家作甚？"

"实不相瞒，我一直怀疑自己的身世。"苏尔认真道，"你介不介意滴血认亲？"

苏媚："……"

苏尔说："说不定除了好姐姐，你还有个失散多年的好弟弟呢！"

苏媚只觉得这人是失了智。

另一边，卫骏朝纪珩靠近一步，神情复杂："他的生物老师是谁？"

纪珩笑了笑，没说话。其实辨别有没有魅物混入不难，只要苏尔这个人形鉴物仪挨个儿吸一口就行。可惜苏尔还没从和书生的较量中缓过来，现下若能拖延时间，等一等苏尔，主动权就能回到他们手中。

纪珩微微侧过身，不露痕迹地打量着心思各异的玩家们……想必此刻混在其中的那只白狐会更加慌张。

狐惑人心，苏媚平日里最喜欢的便是用各种手段挑拨人类，使他们互相猜忌，再自相残杀。眼下众玩家开始相互防备，她站在庙外看得是津津有味，过于明亮的双眸让她的美艳显得更加生动了。

预计自己还得好一段时间才能恢复，苏尔转过身看向纪珩说："你教过我，不要被规则束缚。"

在《无渡》里，所有玩家都在苦熬时间，只有纪珩用简单粗暴的方式把投票时间往前拉。如今苏尔现学现卖，力求用最快的方式解决问题。

他的视线首先望向最右边的宋佳月："三长一短……"

宋佳月愣了一下："选最短？"

苏尔又望向她旁边的李骊："三短一长……"

李骊说："……选最长。"

苏尔满意地点点头，继续问下一个："两长两短……"

"啊？"

也不是所有人都知道这个口诀的，为避免误伤，苏尔换了个口诀又问："五年高考，三年什么？"

那人眉宇间的疑惑依旧没散去："啊？"

几乎是与此同时，便听临近的一位玩家暴喝一声："杀！"

卫骏是最快出手的，慢他一步的宋佳月也丝毫不含糊，还有一名男子更是心神一颤，直接扔出了道具。

经验丰富的玩家最懂得抓住时机，一切都发生得太快，哪怕是苏尔，都未料到他们会如此果决。场面混乱，苏尔很快明白过来，对付敌人最好的办法便是出其不意。

其实卫骏还是留了一手的，毕竟前后不过几秒的时间，说不准这人只是脑子一卡壳才没回答上来。不过他明面上的动作却看着十分狠辣，杀招将至，门外的苏媚失声喊道："姐姐小心！"

"蠢货。"被围攻的白狐彻底放弃伪装，露出一条粗长的狐尾，目中杀机迸现。

苏尔实力不够，唯一能做的便是躲远点别碍事。他在动物园见过狐狸，它们有一种得天独厚的精致，但游戏中的白狐并非现实中的那么美丽柔软，尾巴上的每一根毛都如同钢针，玩家如果被扫中，绝对能当场断成两截。

纪珩在门口阻拦苏媚，分不出心神保护苏尔。

为避免被殃及，苏尔躲闪得尚算灵活。然而那只被拆穿身份的白狐似乎恨上了苏尔，屡屡想要突破重围弄死他。

"我是招谁惹谁了？"

苏尔被逼得连连后退，玩家再厉害，能和魅物抗衡的仍是寥寥无几，更何况对手是两只狡猾的精怪，是以这个时候无人能出手相助。快要被逼到角落避无可避时，他突然大喊一声："先杀妹妹，妹妹长得更祸国殃民！"

卫骏朝他看了一眼，给宋佳月使了个眼色，宋佳月立刻撤出战斗圈，开始攻击苏媚。卫骏故意拿出一个道具，装出准备使用的样子。白狐一看攻击自己的玩家减少，又瞧着卫骏手里的那张篆纸，竟是尾巴一甩，趁双方距离被拉开，化为原形，瞬间便如一道银色的闪电，消失在密林当中。

"多么感人肺腑的'姐妹情'！"苏尔故作感慨。

苏媚一看姐姐跑了，又瞧着自己被人围攻，不复之前的冷静。

苏尔没有理会战局如何，冲到门口把小野狐嘴里的玉佩抢了过来。如他所料，这小野狐灵智未开，只是下意识臣服在更为强大的同类面前，所以才会听从苏媚指挥。

苏媚想开口让它逃跑时，已经晚了。

"你这个浑蛋！"被重伤的前一秒，苏媚看向苏尔的目光和书生死前一般无二，凶狠怨毒。

苏尔喉头一动，提醒道："打你的人又不是我。"

苏媚似乎恨透了他："我便是死了……"

狠话未放完，便被纪珩打断："暂时死不了。"他捡起一块尖锐的石子在她腰腹部一划，黑红色的血液流出，苏媚再也支撑不住，化为原形。

这血带着难以想象的腥臭，苏尔甚至有种反胃的感觉。纪珩解释："精怪修行多是靠吞噬同类，血液也是极其脏臭。"顿了顿，他瞥了一眼倒在地上的小白狐，"你不是想要去天机城吗？如你所愿。"

体内灵气大肆流失，现在跑去天机城等于找死，苏媚打了个哆嗦的同时，恨不得将这些人千刀万剐。

苏尔忽然道："被白狐伪装的那人，他本人现在会在哪里？"

此话一出，众人多少沉默了一下。

纪珩微微摇了摇头，苏尔便知道那人定是凶多吉少。

卫骏对失踪的玩家有些印象，那人名叫李天，是除苏尔外队伍里年纪最小的。他轻轻叹了口气，询问道："有谁记得神算子是怎么批的李天的命数？"

众人面面相觑，偶尔低声交谈几句。这次来的玩家多，谁会费心去注意其他人的算命结果？

宋佳月讪笑一声，指着苏尔道："我只记得他的命数。"

有玩家很快附和着点头："我也是。"

苏尔："……"

苏尔看向纪珩，后者果然没让人失望，缓缓地道："凄风苦雨，死无葬身之地。"

苏媚化为原形后，仍不忘口吐人言讥讽："嚯！还挺准！"

闻言，宋佳月想上前给它一脚，又忍住了。

天机城肯定是要去的，宋佳月望着还没从昏迷中醒过来的曹乐道，问："他怎么办？"

卫骏闭了闭眼："天亮后到城里找个地方把他安置好，剩下的就要看他个人造化了。"

照曹乐道现在的状态，即便醒来，也会十分虚弱。其他玩家没事时还可以帮着照料一下，真碰上了危险，谁会舍己为人？苏尔也没多说什么，他能做的只是祈祷曹乐道能有白燕在《无渡》中那般的好运，全程躺赢。

夜晚还有一段时间才能过去，有苏媚在，大家说话带有顾虑。苏尔本来想合眼休息一会儿，但一直被仇恨的目光注视，难免不舒服，最后他索性砸晕了苏媚，才能稍稍安心地靠在一处角落里小憩。

李骊目睹了他的"凶残"行径，忍不住问："你不怕吗？"

苏尔睁开困倦的双眼，想了想说："我有更害怕的东西。"

他真正恐惧的是自己无法为父母的逝去感到伤悲，这不叫情感缺失，几乎可以说是丧失了人性。至少在记忆里，父母从未苛待过他。

每个人都有不想被探究的秘密，李骊了然，也没多问，只抱歉地笑了笑。

这时宋佳月忽然道："我听万亿说过你的事情。"

万亿？

苏尔的睡意消散了些。

宋佳月说："我们是一个组织的。"

苏尔挑眉，看来问世的整体实力很强，至少目前他碰到过的问世的成员——沉江北和万亿，都挺厉害。

宋佳月说："你的通关方法很特别。"

其他玩家竖起耳朵聆听他们的对话，对苏尔也很是好奇。当然，他们主要是对他是如何获得成就点的感兴趣。

苏尔淡淡道："政治老师常说要善于抓住事物的本质。你认为《七天七夜》这个游戏的本质是什么？"

"恐惧？死亡？"

宋佳月一连给出好几个答案，苏尔俱是摇头。这会儿就连卫骏都抬眼朝他看去。

苏尔正色道："是尺度，尺度一定要大。"

宋佳月："……"

苏尔说："别忘了《七天七夜》表面上是因为什么原因停止运营的。"

宋佳月神情古怪，心道：这话怎么听起来有点奇怪？

"实践是检验真理的唯一标准。"苏尔指了指自己的胸牌，"这上面的成就点就是最好的说明。"

听着苏尔绘声绘色地讲述在之前副本中的各种操作，在其他玩家惊疑不定时，作为少数还能保持清醒的人之一，卫骏低声问纪珩："他这算不算是在给大家洗脑？"

纪珩早就发现苏尔对游戏的认知可能存在偏差，将食指放在唇中央做了个噤声的动作，示意卫骏不要去点破，至少目前来说，这种认知有利于帮助苏尔减轻压力。

卫骏若有所思道："不如我们把这一点修改加工一下，放到宣传册里？"

纪珩神清十分复杂地看了他一眼。

卫骏说："有些新玩家一听到和恐怖元素沾边的东西，甚至会害怕得不能思考。苏尔的这些观点说不定能帮助他们调整心态，提高他们的通关概率。"不过措辞一定要谨慎，也不能让玩家对游戏 NPC 失去敬畏，以致翻车。

纪珩轻轻摇了摇头，不予置评。

天蒙蒙亮时，玩家们各自收拾了一下，准备离开。雨后放晴，此时空气非常好。苏媚化为原形后，最后一点优势——美貌也没了，只剩下因受伤而散发出来的难闻的气味，这会儿接触到清新的空气，大家不免多做了几次深呼吸。

两个玩家抬着曹乐道，纪珩负责拎着受伤的白狐，准备到城里卖个好价钱。

昨日才攀了许久山路，武力值略低的玩家下山时都感觉到腿部酸疼。雨后道路泥泞，鞋子接触地面发出"啪啪"的声音。

任何时候白狐都未曾放弃一丁点逃脱的可能，中途还试图咬烂舌头自残装死，只是无论它使出什么花招，纪珩一律无视，只专心走脚下的路。

"我想如厕。"白狐说话时鲜血滴落在脖颈的绒毛处，印出几朵血梅，瞧着好不可怜。

精怪缺的不只是人性，还有着耻心。见纪珩不搭理自己，白狐竟直接在半空中尿了。

纪珩皱了下眉，手上的力道微微松了些，苏媚心中一喜，想要一鼓作气挣脱逃跑。想法很好，可惜纪珩没给它机会，一只胳膊朝前，把白狐提在半空中，同他自己的身体保持一定距离。

诡计落空，白狐露出锋利的牙齿，从喉咙里挤出一阵怪音，又试图伸出一只利爪去挠纪珩，奈何被这样提着，它的身体无法保持协调，落在旁人眼中，它更像是在毫无章法地乱蹬。

目睹这一幕，卫骏开始说教："瞧见了吗？不要被它们表现出来的任何姿态欺骗。"

看着他一本正经的样子，苏尔突然就想到了电视剧里那些假装一本正经的人，严肃地附和着点了点头。

快走到半山腰时，苏尔冷不丁地开口问前方的纪珩："你觉得呢？"

纪珩给出了一个有些出人意料的回答："万物平等。"语毕，他又在苏尔略带惊讶的目光中补充道，"我不信精怪，不信魅物，也不信人。"

苏尔："……"

倒的确是挺平等的。

在山上时，勉强能远远地瞧见远处的繁华，等到真正走近了，众人才发现这天机城比他们想象中的更加热闹。几乎是一进城，他们便受到来自四面八方的注视。周围来往的行人皆穿着宽松的长袍，头发规规矩矩地束着，与之相比，他们像是异类。

"是异人吗？"

第一声嘀咕出来，类似的议论就像是烧沸了的水，开始不断地往外冒。

纪珩从容地走到前方，拎起手中的白狐："我们是下山历练的修道人，为了抓住作恶的狐妖，不惜按照狐妖的喜好打扮，辛苦潜伏了数月。"说罢他眼神一凛，示意白狐开口。

白狐很想反驳说自己的审美没有问题，可又不敢，只能选择紧紧闭嘴。

纪珩手下用力，突然就笑了："不说话，现在就送你去见阎王。"

白狐颤颤巍巍道："奴……奴家……"

刚一开口，香风阵阵，瞬间就有几个围观的男人心神一阵激荡。

纪珩在白狐伤口处轻轻一按，白狐疼得惨叫一声，不得已收了魅术。

适才被迷惑的人清醒过来："它能口吐人言！果然是妖！"

这个副本里的NPC信命又畏惧妖魔，一些有名望的大师甚至地位非常崇高。证实白狐是妖后，那些怀疑的目光就变成了敬仰的目光。

纪珩淡淡地道："师父说要日行一善，我们会寻一有缘人，帮他看看家中有无妖孽作祟，助他保家宅平安。"

苏尔小声说："这不就是蹭吃蹭喝？"

卫骏纠正道："是骗吃骗喝。"

苏尔："……"又学到了奇怪的知识点。

卫骏见怪不怪："副本里的故事背景各式各样，如果不懂变通，迟早要吃亏。"

就像他们现在身着"奇装异服"，如果一直端着故作高傲，说不准就真会被当作异人抓走。

短短一会儿的工夫，已经有不少人争抢着想纪珩去自家走一趟了。纪珩挑中了其中一位华服男子，那华服男子瞧着十分激动，连连抱拳说感谢高人。

该男子姓王，单名一个巡字，算是天机城的大户，家中有三名美妾。

"狐狸喜好采阳补阴。"王巡虚笑着道，"我的小妾也都特别勾人，现在想来，万一也是狐狸变的就麻烦了。"

抗拒不了美色的诱惑，却又贪生怕死到如此地步，引得不少玩家纷纷侧目。

王巡也知道自己话说得不大体面，连忙转移话题："这位仁兄是怎么了？"

曹乐道如今被一名身强力壮的玩家背着，十分虚弱。

纪珩说："不幸被白狐所伤。"

王巡见曹乐道面黄肌瘦，似是纵欲过度所致，不禁打了个寒战，感慨道："妖物都是防不胜防。"

王府远离喧嚣的集市，又大又宽敞。提心吊胆过了一夜，突然换了个不错的环境，众玩家心态上多少舒服了一些。王巡特意命人准备了全新的衣裳，沐浴焚香一系列流程走完，玩家们也算洗去了一身疲惫。

曹乐道在被安置好不久后醒转，勉强能下地行走，不过精神仍不大好，大部分时间还是躺在床上休养。

王巡做事很周到，为曹乐道请了大夫，还让他们先休息一晚，翌日再帮忙看看宅中有无魅物。不过这个提议很快遭到婉拒，卫骏的批命是"三日后溺亡"，宋佳月的批命中"某个夜晚"更像是一把悬在头顶的铡刀，随时有落下的危险。

现如今时间就是生命。众人商议的结果是白天忙正事，日落前装模作样在府中探查一番即可。

午饭时，王巡得知他们不忌口，便让人准备了一桌丰盛的饭菜。

纪珩引导着话题打听起天一卦的消息。

王巡疑惑："你们要见一卦大师？"

纪珩说："我道行不够，想请大师度化这只白狐。"

"度化？"闻言，王巡瞪大眼睛，"这种妖物，不都是直接让它灰飞烟灭比较好吗？"

"万物平等，能超度自然最好。"

这样一副我佛慈悲的面孔险些让白狐憋屈得伤势更重，它平生遇见过的都是文绉绉的书生，哪里知道人类若是厚颜无耻起来，比妖怪还不要脸。

王巡恭维了一句："慈悲心肠，非我等凡人所能及。"而后他便开始介绍天一卦，"大师住在城东的一处魅宅中。"

纪珩挑眉："魅宅？"

王巡点头："大师定下规矩，凡有所求者，要先进宅子找到他。若是进去的人死于非命，说明其命数已尽，但如果能活着见到大师，就说明他命不该绝，还有救。"

依照过往的经验，这要求听上去就是要把玩家往死里坑，偏偏他们还不得不去。天机城的治安管理谈不上完善，几乎每隔一两个月便会发生无法侦破的命案。这世道有妖魔出没，遇到一些死法奇特的，除非大师愿意帮忙，普通人也大都不愿过多牵涉。

好在城里高人多，一般的魅物在作恶后也不敢逗留，是以还未出现过夸张的连环命案。

饭后，众人抓紧时间朝城东的方向赶去。

半个时辰后，一行人站在荒芜的宅院外。门没有关，朱红色的大门遍布灰尘，看着很脏。刚踏入门槛，反应最大的是白狐，毛都要竖起来了。采阳补阴的事情白狐没少做过，但这地方灵气简直重得不正常，代表着里面有更厉害的东西。

魅物吞噬同类以壮大自己是常态，白狐仿佛已经预见到自己被活吞的画面了。

宅子里的树木长期未经修剪，张牙舞爪地生长着，影子印在地上，莫名有些骇人。虽然知道可能起不到多大作用，来之前李骊还是从王家带出一卷线，将尾端系在门外的大树上，另一头缠在自己手上。

纪珩拿出玉佩，言明他们是受书生所托来到这里的。然而四周静悄悄的，无人回应。

李骊恨得咬牙切齿："那书生骗了我们。"

"未必。"卫骏分析，"玉佩肯定有作用。"

书生死前的话怕是半真半假，玉佩应该能请到大师出手，前提是他们要先见到人。

然而好几分钟过去，他们连主屋都未走到。

"我们好像在原地打转。"卫骏扫了眼周围，停下脚步。

"鬼打墙吗？"李骊嘀咕了一句，下意识扯了下手中的线，不过是轻轻一拉，线的另一头突然从半空中甩了过来。

一个黑影呈抛物线自上而下坠落，变得越来越清晰……那是一根骨头，上面缠着数条色彩斑斓的长蛇。花蛇纠缠在一起蠕动，连同骨头一道摔在众人面前，其中一条搭在李骊的脖子上，滑腻腻的触感让李骊大惊失色，他忍不住叫了一声。

纪珩手疾眼快，抓住蛇的七寸往远处一甩。

大部分蛇从半空中摔下，一时还未缓过劲来，一旦那根骨头上的花蛇四散开，才是麻烦的开始。

纪珩目光一动，拎起白狐："带路。"

李骊从惊吓中回过神，一拍手道："对啊！鬼打墙对妖物不一定有用。"

白狐恨不得他们全折在这里，表面顺从，实则想尽办法绕路。走了大半圈，花蛇还在周围，吐着蛇芯子，发出"嗞嗞"的声音。

纪珩停下脚步，忽然看向苏尔："计时。"

"嗯？"

纪珩说："数到一百时告诉我，那时如果我们还在这里打转……"他阴沉沉的视线锁定白狐，冷笑背后的深意不言而喻。

白狐识相，暂时收敛住那点小心思。

苏尔才数到六十，四周的景象终于一换，抬眼望去，面前是条干净的长廊，一位留着山羊胡子的老者正坐在石桌旁，似在煮茶。视线随便一扫来人，他便摇头说："救不了。"

纪珩看着他，取出书生的玉佩，老者的神情方才有了些变化。

此时风吹过来，带着淡淡的幽香。一位玩家忍不住说："这茶好香。"

白狐发抖："那不是茶。"

它擅长制造幻觉，自然也能窥破幻觉。白狐毫不怀疑老者是想把他们一锅端了，包括自己。

与纪珩相比，眼下这个老者似乎更危险，白狐毫不犹豫地选择向众人交代真实情况。众人的面色微变，齐刷刷往后退了一小步。老者视若无睹，慢悠悠地喝了口"茶"，一脸惬意地问："谁要先来？"

这种时候，第一个出去往往就是去送人头。见无人应声，苏尔轻声提议："不如我们先让这只白狐去探个路？"

白狐："……畜生！"

有了这句话，苏尔把它送出去的信念更加坚定了。

纪珩却摇头，说了一句勉强叫苏媚心安的话："不妥。"

白狐在他们手中好过落在老者手中，不然容易徒增变数。

老者见他们互相推拒，面上的笑容透露出一丝诡异："不改命会死，而改命不过是需要付出一点点代价。"

僵耗着不是办法，卫骏准备走上前，横竖他的时间也只剩一日了，苏尔却在这时主动道："我来吧。"说罢便走到老者对面坐下。

老者晃动了一下杯子里的液体，枯瘦的手指在桌上来回轻轻敲打着，半响后才面色不豫地道："你这是什么烂命。"

苏尔说："能改吗？"

老者冷冷地道："人要学会认命。"

他这么说，苏尔反而放下心了。就怕对方说能改命，然后让他付出他承受不起的代价。

老者似乎也颇为不满这个结果："你可有其他什么想算的？"

苏尔想了想："前途。"

老者把杯子向苏尔推了过去："写个字。"

苏尔忍着恶心，蘸着杯中的液体，潦草地写下自己的姓氏。

老者瞟了一眼，给出结论："半只脚已踏入阿鼻地狱，越往前走，劫难越多。"

苏尔说："如何才能摆脱怪圈？"

这话一问出，不少玩家也很是紧张，这场对话里似乎暗含着逃脱游戏的其他办法。

然而老者这次并未立刻给出答案，他每掐指一算，便要饮一口"茶"，整整一壶"茶"都被饮尽后，他才深深地看了苏尔一眼，缓缓给出八字告诫："不忘初心，方得始终。"

这一刹那，四下皆静。

落针可闻的沉默中，卫骏最先开口："他的初心是什么？"

苏尔跟焰罗结缘，发表对游戏尺度的"高见"，以及其他种种令人意想不到的操作，瞬间在众人脑海中涌现。

宋佳月迟疑："骚？"

李骊抿了抿唇："浪？"

白狐忍着伤痛，咬牙切齿地道："贱！"

苏尔早就隐隐有预感，自己对游戏的理解和其他人不同，在破庙里和大家的交流也再次证明了这点。

到底要不要一条路走到黑，曾经是个令他困扰的问题。

可现如今……苏尔微微偏过脸，望着同伴说："实践是检验真理的唯一标准，真理又掌握在少数人手里。而我的实践结果都是好的，我代表少数，那么，是不是可以说，我就是真理。"

"……"卫骏喉头一动，瞥了眼纪珩，"你不去劝劝？"

"怎么劝？"纪珩冷静地道，"再去给他找一个算命的？"

话题在这里戛然而止。

一码归一码，苏尔端正坐姿，望着老者，缓缓道："这话太笼统了，大街上随便一个人都会说。"

老者面色不善，但又无法反驳，毕竟再多的东西他也占卜不来。

他强忍住说"滚"的冲动，伴随着"啪"的一声，他手上的杯子被重重放在石桌上，杯子底部甚至因此出现了裂痕。

"下一个。"老者神情不善地道。

苏尔还有不少想问的，可观老者神态，眼中真的带有几分杀意，便识相地退下。

卫骏有些后悔适才没阻止苏尔先一步上前，此刻他坐在老者对面，面对着的是一张饱含愤懑的面容。

"你还有一日便会溺亡。"老者冷淡地道，"想要活着，就要欺瞒老天爷。"

卫骏配合地问了句如何欺瞒，老者的表情这才变得愉悦了一些："很简单……"

他一甩袖子，桌上的杯子坠落在地，四分五裂的同时溅出内壁上残余的液体。卫骏手中瞬间多出一张篆纸，眼见老者没有再出手的意思，他便也没有出手，只是依然保持着高度警惕。

很快，事实证明他的判断是正确的，老者一直坐着不动，泼溅在地面上的液体引来好几条花蛇。

来时光想着逃脱鬼打墙，现在有了近距离观察的机会，众玩家才发现这些花蛇和寻常蛇不同，它们的面部……竟有几分说不出地像人。

花蛇的头比正常的蛇大很多，蛇眼也不似一般的蛇眼又圆又凶狠，它们的眼睛里仿佛跃动着智慧的光芒。

老者起身，摸了摸花蛇，淡笑着说："很多厉害的神祇都是人面蛇身。"

这一点卫骏并不陌生，他想起了女娲、烛九阴等。

老者又道："命数天定，但也未尝没有逃脱之法。"他说着，望着蛇的眼神越发温柔，"这便是我研究出的成果。"

花蛇舔完地上的液体，蜷缩在一边，"咝咝"了几声。老者放了一本书在花蛇面前，花蛇用蛇芯子翻页，看得津津有味。

这一幕叫在场的人头皮发麻，卫骏皱眉："这些……究竟是人是蛇？"

老者并未直接回答，而是淡淡地道："它们会一点点地长大，最后朝着人面蛇身的形态进化。"

一众玩家，特别是女性，都有些想作呕的冲动。在副本里待久了，各种奇怪的东西见得太多，勉强能够克制，但玩家们最怕的就是遇见些无法判断性质的活物。

老者浑然不觉自己的行为有何不妥，一脸炫耀地问："你们觉着呢？"

"你说得对。"苏尔斩钉截铁道。

老者向他看了过来。苏尔说："人的寿命绝不仅仅是百年，我在这方面也颇有研究。我擅长炼丹之术，可以免费送您几颗。"

届时把硫、汞等元素混在其中，毒不死你！

按理说苏尔的话该是最合老者心意的，但他对此人的好感总提升不起来。

卫骏开口打断道："所以我若想活下来，就得变成半人半鬼的魅物？"

老者对"魅物"的说法相当不满意，抿了抿发干的嘴唇："这倒不必，你只需要选一条蛇带在身边，每日给它喂食你自身的血肉就行。"

他也无意隐瞒，直接说出了实情："不过这些孩子有的胃口大，有的胃口小，能选中谁就要看你的运气了。"他顿了顿，笑眯眯地望着其他玩家，"你们也一样，宅子里还有很多，各选一条吧。"

卫骏一眯眼："现在就要选？"

"都是有缘人。"老者摆手，"各位可以在这住上一日，先和它们接触一下。"

说完，他就带着一条最粗最长的花蛇离开了。

气氛没有因为老者的离去而缓和，甚至更加沉重了。李骊道："找一处僻静些的地方说话。"

谁知道这些蛇会不会听得懂人话，再去给老者打小报告。

众人移步到一处空旷的地方。白狐这会儿老老实实窝着，不敢作妖，它似乎对蛇有种骨子里的畏惧。为了说话更加方便，宋佳月把白狐敲晕了，才开口："规则已经出现。"

副本里的魅物也不能随意淘汰玩家，总会想办法创造出一个又一个条件，这些条件能变成死局，其中也藏着生机，逼他们踏入。

李骊和苏媚一样，天生害怕滑腻腻的生物，发怵地说："选错了怎么办？"

卫骏突然看向一直未发声的苏尔和纪珩，失笑："你俩在想什么呢，这么出神？"

苏尔说："在想主持人。"

神算子是他碰到过最神出鬼没的主持人。

"……"卫骏神情复杂，望着纪珩说，"你该不会也在思念神算子吧？"

纪珩摇头，反而回答起李骊的问题："选错了，就重新选。"

李骊惊讶："但老者说一人只能选一条。"

纪珩十分平静地道："旧的不去，新的不来，他既然提供蛇，就该负责售后。"

李骊做了个抹脖子的动作："你是想要……"

纪珩微微颔首："一条蛇可比魅物要好对付得多。"

苏尔听得挑眉。纪珩一直以来给他的感觉都是低调周全，他还好奇过纪珩"鬼见愁"的外号是怎么得来的。现在看来，这外号还是挺贴切的。

卫骏还有些顾虑："就怕会激怒了老者。"

"蛇的死和我们无关。"

在卫骏存疑的目光中，纪珩瞥了眼苏尔，说："老家伙把蛇当人看，我们和他一样，觉得它们太过孤单，所以决心给它们找个伴儿。"

众人想起了神算子给苏尔批的命，苏尔也意会："届时只能怪这些蛇命不好，被我克死了。"

纪珩点点头："记得把现场布置一下，造成意外死亡的假象。"

白狐正巧在这时悠悠转醒，宋佳月手劲大，它的脖子现在还在发麻，还没缓过来就听到几个玩家这么一席丧心病狂的对话，觉得自己还不如晕过去的好。它一直认为自己已经够惨了，如今突然有些同情花蛇……不知不觉便被安排得明明白白。

方案敲定后，纪珩望着卫骏："你和宋佳月先挑，其他人明天再做决定。"

卫骏颔首，这样比较稳妥，一来他们被算出来的死亡时间最靠前，必须搏命一试，再者他们还不知道花蛇的攻击力，找一两条先观察一下为好。

大家重新在宅子里活动，没再像之前那样遭遇鬼打墙。今天是阴天，出来活动的花蛇不少，有的倒挂在屋檐上，有的盘于粗壮的树干上，好在都并未表现出主动攻击的意思。

走了大半圈，卫骏总结道："最明显的差异是头部大小。"

这些蛇中，有的甚至快要长出一张完整的人面了。

宋佳月和卫骏选了两条截然相反的花蛇，一条快要形成完整人面，另一条则瞧着十分羸弱。他们去找了老者，老者听说两人已经选好了，笑容满面："给选中的蛇喂食一点你们的血，它就跟着你了。"

这一晚谁都没有从荒宅离开，宋佳月算是胆子很大的，但被一条诡异的花蛇时刻尾随，仍不免不寒而栗。

玩家们聚集在大厅里，记录下喂血的时间和量。花蛇饥饿时，便会吐着蛇芯子和人对视，做出攻击的姿态。卫骏自己做了个实验，让白狐用爪子挠下他指腹上的一点肉，发现一旦加了肉，花蛇对血的需求会少很多。

宋佳月突发奇想："如果喂其他人的血，会如何？"

双方换着喂了一下，花蛇突然变得暴躁，竖瞳里闪过愤怒，两人随即停止了这种危险的尝试。

半夜，大蛇还算安稳，小蛇开始不断要血，卫骏给它喂了小半碗，仍不能满足它。

纪珩用眼神暗示说这蛇不能留。他轻轻顺了下白狐的茸毛，白狐立时明白他这是要推它出去和蛇做缠斗。

"卫骏会同你一起，我们活了你才能活。"如同鬼魅一般的声音，在白狐耳畔幽幽响起。

宋佳月见他们做了决定，带着大蛇出门到院子里转悠去了，白狐识时务地假装要用爪子给卫骏放血，小花蛇"嗞嗞"着在地下打转，仿佛在催促。

卫骏轻轻吸了口气，目光一凝，手下的动作快得几乎要出残影，稳准狠地捏住花蛇的七寸，白狐爪子一掏，比想象中还要顺利地了结了这条人面花蛇。

纪珩说："把血放掉，打个结掩饰住伤口。"

卫骏照做。

纪珩说："院内有一口井，水里泡着的全是骸骨，老头儿喝的液体多半就是从里面提取的。"

"行啊！"卫骏笑道，"抛尸地点都找好了。"

井内的景象瞧着十分恶心，蛇身落在一块骸骨上，要沉不沉的。

罪恶的黑夜渐渐散去，天微亮时，老者提着小茶壶出来了，准备去井边打水，突然听到一声号叫。以为是有玩家出局了，他挺开心地晃悠着走过去。然而，当他发现号叫的人就在水井边上时，笑容立刻淡了。

苏尔趴在井边，挤出两滴眼泪，听到脚步声，回头悲恸地道："蛇……蛇它溺亡了！"

"……"卫骏实在表演不出来这种效果，索性沉默，假装沉浸在伤心当中。

老者快速走到井边，小茶壶的盖子因为他的动作而发出"咣当、咣当"的声响。

看到花蛇的尸体，老者面色一僵，猛地回过头："发生了什么？"

此刻他的眼睛像蛇一样冰冷残酷，在场的玩家不由得心中发怵。没有人回答，眼看老者彻底动了怒，纪珩抱着白狐轻声道："万物有灵，我朋友被批命会溺亡，想来是这花蛇为还滴血之恩，主动替他挡了灾……啊，真是感天动地！"

话音落下前的几秒，纪珩看了卫骏一眼，后者微微颔首。苏尔离得近，清楚地瞟见几个武力值高的玩家已经做好了逃跑的准备。

副本中，有的魅物遇上了是可以殊死一搏的，还有的……类似老者这种，打得过的可能性极其渺小。

纪珩昨晚便做好了安排，老者极其看中这些花蛇，因此他们计划一旦对方动手，他们便立刻攻击花蛇，再分散逃开。眼下老者的愤怒值即将被他们刷到顶点。

"不知好歹的东西。"老者低喝一声，他被死蛇漂浮在水井里的画面刺激得不轻，一只手瞬间布满鳞片，朝苏尔抓来。

"……"苏尔蒙了，为什么偏偏选他？

他努力定了定心神，仰着脸朝天空高声道："神算子，救我！"

这一嗓子喊出来，老者的动作在半空中一滞，不为其他，只因为苏尔看上去太过有恃无恐。大概是因为被一个小辈唬住了实在丢人，他很快回过神来，冷笑一声："今天就是天王老子来了……"

话没说完，老者便被暴击得后退三步。

卫骏扫了眼纪珩，纳闷他的道具什么时候变得如此厉害了，还能隔空打魅物。

"不是我。"纪珩摇头。

卫骏一惊，再看前方，院子里不知什么时候多出来一道身影。

神算子依旧穿着破旧的衣衫，左手提着小马扎，不赞同地摇摇头："上天有好生之德，该尊该敬，'天王老子'这种说辞不好。"

老者目中闪过忌惮，手上的鳞片消失，狡辩说："我只是想给他们一个教训，并无杀人之心。"

神算子微微一笑，不知信还是没信。

苏尔转身和大部队会合，数道视线齐刷刷探过来，让他感觉自己像是被聚光灯包围了，忍不住咽了下口水："……为什么这样看我？"

宋佳月一脸复杂："你和主持人……究竟是什么关系？"

苏尔大概明白她的疑惑，回答道："其实哪怕是焰罗，也在被游戏规则限制，想杀人就要创造条件，否则哪有我们的活路。"

好比骨魅，给出的红纸既是选票，能保命，又会在夜间吸引魅物，变成催命符。而老者适才出手虽是由于被他们激怒，却不合规，毕竟当时玩家的所作所为并未直接触发出局的条件。维护规则是主持人的职责之一，神算子自然要阻止老者。

宋佳月张了张口，又不知该说什么。见状，一边的纪珩不由得摇头，心想：宣传册是该改一改了，很多优秀的高级玩家对主持人存在过多的畏惧，却忘了主持人私心里再想要玩家出局，实际行动上还是要中立的。

神算子微笑着伸出一根指头："没下次。"

老者不忿，但到底是自己理亏，只能先忍了下来。

"继续吧。"神算子走出门，消失不见。

他一离开，气氛顿时变得微妙起来。老者原本手握世外高人的人设，这会儿撕破了脸皮，却还得继续装下去，恨恨地瞪了一眼众人。

纪珩面色不变："蛇溺亡了，我朋友该怎么办？"

"溺亡"一词再次把老者的心按在地上摩擦，他看了一眼纪珩，说："以你们的能耐，养蛇太委屈了。"

苏尔嘀咕了一句："不，蛇爱我，我爱蛇。"

他声音轻得几乎完全听不清，老者却在第一时间回过头看他。

"……"纪珩轻轻叹了口气，在老者的愤怒值再次蓄满前，出声拉回他的注意力，"我们想再选。"

老者定定地看了他半晌，脸上的惶意一点点消失，忽然道："好。"

有了昨晚的样品参照，今天众人再进行挑选时，都倾向于快要形成人面的蛇，而那些花蛇也都似有所感应，有些甚至主动往他们身边凑。

李骊望着跟在身后的大花蛇，起了一身鸡皮疙瘩："带着它们走在街上会不会吓到路人？"

老者闻言，竟给了她回答："都知道它们是我这里养的，不会有异议。"

正如他所说，一行人带着蛇回到城中，行人看见后除了避让，眼中还有羡慕。

"好运气啊！一看就是合了天一卦大师的眼缘。"

类似的低语时不时就会传来。

作为被路人羡慕的人之一，李骊却心有余悸："不知道什么时候才能摆脱这玩意儿！"

有关这蛇什么时候还回去，老者并未要求，只说缘分尽了，蛇就会自己回去。说这话时老者那阴恻恻的目光，现在想来都让人觉得浑身上下笼罩着一股凉意。

苏尔忽然道："曹乐道落了单，恐怕会有麻烦。"

李骊说："不如再带他来一趟？"

话一说完，就见好几人同时摇头。

走在李骊身边的宋佳月说："蛇要以玩家的血喂养。"

依照曹乐道现在的状态，他根本承受不住，就算勉强受住了，这种灵气重的东西时刻跟着，也会给他带来不好的影响。

李骊说："可如果不搏一下，他连活下去的希望都没有。"

"白日做梦。"白狐甩甩尾巴，"这些蛇明显已开神智，遇到比自己弱的，肯定当食物吃了。"

王巡正在门口和人说话，看到他们，喜出望外："几位还活着！"

说完他自知失言，挠挠头补救道："一夜未归，原以为你们是遭遇了什么变故。"冷不丁看见白狐，他吓得连忙后退一步，"它怎么还在？"

纪珩说："大师有更重要的事情要做，让我们缓几天再去。"

王巡被白狐吓得心惊，望见花蛇时他却一点害怕的意思都没有，甚至还恭维说："大师一定很赏识你们。"

纪珩不想再做无用的交谈，承诺休息片刻后，便去看看府里有无异常。王巡识趣地不再多话。

另一边，曹乐道依旧虚弱，原本看到他们回来还挺开心，下一秒就见数条蛇朝自己爬来，吓得一个趔趄栽倒。花蛇一见到他，几乎不受控制，被捏住了七寸仍在朝他的方向冲。

曹乐道不得已关上门，白狐幸灾乐祸道："我早就说了，现在他对蛇来说就是大补之物。"

纪珩瞥了眼白狐的伤口，它赶紧闭嘴。

隔着门，纪珩问曹乐道神算子给他的批命是什么。曹乐道的声音颇为沮丧："还有一天时间，坠亡。"

纪珩只说了让他好好休息，别的什么也没承诺。众玩家各自回房间洗漱了一番，而后纪珩像个捉妖师似的装模作样地在府中晃悠，有白狐在，王巡也不敢跟着，只是吩咐家丁不要叨扰了高人。

经过一处无人的凉亭，卫骏开口："得想办法找到突破口。"

进副本以来，他们一直在被牵着鼻子走，这点相当致命。

纪珩是他们一行人里面最厉害的,众人下意识会先看向他,纪珩也不藏私,直说道:"天一卦看上去像魅物,但他多年前又给过书生一枚开过光的玉佩,这不合理。"

魅物给玉佩开光,听着就很滑稽。

白狐举起一只爪子:"如果我回答,你能放了我吗?"

纪珩看了它一眼,摇头。

白狐学聪明了,不再提要求,只是道:"天一卦从前真的是位特别了不起的大师,只是后来心态扭曲了,认为妖魔丧心病狂,却有远超人类的寿数,实在不公。"

白狐说的话,众人不敢全信。

白狐又说:"有段时间,天一卦抓了很多怪物回去研究,其中就有我的同族。"

苏尔沉吟:"天一卦想杀我时,胳膊上突然覆满鳞片,他很有可能已经半人半蛇。"

宋佳月颇有些遗憾:"蛇畏冷,可惜这里已经快要入夏,不然我们⋯⋯"

纪珩摆手打断她,视线骤然间掠向远处的一棵大树⋯⋯一个三四岁的小孩也不知是怎么做到的,爬到了树上,抱着一根树枝,身子晃晃悠悠,眼看着就要掉下来,宋佳月连忙跑过去伸手接。

还未来得及检查孩子有没有受伤,府里的管家匆匆走过来,一巴掌打在孩子身上:"乱跑个什么?"

孩子被打了也不哭,只含着手指傻乎乎地笑。

宋佳月皱眉:"这是你的孩子?"

"他是府里最小的少爷。"管家讪笑着说,"冲撞了各位,对不住。"

小孩身上的衣服脏兮兮的,大家原本以为他是贪玩,现在看到连一个管家都能随意打骂他,想来平时就没人管。管家骂骂咧咧地推搡着小孩往前走。

宋佳月觉得奇怪,拦住一个家丁问了两句。若是别人问起,家丁肯定要守口如瓶,但老爷专门交代过他们是高人,家丁的态度便大相径庭:"您是不是看出那孩子不对劲了?"

宋佳月敷衍着"嗯"了一声。

家丁说:"他一出生便克死了生母,伺候的下人经常出事不说,去年连这孩子的奶娘都意外坠了井。"

宋佳月惊讶:"这么邪门?"

"可不是!"家丁倒吸一口冷气,"老爷正在联系寺庙,准备下个月把小少爷送过去。"

宋佳月看向纪珩,后者望着管家之前离开的方向:"过去看看。"

早先在府里还能碰到些丫鬟、家丁,现在已几乎瞧不见什么人了。他们是在一棵树下发现小孩的,管家不在,小孩正用手刨树根吃,看到有人来,傻乎乎地笑,还伸出手来,似乎是要把食物分享给他们。这情景看着很让人心酸,不过毕竟是在副本里,谁也不敢轻举妄动。

唯有苏尔突然走过去，递给那小孩一块糖，又摸了摸小孩的脑袋。过了一会儿，小孩把树根塞进袖子里，从开着的小门跑回房间去了。

宋佳月说："这孩子……应该不是魅物。"

至少她现在没发现什么异样。

苏尔说："我刚吸了一口，也没感觉。"

宋佳月："……"

花蛇似乎饿了，"嗞嗞"叫个不停。众人各自回房间去用血喂蛇，这么一耽搁，便错过了午饭。王巡让人把饭单独送到每个人房间。

纪珩只给了花蛇两滴血，花蛇正不满地冲他吐蛇芯子。纪珩视若无睹，轻轻用筷子翻了翻炒饭，看到和肉混在一起的黄豆大小的红色东西后，将它们一一挑出来用盘子碾碎。

他走出门，正好看到卫骏迎面走来："饭里有毒。"

卫骏显然是有同样的发现。

卫骏用了最快的速度去通知其他人，仍有两名玩家中招，强行催吐后二人的武力值仍掉了大半。

他面色难看："我去搜查过，在厨房的柴火堆旁捡到了这个。就是不知道毒是哪里来的。"

卫骏掌中是一小截沾着泥巴的树根，让人不由得联想起了上午碰到的小孩。

"府里有很多地方放了老鼠药。"纪珩说到一半，抬头张望，"苏尔呢？"

卫骏："我刚去他房间，没人，饭搁在桌上没动过。"

纪珩想了想，指了个方向。卫骏一怔："苏尔如果真的动了恻隐之心，去找那小孩了，可不妙。"

现在想来，并非家丁危言耸听，这小孩或许真的不是个善茬。

隔着一片嫩绿的树影，苏尔的神情显得格外温柔："你听得懂我说话吗？"

小孩从小不被重视，没人教过他说话，他也不怎么听人说话，又低头专心啃着树根。倒是花蛇蠕动时，他跟着发出了几声"嗞嗞"声。苏尔拿出之前问管家要来的一些煮熟的鸡蛋，小孩放下树根，露出渴望的眼神。

"想吃？"

小孩也不知听没听懂，只伸手要去拿。

苏尔说："家。"

他来来回回把这个字重复了好几遍。

终于，小孩跟着含糊不清地念了起来。他每跟着苏尔念对一个字，苏尔就会喂他吃一口鸡蛋。

斑驳的阳光斜照进来，笼罩在他们的身上，那画面竟有几分父慈子孝的感觉。

一行人从远处走来，温馨的画面映入眼帘。

卫骏轻叹一声："之前聊天时，苏尔提过他的父母已经去世。"在卫骏看来，眼下苏尔恐怕是把一些对亲情的幻想寄托在了这孩子身上。看来他的内心还是柔软的。

走近了，可以清楚听到传来的声音——

"家父苏尔。"这是小孩从苏尔那里学来的第一句完整的话。

小孩每说一次，苏尔就给他吃一口鸡蛋，到后来，小孩似乎养成了习惯，不用苏尔多做要求，吃一口便说一句。

苏尔抚摸着小孩的脑袋："之前我午睡时，是你想用火折子点燃我的房间吧？"

虽然小孩溜得很快，但因为常年不洗澡，他身上的味道残留在空气中很久，被苏尔认了出来。

小孩听不懂苏尔说话，吃完鸡蛋就傻乎乎地笑，然后开始学着蛇"嗞嗞"叫。他指甲缝里全是泥巴，手上也遍布挖土时留下的伤口。苏尔垂了垂眼，剥好最后一个鸡蛋。

"家父苏尔。"小孩把这句话当成了口头禅，仿佛只要说这句话就有吃的。

苏尔也没令他失望，把鸡蛋递了过去。

小孩正狼吞虎咽时，苏尔神情温柔地道："你想烧死我，我却一时半会儿拿你没办法……"

面对一个毫无防备的孩子，哪怕知道对方没有看上去的那般纯真无害，也很难做到面不改色地去捅刀。再者，若这小孩真是个厉害的魅物，真动手了，死的绝对是自己。

苏尔帮他擦了擦嘴角的残渣："不过没关系，只要日后你常把这句话挂在嘴边，我这仇就不愁报。"

主持人会在不同副本间流窜，未来有一天这孩子或许会和月季绅士、书海先生等主持人碰面。而伴随着自己进入副本的次数增多，会有越来越多的主持人和焰罗对他苏尔恨之入骨，那么……

苏尔微微一笑："总有一天，你会遭到社会的毒打。"

小孩吃饱了，注意力转移到了花蛇身上。苏尔让他凑近摸了下花蛇，花蛇竟然没有咬他，老老实实蜷缩在一边。黏腻冰冷的触感从手心蔓延开，小孩却是享受地眯了眯眼。他还想再摸，被苏尔强行拉住。

小孩目中闪过森冷的光芒，苏尔并不发怵，又开始重复一句话："在座的各位都是垃圾。"

有了之前的经验，小孩很快跟着学起来。每说一遍，苏尔便让他摸一次花蛇，咬字越清晰，能摸蛇的时间越长。

半个小时后，初见成效。这小孩但凡是有想吃东西或者想玩什么东西的念头，就会断断续续地说上一句："家……家父苏尔，在座的……各位都……都是……垃圾。"

效果显著，苏尔最后一次摸了摸小孩的脑袋，站起身准备离开，小孩突然一把抓住花蛇，"嗞嗞"叫起来。

苏尔说："听话，我还会来找你的。"

小孩抓着蛇乱甩。苏尔想起他听不懂人话，冷下脸，学着管家的样子，盯着他抓蛇的手。

小孩歪着脑袋，过往的经验告诉他再不松手就会挨打，他抓紧最后的时间将了将花蛇，才恋恋不舍地松开。

花蛇逃离"魔爪"，迅速爬到苏尔身后，哪还有之前吐着蛇芯子要血喝时的威风！

走出房门前苏尔回头看了一眼含着自己手指的小孩，觉得奇怪：要说他厉害，他又好像对人有些畏惧，至少适才没做出从自己手里抢鸡蛋的举动；但若说他弱小……花蛇在他面前都不敢放肆。

苏尔满怀心事地走出去，一抬头，视线和不远处的纪珩等人撞了个正着。

"你们也来看孩子？"

纪珩说："算是。"

卫骏可没他那般淡定，不久前还大言不惭说着苏尔渴望亲情的温暖，现在脸都快被打肿了。他惆怅地指了指孩子："游戏里副本无数，他跟那些 NPC 遇到的可能性很小。"

"我明白。"苏尔点头，"不过是埋下颗种子罢了。"

能不能发芽，还要看天意。

纪珩说了句话宽他的心："魅物的生命漫长，他们有的是时间相逢。"

苏尔点头："我也会努力邂逅更多的主持人和焰罗，争取早日攒够积分离开。"

一旁的卫骏感觉到了人心险恶起来远胜于魅物，强行扭转话题："……那孩子到底是什么东西？"

苏尔耸耸肩："我试着吸了好几口，他还没那条蛇灵气重。"

卫骏这时提起了小孩可能给他们投毒的事情。

苏尔没赶上午饭，听见这事有些惊讶："这孩子可真够忙活的。"

又是在苏尔房间门外放火，又是去投毒，这孩子小小年纪，"业务能力"不是一般地强。

"好在……"卫骏吸了口气，一脸复杂的神情，斜眼望着房屋的方向，"他迟早遭报应。"

按照苏尔的惹事能力，这孩子早晚得被同行干掉。

众人想法一致，看向苏尔的目光都很有深意。

纪珩说："先从这孩子的身世开始查。"顿了顿，他又提醒道，"时间不多了。"

好不容易缓和了一些的气氛再次变得凝重。

现在的情况确实逐渐对玩家们不利。两名中毒的玩家在房中休息，玩家越弱，跟着他们的蛇就越虎视眈眈，若是不能及时恢复，他们迟早成为蛇的盘中餐。曹乐道就更不用说了，连条挡灾的蛇都没有。加上在破庙中被淘汰的玩家，此行他们已经折了快三分之一的人。

走廊。

王巡正搂着一名美姿赏花，看到纪珩等人走来，还未来得及打招呼，便听他们说要打听孩子的事情，面色瞬间变得难看。他挥了挥手，身边的美姿不敢触他霉头，识趣地离开。

王巡吐了口浊气，才开始说起一段陈年往事。

"这孩子的生母是我的原配夫人，之前怀过两胎都没留住。原本大夫都说这一胎保住的可能性也不大，孩子他娘便经常去外面求神拜佛，希望能平安生产。"说到这里，王巡的神情中掺杂着一丝恐惧，"谁料生产当天，孩子活了，大人却没保住。"

宋佳月忍不住说："这也不是孩子的错。"

"我不是不通情理的人。"王巡道出隐情，"下葬时他娘的皮肤都是青色的，没几天听说连接生的产婆都死了。且自从他降生，府里就经常发生意外……好在这个月一过，厄运也就结束了。"

之前便听家丁说过下个月要把孩子送去庙里，这会儿王巡再次强调了时间，一名玩家忙问："为什么要等这个月过去？"

王巡道："前年我就想把孩子送走，不过天大师托人送来条子，说这孩子和我缘分未尽，必须让他在府中待足四年，才能送走。"

纪珩突然抬眼："天一卦？"

王巡点头："当时家中怪事连连，我去求见大师。可惜进宅子后怎么也走不到正厅，最后是一条蛇为我引的路，把我带了出来。"说到这里，他无限感慨，"大师不愧是世外高人。"

纪珩似乎想到了什么，看着他说："你请我们来，怕是另有缘由。"

王巡尴尬地挠了挠脑袋。什么怀疑家中美姿是狐狸精变的，不过都是托词，他就是想保证送走孩子前最后这一个月不再出现什么变故。

纪珩说："可惜我们道行有限，有些问题我们也无力回天。"

王巡脸上的笑意顷刻间消失，手紧张地攥紧："什么问题？"

"很复杂。"纪珩说，"不过我们会多留几日，相识一场，我们至少也要保你的安全。"

王巡连忙抱拳感谢。

卫骏悄悄将苏尔拉到一边："看出来了吗？"

苏尔没看出来什么，只是纳闷，纪珩一个不多话的人，为何这个时候要多费唇舌。卫骏低声道："那孩子古怪，管家、仆人又常年虐待他，这宅子里迟早要出事。一旦出事了，岂不是说明我们无能？"

王家有权有势，到时候一迁怒，必定要让他们吃苦头。苏尔反应过来："如今我们承诺了会保王巡，若真有闪失，只要王巡活着，他就会认为保全了他是我们的功劳。"

甚至，王巡会更加依赖他们，寻求一种心灵上的支撑。

纪珩并非只说不做，他让王巡搬到自己隔壁的屋子来住。王巡忙叫人去收拾东西，纪珩朝卫骏和苏尔看了过来。

　　卫骏道："主持人给出的唯一有用信息是让我们改变命运，会不会这就是通关条件？"

　　这个副本最令人头疼的地方在于，主持人没有明确说明通关条件。

　　苏尔指了指自己。卫骏紧皱眉头，的确，苏尔是个例外，他不改命也不会死。卫骏望向其他人，用目光询问大家有没有类似的经历。

　　大家先后摇头，宋佳月开口道："主持人神出鬼没，通关条件模糊不清，迄今为止我还是头一回碰到这种副本。"

　　苏尔一直在观察纪珩，发现对方好像有所隐瞒，直至有玩家的蛇又开始讨血，众人散开，苏尔才快步跟在纪珩身后，问道："你是不是知道什么？"

　　"只是猜测。"纪珩道，"还需要一些佐证。"

　　说完，他竟发出了一声低叹。这声叹息太过沉重，里面夹杂着很多东西，苏尔听不明白，只从中听出了无奈。

　　纪珩突然伸出手，抓住想要偷袭的蛇，面不改色地划破手指喂给花蛇两滴血。花蛇虽然不满足，不过也没再发动暗袭。

　　相较而言，苏尔身后的蛇就乖了很多，还没从不久前被小孩揉搓的噩梦中醒来。

　　纪珩手指上的血珠很快凝固，他开口说："跟我去见一个人。"

　　"你就不能多长个心眼？幸好是我回来了，这要是人找不回来，你我都吃不了兜着走！"

　　隔着老远，就看见管家正在指着鼻子责骂一个家丁。管家是背对着他们的，不知道身后来了人，家丁看到苏尔和纪珩，小声提醒。

　　管家一回头，吓得够呛："二位……是有什么事吩咐？"

　　纪珩开门见山："有件事想打听一下。"

　　管家讪笑着："您说。"

　　纪珩眼神一沉，气势变得有些压人："府里的小少爷，最近有没有发生比较古怪的事情？"

　　管家脸上的表情瞬间就变了，心虚地别过脸，矢口否认。

　　"想清楚再说。"纪珩眯眼，"如果我让你家老爷去查……"

　　"千万别！"管家连连摆手，环顾一圈，见四下无闲杂之人，才苦着脸瞪了家丁一眼，说，"都怪这个不长心的！"

　　家丁被骂了也不敢还嘴，怯怯地道："实不相瞒，小少爷之前失踪过一段时间。"

　　从家丁口中他们才知道，大概是半月前，管家突然发现小少爷不见了。往常都是这名家丁负责送饭，但府里的人都当孩子是个煞星，他也两三天才一趟，平日里小孩饿极了就去吃树皮树根，以至于人失踪了他们都不知道什么时候丢的。

　　管家道："外墙有个狗洞，一直没来得及修，我们在那里找到一片布料，猜测孩子是钻狗洞跑出去了。"

老爷虽然不看重小少爷，甚至还对他有厌恶和恐惧，但天一卦特别交代过这孩子必须在府上养足四年，这要是真跑了，他们可担不起这个责任。

苏尔觉得讽刺："连饭都不给够，就不怕他饿死？"

管家道："您是不知道，最初饭都是按时送的，可这孩子每次只挑肉食用。有次我亲眼看见他在吃死老鼠，那可是被药死的老鼠，他吃了竟跟没事人一样！"

这事管家现在想来都是一阵后怕，他拍了拍胸口，继续道："好在最后人自己回来了。"

纪珩说："什么时候回来的？"

管家道："就是你们来的那天晚上。"都到了这时候他还不忘恭维，"说不准就是高人福泽深厚，给我们也带来了转机。"

管家可是日日提心吊胆，担心老爷发现孩子失踪的事情。纪珩承诺不会把这件事说出去，管家和家丁同时长松一口气，才各自忙活手头的事情去了。

院里只剩纪珩和苏尔，纪珩沉默了一会儿，突然勾了勾嘴角："你是不是觉得不合常理？"

苏尔点头。

他下副本的次数不多，却也知道游戏总喜欢给出一点零星的线索，让玩家自己去探索。但这个副本里孩子这条线索，就像是白给的一样——先失踪，再自己回来，最后还主动出现在他们面前。

纪珩带着苏尔往小孩居住的地方走，失笑道："或许真的是在白给。"

交谈间他们已经走到院门外，小孩正在挖树根，瞧见苏尔眼前一亮，只当又有好吃的或是好玩的："家……家父苏尔……"

院中还站着一人，乍一看衣袂飘飘，仙风道骨。

苏尔迟疑了片刻才走过去。苏尔一靠近，小孩就开始捋花蛇，花蛇一脸生无可恋。

神算子眼眶发青，一副没休息好的样子，目光一接触到苏尔，神情便冷得可怕。

苏尔不知道自己什么地方得罪了他，只好用询问的眼神看向纪珩。

纪珩缓缓道："如果只有改命才能离开这个世界，你的出现就是个意外。"

通常玩家七天内不通关就会被淘汰，而淘汰必须触发游戏的必死条件才能实现。这个副本的必死条件很清晰：不改变命数，就会按批命的结果死亡。

可苏尔就算不改命也死不了，说白了就是卡漏洞。他一开始便怀疑神算子神出鬼没不是因为故作神秘，而是在想办法修复漏洞。

苏尔问得小心翼翼："所以这孩子主动出现是因为……"

"你是孤辰寡宿难婚嫁，这孩子则命犯天煞克六亲，命格的恐怖程度远胜于你。"神算子一挥衣袖，发出破空之声，"但凡你有一点恻隐之心，和他结下善缘，他的命格便能吞噬你的。"

苏尔纳闷，命格还能互相吞噬？他咽了下口水："假设我的命格改了，我是不是就算达成通关条件了？"

神算子根本无心解释，冷声质问："我在帮你作弊，你看不出来吗！"

天一卦根本没能力改变苏尔的命，但倘若不改命，苏尔就会一直留在这个世界，并且也不会被淘汰，这就与游戏规则相悖了。身为本场游戏的主持人，神算子必须想办法维护规则，同时解决苏尔这个漏洞。

"……"此刻苏尔终于明白不久前纪珩的那声叹息是为何而来了，曾经有一个离开副本的机会明晃晃地摆在苏尔面前，可他没有抓住。

"可他想烧死我……"

"那是为了引起你的注意。"孩子本身命格特殊，性恶，只能做恶事。

苏尔："……"

"我想送你提前离开游戏，便让他帮你改命。"神算子面上的云淡风轻消失殆尽，此刻已是杀意沸腾，"你倒好，把他的命给改了！"

苏尔瞥了眼还在傻乎乎玩蛇的孩子，回想起那句"家父苏尔，在座的各位都是垃圾"，低下脑袋："我就是教了他一句话而已。"

神算子手指都在颤抖："根据我之前算出来的卦象，若无意外，他会在十年后成长为新的焰罗，届时这个世界将因他而天翻地覆，进化为全新的副本。而在此过程中，这个副本将暂时作为新手副本使用。"

苏尔心头的一些困惑解开了，难怪这孩子现在还很弱小。

"可根据最新卦象，他还没来得及呼风唤雨，便会在这个副本某一次作为新手副本启用时，差点让一位主持人失手打死。"

苏尔："……"

神算子完全没想到为了修复一个漏洞，会捅出一个天大的窟窿。

"祈祷吧。"他的眼神中闪过狠戾，"如果这个漏洞补不好，你就和我一道以死谢罪。"

苏尔："……"

语毕，神算子大袖一甩，看都不看苏尔一眼，凭空消失了。

苏尔在原地站了许久，其间小孩一直在冲他傻笑，边笑边说："家……家父苏尔……在座的各位，都是垃圾……"

苏尔沉默了一会儿，以手扶额："造孽啊。"

今早主持人离开天一卦魅宅时的潇洒，和现在的愤怒状态简直是截然相反的两个极端。神算子大约本以为只要让小孩出现在苏尔面前，一切问题便可以迎刃而解。但他没料到的是，苏尔有着坚定的信念：我命由我不由天。

监考官帮没眼色的学生作弊，这才是引发悲剧的根源。

想通了这点，苏尔并未将全部责任归于自身，心理上也就好受了许多。他没轻易放弃挣扎，跑去厨房让人煮了好几个鸡蛋，重新拿到小孩面前，试图开展新一轮"爱的教育"。

然而，在第二次说完"家父苏尔"却没得到鸡蛋后，小孩开始愤怒地拍手，掌心都拍红了也不停下。

"算了。"纪珩在他身后淡淡地道。

苏尔也担心继续逼下去，恐怕会适得其反，让这孩子提前黑化，于是把鸡蛋给了小孩，起身远离伤心地。

小孩下手不知轻重，花蛇的几片鳞被剐蹭掉，这会儿委屈巴巴地跟在苏尔身后，连那张即将成形的可怕人面都是垮着的。

花蛇蔫了，不讨要血，倒省了苏尔一桩事。

清新的空气吹散了一些郁闷。府里的风景讲究的不是和谐，而是奢华，每走几步就能遇见一处重金打造的奇景。后院还建了个特别小的瀑布，水珠溅出来，正好淋在花蛇身上，斑驳的蛇身抖了抖，似乎还挺享受。

苏尔暂时把小孩的事情抛诸脑后："现在去哪儿？"

"找卫骏。"纪珩停下脚步，"按照神算子的批命，今晚零点一过，卫骏就有溺亡的可能。"

卫骏之后，便是曹乐道。而单单靠花蛇，绝对改变不了命数。

他们在外敲了许久的门也没得到回应，推门进去，屋子里没有人。再问下人，都说没看见卫骏出门。

苏尔说："失踪？"

纪珩说："不一定。"

距离玩家各自离开还不到一个小时，卫骏也可能是另有计划，去忙别的事了。两人暂时坐在屋中等着，其间苏尔突发奇想："如果命数是绝对的，那是不是在既定的命运来临前，我们无论做什么危险的事情都不会死？"

其实他也知道这种想法不切实际，当时在天一卦那里，慢一步李骊就有可能被蛇咬死。

纪珩摇头："神算子给出的预言是指死劫，意味着在此之前，遇见困难时，都会有一线生机。"

至于能不能把握住这个生机，要看玩家个人。

苏尔目光一动："所以批命里的死亡时间并不是绝对的？"

纪珩点头："不绝对。好比第一天晚上白狐混在玩家里，稍有不慎，我们全军覆没或折上几个人，都很正常。"

只是对于他们而言尚有转机，而对于被批"凄风苦雨，死无葬身之地"的李天，却是必死的结局。

"难怪……"苏尔低声嘀咕了一句，他原本还挺好奇为什么大家都没试着从死亡时间上寻找突破。

纪珩忽然笑道："时间才是游戏里最大的骗局。"

苏尔疑惑地"嗯"了一声。

纪珩站起身走到窗边："我们之前进的那个副本，主持人说投票时间在第六天，玩家便下意识将思维局限在必须熬过六天的困境中。"甚至连万亿和沉江北这样的老手也没反应过来。

苏尔能感觉到纪珩在试着给自己灌输一些理论，可惜这就像是在解题，光背了公式，没有实际操作，真遇到了恐怕一时半会儿很难反应过来。

纪珩看出他的想法："你才下第四个副本，慢慢来。"

苏尔做起了白日梦："或许有朝一日我能在一个副本里集齐24个成就点，就可以直接脱离游戏了。"

纪珩冷笑："除非所有主持人都升天。"

苏尔："……"

凌乱的脚步声打断了两人的交谈，卫骏跟跟跄跄进了门，看到他们后神情有些恍惚："来找我？"

纪珩从架子上拽下毛巾扔了过去："不然呢？"

卫骏擦了擦衣服上的水，舒了口气。

苏尔叫人送进来一壶热茶，等他缓得差不多了才问他遭遇了什么。

铜镜里照出跟在身后的花蛇，卫骏面色微变："我路过池塘，隐约在里面看到多出的一道影子。"

苏尔说："然后你凑过去仔细看了看？"

卫骏说："我当然是有多远跑多远。"

苏尔："……"

卫骏说："我迅速朝反方向跑，谁知道这条蛇绊了我一下，我刚好磕到膝盖，一时站不起来，这蛇就拖着我往池塘去。"

哪里是挡灾，分明是害命。

"这样才正常。"纪珩没做虚假的安慰。

卫骏挑了挑眉，又听纪珩道："你真的会觉得一条蛇能保证我们每个人活到最后？"

沉默了几秒，卫骏眼中多出些思量："倒也是。"

苏尔一直盯着花蛇，片刻后不禁道："你瞧，这蛇的人面是不是和你有几分相似？"

对于一条奇怪的蛇，正常人下意识都会畏惧，是以平时卫骏也没多看过它，听苏尔这么一说，才开始仔细观察。快要形成人面的蛇脸，轮廓上确实在朝着熟悉的方向发展，特别是左眼眶上方的小黑点，位置和自己的痣一模一样。

年轻人最不乏想象力，苏尔大胆设想："每日都喂它血肉，会不会到了一定时间，蛇积蓄够力量，便吞噬人，而后代替我们活着？那样，我们还算活着吗？"

"这要看你怎么界定生死了。"卫骏沉声道，"或许还能保留一部分意识，那样也算活着。"

眼下一切都只是猜测，纪珩对苏尔道："你先回去，今晚我留下。"

看样子他是准备和卫骏一道面对夜晚的危机。

武力值低得可怜，魅力值暂时只能用来打辅助，真遇到危险，还得纪珩分出心神来搭救——苏尔重新衡量完自身价值，放弃逞能，乖乖回到房间。

因为无所事事，黑夜来临前的一段时间显得格外漫长。苏尔在床上躺了一会儿，不敢睡得太死，顾虑到有花蛇在，每隔几分钟便要惊醒一次。

一阵风吹开窗户，刮进来的风带有一股淤泥的咸腥味，再一闻，中间还夹杂着淡淡的烟味。苏尔眉头一皱，不知在想些什么。

这股咸腥的味道不单单是苏尔这里有，卫骏房间内同样有，并且浓度远超其他地方。跟着卫骏的那条花蛇却很享受，爬到窗边，探出去一截身子，仔细感受着。

今晚的月亮格外亮，月光倾泻而入，缓缓在地面流淌开来。

等等，流淌？！

卫骏瞳孔一缩，眼睁睁望着冰冷的月光一层层缠绕过来，堆积得越来越厚，他就像是身处一个水槽里，有人正拿着管子往里面注水。

卫骏掏出一张箓纸贴在地上，一松手，箓纸突然漂到了他膝盖的高度，而膝盖以下，全是凝聚的月光。

发现箓纸没用，他遗憾地叹了口气，望向站在窗边的纪珩。

窗户是半开的，纪珩想伸出手，却被无形的东西阻挡，相反，那条蛇倒是进进出出毫无阻碍。他转过身又拿白狐试验了一下，在白狐的叫骂声中，他试图把白狐抛出窗外，结果也失败了。

空气中仿佛凝聚着一层透明的薄膜，形成了一道屏障。这下连白狐都开始着急了，爪子一阵乱挠。

卫骏一边找方法出去，一边苦中作乐地调侃："没死在魅物手里，却要溺死在月光中了？"

听着还挺浪漫。

"谁说没有魅物？"

纪珩站定，对着无形的屏障打了一拳，堆积在脚下的月光霎时微微震动了一下。

卫骏隐隐约约听到"咝咝"的声音，纪珩这一拳明显是伤到了什么东西，空气中的腥气越发浓郁。不过是一个眨眼间，恐怖的景象便呈现在面前。

清冷的月色中，全是十分细小的蛇影，密密麻麻堆积在一起，竟形成了一堵厚重的墙。

白狐尖叫一声，跳到桌子上瑟瑟发抖。

"别低头。"

纪珩提醒晚了，卫骏已经低头看了一眼……透明的蛇在脚下的月光中游动，每一条都长着人脸，浑浊的竖瞳死死盯着他们。卫骏条件反射地踢了一下，几条蛇很轻松地被踢远。但随着月光一点点沉淀，他每走一步都变得越发困难。

卫骏直接动起手来，蛇很好击杀，可惜杀了一条，月光一照，很快又会出现数条。

"有办法出去吗？"卫骏问。

纪珩点头说："有，但是要付出一定代价。"

说归说，他却没有任何要拼死出去的意思，卫骏猜测他多半还是在思索另外的逃生之法。眼看着"水位线"就快要到达腰部，他不由得开口："纪……"

纪珩摆手打断他的话，做了个噤声的动作，示意他看向门的方向。那里的屏障似乎不太稳定，能看见空间有轻微的扭曲，还勉强可以听到一些断断续续的声音，大约是从门外传来的。

"是苏尔。"纪珩走过去，"同时出手，三人合力说不定能开个口子。"

苏尔就站在门外。从他的角度看不出屋里发生了什么，他试着吸了口灵气，险些没被一口撑死。再三衡量，他把手伸进口袋，隔着布料动用了电击器。

终于，仿佛被焊死的门隐隐松动，苏尔还没来得及踹开，便被身后的花蛇用蛇尾一甩，打进了屋子。

他迎面撞到一个人的肩膀，栽倒前被一双手扶住，"啪"的一声，身后的门再次合上。

见苏尔已经站稳，纪珩松开手："还好吗？"

苏尔点头，叹了口气，望向卫骏，终于理解早前他被一条蛇偷袭时的心情了。

卫骏苦笑，提醒道："别乱看，会被吓到。"

即便苏尔不刻意去瞧，周遭众多的蛇也会映入眼帘。其实说它们是蛇并不准确，因为它们都长着一张完整的人脸，只有眼睛还是竖瞳。

卫骏皱眉："再不出去，恐怕我们也会沦为人面蛇中的一员。"

残酷的现实摆在面前，苏尔却很平静，他蹲下身，让背上的小孩下来。适才他也正是因为背着这孩子，重心不稳，才让偷袭的花蛇轻易得逞的。

光顾着应付蛇群了，卫骏这才顾得上问："你带他来做什么？"

苏尔说："挟天子以令诸侯。"

卫骏："……"

卫骏不知道前因后果，纪珩大致解释了几句。

苏尔盯着把玩着蛇挺乐呵的小孩："既然这孩子未来可能成为焰罗，应该不会轻易死在这里。"或者说，神算子也不会眼睁睁看着他丧生。

"家父苏尔……"小孩张大嘴，一口咬下蛇尾，吞咽下去后才说了后半句，"在座的各位……都是垃圾。"

苏尔摸了摸他的脑袋。

纪珩挑眉："偶尔也换只羊薅吧。"

"我有在换。"苏尔认真地说。

一旁的卫骏哭笑不得："不过能想到把他带来，也真有你的。"

苏尔把小孩抱起来，摇着头道："我本来也没想到，可就在刚刚，这熊孩子又趁夜跑到我房间门口放火。"

小孩听不懂他们的对话，还傻笑着想跳下去捞蛇玩。

苏尔安抚地笑了笑，抱他去了大门的旁边玩。

单看这画面，双方的互动十分温馨。

凝视着一大一小两个背影，卫骏忍不住发出感慨："……真是父慈子孝。"

小孩的到来并未令情况好转，他毕竟还没成长为真正的焰罗，解决一条蛇花费的时间太长。银色的光辉逐渐上涨到腰部，不花费大力气就很难再迈出一步。

苏尔一脸心疼地望着怀里的小孩："神算子当真狠毒，竟全然不顾你的生死。"

卫骏在一旁都快听不下去了，却见纪珩一脸平静，丝毫未受影响，只好轻咳一声，道："先想办法逃出去。"

不是苏尔妄自菲薄，他是真没这个实力，只能去赌怀里的小孩能发挥作用。

他下意识低头瞥了眼自己胸牌上的武力值，发出遗憾的叹息。胸牌上的三个值，苏尔更加偏爱武力值。灵值太不稳定，靠魅力值能吸收的灵气又有限，但凡过量，会先把自己撑死。

相较而言，武力值就要稳定许多。

纪珩这时突然说："再等等。"

腰部以下的空气几乎已经实质化，小孩也渐渐玩不动蛇了，纪珩却依然没有动手的意思。

四目相对，苏尔突然反应过来什么，大喊一声："不求同年同月同日生，但求同年同月同日死！"

他语气悲壮，颇有认命了的意思。纪珩微微颔首，仿佛认同他适才的表现。

眼看密密麻麻的蛇已经快堆积到胸口，窗户那里终于有了一点动静，两边的木框朝内凹陷，眼看就要垮塌。

"低头。"纪珩低声提醒。

苏尔低头的速度比他开口的速度还要快。

窗户突然炸开，碎裂的木刺如水珠一样迸发，纪珩替苏尔挡去了大部分，但依旧有两根蹭着苏尔柔软的皮肤划过。苏尔摸了摸脖子，有些刺痛。

"嗞。"他轻轻吸了口气，还真有点疼。

纪珩和卫骏都未有特别的表示，可见只受了皮外伤，苏尔微微放下心。由蛇组成的铜墙铁壁被强行破开一个口子，神算子站在窗外，宽大的袖袍逆风鼓动，脸上的冷意让人不敢直视。

当他望见苏尔怀中的小孩时，目光更是沉如深渊。

"你还有什么想说的？"

脖子上的伤口时刻提醒着苏尔，这回神算子是真的动了杀心。

他抬起头，看到对方沐浴在月光下，明明是魅物，却宛若站在云端的神灵。苏尔心中略带几分冷意，开口却道："我的意中人，是位盖世英雄，有一天他会踩着七彩祥云来接我。"

"……"卫骏侧目，此刻他是真有些佩服苏尔的无厘头了。

苏尔说话的同时，试图朝被打开的缺口前行。可惜他的腿被数十条小蛇纠缠，很难走过去。

纪珩说："靠近些。"

苏尔几乎耗尽全力才移动到他身边，灌了铅一样的腿突然变得轻松，这才发现纪珩周围的小蛇最少，其次是卫骏。自己实力最弱，果不其然被这些魅物当软柿子捏了。

背靠大树好乘凉，有纪珩挡去大部分阻力，苏尔顺顺利利从破洞走出，卫骏也差不多和他们同时从破洞中离开。回头再看方才待的屋子，蛇影渐渐消散，仿佛什么都没发生过。

蛇的危机解除，主持人却也不是什么善茬。

"把孩子给我。"神算子声音不大，里面命令的意味却很重。

苏尔没有嘴贫，走上前恭恭敬敬地把孩子交给他。他这毫不迟疑的举动反倒令神算子有几分诧异。

能屈能伸，还能见人说人话见鬼说鬼话……神算子深深地看了苏尔一眼，突然觉得这人或许会是游戏里活得最久的玩家，摇摇头，转身消失不见了。

待院中只剩下清冷的月光和树叶沙沙作响的声音时，苏尔闭了闭眼："电影里那句台词是怎么说的来着……"

纪珩说："我猜中了开头，却猜不中结局。"

"没错！"苏尔作捧心状，"主持人抢走了我的孩子，孩子还那么小，就要被迫承受分离之苦。"

卫骏："……"

几人都是满身的腥臭黏液，这会儿被风一吹，气味越发令人作呕。苏尔准备去清理一番。

卫骏叫住他："我欠你一个人情。"

苏尔咬咬唇，没否认，毕竟为了救卫骏，他连孩子都没了。为避免"触景伤情"，苏尔加快脚步离开。

卫骏说："……他是不是又想到了什么奇怪的事情？"

纪珩没回答他，反而说："天亮前应该不会再出事，不过我们还是警醒着些好。"

卫骏的神情重新变得凝重，点了点头。

王家家大业大，专门开辟出一片区域建造人工浴池，连排水管都是瓷的，通常这样的配置只会用在极富裕的家庭或者皇宫中。苏尔半个身子浸在水里，舒服地发出一声轻叹。

他不敢闭眼，时刻警惕地盯着池沿，果然没多久花蛇便如他意料般悄无声息地游了过来。

才被算计过，苏尔哪能轻易作罢！他擦干手，动作幅度非常小地把衣服往自己这边一捞，悄悄摸出了衣兜里面的电击器，想等着那条花蛇游近，抓住机会攻击。然而就在距离他只剩几米时，花蛇突然停了下来，而后它转换方向，爬到附近的一棵树上盘了起来。

苏尔皱眉，暂时放弃了报复的想法。通过水面的倒影，他依稀可以看见花蛇乖乖盘着的残影。然而不知为何，他心里隐隐有些不安，花蛇之前从未对他表现出畏惧的姿态，怎么会突然知道适可而止了？

除非，花蛇畏惧的不是自己？

苏尔目光一沉，当机立断把衣服一捞，甚至无暇顾及身上还没擦干净的水珠。

洗澡和上厕所都是游戏里危险系数比较大的事情，若不是因为身上残留的黏液味道太难闻，苏尔也不会挑这个时间段沐浴。

苏尔意识到一直以来他都太过相信自己潜意识里的判断了，以为神算子和小孩刚离开，袭击卫骏的魅物也才被击溃，至少短时间内不会卷土重来。可用人类的思维去揣度魅物的思维，本身就不妥。

万幸的是，他轻而易举便从水中起身了，但就在下一刻，水面突然泛起了一层涟漪，整个浴池的水开始晃动。

即便苏尔已经屏住呼吸不动，涟漪也没有平静下来，反而一层层朝他这里靠拢。苏尔可不敢在水中用电击器。他边后退边开始设想最恐怖的情况给自己打预防针，无非是水面变红，或者从里面浮出一个可怕的人头一类的。

脑补的画面还未完成，水面浮起一团黑色的发丝，半张惨白的脸从水下一点点升起。

除了水的颜色没变，其他简直和苏尔幻想中的一模一样。

他再次感觉到了游戏世界的恶意。沉在水里的人头迅速朝他游来，根本不给他任何反应的机会。

脚不知被什么东西缠住，苏尔上不了岸，担心挣扎太过会滑倒，他索性准备硬搏一把，看自己能吸食这位"不速之客"多少灵气。

惨白的脸颊终于彻底浮出水面，四眼相对的一刹那，苏尔张开嘴，不是因为要吸灵气，而是惊讶。

"祝芸？！"他失声叫道。

苏尔想起刚从第二个副本回来的那天晚上，半梦半醒间，他也看到了祝芸以这样的姿态出现，就连水藻的味道都似曾相识。

几根冰凉的手指抚上苏尔脖颈处的伤口，微微用力，刚结痂的地方被残忍地撕开。疼痛让苏尔开始试图寻求逃生之法，无果后他又想着靠拖延时间等待救援："你是祝芸吗？"

"算是吧。"幽幽的声音飘过来，竟是给了他回应。

苏尔抓紧时间出了道数学题来考验对方，说："证明给我看。"

那张惨白的脸上终于有了一些不一样的神情，不过，几秒钟后她就报出了答案。

"……"以苏尔的数学水平，更难的题目他也想不出来了，拖延时间的计划就此夭折。

脖子上的伤口再次遭到摧残，开始不停往外渗血珠。

"别听主持人的。"祝芸突然说道，手却没离开苏尔脆弱的脖颈，似乎想杀了他，又忍了下来，"苏尔，先别走，我给你留了东西。"

苏尔说："电……"

"不是那个。"因为脸颊有些浮肿，祝芸的笑容也不如苏尔印象中好看了，"东西就在天一卦魅宅里的那口井里，记住，要白天去。"

刚说完，杀意便再次从她的眼中浮现，她卡在苏尔颈部的双手开始用力。

"祝……"苏尔极其困难地发出一个音节。

祝芸死死盯着他，慢慢松开手，沉入水中消失不见了。

苏尔吸了口气，迅速潜入水下，努力睁开眼睛，可惜水池里什么东西都没有。

随着祝芸消失，花蛇瞬间不安分了起来。苏尔擦干自己，穿衣上岸，毫不迟疑地电了它一下，花蛇这才老实下来。

头发还是湿的，苏尔却完全感觉不到冷，他甚至试图通过这股冷意令自己清醒。今晚遇到的刺激事太多，因此经过拐角时，又一次看到神算子，他也没十分惊讶。

小孩不知被送去了哪里，神算子孤身一人站在树影斑驳处，无视苏尔的一身狼狈，冷冷地交代："明天会有个机会摆在你面前，你要抓住它。"

苏尔说："什么机会？"

他的最后一个字还没说完，神算子就凭空消失了。

苏尔心事重重地走到纪珩的屋子门口，后者正靠着门框同卫骏说话。

先看见苏尔的是卫骏，他一脸纳闷："怎么弄成了这样？"

纪珩侧过身，瞥见苏尔，微微皱眉："去把头发擦擦。"

苏尔没应声，反倒走到他们面前停下。他很清楚有些事情的决定权不在自己手上，好比去魅宅找东西，以他现在的实力，去就是送死。

纪珩平日里对苏尔很照顾，还给过他道具，苏尔也不怕真有好东西对方会据为己有。再说，若真是如此，也算是苏尔还了之前欠下的人情。

"我碰见了水魅。"苏尔没坦白祝芸的身份，缓缓道，"她说魅宅里有东西，让我去拿。"

纪珩略一沉吟："魅物引诱玩家去冒险是常事，但也不排除真有高级道具。"

"那之后我又遇见了神算子，听他的意思，他想明天强行送我离开副本。"苏尔苦笑，"水魅已经告诉我藏东西的准确地方，还嘱咐说必须白天去，主持人却要我离开……我是真不知道该怎么办了。"

纪珩唇瓣微动，还没来得及说话，一边的卫骏却眼皮颤抖，说："你说的是人话吗！"

同为玩家，卫骏还在挣扎着活下去，苏尔竟然已经开始考虑究竟是让主持人帮着作弊离开副本，还是接受水魅的唆使去寻找道具了！

苏尔被卫骏这一嗓子吼得一抖，皱着眉朝纪珩靠拢，低声问："他没事吧？"

卫骏给人的印象一向不错，温和又心胸开阔，是此行队伍的主心骨，但现在他看起来十分暴躁，就像是炸了毛的猫。

过了好一会儿，卫骏才从对比产生的痛苦中回过神来，说："我看这恐怕是个死亡骗局，不过嘛，富贵险中求。"

在游戏中有得到就要有付出，魅物主动给出的东西往往能带给玩家巨大的好处，却也有可能致命。苏尔知道卫骏想表达的意思，抿了抿唇，没说话。因有同窗之谊，他倒宁愿相信祝芸是真有什么东西想交给他，迫于规则，只能用现在这种方式悄悄告诉他。

这种分析或许愚蠢，却能给人带来不小的安慰。纪珩看出苏尔眼中的向往，当下便做了决定："那就去瞧瞧。"

天刚蒙蒙亮时，三人结伴出发。

按照苏尔的计划，想速战速决，运气好说不定既能得到宝贝，又能搭上神算子的末班车。

卫骏听后失笑："幸亏和你一道来的是我和纪珩。"

否则以苏尔这种性子，会不会被魅物害死另说，绝对要被心态崩了的玩家同伴打个半死。

苏尔笑了笑，突然抬头看向灰蒙蒙的天空。此刻月亮还没完全消失，仿佛在日出前做着最后的挣扎。苏尔心生感慨，不由得道："曹乐道和另一个玩家的死亡时间将近，不知他们能不能扛过去。"

"概率很小。"卫骏实话实说，"除非他们主动出击，寻找到有用的线索，才有可能有一丝转机。"

在他看来，除了他们三个，其他的玩家中具备这种资质的只有宋佳月。

苏尔也没多说，游戏里玩家只能在力所能及的时候互相帮一把，其他时间，命都得靠自己挣。

卫骏停下脚步："我大概明白纪珩选你进归焚的原因了。"

苏尔挑眉。

卫骏指了指已在前方不远处的魅宅，轻声道："你总是明知山有虎，偏向虎山行。"

走在最前方的纪珩也没否认，上前象征性地敲了敲门，而后果断地将门推开。宅子里依旧一片荒芜，杂草丛生。

苏尔其实挺希望再次遭遇鬼打墙，这样找到水井后就能名正言顺地探查一番。

可惜天一卦没给他们这个机会，老者坐在石桌旁，仍在烹煮着奇怪的液体，看到他们身后的蛇没怎么长大，不悦地眯了眯眼。视线扫到苏尔时，这种不满几乎飙到了顶点。

"你对这条蛇做了什么吗？"

鳞片有损伤也就罢了，原本冰冷骇人的蛇眼中如今竟也只剩呆滞。苏尔回头看了一眼，也被花蛇这副惨兮兮的样子吓了一跳，定住心神一口咬定说："它是装的，这是碰瓷行为。"

苏尔仔细想了想，自己确实没怎么亏待花蛇，无非让小孩搓了搓它，又电了电它，平日里基本不给它喂血。相较于花蛇几次三番想要害死苏尔，苏尔自认称得上是以德报怨。

当然，这种论调天一卦并不认可。

"你不配拥有它。"老者一招手，花蛇像是解脱了一般游回到他身边。

"嚯。"卫骏看向苏尔说，"能最后威胁你的东西也没了。"

苏尔仰头望天："今天是个好日子。"

他的命改不改都无所谓，当时他带走一条花蛇，不过是想要挖掘出一些暗藏的线索，借此脱离副本。如今知道花蛇很可能会食人，再取代玩家活下去，继续留它在身边便是个威胁。

花蛇回归的那一刻，老者恢复平静，喝完刚煮好的液体，他看上去心情变得不错。

苏尔狗腿似的凑上前，说："我帮您去灌满茶壶。"

老者深深地看了苏尔一眼 —— 见过不要脸的，但没见过不要脸还这么自来熟的。

苏尔试探地把手伸向小茶壶，见对方没阻止，再提起茶壶一点点后退。几个呼吸后，苏尔便退到了好几米之外。

后退还能这么稳、这么快！卫骏一脸复杂地道出了所有人的心声："果真是天赋型选手。"

苏尔佯装看不见他人的眼神，朝水井靠近，先探出半个脑袋，盯着浑浊的水面琢磨了许久。那一日被丢进去的花蛇尸体还在水面上漂浮着，神奇的是并未肿胀或腐烂。

说这是口井其实并不准确，它与地下水并不相通，更像是一个缸子，把各种生物丢进去，再灌满不知名的液体。

老者见苏尔一副畏首畏尾又十分想一探究竟的样子，笑容冷却下去，道："要不要老夫送你下去看看？"

苏尔谢绝了这份"好意"。

井口旁挂着个舀东西的长勺，大概是老者用来盛液体用的。

苏尔拿起长勺，伸进井中搅拌了一下，没有发现什么，又开始搅第二次。

老者看不下去，呵斥道："住手。"

苏尔抬头，瞧见他目光中的嫌恶，有些不解。

"顺着最上面的舀。"老者竟好像也有几分反胃的感觉。

苏尔怔了一下，倒是白狐跑过来阻止了他继续作死："天一卦是半人半魅，他喝这些是为了延长寿命。"

苏尔无法理解，做魅物为什么就不能好好做呢？之前苟宝菩还有花匠看到自己用魅物肉做的丸子时也是这副模样，明明魅物不该对这些东西忌口的。

苏尔不死心，最后又捞了一次。这次他的胳膊在半空中微微一僵，感觉到勺子似乎触碰到了什么柔软的东西，又滑了过去。

"原来你是为了那东西来的。"老者目光一动，直接走了过来。

这次苏尔没后退，只是赶紧走到水井另一边，和老者保持安全距离。

老者卷起袖子，将手伸进浓稠的液体中翻搅，末了，他嘴巴抿成一条线，手上用力一拽，一个足足有拳头大小的眼珠出现在他手中。

这里是天一卦的地盘，除非杀了他，否则苏尔就做不到瞒天过海。苏尔看见奇怪的眼珠被取走了，也没太大反应，只等着老者开口提条件。

谁料下一刻对方居然直接把眼珠递给了他。

这下苏尔反倒接也不是，不接也不是了。

"我受人之托保管这东西，答应会把它交给有缘人。"

面对老者充满恶意的笑容，苏尔问："怎么才算有缘人？"

"据她所说，是一个我想要剥皮抽筋，宰一万遍也不够的人。"

"……"苏尔小心翼翼地将长勺伸出去，"劳烦您把东西放在这里面。"

老者眼皮一跳，这人怎么可以贪生怕死到这种地步？

就在这时，全程默许苏尔行动的纪珩突然以雷霆之势出现在他面前，拉着苏尔后退了几步，几乎是同一时间，眼珠从勺子里跳出，在空中上下蹦跶，一个劲地往苏尔这边冲。

这一幕显然也出乎老者的意料，他有些惊讶。眼珠似乎是锁定了苏尔，即便有纪珩拦在身前，它也不惜绕了个圈，想从苏尔背后偷袭。纪珩一拳打过去，眼珠颤抖了一下，没太大反应。

苏尔是见过纪珩徒手打死魅物的，莫非这眼珠比魅物还厉害？

"空间。"纪珩沉下脸。

武力值突破临界点就可以轻微扭曲空间以对魅物造成伤害，但这眼珠明显可以跨越空间逃遁，如果是这样……

纪珩一把推开苏尔，可惜太迟了，眼珠明明刚刚还在一米开外，却一瞬间突兀地出现在苏尔面前，直接从他的额头融入。

"有两只眼珠？"苏尔呆住了。

纪珩皱眉："这个是实体，我们刚才看见的那个多半是它利用空间逃遁时留下的残影。"

苏尔听不大明白，他只知道自己体内多了个眼睛，颤抖着摸向额头："我是不是……成二郎神了？"

纪珩没说话，从一个小瓶子里倒出一点香灰，苏尔不知道那是什么，但看到从后面走来的卫骏一脸肉疼和艳羡地盯着香灰，就知道它价值非凡。

"吃了。"

只是香灰，苏尔可以接受，乖乖吞服。

纪珩说："有没有灼烧感？"

苏尔摇头："没有，就是有点苦。"

纪珩说："那就好。"

在苏尔疑惑的目光中，卫骏解释了一句："这说明你没有被魅物寄生。"

老者似乎对融入苏尔体内的眼珠很感兴趣，不过碍于当初立下的血誓，他也不能把苏尔解剖了探个究竟。

"东西拿到了就快滚。"

苏尔心头还缠绕着很多疑问，但一方面顾虑着这会儿有其他人在场，不便问，另一方面天一卦给出的说法也可能是误导。是以他对纪珩点点头，表示想离开。

刚迈出门槛，一阵强烈的刺痛便从脑海里传来，好像有东西在他脑袋里面爆炸了，苏尔连忙抱着头靠墙坐下。

稍缓过来一些，低头一看，灵值降低了不少。

纪珩没立刻扶他起来，让他在原地休息了一会儿，才问："怎么了？"

"我看见了……"苏尔收拢五指，指甲划过地面，面色极其难看，"街上……全都是蛇。"

它们和昨晚出现在卫骏房间的蛇一样，人脸蛇身，只不过都接近透明地附在人类的躯壳上。

离门最近的卫骏朝外面看，这地方偏僻，过往行人不多，看着都挺普通。

纪珩想了想："怕是和那只眼珠有关，它应该跟魅力值一样，有特殊作用。"

可惜眼珠刚刚融入，苏尔还做不到收放自如。

卫骏听到这里，表情不太好："麻烦了，总不能一直让他闭着眼睛。"

苏尔苦笑："闭上眼我也能看到，那种感觉很奇妙。"

他撑着地面站起来，望向远处的老者："你对天机城的百姓做了什么？"

面对天一卦时，他的头部也有刺痛感，但不是很强烈。老者的状态似乎和外面的蛇人不同……苏尔摸了摸额头，这眼珠仿佛能帮他看清事物的本质。

老者却在感叹："那眼珠果真是个好东西。"

早知道就不该立血誓的，应当想办法据为己有。

"你不是看到了吗……"老者遗憾地叹了口气，语气十分高傲，"我赐予了大部分城民寿数。"

苏尔想到来时街道上的情景：有人在讨价还价，有人在吆喝着做生意……哪有魅物会伪装得这么好？除非他们根本不知道自己变成了魅物。

白狐听着这番对话，差点晕过去，心想：天机城不是有很多高人吗？怎么会让百姓都成了魅物？关键是它竟然也没瞧出异常来。

苏尔看着天一卦："为什么？"

老者淡淡地道："就像你们带过来的那枚玉佩……即便我给了防身的东西，那孩子还是死在了二十岁。"

作为罪魁祸首，此刻白狐根本不敢吱声。

"魅物这种邪祟都能有成百上千年的寿数，人类却只能活几十载。"老者的语气很平淡，"可分明人才是万灵之长。"

用过往的名望骗取信任，一点点地对这里的百姓实施改造，实在是再容易不过，他基本成功了，也不后悔。

"这些人还保留着原来的意识，以为自己是正常人。只是夜间偶尔会失控，不是什么大事。"

可惜改造得还不是很完善，以这种姿态存活的百姓，最多也就能活到七十岁。

苏尔压根儿没打算和疯子讲道理，他思考的是怎么通关。市集上往来的行人越来越多，藏在体内的眼睛总会不受控制地自行开始观察，迟早耗光他的灵值。

看出苏尔的打算，老者一脸幸灾乐祸："你倒是可以留在我这里，不过只能你一个人留下。"

语毕他又望向卫骏和纪珩，说："老夫喝完这杯茶前，若是你们还不离开，我就赶他走。"

留下很危险，但出去晃悠更不是个明智的决定。就算躲起来，天黑了之后谁又知道街道上会出现什么东西。

两害相权取其轻，苏尔低声道："我留下。"

纪珩把之前那瓶香灰给了他，低声道："尽快掌握你体内那颗眼珠的使用方法。"

苏尔点头。

不过片刻，宅子里只剩下老者和苏尔。

"留下来就得干活儿。"老者对苏尔的恶意不是一般的大，"你跟我来。"

这是苏尔第一次进入这座魅宅的内院。主厅里什么东西都没有，老者掀开几块小青砖，露出一扇小铁门。铁门底下另有乾坤，是一个隐蔽的地窖。顺着长石阶走下去，里面的空气又湿又冷，还有腥味。

随着两边的火把被一一点燃，地窖里面的一切终于清晰呈现。四周的石壁上雕刻着很多神祇，有女娲，有伏羲，还有些叫不上名字的。每一个都是人面蛇身，只是刻在这里，少了几分威严，反而显出一抹邪异之感。

在地窖最里面，用冰块冻着一具老人的尸体，应该才死不久。

老者递给苏尔一把刀："去把他体内的蛇卵取出，泡在液体里，至于五脏六腑，要分别取出，存放进小罐。"交代完任务，老者便转身往回走，"月亮出来的那一刻，如果你没交出成品……"

后面的话被一声冷笑代替，老者转而提醒："记住，蛇卵至少有上百个，一个都不能落下。"

苏尔可以肯定这老头就是在故意恶心和整治自己。

和尸体共处地窖不可能是愉快的体验，架子上有不少小罐，贴着标签，里面的液体颜色各异。最下面还有几个缸子，苏尔勉强能辨认出一些。

有猪的心，好像还有鸭肠、鼠尾等。

他吸了口气，走到尸体旁。死者干瘪的肚子里似乎有东西在蠕动，仿佛下一刻就要破肚而出。苏尔猜测是蛇卵，一旦它们出来，自己绝对会死无葬身之地。

好在天一卦并没说取出的蛇卵必须是活着的，这点他可以钻个漏洞，先把蛇卵弄死再取出来。

苏尔不管三七二十一，将小罐中千奇百怪的液体从尸体的口部往里灌，担心蛇卵不死，他还加了些纪珩临走前留下的香灰。

天色一点点暗下来，天一卦靠在树下，望着漆黑一片的天空，伸出枯瘦的手："人生百年，太短了，我不甘心啊……"

月亮终于出来了。

天一卦这几年心性大变，他一心求生，甚至想让所有的"人类"都能长命百岁，偶尔却又会控制不住地想要杀人，杀戮能令他产生一种快感。

他笑着起身，朝一个方向走去。

苏尔正坐在地窖的小铁门上，一动不动。看到天一卦走过来，他眼神闪烁，微微后退了一下。

老者笑了下："失败了？看来我只有请你离开这里了。"

夜间的天机城可不安全，玩家一旦出去，必死无疑。

老者一步步靠近，已经迫不及待想看到苏尔被分食的一幕。

"您之前说人类该有数百载的寿命，我认为不对。"苏尔没求饶，反而露出一个比哭还难看的笑容，"人类该与天同寿才对。"

天一卦只当他是怕死才故意说出迎合的话语，勾勾嘴角，正想说什么——

"咚！"铁门下发出一声巨响，好像有东西在拼命撞击。

老者皱眉，照正常速度，蛇卵不会成长得这么快。

苏尔直白地交代了自己的所作所为："我把那些液体都灌到了尸体里，还加了些其他的东西。"

闻言，老者露出一丝兴味："可以促进尸体内部蛇卵的进化？"

这倒是意外的收获。

苏尔摇头，死死抓住铁门，有些虚脱地道："有一种生物，寿命比蛇人还要长久……"

"咣当咣当！"撞击声越发猛烈，铁门几乎要被撞变形了！

苏尔面色发白："……那玩意儿叫异人！"

"……什么？"

老者没能明白这个新颖的词汇，径直走过来，用命令的语气说："让开。"

苏尔哪里敢让！天一卦的状态更似半人半魅，还有一些道行傍身，万一他被感染，谁还对付得了？

眼看老者有恃无恐，自己就要被推搡开，苏尔眼珠一转，突然道："为什么不测算你自己的命？"

"测不出。"老者道出实情，"我的能力，只可以卜算他人的命数。"

"所谓的异人，可以跳脱尘世！"

苏尔这一嗓子叫出来，老者果然没有继续动手。

苏尔忙拣重要的说："但它们本质上不过是行尸走肉……"

苏尔尽量用通俗易懂的词汇去描述异人的危害，在这个副本里正常人听到这番言论都会当作是天方夜谭，好在老者本身就不走寻常路，大致听了个七七八八，狐疑地问："你是说这种症状会像瘟疫一样传染？"

苏尔苦笑："瘟疫好歹有的治，但被这东西咬了，那就彻底完了。"他深吸一口气，又说，"一旦没第一时间拦住，感染了其他人，人传人，这个世界迟早要完。"

副本里的人或魅物在玩家眼里都是 NPC，但即便如此，苏尔也自认背不起毁灭一整个副本的罪孽。

老者盯着他，似乎在判断他话中信息的真假。

"咆咆！"铁门的边缘已经变形，看样子是撑不了多久了。僵持中，苏尔表露出一丝焦急。

老者终于有了动作，皱着眉搬来一块巨石压在铁门上面，砸门的声音变成闷响，但晃动的石头证明地窖里面的东西还没有放弃。

死人是不知道累的，尤其是经过天一卦改造的尸体，更是强悍。苏尔低吼道："去王巡的府邸，找我的其他同伴来。灾难将至，今夜让我们共同努力，一起拯救这个世界！"

天一卦："……"

这话原本该是慷慨激昂的，但从苏尔嘴里说出来，听着就很刺耳。老者深深看了苏尔一眼，短暂衡量过后，他到底还是走出了门去。

确定天一卦已走远，苏尔连喘口气的工夫都不舍得浪费，抓紧时间试着控制体内那只奇怪的眼睛。

"咆当！"

铁门下的声音越发令人不安，又过了一会儿，苏尔实在无法静下心来，站起身，跑去院子里又搬来两块石头压在了铁门上。

所有人沐浴的是同样的月光。

副本里天黑得早，月亮出现的时间也很早，曹乐道如今正在院子里踱步，他的身体还没恢复，嘴唇因为长时间未喝水而干裂。距离零点大约还有一个时辰，按照批命，他会在新的一天里坠亡。

惶恐不安间，曹乐道已经走出院门，带着几分认命的意味找到卫骏。

隔着几丈远，卫骏看见他，充满歉意地摇了摇头。在这种必杀局中，除非有高级道具或者玩家本身实力强悍，否则几乎是逃不掉的，昨天他也就是跟着苏尔取了个巧。

"我不是来求你救我的，"曹乐道畏惧那条蛇，不敢走太近，"只是希望你出去后能帮我确认打给我家人的钱是否到位。"

卫骏点头："我会亲自去见你们组织的负责人。"

得到卫骏的保证，曹乐道像是脱力了一样，扶着桌子坐下，嘀咕道："这样也好……"

再也不用胆战心惊地活着了。当初组织招募玩家来探索这个副本，试图研究魅力值的作用，他是迫不及待地报了名。反正迟早要在游戏里出局，不如死得有价值一点。

自言自语了一阵，曹乐道突然意识到卫骏面色不对，对方的目光正牢牢锁定一个方向。曹乐道忍不住回头一看，当场吓得腿软，失声道："天……天一卦！"

这不是还没过零点吗？怎么boss就主动上门来收割了？他的命至于对方亲临吗？

老者神情不善："把你们的人都叫出来。"

曹乐道顾不得太多，朝卫骏的方向靠近，渐渐恢复了理智，觉得天一卦这话说得着实嚣张。

副本里再厉害的魅物也没谁说直接找上门来要把玩家团灭了的。

"怕是另有缘由。"

卫骏看出天一卦神色不对，没在这件事上僵持，毕竟就算他不去叫，只要天一卦想，他也有能力灭了这府里所有的人。很快，所有玩家齐聚，气氛剑拔弩张，冲突一触即发。

花蛇恨不得扑到体质最弱的曹乐道身上，天一卦一挥袖子，花蛇立刻偃旗息鼓。

视线往四周一扫，老者冷声问："有谁知道什么是异人？"

众人面面相觑。

鹰一样的眼神在每张面容上都停留了一瞬，试图捕捉到玩家们的真实情绪，好看看苏尔说的话有几分真。

片刻后老者又缓缓道："白天我让那个浑小子剖开尸体取出蛇卵，结果他因为怕死，就把各种液体混在一起灌进了尸体里，想先毒死蛇卵……后来又跟我说造出来个异人……"

欺骗也好，揭发也罢，天一卦就等着这些玩家说点什么，但没料到他等到的只有绝对的沉默。

此刻玩家们的目光皆是飘忽不定。不知过去了多久，曹乐道脑子昏昏沉沉的，甚至一度怀疑自己落入了魅物制造的幻境当中。

他刚刚听到了什么？

异人？！

他狠狠咬了下自己的舌尖。

卫骏同样觉得不可思议，一时没缓过神来。

苏尔是归焚的成员，大家先后把目光投向纪珩。

"乍一听是很离奇，"纪珩十分平静地说，"不过……"

再可怕的故事，只要是发生在苏尔身上，也就可以理解了。

何况天一卦正是靠喝那些液体增加寿数的，那一具被改造得非人非蛇的尸体被灌入这东西，变成异人也就不足为奇。

知道不合时宜，但曹乐道还是忍不住用微弱的声音问道："那我坠亡的命格，是不是也被改变了？"

一直未发声的宋佳月看了他一眼："不只是你，全人类的命格都改变了。"

曹乐道："……"

纪珩算是最冷静的，问天一卦："苏尔想让大家联手去解决那个异人？"

老者不耐烦地点头，实则内心对苏尔的建议是不屑的。在他看来，面前这些玩家弱小得如同蝼蚁，发挥不出多大作用。只是此事涉及天机城的存亡问题，他们赌不起罢了。

他转身走了几步，回头一看，见纪珩等人还站在原地，心生不满。

"还不快跟上！"

纪珩却在这时道："守护世界，人人有责。"他这是在暗示神算子也该出一份力。

经他一提醒，天一卦才想起神算子来，不过很快摇头道："他神出鬼没……"

卫骏忽然低声一叹："神算子没出现是好事，证明事情还有挽回的余……"

话还没说完，纪珩便给他使了个眼色，示意他看前面。只见神算子正靠坐在古树粗壮的枝干上，身上像是覆着一层冰霜。

卫骏皱了皱眉，并不知道自己什么时候点亮了乌鸦嘴这个技能。

神算子有一副格外清俊的皮囊，犹记得在山上初遇时，在他脸上看不见丝毫欲望、贪念，甚至是杀意，这点他和其他主持人都不同，也更加令人防备。

而现在……他笑眼里的温和假象荡然无存，取而代之的是愤懑和杀意。

纪珩抬头望着树梢："全民异人意味着世界规则会被改变，而规则需要有人来维护。当你有能力去拯救这个世界却又毫无所动时，你就是灾难的帮凶。"

一席话说得掷地有声。

有玩家小声问："这是不是就是传说中的道德绑架？"

夜晚的街道空无一人，连个更夫都瞧不见。时不时墙缝里便会钻出一条人面蛇，迫于天一卦的威慑，又悻悻然缩回墙缝里去了。

"还好……"

李骊见状，忍不住感慨一句，幸亏他们第一天入天机城就寻到了住处，否则难逃夜间被人面蛇追逐的命运。

还未走到魅宅，众人便听到一阵异响，推门而入，发现先前还落后于他们的神算子竟然先他们一步到达。院内一片狼藉，四分五裂的石块到处都是，连水井边缘都被砸出了一个窟窿。

苏尔正站在院子中央，后面是异人，前方是神算子。摆在他面前的无非两个选择——躲到神算子背后求救，或者跟异人硬杠。

看到众人赶来，苏尔不禁心头微松，连忙用口型道："救我。"

异人似乎有猛兽的直觉，神算子到来时，它哪怕已经没有思维，却也意识到了危险，静立在原地。此刻人一多，呼吸声都能刺激到它，它便再也控制不住，疯狂地扑过来。

它移动的速度相当快，完美地继承了蛇的天赋。

苏尔不再纠结，立刻朝神算子那边跑过去。

无论主持人有多想杀了自己，他胆敢违背规则的可能性都很小。

实际上，有那么一刹那，神算子是真的想违规把这浑蛋杀了，但想到之后要付出的代价，他硬生生地忍了下来。

神算子挡住了前方的攻击，两道身影同样快如闪电，一瞬间异人的一只胳膊就被卸了下来，从里面钻出几条小蛇，蛇目是红的，飞速朝人群爬来。

亲眼见识到这玩意儿的可怕，天一卦的神情变得严肃。院子里的人面蛇多到数不清，倘若再有几条被感染，后果不堪设想。

天一卦负责让人面蛇散开，玩家联手灭杀被感染的小蛇，神算子依旧在和疯狂的异人搏斗。

多数玩家一脸木然，他们甚至不知道自己在做什么——为什么会演变成玩家和主持人并肩作战的局面？

思绪纷飞间，院子里已经到处是蛇的残躯，被感染的小蛇断成几截后，居然还能蠕动着攻击。万幸的是爆头这个招数对变异生物似乎永远有用，场面渐渐被玩家一方控制住。

月亮最耀眼的那一刻，可怕的异人终于被彻底粉碎。

腥臭味、汗味还有喘息声交织在一起，每个人的衣服上都不可避免地沾染到血，包括神算子。

出于对主持人的畏惧，玩家抱团站着，与神算子保持距离。可就算再刻意保持距离，院子就这么大，一眼便可望穿。神算子微微转过身，目光像是能穿透苏尔的身体一般。

苏尔想了想，指着天一卦说："是他逼我的，尸体和那些乱七八糟的液体也是他提供的。"

天一卦狠狠朝苏尔瞪过去，冷哼了一声，却也没辩驳。他确实有利用蛇卵弄死苏尔的想法，就算弄不死他，恶心一下他也行。

可以说，是天一卦提供了因，苏尔又自由发挥，才结出了恶果。

神算子什么都没说，单是看着苏尔，锐利的视线叫人避无可避。

苏尔有种心虚的错觉，僵硬地转移话题道："孩子呢？"

这话一出来，空气仿佛都能凝结成冰。

苏尔张了张口，还想再说什么，就听一声含着戾气的"滚"字传来。

众人还没反应过来，便已经身处中转站，周围还有几个刚出副本的玩家。有一个玩家在同队成员的保护下，正朝鉴宝点的方向走去。

本以为在劫难逃的曹乐道低头看着自己的双手，不可思议地说："我们……这是出来了？"

"怎么会这样？"苏尔也是十分震惊，"七天的时间才过去了一半，我还什么都没来得及做呢。"

这个副本世界值得探究的点很多。

……有些人，天生有一张口就能让别人无言以对的本事。

众人沉默，气氛霎时十分尴尬。

苏尔意识到了这一点，抿了抿唇，用余光瞥向纪珩，只见后者双手插在兜里，脊背挺得笔直，正抬头仰望苍穹。

苏尔疑惑："你在看什么？"

纪珩淡淡地道："等天地变色，等乌云密布，等机械提示音响起。"

换言之，他在等苏尔的成就点。

苏尔："……"

其他玩家大概也都抱着一样的想法，没一个急着离开。

有玩家路过，认出了纪珩，看到大佬仰头望天，下意识停下脚步跟着抬头望，不多时，附近已经聚了好几十人。

过了几分钟，一个莫名其妙跟着一起等的男子实在忍不住，问旁边的人道："小兄弟，为什么大家都在看天？天上有什么？"

"小兄弟"苏尔缓缓地闭上眼："……谁知道呢？"

再次睁开眼的时候，现场已经变成一群人在蹲守。

别人等的是成就点，苏尔等的是公开处刑。

好多人都在观察纪珩，苏尔不便往他身边凑，便移步到卫骏身侧，小声道："万一这次没有成就点，岂不是很尴尬？"

卫骏笃定地道："如果没有，就证明游戏有黑幕。"

这般毁天灭地的作法，若说没成就点，谁信？

苏尔叹了口气，其实他刚刚想直接回现实世界的，可惜失败了，不但如此，当他满怀期望低头研究胸牌上的数值时，发现居然一项都没涨。

环顾四周，其余玩家的数值似乎也都没变化。他忽然想起纪珩提到过，用了组队道具后，队伍中有成员出局，则另一方就算通关也拿不到积分。谁承想这个规则对于这样的大型组团，哪怕存活率在百分之九十以上，竟然也适用。

看出他的郁闷，卫骏开导道："组队道具能带给玩家很大的便利，自然限制也多。"

苏尔说出想直接回现实世界却失败了的事情，卫骏失笑："存活下来的组队成员要同进同出。"

苏尔说："那风险岂不是很大？"

卫骏眉峰一扬。

苏尔说："一方赖着不走，另一方不就没办法离开？"

在中转站逗留四天以上，又会被传送进高难度副本。

卫骏点头："所以这东西得慎用。"

看苏尔一副若有所思的模样，卫骏忍不住摇摇头："你真当这玩意儿是大白菜了？玩家里有组队道具的寥寥无几。"

因此，使用之前也大都是仔细考虑过各种可能出现的状况，并制订了相应策略的。

苏尔暗自琢磨了一会儿，直到卫骏一声"来了"，他才回过神来。

抬头一看，乌云在天空中汇聚，像是被什么力量推着走的大浪，一波接着一波涌动。相较之前，这一次的遮天蔽日之景来得更加阴沉，闷得人几欲窒息。

机械提示音不负众望地响起——

"恭喜玩家苏尔获得成就'父债子还'。恭喜玩家苏尔获得成就'可恶的关系户'。"

一个副本两个成就？

卫骏怔了一秒，而后对着苏尔笑了笑："还挺适合你。"

先因为结缘得了克亲命，再来一招父慈子孝，最后甚至有主持人强制帮忙作弊……谁能有他关系多？

但苏尔本人却在第一时间想起了祝芸——自己进入游戏后得以存活，其间少不了祝芸的帮助。

简短的交谈间，乌云不但没有退散，反而像是凝住了，暗沉沉地聚拢，仿佛随时会压下来。而后机械提示音再一次响起：

"恭喜玩家苏尔获得成就'一人得道'。恭喜玩家纪珩、卫骏、李骊、宋佳月、曹乐道……"提示音一次性报出了十个人名，围观的玩家大惊失色，都道游戏莫不是出漏洞了？

无论他们怎么想，播报还在继续："……以上玩家获得成就'鸡犬升天'。"

众人："……"

沉默。

沉默是此刻天地间唯一的共识。

像是被雷劈了一下，李骊原本还沉浸在成功通关副本的喜悦里，突然被点名，愣住了："……啥玩意儿？"

再一低头，他看见自己的胸牌上多出一行小字——这次的成就竟然是金色的，虽然小，但哪怕隔着几米，视力好的人也能看清。

除了苏尔，所有同队成员都是一样的情况，纪珩都不能幸免。至于苏尔……他胸牌上的字不但是金色的，还闪闪发光，仿佛散发着人性的光辉。

现下十人站在一起，唯他独领风骚。

卫骏人生中第二次被逼得爆了粗口——这成就点谁愿意要谁拿去！

"先离开这里。"纪珩反应快，低声说了一句。

　　一语惊醒梦中人！

　　同队成员先后快速按下各自胸牌上花纹的凹陷处，准备退回现实世界……再不走，等围观玩家反应过来，还不得好一番嘲笑！

第五章
臭名昭著

成功回到公园，苏尔做的第一件事就是去寻找游戏里出局的那个玩家。既然时间是静止的，那现实中或许他人还在。然而找了几轮，都没瞧见人。

纪珩了解苏尔的心思，都不等他开口询问，就说："从游戏退出后，出局的玩家在现实中会失踪一段时间，他这一天的行动轨迹也会被修改。"

这时候哪怕是去回看监控，也会发现一开始来到公园门口会合的就只有十人。

苏尔轻轻皱了下眉。所以祝芸当天究竟是怎么做到给自己送来电击器的？可惜困惑再多，他也没办法问出口，只对纪珩说了声"谢谢"。

"不客气。"纪珩嘴角微勾，"托你的福，我才可以'升天'。"

"……"在副本里，苏尔可以毫不畏惧地和焰罗对视，但他现在做不到去跟其他玩家对视。胸牌上那个金光闪闪的标注简直是让人不忍直视！

"我还是挺感激你的。"曹乐道拍拍他的肩膀，道。

命保住了，成就难听些又算什么！只是胸牌上那刺眼的"鸡犬"二字，确实令人头疼。

宋佳月轻咳一声："没错，是游戏故意挑拨，和你没关……"

最后一个字她实在说不出口，若说和苏尔毫无关系，根本不可能，遇到苏尔之前，她就没见过在副本里这么嘚瑟的玩家。

一码归一码，苏尔的运气和思维能力其实都不差，宋佳月不禁暗叹问世错过了一棵好苗子。当日的新手场，问世也有人去看了，沉江北同样对苏尔起了招揽的心思，只是因为问世向来求稳，才没抛出橄榄枝。

卫骏打圆场道："聚在一起吃饭这种事就免了，都早点回去休息吧。"

众人也接了这个话茬，互相调侃了几句。

临别时，卫骏的语气变得严肃："既然魅力值的用处已经弄清楚了，有能力的人还是想办法提升一下。"

能吸食灵气，关键时候还能对付个别魅物，这个功能还是很管用的。

每逢谈及游戏里的事情，气氛就会变得凝重，众人勉强笑了笑，而后各自挥手告别。

一时间公园里只剩下卫骏、纪珩和苏尔三人。

卫骏看向纪珩，说："喝一杯？"

纪珩点头。

卫骏笑了笑，又对苏尔说："一起？给你点杯果酒意思一下？"

苏尔摇头："不了。我要回去温习功课。"

"……"眼睁睁看他走远，卫骏"嚯"了一声，"心理素质很强大啊！"

纪珩说："分散注意力对他有好处。"

毕竟，很多人自从进了游戏，被逼过上朝不保夕的日子，便会自动放弃现实中的一部分生活。

现在还是上午，酒吧没营业，打车转了一圈，最后卫骏去超市买了两罐酒，又回到了公园，和纪珩坐在长椅上边喝边聊。

易拉罐在半空中轻轻一碰，卫骏咽下酒，抿了抿唇说："已经有很多人开始调查苏尔了。"

"查不出什么的。"

卫骏挑眉："你都安排好了？"

纪珩摇头："不是我安排的，是苏尔的信息本身就都很正常。"

苏尔曾拜托他帮忙查探父母的消息，调查结果没有异常。

不过有句话纪珩没说，有时候太正常了本身就是种不正常。尤其是苏尔的亲戚，纪珩私下让人接触过几次，委婉地提起苏尔时，每个人都说这孩子挺不容易，好在父母留下不少遗产，却没有任何一个表示过想要与苏尔多加走动。

卫骏失笑："我大概也是疯了，真当他有个了不起的身世呢。"

实在是苏尔的操作太过惊人，运气也不一般。

"有你照看着，现实里他出不了大事，"卫骏顿了顿，偏过头看纪珩，"但游戏里怎么办？"

进一个副本就能获得多个成就点，这种事闻所未闻，私下打苏尔主意的人肯定不少。大部分人还是有理智的，怕就怕那些长期在游戏中心态已经扭曲的，专门在副本里狙杀优秀同胞的玩家。

纪珩说："有个计划需要你配合。"

他低声说了几句话。

卫骏手里的易拉罐险些掉下去："把焦点转移到主持人身上？"

纪珩说："有理有据。毕竟单是一个结缘，就让苏尔获利了好几场。"

卫骏说："你该不会……已经透出风去了？"

纪珩不置可否，只说："还需要一个中间人，把消息卖出去。"

卫骏皱眉："你想让我当传话人？"

仔细想想，卫骏确实符合这个条件。很多玩家只知道他和纪珩有些交情，却并不知道他们私交甚笃。

纪珩递过去一份名单："让他们用道具来换，这样会更有说服力。"

太轻易就能得到的东西反而会令人怀疑。

卫骏一看名单，其中有几个玩家是出了名的不择手段。

纪珩说："事情办好了给个准信，我再让苏尔下副本。"

游戏强制玩家一个月进两次副本，本月苏尔只需要在月末前再进一次，其间他们有充裕的时间去操作这件事。

此时的苏尔还不知道游戏玩家即将大规模地对主持人转换态度，一回到家便抓紧时间看书。他看到祝芸画着绿帽人和标注了"大预言术"的那本书，忍不住又思索起来。

上个副本的本质就是预言，他又在里面见到了祝芸，有没有可能所谓的"大预言术"不是信手涂鸦，而是真的？

诡异的绿帽人手拉着手站在页末，令人头皮发麻。苏尔随即强行让自己停止适才可怕的想象。

姚知的电话来得猝不及防。

"听说你给纪珩搞出个'鸡犬升天'的成就。"

苏尔："……"求别再提了。

"从前你的生物和化学都拿过班里最高分，的确具备搞出'生化危机'的能力。"

姚知笑眯眯地扎刀，一扎一个准。

"如果你的数学也能这么优秀，我会很高兴。"

想当初苏尔的数学可是一直徘徊在及格线上下。

苏尔讪笑道："我一定努力。"

一般从副本回来，赵三两都会主动联系苏尔，约着他出去吃顿饭。这一次不同，赵三两打电话给苏尔时，距离副本结束已经足足过去了五天。

苏尔做出猜测："最近你一定是忙到连喘口气的工夫都没有。"

赵三两暗含惊讶："你怎么知道？"

苏尔说："否则得知纪珩新得到的成就，你一定会疯狂询问我副本里的细节，然后展开灭绝人性的嘲讽。"

那边沉默了一瞬，紧接着传来一阵大笑。赵三两笑得前仰后合，咽了咽口水才说："火锅，约不约？"

明天是周五，周末前一日的幸福感总是很足，苏尔应了下来。

赵三两把聚会地点定在苏尔家小区门口。他又换了发型，发根处烫卷，发色是一种雾蓝。

苏尔淡淡道："频繁烫染头发不太好。"

赵三两摸了摸头发，突然一把拽了下来，原来他戴的是假发，底下就是个小寸头。

"我都是用假发去做发型，当然，我的假发基本是周抛的。"

苏尔喉头一动："这也行？"

赵三两说："有钱就行。"

苏尔："……"

苏尔要的是番茄锅底，大概因为油比较少，开锅很慢。等待的间隙，就听赵三两用感慨的语气说："游戏很快就会迎来大变样。"

苏尔的注意力离开红彤彤的锅底，他抬起头看赵三两。

赵三两说："我前天才下过副本，不幸遇到几个恶心人的家伙。好在他们这次的注意力没放在玩家身上，而是放在了主持人身上。"

苏尔挑眉："然后呢？"

赵三两笑得幸灾乐祸，做了个抹脖子的动作："咱老祖宗有句话——没有金刚钻，别揽瓷器活儿。"

很多玩家想着连个新手都能在激怒主持人后全身而退，还能得到成就点，他们为什么不能？结果付出了超乎想象的代价。

不知想到了什么，赵三两愉悦地弯了弯嘴角，过了片刻才提醒说："你进游戏的时间不长，人心险恶经历得少。"

苏尔点头，不否认这点。

他在新手场遇到了好队友，后来几次进副本又都是用的组队道具，是以哪怕是像福利场里那样，有人明晃晃地对他表达恶意，都未对他造成太大影响。

想到这里，苏尔说："我单独下副本时，会特别注意。"

"短时间内不大可能。"赵三两涮着毛肚，偶尔抬眸瞟他一眼，"之后要么是老大，要么是其他成员，反正总会有人带着你。"

一是苏尔现在太过招摇，很多玩家都想从他身上挖掘信息，他单独进游戏危险会很大。再者，作为全游戏得到成就点最多的玩家，他随时有可能集齐24个成就点，永远脱离游戏。

他们也想看看，会不会真的有一天玩家能彻底解脱，而之后，又会发生什么。

赵三两还有很多话要说，突然擦了擦嘴，道了句："老大怎么来了？"

纪珩推门而入，径直走来，一看就是冲他们来的。正当赵三两疑惑他是怎么找来的时，苏尔十分平静地转动了一下纽扣："定位芯片。"

他是独居，万一有人想对他不利，有个人知道他的具体位置会有保障得多。为此苏尔特地花钱找人定做了这枚纽扣，他的日常行动轨迹会自动发送到纪珩的手机上。

赵三两听得目瞪口呆。纪珩忽略他，拉了把椅子坐下，看向苏尔："有关主持人的消息已经传得差不多了，你这个月还要进一次副本，准备什么时候去？"

苏尔想了想："周天。"

纪珩点头："这次游戏，我带……"

话音未落，赵三两抢先一步："不如我来带？"他还没见过苏尔是怎么蹂躏副本的呢。

赵三两在现实里不靠谱，但在游戏里的表现截然相反，纪珩觉得可行，问苏尔："你怎么看？"

"我想和你去。"苏尔看向纪珩,话说得干脆利落,不带一丁点含糊。

赵三两为自己正名:"我也是很厉害的……"

苏尔打断他:"你不一定经得起我的伤害。"

赵三两不明所以。

纪珩则回忆起苏尔的所作所为,毫不怀疑赵三两若是真带苏尔,在这次副本结束后定会疯狂哭诉,表示永远不想再同此人一起下副本。

作为首领,纪珩有责任维护组织成员的心理健康,于是答应了苏尔,说:"周日上午我来找你。"

苏尔点头,纪珩侧过脸看向仍旧一头雾水的赵三两,又瞥了眼沸腾的火锅:"我请客,算是庆祝你得救。"

赵三两:"……"

周日一早,苏尔穿得十分休闲,目光平静如水,一身轻松地朝纪珩走来。

纪珩忍不住勾起嘴角,递过去一副墨镜。苏尔接过墨镜,研究了一下:"组队道具还真是有千万种不同的模样。"

将墨镜戴好,两人的镜片上同步出现无数条跃动的代码,代码前赴后继"涌入"大脑,给他们带来一阵强烈的眩晕感。待到墨镜破碎消失不见,苏尔成功被传送进副本。

世界几乎一片黑暗。身边还站着几个人,就着一点微弱的光,勉强能看清轮廓。

很快苏尔就发现这点微弱的光芒源自他和纪珩的胸牌。最新的成就正闪闪发光,让他们成为黑暗世界中最亮的星。夜色下,响起了一些笑声。

纪珩不为所动,示意苏尔站近些。

不用他特别说明,苏尔也在主动靠拢。人在看不清周围环境的情况下,难免会有一种随时要被异生物偷袭的错觉。

时间就这么过去了几分钟。

"啪!"

一枚石子从半空中落地,响动不大,却让所有玩家下意识后退了一步。

远处有人提着灯笼走来,幽幽的光芒中,是一张稚嫩的童颜。小姑娘扎着羊角辫,却戴着一副老旧的黑框眼镜,显得整个人古板无趣。

"烦死了烦死了……"快速清点完玩家,小姑娘突然暴躁起来,"本来不用加班的。"

然后她的眼睛突然瞪得滚圆,死死锁定苏尔,说:"这都怪一个浑蛋,导致现在优先安排老人和小孩做他所在副本的主持人!"

苏尔:"……"

"希望有些人记住……"小女孩长着一双死鱼眼,一瞪人,显得眼白更大,"只有变态才会对一个孩子下手。没错,副本不是法外之地!三年起步,最高死刑!"

被内涵的苏尔皱眉,觉得自己一个大好青年,不应该遭受人格上的侮辱,于是开口说："这位小妹妹……"

"呸！"女孩啐了一口，"谁是你妹妹，别乱攀关系。"

一物降一物，之前碰到过的主持人大部分时间都会表现出一副高高在上的姿态，然而此时面前的小女孩显然不能做到将情绪收放自如，她把这份对苏尔的恶心和痛恨表现到了极致。

有几个玩家看到这一幕，心中偷乐，主持人专门针对一个玩家，对他们通关游戏十分有利。至少就目前看来，苏尔可以很好地吸引火力。

小女孩做出口头警告后，终于言归正传，说出开场词："欢迎各位来到《七天七夜》。"

语毕，她做作地甩了下羊角辫。

"本场游戏叫作《龙、凤和鼠》。在这里，所有的孩子都是以三胞胎的形式出生的，十六岁时，三胞胎中各方面表现得最差的那个孩子要被送去改造营。没错，你们就是一群被淘汰的渣滓。"

都是有经验的玩家，众人知道所谓的改造营绝对不是个好去处。

"不过天无绝人之路，"小女孩笑眯眯地说，"每年改造营会有五个名额，挑选出改造得最好的孩子送回社会做高等公民。"

有"高等公民"，自然就有"低等公民"，不等玩家询问，小女孩便贴心地做出解释："低等公民会在二十岁时被统一销毁，毕竟世界的资源是有限的，只有优秀的人才有资格使用。"

她拍拍手，每个玩家口袋中霎时多出一张身份牌，姓名和性别没有变化，唯一改变的是年龄，全都变成了十六岁。

"跟上。"

小女孩提着灯笼走在最前面，她走路时喜欢踢石子，步伐一会儿快一会儿慢。

前方是一扇很大的铁门，上面锈迹斑斑。

一个身穿工装的男人站在门口，后面有十几个少男少女规规矩矩地站着。

"陈校长。"小女孩打了声招呼。

看见小女孩，工装男刻薄的面容上露出些笑容，他回头看向身后的孩子："别看她年纪小，她可是出了名的神童，两岁能写诗，三岁能作文章，看你们最近表现好，才给个机会让你们提前见见。"

孩子们顶着一张张木然的脸，麻木地鞠躬："感谢校长。"

被屡屡针对的苏尔摇头……主持人在副本里拥有一个身份很正常，只是"天才小神童"这种人设听着实在让人尴尬。

小女孩不知他的心思，微微侧开身，让玩家们一一亮相："他们是要进改造营的新学员，我在路上碰见，就顺便领来了。"

然后她又对玩家们介绍工装男："这位是陈校长。"

纪珩恭恭敬敬地说："陈校长好，能见到您是我的荣幸。"

陈校长敷衍地"嗯"了一声，不过看向纪珩时嫌恶的神情少了些。他的视线越过纪珩，对其他玩家疾言厉色地道："一群木头，站在那里做什么！"

众人跟着陈校长进入改造营，道路两旁安装有路灯，视野明亮了很多。

说是改造营，实则看着就像是一般的学校，有楼有操场。

苏尔还在想主持人适才的话——"低等公民"会在二十岁时被统一销毁，这应该是出局条件。可他们现在的身份只有十六岁，难不成头一年没入选"高等公民"，还能接着再混几年？

回头见小女孩走在队伍末端，苏尔放慢脚步和她并肩同行："请问一下……"

"别想爬床，别想结缘，更别妄想做我干爹！"小女孩一脸警惕，"你给我牢记！三年起步，最高死刑！"

苏尔百口莫辩。

小女孩则横着胳膊提灯笼，确保自己跟苏尔始终有一臂之距，一双死鱼眼一直盯着苏尔，防止他做出任何逾矩行为。

如此不受待见，苏尔也只能暂且压下心中的疑问。

进改造营后，陈校长没再怎么说话，负责介绍情况的是一位比他们稍大一些的男生。

"这里是食堂。这里是教学楼。"

男生说话跟机器似的，多一个字都不愿意说。

等走到一栋路灯光芒照不到的建筑前，男生停下脚步："这里是宿舍楼。"

里面正好有两名保洁员抬着担架出来，上面蒙着层白布，白布盖着的是什么，每个玩家心里都有数。

十几名少男少女似乎见怪不怪，望着担架的眼中少有悲悯，更多的是庆幸和讥讽——看吧，这就是犯蠢的下场。

保洁人员看到陈校长后开口打了声招呼，陈校长也点头示意，而后转身警示玩家："这是想偷偷溜出改造营的学生，一旦发现会提前进行销毁。"

苏尔默契地和纪珩对视一眼——换言之，只要不被发现就可以。

"您放心，"苏尔第一个保证说，"我最讲规矩了。"

他可是经历过《无渡》副本的，在那里任何一个差错都会被无限放大。

陈校长淡淡道："你心里有数就好。"

很快，每个人都被安排好宿舍，宿管员来收集他们的服装尺码，冷冰冰地表示统一的服装会在第二天送到，又交给他们寝室钥匙和一本改造手册。

主持人有单独的宿舍，小女孩给出的理由很充分：她要在一周后发表演说，激励这里的人好好改造。

宿舍里都是上床下桌，每间住两人，苏尔运气不错，和纪珩分在同一间。此时距离熄灯时间仅剩十分钟，苏尔抓紧时间翻阅改造手册。纪珩则是从中间看起，这样即便一个人看不完，两人的了解加在一起也利于行事。

晚上十点，准时熄灯。从梯子爬上床，苏尔刚盖上被子，就听对面纪珩问："那只眼睛控制得如何？"

"还不错。"苏尔望着天花板，"虽说达不到收放自如的地步，至少能命令它陷入沉睡。"

只是一旦使用，再想闭上就有些困难。

纪珩说："那就好。"

苏尔回忆着改造手册上的内容："上面说，想要离开就要拿到四个甲等评价，不知道现在还剩几个名额。"

学院以甲、乙、丙作为评定等级，对他们进行考评的人分别是保洁员、宿管员、老师、校长。不过从同一种职别的人手中获取的评价不可累积，如多个老师同时给出甲等评价，也只算一个。

改造营每年只有五个名额可以离开，后来者再优秀也需在第二年重新开始努力。

纪珩说："明天去问问就知道了。"

人人都惦记着离开，这种事很好打听。翌日去食堂吃早饭时，便得到了可靠消息：今年还没有一个学生拿到四甲评价。消息乍一听挺好，但联系现下的月份细细琢磨，一年的时间已经过去一半，都没一个人成功，可见其难度。

苏尔本以为无论走到哪里都会是死气沉沉的景象，现实却颠覆了他的想象——除了昨晚见到的那十几名学生，食堂里的不少学生其实很……桀骜不驯。

这已经是经过美化后的形容，他甚至还看见因为争执互相动起手来的。

"新来的？"有人端着盘子坐在他面前。

苏尔看了来人一眼，确定不是玩家，点了点头。

主动同他搭话的是个扎马尾辫的女生，笑得挺阳光。

游戏设定这个副本中玩家都是十六岁，对玩家而言他们的外貌没改变，可在这个副本世界的人眼中，他们就是活脱脱十六岁的模样。苏尔是其中最有少年感的，整个人散发着一股亲和的气质。

面前的女生挺喜欢他的气质，便主动多聊了两句："是不是觉得很奇怪？"

苏尔点头："这不算违反规定？"

"只要不在课堂上打架就行。"女生笑着说，"改造营里有四位校长，每个人处事风格不同，也会拥有不同风格的拥护者。比如有一位好勇，他的拥护者便总是一言不合就动手。"

说是拥护，其实就是一种潜意识的讨好，目的是拿到甲等评价。

"对了，我支持戴校长，"女生歪着头说，"戴校长喜欢阳光开朗的人。"说完她从书包里拿出一本笔记，"送你了，上面记录着开朗性格的人需要注意的细节。"

苏尔粗略地看了一下，连应该喜欢的颜色女生都做了注释。等他再抬头，女生已经和其他人结伴离开了。

苏尔用胳膊肘轻轻碰了下旁边一直沉默吃饭的纪珩，说："这种改造的意义在哪里？"

放眼望去，食堂里的人要么一直笑，要么一直冷着脸，仿佛每个人只能有一种情绪。

"方便掌控。"纪珩平静地道，"如果不固化思维模式，这个年纪的人很容易叛逆。"

给出一点希望，再让派系林立，互相对峙，有利于改造营的稳定。苏尔理解不了，但也没太较真，毕竟游戏里的世界观少有正常的。

最后一口豆浆喝完，环顾四周，一个玩家都没有。

纪珩提醒道："这次别相信任何一个人。"

话直接说死了，不是别轻信，而是别相信。

昨晚一直遭到主持人的针对，天又黑得早，苏尔没太留心其他玩家，但他知道这次除了自己和纪珩，应该还有四五个人。一共就五个离开的名额，意味着玩家间会有激烈的竞争。

苏尔清楚这点，颔首道："我会注意。"

日常课程安排和现实生活中相差不大。

玩家们都被分到同一个班里，教室里的学生不多，总共才二十人，因为他们的到来，又增加了几套桌椅。

苏尔自然和纪珩做同桌。第一堂课老师就布置了一道大题让学生自主解答，苏尔很快做完，偏过头看纪珩还在动笔，有些惊讶。

纪珩坐姿笔挺，握笔的手也很好看："一道题不止一种解法。"

苏尔正想跟他交流一下，却见纪珩停笔，一只手压在题上。

沉默了几秒，苏尔意识到什么，把作业本往纪珩那边推过去了一些，小声道："抄吧。"

纪珩不为所动。

苏尔说："万一叫你起来回答问题，你别一问三不知。"

纪珩这才重新动笔。

他当年确实是学霸级的人物，可惜离校后许久未再解题，很多知识点渐渐忘了。

教师拿着戒尺走下讲台，好几个玩家都挨了几下，有一个玩家的作业本完全是空白的，甚至连个"解"字都没写，其他人哪怕不会做，也知道胡乱连几条辅助线，假模假样地思考。

教师冷冷扫了他一眼，那玩家暗道不妙，赶忙拿起笔，可惜还未等他做什么，教师已经转身走回讲台。

改造营每天只上四节课，下午会抽一批学生出去做临时工实习，工钱全部被改造营吸纳。没被抽到的学生自由安排时间，有的会为任课老师做表格，还有的为刷保洁员的好感，会帮他们打扫卫生。

上午的课程结束后，苏尔因为成绩优异被夸赞了好几句，引来了不少人暗中嫉妒。

回宿舍的路上，他一副回味悠长的模样："原来这就是当尖子生的感觉。"

纪珩被这种骄傲的语气逗乐了。

苏尔的笑容没维持多久，快到宿舍楼时，他停下脚步："我想先去接触一下宿管员。"

纪珩当然不会反对。

宿管员正在看寄宿生名单，见到苏尔时态度肉眼可见地变冷淡，说话也很敷衍。神奇的是，这时有另一名男玩家也来搭话，宿管员对他的态度要好很多。

苏尔挺纳闷，没多久主持人从外面进来，宿管员更是笑得跟花一样，拉着小女孩的手热络地说起话来。

苏尔旁观了一会儿："是不是我小泥人之心了？总觉得她在说我坏话。"

纪珩说："有点小聪明就自以为是，一看就不是安分的性子，还说你嫉妒她……大概是在讲这些。"

苏尔一怔。

纪珩说："我学过唇语。"

小女孩隔着窗户对苏尔笑了一下。

适才和宿管员搭过话的男玩家路过他身边，状似忧心地道："还是服个软比较好，万一主持人到处和别人说你的坏话，这里可就很难有你的容身之处了。"顿了顿，他又说，"我刚还看见她去了教学楼，大约是在和老师说你的坏话。"

最后一句话里幸灾乐祸的情绪在不经意间泄露。

苏尔对这玩家有些印象，适才众人被要求做题时，他便因为作业本一片空白遭了教师的白眼。

直到男玩家上楼，苏尔也没怼回去，只说了一句"多谢提醒"。

纪珩没有插手干涉此事，除了最后瞟了眼男玩家的胸牌，记下了对方的名字，他站在一旁什么也没做。过了半晌，他问："不生气？"

苏尔摇头。

这种把喜恶摆在明面上的玩家也不多见了，且遇且珍惜。至于小女孩，要是她私下偷偷做这些事，说不准自己还真的会吃个闷亏，现在知晓是好事。

纪珩瞧出他的心思，眉峰一扬："准备怎么应对？"

苏尔微微一笑："跟老师打小报告，背后说人坏话……这些是小孩才会做的事。"

他，苏尔，绿茶少年，申请出战！

在宿管员这里失利，苏尔不得不另谋出路。

刚上到二楼，发现人都聚在楼梯口，原来是保洁员正在拖地，旁边围着不少献殷勤的人，有的是玩家，有的是学生 NPC。

见挤不进去，苏尔叹了口气，决定放弃。

"哎，那位同学先别急着走……"保洁员的声音从后面传来。

苏尔停步转身，感受到来自四面八方的注视，确定保洁员刚刚那句话是对自己说的。

"一会儿有时间吗？"保洁员问。

主动送上门的"馅饼"往往是陷阱。

苏尔犹豫了一下，面不改色地扯谎："我要复习功课。"

保洁员戴着口罩，但从鼓起的苹果肌可以看出她在笑："我想请同学你帮个忙。"

旁边的一名学生连忙道："我帮您吧，时间我有的是。"

保洁员似乎认准了苏尔，根本不搭理那名学生，对苏尔说："学业为重，你先回去复习，晚上十点来找我。"

听到最后一句话，那些艳羡的目光顷刻间变为后怕，适才那些狂献殷勤的学生也退了回去。

晚上十点是学校规定的寝室熄灯时间，苏尔从那些人的表情中就可以看出夜间必定不会发生好事。

"我……"苏尔正要开口回绝，保洁员笑眯眯打断了他："所有保洁员都喜欢勤劳的孩子，毕竟劳动本身就是一种改造教育。"

这话就差没明着说，如果苏尔不来，他就休想从任何一名保洁员手里拿到甲等评价。

苏尔沉默片刻，没其他选择，点点头说了声"好"。

虽然不知道会发生什么，不过副本里的经验告诉他今晚是别想睡了。苏尔回宿舍换了身干净的衣服，抓紧时间洗漱。

清凉的水让神志清醒很多，抬起头的瞬间，水沿着下颚流下，胸前的衣服很快湿了一小片，旁边有人递了条毛巾过来。

"谢谢。"苏尔接过毛巾擦了把脸，含糊不清地说，"不知道保洁员为什么指名让我去。"

纪珩抱臂倚在门边上："你觉得呢？"

苏尔对着镜子整理了一下头发，被自己的容颜吸引："怕是想潜规则我。"

纪珩摇摇头："你现实点吧。保洁员和宿管员关系不错，她们更喜欢主持人，自然厌恶你。"

被送进改造营的孩子多数被视作废物，连"可回收利用"的价值都没有，而小女孩有神童之名，和她打好关系总不会错。闻言，苏尔把翘起的几根头发往下压了压，说了句"有眼无珠"。

晚饭只是简单吃了点，快到十点的时候，纪珩提出和他一道去，苏尔拒绝，连道具都没要。

"从周母那里拿到的吊坠还在，我自己还有两个道具。"

纪珩说："确定？"

苏尔临出门前挑了挑眉："那句话怎么说的来着……杀不死我的，会使我更强大。"

门关上的声音很干脆，仿佛透露出一丝嚣张。

纪珩在原地站了会儿，无奈地挑了挑眉。

走廊里静悄悄的，还有五分钟就要熄灯，没有人会在这个节骨眼出寝室。

保洁员住在顶层，那里空间大，也好堆放些杂物。不过苏尔才上到五楼，就在楼梯口看见一道身影。

现在天气闷热，保洁员却穿得很多，除了手和半张脸，几乎没有裸露在外的皮肤。她正拖着一个很大的黑色塑料袋，冲苏尔招了招手。

等苏尔走近，保洁员让他提塑料袋另一端，分担重量。

很沉。这是苏尔的第一感觉。

他没有去问里面装的是什么，安静地和保洁员一道往上走。

沉重的脚步声一直传到顶层，迈过最后一层阶梯，保洁员没有一点预兆地松开手，袋子"哗啦"一下朝苏尔这边倾斜，里面有东西掉了出来。

随着"咕噜噜"的声音，在地上滚动的东西像是皮球一样滚到了苏尔脚下，他不用看都能猜到是什么。

月光下，苏尔的视线和这东西放大的瞳孔冷不丁地对到了一起。

苏尔手指微微弯曲，移开目光，望向保洁员："是你做的？"

"这是销毁。"保洁员让他把东西捡起来拿进房间，自己先一步进去翻出一双手套戴好，"历年都有想要逃出改造营的人，无一例外会被销毁。"

她蹲下身又从柜子里取出很多东西：白纱布、剪刀、托盘……

"这些要做成标本，警示其他孩子。"口罩很好地掩盖了保洁员的表情，她拿出小镊子边工作边说，"不用制作得太精致，每隔一段时间标本便会更换。"

似乎闷久了不太舒服，说完话保洁员把口罩松开了一些，苏尔清楚地看见她的嘴角有大片紫红色的斑块。

苏尔思忖半晌，最终决定打开体内的那只眼睛视物。不过片刻，呈现在那只眼睛中的是一具高度腐烂的躯体，神似他在上个副本中造出的异人。

"快过来帮忙。"发现他面色苍白了几分，保洁员以为他是被标本吓着了，露出了满意的微笑。

苏尔从她手上接过剪刀，问："以往有学生来帮过忙吗？"

保洁员说："很多。"

苏尔说："他们没对这些事情发出过疑问？"

保洁员手上的动作一滞，侧过脸阴森森地道："你指的是什么事？"

苏尔看着她，不说话。

保洁员放下镊子，微笑着道："其实有不少学生会主动帮忙销毁逃跑者，作为奖励和认可，我会给他们一个甲等评价。"

听着她得意的语气，苏尔忽然想起很多年前看到的一则新闻：人贩子鼓励被拐卖的孩子互相举报想要逃跑者，然后再当着其他孩子的面奖励那个举报的孩子，时间久了，人人效仿，再没有逃跑的事情发生。

"剩下的活儿你来干。"保洁员没给他思考的时间，开始催促。

眼前的景象，是个正常人都做不到视若无睹。

"怎么，不愿意？"

苏尔在原地站了会儿，张了张口："愿……"说到一半，他突然看向她身后，一脸惊讶，"你怎么来了？"

保洁员下意识回头，忽然意识到这里是顶楼，她身后哪里会来人？

寂静的午夜，楼道里响起疯狂奔跑的声音。真正的勇士从不回头，但是可以喊救命。

苏尔要脸，喊得还算含蓄："谁能开个门？"

无论是玩家还是学生NPC，都知道有人在楼道内被追杀，然而他们只是屏住呼吸，趴在门上听动静——隐约听见有开门声。

"堵门！"随之传来的，还有苏尔低吼的声音。

各种声音彻底打破了黑夜的静谧，直到天亮，才有人把门打开一条缝隙，窥探外面的状况。

苏尔寝室的门被砸出好几处凹陷，他这时刚好从寝室中出来，脸色不大好看，似乎伤得不轻。

"没事吧？"玩家中一名叫张屹的犹豫了一下，问道。

苏尔点头："还好室友及时给我开了门。"

张屹紧张地问："保洁员为什么要追杀你？"

苏尔说："魅物想踢你出局，需要理由吗？"

魅物？

他还想要追问，苏尔已经和纪珩下楼了。

身后走来的同伴冲张屹摇头："他能跟你说这些已经不错了。"

毕竟他们昨晚可什么忙都没帮。

天阴沉沉的，苏尔和纪珩走在去教学楼的路上。其间苏尔啃着饼，有些干，费力咽下去后才开口说："保洁员是魅物，改造营不可能没人知道。"

纪珩说："多收集些线索，有些事情就会随之浮出水面。"

他们才来这个副本第一天，不可能彻底弄清这里发生过什么。

天才蒙蒙亮，教室里还没有学生到，只有主持人在，她看见苏尔后露出小虎牙，笑得格外幸灾乐祸："听说有人昨晚逃跑的时候相当狼狈？"

苏尔找到座位坐下："大难不死，必有后福。"

小女孩看他走路重心都不稳，捂着嘴独自乐呵。

这一节课是随堂测验。苏尔是第一个做完题的，起身交卷时他面色发白，纪珩扶了他一下，却发现手里被塞了张字条，不用想也知道是答案。

苏尔缓步往讲台上走，虚弱地笑了笑："我身体不大舒服，能不能先回去休息一下？"

教师扫了眼他的试卷。粗略看过去，选择题全对，教师很是满意。

"回去吧。"

"谢谢老师。"苏尔临到门口，忽然又折回去，把课本带上了。

似是不经意的动作，令教师更为满意。

他没有直接回宿舍，而是在附近转悠。学生都在上课，路上很少能碰见人，苏尔环顾四周，最后走进综合楼。每上一层楼他都要观察到走廊尽头。终于看到"档案室"三个字，苏尔面露喜色，加快脚步走过去。

"撬锁可是不道德的。"清脆的声音响起。

苏尔回过头，就看见小女孩正对着他摇头："我就知道你出来另有原因。"

苏尔皱着眉头朝她迈近一步，小女孩直接后退好几步，一副绝对不和苏尔近距离接触的样子。

"从现在起，我会专门看着你。"小女孩扬起下巴，"别想进档案室。"

她这么说，反而坐实了里面有特别的东西。

苏尔面不改色地扯瞎话："我只是迷路了。"

说完下楼。

小女孩不远不近地跟着，苏尔忍无可忍，回过头："我说你……"

"砰！"巨响来自身后。

苏尔怔了片刻，回过身去看，有什么东西摔了下来，浓烈的臭味在空气中散开。这么大的动静，很快引了宿管员。

苏尔抬头看了眼楼顶，隐约可以瞧见一个黑影，他赶紧往上跑。好不容易爬上天台，可除了呼啸的风，什么也没有。

大约过去十分钟，才来了两名保安和一位面容严肃的女士。苏尔听见宿管员喊了声"冯校长"，冯校长态度很冷淡，都没回应一下，便直接问道："怎么回事？"

苏尔说："我看见有人推……"

"胡说八道！"

冯校长呵斥了一声。

苏尔还想再说什么，冯校长强势地道："你再说一句，就关你禁闭。"

"大概是工作压力大，才想不开的。"冯校长一句话就给事情定了性，看向保安，"赶在学生下课前，收拾掉。"交代完便直接离开。

其他人陆陆续续下楼，苏尔独自在天台站了会儿，突然快步追上宿管员："冯校长似乎比陈校长还要严肃。"

宿管员这一次居然回了话，冷哼一声，道："那女人平时就爱没事找事。"

苏尔对改造营里的势力之争多少有些了解，除了打听来的消息，还有昨日在食堂遇到的女生送给他的笔记本，都提到一些事情。改造营虽然有四大校长，但除了主事的，其他都是副职，如今主事的快要退休，戴校长又年轻，按资排辈，下一位主事校长多半就是从陈校长和冯校长中间选出。

保洁员、宿管员、教师各自代表学校内的一股势力，保洁员和宿管员支持陈校长，自然不被冯校长所喜。在苏尔眼中，这活脱脱就是一出宫斗大戏。

他抿了抿唇，小声道："您给我和我朋友一个甲等评价，我告诉您一件事。"

宿管员看见他就心烦，正准备拒绝，就听苏尔道："假使这消息没价值，您听了也不吃亏。"

他说得如此笃定，像是真有什么了不得的事情。宿管员皱了皱眉，没答应也没拒绝。

苏尔没卖关子，干脆地道："在坠楼的地方，我看见一个没写完的'冯'字。"

宿管员面色一变："你知不知道自己在说什么？"

苏尔说："您和保洁员都支持陈校长，冯校长就显得弱势。有些人在利益面前什么都敢做。刚才冯校长的态度您也看见了，她就是在欲盖弥彰。"

宿管员看了他一眼。

"而且出事后冯校长能来得这么快，不也很奇怪？"苏尔说完又讪笑道，"这个甲等评价……"

小女孩突然冒出头："你的话是真是假不好判断，宿管员凭什么给你甲等评价？"

苏尔从容地道："作为目击证人，作为老师眼中的好学生，我可以'不经意'地把这件事说出去。"顿了顿，他瞥了眼小女孩，"这可跟只会打小报告的某些人不同。"

"你！"

没理会他们之间的交锋，宿管员看向苏尔说："你真能做到？"

人是谁推的她不在乎，但不利于冯校长的事情她一定会做，否则对方一旦上位，第一件事恐怕就是把她从改造营踢出去。

苏尔说："当然。事成后我再去找陈校长，他说不准也能给我一个甲等评价。"

只要成绩再好一些，从教师那里能再拿到一个。

想到这里，苏尔弯弯嘴角："如果我离开改造营，绝对吃水不忘挖井人。"

任他说得天花乱坠，宿管员最后也只给得出一个甲等评价，填好表格盖上章，宿管员说："送去教务处。"

小女孩好像有心事，这次没阻止，反倒是苏尔主动跟着她走到了另一栋楼去。

"你做什么？"小女孩伸出一只胳膊，"保持距离。"

苏尔说："保洁员分明是魅物，谁能除了她？"

小女孩暴躁地说："我怎么知道？"

显然她也是在心烦这件事。

苏尔说："你肯定知道些什么！"

小女孩猛地回头："再跟着我，对你不客气了！"

苏尔在原地看着她消失不见，摇了摇头，往回走。

保洁员坠楼的事情被压了下去，至少很多学生还不知道发生了什么，不过消息在玩家中早已传开。

夜晚悄无声息地降临。苏尔走过去拉窗帘，冷不丁和窗外一张阴沉沉的面容对上。小女孩不知何时出现在阳台上，她似乎格外钟爱小灯笼，无论走到哪里都提着。

"是你干的。"她死死盯着苏尔。

"啊？"苏尔听得一头雾水。

小女孩说："我检查过，她的灵气全部被吸食干净了。"

僵持中四目相对，苏尔目中全是错愕。但很快，他就变了副面孔，适才神情中的困惑荡然无存。他咧了咧嘴，整齐的牙齿在月光下显得森白："本以为能掩盖她的死因，看来是我天真了……"

黑镜框背后的死鱼眼因为这句话瞪得滚圆。

"今晚的月色可真好。"苏尔走到阳台上，伸展双臂，"让我想到了昨晚，也是这样明亮的月亮。可惜那时我无心赏月，因为保洁员正逼我做标本。"

苏尔回过头看向小女孩："在我拒绝后还想动手伤人。啧……可惜被反杀了。"

当时趁着保洁员转身的一刹那，苏尔毫不犹豫地用电击器"招待"了对方，当然这点他没有说，只讲了故事的后半部分："我从福利场坑来一瓶黑狗血，可以阻挡魅物七秒内输出的伤害，本以为这东西只够喊个救命，不承想七秒钟，完全够我吸干一个不厉害的魅物。"

每个玩家都认为苏尔是因为被魅物攻击才变得虚弱的，实际上是因为他吞食了太多灵气。

小女孩提着灯笼的手微微攥紧："所以后面都是你的自导自演？"

苏尔很坦诚地点点头："提前交卷，故意领着你在附近转圈，再让人找准时机把保洁员抛下去。"

小女孩猛地看向他身后的纪珩，也就是帮凶。

"对了，冯校长是他叫来的。"苏尔指着纪珩说，"其实无论谁来，为了维护改造营的形象，都会选择粉饰太平。"

小女孩目光如刀："然后你再挑拨离间，骗取宿管员的甲等评价？"

作为帮凶，纪珩全程无视他们的对话，拿着抹布认真地清理衣柜。

苏尔一夜没睡，点头承认，顺便还打了个哈欠："这改造营也没个监控，不是间接放任罪恶滋生吗？"

不过想想，死在这里的人不计其数，安那玩意儿纯属自找麻烦。

"你去揭发我吧。"全盘托出后苏尔又笑眯眯给她提议。

小女孩看他那副样子，就知道他还留有后手，气急败坏道："你就不怕我踢你出局？"

"我又没违规，主持人也不能害玩家。"苏尔耸耸肩。

双方陷入短暂的沉默，连彼此的呼吸声都能听见。

"我知道是你故意撺掇保洁员来找我麻烦。"良久，苏尔突然蹲下身，视线和小女孩齐平，微笑道，"好戏还在后头呢，等着哥哥免费让你看戏。"

听着这温柔到极致的语气，小女孩气得手中灯笼直晃："你怎么可以把她除了？"她咒骂着来回踱步，"两国交战，都不斩来使！"

苏尔站起身，身体有些晃悠，可见昨晚吸食灵气对他造成的负担不小。他扶住墙，视线有意无意地朝纪珩那边扫去，后者还在清理柜子。

他清清嗓子，拉长了声音，朗诵一般说："因为我要带着队长离开这里——他给过我很多照顾——我不介意背上一身的罪孽——我时刻告诫着自己……要坚强！"

"……你给我等着！"小女孩气势汹汹撂下一句狠话，迅速消失不见了。

纪珩从容地拧开水龙头，没事人一样清洗抹布："何必浪费口舌？"

苏尔摊了摊手："防止有人扮猪吃老虎。"

万一小女孩是故意装无脑，让自己放松警惕的，怎么办？

纪珩把抹布放到一边，走出卫生间，好笑地望着他。

看见纪珩的眼神，苏尔补充解释道："如果是之前那几个主持人，听完这一席话绝对是要给我个教训的。"

哪怕是表现得最风轻云淡的神算子，那晚在自己"挟天子以令诸侯"时，同样划伤了他的脖子以示警告。要知道，恩威并施才是长久之计，而小女孩放完狠话就走，证明她确实是孩子心性。

"正常，"纪珩没有丝毫意外，"不派个真正的熊孩子来，哪能治得住你？"

苏尔："……"

在苏尔沉默的工夫，纪珩谈起正事："明天我去趟档案室。你尽量打探一下那个保洁员到底是怎么回事。"

苏尔点头。保洁员实力低得离奇，甚至连天一卦养的花蛇都比不上，好歹那玩意儿还足够灵活。

昨天一晚上没睡，稍稍放松，困倦便席卷而来，苏尔半眯着眼爬上床休息。

寝室很快重归寂静。

凌晨五点。

"我知道了！"苏尔诈尸般从床上一骨碌坐起，眼睛瞪得圆圆的，"你杀封口魅的时候说过，头七之前的魅物通常十分虚弱。"

换言之，保洁员可能才死不久。

无人回应。半晌，对面的床铺才传来一声叹息，纪珩侧过脑袋："还没睡？"

苏尔："睡了，又醒了。"

今晚月亮很亮，纪珩可以清楚地看见苏尔眼底的疲惫少了些，嘴唇也渐渐有了血色，可见这几个小时他确实睡得不错。纪珩无奈，不禁按了按眉心："梦里都不忘分析副本？"

苏尔："我最近在锻炼在梦里写作文的能力。"

纪珩："……有用？"

苏尔："可以很好地锻炼逻辑性。"停顿了一下，他又开始滔滔不绝讲述起对保洁员的猜测，最后问，"你觉得呢？"

纪珩："八百零二个字。"

"嗯？"

纪珩淡淡道："你刚刚的论证，合计字数。"

意识到自己打扰了对方的睡眠，苏尔讪笑一声，重新躺下，没再发出一点声响。

不到一分钟，呼吸声逐渐变均匀，可见是真睡着了。

见状，纪珩都快被气笑了，只能自我安慰说，在副本里还能这么快睡着，侧面反映了苏尔对他的信任。

天一亮，兵分两路。苏尔以身体不适为由请了假。他昨日的状态确实不好，大家都看在眼里，教师也没多作为难，批完假条还称赞了一句他昨日的测验成绩。

纪珩则安分上课，只能等课后再想办法去档案室。苏尔拿到假条，回宿舍前见了他一面，语气有些不太放心："我不在，你一个人行不？"

纪珩正支着脑袋转笔，闻言抬起头。

苏尔说："没人给你抄答案了。"

笔掉在了桌子上，纪珩翻开课本，神情一肃："忙你自己的去。"

苏尔收起担心的目光，转身离去。

路过的玩家目睹这一幕，说了句："他还挺为你着想的。"

下一秒该玩家就在纪珩冰冷的目光中败走。

苏尔准备先去找宿管员，这个点大家都在上课，宿舍楼内十分安静。

宿管员正趴在桌子上休息，似乎没听到苏尔的脚步声，依旧埋着头。

苏尔在门外站了几秒，见宿管员还没有起来的意思，便临时起意去保洁员住的地方看看。现在四下无人，是很好的机会。

如今再站在狭小的空间中，他又嗅到了一股酸臭味。

房间的门没锁，桌子上搭着染血的塑胶手套，苏尔捂住口鼻四处翻找，一无所获。正要失望地离开，忽然看到柜脚处好像有什么东西，在阳光下闪闪发亮。

伸手往外一捞，苏尔愣住，连忙吹干净上面的灰尘，确定是一枚玩家的胸牌，姓名一栏刻着"司秦明娇"。

这名字很特别，他可以肯定这次进副本的玩家里没有叫这个名字的。

现下胸牌上三个值都已经归零，呈灰色。

苏尔开创魅力值不过是近两个月的事情，也就是说在他们之前已经有玩家下过这个副本，而且与这次间隔时间不会太久。

想起他们来的那一晚，被保洁员用担架抬走的人，苏尔忍不住攥紧了胸牌。

"你在做什么？"

突如其来的声音吓得苏尔浑身一抖，他回过头，一张放大的脸无限贴近自己，隔着口罩都有一股味道飘过来。

保洁员！

他下意识往后仰了仰，险些摔倒。

"你在做什么？"沙哑的声音再一次发起提问。

改造营里不止一个保洁员，每一个都穿着厚实的工作服，戴着口罩，单看外观，根本分辨不清谁是谁。但此时双方的距离太近了，近到苏尔甚至能完全看到对方涣散的瞳孔。

正常人不可能拥有这样的眼睛。

实锤了！眼前这个人就是前天晚上被自己干掉的保洁员。

死去的魅物复生，还是头一回见。苏尔喉头一动，后退一步，可惜被柜子阻挡，弄巧成拙地退进一个死角。

"我……"他的眼神微微闪烁了一下，"我在帮忙整理遗物。"

苏尔悄悄拿出会哭的娃娃……这个曾经被他认定为最没有用的道具，使用后会有三分钟时间让周围人对自己产生无限怜爱。

在福利场苏尔总共就得到了两个道具，全用在同一个人身上，也算是一种缘分。

没有注意到他的小动作，保洁员拉下口罩，灰白色的眼珠直勾勾地锁定了他。保洁员下半边脸上的肌肉像是一块一块拼接而成的，斑块的面积比之前更大，从鼻翼两旁一直延伸到下巴。本来惊悚的一幕，在使用道具的一刹那，苏尔的心中却涌起不合时宜的悲伤，两行泪珠直接从眼中冒了出来。

"啊——"本就不大的房间，霎时被哭坟一样的声音灌满。

保洁员被他这一嗓子喊蒙了，其中的悲恸仿佛能让人感同身受。

苏尔自己也惊呆了，哪里能想到这个道具用起来不是娃娃哭，而是他来哭。

惊讶归惊讶，正事没耽误。

苏尔边哭边拿出电击器，一下又一下往保洁员身上电，其间他的眼泪像是断了线的珠子，因担心滴在电击器外壳上导致自己触电，他还得不时用袖子抹一把脸。

"你……"

保洁员想要反击，又下不了手，明明罪魁祸首就在眼前，但她心中滚动着无限怜爱，像是牵线木偶一样，好不容易抬起胳膊，依旧做不到伤害苏尔。压抑的哭声仿佛能抵达灵魂深处，带着她一同沉沦。

见状，苏尔明显松了口气。

保洁员比前天晚上要虚弱很多，当时电击器只能让她反应迟缓，最后还得靠吸食灵气才能搞定，而现在仅仅是触电，对方的身体就已经有些不稳了。

漫长的三分钟过去，苏尔哭到快虚脱，不过状态比保洁员好很多，后者早已经倒地。

擦干净眼角的泪花，苏尔没有任何喜悦之情，反而滋生出一丝后悔。

手里的娃娃还在，但掉了一颗眼珠，不知道能不能再次使用。

他开始只是抱着试试的心态，不承想这件道具居然真的能影响到魅物，就是不知道对付其他东西会不会有这么好的效果。无论如何，娃娃今天用在这里绝对是大材小用。

苏尔皱了皱眉，把道具收回去。接着他摊开掌心，垂眸望着司秦明娇的胸牌，然后手指合拢，转身径直往楼下走。

宿管员已经醒了，揉着眉心，似乎精神不大好，看到苏尔，还皱了下眉头："没去上课？"

"请假了。"大哭了几分钟，苏尔现在的状态可以用弱柳扶风来形容。

"身体不行的话，哪怕成绩再好，改造营也不可能放你出去。"

苏尔笑了笑，走过去帮着把垃圾倒了，回来时佯装不经意地问："您听说过司秦明娇吗？"

宿管员狐疑道："打听她做什么？"

苏尔说："保洁员提到过这个人，说什么不听话就会像司秦明娇一样……"

宿管员活动了下僵硬的颈椎："就是个脑子犯蠢的小姑娘，想要逃出改造营，最后被提前销毁了。"

苏尔抿了抿唇："可能有些人天生就喜欢冒险。"

"或许吧。"主持人不在，宿管员多和苏尔说了两句话，"在她之前也有人跑过，没一个有好下场，只能说他们不知好歹。"

苏尔目光一动，不知在想什么。

宿管员耷拉着眼皮，让他赶紧回宿舍休息，潜台词是叫他别在自己面前晃悠。

本来还有一些事情想打听，苏尔只能暂时按捺住。转过身的一刹那，苏尔眉头皱了起来。司秦明娇冒险出逃只有两种可能：一是作为玩家，他们的任务是逃出改造营；但就怕是另外一种，他们的任务也是收集甲等评价。

如果都是要收集甲等评价，上一批玩家却选择逃跑，这就很耐人寻味了。

他心事重重地走到二楼，跟人撞了个满怀，熟悉的声音在耳畔响起："同学，能不能帮我个忙？"

苏尔猛地一抬眼，视线和灰白的眼珠正好对上。

她居然又来了！

压下心头的惊疑不定，苏尔点了点头："当然。"

右手插在兜里上前一步，保洁员却先一步抓住他的手腕，力道很重。手腕的皮肤立马开始泛红，苏尔使劲想要挣脱，保洁员冷笑："同样的错误，你以为我还会犯第三遍？"

话音未落，她就感觉到身体有些失力，再一看腹部，顶着罪恶的电击器。

苏尔面无表情："刚才那是假动作，其实我更喜欢用左手。"

身体渐渐脱力，保洁员怨毒地盯着他，目中忽然露出一抹讥讽："我们还会再见面的。"

这一次苏尔没有直接离开，在原地站了片刻，目睹她如蒸发一般凭空消失，没有留下丝毫痕迹。

苏尔蹲下身，摸了摸地面，确定没有任何残留。

心中的不安加剧。上一批玩家肯定是发现了什么，才会急着要逃离。

他一动不动站了好几分钟，突然拼命朝顶楼跑去。保洁员的房间一片狼藉，却没有任何人影。苏尔又去了堆放东西的杂物间，仍旧是一无所获。

除了学生宿舍，保洁员活动的范围大多是公共区域，倘若一切不是幻觉，就算对方有不死之身，也该有个复活点才对。

苏尔一边在楼道里转悠着寻找，一边回忆和保洁员有关的事情。自己第一次除掉她的时候，那个晚上寝室没有任何动静，翌日纪珩那边也一切按计划进行。而保洁员很快再一次出现，说明她的复活时间越来越短。

正想着，脚步像是有意识一般停下，再往前走，就是这层楼打热水的地方。苏尔竖起耳朵仔细辨听，依稀听到了些奇怪的声音。

他深吸一口气，把电击器拿在手上才重新迈步。

热水间里面有很大一个水池，很多学生喜欢到这里来洗大件的衣物。

异响就是从水池旁的一个黑色垃圾桶内传出的。苏尔落下的脚步都不敢太重，他放缓步调走过去。垃圾桶没盖子，距离垃圾桶还剩一米的时候，一张扭曲的面孔猝不及防映入眼帘，吓得他险些当场骂出脏话。

苏尔毫不犹豫地使用电击器，还处在恢复期的保洁员重新化为乌有。

治标不治本！苏尔快速回寝室搬来一个凳子，就在垃圾桶旁边坐着，一旦保洁员有任何复活的苗头，就给她掐灭了。

"原来这个垃圾桶就是你的复活点。"苏尔猜测她生前就是死在这里，手下的动作却没有停。

面对一个守在复活点杀怪的"禽兽"，保洁员被击杀数次后，从怨毒变为无奈，继而生出些后悔。

当初就不该听那个小丫头的挑拨来招惹这个人。

如果苏尔知道她此时的内心所想，说不准还会为主持人叫屈。哪怕是再厉害的玩家，面对能无限复活的魅物，肯定也是吃亏的，若不是因为有电击器傍身，他可不敢这么耗下去。

"上天给了你无限复活的能力，却没有赋予你强大的实力。"苏尔啧啧道，"可见老天爷还是挺公平。"

不过一个小时，保洁员已经记不清自己死了多少回。

苏尔恶趣味十足，不时还跷着二郎腿自言自语："蹲点杀怪原来就是这种感觉。"

"我不是怪物……"话没说完，保洁员又一次被送上西天。

再度复活，保洁员心态快崩了："别动手……"

苏尔微微一笑，没有一丁点感情地继续用电击器招待她："游戏里，哪有玩家放着怪不打的道理？"

之后的十分钟，保洁员又死了三四回。

"别电了！"又一次复活，保洁员忽然看向苏尔侧方，眼中有了光，"救我！"

小女孩不知何时出现，大白天还提着她的灯笼，见到这惨绝人寰的一幕，气得脸颊都鼓了起来，就差没跳起来指着苏尔鼻子骂了。她怒道："你又在整什么幺蛾子？"

苏尔淡淡道："杀魅物不违规。"

小女孩被怼得哑口无言，除非把这个祸患从源头解决了，否则这魅物就一直解脱不了。偏偏保洁员是推动副本剧情的主要人物，不能让她一直卡在这里。

双方就这么僵持着。

四目相对，苏尔冷不丁又弄死了保洁员一回。

对待不同人要用不同的方式，如果是先前那几个主持人，必须懂得服软，但面对一个熊孩子，苏尔必须表现得更加"熊"。

小女孩本身就有被害妄想症，见状果然气势减弱不少，表情凶残，开口却很小声："你收手好不好？"

苏尔挑眉。

小女孩声若蚊蚋："这样，我暗箱操作一下，让她给你爆个道具出来。"

对玩家而言，道具很有吸引力，苏尔陷入沉思。

"放……放过我！"这时保洁员像是溺水的人抓住了最后一根救命稻草，生无可恋地道，"好孩子，阿姨给你爆道具。"

苏尔果然心动了。

小女孩见他有所松动，便把一个东西胡乱塞进保洁员嘴里，回头望着苏尔："一会儿我数到三，你立马出拳打她……"

说完她又看向保洁员，叮嘱道："你顺势把道具吐出来就行，记住，动作一定要接上。"

苏尔："……"

她交代得仔细，苏尔却是忍不住眼皮一跳——好一番"惊天地泣鬼神"的暗箱操作！当初神算子帮忙作弊时，要是有这一半直白，也不会弄得副本差点崩掉。

"一，二，三……"最后一个数字即将数完，小女孩的目光在苏尔和保洁员之间徘徊了一下，充满暗示。

苏尔点了点头，从容地挥拳，给彼此都留了个颜面，动作乍一看并不算太浮夸。

倒是保洁员，因为之前被杀怕了，在拳头落下来的前一秒就忍不住先把脸偏了过去，引来小女孩不满的注视。保洁员也顾不得那么多，佯装被打得张开了嘴："啊……呸……"

这一声"呸"，是她最后的尊严和倔强！

下一秒，从保洁员口中吐出的异物滚到苏尔脚边。

苏尔没立即弯腰去捡，而是多看了两眼——他确定自己没看错，这就是一枚带血的乳牙。

他忍不住皱了皱眉："确定是道具？"

小女孩撇撇嘴："得了便宜还卖乖。"

苏尔捡起乳牙，上面的血丝令人不适。他转身拿到水池边清洗，然而外围的一层血迹无论如何都冲不干净。这下他反而放心了一些，如果一点异常都没有，就真得担心小女孩是不是随便拿个东西糊弄自己了。

得到了想要的东西，他开始打探信息："你是怎么死的？"

保洁员不说话。

苏尔说："你知道司秦明娇这个人吗？"

保洁员依旧闭口不言。

苏尔正打算暴力逼问，小女孩的神情陡然变得严肃："有些东西必须你自己去找答案。"

苏尔竟然听了劝告，没有立刻对保洁员动手。

小女孩斜眼瞟着他，又道："你可以在游戏身上揩油，但不能打它的脸。"最后，小女孩充满暗示性地说了一句，"偶尔也会有从中等难度提升到高等难度的副本。"

最后一句话让苏尔彻底熄灭了一次性探寻清楚的意图。

眼看着保洁员逐渐恢复身体，他抓紧时间问："你有什么能告诉我的信息？"

保洁员说："先离我远一些。"

苏尔后退两步。

保洁员沉默了一下，才说："司秦明娇是个很有潜力的孩子。"

暂时无法得知这句话背后的含义，又问不出更多有价值的信息，苏尔最终选择转身离开。同一时间，背后传来了松一口气的声音。

消磨了大半个上午的时光，苏尔刚一回到宿舍，便听楼道内传来动静，很多学生正下课结伴回来。

苏尔打开门朝外面看去，察觉出一种诡异的违和感。

从表面上看，这里就像是正常的学校，可仔细一想，每年只有五个出去的名额，大家没有争个头破血流才是最不对劲的地方。

玩家中只回来一个张屹，双方交换了一下眼神，张屹走过来，压低声音道："都去档案室了。"

显然不仅苏尔和纪珩把主意打到了那里。

"你怎么不去？"

张屹摇头："人太多，过于张扬了。"

确实有几个玩家是想要浑水摸鱼，不过大部分人都有保命的资本，才敢这么做，张屹自认并不在那个行列。

苏尔认同地点头："小心驶得万年船。"

张屹一副找到知音的模样："我看你就挺稳的。"

第一次被人这么说，苏尔颇有些受宠若惊。

张屹说："窝在宿舍苟且偷生都比一窝蜂地拥去档案室好。"

苏尔挠挠头："说来惭愧，我上午一直坐在热水间里思考人生。"

双方一拍即合。

张屹提议："不如组队去找线索？"

苏尔视线上下一扫，审视地望着他，半晌才点头："好。"

张屹其实也没存着多少好心，提议结伴主要是因为苏尔和纪珩属于同一个组织，跟苏尔结伴说不准能搭上纪珩的顺风车。再者，苏尔获得的成就点可谓前所未有，说不定运气好，跟在他后面能有收获。

小事上张屹给足了苏尔面子，首先征求苏尔的意见："先去干什么？"

苏尔说："去找处理尸体的地方。"

张屹张大了嘴。

苏尔说："那晚我们来时有一具尸体被抬了出去，我想找到它。"

"……"确定苏尔不是在开玩笑，张屹笑得有些勉强——这和自己追求的"稳定"好像有些不太一样。

这会儿路上人还挺多，刚走到宿舍楼下就看见一辆大巴车正拉着今天被抽中的学生出去实习。

张屹暗暗祈祷之后不要选到自己，毕竟出去一趟太耗费时间。

"要不还是找别的线索？"他用余光瞟了眼苏尔，"谁知道尸体在哪儿。"

说不定尸体早就被送去火葬场销毁了。

苏尔说："用计。"

没等张屹问是什么计策，他就来到阳光下，每隔一段时间就冲路过的人点头微笑。不多时还真有一个人主动走过来跟他说话。

"身体好些了吗？"

苏尔对这人有点印象，跟他是一个班的。

短暂地交流后，苏尔开始套话："前天我被保洁员叫去做标本了。"

女生露出同情但又有些嫉恨的眼神："那你一定拿到了甲等评价。"

苏尔摇头。

嫉恨瞬间化为怜悯，女生安慰道："别想太多。"

苏尔抿了抿唇："对了，逃跑的人会被放在哪里？"

女生有些疑惑地看着他。

苏尔语气悲痛："如果能被送回家就好了，我希望他们的家人能送他们最后一程。"

女生愣了下，随后低头，沉默了好一会儿才说："你是我见过最善良的人，可惜进了这里。"她叹了口气，笑容无奈，"怎么可能被送回家？都是直接埋在后操场的小树林里。"

前不久才在对付保洁员时用了会哭的娃娃，苏尔的眼眶本就有些红，此刻再刻意做作一些，他脸上完全就是一副悲切的神情。

张屹站在一旁观望，原本以为"美男计"已经够无耻的了，没想到更恶心人的招数还在后头。

苏尔再回来时，立马又换了副神情："等我一下，我去顶楼拿两把铁锹。"

十分钟后，张屹浑浑噩噩地同苏尔一起来到小树林。大概是因为这里被默认为是埋尸地点，学生平日都是绕着走，所以现下四周没有人，倒省了他们很多事情。

午后阳光正烈，小树林里却是灵气森森。

张屹有些发蒙："这么大一片地……"

苏尔打断他："找新翻过的土。"

来都来了，少不得要闷头做点事。地下时不时会钻出黑色的甲壳虫，但想到一会儿可能要面对什么，两人反而对这些虫子没太大感觉。

又往前走了一段，有一片土的颜色很明显不同，周围还散落着很多石块。苏尔和张屹对视一眼，默不作声开始挖。

铲子都没挥动几下，就触碰到了一个有点柔软的东西。

两人合力把东西拉了出来，张屹别过头，不想再看。

苏尔却丝毫没有停歇的意思，又指了指附近几个地方，斩钉截铁地道："继续。"

虽然不太愿意，张屹还是配合地拾起铁锹。当又一具尸体被挖出来时，他面色顿时变了，他一眼就看见尸体身上的胸牌，猛地抬头去看苏尔，问："怎么会这样？"

"不清楚，先挖着。"苏尔放眼望去，还有好几块土地有近期翻动过的痕迹。

他们一同加快动作，渐渐地手臂都开始有些酸痛。最后他们一共挖出来九具尸体，其中有八具都戴着玩家的胸牌。

张屹心下不安，心道：八个玩家，绝对够下一次副本的人数，表明在他们之前很可能有队伍团灭了。

恰逢一阵冷风吹过，他忍不住打了个寒战。

"苏……"

"嘘！"苏尔使了个眼色，"好像有人。"

张屹明白过来，迅速把尸体上的胸牌依次取下，打算之后再来调查这几个人。

"谁在那里？"

"跑！"苏尔把铁锹朝身后一掷，迅速向小树林深处跑去。

张屹龇着牙迎风奔跑，心中充斥着无边悔恨。

早知如此，还不如去档案室。这哪里是在求稳，分明是浪得飞起！

追来的是保安，身材高大威猛，大概是经常处理学生逃跑事件，速度格外快，手里还甩着电棍。两人不敢往外跑，要是出操场让人看见他们被保安追，肯定百口莫辩，最后落个被销毁的命运。苏尔吸了口气："想办法回击，动静大了万一再引来一个保安，我们就是死。"

张屹大口喘气："你去吸引火力，我或许有办法弄死他！"

苏尔意味深长地看了他一眼。

张屹递过去一个东西："我有一个道具，只要不是太重的伤，可以立即复原。"因为还在奔跑，他说话都不大顺畅，"不信的话……你可以先试试。"

苏尔毫不迟疑地咬烂自己舌尖，打开张屹递过来的瓶子，光是轻轻沾了下里面的液体，伤口便立刻复原。他当即应了下来："就按你说的来。"

见他点头同意，张屹松了口气。舍不得孩子套不着狼，他可没有跟保安搏命的意思，打定主意一旦苏尔去吸引火力，自己立马找机会逃跑。

然而苏尔的下一句话立刻粉碎了他的幻想——

"如果我被抓，一定会把你的身份透露给保安，日后大家一起长眠在小树林，也好有个伴。"

"呃？！"

威胁的话说完，苏尔的动作那叫一个干脆利落，他毫不犹豫地转身朝保安那边跑去。"嗖嗖"的电棍破空声在头顶响起，苏尔的身手还算灵活，弯腰闪避，稳住下盘后还能狠踹一脚过去。

然而武力值低的弊端在此刻暴露无遗，他这一脚对保安根本造不成什么伤害。保安不是魅物，吸食灵气的法子行不通，电击器又是在近身的情况下才能用，如今对方一棍子甩过来，轻松地将苏尔逼出去几米远。

苏尔毕竟没练过武，勉强闪躲七八下后，胳膊狠狠挨了一棍，当即没了知觉。

从前老用电击器电魅物，想不到自己也有被电棒砸的时候。

"我还有个同伴，他叫……"苏尔站都站不稳，一阵眩晕，还不忘高声吆喝。

张屹不得已回头，骂爹又骂娘地抄近道绕到保安后面，捡起铁锹，趁着苏尔用还能活动的一只胳膊拽住保安，稳准狠地往对方头上一砸。

保安晃悠了两下，倒地不起。

苏尔捂着胳膊坐在地上，望着这一幕，挑眉。

张屹冷笑："他方才分明想要我们的命，何况死在保安手中的学生也不少，兴许就有上一批玩家之一。"

"戏看够了吗？"苏尔的目光越过他，看向更远的地方。

张屹一回头，没看到人影，拍着胸口抱怨："我说，你别吓人好不好？"

苏尔指了指上面，小女孩提着灯笼坐在树梢，身体像是没有重量似的，树枝都没怎么弯曲。

愣了两秒，张屹连忙后退一步："我嘞个去！"

小女孩从树上跳下来，很失望地望着张屹："谁让你配合他的？"

否则苏尔早就死了，亏她还满怀期待。

苏尔不理会小女孩的讥讽，准备服用刚刚张屹给的东西。一共就小半瓶液体，都送到嘴边了，苏尔没往嘴里倒，突然问："它最多能恢复多重程度的伤？"

"不清楚。"张屹想了想，"不过我在一个副本用了半瓶，当时被砍断的腿都复原了。"

见苏尔迟疑，张屹不赞同："东西再好，命更重要。"

副本里不管有多重的伤势，只要玩家能活着出去，都能恢复如初，但苏尔现在的状态明显不可能一直硬扛。

苏尔垂眸不知在琢磨什么，过了会儿看向小女孩，问："认不认识苟宝菩？"

小女孩一脸警惕地看着他："你打听那个奸商做什么？"

苏尔笑了，又问："主持人能不能做到短暂离开副本？"

小女孩这次连眼神都没给他。

苏尔叹了口气："是我想多了，连神算子那么厉害的主持人都没办法……"

熊孩子经不起激将法，不满地道："这点他可不如我！"

苏尔一脸怀疑。

小女孩进一步被激怒，愤怒地甩了下灯笼，地面多出一个坑："主持人不能随意离开副本，但游戏有《未成年主持人保护法》，给了小主持人一次机会离开。"

听到想要的信息，苏尔看她的眼神越发温柔，小女孩被看得头皮发麻。

苏尔蛊惑道："帮我到苟宝菩那里做笔生意，我可以帮助你提升在主持人界的名气。"

"不可能。"小女孩想也不想地拒绝。

苏尔自动忽略了她的拒绝，松开捂着胳膊的手："苟宝菩的领地里有一位老婆婆，就住在阁楼，你剥下我手上的皮去找她……"

一边的张屹已经听得开始怀疑人生，小女孩更是直接跳了起来："剥皮？"

竟然有玩家主动要求被剥皮！

苏尔点头，证明她没听错。他费力地掏出娃娃道具："去问婆婆愿不愿意帮我把娃娃修好，如果不愿意就算了，就当那张皮是我孝敬她老人家的。"

被这份狠劲震惊了，小女孩眼珠乱转："这对我有什么好处？"

苏尔说："我在游戏里也算臭名昭著了，你过去后别说其他事，只把剥了我皮的事情传出去，不是显得你很厉害？"

小女孩低头望着脚尖，有一点可耻的心动……谁还没个虚荣心呢？

苏尔继续轻声给她构建蓝图："你想想，那么多主持人都在我这里吃过暗亏，一对比，你将一夜成名。"

小女孩的声音低得几乎听不见："会不会被发现？"

"怎么可能！"苏尔坐直身子，像是不明白她为什么会有这样的隐忧，"这都是暗箱操作！"

短暂的沉默过后，小女孩握住灯笼的手攥紧："我干！"

苏尔说："为保险起见，我要保洁员来剥皮，她经常做标本，有经验。"

小女孩："……"

小树林里，风声和喘息声混杂在一起。

豆大的汗珠从苏尔额头滑落，即便这只胳膊已经被电棒砸得麻木，他仍旧能感觉到一些疼痛。其间苏尔根本不敢眨眼，死死盯着保洁员，防止她趁机报复。

保洁员确实有这个想法，奈何被盯得太紧，没办法实施。也是之前被"杀"尿了，面对苏尔，她总有一种下意识的恐惧感。

等到手上的皮肤被完整地剥下来，苏尔的忍耐也要达到极限了，他一口把药喝了，双手皮肤瞬间光滑如初。若不是汗液浸透了衣服，他几乎要以为之前的一切都是幻觉。

"麻烦了。"苏尔虚弱地冲主持人笑了笑。

小女孩深深地看了他一眼，带着处理过的皮肤离开了。

气派的古堡里，苟宝菩脸上挂着一贯和善的笑容："耗费那么多灵气强行苏醒，就为了来讨个公道，这可不划算。"

在他对面，是半具骨架，骨魅浑身上下被死气萦绕，声音喑哑："灵气那种东西，我有的是。"

"东西我是不会还的。"苟宝菩摊摊手，"你和苏尔的结缘被游戏规则认可，他又有契约书，我就是个商人，赚个生活费而已……"

话未说完，他不悦地眯了眯眼："这年头的小孩怎么都喜欢在别人家乱跑？"

苟宝菩转了下手上的珠子，四周的空间瞬间扭曲，门口的墙壁受到波及，直接粉碎。

作为被攻击的对象，小女孩吐出一口浊气，灯笼的光芒变强，她这才成功从空间中走出，暗道一声"好险"。

"我来找一位老婆婆。"她说。

苟宝菩最讨厌熊孩子，顾虑着有保护法才不敢轻举妄动，于是颇为冷淡地说："老人家的脾气可不好。"

小女孩说："是苏尔找她做生意。"

知道苏尔曾经来过福利场，小女孩直接地指名道姓。

苟宝菩还未表现出什么，反倒是那骨魅，听到这个名字顿时杀气腾腾。

苟宝菩乐了，态度一换："他一个玩家，能做什么交易？"

小女孩拒绝回答。

指腹摩挲着手腕上的珠子，苟宝菩承诺："你告诉我，我不会说出去的。"顿了顿，他又补充一句，"连带你今天闯进来的事情也一笔勾销。"

后面一句话挺吸引人的，小女孩迟疑了一下："绝对不可以说出去。"

她还想在外面风光一把呢。

苟宝菩点头，假模假样做了个发誓的动作。

"听说当初在福利场，老婆婆很中意苏尔手上的皮肤。"小女孩说明情况，"现在他受了点伤，又有一个治疗道具，觉得就这么使用太浪费了，索性一并把皮剥了下来。"

苟宝菩："……"

每个词汇都通俗常用，连在一起怎么就有些惊悚？

苟宝菩一贯全是笑容的脸上多出一抹复杂的神情，许久后，他看向对面的骨魅："你被卖得不冤。"

狠起来连自己都卖，还有什么是苏尔做不到的？

小女孩帮苏尔做生意时，当事人正十分虚弱地背靠大树休息。

保洁员剥完皮便默默带着工具离开了，在她看来，玩家狠毒起来比魅物要可怕得多，苏尔就是个鲜活的例子。

张屹咽了下口水："我们……也走吗？"

苏尔说："麻烦扶我起来。"

手虽然恢复了，但脑神经还在隐隐作痛，大概是方才过度忍耐留下的后遗症。

他晃晃悠悠站起来，好在身体很快找回重心。缓了一会儿，来回活动了一下手指，苏尔才重新弯腰捡起保安的电棍，顺便搜身。

可惜除了一串钥匙，并未再有其他发现。

等到苏尔走去另一边，张屹大铲一挥，开始挖坑。

"但愿一时半会儿不要被发现。"

"可能性很低。"苏尔正在检查一具无头的玩家尸体。张屹蹲下来支着脑袋："有朝一日或许我们也会被随意一埋，无人问津。"

说话时，他特地留意了一下苏尔的表情——他确定对方并未跟他产生情感上的共鸣。

一个人自说自话挺尴尬的，张屹轻咳一声："你说为什么保洁员和宿管员在改造营有这么重要的地位？"

苏尔淡淡道："宿管员负责看管学生，保洁员负责制作标本，他们都是改造计划的参与者。"

张屹烟瘾犯了，可这里又没烟，他憋得有些难受："这样说来，保安负责的工作不也挺重要？"

但保安就没资格给甲等评价。

"他们做的事保洁员和宿管员也能做。"苏尔拍拍手上的土，"回去吧。"

两人又把玩家的尸体重新埋了回去。

张屹找了个不起眼的地方把铁锹一并扔了，问："现在去哪儿？"

苏尔太年轻了，人面对比自己年轻的人时，难免会轻视，但适才苏尔毫不犹豫让保洁员剥去自己皮肤的画面，让张屹心中生出一丝畏惧。

这正合苏尔心意，在纪珩和赵三两面前，他得拿捏着分寸，避免自己像"十万个为什么"一样追问。任何人面对好奇心太过旺盛的队友，都不会有太好的观感。而面对张屹这种一次性合作对象，就没这么多顾忌。

"回宿舍。"

路上，苏尔抓住机会问了许多游戏里的细节。

张屹耐着性子一一解答，心想着回到寝室终于可以休息一会儿，然而交谈间却不知不觉和苏尔上到了顶楼。

等意识到自己身处何处，张屹忍不住咽了下口水："我们来这里做什么？"

苏尔说："找出是谁杀了保洁员。"

张屹讪笑道："直接问不就行了？"

苏尔给他打了个比方，说："考官可以给你暗示，但不能直接透题。"

苏尔一边说话一边四处查看，不知是不是他的错觉，他觉得似乎有淡淡的血腥味萦绕在鼻尖。

这时张屹有所发现，他拉开垃圾桶，在后面的墙缝里看到了血迹，心里不禁有些发怵。苏尔反倒主动上前一步，用手确认了一下血渍的新鲜程度。

过了片刻，苏尔侧过脸对张屹道："这栋楼还住着其他保洁员，你想办法拖住他们，我进屋看看。"

张屹的笑容彻底挂不住了，心中涌现无尽的悔恨，自言自语道："我错了……"

从一开始他就该选择和众人一起去档案室的。

张屹不知道的是，档案室的情况其实也谈不上有多好。在副本里待久了，开锁和散打几乎成了玩家的必备技能。留下一人在门口放风，剩余玩家联手在档案室里翻找资料。

这家改造营不知存在了多长时间，档案室里一眼望去有数十个柜子，每一个都塞满了档案袋。

"这得找到什么时候？"有人扶额低叹。

纪珩没多少情绪波动，他主要看了近年的财务档案，又在其中重点查看了改造营各类人员的工资表，发现宿管员和保洁员这两年的薪资都是在下滑。

众人安静地看资料，时间一长，一种压抑的窒息感开始蔓延。

"这都已经第四天了，"终于有人忍不住发声抱怨，"一个甲等评价都没拿上，线索也没有，再这样下去就等着被踢出局吧。"

这一番话倒是说出了众人的心声，游戏留给玩家的时间只有七天七夜，一旦超过这个时限还未完成任务，就是出局。

"我这里可能有个突破口。"一位名叫刘文竹的女玩家犹豫了一下，"不过挺危险的。"

在期待的目光中，她缓缓开口："我有个道具，叫'破碎的笔'，可以用来请出笔魅。"

众人面面相觑，很快就有经验老到的玩家对"破碎"二字提出疑问。

刘文竹勉强勾了勾嘴角："意思就是只能请，不能送。"

众人："……"

刘文竹急忙道："这道具如果白天用，请来的笔魅会很虚弱，相应给出的答案也可能比较模糊，晚上请来的笔魅则能够给出明确答案，不过……"

后果不言而喻。

和刘文竹一个宿舍的李笑目光一动，道："在座各位的力量联合起来，未必对付不了一个笔魅。"

说罢她看向纪珩——论实力，这里最强的就是他。

"我无所谓。"纪珩淡淡道，"但我不可能保证所有人的安全。"

档案室内重新安静下来，众人各自权衡利弊。半晌，忽然有一名玩家发出不同的声音，表示自己实力比较弱，不愿意参与，而且请笔魅一般三个玩家足矣。

刘文竹作为提供道具的人，这时候表现出的态度很强硬。

"觉得自己实力弱的，请自行离开。"

她可没那么大度，凭什么自己冒着生命危险得到的答案要分享给其他人！

适才开口的男玩家名叫陈凌峰，之前在苏尔被宿管员针对时还幸灾乐祸过，此刻他看向其他玩家，道："大家应该理智合作才对，明明有更稳妥的办法，为什么要一起冒这个险？"

这话说在了部分人的心坎上，哪怕知道天下没有白吃的午餐，可强行拉实力不高的他们参与是有些过分了。

陈凌峰见有人开始意动，继续游说："只要让最厉害的几个人……"

话还没说完，他就感觉脖子一麻，眼前一黑，下一刻就晕了过去。

纪珩动手动得太过突然，根本没人反应过来。

刘文竹喉头一动："干得漂亮！"

就算被赶走也难保他不会去找人来档案室抓他们，以此邀功。

她鄙夷地看了眼晕过去的陈凌峰，又对其他人说："谁不参加，不强求，走远点就行。"

有了前车之鉴，再无人有异议，适才附和陈凌峰的人都识相地闭嘴了。

这时，刘文竹才拿出一根极其细长的笔，做好心理准备后说："开始吧。"

走完既定的流程，灵值高的玩家可以明显感觉到这片空间里多了什么东西。

刘文竹深吸一口气："一人一个问题。"末了又嘱咐一句，"想清楚了再问。"

不用她说，大家也很慎重。谁也没问自己是否能活着离开这种问题，在变幻莫测的副本里，这种问题毫无意义。当然，他们也害怕听到否定的答案。

时间一分一秒过去，等到第四个人刚一问完，笔转动的速度变得出人意料的快，刘文竹尽量控制住自己不发抖："已经到极限了。"

这本身就是个不完整的道具。

她话音落下的瞬间，细长的笔中间一截突然鼓起来，像是有谁往里面打了气一样。

"快松手！"刘文竹叫了一声。

下一秒，笔当场炸开，飞出去的笔尖狠狠戳进了对面人的胳膊。一声闷哼响起，李笑捂住流血的伤口，惊出一身冷汗。

纪珩从档案柜里抽出几本档案："走。"

刚刚的动静有些大，难保不会引来人。然而此时原本没有上锁的门却是怎么也拉不开。

祸不单行，李笑的身体突然不受控制，她不顾胳膊上的伤口，用头猛地撞柜子，口中却道："救……救我……"

刘文竹皱眉："她的精神有些错乱了。"

纪珩看向灵值比较高的一位玩家："你去把魅物引出来，我来动手解决。"

那人也没迟疑，按纪珩说的行事。

"不得不说，这里食堂饭菜的味道不错。"张屹打了个饱嗝。

查找线索的过程比想象中轻松，适才忙完，他便和苏尔去了食堂。苏尔的头还在隐隐作痛，没吃几口饭，想着赶紧回寝室小睡一会儿。

他们这一层，住的基本是玩家，刚到拐角处便听见了一些奇怪的声音，张屹愣了下："他们回来了？"

不但回来了，还都聚在一个宿舍。其中几人看着十分狼狈，浑身血污。

今天食堂有麻辣香锅，张屹身上带着些饭菜的香气，现在站在门口，多少有些招人嫌。

张屹在气氛进一步尴尬前，及时转移话题道："我们发现了一些线索，要不要交换？"

刘文竹笑容勉强，她似乎受了些小伤，望向其他人，见大家都没什么意见，便点头说："好。不过希望你们的线索有价值。"

张屹看向苏尔，后者也同意分享。其实对苏尔来说，就算他不答应交换，纪珩肯定也会把在档案室的经过告知他，只是那样就有些下作了。

苏尔道："在我们之前这个副本来过一批玩家，差不多全军覆灭；保洁员是被同事杀害的，因为她是陈校长的坚决拥护者，而其他保洁员包括宿管员已经投靠戴校长。学校按资排辈，戴校长表面看没有竞争资格，实则一直没放弃，暗中笼络宿管员和保洁员，如今看，戴校长或是最大赢家。"

众人："……"

这信息量有些爆炸了。

短暂的沉默后，刘文竹咽了下口水："这些你是怎么知道的？"

苏尔："保洁员实力不强，连我都能对付，可见才死没多久。于是我们找到第一案发现场，仔细勘查。这里又没外来人员，嫌疑人不外乎学生、其他保洁员，或者宿管员。"接着苏尔又平静地说出如何侧面排查了其他人的不在场证明，利用凶手的心虚做文章。

再详细的苏尔不愿意过多赘述，他其实还发现了一些证据，不过他准备用这个给自己、纪珩还有张屹换取一个甲等评价。

"也就这些了。"一口气说了太多话，苏尔有些渴，他忍住想喝水的冲动，问，"你们在档案室有什么发现？"

话一出口，他发现好几人的目光同时闪避。

刘文竹尤为尴尬。她还能说什么？说他们请了笔魅又费老大功夫逃出生天，查出的线索还没有苏尔得到的多？

沉默中，她的余光忍不住瞟向纪珩胸牌上闪闪发光的"鸡犬升天"几个字。

她抿了抿唇……难道这就是当鸡犬的感觉吗？

苏尔还在等答案。刘文竹又不好什么都不说，其实一开始她觉得交换线索是对方占了便宜，可如今残酷的事实摆在面前，她略一思忖，说："没错，戴校长是想上位。"

苏尔看着她……然后呢？

刘文竹说："你要小心陈凌峰，他是个想要不劳而获的人。"

苏尔对这个玩家有印象，进副本的第二天他就想给自己添堵。

刘文竹继续说："他被打晕在档案室，算是得到了些教训，但心中肯定不忿。"

抛砖引玉？苏尔以为刘文竹是要引出真正有用的线索，哪知她说完这个就再不吭声了。

没人说话，气氛瞬间尴尬起来。

最后出来解围的是纪珩，他说："再晚一些，食堂就没饭了。"

众人如梦初醒，迅速逃离这片"是非之地"。

纪珩是最后出门的，临走前把带出来的档案递给苏尔。

"看看。"

苏尔想了想，还是回了自己寝室。张屹眼馋文件袋里的东西，厚着脸皮一并跟了上去。

读了这么多年书，苏尔早就练就了一目十行的本事，很快看出些门道："这些年宿管员和保洁员工资缩水了近三分之一，戴校长如果用金钱笼络他们，让他们反水不难。"

张屹说："改造营有内斗是好事。"

苏尔"嗯"了一声，认可这种说法。

说着正事，张屹却突然来了个急转弯："你下午有什么安排，带上我一起？"

现在手头的线索一下丰富了，偶尔不务正业或许会有意想不到的收获。

"我的武力值不高，"苏尔低头一页页翻看文件，头也不抬地说，"如果你想躺赢，纪珩才是你的优质选择。"

他说的是实情，因为太过造作把自己给坑了也不是没有过的事。

"实不相瞒，我以前一直认为纪珩是命运之子。"

苏尔抬起头，目光中流露出一丝兴味："哦？"

张屹重重点头，说："他在游戏里的部分经历堪称传奇，听说十次下副本有八次都能带出道具。"短暂地羡慕完，他又盯着苏尔，"但我现在发现你才是……你是命运的嫡长子，他顶多算是庶子，嫡庶有别。"

"是吗？"

"当然！"

秒答完才意识到情况不对，那一声"是吗"好像是从身后传来的，张屹僵硬地转过身，猝不及防地就和纪珩四目相对。他干巴巴笑了两声："怎么这么快就吃完了？"

纪珩走过来，张屹条件反射般用脚蹭着地面把凳子往后推了一步。

纪珩自然不会因为一句玩笑话计较，直接略过他走到苏尔面前，后者手中不知何时多了枚染血的耳坠。

苏尔说："在热水间夹缝里发现的，可以从保洁员那里换个甲等评价。"

虽说这耳坠不足以成为关键证据，但事情一旦闹大，至少它能让凶手经不起细查。

想到这里，苏尔笑了笑，说："我打听过，几天前有个保洁员病了，剩下两个近期精神状态也不大好。"

纪珩："正常。"

一个本应该消失的人又活生生出现在眼皮底下，偏偏他们还不敢去细究。

苏尔把耳坠包好，给了张屹："消失的保洁员也是个狠角色，明明可以实施报复，但她就只是在凶手面前晃悠。"

长此以往，谁的精神不得崩溃？

张屹不可置信地问："我来保管？"

苏尔说："你去找保洁员谈判，把属于我们三个的甲等评价拿到手。顺便帮我个忙，在校园内散播冯校长杀害了保洁员的言论。"

"啊？"

"这是我之前和宿管员的一个约定。"

只不过那时他还以为宿管员对陈校长忠心耿耿，视冯校长为大敌，不料宿管员几边通吃，竟还跟戴校长有勾结，是根墙头草。

张屹深深地看了苏尔一眼，猜不透他究竟还和多少人有过不正当的交易。

"你可想好了，目前保洁员坠楼的消息被压了下去，一旦传开，肯定会闹得沸沸扬扬。"

苏尔点头："无妨，越混乱越好。"

纪珩看出苏尔还有支开张屹的意思，果然，张屹刚一离开，他便拿出胸牌放在桌上，说："保洁员曾对我强调过，司秦明娇是一个很有潜力的孩子。"

这句话令苏尔百思不得其解。

纪珩瞥了眼胸牌，没过几秒便说："你想复杂了。"

苏尔皱眉。

纪珩笑了："保洁员聪明吗？"

苏尔摇头，无论是生前还是死后，保洁员都称不上睿智，否则也不会遭同事陷害又被自己无限刷怪。

"那就按照字面意思理解——"纪珩用指关节轻轻敲了下桌子，"司秦明娇很优秀。"

在改造营，衡量人优不优秀的标准只有一个：甲等评价。

司秦明娇很有可能集齐了甲等评价。听到这里，苏尔盯着胸牌上早已变成灰色的数值，静默不语。他原本打算利用宿管员跟校长搭上线，再拿一个甲等评价，如此一来他就集齐了，现在看来，情况明朗前还是缓一缓的好。

"苏尔！"张屹慌慌张张跑回来，喘着大气说，"先前送学生去做实习的大巴提前回来了，说是有三个学生在那边出了意外，要找人补上。"

看他这副样子，苏尔就知道自己的午睡计划多半是要泡汤。

结局丝毫没出现意外，张屹气还没喘顺，便苦着一张脸说："被选上的正是我们三个。"

苏尔点头说："或许和拿到甲等评价有关。"

张屹还没来得及痛斥副本的无耻，就听到有人来传话，让他们赶紧下去。

下楼时正好碰见捂着脖子上楼的陈凌峰，对方看纪珩的目光又是痛恨，又是忌惮。因为在楼下听说了替补实习的事情，他讥讽道："祝你们一路顺风。"

擦身而过的瞬间，苏尔望着纪珩："刘文竹说你在档案室把他打晕了？"

纪珩点头。

苏尔认真地道："下手太轻了。"

他没刻意掩饰，陈凌峰明显也听到了，回头瞪了他一眼。

苏尔不以为意，耸耸肩继续往楼下走。

实习地点是一个工厂，一进去便能听到轰隆隆的机器运转声。苏尔眼尖地看见几个穿着改造营校服的学生，正熟练地操控着机器，显然已经不是第一次做这种事。

负责实习工作的带队老师走过来，核对完他们的证件，面无表情地交代道："做事一定要认真仔细，出了事改造营一概不负责。"

苏尔此刻展露出的气质很温和，虚心求教道："先前几个学生是怎么出事的？知道原因我们也好引以为戒，争取不给您添麻烦。"

最后一句话让带队老师听着舒服，于是回答道："有两个人放置材料时不小心掉进了机器里，还有一个不小心跌落高台。"

走在最后的张屹没忍住，道："这是有多不小心！"

带队老师瞪了他一眼，张屹连忙捂住嘴。

"你，还有你……"带队老师先后指了下纪珩和张屹，"你们去操作最里面的那台机器。"

接着又让苏尔单独去做清扫高台的任务。

苏尔猜测自己的工作危险系数会比较高，因为他是三个人里拿到甲等评价最多的。

站在大概有三米高的地方，苏尔提溜着水管，因为不确定有没有人暗中监视他，只能按照先前带队老师的交代踏实干活儿。水的冲力很大，地面上的一些金属碎片很快就顺着高台边缘流走了。高台下方是一个巨大的池子，里面装着顺着管道运来的石子，每隔十分钟会被定时搅碎。

防护网破破烂烂的，还没有人的一半高，一个趔趄都能滑下去。有一片防护网有很明显的破损，网格上沾着暗红色的血迹。苏尔走到那里靠着墙根朝下望了一眼，依稀瞧见一大摊血迹，足以证明在他之前做这个任务的学生就是从这里失足摔下去的。

似乎感觉到什么，苏尔偏过头望去。

是厂长。

门外的宣传栏上印有他的头像和个人简介。

厂长原本上楼梯上了一半，不知为何又转身离开了。苏尔愣了下，猛地转身看向另外一边……那里是个盲区，他只能看到墙面上的影子。伴随着脚步声停下，来人展露了真容。

来人四十岁左右，头发一丝不苟地绾着，着装朴素，脚下穿着一双方便行走的球鞋。

她看了眼被冲刷过的地面，说："干活儿挺认真的。"说完蹲下身把水管的开关关掉，"你跟我来一趟。"

苏尔说："可我活儿还没干……"

"不重要。"女人打断了他的话。苏尔没有选择，只能跟上，但和她保持着距离，一直走在后面。为保险起见，他还不时回过头看一下后方，防止被偷袭。

等彻底下完楼梯站在平地上，他才开口道："您是哪位？"

女人说："这个厂子是我丈夫开的。"

苏尔立马说："厂长夫人好。"

女人点点头。

苏尔脑补了一下自己可能面对的情景，不外乎是刀山火海险象环生，然而女人却把他领到厂子后面的一座小房子，里面布置得温馨又不失大气。

"你先坐。"女人走到厨房，亲自煎了两块牛排，又开了瓶红酒。

苏尔没推拒，晃晃酒杯喝了一口。

女人见状，很满意，目中闪过追忆，说："这瓶酒在我几个孩子出生前就备下了，本来是想等他们成年那天开的。"

苏尔趁她追忆往昔时，佯装擦了擦嘴，顺便把没咽下去的酒吐了出来。末了才用试探的语气问："那他们……"

"死了。"

苏尔目光闪烁，这个世界的孩子都是以三胞胎的形式出生的，按理说只有一个孩子会在竞争中被淘汰，然后被送进改造营。但听她的意思，她的几个孩子无一生还。

"有两个出生没多久就得了怪病去世，好在仅剩的一个儿子非常优秀，大家都说他是天才。"女人的语气从温柔变得阴沉，"但就在他快要成年的时候，因为一点口角被一个才从改造营出来的……"

苏尔:"……"

女人开始切牛排,一些血水在刀叉的挤压下渗出,她缓缓道:"你说,废物都已经被丢进了垃圾桶,为什么还要回来祸害人?"

苏尔看着她,没有回答。

女人笑了笑:"别介怀,我对你没恶意,只是觉得你的眼睛和我死去儿子的眼睛很像。"她把一块牛排送进口中慢慢咀嚼,吞下去后说,"可惜现在只是有点像……"女人说到这里,笑着举起酒杯,"多吃点。"

正在苏尔思考要不要跟她碰杯时,厂子里突然传出些声响,女人皱了皱眉,走了出去。苏尔紧随其后,听见带队老师在喊自己的名字,便对女人说了句"感谢招待",然后毫不迟疑地跑了过去。

身后,女人的神情晦暗不明。

苏尔回归队伍,带队老师那张死气沉沉的脸这时看着都分外亲切。

张屹走到苏尔身边,小声说明情况:"停电了,今天的实习提早结束。"

直到上大巴车,苏尔用胳膊肘顶了下纪珩,挑了挑眉,意思是问:你干的?

纪珩点头说:"咱们离得太远,我怕你那边出状况我来不及搭救。"

"确实发生了点事。"苏尔叹了口气,"我先和厂长打了个照面,又和厂长夫人吃了顿饭,不过他们两口子好像都想弄死我。"

说完他喝了口水压惊。

纪珩冷不丁问:"你把他们两个都坑了?"

苏尔险些一口水喷出来,呛咳的动作太大,招来前座人的不满。

对于结缘事件,张屹也早有耳闻,他原本一直旁听,此刻忍不住加入讨论:"说实话,你是不是先坑厂长不成,又把主意打到了他夫人身上?"

"呵——"苏尔微微一笑,手指攥紧,瓶子被捏得咯吱咯吱响。

剩下的一段路程,谁都没说话。

大巴车直接停在宿舍门外,三人坐在最后一排,因此最后才下车。才走没几步,树上突然掉下一个东西,苏尔反应灵敏,近乎本能地伸手接住。

小女孩跳下来,没好气地道:"老婆婆帮你修好了。"

苏尔一看,老婆婆不但把娃娃之前掉的眼睛补全了,还在额头上多缝了一只。

小女孩见不得他开心的样子,说:"你就不怕我半路把东西毁了?"

苏尔摇头,表示绝对信任她,心中却道:你若毁我一个道具,我必崩你整个副本!

他脸上那抹腼腆的笑容怎么看怎么不顺眼,小女孩"喊"了一声,说:"对了,我还遇见了和你结缘的那个骨魅,它在找苟宝菩讨公道。"

"……"苏尔的笑容顿时垮了,周围随之变得安静。

几秒钟后,令人窒息的沉默被张屹用一声轻咳打破。

苏尔勉强勾勾嘴角，收好娃娃，试图解释道："不是你想的那样。"

"每个人都有自己的私生活。"张屹一副"我懂"的表情，顿了顿又说，"不过还是注意一些好。"

"……"苏尔揉揉眉心，指着纪珩说，"不信你问他，当时我是为了通关，迫于无奈才想出的这个计划。"

纪珩的目光令人捉摸不透，他说："我更好奇，你是用什么作为交换条件让魅物帮你修好的道具。"

开口就是送命题！

不知为何，苏尔感觉如果自己说出真相，对方可能会不高兴。

一旁的小女孩摸着她的灯笼，笑得花枝乱颤，说："那就得从一桩皮肉买卖说起了。"

苏尔："……"

小女孩话音一落，纪珩便看向苏尔："你是把皮剥下来了，还是把肉论斤按两地卖了？"

张屹瞪大眼睛，惊异对方居然听出了小女孩话中的潜台词。果然，大佬就是大佬。

面对问话，苏尔不是看天就是看地，反正拒绝对视，末了才说："前者。"

纪珩暂时没追究，待到小女孩凭空消失，不再像尾巴一样跟着他们，他才说："游戏里对自己狠点没错，但还是要稳妥些。"

见苏尔沉思，他又嘱咐了一句："主持人是聪明还是愚笨有时候很好分辨，可他们喜怒无常的时候也不少。"

若是用人性去推敲他们可能有的行为和心理，迟早要吃亏。

回忆往昔，苏尔意识到自己是有些激进了，点点头表示下次会注意。

两人前脚刚进宿舍，后脚张屹也挤了进来，还主动关上门，一副要加入商讨的样子。

看到这一幕，苏尔突然觉得在副本里脸皮厚点是件好事，像张屹这样跟自己有过交集的人，做事情又没跨越底线，他还真不好驱赶。

张屹试图转移落在自己身上的诡异的视线，主动开口道："时间充足，不如整理一下我们从工厂得到的信息？"

苏尔收回目光，神情变得严肃，道："厂长的孩子不幸被从改造营出去的人害了，那对夫妻估计想泄愤。"

"他们的目标是有选择性的，"纪珩做补充，"三个出事的学生中有两个都得到过甲等评价。"

张屹惊讶地偏过头："我怎么不知道这事？"

纪珩没回答。

张屹绞尽脑汁，突然想起来操作机器时纪珩曾离开两次，给对面的几个女生送水，看着一副暖男形象，合着是去套话的！

再看苏尔丝毫不觉得奇怪的样子，张屹不禁感叹知人知面不知心。

苏尔无视他神情复杂的凝视，回忆起厂长夫人在自己离开时眼底的不甘，揉揉眉心道："校外的危险来自工厂，我们明天多半还会被选去实习。就是不知校内的危险源于哪里。"

张屹若有所思，从裤兜里掏出当时在小树林里挖出的胸牌，说："这样，我先去打听一下被淘汰的玩家的信息。"

苏尔点头。

都快走到楼道口了，张屹突然折回来说："如果你们分析出什么关键信息……"

苏尔坐直身体，指着纪珩胸牌上的"鸡犬升天"四个字："这，就是我的保证！"

张屹终于放心地离开。

"保证？"纪珩的尾音有些上扬，苏尔莫名听出些揶揄。

苏尔在原地一动不动坐了几秒，对上一双深邃的眸子，讪笑一声，拿出钥匙说："从保安身上找到的，要不要一起去转转？"

保安夜间要负责巡逻，改造营晚上查得很严，光钥匙就有一大串，其中甚至包括综合楼的。因为形状相近，上面全部贴着标签。

两人对视一眼，默契地决定先去校长室。

纪珩看着窗外说："等天色暗一些再过去。"

"好。"说话的同时苏尔从床底下捞出来一根电棍，"这也是保安的，你拿着防身。"

纪珩："先放着，直接携带有些显眼。"

苏尔："可以藏在衣服里。"

纪珩："……"

综合楼内冷气开得相当足，苏尔手里拿着之前宿管员给的盖了章的表格，大大方方进去，就算被拦住，也可以推说是去教务处交东西。

实际情况比想象中容易，一路上几乎都没遇到什么阻拦。

苏尔不禁问："你们进档案室时也是这样？"

纪珩点头说："游戏会在相对合理的逻辑下给玩家提供生机。"

苏尔略一思忖，说："就像改造营内斗严重，又要负责学生的销毁工作，所以不安监控？"

这么一想，副本有时候也挺厚道的。

纪珩失笑道："别忘了，就是因为没监控，保洁员才会化为魅物。"

说穿了，魅物还是用来对付玩家的。

交谈间，两人已经站在校长室外。

苏尔把钥匙插进锁孔，扭动前侧身贴着墙站立，只露出一只胳膊在外面。

胆大包天又谨慎过头，可谓是他的真实写照。

"咔嚓"一声，门应声而开。

他小心翼翼一推，确定没什么机关暗器或者魅物，才探出半个身子，冲身后招招手，示意纪珩快进来。

本来危险严肃的一次探寻行动，硬是被他弄得叫人哭笑不得。纪珩摇了摇头，进去后先查看堆放在办公桌上的一沓资料，苏尔则抱臂凝视着上锁的抽屉，犹豫着要不要暴力拆卸。

"不必了。"纪珩突然开口。

苏尔闻声凑过去，看到他手里正拿着一张表格，最上方"司秦明娇"几个字很显眼。

备注一栏写着："该生已获全面肯定，拿到四甲评价，请批准放行。"负责审批的是目前还没退休的正校长，意见一栏注明"同意"，日期距离今天刚好一个月。

纪珩突然勾了勾嘴角，指着右下角："原来如此。"

苏尔定睛一看，这才发现表格上居然有两个日期，一个是审批日期，一个是放行日期，二者相差一天。

"就是说如果我们今天集齐四甲，还得熬过一个晚上才能走？"

纪珩点头。

苏尔皱了皱眉，哪怕是先前主动来搭话的女生，在听到他可能得到甲等评价时，眼中的好感也立马变成了嫉恨，他不禁有了一个最坏的猜测："该不会最后一夜，会上演大逃杀？"

纪珩说："一共就五个名额，其他学生不可能眼睁睁看着机会流逝，改造营对他们的行动应该是默许的。"

古人热衷斗鸡斗犬斗蛐蛐，这场学生之间的困兽之斗在有些人眼中可能同样"趣味性"十足。

苏尔不禁道："十足变态。"

"但副本不会是死局，历年都有成功离开的学生。"纪珩把表格放回原位，"可惜我们时间有限。"

一共只有七天，意味着他们可能必须面对改造营中所有学生的恶念。

苏尔目光沉了沉："如果没有上一批玩家的淘汰警示，我们少不了要吃亏。"

纪珩看了眼墙上的钟表："危险从来都是相对而言的。别忘了，他们来这个副本时，保洁员还活着。"

意味着那一批玩家不用面对魅物。

苏尔没说话，私心认为保洁员虽然变成了魅物，但实在没起什么作用。

持相同意见的人还有一个。

顶楼，小女孩将灯笼一甩，地面都随之轻轻一晃，因为暴躁，她说话时显得格外趾高气扬。

"一点业绩都没有，我费那么大功夫救你有个什么用？"

保洁员险险躲开，后怕地望着对方手上的灯笼，很快又哭丧起脸，觉得委屈极了。

"我是想行动的，这不是第一个晚上被干掉了，第二个晚上还没恢复吗？昨天又……"

女孩冷冷打断，下了最后通牒："今晚再这样，有你后悔的。"

面对如此阴鸷的目光，保洁员知道她绝对不是在开玩笑。

午夜一到，一切都归于寂静。

苏尔今天睡得很早，正沉浸在梦乡中，被人用低沉的声音叫醒。

"有客上门了。"

苏尔睁开眼，顺着纪珩的视线望过去，保洁员像是蜘蛛一样攀在天花板上，头一百八十度扭着，正看着他们。

"例行公事。"保洁员的语气透露着一股绝望，"有些事情我必须做。"

这是她的工作！

苏尔没打算把局面闹得太僵，当初他是取了个巧守在复活点，真要单打独斗，还是在魅物有防备的情况下，他其实占不上便宜。

他叹了口气，做了个"请"的姿势，说："开始你的表演。"

保洁员努力扬起一个"诡异恐怖"的微笑。

"是谁杀了我？是脚踏两只船的宿管员，是恶作剧的学生，还是受利益蛊惑的同事？愚蠢的孩子一旦选错，就必须来陪我。"

苏尔面无表情："同事。"

保洁员："……打扰了。"

然后她去了下一个寝室。

苏尔看向对面的纪珩："这就是她杀人的条件？"

纪珩说："大概是。"

苏尔嘴角微抽："那她挺惨的。"

说罢，他盖上被子重新睡觉。

若是没有白天苏尔的那番分析，保洁员今晚说不准能有收获，现在可好，每一个见到她的玩家都是从惊恐逐渐变得错愕，最后很镇静地给出标准答案。

保洁员绝望地逐一拜访，到陈凌峰这里，事情终于有了转机。

因为被打晕在档案室，他完美错过了后来玩家间的讨论。

跟他同住的人知道答案，就要脱口而出的时候却又忍了下去——如果陈凌峰出局，就少了一个人来争夺最后的五个名额。

面对支支吾吾的玩家，保洁员灰白的眼珠仿佛都有了光彩——其他人都是开卷考试，这儿竟然还有个闭卷的？！

希望来了！

室友趁陈凌峰慌张寻思时，用口型冲保洁员说出了答案。保洁员对他这种上道的行为很满意，猛地冲到陈凌峰面前："快选！"

一紧张，仅存的理智也淡去几分。

陈凌峰急得满头冒汗："为什么先问我？"

这寝室不是还有一个人吗？

他的余光突然瞟见镇定自若的室友，他意识到了什么，连忙开口求救："告诉我答案，我可以给你……"

最后一个音节卡在了嗓子里，陈凌峰感觉到有液体顺着太阳穴流下。

"超时了。"保洁员笑得很开心，"这么简单的问题都回答不了，看来你不需要脑子。"

保洁员临走前冲陈凌峰还在发抖的室友笑了笑。过了好几分钟，那人才有些虚脱地爬下梯子，把窗户打开透气。

陈凌峰被淘汰的事很快被他的室友告知了众人。

对于原因，大家心照不宣，因而不约而同选择了沉默。

都是一起下副本的，如今淘汰了一个玩家，众人兔死狐悲的同时免不了也掺杂着些窃喜。甚至有人边唾弃自己边想：若是昨晚能再多淘汰几个就好了，这样便不用为名额的事情发愁了。

求生的欲望和复杂的人性纠缠在一起，他们都避开了跟其他人的目光交流。

沉重的气氛中，响起一道不一样的声音——"做到了，我竟做到了……"

保洁员提着个塑料袋，路过玩家身边，她没有丝毫要吓人的意思，反而快乐得像个孩子："哈哈！终于有业绩了！"

众人："……"

瞧见陈凌峰的室友，她更是笑容畅快，突然伸出手。室友愣了愣，试探着僵硬地举起手。

"啪。"

保洁员主动跟他击了下掌："阿姨要谢谢你。"

说罢，保洁员一路手舞足蹈，笑个不停，带着塑料袋上楼去做标本了。

室友："……"

她走后，留下一片沉默。

苏尔走到纪珩身边，微微偏过头："这是不是就是传说中的银铃般的笑声？"

身为魅物，淘汰了一个玩家就高兴成这样，未免也太没出息了！

纪珩嘴角微掀："你觉得她这样都是因为谁？"

苏尔抬头看天花板，半响，摸摸鼻子："谁知道呢？"

一场闹剧令僵持的气氛缓和了不少。

保洁员经过时残留的味道还未散去，纪珩和苏尔不想在狭窄的楼道内多留，说着话并肩下楼。张屹才不管受不受人待见，觍着脸跟在后头。

另一边，刘文竹问李笑："我去食堂，需不需要给你带饭？"

李笑摇头。

刘文竹随即离开。

陈凌峰的室友郑高嗤笑一声："把人当傻子耍呢，不就是想偷偷跟着纪珩他们，好探听消息吗？"

不把话说开，大家还能和颜悦色，现在遮羞布陡然被掀开，李笑冷漠地一笑："昨晚你不也眼睁睁看着陈凌峰被淘汰？"

郑高面色一变。

"别吵了。"有人出来打圆场，"时间所剩不多，既然知道戴校长想当正校长，我们拿甲等评价就容易了很多。"

先用双面间谍的事情要挟宿管员，再拿保洁员之死换取她同事的评价，最后把消息卖给教师和另外两个校长。

现在想来，集齐四甲听上去并不难。

然而在仅有五个名额的情况下，没有人歇斯底里疯抢，反而站在原地不动。

"有没有觉得他们太淡定了？"李笑皱眉道出心中的疑惑，"尤其是苏尔，直白地把保洁员的死因告知了大家。"

换成任何一个人，都会想办法第一时间利用这个消息去获得甲等评价。正是看到苏尔昨日的"不作为"，他们才不敢轻举妄动。

郑高撇撇嘴："之前有批玩家差不多全军覆没，恐怕没那么容易。"

为稳妥起见，李笑轻声道："都盯紧点，一会儿要是他们去收集甲评，我们也去。"

今天是个晴天，但综合楼内气温远低于外面。

上午的课程结束，众人在阴暗的走道里"巧合"般碰头。

李笑有些尴尬，毕竟他们是在照搬对方的行动，好在苏尔等人没表露出不快。

"组团恐吓容易引起反弹。"苏尔很认真地道，"我们准备去威胁戴校长，你们是……"

李笑僵硬地笑了笑，指了指尽头陈校长的办公室："不碍事，我们是要把消息卖出去，交好陈校长。"

苏尔点了点头，侧身让开，道："那你们先请。"

李笑："……"是不是太谦让了？

苏尔原本就有两个甲评，没多久就很顺利地集齐了四个甲评，纪珩和张屹则多花了些时间。

确定这几人是真的在收集甲评，其他玩家也开始抓紧时间行动。到提交表格时，他们又互相防备地看着彼此，就像小学生争抢着交卷子一样。

纪珩主动退出来，把地方留给后面的人。

再看连张屹都不争不抢，刘文竹反而觉得前方是什么龙潭虎穴。

人都有从众心理，一时间反而谁都不愿意上前一步。

苏尔叹了口气，主动敲门，里面传来一声"请进"。

这是他第一次看到快要退休的正校长。校长两鬓的白发很多，眼睛小但狭长，在看到苏尔手上的几张表格时，他态度温和地说："真是个好学生，才来几天就获得了全方面的肯定。"

苏尔面不改色道："都是改造营教得好。"

教务处把信息都汇总在一张表格上，校长大笔一挥，很干脆地在上面写上"同意"，甚至还主动冲后面的玩家招招手："也是来送审批单的？"

刘文竹站在靠前的位置，下意识点点头。

校长和蔼地挨个儿审批同意，然后就让他们回去等通知。

刘文竹连忙问："不是说只有五个名额？"

校长双手交叉搭在办公桌上，古怪地一笑："放心，名额绰绰有余。"

短短一句话，听得人不寒而栗。

一出综合楼，张屹原本想继续强行抱大腿，可惜被刘文竹和李笑同时拉住，他也不好硬甩开两个女生的手，只得无奈地停步。

眼看着"金大腿"越走越远，他急了，撂下一句："名额都被拿走了，改造营的其他学生还能有活路？"

刘文竹目光一颤，似乎反应过来什么。

一般来讲，副本里威胁最大的NPC毫无疑问是魅物，但也有例外。

沉默中，李笑率先恢复镇定，说："趁时间还早，大家还是先找个稳妥的藏身之处。"

变故来得永远比计划快。

中午的饭点刚过，宿管员便通知玩家需要参加下午的实习活动。

所有玩家无一例外被拉去工厂实习，坐上大巴车时，众人神色各异。其实沿路是个很好的逃跑机会，就怕跑了之后改造营会把名额废掉，功亏一篑。

尚在思索对策，车辆已经停在工厂门口。

带队老师似乎提前跟厂长夫妇沟通过，两人竟然亲自出来迎接，厂长夫人更是意味深长地说了一句："想不到一下来了这么多优秀的孩子。"

学生很快被分配到各个实习岗位。

苏尔幸运地摆脱了清扫高台的工作，带队老师选了另外一名玩家做这个工作，那人比苏尔还要小心谨慎，不时就四处张望。中途厂长夫人来了，双方说了几句话，那人流露出不情愿的表情，最后还是跟她一道离开了。

苏尔只往那边看了一眼，因为和厂长夫人的目光在半空中正好撞上，便收回了视线。他不停地把原材料扔进机器，心不在焉地想着些别的事。

张屹和他一组，同样留意到有玩家被带出去，便打听起昨天苏尔的应对经验。

"她还没来得及对我做什么，就断电了。"苏尔表示爱莫能助，"不过厂长夫人应该不是魅物。"

一旦她真的流露出歹意，那就只能以暴制暴。

大约二十分钟后，厂长夫人回来了，还换了身衣服，手上多出一处瘀青，那名玩家却没跟着回来。

张屹暗骂了一句，知道那人多半是被淘汰了。他无论如何也想不明白，玩家好歹在副本中身经百战，怎么会输给一个看上去挺孱弱的女人？

"喂，我说……"

他一抬头，却看见苏尔正在用口型和远处的纪珩说话，后者好像还听懂了，不时点头，偶尔摇头。

这时厂长夫人的视线环顾一圈，张屹的手有些抖，默念着："不要选我，不要选我……"

怕什么来什么，厂长夫人的目光最后停留在他们这里。

千钧一发之际，带队老师突然发话："校长叮嘱过，今天要提前领学生回去。"

厂长夫人顿时不满道："可他们来了还不到一个小时。"

当众被驳了面子，带队老师的面色瞬间变得阴沉，死死盯着她。

厂长夫人的嘴抿成一条直线，终究是退让了。

改造营是个庞然大物，她不敢去硬碰硬，当初作为补偿，校长承诺每日派学生过来打工，以降低工厂的人工成本，同时会优先把得到甲等评价的学生带过来，让她泄愤。

要是再得寸进尺，恐怕对方不会容忍。

带队老师清点人数时，苏尔没有一点预兆地跑出来，站在厂长夫人身边说："不，我不走！我想多陪陪她！"

众人："……"

苏尔情真意切地望着厂长夫人："您昨天说过，看到我就想起您已故的孩子！其实我何尝不是看到您就想起了我早逝的母亲！"

这一嗓子喊出来，厂长夫人第一反应是他疯了。

苏尔拉着厂长夫人的袖子，转身看向带队老师："请允许我在这里留一夜，重温久违的母爱。"

带队老师嘴角一抽，还未来得及说什么，纪珩和张屹也站了出来，表达了同样的想法。

带队老师在改造营这么多年，自然知道这几个学生在打什么主意。今晚改造营毫无疑问会有一场血雨腥风，他们是想借机避开。

不知想到了什么，带队老师死板的脸上突然展露出一丝笑容，说："我没有意见。"

说罢，他看向厂长夫人。

天上突然掉馅饼，厂长夫人没有拒绝的道理。她盯着这些孩子，就像是在看盘中肉。

苏尔的意图很明显，不只是带队老师，其他人也能看出来，但大家一时仍难以抉择。

刚被带走的玩家生死未卜，可见厂长夫人同样不是善茬，再说带队老师能这么爽快地同意放行，足以证明夜晚的工厂危险系数很高。

回改造营可能会面对不少学生的偷袭，但改造营里藏身的地方也多。

相反，这家工厂不大，除了厂长夫妇，似乎还有些未知的危险，哪一种选择更好，谁都不清楚。

带队老师阴恻恻的声音响起："还有没有人想要留下，感受母子之情？"

后半句话的音调微微拔高，带出些讽刺的味道。

众人面面相觑，最后做出同样决定的只有刘文竹和郑高，其余人依旧选择跟随带队老师坐车回改造营。

最开心的莫过于厂长夫人，夫妇俩请大家吃了一顿丰盛的晚宴，饭桌上厂长夫人又一次讲述起儿子的聪慧，以及后来是如何悲惨地死去的。

"怎么不吃？"追忆完往昔，厂长夫人冷不丁看向不动筷的苏尔。

"我想起一幅画，叫《最后的晚餐》。"

夫妇二人都因为这句话笑了。

天色渐渐变暗时，厂长夫人说要带他们去参观一个地方。

他们一路安静地走到卷帘门前，厂长按了下遥控器手柄，伴随着吱呀响动，上百个铁笼暴露在众人面前，笼内清一色关着凶残的狼狗。

还有些狗不在笼中，也没用链条拴着，一听到声音立马包围上来。

犬吠声丝毫不比狼的嚎叫带来的压迫感小。这些狗很听厂长夫人的话，见她稍微做了个手势，就压抑住了扑食的冲动。

刘文竹面色一变："你们看那里……"

她手指的方向是食槽，依稀可以看见碎掉的布料和血迹，还有一枚胸章。

无视众人难看的表情，厂长夫人仪式感很足，慢悠悠地追忆往昔，说："当初我儿子也是在吃完饭出门时，意外被从改造营出来的人……"

刘文竹努力控制住拔腿就跑的冲动，当然，被狗围着她也跑不了，顿时后悔还不如回改造营呢。

眼看着狗就要被放出，纪珩突然道："放狗咬人有什么意思？"

厂长夫人的动作稍稍一缓。

纪珩说："天就要黑了，不如我们玩个捉迷藏游戏？"

厂长夫人转过头，低低笑了会儿，而后道："你不会真把自己当小孩子？"

纪珩神情冷淡，说出的话却很残酷："我们先藏，你放狗来找，不是更有趣？"

他停顿了一下，直视对方双目："死亡不是最折磨人的，无限迈向死亡的过程才最痛苦。"

厂长夫人眼前一亮，其他玩家则是两眼一黑。此刻他们只能往好处想，至少按照纪珩的说法，这样玩能拖延些时间。否则一旦恶犬出击，后果不堪设想。

厂长夫人看了眼自己的丈夫，后者露出一个扭曲的微笑："让他们把外套脱下来。"

狗能循着味道找人，厂长要求他们这么做的目的可想而知。

玩家们沉着脸依次把外套留下，厂长带上狼狗往大门的方向走，防止有人出逃。

厂长夫人单独留下，含笑盯着他们。

"十五分钟。"给出时限后她拍了拍手，原本围着玩家的数条狼狗走到她身后，把出口让开。

谁都没有注意到远处的大树上，凭空出现了一个提着灯笼的小女孩。她看着黑压压的狼狗群，又托着下巴凝视已经跑出一段距离试图寻找躲藏地点的苏尔，笑了。

"被几百条狗追，真是天道好轮回。"

这个时候没人想着抱团，狗的嗅觉灵敏，越分散越有利。

不过厂长夫人也没给他们抱团的机会，她更喜欢一个一个摧毁他们的意志。让开出口后，她命令这五人按顺序离开，每两人之间间隔三十秒。

作为提出玩捉迷藏游戏的玩家，纪珩被排在最后一个，躲藏时间要比其他人少几分钟。

苏尔幸运地可以第一个出去，他原意是要在门口等纪珩，纪珩摇了摇头，示意他不用管自己。

工厂周围除了树木就是开阔的草坪，相比而言，厂子里可供躲藏的地方稍多一些。非工作时间所有的机器已经停止运转，现下冰冷庞大的机器安静地立在那里，无形中散发着一股压抑的气息。

苏尔进到厂子里，没立马躲起来，而是找到一根金属杆，尽可能把周围的照明设施毁坏。之后进来的是郑高，他是完全的利己主义者，但思维十分活络，根本没开口和苏尔交流，抓紧时间帮他一并毁坏。

秉持着互不干扰的原则，完事后郑高指了指机器比较多的一片区域，示意自己要往那边去，苏尔点了点头，选择相反的方向。

就像山的阴阳面，苏尔去的区域看上去显得"稀疏"，没有太多可用来遮挡形迹的机器。不过他原本就是想来这个方向，按照生活常识，这里可能有休息室或更衣室。

苏尔快步行走间发现一扇门，试着推了下，没上锁，里面布置得很简陋：一张小桌子，上面立着昔日一家三口的合照，再往后是老旧到掉皮的沙发，衣柜紧贴着沙发扶手。

仿佛一条滑溜的泥鳅，他迅速钻进衣柜，蹭来蹭去，边蹭边把现在穿的衣服脱掉。

"咳咳……"

苏尔身体一僵，他自认感知力比常人敏锐，竟不知身后何时多出一人，一回头，和纪珩的视线撞了个正着。

凌乱的衣服，因为静电而变得糟糕的发型，又身处狭小的衣柜……唯一让苏尔显得不那么变态的恐怕只有这张脸了。

他压了压因为静电参起来的头发，快速换好一件不合身的宽大 T 恤，绷着脸说："你要不要也来蹭一下？"

"……谢谢邀请。"

纪珩只是上前一步，取下一件大衣穿在身上，两人的目的一致：尽可能沾染上厂长身上的味道，必要时可以迷惑狗。

苏尔透过窗户环顾周围："狗的优势在地面。"

换言之，对躲藏者而言，高处会是比较好的选择。

眼下只剩不到五分钟的时间，两人离开休息室，边走边找躲藏点。上到一处几丈高的台子，纪珩脚步停在窗户前，探出身子朝上看了一眼。

苏尔立刻会意："爬到房顶？"

纪珩点头。

这显然不是一件轻松的事情，稍有不慎就会跌落坠亡。值得庆幸的是在工厂里找到一根绳子并不困难，纪珩让苏尔把绳子系在腰间，嘱咐道："这不是安全绳，顺着一个方向往上爬，万一掉下来，运气好我还能拽你一把。"

苏尔的身子已经在外面，闻言好笑道："运气不好呢？"

纪珩说："你便会成为第一个牺牲者。"

苏尔不敢耽误时间，他爬高的水平可谓一绝，小时候还曾有幸得过一个外号："蹿天猴"。他手脚并用，一会儿就瞧不见人影了。

一块碎石子从高处掉下，纪珩知道苏尔已经成功上去了。眼看剩下的时间不多，他也没绑绳子，双手抓住窗户外沿，开始攀爬。

还有半米距离时，苏尔伸出手拉了他一下。屋顶没有遮蔽物，风很大，苏尔竖起衣领，朝关狗的地方望去。他的视力不错，可以清楚地看见周围环境。

纪珩刚拍了下手上的灰尘，远处便响起狗叫，那声音在逐渐暗沉的夜晚被无限放大。大概是长期以生骨肉喂养的原因，这些狗的眼中看不见丝毫对人类的友好，相反，冒着贪婪而凶残的光芒。

数百条狗疯狂地朝四面八方跑开，若非眼下情况不允许，苏尔或许能有心情欣赏一下狼狗矫健的身姿。

厂长夫人提溜着一根铁棒，被五只狗环绕着。

苏尔压低声音："值得庆幸，她不是拿着猎枪。"

副本勉强算是给他们留了一条活路。

纪珩说："这个地方狗上不来，只有一件事防不胜防……"

"什么？"

纪珩说："火攻。"

苏尔皱着眉头："为了弄死我们不惜毁掉一辈子的心血？"

纪珩找了块地方坐下："或许人家还有其他产业。"

刚开始的半小时，尚未有玩家被发现。厂长夫人也不急，慢悠悠逛着，铁棒摩擦着地面上的小石子，声音听得人心里直发毛。

苏尔的手指在地面轻轻摩擦，他似乎在琢磨什么。

通常心态越膨胀越容易对付。正巧厂长夫人朝工厂走来，瞧着对方那副快意的样子，苏尔眉毛一扬："机会来了。"

纪珩低声道："引开那些狗不难，一会儿我……"

他尚未说完，苏尔突然举起一只手打断，问："你猜我念书的时候最擅长什么？"

纪珩看着他，苏尔微笑道："长跑和扔铅球，破过校纪录。"

说完他从衣服里掏出从保安身上搜刮来的电棍。

"之前你嫌随身带着招摇，现在可以用上了。"他瞟了眼厂长夫人的方向，"相信我的准头。"

纪珩："……"

苏尔趴在高台边缘，像是一个耐性十足的狙击手，眯了眯眼，喃喃自语道："停下来，只要停下来三秒钟就好……"

上天并未听到他的请求，厂长夫人拖着铁棒继续慢悠悠走着。无法保证一次命中的话，苏尔也不敢轻举妄动。

这时，纪珩突然捡起一枚石子，往远处一抛，石子落在草坪里发出一声闷响，厂长夫人下意识驻足，转身朝那个方向看去。

机会来了！苏尔毫不迟疑地丢出电棍。

纪珩已经掰开了高台侧面经过风蚀而翘起的水泥块，心想一旦苏尔失败，可以再补一刀。然而电棍稳准狠地砸到了厂长夫人头上，一声惨叫响起，他看了苏尔一眼，后者挑眉："如何？"

"很准。"

厂长夫人是倒下了，底下的狗却叫得更加凶猛，有的不停跳起来，恨不得飞上来将他们分食。

纪珩看向远处，皱眉："厂长来了，换位置。"

顺着纪珩的视线望去，苏尔瞧见了正往这里跑的男人，他毫不迟疑地换了个方向往下爬。

"可惜火着起来需要时间，我们手上也没明火。"苏尔边爬边说，"否则我们可以抢占先机利用火攻。"

声音足够轻，就连纪珩听着都是断断续续的，然而隔着一段距离的主持人却听得一清二楚。

小女孩坐在树上，根本不遮掩，但别说厂长，就是那些嗅觉灵敏的狼狗都像是未曾发现她的存在一般。

"高空抛物，还想着纵火杀人。"小女孩沮丧地抱着灯笼想，"果然法律没有教他做人。"

几乎是在重新进入工厂的一瞬间，苏尔就听到外面传来愤怒的吼叫："是谁！是谁干的！"

狗不时跳起，试图给主人线索，可惜厂长往上看时，罪魁祸首早已不在那个地方。

苏尔小心翼翼地透过窗户往外看了一眼，工厂四周已经被狗包围，跑是跑不出去了。

"你们做了什么？"张屹原本藏在机床侧面的缝隙里，虽然说不上特别隐蔽，但就算被发现了也还有逃跑的机会。

这会儿听到外面的动静，他顿时淡定不了了。

纪珩言简意赅："厂长夫人挂了，现在要想办法搞定厂长。"

张屹小心翼翼地摸索着朝他们这边走了两步，哑着嗓子说："这么多狗围着，就算厂长死了，我们也出不去。"

黑暗中多出另一道声音，来自躲在机器后面的郑高："既然只剩厂长一个人，我们可以联合起来利用现有的资源。"

苏尔说："你的意思是想办法搞定厂长后，继续藏着，等到天亮狼狗最饥饿的时候，把他们当食物抛出去，利用这个空隙，我们再逃跑？"

"……"亏得天色够黑，众人看不清郑高此刻的表情。

纪珩说："行吧。那就按照他的主意来。"

郑高："……"

谁是这个意思了！他明明想说的是布置些机关陷阱，而不是利用厂长本身。

张屹："虽然残忍了些，但我赞同郑高说的方法。"

郑高："……"

苏尔忽然问："刘文竹呢？"

张屹："她好像没藏在工厂。"

郑高实在听不下去这几人的对话，好在时间有限，谁都没多说，分配了一下任务，几人便在黑暗中屏息等待。

门被打开时发出"砰"的一声响，可见来人怒气冲冲。

"一群小兔崽子！"厂长按了下开关，灯没亮，他恶狠狠地道，"一会儿把你们全都喂狗！"

对于工厂的构造，他比谁都清楚，厂长很快找到放手电筒的地方，刺眼的光束划破黑暗。

厂长还算聪明，没让狗散开，而是依次检查各个角落，每一次都让狗先探路。

就在这时，一台机器忽然开始运转，厂长猛地回头，还未来得及指挥狗过去，不远处苏尔就握着水管瞄准目标喷了过来。

厂长一边抹去脸上的水，一边把手电筒照向那里，看到苏尔的一瞬间，他脸上的笑容残忍又充满快意，一字一顿道："找到你了。"

都不用他说，狗第一时间朝苏尔的方向奔去。

预想中人被撕碎的画面还未出现，就传来另一道声响。

"砰！"

厂长脸上的笑容凝固住，他僵硬地回过头，感觉到头上暖乎乎的，有什么液体正在滴落，然后就没了知觉。

此刻大部分狗都正朝苏尔那边冲，厂长的身边只剩下一条最大的黑犬。狗见主人被袭击，愤怒地叫了一声，朝张屹扑咬而来。

张屹先挥了一棒，利用狗后退的瞬间砸坏了手电筒。

黑暗重归于工厂。

纪珩和郑高的时机卡得刚好，摸索着打开了附近几台大机器。轰隆隆的机器运转声突然一响，哪怕是再凶残的狗也免不了一惊。

其实狗的夜视能力要比人好，但在这样的黑暗中视物也很吃力。

苏尔早就在机器运转的时候找到了合适的藏身点。最惨的要数张屹，他离那条黑犬太近了，跑都不好跑，挥了好几下金属棒，狗是受伤了，他胳膊上的一块肉也被咬了下来。即便如此，他依旧费力地拖着厂长后退。

"往休息室的方向走。"苏尔绕出来，来到张屹身后，帮忙一起拖厂长。纪珩和郑高则弄出些更大的声响，吸引狗的注意力。

狗叫声一晚上没有停止。快天亮时，声音才稍稍小了些，透过号叫都能听出一股饥饿的味道。

以防万一，苏尔用沙发堵住门，张屹负责把厂长身上的衣服扒下来换成自己的，末了，他包扎了一下胳膊上的伤口，靠在墙角休息："不知道它们会不会吃。"

苏尔说："他们夫妻经常这么做，这些狗早就习惯了。"

曙光初现，灯笼的光芒变得暗淡，小女孩毕竟没有透视眼，不知道工厂内发生了什么，正考虑要不要去看看，就眼睁睁瞧着一个黑影从二楼的窗户坠落，紧接着是重物落地的声音，一群狗围了上去。

而苏尔等人果断从西面的窗户往外跑，趁着群狗争食，迅速而无声地往外围移动。

快到出口时，苏尔看见了一个浑身是血的人。刘文竹躺在路中间，鞋子单剩一只。

苏尔愣了下，首先检查了她的胸牌，武力值居然还没归零，停留在数字5上。

纪珩为她做了简单的止血包扎，不过伤口太多，效果不大。

张屹都不忍看这副惨状，倒是郑高说了一句："就看她能不能靠这丝残血挺到这局结束了。"

背着刘文竹走到大门外，几人下意识抬头看了眼天空，不约而同地松了口气。

苏尔四下环顾，小女孩突然出现："找我？"

突然凑近的一张脸让他忍不住后退一步，他皱着眉说："我们是等改造营的车来接，还是自己回去？"

小女孩撇撇嘴。

苏尔瞧着刘文竹的状态，心想她肯定等不到大巴来，便放柔了声音对小女孩说："早点结束工作，你也好早点去散播给我剥皮的事情。"

小女孩"嘁"了一声，盯着他看了几秒，做出大发慈悲的模样："算你们运气不错，刚好五个人。"

苏尔面色微变，听这句话的意思，留在改造营的玩家全灭了。

小女孩消失不见，没过多久，改造营的车便出现了。

带队老师发现来实习的玩家都还活着，面露不满，视线扫到浑身是血的刘文竹还有胳膊受伤的张屹，这种不满才稍稍有所缓解。

"恭喜你们，成为第二百三十五批成功离开改造营的学生。"

带队老师把校长的审核表依次发放到他们手上，冷冷道："希望你们进入社会后不要给改造营抹黑。"

一路颠簸，窗外景色荒芜。

车子最终停在那日他们刚进副本的小道上，玩家在带队老师不耐烦的催促中依次下车。待到车辆彻底消失，刘文竹胸牌上的武力值已经掉到了 2。

瞧不见主持人的身影，正左顾右盼时，几人手上的审批单突然自动粉碎，熟悉的光柱顷刻间笼罩住他们全身。

传送太快，重新回到熟悉的中转站，苏尔的大脑有几分空白。

原本因失血过多而昏迷的刘文竹身体在迅速复原，不到十秒钟的时间，除了染血的衣服，人已经没有大碍。

苏尔看着这一幕，不禁道："这就是游戏的力量吗……"

如此神奇，说是枯木逢春也不为过。

"我竟然还活着……"刘文竹慢慢坐起身，低头看着自己的手掌，颇有些不可思议。

郑高"呵"了一声："如果有幸运值，你一定是 100。"

刘文竹讪笑一声，她也知道自己昨晚没发挥太大价值。原本想最危险的地方就是最安全的地方，她特地躲在大门附近，企图等厂长去工厂时直接往外逃，不料没过多久便被发现了。

"给大家添麻烦了。"她不好意思地抿了抿唇，眼珠突然一动不动地看着苏尔。

苏尔被望得莫名其妙。

刘文竹认真地问："你觉得我能得到一个'鸡犬升天'的成就点吗？"

也许有朝一日，游戏里会遍布这人的"鸡犬"。

苏尔按了按太阳穴，对纪珩道："先回去吧。"

倘若真有成就点，下次进游戏再知道也不迟，没有谁喜欢被"公开处刑"。

可惜游戏没给他这个机会，熟悉的乌云，熟悉的遮天蔽日，还有熟悉的冰冷的提示音在他话音落下的瞬间响起："恭喜玩家苏尔获得成就'臭名昭著'。"

苏尔怔了下，提示音还未结束："因暂无主持人愿意接待，请玩家通过抽签进行主持人强制匹配。"

苏尔："……"

面前多出一个像魔方一样的盒子，苏尔迟疑地把手探进去，随机抓出一张小卡片，卡片上只有一句话："前世五百次的回眸，换来今生一次擦肩而过。"

另一个维度空间。

华丽的地毯被鲜血浸润，旁边用来装饰的流苏杂乱地粘在一起，男人露出一个嗜血的笑容："居然全灭了，这次的玩家不行啊……"

下一刻，他手上突然凭空出现一张卡片，正面用镀金字体写着"强制征召"。

男人笑容一滞，翻看卡片背面："因玩家苏尔在新手场回头看你四十九次，对比所有副本中的主持人，他看你的频率最高，四舍五入即为五百次，请响应游戏征召，主持该玩家参与的下个副本。"

第六章

当幸福降临

苏尔拿到小卡片后百思不得其解，五百次回眸，他都看谁了？

刘文竹则是好奇："真有前世今生之说？"

苏尔摇头表示不清楚，忍不住看向纪珩，后者微微沉吟："大概率是在说你曾经下过的副本的主持人。"

"……"理智提醒苏尔这绝对不可能，毕竟他没有回头看任何主持人超过一百次。

纪珩说："出去再讨论。"

苏尔表示要先去一趟鉴宝点，于是和刘文竹等人挥手告别。路上他低声说："我从小女孩那里捞来一件道具。"

"难怪……"纪珩瞥了眼他手上的小卡片，心道：苏尔不被主持人待见可太正常了。

他们去的时候，正好有一名玩家在那里，周围应该是跟他同一个组织的成员，为了不让情况外泄，将他围得密不透风。纪珩拉了下苏尔，往后退了几步，等待的时候解释说："别人鉴宝时站得太近会犯忌讳。"

甚至会被误认为在觊觎道具。

不到五分钟，那名玩家便走了出来，路过苏尔时，瞧见他胸牌上多出的"臭名昭著"成就，表情十分复杂。

苏尔清楚自己的名声早就被游戏败完了，勉强勾了下嘴角，不多做解释，直接走到空旷的鉴宝点，把带血的乳牙放进凹槽。

显示屏闪烁了两下，才给出答案——染血的乳牙，意外磕碰后掉落，含有牙齿主人的羞愤，需要经常用鲜血供养。

苏尔特地看了两遍，确定没看见这个道具的用法。

被坑了？

纪珩说："应该是成长型道具，在长成前起不了太大作用。"

听他一说，苏尔目中的失望散去。血液这种东西，游戏里向来不缺。

把道具收回，苏尔手上还捏着小卡片，他笑道："看来下个副本我得一个人闯。"

"未必。"

苏尔眉毛一扬，半晌才不可思议地道："你有办法？"

游戏副本千千万，这人竟然可以跟他凑进同一个副本？

纪珩说："祷告。"

苏尔："……"

纪珩仰头望着天空中还未完全消散的乌云，语气听着很真诚："作为组织首领，我理应好好规范组织成员的言行，他年纪小，需要人监督。"

苏尔眼皮一跳："有用？"

纪珩的语气恢复正常："或许吧。"

打个不恰当的比喻，倘若没人看着，苏尔就像个解除了封印的妖兽，不弄个天崩地裂、日月无光绝对不肯罢休。有纪珩在的时候，他还能收敛一些。

至于祷告是否有用，只有等到下个月进游戏才知道答案了。

重新回到现实世界，苏尔看了看日历，生出一股紧迫感。

他突然想起福利场给姚知转了一万额度时，对方承诺过会免费为他辅导，瞥见桌上的手机，他迟疑片刻，打了一通电话出去。

没过二十分钟，窗外忽然阴雨绵绵，让人直犯瞌睡。

姚知来的时候刚好赶上外面下雨，苏尔一脸疲惫地给他开门，又泡好热茶。

两人直接进入正题。

苏尔的能力从来不体现在数学上，对此姚知很是无奈，不过苏尔对自己很有信心："上个副本，我还给纪珩抄过作业。"

姚知："……"

他没过多打听苏尔的经历，很多玩家会抵触回想游戏里的事情。

而他实则是多虑了，苏尔从不会害怕回顾，甚至睡梦中还在总结经验，真正不愿意回忆的是曾经带过他的主持人。

苏尔忽然双手合十祈祷："如果我能在数学上开窍，我愿今晚就进一次游戏。"

姚知看他的目光格外意味深长。

好一个毒誓！

不知道是不是誓言起了效果，接下来苏尔如有神助，再也没有遇到卡壳的地方。姚知走后，他给纪珩发了条短信："今晚下副本。"

纪珩的短信很快回过来："不用太急，现在是月初，完成两次任务的时间绰绰有余。"

苏尔详细说明了自己先前立过的誓言，并强调他必须去游戏里还愿。

纪珩："……"

当晚两人约好了时间进中转站，一进去就看见有几个人浑身是血，目光放空，躺在路中间。大部分刚刚从副本里出来的玩家也是相当狼狈。

纪珩视若无睹："稍后我和你同时进副本，至于能不能被分到同一个副本，就要看游戏的意志了。"

苏尔点头。

除了新手场时是被强制送进游戏，之后再进副本都是利用组队道具，从中转站主动进副本的经历，苏尔还没有过。

纪珩带他来到一块模糊不清的投影幕布下，月初进副本的人不多，现下这里就他们两个。

纪珩点了点头，苏尔便跟着一道慢慢往前走，眼看就要撞墙，瞧着纪珩没有停步，他便也继续走，最后身体竟像是融入了幕布当中。揣在兜里的卡片自动浮在半空中，苏尔还没意识到发生了什么，眼前已经不再是熟悉的世界。

"说出你的宣言。"

人还没站稳，就听耳边嗡嗡响，苏尔下意识想张口，突然意识到那道声音距离自己好像还有一段距离。侧过脸一看，周围站着好几个戴着胸牌的玩家。

最边上的人面前正抵着一个麦克风，他的神情有几分迷惘，随便说了句："想幸福你就来。"

收回视线，苏尔抓紧时间寻找纪珩的身影。他其实没抱多大希望，直到和熟悉的目光在半空中对上，他不禁怔了下……难不成纪珩那日的祷告真起了作用？

暗自琢磨了几秒，麦克风已经被举到他面前。

人的注意力首先会被更明显的东西吸引：对方左耳边那朵熟悉的月季花，像是树根一样蔓延出滑稽又可怕的纹路，瞧着实在太过熟悉。

"月季……绅士？"

"呵！"

讥讽、嫌弃……一声轻笑包含着太多情绪，苏尔只能勉强辨别出其中两种，顿时眉头紧蹙。

说好的只有千万分之一的概率遇见呢？

"说出你本场的宣言。"月季绅士再次说道。

苏尔想了想，回答得还算认真："我希望双方都能做到意志坚定，情思不渝。"

"愿得一人心吗？"月季绅士咧了咧嘴角，"真是高尚又有趣的发言。"

依次采访完每个玩家，月季绅士微微弯腰，恰到好处地介绍自己："欢迎各位参加《当幸福降临》，我是本场的主持人——月季绅士。"

苏尔用余光留意着周围，发现有很多摄像机，瞧着像是在拍摄户外综艺节目。

"你们当中，隐藏着一位受过情伤的'爱情杀手'，他总是病态地嫉妒着别人的感情。"月季绅士说话的腔调相当夸张，像百老汇的演员时刻注意情绪渲染，"希望各位能在享受美好的同时，找到杀手。他的心是用石头做的，所以冷酷无情。只有把这颗魔石找到，及时放在祭坛上，悲剧才能终止。"

众人面面相觑，莫非他们中有玩家接到了不一样的任务？

月季绅士环顾一圈，目光仿佛有跳跃性，自动略过苏尔，瞟向其他玩家，颔首表示满意："现在，请各自选择嘉宾，组成搭档。"

"必须立马选？"有人问。

月季绅士笑了："感情不等人。"

玩家各自打量着周边的人，虽然只有五分之一的概率，但万一选到"爱情杀手"，绝对不是好事。

见无人行动，月季绅士假模假样地安抚道："如果对选到的嘉宾不满意，后续有机会换人。"

苏尔打破沉默，第一个开口，没有一点意外地指着纪珩说："我选他。"

月季绅士的笑容在面对此人时永远无法完全绽放："哦？"

苏尔点头："只有他的名字和我一样是两个字，说明我们合拍！"

除了苏尔和纪珩，这次副本中玩家的名字都很有趣，分别是张拜天、曲清明、路全球和满江山。

苏尔单从名字看就和其他人显得格格不入。

月季绅士没多说，看向纪珩："你如果愿意和他组成搭档，就请上前一步。"

纪珩的手一直插在兜里，闻言往前迈了一小步。

"恭喜二位完成配对！"月季绅士拍了两下手。

摄像师适时把镜头对准他俩，力求拍出组队嘉宾同框的完美画面。

苏尔尽可能无视摄像头，突然想起在上个副本中遇到的小女孩。倘若她在，肯定会黑着脸出言讥讽，事实证明熊孩子和专业主持人之间还存在很大一段距离。

剩下的刚好是两男两女，张拜天选了妖娆妩媚的曲清明，路全球则和长相偏中性的满江山组了队。

因为对彼此暂时了解不多，整个配对过程很和谐。

月季绅士手上突然多出一个托盘，上面盖着红色方巾，出乎玩家的意料，里面并不是一贯令人反胃的东西，而是测心跳频率的指夹。

第一个被套上指夹的是张拜天，曲清明真的长得很漂亮，他的心跳频率跳到了90。

紧接着是苏尔，他和纪珩早就认识，哪里会有过多的情绪，心如止水到其他玩家一度认为指夹出了问题。

"看来这位嘉宾不大诚实啊。"月季绅士勾勾嘴角。

苏尔站姿规矩："我有轻微的情感认知障碍。"

月季绅士笑容微敛，视线落在曲清明身上，十分夸张地介绍："热情的玫瑰……"紧接着又看向满江山，"有特色的风信子……这么多好看的花朵，难道没一个能入你的眼？"

苏尔闭口不言，与月季绅士四目相对的一刹那，他的心跳频率却突然飙升到93。

月季绅士："……"

其实原因不在主持人，是苏尔在想其他问题。千万分之一的重逢概率都能摊到他身上，这很可能是游戏的手笔。那么，这是不是意味着未来他也有可能和骨魅再见面？

再回想起这段时间自己的所作所为，一旦真有那么一日，毫无疑问苏尔会被周林均千刀万剐了。

苏尔轻轻吸了口气，心跳猛地飙升到130。

月季绅士："……"

一旁的纪珩轻声道："控制住自己。"

苏尔用冰凉的手捂住胸口，仪器的数值这才降了下来。

尽管心跳频率降了下来，但苏尔明显感觉到周围注视他的目光有些异样，只有纪珩看他的眼神一如往昔。

苏尔挑了挑眉：果然只有你懂我。

纪珩微微颔首：正是因为知道你是什么样的人，所以完全不感到惊讶。

读懂了彼此的潜台词，苏尔撇撇嘴，看向另外一边。

等到月季绅士让他取下指夹，他的心跳频率已经降至70。

"上一位嘉宾对搭档好像不太满意。"月季绅士亲自帮路全球戴上指夹，"希望你对选定的搭档满意。"

温度过低的气息喷洒在脸上，路全球打了个寒战，侧着脑袋想避开，生理性的抵触让他的心跳频率未升先降。直到月季绅士退后一步，他脑海中紧绷的弦才松了一些。

路全球没有看满江山，反而朝苏尔投去古怪的注视……

一个人究竟要有什么样的心理，才能在面对主持人时心跳频率飙升到130？！

满江山轻轻咳嗽一声，唤回路全球的注意力。他抱歉地笑笑，两人的目光在半空中交汇。路全球努力想让自己的心跳频率上升，可惜失败了。

满江山五官很清秀，个子高，短发，散发着一种独特的魅力。奈何路全球不喜欢这种类型的女生，选择她，是因为她给人的感觉就很干净利落，适合做搭档。

月季绅士"啧啧"两声："这个心跳频率也不是很高嘛。"

路全球有些紧张，担心主持人话中有话。副本中总有很多奇妙的设定，心跳频率不高或许会让他处在劣势，他咽了咽口水，补救道："我个人倾向于日久生情。"

月季绅士没拆穿他。

每一组只抽了一位玩家测心跳频率，他拍了拍手，周围忽然响起柔和的音乐。苏尔惊讶地看向摆弄音响的工作人员，心想：综艺节目里的背景音乐不都是后期添加的吗？

显然工作人员有自己独特的想法，放了一首经典老歌。

月季绅士继续履行一名合格主持人的职责，不让气氛冷场："无论是一见钟情还是日久生情，要确定两个人适不适合做搭档，必须经过接触。为了帮助大家培养默契，节目组特地安排了一个小比赛。"

他带着众人走到一片草坪上，这里摆放着三张圆桌，每张上面都放了装饰品，有玫瑰、风信子，还有——荆棘。

曲清明撩了下自己的大波浪，热情地拉着搭档走到放有玫瑰的桌子前。满江山和路全球对视一眼，选择了有风信子的桌子。

苏尔没得选，站在布满荆棘的圆桌前，对纪珩说："其实我更喜欢薄荷。"

提神醒脑还好闻。

工作人员换了首激昂的曲子，只见草坪那头走来一排穿旗袍和高跟鞋的美女，冲着他们展颜一笑，依次放下手中的托盘。

然而当她们低头的一瞬间，首先让人注意到的不是充盈的发量，而是她们的额角都长着数只眼睛。

其中一位美女贪婪地盯着苏尔："你闻着比其他人都要美味。"

她弯腰的时候凑近了一些，苏尔皱着眉靠后。

美女笑弯了眼，用温柔的口吻说："你一定会被我除掉的。"

苏尔对她的吸引力似乎真的很大，就像一盘鲜美的红烧肉，一瞬间他甚至能听到对方咽口水的声音。

"柴米油盐是生活的一部分，请大家互相配合，争取在二十分钟内做出一道菜。"月季绅士无视这一幕，介绍规则，"由评委打分，分数最高的一组会获得一张信息卡。"

曲清明："信息卡？"

月季绅士打了个响指："上面记录着关于杀手的线索。"

气氛微微有些凝重，只有苏尔左顾右盼，更关心评委在哪里。

月季绅士伸出三根手指："评委会根据菜品的创意、搭档间的默契度和食物口味三方面综合考量，进行打分。"

规则全部介绍完，评委才姗姗来迟。

一共有四位评委。

走在最前面的嘴巴很大，嘴角几乎开到耳后根，他充满暗示性地说："我好久没吃肉了。"

旁边的金发女郎戴着墨镜，纤细的手指把墨镜稍稍往下压了些，露出脸上两个暗沉沉的窟窿："鲜血的味道才最令人着迷。"

"一天到晚就知道吃。"不屑的声音紧随其后，披着兽皮的黝黑男子露出锋利的牙齿，"我更喜欢吃魅物。"

最后一个小姑娘娇滴滴的，手指对着手指："我……我也喜欢。"

看得出来，金发女郎和大嘴男对这两个"人"十分忌惮，不动声色地把椅子往旁边挪了些。

月季绅士笑着打圆场："请大家抓紧时间开始，提示一下，如果做出的菜正好合评委口味，会加分的。"

这话中蕴含的恶意可见一斑：想要得到高分，就要迎合评委的喜好。后两个压根儿不用考虑，至于鲜血和肉……难不成要他们从身上自取？

月季绅士似乎看出众人的想法，笑容愈加灿烂："上一场有个聪明的玩家得到了一位评委接近满分的评价。"

苏尔低声道："这是在鼓励我们自相残杀？"

纪珩说："游戏惯用的伎俩。"

这时工作人员搬来一个很大的计时器，上面的指针每挪动一小格，就会发出夸张的"啪嗒"声，给人带来紧迫感。

路全球是个急性子，最先揭开适才美女端来的托盘，只听"呱"的一声，一只蟾蜍跳了出来，在草坪上蹦跶了两下，一眨眼已经在几米开外。

谁也没料到游戏给出的食材会是活物，满江山嗔怒地看了他一眼，不悦于对方的鲁莽。但现在没时间吵架，两人一个拿着托盘上面的盖子，一个直接飞扑过去捕捉逃跑的蟾蜍。

吸取他们的经验教训，其余人再掀开盖子时，都十分小心翼翼。

纪珩用白色的蕾丝桌布做成简易的网，再拿盘子往里一扣，蟾蜍被倒进去，奋力扑腾。

苏尔在一旁打下手，突然听到右侧传来一声怪异的惨叫，扭头一看，曲清明手起刀落，眼睛都不带眨地就把蟾蜍给宰了。

似乎察觉到他的窥视，曲清明抬起头，绽放出一个妖冶的笑容。

苏尔第一反应是这女人有毒。

过后他又隐隐有些绝望，在副本里待久了，他见识过千奇百怪的玩家，深知人不可貌相。因此他和陌生人相处也越来越小心。

约莫是为了保证鲜味，迎合评委的口味，曲清明那一组选择了清炖。差不多到他们锅中的水煮沸的时候，满江山也成功抓到了蟾蜍，她冲着路全球耳语几句，后者虽然有些不情愿，还是把手放在圆桌下，用刀从指腹取了很少的一点肉下来。

他们自以为做得很隐蔽，殊不知早就被人看在眼里。

"他们的脑子估计被驴踢了。"纪珩说了句。

他讽刺起人来表情十分平静，但这样嘲讽的意味却更加浓重。

苏尔同样不赞同，要是所有人什么都不做，就可以维持一种微妙的平衡。偏偏这一组开了一个坏头，一旦有第一个割肉放血的，其他人为了得到信息卡，就不得不效仿。在这样的竞争中，消耗的是玩家自身实力，甚至会加重彼此之间的仇视。

那厢曲清明把菜刀往桌上一砸，冷冷道："就怕猪队友。"

张拜天不愿意把气氛闹得太僵，小声说了几句什么。如果不是他出言安抚，苏尔毫不怀疑再过几秒曲清明会向另外两人磨刀霍霍。

纪珩说："谁主刀？"

苏尔看了眼网中的蟾蜍，三条腿，身上遍布类似透明鱼泡的疙瘩，怎么看都像是魅物。

"你来杀吧。"他对这玩意儿有点抵触。

纪珩就要挥刀时，苏尔说："尽量别碰到这些鼓起的东西。"

"碰到了也没关系。"曲清明幽幽道，"里面有少量的毒素，顶多起些小疹子。"

苏尔发现她的脖子一圈有些泛红。

曲清明没有再关注他们这边的动作，而是和张拜天交流起来，讨论到底要不要割肉。毫无疑问，一旦他们也割了，就会掀起一场恶性攀比。但什么都不做，等同于眼睁睁把获胜的机会让给别的组。

张拜天给人的感觉很温和，轻声说了些什么。

"别被表象蒙蔽了。"纪珩看到苏尔观望时的神态，淡淡道，"张拜天和曲清明在商量说实在不行，比赛快结束时把那两个人宰了。"

苏尔想起他会读唇语的事情，愣了下："……游戏禁止玩家互相攻击。"

纪珩点头："曲清明也是这么说的，所以张拜天换了思路，准备在最后关头抢夺满江山做好的菜。"

月季绅士没明令禁止玩家间互相争夺菜品，苏尔意识到这个漏洞，问："那你呢？准备怎么做？"

纪珩说："自然是把他们两组的作品全都毁了。"

"……"见识了世事险恶，苏尔垂下眼眸，"不到万不得已，我想尽量与人为善。"

纪珩勾了勾嘴角："哦？"

苏尔点头："其实可以换种思路，不是有两个评委说喜欢吃魅物吗？"他顿了顿，"场上除了玩家，好像都不是人。"

纪珩"嗯"了一声。

苏尔小声问："你觉得哪个最弱？"

纪珩瞟了眼站着的一排美女。

苏尔相信他的判断，抬头笑了笑，没有一点预兆，猛地把适才那位对自己大放厥词的美女拽了过来，动用了魅力值。美女还没反应过来发生了什么，就感觉到体内的灵气散了些。

她的腰肢不盈一握，皮肤雪白，苏尔却视若无睹。魅物就是魅物，再美好的皮囊都是假象。

"我不喜欢被人当盘中餐。"苏尔咧了咧嘴，"偏偏你说想要除掉我。"

反应过来对方在蚕食她体内的灵气，美女喉咙里挤出一种令人发毛的声音，柔软的身体不再，取而代之的是一只长着八条腿的斑点蜘蛛。

这蜘蛛的体形足足有一个成年男子大小，突如其来的变故让旁边两桌人下意识后退了一步。

苏尔没有退，他相信纪珩的判断，这只蜘蛛不会太强。何况旁边还有大佬站着，生命安全有保障。

在他费力想要制服蜘蛛的时候，纪珩干净利落地把菜刀横过去，下一秒，蜘蛛张开嘴，直接把菜刀咬成了两截。纪珩神情不变，用力一按，竟是直接让刀柄插进了坚硬的甲壳。

苏尔看得无比羡慕，原来武力值爆表真的可以为所欲为。

不敢耽误太久，他连忙又吸了几口灵气，这次他没有直接吞噬，反而试图朝三腿蟾蜍的尸体注入，而后用力拍打，又环视一圈，看向工作人员说："麻烦再提供两把菜刀。"

工作人员神情僵硬地递过来两把菜刀。

"谢谢。"苏尔很有礼貌。

他双手齐剁蟾蜍，其间用手背擦了下额头上的汗珠，问纪珩："做成丸子？"

纪珩点头，帮他在肉泥里加了少许糖，有利于肉丸黏合。

苏尔对做丸子很有心得，早在福利场，他就用魅物肉做过雪白的肉丸，可惜没博得花匠的欢心。

总结先前的经验，这次他更是使出九牛二虎之力，大有成为一代厨神的潜质。

纪珩的手法就要柔和很多，把已经死了的蜘蛛腿掰断，对折三次后盘成螃蟹的形状……清炖！

"好香。"评委中娇滴滴的小姑娘露出垂涎的神情。

"是不错。"披着兽皮的黝黑男子同样点头。

另外两名评委就不一样了，他们属于实力不强，爱找存在感的类型。骤然看见苏尔和纪珩当众宰魅物的场面，面色微变。对视一眼，他们心里的疑惑是一样的——这两个究竟是人，是鬼，还是畜生？

他们的视线像是刀子一样落下来，苏尔瞥了眼评委，继续忙活手上的事，耳朵却竖起仔细留意身边的动静。注意到另外两组玩家挪动了一下位置，他哂然一笑："场上的蜘蛛不少，实力也不强，想抓要趁早。"

然而一抬头，苏尔发现适才一排穿旗袍的优雅美女早就作鸟兽散了。

苏尔抿了抿唇，开始用手捏丸子，重新垂下眼："欢迎想不劳而获，抢夺现成菜品的人。"

其余两组确实起了争抢的心思，但看到纪珩面无表情地清炖着蜘蛛，苏尔平静地做着肉丸，还不时露出诡异的笑容……嚣张的气焰顿时熄灭了几分。

"算了。"张拜天声音放得很轻，"这两个都不是善茬，何况对付完这一组，还有另外两个人。"

曲清明点点头，她觉得有些热，把大波浪缩起来。其间她斜眼看到路全球手上的伤口，有了对比，心里好受了一些，至少自己这组没有做赔本的事。

三组玩家各自忙活手上的事情，计时器一点点走着，终于，它开始嗡嗡振动。
"时间到。"

不知是不是苏尔的错觉，他觉得月季绅士脸上的笑容似乎冷淡了许多。

苏尔第一个呈交作品，他很用心地用丸子摆出一圈心形花边。可惜蜘蛛的体形太大，尽管被拍碎了，还对折好几次，在盘子里依旧造型狰狞，苏尔怀疑只蒸了个七分熟。

纪珩说着毫无信服力的话："这样味道更鲜美。"

两人的交流被打断，月季绅士脸上的笑容彻底消失了："看来大家配合得不错，接下来请依次客观地向评委介绍自己的作品。"

曲清明他们更靠近评委席，于是第一个开口说："蟾蜍汤，选用蟾蜍大腿上的肉，经过小火慢炖，保证入口即化。"

对本次比赛她没抱太大希望，简明扼要地说了几句后就闭口不言了。

轮到苏尔和纪珩，纪珩点点头，示意苏尔来发言。

苏尔细品主持人之前那句话，迅速抓住关键词：客观。

所谓客观，就是既需要实事求是地说出优点，又得道出不足之处，这样才能显得真诚可信。

他思考了片刻，把盘子朝前推了一下，方便更好地展示："清炖蜘蛛，搭配蟾蜍肉丸，保证选用最新鲜的食材，蜘蛛鲜美，肉丸劲道。唯一的不足之处是比较费服务生。"

说着他看了一眼远处瑟瑟发抖的一排美女。

现实已经证明每完成一道这样的菜品，副本里就会少一个蜘蛛NPC。

苏尔说到最后一句话时，工作人员关掉了草坪周边的音响，只剩下他响亮清澈的声音在天地间回荡。待他停下，周围没有任何一个人接话，众人陷入沉默。

几分钟，漫长得像是一个世纪，月季绅士的目光终于从蜘蛛上移开，点评道："真是'创意十足'的一道菜。"

受苏尔牵连，最后一个做介绍的路全球能清晰地感觉到从主持人身上散发出的压迫感，他小心翼翼地开口："油焖蟾蜍肉，含有少量血肉。"

后勤人员把餐盘端上评委席。这件事原本是由之前的一排美女负责的，因为苏尔，不得不暂时由后勤人员接手。

披着兽皮的黝黑男子完全不讲究，舍弃筷子，直接用手拿起食物，往嘴里一塞："还行。"

旁边娇滴滴的女生说话有点口吃："给……给我留点。"

金发女郎和大嘴男在他们面前有些怂，眼睁睁等主干部位被吃完，才开始动筷。

单从色泽上看，路全球和满江山做得最好，奈何魅物吃东西的标准和人不同，最让评委们满意的还是清炖蜘蛛以及蟾蜍肉丸。满分是40分，苏尔和纪珩以36的高分位居第一。

工作人员效率很高，结果一公布他们便轻松地扛着桌子离开，回来后又在主持人的授意下播放颁奖时用的音乐。

月季绅士维持着职业假笑，把一个绘制有月季花的信封交给苏尔，说："和之前说的一样，里面有关于杀手的线索，至于要不要跟其他玩家分享……"月季绅士故意拉长语调，"决定权在你们手上。"

另外两组玩家的视线不约而同地落在信封上，薄薄的一张纸仿佛有了重量。

纪珩直接把信封对折装进口袋，阻断窥探的视线，用行动宣告了自己的态度。

组队的好处这时完全体现了出来，只要队友足够强悍，其他人就算想打些不好的主意也得三思而后行。苏尔脑海中突然浮现出一句诗：偷得浮生半日闲。

也许他应该偶尔享受一下躺赢的乐趣。

"经过短暂的合作，想必大家已经建立了初步的默契。"月季绅士的情绪收敛得很快，字里行间再听不出适才的不豫，"稍后还会有更加有趣的项目。"

拍摄迎来中场休息，苏尔完全有理由怀疑这是临时给出的休息时间……因为主持人放下麦克风，便挽起袖子去抓逃走的蜘蛛了。

见状他不禁担忧，不知道下个副本会给自己安排什么样的主持人。

"杞人忧天了……"苏尔仰着脸望着苍穹嘀咕，眼下该专注的是如何活过这场游戏。他斜眼瞟着纪珩："拆信封吗？"

纪珩点头。

苏尔解开扣子，像大鹏展翅一样拉开衣服："我给你挡着。"

纪珩："……"

苏尔想得很简单，不确定杀手是谁的情况下线索自然不能泄露。纪珩跟他是一个意思，只是没料到他会做得这么明显。

"怎么？"见纪珩没拆信封，苏尔问。

"没什么。"纪珩说，"你考虑得很周到。"

他们明明是在开"战利品"，过程却完全像是在做贼，原本还试图利用美貌来蹭便宜的曲清明彻底放弃，苏尔的每一个行动都在彰显同样的信息：别靠近我。

信封里的小卡片被抽出，上面印着两个字：好丑。

料到游戏不会一开始就提供太过有用的信息，苏尔控制住没让神情出现变化。

纪珩把东西收好。

苏尔说："不销毁？"

纪珩说："先留着，后期可以用来交换其他线索。"

说完他从口袋里掏出一大片绿色的蔬菜叶，打开后里面竟包裹着两条蜘蛛腿。苏尔眼睛睁大，就差没直接问出口他包这玩意儿做什么。

纪珩："把它给你的跟拍摄像师。"

苏尔："讨好摄像师？"

纪珩话说得含糊不清："算是吧。"

苏尔迟疑地问："会不会显得有些……做作？"

纪珩笑了："对你有好处。"

苏尔总觉得纪珩这一笑掩藏着什么关键信息，可惜他分析不出来。蜘蛛的腿壳很硬，经过焖炖都没有怎么软化。担心菜叶被割烂，他拿的时候很小心。

摄像师正在擦镜头，看到有人走来，板着的棺材脸上神情毫无波动。

苏尔把菜包蜘蛛腿递过去。摄像师打开看了一眼，视线在蜘蛛腿上多停留了几秒，没说话，而后把东西放在一边，继续忙活手头的事情。

见东西没被退回，苏尔两手空空离开，重新走到纪珩身边，盘腿坐下。

纪珩问："他收到后有什么反应？"

苏尔连细节都说得很清楚，最后说到摄像师多看了几眼蜘蛛腿。

纪珩微微颔首："摄像师比一般人更会捕捉细节。"

苏尔想细问，但看月季绅士已经从林间归来，手上提着个桶子，里面有数只蜘蛛正在争先恐后地往外爬。

"这体形比被我们煮的那只小太多了。"他摇摇头。

纪珩说："或许那只是这些蜘蛛的首领。"

月季绅士回来了，意味着综艺节目要继续录制，纪珩站起身，冲在旁边整理衣服的苏尔说："你抓住时机，多观察金色头发的评委。"说完又嘱咐一句，"记住，除了她，尽量别再去看别的评委，尤其是那个看上去娇弱的女孩。"

苏尔纳闷："是有什么讲究吗？"

纪珩点头，语气里带着几分揶揄："没错，里面有大讲究。"

另一边，月季绅士接过工作人员递过来的帕子，擦了擦手。苏尔不再看他，生怕受到来自主持人的死亡凝视。

"真是充实的一个上午。"月季绅士把帕子扔在一边，工作人员像是收到信号一样，迅速回到各自的工作岗位。

尽管月季绅士脸上挂着职业微笑，玩家却真正感觉到如履薄冰，没一个敢插话。

"为了能带给大家最好的体验，节目组特地把录制地点选在一座风景优美的小岛上。"

经他一说，众人才知道他们正身处一座岛屿。只是因为眼下站在草地上，四周都是密林，所以根本感觉不出来。

月季绅士十分贴心，领着他们穿过小树林，偶尔看见一些颜色艳丽的蘑菇，还会提醒他们不要私自采摘，容易误食毒菌。

等到视野渐渐开阔，他们可以隐约嗅到海风的味道。海边的风景很美，最吸引人的莫过于一栋漂亮的海景别墅。

"现在来正式介绍一下四位评委，他们真正的身份其实是情感咨询师。"

适才的四位评委同时笑了一下，其中大嘴男笑得最恐怖，金发女郎取下墨镜，还送来一个热情的飞吻。

多数人都下意识回避评委的目光，苏尔则按照纪珩的交代，目不斜视。

明明没有眼珠，金发女郎却像是能看见他一般，发现苏尔的视线没有闪躲，还愣了一下。

对于他们之间奇怪的互动，月季绅士视若无睹，继续说："情感咨询师会适时给大家一些建议。"

紧接着摄像头对准众玩家后面的海景别墅。

"接下来是挑选房间的时间，先由被选为搭档的人选择最想要入住的房间，另一方则要通过比赛为他们争取入住资格。"

工作人员不知从哪里搬来几把贵妃椅，曲清明最先反应过来，扭着胯走过去，躺在上面休息。满江山和路全球说了两句话，而后也选了一把贵妃椅。

纪珩转身也准备去休息，苏尔嘴角微抽，站在原地等着月季绅士宣读游戏规则。

被抓回来的蜘蛛变成美女，痛苦地重新营业，送上数张房间的照片，看得出各个房间装修风格迥异。

纪珩抽出其中一张摞下，动作很随意，像是敷衍着选的。

曲清明参考了一下他的选择，挑了装修风格较为简洁的，满江山却一反常态，对华丽的屋子情有独钟。单从照片的选择上看，三人并没有竞争关系。

月季绅士先是夸张地赞颂了他们的眼光，但很快降下语调来："可惜你们之中，只有一位能住到心仪的房间。"

他没说剩下的两个玩家会住什么地方，而是看向苏尔等人："希望各位拼尽全力，为搭档能住上好房间努力！"

苏尔不时偷瞟一眼金发女郎，实在没有看出她身上有什么值得探究的点。

金发女郎明显是四个评委里实力最弱的，大嘴男跟她说话一点都不客气，相反，面对那个娇弱的姑娘，大嘴男连喘气声都不敢太大。

纪珩不会无的放矢，苏尔觉得是自己观察没到位，一直用余光留意着。

月季绅士依旧在认真做介绍："这次的小游戏很简单，叫'感动我'。"

路全球疑惑地跟着重复了一遍："感动……我？"

月季绅士："顾名思义，做一件你们认为最浪漫的事，由四位情感咨询师来打分。"

曲清明任何时候都不忘散发她的魅力，手指卷着鬓角的一缕头发，捂着嘴笑道："男人的套路我见多了，更何况这些情感咨询师……"

她望着月季绅士，眼波流转："是不是该给他们多一点时间，好想出些不一样的法子？"

不管成不成，这都算是间接在为要参加评比的玩家争取时间，无形中博得众人一波好感。

月季绅士格外大度："节目组会给出十五分钟的时间。"

张拜天忽然问："能不能和搭档交流？"

月季绅士点头："了解搭档的喜好本来就是应该的。"

得到肯定答案，张拜天一点都不避讳地走到曲清明身边和她咬耳朵。

苏尔没有独断，同样走过去和纪珩交流。

"要不我给你唱一首歌？"

纪珩摇头，示意让他附耳过来。伴随着窃窃私语，苏尔目中的疑惑越来越重，他深深地看了纪珩一眼。

纪珩说："先去做，如果时间够用我再解释。"

苏尔随即走到录音师面前停下。

玩家们秘密地交流，暂时不需要录音，因此录音师有一小段的闲暇。

苏尔说:"一会儿我想要念首诗。"

录音师皱眉……这关他什么事?

苏尔有些腼腆地低下头:"我从来没这么做过,有些紧张,能不能请你先当一下我的练习对象?"

录音师无所谓地坐在一边。

苏尔清清嗓子,十分温柔地开口:"那一天我在人群中匆匆一瞥,看到了你,你穿着一件很普通的皮夹克……"

录音师下意识低头看了眼自己……是巧合吗?他今天正好穿的就是一件皮夹克。

"我真的好想,好想找到一个借口约你出去。"

念完最后一句诗,苏尔看着他欲言又止,然后转身跑开。

"……"录音师回过头去的时候,苏尔人已经站到纪珩身边,从远处看两人似乎在刻意避免肢体接触。录音师回忆起测心跳频率时,苏尔面对搭档没有太大情感起伏,反而是面对主持人时……

等等!当时自己就站在主持人身后,难不成令苏尔心动的不是主持人,而是自己?

不远处,苏尔估摸着还有最后五分钟时间,看向纪珩。

纪珩直白地说:"副本的通关条件是把杀手找出来,把魔石放在祭坛上。"

苏尔反应过来:"游戏禁止玩家互相伤害。"

迄今为止,他只接触过一个比较特殊的副本,就是福利场。然而哪怕是在福利场,玩家想要故意淘汰别的玩家,也必须和苟宝菩做交易才能获得免责权。

如今按照通关要求,他们岂不是要淘汰一名玩家?

纪珩说:"可能性有很多,或许我们之中藏着魅物,或许是要利用规则的漏洞来达成目的……可有一点是肯定的,杀手不会乖乖在原地等死。"

苏尔目光一动:"他也有办法淘汰其他玩家?"

纪珩扫了下那边的四个评委:"副本不会无故出现这么多魅物。"顿了顿又说,"一旦有人出局,你认为谁的嫌疑最大?"

苏尔透过纪珩深邃的瞳孔看见自己的影子:"……我?"

纪珩说:"比起其他男女组合,我们显得有些怪异。"

苏尔承认确实如此,何况他进来的方式也和其他人不一样。纪珩笑了笑:"主持人还强调过杀手受过情伤。"

苏尔愣了下,无奈地扶额,想起了自己的结缘史。

几条线索综合起来,他是挺值得怀疑的。

纪珩说:"要是通过票选的方式选择杀手,会对你很不利。所以要从一开始就把自己择干净了。"

而想要彻底消除嫌疑,就得拿出铁证。

苏尔反应过来："你让我给摄像师送吃的，多看金发女郎，又当着录音师的面读情诗，是为博取他们的好感？"

苏尔以此类推，那看金发女郎就是为了吸引对方的注意，对录音师也是如此。

"不仅仅如此。"纪珩摇头，"蜘蛛腿上刻着的是约对方出去的信息……"

纪珩弯腰随手捡起一截树枝："我已经替你约好了一个，今晚零点到两点，和摄像师出去一起看星星……"

他边说边给苏尔塞了两个道具用来保命。

"稍后做游戏时记得给金发女郎传个口讯，约她两点五分在海边见面……"

苏尔说："……然后一起待到四点五分？"

纪珩"嗯"了一声："至于录音师，就约在四点十分。"

等到六点多，天也就亮了。

苏尔皱眉："如果拖不够那么久怎么办？"

纪珩瞥了眼月季绅士："把他当替补。"略一沉吟又道，"主持人比较危险，以防万一，我会在暗中守着。"

不过有些话两人都没有说开。

早在新手场苏尔就曾有和月季绅士共处一夜的经历，想也知道他当时定是有什么东西傍身，只是纪珩没去探究罢了。

把一切串联起来想了想，苏尔抿了抿唇："假设有人出局，我就会拥有完美的不在场证明。"

但这也只是推测，说不准今晚会全员存活。

看出他的想法，纪珩开口："那就第二个晚上继续约。"

白天看起来危险不大，要杀人晚上才是好时机，而连续几个夜晚都不出事，在副本里几乎不可能。

"看来今晚会过得相当刺激……"

苏尔蹙着眉头，这和他现在想要求稳的路子截然相反。

突然感觉到自己被一股强烈的视线窥视着，他一回头就看见蜘蛛美女正用阴沉的目光注视着这边。没料到他会突然转身，蜘蛛美女惊愕得瞪大眼睛，十分僵硬地低头佯装和同伴交流。

"留点心。"纪珩提醒说，"这样的魅物通常报复心都很强。"

哪怕不直接对视，苏尔也能感受到从那一排美女身上散发出的敌意，不是很能理解："菜是我俩一起做的，为什么她们只记恨我？"

每次无论和谁一起做坏事，明明大家都是得利者，最后那些魅物一定会把账记在苏尔头上。

纪珩给出一个还算合理的解释："或许因为你留给他们的印象是比较弱小。"

魅物也是欺软怕硬的，苏尔武力值太低，并没有太强的威慑力。

月季绅士是一个相当有时间观念的人，说是十五分钟，便一秒钟的时间都没多给。

　　纪珩和另外两名女玩家各自坐回属于他们的贵妃椅上，让苏尔感到钦佩的是，纪珩全程没有表露出任何尴尬的意思，仿佛真的是一位在等待勇士赠礼的公主。

　　为了烘托节目氛围，月季绅士让贵妃椅上的每人对搭档说一句鼓励的话。

　　曲清明大胆热情地朝张拜天抛了个媚眼："人家是豌豆公主体质，必须住最好的房间。"

　　张拜天拍拍胸口，做了个保证的动作。

　　满江山中规中矩地朝路全球比了个"心"："加油。"

　　纪珩对苏尔说："赢了给你奖励。"

　　他是个实在人，就差没明着说要给道具了。

　　月季绅士稍一举手，工作人员便开始播放音乐。

　　音响放出的声音略有浑浊，显得十分突兀。

　　一位蜘蛛美女不情不愿地走过来，让他们抽取表演顺序，在面对苏尔时，她的身体后仰到夸张的程度，似乎担心下一刻对方就会化为恶狼扑上来。

　　苏尔抽到第一个表演。

　　按照计划，诗朗诵的节目不变，只不过词有了调整。

　　他站在场地正中间，字正腔圆地开口："那一天我在人群中匆匆一瞥，久久不能忘怀……凌晨四点十分的夜晚，心上人，可否再见你一次？只有我们两个，我会带着精心准备的礼物，在星空下与你互诉衷肠。"

　　他独特的嗓音饱含深情，从他眼睛中流露出的仿佛就是星光。在念出"凌晨四点十分"时，他欲言又止的眼神佯装无意地朝录音师那里一瞥。后者接收到他的暗示，表情略微怪异。

　　这一幕未被其他玩家注意到，另外两组好奇的是为什么苏尔会选择诗朗诵，这种表达方式实在太过普通。纪珩感兴趣的则是他这临场编诗的功夫又是从哪里学来的。

　　对视间，苏尔张开嘴，用口型道："天赋。"

　　羡慕不来的。

　　情诗念完，他便退了回去，却发现来自四面八方的注视并没有从自己身上散开。

　　月季绅士的神情中透着罕见的疑惑："……结束了？"

　　苏尔认真地点头。

　　月季绅士环视四周，谨慎地清点了一遍现场工作人员，确定没少了谁。而适才让苏尔抽取表演顺序的蜘蛛美女化为原形，检查了一遍身体，没有发现自己有缺胳膊少腿的情况。

　　人品被质疑了不止一次，苏尔放弃树立正面形象。意识到适才的表演太过平淡，再这样下去，主持人迟早会起疑，于是他微微一笑，故意装出风轻云淡的样子："欢迎本轮的胜利者来交换线索。"

　　理由给得合情合理——上一轮他们拿到了线索卡，现在他完全可以不那么拼命，只要和新一轮的获胜者交换线索，就能实现双赢。

如此，那些狐疑的注视才渐渐散去。

第二个表演的是张拜天，他把上衣一脱，突然跳进海里。因为平时经常做运动，张拜天游泳时的肌肉线条很好看，就像是鲛人戏水。可惜现在不是正午，否则灿烂的阳光倾泻下来，会起到很好的点缀作用。

重新上岸时，张拜天竟是徒手抓住了几条海鱼，走到曲清明面前，半跪下来。

鱼尾还在拼命拍打，甩出不少水珠，副本里的鱼都比现实世界里的要凶残很多，眼看着还要张嘴咬人。张拜天武力值不低，略施巧劲就让鱼晕了过去。

"我愿意为你成为捕食者。"张拜天深情款款。

稍微散发野性的行为显然更合乎评委的心意一些。

这可谓是一箭双雕，副本里提供的食物不一定安全，相对而言，亲手捕捉海鱼比较稳妥，顺便能应付晚饭。

有了先前苏尔的铺垫，张拜天的表现算是出彩，最后出场的路全球压力大了不少。不过他的表情很轻松，似乎有稳赢的把握。

路全球问工作人员要了针线以及能染色的液体，现场表演了最原始的文身手艺。他在胳膊上文了一个很小的风信子图案，既不会对身体造成太大损伤，文身过程中又能见到血。

"有点意思。"披兽皮的黝黑男子评价道，"至少看着不那么犯困。"

一句话基本奠定了路全球的胜利。

结果并不意外，路全球以 30 分稳居第一，成功得到了一张线索卡。

贵妃椅被撤走，月季绅士没给玩家交流的机会，直接输入密码打开海景别墅的门。一进去，房子内的装修便给人眼前一亮的感觉，蔚蓝色的主色调，显得浪漫又有活力。

月季绅士首先领他们参观了满江山可以入住的房间，因为路全球拔得头筹，她可以入住自己看中的那间房间。

推开房间门，墙纸色彩艳丽，床罩是翠绿色的。因为面积足够大，房间中还放了一个书架，但上面摆着的不是书，而是精致的工艺品。

月季绅士把房间钥匙给她，笑眯眯地说："晚上记得锁好门。"

满江山拿着钥匙的手在半空中僵了一下，很快又从容地把钥匙放进兜里。

纪珩和曲清明丧失了自主挑选的权利，不过月季绅士还是给他们挑了两间装修很华美的房间，只在最后补充说："门锁去年就坏了，一直没来得及修，上不了锁。"

路全球忽然道："那我们呢？"

月季绅士："他们三个住一楼，你们就住二楼。"他又望着路全球，"当然，作为比赛的获胜者，你房间的门锁是好的。"

得到明确的答复，路全球松了口气。

副本里，住在一间没法上锁的房间里，晚上谁还敢休息？

曲清明和张拜天都是城府比较深的人，得知要住在危险的客房，也没显露出太多情绪。不过最淡然的要数苏尔，反正今晚有的忙，对他来说没区别。

　　"这里很漂亮，能不能让我们四处参观一下？"曲清明问。

　　月季绅士很慷慨："请自便。"

　　苏尔心不在焉，他想去约金发女郎，奈何身后跟着摄像师，又不可能当着摄像师的面再堂而皇之地去约旁人。

　　垂眸思索片刻，他望着月季绅士："时间不早了，就暂停拍摄吧……我看这些摄像大哥扛着这么重的东西，跟着我们跑来跑去，挺累的。"末了又说，"刚好快到晚饭的时间了。"

　　月季绅士深深地看了他一眼："你在心疼我的工作人员？"

　　苏尔讪笑一声，道："人要心怀大爱。"

　　月季绅士看了眼外面的天色，竟没有为难，同意暂停拍摄："鉴于大家累了一天，晚饭会由评委老师为你们准备。"

　　众人心中只有一个念头：鸿门宴。

　　一时间，张拜天捕捉的那几条海鱼成了众人瞩目的焦点，他很直白地道："可以用线索来换。"

　　鱼亲自下海捕也行，暂时没有玩家愿意交换。

　　路全球和满江山出去寻找吃的，月季绅士没阻止。苏尔画风清奇，自告奋勇去厨房打下手。

　　评委正在料理的是螺肉。这螺大得离奇，且只是在水中简单泡了一下便生着凉拌了。

　　苏尔在旁边打下手，其间大嘴男几次举起菜刀想吓唬他，苏尔却完全不惧，反而全神贯注地盯着金发女郎。

　　一只魅物硬是被他盯得头皮发麻，可见这人脸皮有多厚。

　　终于，金发女郎忍不住，厉声道："再看我把你眼珠子抠出来！"

　　苏尔没有因为不善的口吻后退，反而有些羞涩地道："晚上我能跟你约会吗？"

　　"啪"！大嘴男不小心捏爆了一个螺肉，用古怪的眼神注视着他……这个玩家脑子是不是有病？

　　其他两个评委也瞟了一眼他们这边。

　　苏尔自顾自地说："我控制不住地想见你。凌晨两点五分，我有话对你说……不见不散！"

　　他说完就跑，只留下一阵风。

　　娇滴滴的女孩问："他是不是害羞了？"

　　金发女郎只感觉浑身发寒。

　　大嘴男冷笑："他又不能吃了你，就去看看是怎么回事呗。"

　　苏尔达成目的后没能开心多久，因为他发现摄像师就站在不远的地方，直勾勾地盯着自己。他该不会是听到了吧？这个距离，以人的听力来看，应该听不见才对。

然而苏尔刚一靠近，摄像师便冷冷地瞥了他一眼，然后扛着摄像机离开了。

小船就这么翻了。

苏尔愣了几秒，眉头紧锁地坐在沙发上。

没有玩家去试吃评委准备的晚饭，大家各有应对方案，纪珩不知从哪里找来几个野果子，苏尔用来充饥。

评委也不在乎没人愿意吃他们做的东西，各自分了一部分狼吞虎咽。

外面海浪的声音越来越大，夜幕彻底降临了。月季绅士让工作人员把餐桌上的饭菜都撤了。所有人相顾无言，今天体力消耗不少，打了声招呼后便各自回到房间。

这个夜晚很安静，但能踏实睡着的人屈指可数。

苏尔看着墙上的挂钟发怔，摄像师原本是他今晚第一个要见的，不幸计划泡汤，他只能退而求其次，把主持人作为替补。

新手场有规定，夜晚不能出门，这个副本却没有明确要求，苏尔心想如果去找主持人，自己应该不会被直接干掉。

再三权衡利弊，苏尔揉揉眉心，眼睁睁看着时间一分一秒流逝，直到离零点就差十分钟。

二十三点五十四分，苏尔的眼神逐渐坚定，他从床上坐起来，把所有道具都准备好，深吸一口气走出房门。

二十三点五十六分，别墅的某间客房门突然被敲响了。

门内，月季绅士看了眼外面的星空。

这熟悉的时间点，这似曾相识的敲门声——

哦，他又来了。

月季绅士相当仔细地重新检查了一遍这次副本的细节，确定没有不让夜晚出门的条例，失望地摇摇头。目前看来，苏尔没违规，因此不能把他踢出局。

不过既然如此，便没有开门的必要，眼不见心不烦。

敲门声三下一断，共响了六下。苏尔明白是里面的人故意在装聋作哑，他还没有胆大妄为到不停暴力输出进行叨扰，索性停止敲门。瞧着地面还算干净，他顺势坐了下来。

其实这样也挺好，直面主持人的压力太大。

苏尔对着门缝，缓缓开口："看到你的第一眼，我的内心就充满忐忑……"

这算不上假话，突然被带入新手场，哪个玩家能不紧张！

但接下来的话就纯属信口开河——"你的眼睛是天空中最耀眼的星辰，你的耳朵是最性感的花骨朵……"

不知是被自己的肉麻恶心到了，还是晚上吃的果子导致胃反酸，话说到这里，苏尔感觉不太舒服，一不留神咬到了舌尖。

如今两个小时才过去三分钟，一分一秒都是煎熬。

苏尔语文成绩好，直接以月季绅士为主人公，现场编了篇八百字作文，等他口干舌燥，意识渐渐没有那么清醒时，他用余光瞟见钟摆的指针，揉揉眼睛确定自己没有看错——终于到凌晨两点了。

他连忙站起身，拍拍衣服后面的土，哑着嗓子说："打扰了。"

房间内，月季绅士的忍耐也快达到极限，一个"滚"字隔着厚重的木板门清楚地传了出来。

屋子里没开灯，全靠月光照明，显得惨淡阴森。月季绅士耳朵上的花大概是最有生命力的活物，可他的目光却像是渗了毒一般。

苏尔就像是一个异类，三番五次让他获得成就点，绝非好事。眼下月季绅士主持的副本难度不低，假如能让苏尔折在这里，就可以永绝后患。

夜晚最适合思考，月季绅士正细细盘算着，忽然听到很轻微的关门声，声源似乎还来自正门。他皱着眉走到窗边，发现无边黑夜中不知何时多了一道身影，正灵活轻巧地朝海岸边移动。

外面的气温有些低。苏尔先往金发女郎的门缝里塞了张字条，而后飞奔到海边的礁石下等待。

约定的时间是凌晨两点十分，魅物的时间观念极强，金发女郎准时出现。

苏尔松了口气："我还以为你不会来。"

金发女郎在晚上依旧戴着墨镜，反问："如果我不来，你准备怎么办？"

苏尔虚弱地笑了笑……那就只能继续厚着脸皮去找月季绅士。

双方隔着一米距离，潮湿咸涩的海风从他们之间吹过。

金发女郎的食欲被勾起："你的肉好香。"

苏尔皱了皱眉，开口却说的是赞美的话："你好美，看到你的第一眼，我的内心就充满忐忑……"

夜晚总能无形中织出一张恐怖的密网，和一只魅物单独约在海边，若说毫无畏惧根本不可能。苏尔尽可能压制着紧张，却还是卡壳了两秒。接下来该说什么来着？

"你的眼睛是天空中最耀眼的星辰……"一道低沉的声音从身后传来。

没错，就是这句！

被提示的喜悦连 0.001 秒都没有维持到，苏尔站直的身体就僵硬了。

他不敢把注意力完全从金发女郎身上移开，稍稍侧过一点身子，两边都留意着。月光下，他瞧见了另外一道身影。

苏尔的唇瓣动了几下，声音听着还挺稳："这么晚出来散步？"

月季绅士不说话，靠在礁石上，就这么看着他。

金发女郎再迟钝，也能感觉到气氛不对，想要问个明白，却碍于月季绅士在场，不敢肆无忌惮地嚷嚷。

"准备制造完美的不在场证明？"月季绅士终于开口，竟是直接点出了苏尔的目的。

又是好几分钟的沉默。

苏尔微微侧过脸，看向波光粼粼的海面，顾左右而言他："玩家为了过关都是各显神通，我这点小花招算不上什么。"

此刻他的内心绝没有面上表现出的这般平静，而今之计唯有……祈祷。

凭借自己的实力，根本无法全身而退。苏尔轻叹一声，月季绅士不能无缘无故动手除掉玩家，就是不知道金发女郎要出手的话需要满足什么条件。

"小花招？"月季绅士的口吻带着些嘲讽，忽然看向金发女郎，"守株待兔，你猜一会儿会不会再来一只兔子？"

金发女郎满脑子只有愤怒，她到现在还不明白他们在打什么哑谜。

空气霎时陷入安静。

苏尔本身情绪起伏就比正常人小得多，这会儿时间线一拉长，他彻底镇定下来。他想起纪珩说过，游戏不会无缘无故在一个副本中投放这么多魅物，这几个评委除了打分，肯定还有另外的存在意义。

硬拖着也没意思，苏尔扯了扯嘴角，主动试探道："你不是说我的肉很香吗？"

金发女郎舔了舔红唇，咽了下口水。

苏尔故意把袖口往上卷了卷，露出手腕。

金发女郎恨不得扑上去，但她却咬着指头，很克制。

见状，苏尔有了判断，明白评委不能随意伤害玩家，大概率是要满足什么隐藏的条件才能动手，显然现在他还没有触发淘汰规则。

他不再耽搁，迈步准备离开。

可惜前路被堵住，月季绅士的态度很明确，虽然不能动手伤人，但报复一下不难，比如在这里等一会儿，说不准就又会等来一位工作人员。

苏尔知道不能继续耗下去，否则录音师一到场，立马会真相大白，毫无疑问他会把几只魅物都得罪死。一次性招这么多恨，神人也招架不住。

或许是海神听到了苏尔的祈祷，事情竟然迎来转机。

大约僵持了二十分钟，远处传来脚步声。苏尔抬眼望去，纪珩的轮廓在月光下渐渐明朗。

救星来了！

纪珩的神情看不出异样，他走到苏尔身侧停下，环视一圈，微笑着说："好巧，大家都出来赏月。"

月季绅士看了他们二人一眼，半晌后他冷笑一声："希望你们还有机会看到月亮。"

余音未逝，月季绅士原地消失不见。

他一走，金发女郎立刻疾言厉色地质问苏尔约自己出来的目的。

苏尔口中没一句实话，说来说去只有一个主题：就是因为她美。不过又补充了一句："我觉得你比那个娇滴滴的女孩美太多了。"

长期在那两只魅物面前伏低做小，金发女郎心中早就暗恨不已，陡然听见有人夸她比那个装模作样的丫头漂亮，她忽然觉得苏尔顺眼不少。

"眼光不错。"

好说歹说把金发女郎哄走，苏尔有些脱力地扶着礁石，长吁了一口气："下一个约还赴吗？"

难得看他吃瘪，跟霜打的茄子似的，纪珩没忍住笑出了声。

苏尔苦笑："我对这种业务是真的不擅长。"

他们身上没有任何电子设备，纪珩出门时把客房里的闹钟带了出来，现在是凌晨两点三十二分。

"先回去休息。"计划在月季绅士介入的那一刻便已经宣告功亏一篑，继续往下执行，时间点也无法卡得那么完美。

纪珩多提醒了一句："记得跟录音师说一声。"

放一只魅物的鸽子可不是好事。

苏尔点头，直接扯下衣服上的一块布料让他帮忙拿着，自己则深吸一口气跳下海。他在水中比张拜天还要灵活，很快抓了条鱼上来。上岸后苏尔手中提着战利品，得意地挑了挑眉。

纪珩没吝惜夸奖："厉害。"

苏尔笑了笑，拧干衣服上的水，回到海景别墅把外衣一脱，开始收拾鱼，准备留着明早炖汤，过后又用鱼血在适才扯下的布料上留下一行字：相见不如怀念。

布条于三分钟后被绑在了录音师房间的门把手上。

纪珩挑了下眉："记忆力不错。"

还能准确记得工作人员分别住哪间屋子。

苏尔摸摸鼻尖，承认自己记忆力是挺好，可惜业务能力不高，白白蹉跎了一个晚上。

凌晨三点，睡意滋生得最快，苏尔住楼上，而纪珩的房间就在楼梯旁。各自准备回去休息时，苏尔突然停下上楼的脚步："门锁是坏的，要不我们住一间，还可以换着守夜？"

纪珩说："已经修好了。"

苏尔惊讶。

纪珩说："就在你出门的时候，我修的。"

玩家中有开锁技能的常见，会修锁的还是头一回听闻，苏尔十分复杂地看了纪珩一眼……又是读唇语，又是修锁，这人到底还有什么技能是自己不知道的？

回到房间试了一下，门锁果然好了。

白天体力消耗过大，后半夜苏尔睡得挺熟。为了不影响拍摄进度，每间客房都有闹钟，睡前他将闹钟定在六点半，结果闹钟还没响，他就先被一声惨叫惊醒。

天不过蒙蒙亮，苏尔开门的时候比较小心，下楼先看见了曲清明，她也听到了动静，探出脑袋，蹙眉道："满江山出事了？"

隔着门听不太真切，但可以判断惨叫的是女性。

苏尔略一沉吟："她应该没事。"

副本里能发出惨叫的往往不是受害者，而是第一个发现异常情况的人。

玩家被淘汰是常态，曲清明没太惊慌，披了件外衣才出来，边走边说："现场估计很惊悚。"

玩家都有一定经验，不会看到尸体就大喊大叫，有的甚至会故意不出声，私藏有利的线索。能让满江山发出那样的叫声，情况肯定不简单。

苏尔特地先看了一下纪珩的房间，门是开着的。隔着一小段距离，能看见张拜天的房门同样是敞开的，被风吹得发出"咯吱咯吱"的响声。

曲清明在一楼草草转了一圈，没看见人，便指了指外面。

苏尔点头，两人一前一后走了出去。

门外并没有人，海风隐隐带来一股奇异的味道。苏尔朝远处眺望，依稀看见几道人影，于是迈步朝那个地方走去。

曲清明和他并肩走着，发丝被风吹起，刚好挨着苏尔侧脸。苏尔移步，走到她左侧。

曲清明笑了："一看就没交过女朋友。"

苏尔很坦然地点头。

曲清明话锋一转："如果……我是说如果，纪珩是杀手，你会怎么做？"

苏尔面无表情："通关靠的不是猜测。"

"他看着对你挺照顾。"曲清明笑了笑，"按照游戏一贯的恶趣味，把你们放在对立面，不是正合适？"

"到了。"苏尔突然停下脚步。

曲清明将后面的话咽了回去，乍一瞧前方的景象，脸上的笑容立时收敛。

沙滩上半跪着一个人，双手交叉，低着头，摆出祈祷的姿势。偶尔打过来一片浪花，他也不闪不避。他身下的沙子早就湿透了，一般人的膝盖肯定经受不住在这样潮湿的地方长时间跪着。

苏尔猜测此人多半出了意外。熟悉的穿着和手臂上流畅的肌肉线条，都在表明着受害者的身份：张拜天。

苏尔第一时间用余光留意曲清明，作为张拜天的搭档，她眉头蹙得很紧，一直以来的那份镇定也消退了一些。

苏尔快步走到前面，纪珩正站在离张拜天不远的地方和路全球说话，听到脚步声才转过头来。

"已经很久了。"纪珩瞥了眼呈跪拜姿势的张拜天，摇了摇头。

苏尔确认了是张拜天时是真的有几分诧异，神情凝重："怎么会是他？"

曲清明和张拜天这一组无疑是这个副本里的高端配置玩家，而张拜天无论武力还是智慧都很拔尖。在苏尔的潜意识里，副本如果真的有牺牲者，第一个也会是路全球或者满江山。他们俩冲动，略自私，有些小聪明……怎么看都是要作死的。

苏尔沉思间，曲清明走到张拜天身边探查了一下。死因很好确认，他的胸腔处已经变得空荡荡的。

现场不算惨烈，也不知为何满江山叫得那么大声。

路全球帮着解释了一句："她在检查时，岩石里突然蹿出来一条蛇，她险些被咬伤。"

曲清明强压着情绪，又看向月季绅士："在有玩家没了搭档的情况下，今天的录制要怎么继续？"

"当然是换一位搭档后继续了。"月季绅士温和地重新介绍了一遍评委，"你要从四位情感咨询师中挑选一名做替补。"

和魅物搭档？

曲清明好看的面容不禁有几分扭曲。

月季绅士："稍后的拍摄任务很重，建议大家先抓紧时间回去吃早餐。"而后他又单独对曲清明说，"早饭结束后记得把选择告诉我。"

评委没有吃早餐的习惯，在屋外转悠。

纪珩的一句话让众人的神情都有些难看："或许他们是吃饱了。"

苏尔用昨晚处理好的鱼炖了汤，味道很鲜美，可惜因为他早晨胃口不是太好，总共也没吃几口。

外面很吵，工作人员正在检查器材，倒是把讨论的空间让给了他们。张拜天的出局毫无疑问成为探讨的重点。

曲清明心理素质足够强悍，即将和魅物组队了，还能进行理智的讨论："杀手选择他下手一定有原因。"

路全球撇撇嘴："不如大家先说一下昨晚都在做什么。"

满江山点头表示同意："游戏不让玩家互相淘汰，但既然有杀手，或许会给他特别的权利。"

苏尔其实更倾向于认为杀手能利用魅物行动，不过他也没表态，只是道："两点前我在背诗，之后出去了一趟，三点钟回来处理掉一条鱼。"

路全球："背诗？"

苏尔说："就在一楼，主持人房间门口。"

众人："……"

苏尔不想解释，只说："两点多的时候，我和纪珩、主持人还有一位评委都在海边，那时候海边除了我们可什么都没有。张拜天被淘汰的时间应该是三点到六点间。"

虽然是一面之词，但很好求证，事涉主持人，苏尔说谎的可能性不大。不过身为玩家，和魅物走得近，不得不令人多想。

纪珩说得更加简略，首先表明确实和苏尔在海边见过面，又补充道："在这之前我花了点时间修锁。"

轮到曲清明，她耸耸肩说："我就待在房间里，哪里都没去。"

和其他人不同，满江山没有立刻开口，回忆了几秒才说："大概四点多，我想上厕所，有点害怕，便叫路全球陪着，之后我们一直在一起。"

这份说辞显得有些奇怪。

女生如果要找人陪同去卫生间，一般也会找同性，她却没有叫曲清明，反而喊上了路全球，甚至后半夜孤男寡女共处一室。

曲清明正要就其中的疑点发问，纪珩忽然用一句话吸引了所有人的注意力："张拜天会出局可能和昨天的游戏有关。"

他一提，众人很快想起来昨天的两场小游戏，张拜天那一组没有单独获得任何一次的优胜。

纪珩话音落下后，曲清明对搭档的缅怀立时变成了庆幸——如果这就是出局规则，那两人中一定会出局一个，而她成了幸存者。

"很合理。"路全球竟然第一个肯定了纪珩的说法，"否则何必大费周章再匹配魅物来做搭档？"

一只魅物肯定不会主动配合玩家，甚至会故意搞砸，一旦在小游戏中失败，曲清明便处境堪忧。

就在这时，月季绅士笑吟吟地从阴影中走出，仿佛全程没有听到众人的讨论，直接问曲清明："你准备选择哪位评委？"

过长的睫毛完全遮掩住曲清明眸中晦涩的光芒，过了半晌，她伸手指着窗外的金发女郎："我选她。"

金发女郎仿佛有所察觉，回过头来隔着玻璃把墨镜往下一压，正脸直勾勾对着曲清明。

苏尔也朝那个方向看去，不过他是在看离金发女郎不远的录音师。两人对视了几秒，录音师忽然转过身，不再理睬他。

苏尔咕哝："是不是还在恨我的绝情？"

"行尸走肉。"纪珩没回答他，而是在他耳边压低声音说了这么一句话。

苏尔挑眉："这是？"

纪珩说："路全球那组获得的线索。"

苏尔记起早上刚到海边时，纪珩正和路全球说话，原来是在做线索交换。

别墅里不方便，他看了纪珩一眼，两人先后起身走到外面。岛上的风景很好，纪珩注视着身后郁郁葱葱的树林，问："你觉得谁是杀手？"

苏尔说："起初我怀疑满江山，她险些在厨艺比赛中拉开让大家自残的序幕；后来觉得曲清明也很可疑，她身上有一种很奇怪的气……"

"气？"

苏尔点头："为防止有魅物假扮玩家，我挨个儿吸了一口。"

纪珩："……"

"曲清明身上的气息很奇怪，不是魅物的那种灵气，但又和一般玩家不同。"

苏尔顿了顿又说："不过曲清明的灵值很高，也许和这个有关。"

灵值高的玩家，身上的灵气就会浓一些。

这句话说完，苏尔静静站着，没有再开口。

纪珩嘴角微微翘起："你是不是少说了一个怀疑对象？"

沉默了片刻，苏尔用一种很缓慢的语调说："确实，你也有些奇怪。"

昨晚他在海边同主持人和金发女郎对峙许久，纪珩姗姗来迟，给出的说法是在修锁。

再往前推，纪珩住的客房和月季绅士很近，可当自己在月季绅士门口念诗时纪珩也没出现。苏尔隐隐有预感，那段时间纪珩根本不在房间。

纪珩没有回避这个话题："当时我在忙一些其他的事情。"

见他没有继续往下说，苏尔知道这个话题该打住了。

设备已经就位，月季绅士拍了拍手，示意录制即将开始。

淘汰了一名玩家，今天的气氛要微妙许多。

"美好的一天即将开始，希望各位的感情能够进一步加深。"主持人说前一句话时的表情还很柔和，不过当他的眼珠停止转动时，目光变得诡异，"今天只有一个趣味小游戏——寻找祭坛。"

两人一组活动的形式不变，但不再限制活动范围，每名玩家身后都有摄像师跟拍。

出发前，月季绅士笑了笑："容我提醒一句，祭坛是可以被破坏的。"

话音一落，立时加剧了紧张感。

通关要求是把魔石放在祭坛上，若是祭坛没了，等同于游戏提前宣告失败。

曲清明妖媚的脸多了一分疲惫，她强撑着笑容："这座岛的面积不小，是不是该给我们一些线索？"

月季绅士含笑说着空话："心中有爱的人自然会受到幸运之神的眷顾。"

一旁的工作人员开始播放高歌爱的音乐，整个场景显得十分滑稽。

路全球和满江山最先出发，朝树林里走去。曲清明不知出于什么原因，竟然回到了别墅。

苏尔看了眼纪珩："先去哪里？"

纪珩遥望着海岸，张拜天的身影就像是一座雕塑，这么久也没被海浪掀倒："你看他跪拜的方向。"

苏尔顺着纪珩的视线看过去……是海，可海面一望无际，并没有什么特别的。

纪珩说："过去看看。"

路上，纪珩让苏尔把那枚牙齿拿出来。当初在鉴宝点测出来的结果是这枚乳牙需要经常用鲜血供养，眼下就是一个机会。

苏尔望着从小女孩那里得来的牙齿，心中突然有了一个大胆的想法：不少宝物都讲究滴血认主，那如果把鲜血滴在电击器的外壳上，会发生什么？

隔着柔软的布料感受着口袋里电击器的轮廓，他仿佛看到一扇新世界的大门即将打开。

纪珩用余光瞟见苏尔嘴角奇特的弧度，不禁问："在想什么？"

哪怕从队友的角度看，这个笑容都有些瘆人。

苏尔不好意思地挠挠头："我想先去一趟洗手间。"

看见这熟悉的腼腆笑容，纪珩意味深长地说了一句："去吧。"

摄像师寸步不离地跟着，都已经进入别墅了，他还在跟拍，恨不得把镜头怼到人脸上。苏尔说："我需要私人空间。"

摄像师冷淡地回应："关键时刻我会停止拍摄的。"

苏尔顺手从桌上拿了把水果刀，正要关上卫生间的门，摄像师忽然问："你上厕所带刀？"

苏尔学着对方不带感情的冷漠口吻道："每个人都有他自己的习惯。"

门被关上后，里面传来反锁的声音。

一门之隔，苏尔掏出电击器。他其实曾经尝试过往上面滴一滴血，不过那时候电击器毫无反应。如今受吸血道具的启发，他不由得怀疑是当初血用少了。

他把袖子往上卷了卷，握着刀柄的手微微用力，刀刃锋利，轻轻一划就划出一道口子。

猩红的血液滴落在黑色的金属外壳上，两种颜色交汇到一起，竟然有种诡异的和谐感。苏尔没心情去欣赏这幅画面，先给自己止了血。刀口不是很深，除了皮肤有刺痛感，并不影响日常活动。

眼看着血液就要从边缘处滴落，证明电击器没有吞噬鲜血的能力，苏尔换了种方式轻轻把血迹抹开，也不敢抹太多，生怕液体渗漏进去，弄巧成拙。

许久后这东西依旧没有反应，苏尔叹了口气，早知道上次在副本里见到祝芸，就管她要一份产品说明书了。

他刚准备放弃，电击器却在这时起了些变化，一道红色的血线自上而下蔓延，无论如何也抹不去。

胳膊上的伤口差不多已经停止流血，苏尔索性又用刀往指腹上戳了一下，而后将流血的指腹在电击器上红线附近的区域轻轻摩擦。

"贮藏"。

这两个字突兀地出现在电击器上，仅仅闪烁了一秒便消失，同时右边又亮起"释放"两个字，很快也淡化，直至看不清，取而代之的是左右两边一红一绿的两个按钮。

看到电击器的变化，苏尔笑着笑着面色就变得严肃起来，懊悔自己没早想到用血来喂养电击器。

现在还需要一个试验对象。

苏尔把袖子放下来，遮住胳膊上刺目的伤口。

他暂时收起电击器，打开厕所门探出个脑袋，冲门外边的摄像师招了招手："进来。"

魅物天然对鲜血的味道十分敏感，加之适才有血滴在了裤子上，苏尔并没有注意到。

但是这些落在摄像师眼中，让他不由得多出些想法。

"你在自残？"

游戏中这样的嘉宾很常见，因为压力过大。

苏尔没解释这个误会，只说："我只是给了自己一刀。"

摄像师："……"

"因为你昨天拒绝了与我见面，我很伤心。"

摄像师很确定自己没记错，当时自己拒绝的原因是在厨房外面看见苏尔又去勾搭评委。

魅物没有情感，却有好奇心，摄像师迫切地想知道这个玩家频繁约见魅物，究竟是在打什么主意。潜意识里对人类的蔑视让他最终踏进了卫生间的门。

苏尔猛地关上门，单手扣住镜头，动作一气呵成！

狭小的空间特别适合完成"壁咚"的动作。苏尔扣着镜头的手往前一推，双方就只隔着一个摄像机的距离。他笑着用慢悠悠的语速说："录制过程中嘉宾似乎是弱势群体，但实际上像你们这样的工作人员，不能主动对嘉宾下手。"

被戳到痛处，摄像师不豫地眯了眯眼。

苏尔说："只有受到攻击时可以自卫反击，即便如此，还是会失去先机。"

他稍稍往前凑了些，温热的呼吸喷在摄像师脸上。

香味。

摄像师的嘴唇颤抖了一下，每次轮到他吃的都是死肉，这么个大活人摆在面前，可是大好机会。

按照从业规定，贸然对玩家下手会受到很可怕的惩罚，但如果只是咬玩家一口，就算有惩戒，应该也不会很重。摄像师觉得苏尔的笑很刺眼，正准备下口，可这个念头刚一滋生，他突然感觉腰上一麻。

苏尔死死按住电击器上代表"贮藏"的红色按钮。

和他先前的猜测一样，所谓魅力值，发挥的作用不过是电击器能力的一种延伸，以此类推，每次吸进电击器内的灵气应该也能被释放出来，可惜目前苏尔尚不得其法。

摄像师的实力要比蜘蛛美女强不少，体内的灵气毫无预兆地被抽走一部分，却也能在第一时间做出反击。苏尔身上佩戴的吊坠帮他抵挡了一部分攻击，先前胳膊上的伤口却被空气中一股强烈的波动震裂，鲜血瞬间染红了半边袖子。

摄像师张开血盆大口，朝他的脑袋而来。躲闪不及，苏尔毫不犹豫拿出会哭的娃娃，谁料摄像师的气势先一步变得萎靡，扛在肩上的摄像机砸到地上，"砰"的一声后，摔得支离破碎。

同一时间，苏尔暂时摆脱危险，脱力一般后退几步，直至靠在水池边。他看着差不多已被吸干的摄像师，有些吃力地开口："老话说，先下手为强。"

摄像师艰难地张了张口，似乎想拼尽最后的力气进行撕咬。

苏尔说："你想吃我，我想吸干你的灵气，精神上我们是有共鸣的。"

"……"不知道是不是被气的，摄像师仅剩的一口气也散了，头一歪，整个人逐渐变得松软，直至消失，只留下一地粉末。

苏尔掂量了一下电击器，琢磨着如果此时按绿键把灵气释放出来，会有什么效果。

他暂时压下危险的想法，用纸包起一些摄像师消失后残留在地上的粉末，顺便把摄像机的碎片收拾掉，又清洗完袖子上的血迹，才定定心神走了出去。

苏尔先把摄像机扔到一间无人住的客房藏好，出门时曲清明刚好从房间出来，她补了个妆，掩饰住神情的憔悴，略带疑惑："我刚好像听到了一声巨响。"

苏尔不好意思地笑笑："地板太滑，我不小心摔了一跤。"

曲清明点点头，没有问苏尔之后的计划，苏尔也没问她，径直走了出去。

清风一吹，还湿着的袖子散发出刺骨的凉意。

隔着老远，苏尔就看见纪珩站在海边，微微仰着脸，望着广阔的天空。咫尺之距，张拜天保持着原来的姿势，低着头双手交叉，和纪珩的对比格外强烈。

苏尔左顾右盼："你的摄像师呢？"

纪珩转过身，发现苏尔身后也没人，便说："大概和跟拍你的那位团聚了。"

苏尔眼皮一跳。

纪珩表情不变："不知道节目后期剪辑完成后会播放给谁看，但我们的一举一动都暴露在镜头下总是不太好。"

跳过摄像师的问题，苏尔抿了抿唇："你认为祭坛会在海上？"

纪珩没有正面回应，只说："现在缺少出海的工具。"

苏尔沉吟道："节目组不可能凭空降临这座岛屿，要么是坐船来，要么是坐飞机，不妨去问问看？"

"已经逼问到了，每两天会有船来一次运送物资，午后到达，黄昏前离开。"

苏尔抓住纪珩话中一个关键词："逼问？"

纪珩点头，证实跟拍他的摄像师已经凉透了。

现在距离正午还有好几个小时，不好蹉跎时光，苏尔想了想，试探着说："这段时间正好可以做个实验。"

若是归焚的其他成员，纪珩会让他们自由发挥，面对苏尔，为保险起见他多问了一句："什么实验？"

"魅物被吸食完灵气会全部消失，反过来想，如果把这些灵气注入一个躯壳……"

纪珩静静地看着他，忽然打断："你想要造魅物？"

苏尔讪笑着说:"就是试一下。"

纪珩把视线从他的面容上移开,脑海中浮现出有关异人的那件事。

鉴于自己的黑历史,苏尔又道:"可以先揉一个小泥人来做尝试,危险系数不大。"

这句话说完,沉默在两人之间弥漫开来。远处海浪不时拍打过来,夹杂着几分令人窒息的紧张感。

过了许久,纪珩终于开口:"你能利用魅力值进行灵气释放?"

苏尔回答得有些模糊:"算是吧。"

纪珩没再细问,转身朝树林的方向走。

苏尔知道这事妥了。

海边的沙子黏性不大,林间则随处可以找到黏性较大的泥土。纪珩挖出一块黏腻的黑泥,他的手指十分灵活,很快一个小泥人就初具雏形。

中间苏尔离开了片刻,直到纪珩捏好一个活灵活现的小泥人,他还没有回来。

大约又过去十分钟,苏尔才从远处的密林跑过来,手握一朵盛开的花。他平复了一下呼吸,从口袋里掏出先前在卫生间打包好的属于魅物的灰烬。

纪珩全程静静看着他表演。

苏尔把花朵插进小泥人的耳朵里,细心地在插口处裹了层泥巴:"万一情况不可控,就说这孩子是月季绅士的,摄像师也是小泥人在发疯过程中弄消失的。"

而这朵月季花就是最好的证据。

说完,他看着泥人,有些不大满意:"能不能再调整一下它的五官比例,让人一看就知道它是月季绅士亲生的?"

纪珩:"……太明显了反而不好。"

苏尔看了他一眼,欲言又止地笑了笑,纪珩主动背过身去。

苏尔这才拿出电击器,按下绿键对着小泥人释放灵气。

他又一次感叹自己原先是心有多大,居然真的把这玩意儿当成了攻击型武器使用。

"如果小泥人能受我控制,倒是可以给它全副武装,去探探祭坛是不是真的在海里。"

比等船出海方便多了。

纪珩背对着他看向远处:"没那么容易。"

副本不是慈善家,不可能给玩家提供这种程度的便利。

泥土似乎承载不了太多的灵气,才注入不多,泥人身上已经有几个地方出现裂痕。苏尔的笑容逐渐僵硬,语气带着些不确定:"你觉得……能成功吗?"

"不清楚。"纪珩淡淡道,"上一个干这种事的是女娲。"

纪珩:"……"

细微的破裂声传来，苏尔担心的事情终究还是发生了，泥人身上的裂缝越来越大，"啪"的一声后，泥人碎成了几瓣。

苏尔怔了两秒后收起电击器，垂眸望着手上的碎片："它裂开了。"

这情况在意料之中，纪珩反应不大，只稍稍侧过身说："少注入一些试试。"

纪珩和了些泥巴重新捏好泥人，苏尔开始第二轮尝试。汲取之前的经验教训，这一回每注入一些灵气，苏尔就停顿一下，检测小泥人的状态。忽然，小泥人的脑袋似乎晃了一下。

苏尔确定自己没看错，把小泥人放在地上。它的行动相当慢，而且刚走几步，便像是卡壳的磁带，直勾勾扑倒在地。

听到身后的动静，纪珩叹了口气，转回身来，劝说道："照目前情况看，就算成功了，也起不了多大作用。"

苏尔耐心地把摔得四分五裂的小泥人再次粘好，揣在兜里，大有不抛弃不放弃的架势。

小泥人在苏尔口袋里无意识地动了一下，就像是濒死的鱼不时拍打一下尾巴。苏尔暂时没管它，抬起头看着纪珩，稍稍迟疑后问："你是不是已经知道杀手是谁了？"

纪珩点了点头。

对方经验丰富，有这个答案苏尔不觉得诧异，令他奇怪的是在知晓杀手身份的前提下，纪珩为什么不主动推动任务进度，反而像是在有意拖时间。

纪珩仿佛看出他在想些什么："我还有些想法需要验证。"

苏尔不喜欢打哑谜，既然不涉及副本解谜，索性直接问开了："什么想法？"

纪珩正要开口，被远处的响动打断，他目光一动："过去看看。"

海岸边正有一艘船靠岸，近了才看清其实更像是渔船，两名船员正在往下卸货。

纪珩说："你跑我追。"

苏尔用眼神发出疑问。

纪珩说："你似乎对一些魅物有特殊的吸引力。"

苏尔明白过来，当场把衣服弄得凌乱了些，露出先前在胳膊上留下的伤口，一边跟跟跄跄往外跑，一边大喊着"救命"。

距离船员还有不到一米时，他故意摔倒在地。

船员的货卸到一半，诱人的血腥味随着空气飘过来，他们不约而同露出陶醉的神情。

送上门来的午餐！

按照规定，魅物不能吃活的玩家。

纪珩在这时跑出来，看到船员，似乎有要掉头的趋势。

船员恐吓道："跑什么！"

纪珩被呵斥声"吓"得停住脚步，回头看了他们一眼，有些犹豫。

船员说："把这人弄死，我们不但放你走，还会提供好处。"

纪珩神情略带迟疑，最终还是走上前来，搬起一块巨石，眼看就要朝苏尔砸去，却在一瞬间改变了攻击对象。而"重伤垂死"的苏尔也同一时间猛地弹跳起来，张嘴就朝两名船员开吸。

凡事讲究个出其不意，魅物在游戏里向来是站在金字塔的中间，哪想到有朝一日会被位于底层的玩家联手算计。

"后退。"纪珩低声提醒。

苏尔退后一步，就看见纪珩的拳头挥出去的瞬间，周围空间里的事物仿佛都发生了扭曲。

这种事情纪珩已经得心应手，解决完船员，他利落地跳上船，苏尔紧随其后。

船上的东西倒是很齐全，竟然还有淡水，苏尔转悠了一圈："这些魅物活得挺精致。"

说话间，船已经渐渐驶离。

纪珩掌握的技能不止开锁，还有开船："他们运来的物资原本就是给嘉宾提供的。"

这还是苏尔第一次出海，有人掌舵，他在船尾乐得清闲。遥望已缩成一个黑点的海岸，他忽然想到了当下时兴的一句话。

他对着空荡荡的远处挥手："再见了主持人，今天我即将去远航！"

正在开船的纪珩听到声音回过头，神情复杂地望了他一眼。

自娱自乐完，苏尔找了块空地坐下，开始梳理副本里的线索。

月季绅士明确提到过，杀手只有一名。照常理推断，杀手一定会想方设法找到祭坛进行破坏。如果换成是苏尔，他便会尽量避开集体行动，独自寻找。

这么一想，曲清明的嫌疑反而大了些。虽然搭档换成了评委，但如此一来她反而可以避开和其他人的交集。

不知不觉，他们在海上已经行进了许久，周围是一片汪洋大海。

苏尔站起身："是不是该停下搜寻一圈？"

纪珩失笑："我出海的目的不是找祭坛。"

苏尔挑了挑眉。

纪珩遥望远处，冷不丁地来了一句："世界那么大，我想去看看。"

苏尔："……"

相顾无言，苏尔睁大眼睛，好一会儿他才把手搭在船舷上，好笑道："原来你也会开这种玩笑。"

五分钟后，船依旧在勇往直前地行进，大有永不回头的趋势。

苏尔这才发现可能真的出了问题，但他也没太着急，只是看着纪珩说："七天内赶不及回去交任务，我们就得共死了。"

纪珩十分冷静："赶得及，因为有人会比我们更着急。"

苏尔未来得及细问，便看纪珩冲自己笑了一下，说："你不想去见识一下岛外面的世界？"

看了他许久，苏尔才反应过来——节目拍了就有人看，那么这档综艺的观众究竟是种什么样的存在？

船在海中带出巨大的浪花，苏尔凝视着一望无际的海面，联想起电影《楚门的世界》——楚门也曾想坐船离开自己生活的地方。

很多时候不用交流纪珩也能猜到苏尔的一些想法，他笑着摇头："《七天七夜》致力于挖掘人类的潜力和最贪婪的一面，而且不会给你逃走的机会。"

苏尔摸摸下巴："就看月季绅士能留给我们多少时间了。"

一旦主持人发现有嘉宾出海，肯定会第一时间寻来。

"暂时不会。"纪珩说，"因为他不想见到你。"

眼不见为净，平常月季绅士并不太关注苏尔的行为举止，大概怕关注多了会折寿。

说实话往往是会把天给聊死的，苏尔按了按眉心，又想不到如何反驳，最后只好直接把话题岔开："或许冥冥之中自有定数。"

"定数？"

"新手场月季绅士就是我的主持人。"苏尔说。

纪珩当时透过水幕看完了整场，小魅物被扔出门的场景令他印象深刻。

苏尔也想到了同一件事，撇撇嘴："那只魅物骨头都被压碎了，现在想来当时产生了心理阴影的其实是我。"

否则来这个副本的第一天他就该想到去岛外瞧瞧的。

纪珩说："稳妥点没什么不好。"

他也是在看到两名船员平安乘船从海上而来，才确定副本没有禁止他们踏足小岛外面的世界。

这会儿他恨不得能一瞬间横跨整片海洋。

时间仿佛过得很快，太阳一点点挪移位置，预示着午后时光的到来。

"我看主持人好像都有瞬移，也就是凭空消失或者出现的能力，会不会下一秒月季绅士就出现在我们船上？"

"那不叫瞬移，顶多算是空间跳跃。"纪珩直接给出否定的答案，"在大海中不好定位，他应该做不到。"

人力有穷时，主持人也不例外。

"也对。"苏尔嘀咕了一句。

电击器能给主持人提供生命力，侧面证明他们的生命力也有被耗尽的时候。

内心再急，行船的速度就摆在那里，苏尔微微放下担忧，进船舱搜寻一圈，找了点吃食。

他一边啃着巧克力棒，一边把兜里的小泥人拿出来研究。

船在行进过程中有些颠簸，泥人根本站不稳，两条火柴棍一样的小腿十分不协调地迈动，最后像是晕船了一样直接来了个平地摔。

好在苏尔早有准备，在小泥人身下垫了件外衣，使它不至于缺胳膊断腿。

"何年何月才能找到合适的容器啊？"苏尔遗憾地戳了戳小泥人，手上还沾了些土。

纪珩回头看了一眼，突然皱起眉头，示意他把小泥人拿过来。

苏尔依言照做，见对方没有用手接的意思，便把外衣一铺，重新将小泥人放在地上。

纪珩居高临下地望着小泥人，突然冷漠地勾起嘴角："险些被你骗过去了。"

没有受这句话的影响，小泥人依旧木讷地重复着之前的动作，就像是一个蹒跚学步的小孩。

苏尔眨了眨眼："你认为它在装？"

"装不装不好界定，不过它肯定是有一些灵智的。"

苏尔仔细瞧着小泥人，发现了端倪。每次摔倒时，它都会呈现出怪异的姿势：胳膊微微弯曲，手掌朝上，仿佛在托举着什么。

苏尔心头一颤，这该不会是在保护自己的脸吧？

纪珩说："倒地的时候都知道别把脸摔坏了，它没你想象的那么笨。"

"……"苏尔愣愣地看了小泥人好几秒，忍不住道，"可真有出息。"

它就算有智商，显然也不太高。

他们简单讨论了一下，都认为这小泥人可以先养着，一旦有任何不对的地方再立马销毁。

过了一段时间，眼瞧着苏尔依旧蹲在地上对着小泥人发呆，纪珩开口："现在没什么事，抓紧时间去休息。"

苏尔收好小泥人，走进船舱。昨晚没睡多久，此刻他反而无比精神。他眯了一会儿，实在没睡意，开始四下晃悠，结果还意外翻到了一个望远镜。

带着望远镜出来张望，隐隐约约能瞧见远处城市的轮廓。

苏尔心中一喜，快到了！

不过当他回过身去看后面的风景时，笑容顿时消失："好像有鲨鱼在跟着。"

说着他把望远镜递给纪珩，后者观察得更仔细，确定那个在海中扑腾的黑影不是鲨鱼。黑影的速度很快，跟他们的距离在迅速拉近，纪珩皱了皱眉。

苏尔连忙拿着望远镜走到船尾观测，发现在海里游泳前行的似乎是个人，甚至因为距离近了，还渐渐可以看清黑影的耳边有个红点。

苏尔："……"

唯一的船被他们开走了，频繁使用空间跳跃能力又会透支生命力，这么一想，正拼命游泳追赶他们的该不会是……

"月季绅士。"纪珩冰冷的声音传来，说出了最糟糕的那个答案。

苏尔还是不信邪地又拿着望远镜朝远处观望。

对照参考答案再去看题，很多困惑迎刃而解，比如黑影面部一侧小到险些让人忽略的红点，此刻在他眼中，自动化为一朵怒放的月季花。

苏尔单手扶额："我有预感我们会被追上。"

纪珩对此反应并不强烈："不亏本就行。"

"嗯？"

纪珩说："至少主持人会因此觉得两个魅物摄像师殉职也不是什么大事了。"

苏尔被说服，轻轻拍了下手："有道理。"

话虽如此，他内心还是渴望能上岸的，想看看远处的那座城市究竟是何等模样，里面生活着的，是人，还是魅物。

在这场追逐战中，黑影的轮廓渐渐清晰，苏尔咕哝着："他该叫月季悍将才对。"

就没见过这么能游的！

没过多久，纪珩突然说了一句令人大感意外的话："真被他追到了的话，尽量别激怒他。"

苏尔挑眉：服软？

纪珩笑了笑："他没有直接使用空间跳跃能力上船，是为了保存生命力。"

这艘船在无边无际的大海里不过是沧海一粟，月季绅士找到他们想必花费了大功夫，生命力也损耗不少。至于保存下来的这部分生命力是要用来对付谁，答案不言而喻。

苏尔若有所思："考虑得很周到。"

船速已经是最快，黑影还是离他们越来越近。苏尔彻底放弃侥幸心理，不再祈祷能成功靠岸。如果继续航行一段距离，哪怕能远远窥得城市一角也是值得的。

城市像是一个缩影，不断在眼前放大。

"里面生活的应该是人。"苏尔趴在船头，眼睛就没离开过望远镜，"我看到了烟囱。"

远处还矗立着一座极高的建筑，笔直冲天，乍一看如箭矢直指苍穹，上面好像写着什么标语。

苏尔的身子探出去太多，纪珩担心他摔下去，拉了他一把。

他们费了好大力气才勉强看到"不""婚""是"三个字，后面的字被周围建筑遮挡，露出的一块大约是"罪"字的上半部分。

苏尔皱眉："不婚是罪？什么意思？"

虽然游戏里很多世界观都很奇怪，这么奇葩的还是少见。

苏尔回过身望着纪珩，说："难怪要拍情感综艺。"

这个副本似乎是个婚姻至上的世界，单身的玩家被选过来参加节目，一切显得过分"顺理成章"。

纪珩说："很失望？"

苏尔点头，他原以为海对面也许生活着一群妖魔鬼怪，窥视着玩家，上岸后要么是死，要么是解脱。结果这里不过又是一个奇怪的世界，不能解答苏尔长久以来的疑问。

纪珩的神情却很严肃，至少苏尔从未见他露出过这样的神态，他忙问："有什么发现？"

纪珩说："一个很不好的猜测，出了副本再说。"

苏尔很想提醒他不要轻易立下 flag（标志）。纪珩知道他想一次性问个明白，轻轻摇头："没有事实依据的猜测容易起误导作用。"顿了顿又道，"你的思维天马行空，不要轻易受我影响。"

苏尔正欲反驳，忽然在海面上看到一张脸，因为水波晃动，原本英俊的面庞随之扭曲。男人是正面朝着苏尔的，看起来就像是一具惨白的浮尸。

那朵在白日里略显黯淡的月季花如今在海中舒展，彰显着来人的身份。

一只手缓缓升起，搭在渔船的边缘。其实船速很快，若是换任何一个人来做出这样的动作，五脏六腑早就被撞碎了。偏偏月季绅士毫无反应，仿佛一个做着慢动作的无骨动物，滑到了船上。

四目相对，苏尔还不能做出心虚的样子，强自镇定地道："清水出月季……"

后半句话在对方令人毛骨悚然的眼神中被苏尔咽回去了。

该尿的时候就得尿。

苏尔朝后退了半步，让纪珩顶在前面，应对尴尬的会面。

"船工呢？"月季绅士怒极了，反而看不清表情，只嘴角还隐约有一丝弧度。

纪珩一本正经地道："回乡探亲了。"

月季绅士维持着似笑非笑的表情："我怎么不知道他们还有亲戚？"

纪珩说："亲戚是摄像师。"

而后他又补充一句："摄像师也回快乐老家了。"

月季绅士："……"

对话间船还在继续前进，正如先前所料，月季绅士没太计较摄像师的事情，冷声道："返航。"

纪珩慢悠悠操纵方向盘掉了个头。

苏尔最后用望远镜看了一眼仿佛近在咫尺的城市，这一次可以清楚地看到远处有很多巨大的婚恋广告牌。

出乎意料地，回去的路上他感觉月季绅士对自己的敌意并不大，反而用一种格外深沉的目光望着纪珩。

就在苏尔以为这份可怕的沉默要持续到上岸时，月季绅士突然笑了。他的手掌中多出一张紫色的卡片，纪珩与他对视三秒后，将卡片拿了过来。

苏尔凑近瞧了瞧，发现卡片很是眼熟："这是……"

月季绅士："通往地狱的入场券。"

苏尔诧异："这不是去往《弄虚》的媒介吗？"

月季绅士眼神一变，猛地偏过头："你见过？"

苏尔点头，说出实情："我在福利场和苟宝菩做过交易，买了一张。"

月季绅士仿佛一瞬间觉得省心很多："你自己知道找死就好。"

苏尔："……"

重新回到小岛上已是黄昏，阳光像是没了温度，只有天地间是金灿灿的一片。

月季绅士直接给出警告："不允许再以任何借口擅自出岛。"

他的语气很轻，轻到有几个字要很仔细才能听清，不过话中的警告是个人都能听明白。

大概是真的不想再见到他们，狠话撂完，月季绅士先一步离开。

苏尔和纪珩对视一眼，主动开口："会不会有人已经找到了祭坛？"

纪珩摇头："可能性很小。"

这才第二天，一场游戏哪能如此轻而易举就通关！

纪珩似乎没有回别墅的意思，直接朝密林里走。

苏尔和他一道，半路碰到正往回走的满江山和路全球。

满江山待人随和，主动打了声招呼："中午都没见你们回去吃午饭啊？"

苏尔说："去海边冲了个浪。"

"……"权当他是在开玩笑，满江山说，"树林里我们大致搜寻过一圈，没什么发现。"

苏尔点头，表示还想再去看看。

满江山笑着目送他们离开，等人走远了才皱起眉头："我总觉得有些奇怪。"

路全球："纪珩是杀手的可能性不大，否则他也不会主动和我交换信息。"

满江山叹了口气："但愿吧。"

反正她是不明白苏尔的心有多大，在明知道队友有嫌疑的情况下还能坚持一起活动。

事实证明，苏尔不但心大，人还狂野，沿途他把口袋里的小泥人拿出来，威胁道："知不知道祭坛在哪里？"

他一边说一边故意从地面捡起树枝掰成两截，大有小泥人不开口就会拧下对方脖子的意思。

小泥人没反应，这种漠然不是装的，而是它天性如此。

纪珩说："换一种问法。"

苏尔说："带我们去附近灵气最重的地方。"

小泥人依旧无动于衷。

苏尔装冷酷："不拧你脑袋了，我毁你的容。"

小泥人木讷地慢慢抬起胳膊，似乎想做出保护脸的动作，但也仅仅如此，还是没回答问题。

苏尔无奈，看向纪珩，耸耸肩："它跟我一样，软硬不吃。"

"你吃软。"纪珩伸出手，苏尔顺势把小泥人放在纪珩的手上，由他来交流。

纪珩的语气很温和："回头给你重新捏脸，现在你的鼻子还不够立体，眼睛也还能再大一些。"

话说到一半，小泥人就有了动作，脖子慢慢转动，掉下来一些土渣，面朝另一个方向。

纪珩说："跟着它走。"

苏尔："……"

在密林里转了大半圈，眼看天都要黑了，几人却又回到了原点。

苏尔停下脚步环视四周："是鬼打墙？还是我们被耍了？"

纪珩盯着小泥人，后者蠢兮兮地扭着脖子又朝向另一个方向。

半晌，纪珩叹道："还有一种可能——它太弱了。"

这副躯壳承载不了太多灵气，小泥人根本无法和一般魅物相比。

这么会儿工夫，天完全黑了，夜晚的树林给人一种无形的威胁感，如同深不可测的洞穴。为保险起见，苏尔提议先回去。纪珩没反对。

今晚又是评委做饭，菜品种类较昨日略丰富一些，有生鱼片和凉拌海带。

和金发女郎活动了一天，曲清明奇迹般存活下来，但眉目间的疲惫掩饰不住，她随便吃了两口饭，便回房间休息了。

纪珩是第二个起身的，苏尔目光闪烁，不知想到了什么，居然紧随其后进到客房。

"我突然想起一件事……"门一关，苏尔靠在门板上，正色道，"我曾经尝试着吸过主持人，他们身上的气和魅物不同。"

纪珩觉得有必要劝一下他在外面不要乱吸。

苏尔说："像是灵气，但又带着一股完全不同的生命力。"缓了一下，苏尔试探着说，"其实我有一个大胆的想法……"

纪珩示意他一次性说完。

苏尔掏出小泥人："让月季绅士奶它一口。"

纪珩："……"

"晚上偷偷把小泥人放出去，能不能成功全看命。"

纪珩微微摇头："被发现的可能性很大。"

苏尔指着小泥人耳朵边的月季花："孩子还小，饿了去找娘很正常。"

纪珩闭眼揉了揉眉心。

苏尔自顾自说出重点："就算暴露了，也没法证明是我们干的。"

片刻后纪珩重新睁开眼，转过身倒了杯水，端着杯子也没立刻喝，反而上下打量了一番苏尔。

周林均被薅得连骨头渣子都快不剩，现在又轮到月季绅士了。

苏尔摊摊手："可是如果成功，说不准我能弄出个十万大军。"

纪珩好笑道："十万大军？那得用多少主持人来供养它们？"

苏尔一脸认真："所以我早就说过，主持人迟早成为抢手货。"

供不应求的那种。

纪珩："……"

最终的商讨结果是苏尔把小泥人放了出去。不过泥人远比他想象中的要尿，它只隔着月季绅士的门站着，无论如何也不肯进去，一跟苏尔对上眼神就用手捂住脸。

　　见状，苏尔准备揣着它离开，纪珩摇摇头："再等等。"

　　过了一会儿，小泥人捧着脸面朝门的方向，忽然慢腾腾放下胳膊，张嘴一吸。一口气只吞进去一半，它便像醉酒似的开始晃悠，一条胳膊当场碎裂。

　　房间里面的月季绅士似乎感觉到了什么，脚步声渐近，苏尔在他把门打开前对纪珩挥挥手，带着小泥人离开了。

　　他急匆匆上楼，迈过最后一层阶梯，身影刚消失在拐角处时，楼下传来开门声。

　　门外空无一人，月季绅士垂眸瞧着地上残留的土渣，目光沉了沉。

　　客房里没摆放花卉，自然不会有泥土。

　　面对只剩一条胳膊的小泥人，苏尔承诺："将就一晚，明天给你重新做一个。"

　　小泥人的脑袋上下动了一下，似乎只要坏的不是脸，都在它的接受范围内。

　　方才吸了半口气的好处此时显现出来，小泥人活动时不再那么僵硬了。

　　苏尔躺倒在床上，不时看一眼外面的月光。脑海里小泥人隔门吸气的画面不断重复播放，那一幕像极了自己和电击器。

　　他忍不住把电击器拿出来——

　　"难道我们才是一家三口……"苏尔面无表情，"我叫你一声爸爸你敢应吗？"

　　爸爸。

　　他在心里默念一声。

　　电击器依旧是冷冰冰的电击器。

　　苏尔摇摇头，觉得自己是魔怔了，下床走到窗边透气。

　　过了今晚，就是来这里的第三天。这次的副本着实奇怪，竟然不让玩家投票选择杀手，明明这才最符合游戏的恶趣味。

　　票数最多的人被魅物淘汰，其余人战战兢兢地互相防范——副本没有做这样残酷的设定，说不过去。

　　"除非现实比这个还要残酷……"

　　苏尔倒想着直接去问纪珩索要答案，现在有老手带着，他该抓紧时间积累经验才对。

　　眼看时间不早了，苏尔拉上窗帘准备睡觉，一不留神胳膊肘撞到旁边的墙上，把他疼得倒吸了口冷气，白天好不容易愈合的伤口此刻再次裂开。

　　这时候他就格外羡慕小泥人，用点泥就可以断肢重造。

　　血珠顺着胳膊往下淌，苏尔不知想到了什么，转身开始在客房翻找，不久后发现几张落灰的纸。

　　他刻意让鲜血滴在纸上，又蘸着血写下一句话：你认为杀手是谁？

　　一次性写了三张，风干后苏尔把其中一张放在小泥人的手上："去帮我送个信，作为报酬，明天给你开个眼角。"

"可。"

苏尔一愣，没想到吸月季绅士半口气居然能让它开口说话。

压下蠢蠢欲动的危险心思，苏尔仔细嘱咐了一番，悄悄把小泥人放出了门。

咚，咚咚——敲门声很轻，但足以惊醒一名玩家。

满江山小心地走到门边，透过猫眼去观察走廊内的状况，空无一人。敲门声还在继续，她防备地把门打开一道缝，这时她才注意到矮小的泥人。

夜晚来个开门杀是件再正常不过的事情，尤其是小泥人手上似乎还托着一张纸，耳旁那朵月季花让人不寒而栗。

"投——票——"沙哑的声音传来。

满江山皱了皱眉，小心翼翼侧过身，犹豫许久，终究是把门开大了一点。细弱的胳膊伸进来，她弯腰看到上面的血字，思索良久后在上面写下一个名字。

月季花、血字、会动的小魅物……

先入为主让满江山下意识就把小泥人当成了副本的NPC。

小泥人收回纸片，按照苏尔的嘱咐，它没有直接回去，而是从窗户重新爬回房间。

苏尔故技重施，又在它手上放上一张纸，指明要送去的客房。

"纪珩……"等待的间隙，苏尔看到满江山的答案，沉默了两秒。原来她怀疑纪珩是杀手。

接下来的时间，小泥人分别带回了路全球和曲清明的答案，路全球的怀疑对象是曲清明，曲清明却把所有人的名字都写在了纸上。

苏尔说："和我说一下他们填写时的表情。"

小泥人一脸茫然，这个问题对它来说过于复杂，它只能大概学一下。可惜它终究不是人，演不出太强烈的情感变化。

苏尔也不强求，攥紧手里的纸，缓缓露出一个笑容……

何必被副本牵着鼻子走？既然游戏没有设置投票环节，他来安排一个就是。

第二天早上七点不到，众人避开评委，聚在一起吃早餐。路全球有几次想要开口说话都被苏尔刻意打断，对此路全球有些不悦，但强忍了下来。

吃到差不多的时候，苏尔放下筷子，看向月季绅士："是不是要为我重新安排一位摄像师？"

然后又指了指纪珩，表示他也没摄像师。

要拍摄一档综艺，少不了跟拍摄像师。月季绅士神情冰冷，到底是出去安排去了。

确定主持人是真去到了外面，苏尔才偏过头问路全球："你刚刚想说什么？"

被打岔了好几回，路全球没好气地问："大家昨晚是不是都投票了？"

曲清明撩了撩波浪卷，露出一个妖冶的微笑，首先回答："我谁的名字都没写。"

她在路全球怀疑的目光中耸耸肩，"又没规定一定要写。"

"那就好。"路全球做出松了口气的样子，"我也谁都没写。"

苏尔静静看着他们表演，纪珩则旁敲侧击地打听了几句，大致拼凑出昨晚发生了什么。而后他看了苏尔一眼，什么都没说，继续吃饭。

昨天众人都无功而返，今天的游戏项目依旧是寻找祭坛。

新派来跟拍苏尔的是一位女性，看着弱不禁风，加上还扛着沉重的摄像机，很容易让人心生怜惜。女摄像师十分忌惮他，拍摄时都不敢离他太近。

饭后苏尔主动提出想要单独活动，纪珩没意见。

"有没有办法帮我引开月季绅士？"临分别时，苏尔特别小声地问了一句。

纪珩微微颔首，转身朝海的方向走。果不其然，录制一开始月季绅士便一直跟在他后面，防止玩家擅自出海事件再次发生。

至于苏尔，趁机独自前往密林深处。确定周围没有其他玩家，他掏出从海景别墅带出来的菜刀。

女摄像师一脸惊恐："你想做什么？"

苏尔从容地回应："砍树枝。"

女摄像师都做好反击的准备了，谁知道苏尔真的只是费力砍下几根粗壮的树枝，然后默默盘腿坐下，低头专注于做手工活儿。

他沉迷其中，不时还会溜回别墅，悄悄运出来一些东西，从凳子到相框什么都有，又将它们拆分成四分五裂的零件。

几个小时过去，女摄像师有些受不住了，靠着一棵大树继续拍摄这无聊的一幕。

谁知苏尔突然站起身，冷不丁用电击器给了才放松下来的女摄像师一击。

"你……"

"我保证不下杀手，只需要让你昏迷一段时间。"眼看女摄像师准备反击，苏尔立誓，"违约就叫我折在副本里。"

女摄像师权衡再三，选择不反抗。

她的实力最弱，打不过其他同事，所以才被推出来做危险系数高的工作。真要拼死一搏，她没太大胜算。按照约定，苏尔只用电击器抽出了她体内一部分的灵气。

女摄像师晕过去后，苏尔关掉摄像机，开始玩泥巴，做出一条粗长的蛇的形状。

这条蛇是盘着的，乍一看有些四不像。苏尔小心地把它放在适才完成的工艺品上面。他拍拍手上的泥土渣，然后开始朝蛇的身体注入灵气。

和小泥人一样，蛇不时会缓慢地动一下。

苏尔觉得还不够完美，又用血画上诡异的图案，一个完美的假冒祭坛就此诞生。

"大功告成。"

他松了口气，而后开始慎重地思索。

在他看来，曲清明的嫌疑要比另外两人大一些，他便决定以此作为突破口。

苏尔掏出纸笔开始进行剧情设计——经过昨晚的投票，今天人心惶惶，杀手担心自己被投票投出去，疯狂地想要找到祭坛。孤岛上，曲清明和金发女郎一起活动，这时小泥人出现，留下线索引领她找到假祭坛。

看到祭坛，曲清明会：

A.破坏（那她就是爱情杀手）；

B.叫其他人过来（进入故事线一）；

C.想办法遮掩祭坛的存在（进入故事线二）。

故事线一：路全球和满江山被叫过来，曲清明没有通知纪珩，因为她怀疑纪珩是爱情杀手……

树木被风吹得沙沙作响，苏尔坐在假祭坛边奋笔疾书，很快洋洋洒洒写下数千字。其中包含十八条支线，基本涵盖了各种可能发生的情节桥段。

小泥人不知何时从他兜里爬了出来，苏尔放下笔用泥给它捏胳膊。小泥人又指指自己眼睛，苏尔无奈，顺着它的意思为它开眼角。

为小泥人在外貌上做了调整后，他重新看了一遍适才写的东西，其间瞟了眼小泥人，表面上是在跟它说话，实则更像是在自言自语："副本不公开剧情大纲，那我只好亲自操刀当编剧了。"无意间看到远处飞过一只麻雀，苏尔的眼神有些落寞，"毕竟老是打打杀杀的，太累了……"

像现在这样，第一天念诗看星星，第二天追逐梦想去远方，第三天养娃做手工写写剧情，踏实本分地当个佛系玩家，就挺好的。

第七章

鲛人泪

苏尔给小泥人大致描述了一番曲清明的长相："昨晚咱们见过的，就是长得最美丽的那个。"

小泥人懵懂地出发了。

小泥人出来的这段时间苏尔也没闲着，连忙收拾了一下现场，把晕过去的摄像师拖到灌木丛里，自己则找了个隐蔽的位置小心翼翼藏好。

在草丛里趴着绝对称不上是舒适的体验，地里的小虫子不时就爬出来几只，赶都赶不走。就在苏尔考虑要不要先拿它们祭天时，远处终于传来脚步声。

他在全神贯注下听得很清楚，来人步伐落地声很沉稳，没有曲清明那种轻盈的感觉。来人的轮廓终于渐渐清晰，纪珩高大的身影出现在苏尔视野内。

苏尔怔了下，站起身，衣服上还沾着杂草："怎么是你？"

纪珩瞥了眼小泥人："它带我来的。"

苏尔无奈，抓起小泥人放在掌心，视线与它齐平："你是分不清'俊朗'和'美丽'吗？"

刚开了眼角的大眼睛毫无神采，呆滞地同他对视。

总不能跟个泥人计较，苏尔叹了口气，有些担忧地问："主持人呢？"

纪珩说："我在海边站了一会儿，后来去了其他地方。"

苏尔好奇："他没跟着？"

纪珩笑了："正午时会有新的船员来运送物资。"

苏尔明白过来："主持人认为我们在调虎离山，担心你故意引他离开，然后我偷偷去对船员下手？"

纪珩点头："所以月季绅士还在海边守着，短时间内不会离开。"

祭坛上蜷缩着的蛇每过几秒就会动一下，纪珩一眼识破："你做的？"

苏尔"嗯"了一声。

"太刻意了。"纪珩提醒，"最好挪到更隐蔽些的位置，再故弄玄虚地写几个数字，让其他人以为是密码，然后去破解。"

苏尔采纳了纪珩的建议，让对方帮忙拿着写好的剧本，自己则挽起袖子去做搬运工作。

待他移动好祭坛，纪珩已经一目十行读完剧本，偏过脸朝他看去："我的戏份不是很多。"

苏尔摆手："不错了，主持人在里面甚至没有姓名。"

一切准备就绪，苏尔重新嘱咐小泥人去寻找曲清明："最漂亮的那位姐姐，昨晚你给她送过信的。"

在说到"姐姐"时他特意加重了语气。

小泥人再次出发。

等小泥人走远了，纪珩看了眼苏尔："你怀疑曲清明？"

苏尔点头："和魅物一起活动还能活下来，要么是个人能力极强，要么就是跟魅物达成了某种共识。"

纪珩没发表意见，等着他继续说下去。

"再者，昨晚的投票中，曲清明写上了除自己外所有人的名字。"

这是一个相当大胆的尝试，情况不明的前提下明明写一个名字才是最稳妥的。

"一旦她的投票被判定为有效，等同于其余玩家会全都各加一票。"说到这里，苏尔笑了笑，"往好里想，是她认为所有人会做一样的选择，这样大家就会平票，相应的谁都不会有危险。"

可惜这个可能基本为零，首先路全球那种性格冲动的人绝对想不到去写全员的名字。

纪珩并未质疑苏尔的判断，更没有干涉他的计划。苏尔还准备说下去，纪珩突然用食指抵着唇，摇摇头。苏尔会意，咽下剩下的话，迅速找到距离稍远的一棵大树藏身。

远处传来交谈声——

"会不会有诈？"

"先跟着它走，总比现在一无所获的好。"

听出是路全球和满江山在说话，苏尔按了按太阳穴——很明显这小泥人有自己的想法，又带错人了。

"我的剧本要推翻重写。"他用唇型对纪珩说。

纪珩指了指头顶，意思很明显：人算不如天算。

"快看！"路全球因为惊讶语调微微拔高，很快他控制住自己，快步走过来。

满江山身为女生，速度比他还快，先一步抵达："是祭坛。"而后发现异常，她又连忙道，"小心！上面的蛇盘会动。"

经她提醒，路全球后退一步。

纪珩微微侧过身，将这一幕收归眼底，肯定了苏尔的奇思妙想。倘若素不相识，说不定连他都要被短暂地蒙混过去。人造祭坛上的蛇丑到诡异，偏偏还能动，试问有谁会怀疑这东西是假的？

"这个泥人为什么要引我们来这里？"满江山生性谨慎。

路全球想了想："或许和昨晚的投票有关？"

满江山忽然问："交个底，你昨晚选了谁？"

那套谁都没写的说辞傻子都不会信。

路全球犹豫了一下，正色道："曲清明。"

满江山惊讶："你没投纪珩？"

树后苏尔的目光带着调侃，他继续用口型说："你是重要嫌疑人。"

纪珩似乎并不感觉意外。

"没。"路全球说，"因为曲清明带给我的全是好感。"

满江山惊讶，这是什么奇葩理论？

路全球说："纪珩和曲清明哪个厉害？"

满江山毫不犹豫："纪珩。"

路全球说："可连纪珩都显得行为古怪，苏尔更别提了，大晚上还跑外面去，唯独曲清明，总给人一种游刃有余的感觉。"说着他嗤笑一声，"这女人要是真有那么厉害，怎么会在游戏里声名不显？"

满江山不认同他的逻辑，但也没有强行用自己的猜测去说服对方，只问出当下最关键的问题："祭坛怎么办？"

路全球说："要不引曲清明过来，看看她会怎么做？"

满江山摇头："这东西看着并不结实，万一她有道具傍身，毁坏了祭坛，我们就玩完了。"

两人不敢乱搬动祭坛，只能默默记下位置。

路全球说："玩家不能互相淘汰，先想办法找到能让曲清明出局的方法。"

虽然满江山更怀疑纪珩，但还是同意了他的决定，毕竟曲清明要更好对付。

确定人走远了，苏尔才从树后出来："他们倒是信任彼此。"

纪珩说："不一定。刚刚满江山先一步到祭坛旁，故意挡住了你胡乱写的那串数字。"

苏尔感叹人心难测，招了招手，小泥人慢腾腾走了过来。

纪珩说："你们之间可没什么契约关系。"

言下之意，假如小泥人成长起来，未来发生噬主的情况也很正常。

苏尔点头："我会留心。"

正要把小泥人重新收进口袋，动作在半空中僵硬了一瞬，苏尔指着自己："我美吗？"

小泥人点头。

苏尔又指了指纪珩，小泥人继续点头。

苏尔皱眉，这说明它对美丑的大致判断是有的。

想了想，他比画了一下："那个烫着大波浪的女人美吗？"

小泥人摇头。

苏尔陷入沉默。

曲清明身上的气息和其他人不同，但他很确定那不同于魅物的气。究竟哪里出了问题？

这时，纪珩竟然伸手轻轻拍了下他的脑袋："早就跟你说了，别只顾着吸。"

苏尔睁大眼睛。

纪珩说:"明明有更好用的法子。"

苏尔微皱的眉头说明他开始了沉思。

纪珩叹了口气:"你是不是忘了自己还有一只眼睛?"

苏尔愣愣抬头,唇瓣动了动,半晌才说了一句"我是智障"。

纪珩被他这副罕见的蠢萌样子逗乐了。

一直以来,苏尔下意识用吸食灵气的方法来区分魅物和人,从来没有出过错,而体内的那只眼睛因为使用起来弊端太大,有时候一睁开就很难合上,所以他不太愿意用。

毕竟当时在天机城,他压根儿没想到老百姓全部成了蛇人,那一眼看过去,险些让他脑子炸开。

纪珩知道这层顾虑,点头说:"能不用则不用。"

苏尔想抓紧时间验证一下曲清明有没有问题,路上他疑惑地望着纪珩,心想都到了这个时候,按理说对方该直接告知杀手是不是曲清明,而不是让他冒风险使用那只眼睛。

"有我在,放心用。"纪珩愉悦地半眯着眼,"别总想着对付主持人,他也只是替游戏打工的。"

苏尔解读了一下这句话——所以该对付的是游戏本身?

走到一半,他突然想起把摄像师给忘了,刚转身要折返回去,猛地意识到什么,问:"跟拍你的摄像师呢?"

纪珩说:"早上挖坑埋了。"

苏尔:"……"

纪珩说:"魅物不需要呼吸,应该还活着。"

苏尔:"……"

让人在原地等着,苏尔回去默默把女摄像师从灌木丛中拖出来,带到离人造祭坛足够远的地方,才注入些灵气。

摄像师醒来看到苏尔就像是见了鬼,连摄像机都不要了,直接逃走。

一番折腾,回到别墅刚好是吃午饭的时间。

看到在厨房里忙活的身影,苏尔走过去问:"怎么是你在做午饭?"

曲清明系着围裙,从背后看腰肢更细,表情似无奈又委屈地说:"不然呢?评委做的东西我可不敢吃。"

苏尔环顾四周,发现金发女郎不在。

曲清明小声道:"她每天都要和嘴巴特别大的那个评委下海抓海鲜,献给另外两个评委。"

魅物有强弱,弱的只能讨好、依附强者。

大概是因为金发女郎不在,曲清明的心情有几分轻松,嘴里还哼着轻快的小调。

苏尔走到一边，看似在帮忙，实则选了一个好的角度，望向厨房外面。

纪珩颔首，示意他可以开始使用体内的那只眼睛了。

不知道是不是苏尔的错觉，他觉得对方仿佛一直在等待着这一刻。为保险起见，他低着头仔细回想了一下，总结出这个副本的三个难点：找到杀手，找到祭坛，找到杀死杀手的方法。

假设杀手不是人……

苏尔目中突然充斥着不可思议，似乎想到了什么，他迅速定了定心神，重新凝视曲清明，动用体内的第三只眼睛。熟悉的刺痛感传来，仿佛有刀在脑神经上一点点刮着。苏尔强忍着这份不适，死死盯住曲清明。

不存在虚影，周围的磁场也很正常，更没有出现灵气森森的情况。

"麻烦拿一下酱油。"曲清明突然转过身。

冷不丁四目相对，苏尔后退一步，腰撞到后面的柜角上。他忍住痛感，打开柜门拿出酱油，递了过去。

"谢谢。"曲清明莞尔一笑。

那张脸哪里还有平日里的妩媚？青色的胎记占据了半边脸颊，上面还长着黑色的绒毛，两眼外凸，下颚前倾。人类喜欢用美丑来区分容貌，但她这张脸，已经超出了丑的范畴，是真的很吓人。

让苏尔困惑的是：曲清明究竟是什么？

能蒙蔽别人的感官，显然她不是人，但她又不像魅物。

"轰隆！"巨响打断了他的思维。

适才艳阳高照，突然就是一声闷雷，蓝色的光闪烁了一下，吓得正在切菜的曲清明手一抖，险些切到自己。

"怎么回事？"

刚好回到别墅的路全球条件反射地缩了缩肩膀，抬头看着天空中的乌云："雷阵雨？"

雨没有降落，降落的是机械提示音："禁止玩家苏尔进入《龙虎斗》副本。禁止玩家苏尔进入《谁是凶手》副本。禁止玩家苏尔进入《多情女儿国》副本……"

提声音整整持续了二十分钟。

苏尔瞬间成为被注视的焦点，路全球震惊到差点失声："副本还有禁人令？"

早在第一道提示音响起的时候，苏尔就已经猜到原因，以上副本多半都有魅物扮玩家的设定，如果他去参加，依靠体内的那只眼睛，可以万无一失地辨认出谁是人谁是魅物。

漏洞这么大，还有什么玩耍的必要？

唯有一点令人困惑：为什么他刚得到这只眼睛时，游戏没有对他封副本？

转念一想，先前那几个副本，就算识别出有魅物扮玩家影响也不会太大，这个副本不同，杀手是通关的重点。在这里魅力值识别不出魅物，体内的眼睛却能。那是不是可以认为，游戏没有想象中那么智能，甚至还有些反应迟钝？

纪珩走过来，佯装无意地开口："刚刚通报的副本名字我大概记下了一半。"

苏尔遗憾地表示自己记住的不多。

"不碍事。"纪珩亲和地道，"回头整理一下，把资料卖出去，只要有玩家进入这些副本，就知道存在魅物扮人的陷阱。"

苏尔感觉这句话纪珩是故意说出来的。

果不其然，下一刻，刚刚散去的乌云重新聚拢。

"副本《龙虎斗》暂停运营。副本《谁是凶手》暂停运营……"

至少有上百个副本都在暂停运营名单当中。

纪珩偏头看向窗外，确切地说是看着海边："灵气变重了许多。"

话音一落，他便迈步走了出去。

门口，路全球和满江山对视一眼，也跟了上去。

苏尔问曲清明："要过去看看吗？"

曲清明摇头："我灵值高，容易被附体，就不冒这个险了。"

海的颜色变深了许多，月季绅士站在海水里，不时弯腰一捞，一个白影就被甩上岸来。

此刻岸边已经堆着四五个这样的生物。

"这是什么？"苏尔不敢靠太近。

"水魅。"纪珩回答他。

苏尔皱眉，诧异为什么会有这么多水魅突然出现。

那厢月季绅士甩了甩手上的水珠，眼神讥诮："大量副本被封，上千恶魅不幸失业。恰好我这个副本缺几个工作人员，水魅自然争先恐后地往这里拥。"

说完他露出一个十分冰冷的笑容："对了，记不记得我为什么缺工作人员？"

苏尔心虚地别过头去——因为都被他和纪珩弄死了。

月季绅士数了数岸上的白色生物："六个，足够了。"

就在他要迈步上岸时，双脚被白影缠住，没被捞出来的两只水魅露出半个脑袋，双双乞求道："大人，求求您，也给我们一份工作吧。"

这画面让人看得挺心酸。

纪珩无视这荒唐的一幕，开口说："苏……"

苏尔连忙制止他，小心翼翼遮住自己的胸牌："别喊名字！从现在开始，我跟你姓了。"

纪珩："……"

说完苏尔心有余悸地望着岸上的那些水魅，毫不怀疑一旦它们知道导致它们失业的罪魁祸首就在面前，拼了命也要扑上来把自己给生吞活剥了。

纪珩指了下一旁的礁石，苏尔读懂暗示，移步朝那边走去。

有了巨大礁石的遮挡，苏尔勉强放松了一些。

礁石表面凹凸不平，尽管硌得难受，苏尔还是紧紧靠在礁石上，侧过脸说："想笑就笑吧。"

他是造了什么孽，都已经宅在树林里做手工写剧本了，还是免不了被卷入风波。

纪珩没有笑，反而说："魅力值是游戏给玩家新开的功能，在魅物扮人这样的副本里，游戏自然有办法让它发挥不了作用。"

苏尔可以预料到接下来的谈话内容。

纪珩说："天一卦把那只眼睛交给你时，表明是受人之托，现在足以验证那只眼睛不受游戏的控制。"

苏尔沉默了一下："真相如何，我也不清楚。"

其实就连他自己都想不通：一个人形漏洞，游戏居然不进行抹杀，简直匪夷所思。

年轻人不乏想象力，苏尔展开奇思妙想："也许我是游戏的孩子，又或者我是游戏意志的一种产物，阴差阳错逃出了副本世界。"

纪珩直接否定："除非游戏想自取灭亡。"

生出这样的不孝子坑自己，又不是活腻了。

苏尔："……"

良久，纪珩盯着苏尔，忽然笑了："你更像是病毒。"

苏尔摆手示意这个话题可以打住了："仰望星空不如脚踏实地。"

找到祭坛才是当下他们需要解决的主要问题。

纪珩采纳他的建议："先离开这里。"

脚步刚一迈开，月季绅士的声音从身后传来："天气不好，下午的录制暂缓。为了庆祝新成员的加入，今晚将举办一场聚餐，请各位七点钟准时到餐厅来。"

苏尔犹豫了一下："我们是去树林转转，还是……"

"回别墅。"纪珩说得很直接，"主持人特地强调了时间，很有可能会弄出些小动作，让我们赶不及回来。"

苏尔觉得在理。

路上只有他们俩并肩前行，说话不用特意掩人耳目。

苏尔说："连续两天自由活动寻找祭坛，有点奇怪。"

照之前的推测，做小游戏倒数第一的组合会随机淘汰一人，现在却任由玩家自行探索，等同于消灭了淘汰条件。

纪珩说："不急，七天时间还没过去一半。"

副本里"好戏"往往都在后头。

苏尔压抑住内心的叹息。在水魅出现的那一刻，他在游戏里当咸鱼苟活的计划已经夭折。

别墅里。

曲清明靠在沙发上，发呆的时候侧脸也很漂亮。苏尔进门时视线在她的脸颊上多停留了一秒。曲清明似乎注意到了这个细节，眨了眨眼："被我的美貌迷惑了？"

她娇俏的样子十分容易博得人的喜爱。苏尔笑了笑，没正面回答这个问题。

纪珩却突然开口："扎特利斯基说过，能蒙蔽人眼睛的不是皮囊，是欲望。"

曲清明怔了怔，忽然笑着说："这句话有点意思。"

纪珩给苏尔使了个眼色。

苏尔会意，很自然地走开，纪珩则坐在一边，开始聊起扎特利斯基的一生：荒诞、放荡，追寻自由。

低沉的声音和出众的气质为纪珩打了个很好的掩护，让他谈起哲学问题来不会显得很装，反而有种优雅的感觉。曲清明很感兴趣，认真听着。

断断续续的交谈声传入耳，苏尔摇了摇头……什么扎特利斯基，他敢肯定，这不过是纪珩随口编出的一个人名。

有人拖着曲清明，苏尔目前有足够的时间去找线索。

他轻轻一按门把手，门便开了。

因为比赛失利，除了路全球和满江山，第一天其余人的房间门锁都是坏的。曲清明没纪珩那个修锁的本事，迄今为止，依旧住着锁坏了的单间。

屋内可谓是一尘不染，根本找不到生活气息。但凳子是拉开的，证明常有人坐在这里。

苏尔顺势坐下来，低头看了一圈，最后拉了下左手边的抽屉，发现是锁死的。

直接破坏容易打草惊蛇，苏尔迟疑了一下，掏出小泥人："会开锁吗？"

小泥人摇头，却伸出一条细长的胳膊，直接朝锁眼捅去。胳膊上的泥土很快碎裂，等它缩回来时，半个手臂已经变成钥匙的形状。

不会开锁，但可以配钥匙。

苏尔："……"

本来泥巴就不坚固，苏尔担心这钥匙使用时会直接碎成渣渣。但事实证明，在吸食了月季绅士的生命力后，再将灵气注入泥土，会使它比想象中韧性好很多。

"咔嚓"一声，锁轻而易举地打开了。

苏尔神情复杂："辛苦你了。"

他暂且把小泥人放在一边。抽屉里基本都是杂物，他一件件拿出来研究，发现一些裁剪整齐的薄片。

作为曾经被剥过手皮的玩家，苏尔瞬间就摸出了那些薄片的材质：皮。

这张皮不是薄如蝉翼，相反，上面覆盖着一小片黑色的绒毛，和曲清明真实的脸部皮肤相仿。皮上记录着类似日记的片段。

　　5 月 20 日，天气晴。
　　他一定很喜欢我，所以面对我时心跳频率很高。我们之间是真爱。

苏尔挑了挑眉，所有客房里都只有闹钟，没有日历，他也不清楚现在具体是几号。但字迹还算清楚，没有顺着皮肤的纹理变得模糊不清，大约是最近写的。

记得进副本的那天月季绅士给每个人测过心跳频率，这么说来，那天应该刚好是 5 月 20 日。

听着还挺浪漫。

下一片皮上记载的日期是同一天。

5 月 20 日，天气晴。

男女搭配，干活儿不累。一起做菜时，我们配合得很好。我问他要不要和我结婚，他说你别开玩笑了。

苏尔目光一暗，实锤了……故事里的男主人公是张拜天。

第三张皮依旧是同一个日期。

5 月 20 日，天气晴。

他下海抓来鱼，单膝跪在我面前。为什么，为什么他带来的不是珍珠？海底那么多蚌，他明明可以轻而易举找到一颗珍珠！却给我臭鱼烂虾！果然，他不想和我结婚！

该死，他该死！

5 月 20 日，天气晴。

零点一过，那人像是假面骑士一般出现在窗边。我就知道自己还是有魅力的，我们跳了支舞，他让我闭上眼睛，我能感受到灼热的视线。

然而他走了，他说我们不能犯道德上的错误！

把所有日记看完，苏尔的第一反应是曲清明有妄想症，她和张拜天不过是随机组成的搭档，又不是伴侣。

把皮按照之前的顺序放回去，锁好抽屉，苏尔陷入沉思。曲清明对结婚有很大的执念，这应该是一个关键信息。暂时放下疑惑，又在房间翻找一圈，确定没有更多的发现，苏尔准备离开。

临到门口，他忽然折返，打开抽屉重新看了一遍最后一张皮上的文字。

零点一过？

那天晚上苏尔在主持人门口念诗，曲清明住在一楼，如果他出来找她，跟苏尔应该会碰到才对。

苏尔走到窗边，趴在窗户上，半个身子探出去看，果然看到一些攀爬的痕迹，有几处地方的鞋印是遮掩不住的。

只是这些痕迹似乎是从纪珩的房间延伸而来。

他带着疑惑出了曲清明的房间。

楼下，纪珩依旧在和曲清明聊着扎特利斯基的一生。

苏尔想了想，找来纸扎了几朵花，背着手走了回去。

他回来的一刹那，曲清明似乎察觉到什么，黛眉微微蹙起。然而下一刻，苏尔拿出纸花："献给最美丽的女士。"

曲清明眼中的狐疑消散，露出真切的笑容。

苏尔心下微叹——知道对方是隐藏型恋爱脑后，应对起来就容易很多了。

没过多久，曲清明的笑容突然淡了许多，苏尔顺着她的视线望去，落地窗外，工作人员正抬着不少海鲜，为晚上的聚餐做准备。

金发女郎也在。

曲清明眉目中流露出一丝愁苦，仿佛真的在为和魅物搭档而伤神。

苏尔都想为她的演技点个赞。

纪珩说："我先回房间。"

看样子他不准备一次性和这么多工作人员接触。

苏尔扫了眼跟在月季绅士身后的几只水魅，毫不犹豫地选择跟纪珩一道，美其名曰一起聊聊天。

门一关，苏尔便提起在曲清明客房中的发现，说完后问："那天晚上，你是不是去找过她？"

纪珩点头。

苏尔指出其中古怪的点："日记上写着，你让曲清明闭上眼睛，然后用灼热的视线盯着她。"

纪珩说："我感兴趣的是她的胸牌的真假，结果发现是真的。"

闻言，苏尔若有所思："就是说曲清明做魅物之前很有可能是玩家。"

胸牌是个很神奇的东西，哪怕玩家不停换衣服，它都会自动出现在新的衣服上。想要取下它只有一种方法：玩家出局，届时上面的数值会全部变为灰色。

纪珩说："只是一种推测。还有一种可能，就是真正的曲清明已经出局了，魅物盗用了她的胸牌。"

苏尔仔细回想之前透过第三只眼瞧见的场面，印象中胸牌上的数值是正常的。

纪珩看出他的困惑，稍一沉吟，说："那只眼睛或许有局限性，目前来看只针对魅物有效。"

苏尔说："还有个地方很奇怪，日记里提到珍珠时措辞格外激动，曲清明好像很渴望得到一颗。"

门外有些吵，打断了两人的交流。

一群魅物忙着做晚餐，金发女郎夸张的笑声不时传来，苏尔隐隐有预感，今晚的聚餐不会简单，摊了摊手说："鸿门宴。"

纪珩很平静："随机应变。"

晚上七点，所有人准时聚在餐厅。

苏尔来之前曾试图在胸牌处粘上一朵小花，遮住自己的名字。可胸牌有自己的想法，跟犟驴一样，闪了下光，粘在上面的东西就自动掉了下来。

纪珩解释道："普通物品盖不住胸牌。"

哪怕他利用高级道具，也只让武力值一栏变成了问号，没有办法直接隐藏胸牌。

海景别墅里处处是奢侈品，豪华的水晶吊灯打出来暖橘色的光，长桌上的饭菜看得人格外有食欲。评委、工作人员还有玩家依次找位子坐下，唯独月季绅士是站着的。

他很贴心地给每一位玩家倒上半杯红酒，最后才给自己倒了一杯，举杯说："让我们欢迎新来的工作人员。"

苏尔第一次坐姿没那么笔直，一只胳膊搭在桌面，状似无意地遮掩住胸牌，很想让水魅无视他的存在。

此刻水魅就在他斜对面排排坐，它们并不像是民间志异里形容的水猴子模样，相反容貌和人类相似，有着一头相当顺滑的白色长发，红眼睛，五官仿佛都是一个模子刻出来的，乍一看，根本分不清谁是谁。

"相逢即是缘，缘分这种事谁也说不准。"月季绅士喝了口酒，看向一个方向，"你说对吧，苏尔？"

话音一落，水魅的目光霎时像箭一样簌簌朝苏尔射过去。

"……"输人不输阵，被迎面痛击，苏尔理智地保持微笑。

大家先后放下酒杯，桌上的食物多是海鲜，生熟参半，工作人员首先动筷。

一排水魅是例外，它们动也不动，如同木偶一般静静坐在原地，红色的眼珠直勾勾凝视着苏尔。

"真是一个令人愉悦的夜晚。"月季绅士的酒杯已经空了，他笑眯眯地注视着所有玩家，"美中不足的是已经过去两天，还没有一位嘉宾发现祭坛。"

满江山和路全球的眼神闪烁了一下，然后努力控制住表情。他们并不知道自己白天寻到的是假祭坛，仿佛守着宝藏的巨龙，小心翼翼不想被别人注意到。

"为了帮助各位加快进程，稍后我们会做一些小小的游戏。"月季绅士正要介绍游戏规则，突然夸张地拍拍手，"瞧我这记性！今晚的奖励相当丰富，其中还有可以交换搭档的机会。"

餐厅里的气氛沉寂了两秒，玩家的视线下意识聚在评委那里。

没有人会愿意和一只魅物做搭档。

曲清明脸上则流露出一丝庆幸，似乎已经有些迫不及待了。

何等精湛的演技！苏尔心中暗道。

几乎很难从她的行为举止里发现端倪。

摄像师站起身，重新扛起机器准备拍摄。

等他们找好角度，月季绅士手中变出一个竹筒，晃了两下，发出"哗啦啦"的声音。

他没有说里面是什么，只问："谁先来抽？"

苏尔想了想，第一个站起身。

月季绅士微笑着把竹筒递到他面前。

苏尔说："抽到什么全靠运气？"

月季绅士："弄虚作假不是绅士该有的品德。"

主持人不会说谎，这一点在新手场时苏尔已经见识过，他不再迟疑，随便从里面抽出一支竹签。

路全球离得近，依稀看到几个字："真心话大冒险？"

苏尔摇头，念出竹签上的全部文字："你真心话，我大冒险。"

"运气不错。"月季绅士收回竹签，"幸运的话，可以一次性通关。"

苏尔听后没有表现出丝毫高兴，高收益高风险这个公式基本适用于任何场合。

月季绅士接下来的话更是印证了这点："游戏规则很简单。完成相应的大冒险后，你可以从包括我在内的所有工作人员中任选一位提出问题，被提问者只要知道答案，必须如实回答。"

这时苏尔算是知道那句"可以一次性通关"的真实含义了，假设自己选择向月季绅士提问，便可以知道真正的祭坛在哪里。不过他百分之百会在完成大冒险的过程中被坑死。

"不必有太多顾虑。"月季绅士冷淡地解释，"每位工作人员给出的大冒险项目都是经过精准测评的，难度等级不同，但没有一个是必死项目。"

苏尔思考了几秒，道："难度等级越低，获得的情报价值也就越低？"

月季绅士点头。

苏尔的视线逐一扫过工作人员，大致做出难度排名：普通工作人员＜评委＜主持人。

"必须先完成大冒险？"

月季绅士："当然。"

苏尔忽然想到什么："假设我提的问题对方不知答案，是不是等同于我白完成一场大冒险？"

"对。"

虽然知道这种情况几乎不可能发生，苏尔还是问了一句："能先……"

月季绅士知道他想说什么，直接打断："他们可以解答的问题范围不会公布。"顿了顿又说，"不过我知晓一切。"

换言之，只要苏尔敢问，他都答得上来。

苏尔看了眼纪珩，后者摇头，示意他不要选择月季绅士为提问对象。

苏尔内心也是持此看法，主持人要求完成的大冒险项目必然是地狱级难度。相应的，选工作人员应该会容易很多，但根据他们的日常地位来看，怕也不会知道多少有用的信息。

再三权衡下，他的目光不禁开始在四位评委身上徘徊。

看似很柔弱的那位评委羞涩地举手："我……我知道的还挺多的。"

苏尔毫不犹豫地把她和披兽皮的黝黑男子排除了。

月季绅士："富贵险中求？"

苏尔特别没有出息地说："我不求富贵，求稳。"

话音一落，他端着酒杯走到金发女郎面前。

金发女郎："你要选我？"

苏尔点头："那晚我在海边说的，句句是肺腑之言。"

轻轻碰杯后，他把那首肉麻的诗重新念了一遍。

一位深情款款的追求者站在面前，哪怕是假象，也足够令人心生愉悦。金发女郎取下了墨镜。

"猜猜我的眼睛为什么会变成这样！"

苏尔说："爱情使人盲目？"

"……"金发女郎捏着墨镜腿的手指微微用力，带着满腔恨意倾诉，"我被一个男人骗了，他有收集眼珠的癖好！"

苏尔皱眉："你想找回眼睛？"

"有眼无珠爱错人是我的责任。"金发女郎重新戴上墨镜，"我是要你去找到那个男人，再杀他一次。"

苏尔的态度变得很积极："他现在住在哪里？需要出海吗？"

高脚杯被捏碎的声音清楚地传来，苏尔用余光注意到月季绅士的动作，识趣地闭了嘴。

金发女郎偏过头，死死盯着苏尔说："那个狡诈的浑蛋，就藏在这座岛上。"

"如果找不到会怎样？"

金发女郎露出残忍的笑容："你有一个小时的时间，失败的代价是你的一双眼睛。"

这场大冒险的难度显而易见，时间紧张只是其一，主要难点还在于金发女郎强调了"再杀他一次"。有一种可能是负心汉已经死了，那么苏尔需要找的就是一只魅物。能不能找到另说，就算找到了，还要正面击杀一只魅物才行。

金发女郎掏出一只怀表，迫不及待开始计时。

苏尔不慌不忙地站起身，没有出门，反而先朝着金发女郎的房间走去。

"最危险的地方就是最安全的地方吗……"曲清明手指摩擦着杯壁边缘，"大胆且合理的推测。"

金发女郎则是冷笑一声："无用功。"

评委住的客房要比玩家的大很多，里面没有镜子，想必金发女郎也不需要。

苏尔转了一圈，只在枕头下面发现一枚戒指，内里刻着"永恒"二字。他不敢贸然使用体内那只眼睛，担心再次出现眼睛无法闭合的情况。现在外面聚了一屋子魅物，一次性窥视太多魅物，对他自身的伤害也极大。

他尝试着吸了两口，魅物住的地方灵气分布均匀，可见客房内确实没有其他东西存在。

离开前苏尔带走了那枚戒指。

苏尔一无所获，在金发女郎的意料之中，排排坐的水魅面上的幸灾乐祸更是毫不遮掩，其中一只还比画了一下，示意已经过去一刻钟了。

苏尔默不作声走出别墅。二十分钟后再次回来，他的表情相当阴沉。

就在众人皆以为他无功而返时，苏尔忽然看向金发女郎："我找到他了。"

金发女郎有一瞬间的激动，很快镇定下来："在哪里？"

苏尔说："我带你去，这样大家都放心。"

万一他把魅物杀了，对方不承认，说他没有证据，那他岂不是亏大了？

金发女郎和苏尔先后离开，饭桌上的气氛有些诡异。

路全球一口干了红酒，感叹说："本事大啊！"

这么大一个岛，居然能精准地找到一个人。

"算盘也打得很妙。"满江山说。

独自对付必定很勉强，如果能调动金发女郎的情绪，借她的手来做这件事，就会容易很多。

披兽皮的黝黑男子冷笑："那女人只会先要挟负心汉杀了嘉宾，再自己动手弄死负心汉，一箭双雕。"

只有评委最了解评委，他说完，满江山的表情变得有些难看……这么看来，所谓的大冒险完全是个坑。想到这里，她下意识看向纪珩，同属一个组织，纪珩当真能做到袖手旁观，等着噩耗传来？

然而纪珩全程没什么反应，他关心的重点和其他人不同——苏尔的餐盘旁如今单剩下叉子，用来切牛排的小刀不知何时消失不见了。

嘀嗒，嘀嗒。

金发女郎走前没有带走怀表，秒针每移动一格，细微的响动仿佛就在众人耳边无限放大。

月季绅士晃晃竹筒："还有人想抽签吗？"

有了苏尔这个前车之鉴，一时还真没有哪个玩家做出头鸟。

月季绅士的目光定格在纪珩身上："这位嘉宾是在为搭档担忧吗？"

纪珩很坦然地点头："是有一点。"

月季绅士拿起怀表："那边的情景一定很精彩。"说着他笑了笑，"好在摄像师跟着去了，镜头会收录珍贵的影像。"

纪珩突然抬起头，表情终于有了变化："何必要等摄像师？"

他语气中有戏谑，有嘲弄，说不清是针对游戏还是针对主持人适才的发言："发生了什么我大概能猜到。"他冷不丁站起身，看向曲清明，"介不介意配合一下？"

曲清明怔道："怎么配合？"

纪珩说："我演苏尔，你扮演评委的角色。"

另一边，月季绅士拉了把椅子坐下，摆出看好戏的样子.

曲清明见主持人没有阻止，稍作迟疑后点头，和纪珩走到稍微空旷一些的位置。

"寂静的森林里，我们正肩并肩走着……"纪珩很快代入角色，以叙事的方式开头，"我们走了很久，却没有瞧见一个影子，这时你会……"

曲清明反应迅速，佯装嗔怒："那个男人在哪里？"

纪珩反问："你爱他吗？"

曲清明下意识摇头。

纪珩说："那你恨他吗？"

曲清明揣摩着金发女郎的心理，点了点头。

"爱和恨是最为强烈的两种情感。"语毕纪珩突然抓起一把餐刀，没有一点预兆地抵住曲清明的胸口，眼看刀尖就要戳进去。

曲清明吓了一跳，呼吸跟着一紧。

纪珩说："真实情况下，评委没你那么好对付，这时候苏尔应该还会使用某种道具，再出其不意地动手。"

曲清明睁大眼睛。

纪珩学着苏尔的口吻："我不知道那个负心汉在哪里，但他一定在你心里没离开过，那假设我捅破你身体里的魔石，就等同于再杀他一回。"

"……"曲清明咽了咽口水，坚持扮演金发女郎的角色，"我死了，你就是白忙活一场。"

"不碍事。"纪珩的语气风轻云淡，"解决不了问题，就解决提出问题的人。当然，如果你现在承认我完成了大冒险，并且回答我一个问题，一切就另当别论。"

曲清明的嘴唇不停颤抖，愣是再憋不出一个词。

满堂皆静。

纪珩放下刀，重新坐回原位望向月季绅士："如果一切如我所料，依照苏尔睚眦必报的性格，再回来时大约会借用聚餐前你的那句开场白 —— 真是一个令人愉悦的夜晚。"

落针可闻的沉默中，大门突然开了。

苏尔沐浴着月光从玄关而入，他带着纯洁无瑕的笑容朝众人走来，停步时微微张开双臂："真是一个令人愉悦的夜晚！"

众人："……"

过度的安静令人不适，苏尔却并未觉得意外，只当众人是惊叹于自己居然能活着回来。

他进门时没有顺手关上大门，意味着后面可能还有人要进入。果不其然，约莫一分钟后，金发女郎的身影出现，她迈着缓慢的步伐，胸口的衣服有一处破损。

当然远谈不上春光乍泄，有裂痕的地方仅仅是一柄刀刃的宽度，且周围被黑红的血晕染。

此刻金发女郎的状态几乎是坐实了先前纪珩的演绎。

见状，路全球的第一反应是：原来有的魅物受伤后也要流血。

紧接着又想：人世间竟有苏尔这种狠人！

在树林里的交锋中，金发女郎最后选择了保命回答问题。毫无疑问苏尔是占了便宜的，他很懂得进退，没有一味强势下去，选择把面子工程交给评委来做。

苏尔的睫毛微微颤动，坐下前苦笑一声："那负心汉实在可恶，察觉到情况不对，竟提前布下陷阱。"

说罢心有余悸地望向金发女郎："好在我不是一个人去的。"

金发女郎脸色稍霁，带着不屑的神情说："跳梁小丑罢了，我能杀他一次，就可以杀第二次。"

苏尔捧场："谁能想到负心汉变成魅物后反而更狡猾强势！"说着他面朝众人，"当时狂风大作，树木被连根拔起……"

苏尔张口就来了近千字的场景描写，字里行间充斥着阴谋诡计，描绘出一幅险之又险的画卷。

金发女郎在他的描述中成为宛如天兵降世的存在。一口气说完，苏尔举起酒杯对金发女郎说："救命之恩，没齿难忘。"

至于金发女郎，就像是在听一件无关痛痒的小事，高高在上，敷衍地点头。

众人："……"

大佬级的人物皆是默不作声，有几个工作人员已经开始坐不住。明明该尴尬的是苏尔和金发女郎，他们作为听众却恨不得找个地缝钻进去。

莫非这就是传说中的尴尬并发症？

竹条碰撞的声音让在座的玩家和魅物的注意力统一回归，月季绅士眼中的冷意几乎要实质化："游戏继续。"

苏尔放下酒杯小心求证："请问大冒险游戏可以重复进行吗？"

他的视线投向和金发女郎实力差不多的大嘴男，像是在强忍着害怕又不得不为之："刚刚杀负心汉的时候我没出力，失去了提问的机会……能不能让我再试一次？"

语气极尽谦卑。

"……"大嘴男真切地感觉到一股恶意猛地侵袭而来。

开口说话的是纪珩，他看了眼苏尔，低声提醒："行不贰过。"

这是在暗示评委不会再上同样的当。

苏尔面色不变，心下却是微动。他偏过脸对上纪珩似笑非笑的眼神，很快认识到在所有魅物身上用同一种套路很危险。是自己偷懒了。

月季绅士不理会二人间的小动作，语气变得更冷了："下一个谁来？"

苏尔先前的所作所为无形中驱散了玩家对抽签的恐惧，路全球性子最急，已经开始犹豫要不要上前。

"这可是个换搭档的好机会。"满江山在路全球做出选择前看向曲清明，进行合理质疑，"你不试试看？"

话里的针对意味很强，不过算不上打草惊蛇。

这个副本玩家中隐藏着杀手，互相质疑是可以理解的，何况满江山的态度更像是想拿对方投石问路。

曲清明一时间有些骑虎难下，诡辩是起不了作用的，作为唯一和魅物搭档的人，倘若她完全没行动，基本等同于将自身和杀手画上等号。

她不慌不忙笑着开口："千载难逢的机会怎么好错过，我只是担心你会不高兴。"

满江山挑眉："和我有什么干系？"

"一旦成功了，我是准备换他为搭档的。"曲清明指着路全球，抛过去一个媚眼。

气氛瞬间僵硬许多。

曲清明丝毫不耽搁，语毕很干脆地伸出手，抽出一根签。

苏尔全程留意着，发现她的指腹状似无意地在竹片表面摩擦了几下。

想到适才月季绅士强调抽签过程全凭运气，苏尔不禁垂眸笑了笑，过程可以保证公正，但取出签的一刹那就不一定了。

曲清明大大方方展示她抽到的签：叫醒心里的魅物。

听名字都不大吉利。

月季绅士的嘴角终于有了点弧度："运气不错。"

曲清明："可以换搭档？"

月季绅士摇头。

曲清明的遗憾之情溢于言表。

两人一唱一和，都是戏精，苏尔看破不说破，等着主持人讲明游戏规则。

"先别急着失望。"月季绅士收回签，说，"它的趣味性在于是群体游戏。"

"群体"二字一出现，众玩家的表情便开始不对。

月季绅士先给游戏定了性，言明危险系数不高，面上的笑容却十分诡异："关键在于诸位敢不敢赌。"

路全球急忙问："什么意思？"

月季绅士抬手，示意大家少安毋躁，过了片刻，他手中出现一颗台球大小的珠子。

珠子很漂亮，表面覆盖着淡淡的光芒，很像是传说中的夜明珠。

"人人心中都有秘密，它可以将当下各位最不愿意暴露的秘密展现出来。"

看到不少人都下意识坐直身体离远了一些，月季绅士继续道："珠子会判断出最有价值的秘密，获胜者将拥有本次副本的免死券。"

苏尔清楚地听到身旁路全球呼吸一紧的声音，问："任务失败也不会出局？"

月季绅士微笑着点头。

苏尔不再说话，暗自警惕……并非直接通关而是免死，恐怕其中另有文章。

作为抽签的人，依照主持人所说，不管曲清明愿不愿意，都要第一个参与。至于其他玩家，全凭自愿，如果没人参加，游戏会自动判定曲清明获胜。

月季绅士把珠子往前轻轻一推，补充道："它只是一个残次品，每次显示字数不能超过十个，做不到具体化地展现秘密。"

闻言众人神情各异，都暗自开始盘算。

曲清明的素手往上轻轻一搭，珠子表面立时浮现出一行字：不能让人发现我的丑陋。

紧接着跳出一个数字，显示出这个秘密的价值：69。

路全球惊讶："百分制？"

这分也太高了。

别人不了解，苏尔可是无比清楚，短短一句话其实可以为曲清明是魅物提供一定的佐证。可惜正如月季绅士所说，不能超过十个字的描述限制太多，珠子所展现出的内容对其他玩家而言相当模糊。

曲清明测完，路全球立马把手放了上去。

满江山骂了句"浑蛋"。

他们现在最大的秘密是一样的，路全球抢占了先机，轮到她时，这个秘密恐怕会失去价值。

然而无论说什么，都已经晚了，免死的诱惑太大，大到路全球可以毫不犹豫地暴露手上最大的底牌，甚至是冒着跟搭档反目的风险。

珠子上的字是：我知道祭坛在哪里。

打分71。

一旁的曲清明笑容淡了几分，注视着路全球的眼神晦暗不明。

月季绅士的眉头也短暂皱了几秒钟，意识到可能哪里出了问题。

众人皆醉我独醒，苏尔只庆幸自己没在喝酒，否则多半会被呛到。

他的余光瞥见纪珩，后者从刚刚起便是一副气定神闲的样子，估计早就发现了这个漏洞。水晶球只能暴露人心底的秘密，却判定不了那个秘密的真假。

好比路全球，坚信自己找到了祭坛，珠子便判断这是目前他心中最大的秘密。

这时纪珩风轻云淡的状态顷刻间消失，只见他眉梢一扬，声音暗含些微惊讶："你居然找到了祭坛？"

路全球闭口不言，重新坐下，仿佛身怀绝世秘密。

这一刻，他无疑成了被关注的中心！

至于满江山，尽管有了判断，依旧抱着试一试的心态第三个把手搭在珠子上。珠子上出现的字迹和路全球相同，但打分为0。

一个已经被公之于众的秘密，就不再是秘密。

满江山的神情中浮现出几分愠意，冷笑着坐下。

在她之后，珠子出现一段时间的空闲。

月季绅士环视一圈："还有一分钟，游戏将宣告结束。"

此时最紧张的要数路全球，只要苏尔和纪珩不参与，获得免死资格的就是他！

苏尔了解纪珩，知道对方参加的可能性不大，顶级玩家身上的秘密随便丢出一个来都能引起轩然大波。他在犹豫的是自己要不要参与。

祝芸、电击器、双亲之逝……众多谜团一时间涌上心头。

又或者测出来"祭坛是手工山寨货",那多尴尬!

"不要纠结。"纪珩看了他一眼,淡淡道,"不过是打着秘密的幌子。这玩意儿测出的不是秘密,而是人潜意识里不愿意暴露出的真实想法。"

苏尔怔了怔。

纪珩缓缓勾起嘴角:"如果认不清自己的内心,就去测一测,付出些代价也值当。"顿了顿又说,"但假使你认为短暂的困惑不会对前路造成干扰,那就没必要测。"

人类的进步,往往是从自我认知开始的。

月季绅士眯了眯眼,似乎因为珠子的真实能力被揭开而隐隐有些不悦。

苏尔听后沉默了几秒,陷入短暂的挣扎。半晌他微微一叹,终究是把手放了上去。

因为情感缺失,很多时候他并不知道自己是怎么看待魅物,看待副本,甚至看待游戏的……他真的很想求一个答案。

"告诉我……"苏尔自言自语,不知是在问珠子,还是在拷问自己的灵魂,"我究竟在想什么……"

珠子闪烁了两下,不像之前那般迅速显示出答案,过了片刻才在众目睽睽下慢慢浮现出一行文字——在座的各位,都是垃圾。

苏尔:"……"

结论出现的刹那,最震惊的其实是当事人。

苏尔神情严肃地想推脱说珠子可能坏了,还没来得及张口,分数便跟着显现出来:11.5384615。

如果不是受制于只能显现十个字,或许这串数字是没有尽头的。

苏尔反倒放下心,处变不惊道:"从打分就可以看出,珠子出了故障。"

然而众人的面色没有丝毫和缓,曲清明更是拿起酒杯慢悠悠喝起了酒,遮住了自己此刻的表情。

沉默中,苏尔用受害者的态度去看纪珩,后者冷静地帮他分析:"在场算上珠子在内一共是 26 位,对于其中 23 位来说,你的想法不是秘密。"

毕竟苏尔日常也是这么表现的。

纪珩说:"真正感到惊讶的估计只有我,这颗珠子,还有你本人。"

苏尔:"……"

曲清明这时放下酒杯,笑容不达眼底:"我猜是珠子不好判定这个秘密的价值,就用了最简单的法子,算出个体在百分比中所占的比重,再叠加其中三份。"

苏尔微微抬头,当真开始在心底进行默算……100 除以 26 再乘以 3,好像差不多是这个结果。

他干笑一声,看向队友:"我并没有这种想法。"

言外之意:都是游戏的阴谋。

纪珩却分外淡定。

苏尔愣了下，突然问："你以为会显示什么？"

纪珩说："屏蔽词。"

联系某人对游戏不同于常人的理解，这种情况不是没可能出现。

苏尔抿了抿唇，重新坐下的时候忍不住偏过头看了一眼，旁边路全球的胸口在剧烈起伏，眼珠开始微微往外凸，那是一种控制不住的激动之情导致的。

免死券！他将得到一张免死券！

最后一秒的倒计时过去，确定没有比 71 更高的成绩出现，月季绅士宣读结果。

"恭喜你。"主持人望着路全球，变戏法似的变出一张金灿灿的纸张。

大约有门票大小，上面没写字，只是画了一颗很漂亮的珍珠。

在副本里待久了，看什么都疑神疑鬼，苏尔总觉得那颗珍珠像是活物。

路全球颤抖着接过那张券，十分小心地收好。

满江山凑近了些，想看个真切，却被他像防贼一样防着。

主持人没有说过券能和人绑定，换言之有能力的都能争抢。最初的喜悦过去，路全球不免变得风声鹤唳。

苏尔好心提醒："这张免死券可能有问题，尽量别用。"

路全球狐疑地看向他，颇有些不悦："喜欢出风头却在最后关头失利，我看你是在嫉妒！"

就在他们进行不愉快的对话时，满江山把凳子悄悄往旁边挪了些。路全球的状态明显不正常，就算性格再冲动，失去理智直接挑衅就很奇怪。

是因为过分在乎免死券，还是有其他内情？

满江山善于察言观色，她留意着主持人和工作人员，发现他们的笑容皆很诡异，仿佛早就预料到这一幕的出现。

现场的火药味很足，给人的感觉是下一刻就会引爆。

好在气氛变得更糟糕前，愤怒的火苗根本没有得到燃烧的机会。

被正面怼了一句，苏尔不带半分愠意，反而好脾气地解释："我没有觊觎免死券，更不是嫉妒。"

为了证实这一点，他再度把手放在珠子上，浮现出的还是那一句话：在座的各位，都是垃圾。

路全球的神情有些呆滞，他逐渐冷静下来……差点忘了，对方把自己当垃圾看。

谁会去嫉妒垃圾？

苏尔适时道："这么简单的一场游戏，就给出一张免死券，你觉得合理吗？"

路全球皱了皱眉，因为激动而涨得通红的脸稍微好了些，不过免死的诱惑太大，他对待旁人的态度依旧是以防备为主。

过于平淡的收场让月季绅士很不满意，眼神很是令人毛骨悚然。

苏尔用纸巾掩着嘴轻咳一声，试图把话题切换走，态度很好地提问："继续吗？"

月季绅士开口，话却是对着所有玩家说的："还有最后一场，有意向的可以来抽签。"

苏尔这时反而小心起来，没有任何要抽签的意思。路全球手握免死券，自然也不会冒险。

满江山犹豫着要不要抽签，心下对路全球的不满又深了一分。不管免死券有什么猫腻，起码带在身上能安心些。明明是两个人一起发现的祭坛，好处却被路全球一个人占了。

"没事的。"满江山下意识抬头，就见苏尔带着安抚的神情说，"心态失衡容易导致在副本中失利。"

满江山沉默了一下，真心实意说了声"谢谢"。

对面排排坐的水魅你看看我，我看看你，开始用嘶哑难听的声音交流。不过它们讨论的声音实在太小，距离这么近，苏尔一个字也听不清。

纪珩会读唇语，充当翻译："大致在讲你是个绿茶。"

苏尔也没太意外，新手场时他倾向于我行我素，后来发现有时候表面功夫挺重要，与人交好总比与人交恶有利。

深呼吸了几次，满江山终于镇定下来，在她鼓足勇气就要闭上眼抽签时，纪珩忽然道："我来。"

犹豫了一下，满江山选择了放弃，连争抢的意思都没有。

纪珩毫不客气地伸出手，原本已经摸到一支签，最后关头不知为何没有抽出来，反而选了旁边的那支。

月季绅士冷着脸："你倒是有点本事。"

纪珩并未立刻看竹片上的内容，反而谦逊地笑了笑："高级垃圾而已，不足挂齿。"

"……"安静坐着的苏尔，感觉有被内涵到。

纪珩抽到的游戏缺少文字介绍，是一幅画，因为画幅面积有限，很多元素挤在一起，不好辨认清楚。

月季绅士收回签，沉默了几秒，没有一点预兆地直接宣告结束。

纪珩反应不大，倒是满江山忍不住先发声："游戏还没进行。"

月季绅士一锤定音："这是空签。"

满江山皱着眉，签上面明明有图案。

主持人不喜欢被质疑，月季绅士神情冷凝，不过好歹敷衍着解释了一句："这次游戏需要新来的工作人员参与，今天是聚餐，它们明天才正式入职。"

看似很有逻辑，其中蕴含多少说服力只能仁者见仁，智者见智。

至少苏尔合情合理地怀疑主持人此举是为了避免新来的水魅惨遭毒手。

聚餐结束，工作人员陆续回到房间，由玩家来收拾剩下的残羹冷炙。

苏尔擦桌子的时候瞟见满江山在和路全球说话，双方刚刚因为游戏结下的梁子仿佛已烟消云散。

他不好太明目张胆地窥视，大部分注意力仍旧放在手中的抹布上。

"我来吧。"就在他揽垃圾时，路全球主动走过来道，"剩下的我来收拾，你早点休息。"

苏尔疑惑地扬了扬眉。

路全球不好意思地挠挠头："刚刚是我太冲动了，多亏你的提醒。"

料想事情没那么简单，苏尔还是如他所愿，洗干净手上楼休息。

他走后没多久，路全球的视线转移到纪珩身上，以一种讨好的态度接过对方手上的活儿。纪珩连缘由都没问，直接回了房间。

路全球松了口气。

聚餐开始的时间早，即便中间因为游戏耽误了几个小时，现在也还不到午夜。

苏尔躺在床上，不断回想曲清明日记的内容，试图寻找到蛛丝马迹。时间慢慢流逝，天空中的星光被乌云遮蔽，暗淡了不少。

隐隐就要捕捉到什么头绪时，苏尔被猝不及防的噪声打断思路，他侧过脸，和窗户外面倒挂着的一个人头四目相对，后者瀑布般的白色长发笔直地垂下来，在深夜里十分醒目。

"你……好……啊！"人头缓缓张口。

情感缺失不代表完全丧失恐惧这种情绪，陡然对上这么一张脸，苏尔的身体不禁僵硬了一瞬。

水魅注意到他微微放大的瞳孔，露出恶作剧成功的笑容，像猴子一样攀爬着墙壁离开了。

思路被强行打断，苏尔一口气堵在胸口，真正知道了什么叫作郁结于心。托当时月季绅士特地点名的福，未来几天自己怕是要被这些水魅缠上了。

事实证明他就是个预言家，晚上睡得昏昏沉沉时，敲门声突然响起。

副本里百分之九十的危机都是夜半鬼敲门，作为被魅物找上门的倒霉苦主，苏尔来不及生出多少危机感，就听楼道里传来一阵凌乱的脚步声，宛如熊孩子故意敲门又赶紧跑走。

一晚上类似的把戏重复了三四遍。

这种情况下，苏尔能休息好才是活见鬼。天不亮他便爬起来用冷水洗脸，试图清醒些。

水从手上滑下，滴落在水池里发出沉闷的声音，苏尔意识到不对，睁开眼发现水池里多出了白色的毛发，将下水口堵得死死的。

苏尔："……"

恶心人的小伎俩无耻却管用。

水魅真的是一种极为记仇的生物，偏偏速度极快，有水的地方几乎都能成为它们的老巢，很难捕捉。连续三次抓捕失败，下楼时，苏尔眼中满是疲惫。

今天是个阴天，厚重的乌云沉甸甸地往下压，一层的大厅充满阴暗的气息。

"水魅实力不强，胜在难缠。"月季绅士不知何时出现在角落的阴影中，耳朵上月季花的色泽比平时稍稍艳丽一些，"相信接下来你会深有体会。"

听出他话里蕴含着恶意的暗示，苏尔皱了皱眉。别的也就算了，如果水魅一直搞小破坏，确实容易影响苏尔完成任务的进度。

苏尔沉思片刻，也不知想到了什么，再抬头时突然自顾自地笑起来，还笑得合不拢嘴。

月季绅士面无表情，耳朵上的花瓣却随着苏尔笑声的节奏轻轻抖了两下。

"外面瞧着很凉爽。"苏尔的情绪转变很快，侧过脸看向窗外，仿佛是因为不用面对炙热的阳光而感到高兴。

这句话对彼此来说都没什么可信度，不过勉强圆了场。昨日因为游戏众人休息得很晚，现在天又没彻底亮起来，这个时间段主厅里只有苏尔和月季绅士。

经过片刻的思索，苏尔神情中多了几分认真："我想请教几个问题。"

月季绅士静静地站在原地，没有承诺自己一定会解答。

"主持人能帮助玩家作弊吗？"

第一个问题就很刺激，月季绅士总算正眼看了他一眼，给出否定的答案，又补充道："有一种情况例外。"

苏尔试探道："游戏漏洞？"

月季绅士颔首。

苏尔若有所思，如此一来，当初神算子毫无顾忌地帮自己作弊就有了解释，他在那个副本中的存在本身就是一种漏洞。

"主持人可否透露和副本有关的信息？"

月季绅士懒得听他一个个问题问下去，直接把话说绝了："除非游戏允许，否则任何主持人都不能凭主观意愿对游戏进行干扰。"

这条规则并不是什么秘密，时间久了都会知道。然而下一刻，月季绅士又相当平静地补充："游戏一样规定了玩家间不能互相淘汰。"但这并不影响玩家利用规则或是其他方式借刀杀人。

这些信息其实有的苏尔心中大致有数，他不过是想再确认一下。抛去其他因素，月季绅士是他最愿意接触的一个主持人，绅士的品格让对方从不说谎。

苏尔没来得及抓住机会进行更多的交流，不到十分钟，楼上便传来轻微的动静，预示着有玩家醒了。

早上七点，很多人还没来得及吃早饭，月季绅士直接拍了拍手，宣告录制开始："今天的拍摄工作很紧张，希望大家理解配合。"

在这方面玩家是没有发言权的，只能被动地等待主持人介绍今天的活动。

"很开心能见证各位的默契持续升温。"摄像师就位，月季绅士说着俗套的开场白，"接下来我们将迎来情景剧拍摄环节，以便帮助搭档们更好地应对未来可能出现的矛盾。"

规则简单明了，嘉宾分成两组，自行安排剧本进行拍摄。

"在这座岛上，流传着一个美丽又悲惨的传说。哪一组拍出的情景剧更贴近这个主题，胜利就属于他们。"

月季绅士并未把完整的故事内容告诉大家，只给出了关键词：背叛、宝物、眼睛。

这次的拍摄只针对嘉宾，换言之，金发女郎暂时会和曲清明分开。玩家一共有五人，人数肯定是一队多，一队少。为了知道祭坛的位置，曲清明主动朝路全球和满江山走去。

对曲清明心存怀疑的路全球也愉快地接纳了她，三人聚在一起，有说有笑的，现场演绎了什么叫作各怀鬼胎。

因为故事不明，取景不可能一样，根据游戏规则，两组人可以分开活动，只要赶在天黑前回到别墅就行。

"有一点需要提前说明，工作人员不可以参演。"月季绅士说这句话的时候视线有意无意扫过某个方向，警告的意味很足。

被迫跟在苏尔和纪珩身后的两名摄像师长舒一口气，其中一个看苏尔一副神游天外的样子，怕他没听清，还特意重复了一遍。

几分钟后，曲清明一行人开始行动，朝密林深处行进。

苏尔站在原地，暂时没有出发的意思。半晌，他抱臂叹道："我们一开始就落了下风。"

剧情关键词里有"背叛"，大多时候一场深情虐恋中第三者不可或缺，可眼下这一组就他们两个人，主持人还特地强调工作人员不能做临时演员。

"如果没有既定的故事主线，可以塑造个双人格。"苏尔耸耸肩，"可这次明显不行。"

故事必须贴近岛上的传说。

纪珩说："不急，先想办法收集有关传说的线索。"

"——我发誓，我不知道任何传说，否则就叫我殉职！"

"——我也发誓，我听都没听过岛上有什么爱情故事，说谎的话就叫我没有好下场！"

他话音一落，两名摄像师迫不及待地立誓，生怕被严刑逼供。

苏尔无奈地摇了摇头，觉得工作人员有点杯弓蛇影。他和纪珩再厉害也不可能做到一边演戏一边拍摄，所以不可能对摄像师下死手。

他抱着这样的念头去看纪珩，后者说出了真实想法："摄像师没了，再抓一个就行。"

潜台词是：他原本真准备从身边的工作人员身上找切入点。

摄像师："……"

早在纪珩说第一句话的时候，摄像师扛机器的手就已经开始颤抖。

苏尔担心一会儿拍出来的镜头乱晃，随便安慰了几句，余光却瞟见了藏在树上的几只水魅，目测对方是想要伺机报复。

纪珩说："要不要一次性解决？"

苏尔想了想："算了。这些水魅也不敢太过分。"

一旦它们触碰到规则，就算自己什么都不做，副本也不可能容忍。

不过有些账还是要清算的。

月季绅士站在大树投下的阴影当中，完全没有存在感，苏尔走过去，确认曲清明等人彻底走远了才开口："路全球和满江山找到的祭坛是假的。"顿了顿又说，"对了，假祭坛是我做的。"

月季绅士眉头微紧，一时捉摸不透他专门交代这些事的用意。

苏尔的话题跳跃性很大，他问："我们准备去东边取景，一起吗？"

答案毫无疑问是否定的。月季绅士日常不愿意和这两人多相处，现在也是一样。主持人的天性是更喜欢看玩家战战兢兢，在猜忌中互相伤害。苏尔和纪珩完全不符合这个条件。

似乎不想再多看他们一眼，月季绅士直接消失不见了。

直到主持人离开，苏尔面上依旧维持着淡淡的笑意。

纪珩走过来："阳谋？"

苏尔笑笑不说话。

纪珩也没多说，看了看初升的朝阳，表示可以出发了。

清晨，林间空气格外清新，一路上摄像师不约而同和两位鬼见愁玩家保持着绝对的安全距离。

苏尔是漫无目的地走，纪珩则和他不同，是有选择性地朝一个方向行进。

没有其他玩家在场，交流也不必特意回避。苏尔问出几天来心中的困惑："为什么一开始你就怀疑曲清明？"

纪珩说："杀蟾蜍时，她脖子上起了红疹。"

苏尔纳闷："这点很可疑？"

纪珩说："蟾蜍血是有毒不假，但我私下沾了点试试，不会那么快起反应，除非她的身体机能比旁人要差很多。"

苏尔怔了怔，一般人见到红疹后第一反应会是避免重蹈覆辙，这人却反其道而行，主动去进行尝试。

纪珩说："有了目标，再去分析她的一些行为举止，就很容易发现纰漏。"

苏尔意识到了细节的重要性，沉声道："其实我到现在都不大敢肯定曲清明究竟是什么。"

那日透过体内的眼睛，他看到的是一副怪异的面容，不过单从容貌去判断，并不能算是证据确凿。

纪珩给出肯定的答案："她没有心跳。"

苏尔的眼神意味深长。

纪珩将有关"真是一个令人愉悦的夜晚"的内情原原本本说出，苏尔听后神情变幻莫测，张了张口，勉强憋出一句话："所以那晚……每个人都知道我和金发女郎间发生了什么？"

纪珩点头。

"……"苏尔哪怕脸皮厚成城墙，此刻回想起来也不免觉得尴尬。

"曲清明配合演戏时，被刀尖抵住胸口，她的注意力全在那把刀上。"纪珩缓了缓，又道，"当时我单手扣住了她的手腕，脉搏骗不了人。"

苏尔仰着脸望天，还没有从之前的尴尬中走出："难怪在我编一千字小作文时，大家的表情不大对。"

"都过去了。"纪珩安慰人的话说得毫无水准，很快用正事让苏尔回过神，"先寻一处高地。"

苏尔果然暂时放下了不愿回忆的过往，挑眉问："想看清岛上全貌？"

纪珩笑了："准确来说，是这个岛的轮廓。"

同是组队，有的正毫无隐瞒地交流，有的却在想着怎么算计队友。曲清明一路都在巧妙地把话题往"杀手是纪珩"身上引，满江山之前怀疑过纪珩，所以跟她聊得投机。

说是投机，不过是一种假象，昨晚满江山就和路全球商量好了，今天先从曲清明身上下手。

"休息一会儿吧，"曲清明停下脚步，"正好讨论一下情景剧要怎么拍。"

"浪费时间。就不能边走边说？"

路全球的语气很冲，自从拿到免死券，他的状态就一直不大对。他本人也意识到了，免死券似乎在把人的负面情绪不断放大。他深吸一口气，强压下不耐烦的情绪，补了句"对不起"。

"没事。"曲清明很大度。

这时满江山的肚子突然叫了一下，她讪笑一声，不好意思地开口："早餐没来得及吃，有点饿。"

曲清明说："我去帮你采些野果子。"

满江山连忙摆手："别麻烦了。"

曲清明笑容妩媚，没有因为自身的美丽而盛气凌人："我多采点，大家可以分着吃，拍摄很耗费精力的。"

满江山做出要一起去的样子，遭到婉拒。

"摘个果子而已，我很快回来。"

曲清明一走，满江山的神情瞬间变得凝重，她走到路全球身边道："按计划来。"

路全球情绪暴躁："万一曲清明不是杀手……"

"至少排除了一个错误选项。"满江山打断说，"玩家间不能互相淘汰，但你有免死券，可以出手。"

反正他们已经知道了祭坛所在，这个尝试很有必要。

路全球没好气道："别以为我不知道你的私心。"

他动手，她来坐收渔翁之利。

"免死券明显会影响人的心智，带在身上的时间越久，对你越不利。"满江山淡淡道，"何况我已经承诺给出一件道具，你也不亏。"

路全球心有不甘，又不得不承认她说得在理。他隐隐有种预感，免死券带来的影响是不可逆的……一个冲动易怒的人，即便不栽在这个副本里，迟早也会葬送在下一个副本当中。还是提早用掉为好。

满江山见他有所动摇，再接再厉："先下手为强，一会儿我来吸引曲清明的注意力，你找准机会下手。"

路全球冷笑一声，到底是点了点头。

另一边，曲清明也没闲着，她抓住一条毒蛇逼出毒液，抹在果子上。

"就算不吃也无所谓……"曲清明垂眸，"折磨人的方法有的是。"

看样子她是准备彻底撕破脸，逼问祭坛的下落。

根据副本的规则，她可以在两种情况下动手：其一是有人玩游戏失利成为倒数第一时，再者便是玩家明确知道祭坛所在的位置后。

原本曲清明还抱怨规则苛刻，玩家知道祭坛位置后肯定会藏着掖着，没想到那两个蠢货会主动跳出来。

苏尔如果在场，听到她的心声或许会觉得冤枉了游戏。单就这个副本而言，玩家和魅物的对决还算公平。魅物也不知道祭坛的位置，同样只能在游戏中一点点攒线索，进行推导。

曲清明撩了撩长发，含笑望着阴影下的月季绅士："祭坛一毁，全灭副本的目的就达成了，真是轻而易举。"

月季绅士沉默不语。

以为曙光近在眼前，曲清明哼着小调快活地离开。月季绅士面色难看，他总算知道苏尔为什么要再三确认主持人是否能干预游戏，适才又专门和自己说明事实了。

为了一个假祭坛，玩家想反杀，狼人要自爆！

前者实力有限干不掉魅物，后者受规则限制也弄不死玩家。

所以双方是互杀了个寂寞吗？！

而他，明明知晓剧情，却不能剧透。

憋屈死了！

岛上唯一一处比较高的地方是座平平无奇的小山峰，苏尔仰头看了看，觉得即便爬上去了，以这个高度也很难做到俯瞰整座小岛的轮廓。

纪珩抓住他的胳膊，阻止其继续上山，转而对摄像师说："麻烦你们去拍一拍山顶的风景。"

好端端的要被带往深山老林，摄像师当然不放心，干笑着不愿意朝前一步。

纪珩说："爬山是个体力活儿，我们懒得去。你们先拍，回头我们在海边集合。"

听他的意思是他们俩不准备上山，摄像师连忙扛着装备健步如飞，背影渐渐缩成一个黑点。

苏尔望着这一幕，神情复杂："弱得让我都怀疑他们是想扮猪吃老虎了。"

纪珩习以为常："摆在明面上的魅物通常实力有限。"

苏尔带着疑惑地"嗯？"了一声。

纪珩失笑："魅物分打杂的和利用规则踢玩家出局的，工作人员是前者。"

没有在这个问题上多说，他只强调了一句："任何时候都不要掉以轻心。"

苏尔本就是很谨慎的性子，点了点头，突然问："你就不好奇昨晚的大冒险游戏，我问了金发女郎什么？"

纪珩知道不问他也会说，不过还是配合着好奇了一下。

"我答应帮评委保留颜面，条件是他们得给我一个有利于通关的信息。"

纪珩颔首："聪明的做法。"

提问毕竟有很大的不确定性。

"只是不知道她给出的信息是不是真有价值。"魅物的狡诈也让苏尔无奈，他只能赌对方会守诺，"金发女郎说的内容和主持人有关。"

纪珩似乎有了不小的兴趣："哦？"

苏尔说："她说月季绅士是个喜欢用文字误导人的主持人，让我们好好审题。"

"误导吗……"

纪珩听完，随意找了块山石靠着，微微低着头，一动不动地开始思索。片刻后他的目光闪了闪："张拜天出局的时候被攻击的是心脏。"

苏尔点头，这是大家都知道的事。

纪珩缓缓勾起嘴角："民间有个很有趣的说法，叫缺什么吃什么，吃什么补什么。"

沉默了几秒，联想到适才纪珩说曲清明没有心跳，苏尔感觉自己的太阳穴又是一跳，顿时有一个不太妙的猜想："她不会是……根本没有心脏？"

"主持人不可能对规则造假，"纪珩摇摇头，"通关要求是把魔石放在祭坛上，可没有说魔石一定在魅物的身体里。"

他们对视一眼，都没有说话。苏尔突然感觉到后怕，如果纪珩说的是真的，这副本就是要把人往死里坑。先让玩家间互相猜忌，为了找到杀手浪费时间，最后却发现是在做无用功。

诚实是一种美德，放在主持人身上反而成了可怕的陷阱。

过了许久，苏尔眉头紧锁："如果不在躯壳里，会在哪儿？"

纪珩略一沉思："可以试着回别墅找找。"

苏尔的眉头渐渐舒展，取而代之的是轻轻的叹息："众里寻它千百度，蓦然回首发现就在眼皮子底下，的确很符合游戏的恶趣味美学。"

他长吁了一口气，偏过脸说："回去吧。"

纪珩瞟着他口袋的位置，暗示他把小泥人拿出来。虽然有灵气滋养，但小泥人耳边花的颜色早就不如刚摘下时鲜艳，现下嘴唇紧紧抿成一条线，看着似乎不怎么开心。

纪珩说："放它去观察小岛的轮廓。"

苏尔下意识说："不太靠谱吧？"

就这短胳膊短腿的，又没方向感，走丢的可能性很大。

纪珩说："走路不行，那就安一对翅膀。"

苏尔："……"

确定他话里没有开玩笑的意思，苏尔考虑了一下，觉得可以试试。

翅膀也是很有讲究的，太大太小都不行。尝试了好几次，苏尔终于捏出一对合适的，担心不够牢固，他还多做了一对备用的。

"别飞得太高。"给小泥人交代了一下需要做的事情，苏尔再三叮嘱它情况不妙就及时找地方降落。

小泥人懵懂地动了动翅膀起飞，起初无法掌握平衡，仿佛随时会一下子落地。好在它适应得很快，渐渐飞往高空。飞到一定高度，小岛的轮廓清晰地呈现在眼中。

降落的过程不太顺利，倒是跟翅膀无关，而是小泥人无法完全掌控体内的灵气，再把它们平均分配到翅膀上，以至于有几秒钟它是失重式坠落的。

苏尔提前拿衣服在底下准备接着，连急救的泥巴都准备好了，不过小泥人比他想象中要争气很多，扑腾着翅膀，好歹是平安降落了。

"回头给你捏大长腿。"苏尔赶紧给他许诺了好处。

小泥人很满意，用像火柴棍一样细的胳膊开始在地上画它看到的小岛轮廓。线条不够顺畅，更谈不上专业，勉强能辨认出个大概。苏尔从各个角度瞧了一遍："像是鱼尾。"

确切地说，是人鱼的尾巴。

小泥人的脑袋上下一点，算是肯定了他的猜测。

"辛苦了。"苏尔把它收回去，看向纪珩，"曲清明的日记中多次提到过珍珠，路全球的免死券上也画了一颗珍珠。"

纪珩笑了笑，猜到他想表达什么。

苏尔的语气有些不确定："鲛人？"

纪珩说："可能性很大。"

回去的路上，二人的交流不是很多，但基本想法是一致的……

他们抓紧时间回到别墅，偌大的一栋海景别墅中，只剩下四个评委。

桌子上摆着好几盘海鱼，有几条还活着，不时动一下，评委们正在大快朵颐。

看着很娇弱的那个姑娘一口咬下鱼头，白净的脸上沾着猩红的血，听到开门声，笑着邀请道："要一起吗？"

纪珩说："心领了。"转身对苏尔说，"我找魔石，你去看书。"

"看书？"

纪珩说："口耳相传、书籍、电子设备，想要了解未知的东西，无非就这么几种渠道。"

岛上不存在原住民，别墅奢华却唯独缺少电子产品。想要知道岛上流传着什么爱情故事，书籍是最原始也是最有效的一种方式。

苏尔的表情有几分古怪，似乎为自己连这么接地气的方法都没想出而感到懊恼。

纪珩好笑："思维太过活跃，便偶尔会陷入盲区。"

苏尔认真反思，就差没做笔记了。

"你放心，我会努力成为更好的自己。"

"……"他陡然这么一保证，纪珩的笑容变得有些复杂，"不用勉强。"

两人分头行动，苏尔先去了二楼，纪珩则在一楼翻找，并未特意遮掩自己的行动。这一幕落在评委眼中，几人面色均是微微一变。

披兽皮的男子吃鱼的速度最快，姿势也最不雅，他喜好入口前把鱼咬得四分五裂，因此嘴部周围早已是一片血污。男子抹了下嘴，说话跟吃东西一样，完全没顾忌："月季那个伪君子的把戏好像被拆穿了。"说罢把嚼碎的鱼骨吐出来，瞥了眼金发女郎，"昨天晚上，你是不是泄露了什么信息？"

"稍稍点拨一下罢了。"金发女郎在他面前不敢说谎，"就算我不说，他们也很快会发现。"

披兽皮的男子"喊"了一声，目光不屑。

被正面奚落，金发女郎有些尴尬，很快说道："这两个老惹祸，弄不死早点送走是好事，我听说前两天他们居然试图出海。"

披兽皮的男子吃鱼的动作一滞。金发女郎说："真事，月季亲自去追的。"

交流的声音传出来，纪珩却视评委如空气，有条不紊地检查完一楼，走上楼去。

另一边，苏尔寻到书房，粗略数过去总共有六排书架，每个架子上摆放的书籍不下百本，一一浏览绝对是件不切实际的事情。

他依次看过去，最后目光定格在角落，那里放着一本十分不起眼的书，很薄，书脊不到一半指节宽，稍不留神可能就会错过。

《鲛人泪》，吸引苏尔的是这本书的名字，和他们先前推理出的线索息息相关。

本来就没多厚的一本书还是带插图的，基本是一页插画一页描述，文字上还有拼音标注。

苏尔耐着性子一个一个字仔细看过去，故事狗血又暗黑：优秀的女孩嫁给了富豪丈夫，婚后两人定居在岛上。丈夫深爱妻子，但独占欲强烈，甚至隐隐有向控制狂发展的趋势。妻子想要离岛却被丈夫困住。偶然的一天，她发现丈夫居然是传说中的鲛人。长久以来被圈禁的生活早就消磨掉了曾经的爱意，被欺骗的愤怒令妻子崩溃，在一个月圆的夜晚，她下药剜去了丈夫的双眼，捧着这双眼睛走向冰冷的大海，进入永恒的寂静。

故事到此并没有完结，这一幕正好被他们的孩子看见，此后小孩的心态逐渐扭曲。成年后他开始喜欢利用英俊的外表博得他人的爱意，又在互诉衷肠时剜去对方的眼睛。

读到这里，苏尔瞬间想到了金发女郎的前男友。

难闻的味道打断思绪，苏尔正纳闷楼下的鱼腥味怎么飘了上来，一抬头就发现是他冤枉了评委，恶臭的源头不是海鱼，而是不知何时出现在门口的纪珩。

纪珩手上拎着一枝花，看样子才从土壤里挖出来，数十条细细的根茎扎在皱巴巴的腐肉上，腐肉外面是一层薄薄的膜。

苏尔捂住口鼻，走近了去看："在哪里找到的？"

纪珩说："和一堆假花混种在一起的。"

苏尔想起刚入副本时，月季绅士就喜欢以花喻人，当时主持人形容曲清明是玫瑰，满江山是风信子。

"那个阴险狡诈的……"苏尔处在血气方刚的年纪，因为自控力很好，之前没怎么骂过人，月季绅士险些让他破例。

可以想象出玩家费尽心机寻找杀手时，那画面落在主持人眼中是何等的滑稽。

"现在只剩最后一个问题。"纪珩看着他，"祭坛的位置。"

苏尔苦思无果，拿起手上的书："先拍片吧。"

暂时把东西放回原位藏好，两人去海边找摄像师会合。海水温柔，天空澄澈，两个相貌出众的人并肩而立，画面美好。

同一时间，岛上的另外一处可就没这么和谐了。

玩家和杀手已经撕破脸皮，路全球同满江山联手对付曲清明，仍旧落了下风。如今满江山手臂上淌着血，路全球要稍稍好一些，只是脸上有一大块瘀青。

曲清明冷冷注视着路全球："我的目标是她，如果你硬要送死，我也不介意。"

路全球捏了捏拳头，陷入挣扎。

满江山咒骂着说："她明显不是玩家，别忘了只要能取得魔石，我们就可以离开副本！"

再三权衡，路全球最终选择和队友站在一边，他也是个经验丰富的老玩家，知道免死券可能靠不住。

月季绅士靠在树上冷眼旁观。魔石根本不在魅物的身体里，"爱情杀手"不过是个陷阱，一旦玩家出手就是自寻死路。然而其实按捺不住的是曲清明，在玩家还没有图穷匕见时，她就迫不及待先攻击了。

曲清明杀玩家不符合自卫条件，也不满足淘汰规则，她若真下手了，可就有戏看了。

月季绅士的预判很少出现失误，这次也一样。哪怕是两名玩家合力攻击，在曲清明看来也不过是蚍蜉撼树，轻松一脚踹开路全球后，她扣住满江山的脖子，就像是抓着一只孱弱的鸡崽。

手指微微用力，她露出笑容："祭坛在哪里？"

满江山一言不发，知道自己一旦说了必死无疑。

曲清明耐心耗尽，另一只手缓缓摸向满江山的肚子。尖锐的指甲戳破皮肤，满江山下意识闭上眼，等待剧痛的到来。足足过去了好几秒，可想象中的剧痛没有降临，她忍不住睁开眼，正好对上曲清明睁大的眼睛。

"怎么会……"曲清明似乎很惊讶。

满江山的视线往下移动，瞧见曲清明原本素白如玉的手如今布满暗沉的斑点，还在一路往胳膊上蔓延。曲清明过长的指甲在皮肤上使劲地挠，拼命想把那些斑点挠掉。

"不可能的！"曲清明后退两步，顾不上胳膊上的伤口，"为什么不满足淘汰玩家的条件？"

她猛地看向满江山："是你搞的鬼？！"

满江山露出比她还疑惑的表情。

曲清明尽量冷静下来。珠子骗不了人，昨晚他们说的应该是实话，除非是这两人得到的信息有误，而他们自己不知道。脸上的笑意荡然无存，曲清明目光阴毒地质问道："你当真知道祭坛的位置？"

满江山很有骨气地"呸"了一口："我是知道，可我也不会说，你死心吧！"

闻言，曲清明暴躁得险些跳起来："你知道个屁！"

满江山："……"

实在看不下去这场闹剧，月季绅士出言提醒："希望你们别忘了此行的目的。"

虽然不知道具体原因，但确定曲清明暂时无法杀了自己，满江山看向路全球，后者还在犹豫要不要趁此机会继续出手。

曲清明随便处理了一下受伤的手臂，嘲弄道："你大可以试试。"

"算了。"满江山冲路全球摇了摇头。

适才曲清明反复确认祭坛位置的行为让满江山不安。三人暂时化干戈为玉帛，准备开始拍摄节目组要求的情景剧。只不过有了刚刚的插曲，合力寻找线索是不大可能了。路全球被免死券影响，越发急躁，最后直接看向摄像师："随便截取前面我们打架的画面就行。"

主题就是原配暴打小三和渣男。

满江山虽然不赞同他草草了事，但自己的伤口也必须尽快去处理，便没有反驳。

准备道具很麻烦，尽管有了剧本，苏尔和纪珩拍摄完再回到别墅时已经是黄昏。

主厅里死气沉沉的。路全球脸上挂彩，曲清明断了只胳膊，满江山身上也缠上了绷带。

作为一手缔造剧本的人，苏尔大致猜到发生了什么，在月季绅士阴冷的目光中若无其事地走进来。

主持人的基本素质是任何时候都不能受情绪干扰，月季绅士控制住怒气，继续进行主持工作："经过一天的努力，想必大家已经拍摄出令人期待的作品。"说着他扫了眼众人，问，"哪一组想先来展示？"

苏尔很积极地举手。

别墅里连台电脑都没有，摄像师把器材放在大厅中间，大家只能围着一个小小的显示屏看回放。

苏尔扮演的是女性角色，主要是纪珩的身材太过高大，扮演起忧郁的妻子来有些不伦不类。

为了进行性别区分，苏尔简单处理了剪下来的柳条，做成假发戴在头上，台词基本是按照书里的内容说的。神奇的是，这种粗制滥造的道具，竟然更能体现出双方精湛的演技，尤其是苏尔，把一个濒临崩溃的妻子演绎得相当到位。

——天生的戏精。

不少人的脑海中同时浮现出这句评价。

视频播放到第十七分钟，故事进入高潮。

"为什么要骗我？你剥夺了我的自由……"妻子说道。

紧接着镜头一转，拍到了站在门外的孩子。

小泥人用泥巴手捂住嘴巴，拼命摇头，耳朵上的花瓣掉下来一片，似乎不敢相信眼前的一幕。

"妈妈——"手掌里渗出模糊不清的声音，小泥人在原地不知站了多久，最终痛苦地转身跑走。

后面的剧情已经没有人关心了，从小泥人出现的那一刻起，别墅里的气氛就陷入极度诡异的状态。曲清明等人清楚地记得，不久前的一个晚上，就是这个小泥人来找他们投票的。它现在为什么会出现在视频当中？

几名玩家下意识看向月季绅士。

月季绅士此刻的表情可谓相当精彩，他侧过身用阴沉沉的目光死死盯住苏尔，一字一顿地问："告诉我……这是什么？！"

这个耳朵上同样生长着一朵花，面部轮廓酷似自己的泥人，到底是什么！

短短一句话，苏尔却觉得他是在对自己的灵魂进行拷问。

在此之前，他踌躇了很长一段时间，最后还是决定暴露小泥人的存在。一是因为工作人员不能参演，但故事里小孩的角色必不可少。再者，小泥人不一定能带出副本，既然有了灵智，它勉强算是一个生命，不好不管不顾。

倘若真的带不走，魅物没有恻隐之心，小泥人又没自保的能力，迟早葬送在岛上。苏尔思索良久，无奈发现值得托付的人竟然只剩月季绅士，至少对方诚实守诺。

杀死小泥人泄愤是低级趣味，不符合主持人的风格，有这个做前提，相信还有周旋的余地。

"我在岛上抓住的。"苏尔说得很含蓄，"都是缘分。"

自打那晚在门口发现一些泥土渣，月季绅士就开始怀疑这人在偷偷搞鬼，谁承想对方是真的在、搞、鬼！

没当面拆穿这番站不住脚的言论，主持人眯了眯眼，指挥摄像师搬走设备。

"泥人在哪里？"

苏尔抬头，只来得及瞧见月季绅士眯眼时微颤的睫毛，睫毛遮掩下的目光却令人揣摩不透。

"给他看。"纪珩压低的声音飘过来。

苏尔不再迟疑，从兜里掏出小泥人。之后的几秒钟，月季绅士盯着同样有一朵月季花的小泥人静默不语。

曲清明在小泥人现身的刹那冷嘲热讽说："你真是个有主意的，把我们所有人都耍了。"

她当时竟然还傻乎乎地投了票。

苏尔笑容无辜："我只是想倾听一下各位的心声。"

谁都不愿意被算计，路全球和满江山同样不豫，但他们的目标相同，都是为了离开副本，反应自然没曲清明大。

月季绅士的视线终于从小泥人身上移开，等着"罪魁祸首"说出目的。

"您是绅士，理所当然我愿意开诚布公。"苏尔连尊称都用上了，"这个世上我最不想欺骗的就是您。"

月季绅士："……"

在明面上跟主持人打太极是纪珩的主意，照他所说，主持人很快就会知道他们真正在谋划的是什么，不正面回应某种意义上等同于让对方来提条件。如果条件合适，他们可以应下，给小泥人留一条后路；如果条件不合适，小泥人也带不出副本……那就把它捏成绝世美男，让它体面地上路。

两人商讨的时候没有刻意回避，小泥人作为旁听者，很干脆地做了个抹脖子的动作，表示自己如果可以变成绝世美男，当场就可以消失。

场面一度过于安静，纪珩开口打了圆场："是不是该轮到另外一组展示了？"

程序还是要走的，负责跟拍路全球等人的摄像师开始展示他们这一组的作品。

镜头精准地记录下了适才林中的一场恶战。

总共二十一分钟的时长，有二十分钟主人公都处在互相厮杀的状态。按照路全球的要求，最后点明主题——"原配暴打渣男和小三"。

打戏很到位，如果单评价动作戏，他们一定是满分。

"两组的作品各有特色，难能可贵的是创意完全不同。"视频播放结束，月季绅士衔接得非常自然，"接下来就要到宣读名次的紧张时刻了！"

苏尔是真的佩服他，这种情况下还能把台词说得如此顺畅，"专业"二字都不足以形容。

"不过在此之前，首先有请我们的特邀情感专家，讲述她的生平！"

"啪啪啪！"月季绅士的话音一落，鼓掌的只有苏尔和小泥人。干巴巴的掌声让气氛变得尴尬，满江山后知后觉地拉着路全球象征性地拍了拍手。

金发女郎擦干净嘴角上先前吃海鱼时留下的血污，摘下墨镜站在众人面前，开始详细讲述被前男友设计的血泪史："……我永远忘不了他伤害我时的笑声。那个男人的身体里流淌着鲛人的血，残忍、偏执又渴望忠贞不渝的爱情！"

"等做完这一切，他竟然还拉着我的手哭泣……他说很早以前鲛人只能在海中生活，后来他们的老祖宗为了抓住唯一的化形机会，撕裂了鱼尾。"时至今日，金发女郎谈起往事依旧是满腔恨意，"像他们这样的生物，就该一辈子上不了岸！"

月季绅士敷衍着安慰了几句，以金发女郎的前男友为引子，说起岛上的传说，内容大致跟苏尔找到的《鲛人泪》一致。他的嗓音有股独特的魅力，讲起故事来很是娓娓动听。

苏尔斜眼望着纪珩，唇瓣动了几下。纪珩点了点头。两人的互动被其他人看在眼里，却也无可奈何，毕竟不是每个人都有读唇语的本事。

这场情景剧拍摄毫无疑问以苏尔和纪珩的胜利收尾。和先前的两次比试一样，凡是有竞争存在的项目，获胜后主持人都会给一张信息卡，这次也不例外。

苏尔根本没有吃晚饭的意思，拿到信息卡后看了满江山一眼，便去了纪珩的房间。纪珩跟在他后面，瞧着是要一同进房间去探讨，实际上中途却悄悄出去了一趟，取回拍摄前藏起来的心脏。

门一关，二人的心情都轻松了一些。曲清明玩了一出狼人自爆，接下来气氛想必会很尴尬，继续留在主厅只会浪费时间。苏尔打开信息卡，上面印着一句话：爱情让我们直立行走。

"前两次的信息都是关于爱情杀手本身，"纪珩扫了一眼卡片说，"这次明显不是。"

苏尔顺手将信息卡毁尸灭迹："估计和祭坛有关。"

金发女郎的故事里提到鲛人让鱼尾撕裂才上了岸，这座岛的形状正好肖似鱼尾，二者之间肯定存在什么联系。

"如果撕裂鱼尾是爱情的开始，"苏尔想了想，看向纪珩，"祭坛的位置说不定就在腰的部位。"

纪珩点头："试着沿东边的海岸线找找。"

苏尔有些犹豫："范围是不是太大了？"

这座岛屿的面积不小，海岸线自然也长，真要搜查起来，很耗时间。

纪珩大致画了幅草图："从海岸线的正中间开始吧，那里相当于断裂点。"

苏尔觉得可行，鱼尾是要从中间撕开才能化为双腿，祭坛在岛屿中央位置的可能性很大。想到这里，他伸手摸了下口袋里小泥人的脑袋："靠你了。"

在陆地上不好判断具体方位，小泥人则可以飞到半空中，圈定出大致区域。

楼下的氛围比苏尔预估的还要糟糕，他们上楼后，剩下的玩家彻底没了交流。路全球眼睛里布满红血丝，不停地抓挠皮质沙发，刺耳的声音让人听着很不舒服。

满江山终于受不了了，蹙着眉说："实在不行你先把免死券放到别处。"

这样下去他怕是要神志失常。

路全球防备地看过去，反驳的话脱口而出："你就是想趁机偷走对不对？"

他知道自己失言了，但无奈控制不住。

满江山一向能调节好自身情绪，这次却不知怎么的，瞬间火了，直接站起来就开始和他对骂。

另一边，曲清明支着脑袋看戏，笑容讥诮，不时还火上浇油地说上几句。

这场闹剧大约持续了十分钟，后来满江山气急了，情绪看着比路全球还激动，竟是直接抓起桌上的杯子丢过去，用最原始的方式发泄愤怒。

路全球被砸到了肩膀，气急之下跟对方大打出手。看了好一会儿热闹后，曲清明突然意识到不对。满江山似乎是在故意激怒路全球，并且在之后的交手中以躲为主，每当路全球快要恢复冷静时，又再度挑衅。

猛地意识到什么，曲清明直奔二楼。门缝里透出房间中的灯光，然而无论怎样敲门，里面都没有人应声。

气急败坏的情绪让她妩媚的气质都淡去了几分，曲清明死死攥紧二楼护栏，望着一楼的满江山："你在故意拖延时间？"

满江山故作不解，内心却充满嘲讽。

当初找到"祭坛"是受小泥人指引，然而小泥人受苏尔控制，无疑证明他们找到的祭坛是假的。现实就是目前她手上什么筹码都没有。想到苏尔适才上楼前给的暗示，满江山忍不住骂了那个黑心肠的千万遍，又不得不帮忙拖延时间。

同样想明白了这一切，曲清明目中透露出杀意，不再耽搁时间，准备出门寻人。满江山拦住了她。

"我打不过你。"满江山笑了笑，"可你似乎也除不掉我。"

对方白天留了她一命绝非是因为良善，而是没有满足踢玩家出局的条件。

曲清明神情冰冷："凭你也想拦住我？"

"拦不住，"满江山耸耸肩，语气十分无赖，"不过能拖一会儿是一会儿。"

夜间的树林处处给人不祥的感觉。眼下为了赶时间，苏尔没时间去注意这份恐惧，一口气跑了很长一段距离，停下时他喉咙都有些疼："是不是快到了？"

话音刚落，一道白影从眼前闪现，利爪朝他的脸抓来，苏尔下意识后退一步。纪珩却反手一抓，直接把白影甩到旁边的大树上。

粗壮的树干狠狠一晃，水魅的腰部几要被震断，它半死不活地躺在地上，发出痛苦的哀号。纪珩看都没看它一眼，直视前方，那里有一块地是朝内凹陷的，和小泥人圈出的位置大致重合。

"只剩几百米了。"闻言，苏尔深吸一口气，没理会捣乱的水魅，一鼓作气往前跑。看到纪珩呼吸均匀，他大喘着气说："难怪你之前有一个'路遥知马力'的成就。"

耐力也太好了！

"和长跑能力没有关系。"纪珩解释，"是因为我比较喜欢探索。"

苏尔第一次听他谈起这个话题，连忙竖起耳朵。

纪珩说："类似先前的出海，我从前还做过很多次。"

苏尔："……"

聊天一定程度上转移了二人的注意力，不知不觉他们已经跑到目的地。

今晚的大海并不平静，海水不时会涌上岸，留下一道痕迹后又匆匆退去。沙滩上凹陷的部位乍一看像是画了一半的爱心，苏尔蹲下身抓起一把细沙摩挲了一下，紧接着嗅了嗅，似乎能闻到淡淡的腥味。

和纪珩对视一眼后，二人开始配合着挖开周围的沙子。

功夫不负有心人，当手腕渐渐开始酸疼时，终于触碰到什么坚硬东西的边缘，苏尔连忙用袖子包住手加快速度。东西埋得不深，很快就露出大部分，最后刨出来的竟是个圆盘大小的扇贝。

苏尔用力掰开，扇贝内部散落着一些奇怪的东西，有几十个之多。

苏尔皱眉："这些魅物什么时候能不在人身上做文章？"

吓人就行了，为什么还要恶心人？

纪珩没任何心理障碍地把这些东西扒拉到一旁，凝视着扇贝底部露出的凹槽，目中浮现出笑意："找到了。"

凹槽的大小正好。

就在这时，一阵阴风吹过来，刮在脸上生疼。纪珩抬起头，曲清明的身影出现在前方，此刻她的目光十分凌厉，如同一把随时能凌迟人的刀。

"你来迟了。"纪珩笑意不达眼底，仿佛在看一只垂死挣扎的蚂蚱。

曲清明声音沙哑："什么时候找到的？"

"就在不久……"话音戛然而止，纪珩感觉到手上传来一阵温热，余光瞟见苏尔正抓着他的手，把魔石直接放了凹槽上。

"反派死于话多。"苏尔认真道。

魔石一归位，扇贝自动合上，缓缓下沉，曲清明俏脸泛白，捂住胸口，脸上露出痛苦的表情。

确定达成通关条件，苏尔对纪珩道："现在你可以尽情和她交流了。"转而又对曲清明说，"有什么想问的？我们很愿意解答。"

基本他一开口，别人就得沉默。好在不时有海风吹来，使得气氛没那么尴尬。

见他们没说话的意思，苏尔反而主动提问："这颗魔石对你来说很重要？"

曲清明不作回应。

苏尔说："捏爆了它，你会死吗？"

曲清明没好气道："半死不活。"

苏尔纳闷："既然如此，为什么不藏得再隐蔽些？"

曲清明轻"喊"了一声，蕴含的情绪很复杂，除了嘲讽多是无奈："我必须这么做。"

要不是游戏规则强制要求，她绝对会将魔石藏在深林中的一个树洞里，根本不给别人找到的机会。

　　风渐渐变大，站在逆风处想睁眼都困难。曲清明格外注重外表，即便到这个时候，还下意识捋了捋被风吹乱的长发。

　　苏尔把这一幕看在眼里，目光沉了沉，问："你从前是玩家？"

　　曲清明的眼神一变，闭口不言。

　　苏尔随即看向纪珩，诧异道："玩家竟然可以变成游戏里的魅物 NPC？"

　　曲清明终于忍不住："谁跟你说我是玩家？"

　　苏尔说："十五秒前，你默认了。"

　　"……"事已至此，她最想做的就是和面前这个人同归于尽。

　　过了片刻，曲清明忽然又收敛住情绪："我的情况比较特殊。"

　　苏尔只关心重点，她这个回答说明，她确实曾经是玩家。

　　"原因你很快就会知道。"曲清明侧过身，注视着海景别墅所在的方向，眼中的怨毒消失不见，反而露出几分诡异的笑容。

　　下一刻，路全球和满江山出现，两人的神情皆有几分迷茫，显然是被主持人突然带到这里来的。

　　苏尔有些羡慕这种空间移动的本事，掌握了它等同于拥有了应付魅物追杀的一张王牌。可惜除了主持人，从未听说过游戏中有玩家能做到这点。

　　短暂的愣怔后，路全球最先反应过来，激动道："你们成功了！"

　　他的情绪已经处于快失控的状态，没第一时间听到回答便暴怒道："为什么不说话？"

　　苏尔脑海中快速闪过什么，凝视着主持人，目光有些飘忽不定。

　　月季绅士这时终于开口："恭喜三位成功完成任务。"

　　数字强调得很精准。

　　"三位？！"路全球立时有种不好的预感。

　　一旦有人无法离开，他首当其冲。

　　月季绅士不喜欢重复同样的话，无视了路全球的提问。倒是曲清明"好心"答疑道："在你们之前，这里上演过一次玩家团灭事件，我就是其中一员。"

　　路全球似乎反应过来，目眦欲裂："你也得到了免死券？"

　　曲清明笑着点了点头："起初我以为是占了大便宜，后来发现游戏的便宜可不是白占的。"

　　在副本中失败也能存活是个先决条件，但游戏的基本规则又不能被破坏，所以两全的方法就是把失败的玩家变成魅物。

　　"免死券会把人的某种情绪无限放大，直到心脏彻底萎缩，变成魔石，那时你的理智才会恢复正常。"

　　路全球感觉全身血液直往脑袋里冲，指着苏尔和纪珩吼道："任务不是已经完成了吗？"

　　曲清明说："如果提早一天，你还有救，可惜……"

她的眼神魅惑地流连在路全球的胸口，后者条件反射地按了按那里，然后又轻轻敲了敲，发现里面仿佛只剩下一个空荡荡的腔室，甚至能听到沉闷的回音。恐惧和惊慌在这一刻甚至盖过了愤怒。

曲清明见状反而笑了："认命吧。"

路全球低吼道："凭什么认命！我……"

后面的话还没来得及说，他就被满江山从背后打晕了。

没有谁去指责她这种行为，即便满江山不出手，苏尔也会这么做。玩家濒临崩溃时，的确很有可能做出危险的举动。

一直安静站在旁边的纪珩突然问："你参与的那次副本，爱情杀手是谁？"

曲清明道："几轮前同样得到免死券的玩家，不过他被识破了身份。"

她叹了口气，语气很幽怨："我们那批人里，有一个真正的大佬，托他的福，大家合力除掉了爱情杀手。"说着，她眼底闪过几分悲哀，"结果我们发现要找的东西根本不在杀手胸腔里，再后来时间不够了，任务宣告失败。"

其他人具体的淘汰原因她没有说，但可以想到相当惨烈。

纪珩又提了一个很奇怪的问题："你从前好看吗？"

曲清明欲言又止，最后给出一个模棱两可的答案："或许吧。"

苏尔看着这二人，明显感到双方都话中有话。

"你们就是问到天亮我也没意见。"一轮提问过去，月季绅士平静地打断道，"不过天亮后会发生什么，你们也得担着。"

完成任务后及时离开副本是游戏的要求，苏尔没准备挑战这点，纪珩也一样。

"现在就走……"苏尔边说边靠近主持人，月季绅士皱着眉后退一步。

苏尔再接再厉，又靠过去两步，低声问："小泥人……"

"带不走。"月季绅士直接打破了他不切实际的幻想。

苏尔压下几分遗憾，装出慈爱的目光，活生生像个狼外婆："介不介意我托个孤？"

出乎他意料，月季绅士似乎一直在等着他问出这句话："伸手。"

苏尔沉默了两秒，认为被瞬间砍断手腕的可能性不大，才缓缓摊开手掌。

下一刻，掌中多了张轻飘飘的邮票。

月季绅士说："它会把你带往一个副本。"

苏尔想都不想就要还回去。

"那里有我的一个老对头。"月季绅士淡淡道，"我是要害他，不是害你。"

苏尔："……"

"拿着吧。"苏尔尚在斟酌，纪珩的声音传过来，"副本总要下，去哪里都一样。"

苏尔反应过来，能被月季绅士称作对头的，实力应该跟他相差不大，副本难度等级估计也差不多。

收好邮票，他把小泥人交托到月季绅士手上："我还欠它一双大长腿，麻烦你了。"

月季绅士懒得听他多说，袖子一挥，光柱瞬间笼罩在三人身上。

距离身体完全被光芒溶解还有一小段时间，苏尔看向曲清明，后者耸耸肩："不必可怜我，反正还有个倒霉鬼陪着。"

说完像踢足球一样踹了一脚昏迷的路全球。

苏尔又看向小泥人。面对他的注视，小泥人举起火柴棍一样的胳膊，缓慢地挥了一下。

"别说你认识我。"迟疑了一瞬，这是苏尔留给小泥人的最后一句话。

重新回到中转站，苏尔一偏头，视线就和纪珩格外深沉的目光对上了。

苏尔挑眉："有事？"

"没什么。"纪珩失笑，"新闻上常说二胎更受宠，我从前还不以为然。"

现在事实就摆在面前……同样是孩子，有的被教着说"家父苏尔"，有的则被叮嘱不要暴露相识，谁更受宠一目了然。

苏尔干笑一声："你可真会打比方。"

满江山身上的伤口在回到中转站时就完全恢复了，她迅速拆掉身上的绷带，道谢道："多亏你们，我才能成功过关。"

苏尔伸出手："合作愉快。"

要不是最后关头她拖住曲清明，时间不会卡得那么好。

握了下手，满江山笑着说："不如我做东，出去后请大家吃顿饭？"

苏尔认真道："你立刻离开或是捂住耳朵就算帮大忙了。"

"为……"

都没问完，天空的颜色就变了。

满江山陡然意识到什么，下意识看向纪珩的胸牌，上面金光闪闪的"鸡犬"二字像是一种预警。她不禁咽了咽口水，有些发怵。

集齐 24 个成就点几乎不可能，因此她一向对成就点毫不贪图，这次更不想用这么个头衔给自己添堵。

沉重的乌云如同千军万马奔腾汇聚，苏尔虽然才进游戏几个月，但似乎见惯了这种场面，他背起双手仰头看天，还能分出心神安慰满江山："别多想，是祸躲不掉。"

好在月初进副本的玩家不多，不至于造成上次被围观的尴尬场面。

没过多久，冰冷而又熟悉的提示音传来："恭喜玩家苏尔、纪珩获得成就'天仙配'。恭喜玩家苏尔获得成就'一视同仁'。恭喜玩家苏尔获得成就'孩子的父亲是谁不重要'。"

上天有好生之德，放过了满江山。

确定没有听到自己的名字，满江山仔细回味了一遍苏尔的三个成就，连在一起总觉得有哪里不对，最后竟然品出一种递进转折关系。

苏尔作为当事人，冷笑一声后低头数了数自己胸牌上的成就，不多不少，刚好十个。

好一出十全十美!

满江山同样注意到了这一点,羡慕道:"说不准你真的会成为首位集齐24个成就点的玩家。"

苏尔不以为然,往往距离成功只差临门一脚的时候,前面等着的不会是救赎,而是万丈深渊。不过这种情绪他并未外泄,只是坦然地笑笑:"但愿如此。"

满江山情商很高,看出他们没有想深入交谈的意思,主动说了句"后会有期"。

苏尔挥手:"希望还有再见面的时候。"

满江山点头,她持同样想法,下副本最怕遇上猪队友,苏尔的想法和个性虽然不能用常理揣测,但胜在他一个人就能吸引来自主持人和魅物的全部火力。

目睹满江山的背影远去直至消失,苏尔才掏出月季绅士最后塞过来的那张邮票。

这是一张很奇怪的邮票,中间印着人面,特别美,但雌雄难辨,而且还长着张哭相脸,明明在笑,给人的感觉却像是在哭。

不知是不是苏尔的错觉,邮票上殷红的嘴唇似乎还动了一下。

他摇了摇头,把东西收好:"看来月底前,我得独自去会一会这位月季绅士的老对头了。"

"不一定。"纪珩抬头,望着还未散去的乌云说,"届时请把我们安排在一起。作为组织首领,我理应好好规范组织成员的言行,他年纪小,需要人监督。"

似曾相识的话令苏尔眼皮一跳,没记错的话,进入上个副本前,纪珩也是这样对着天空虔诚许愿,结果呢——先是教唆他做时间管理者,再带着他潇洒地来了一场出海旅行,最后还蛊惑他使用体内的神秘之眼,直接导致上千魅物失业!

可以说这一场苏尔获得三个成就点,纪珩"功不可没"!

第八章

误入幻境

　　乌云渐渐消散，灰蒙蒙一片的天空瞧着要舒服很多。

　　纪珩看了苏尔一眼："回去吗？"

　　苏尔点头。这次的副本勉强还算顺利，只是他基本没一个晚上睡过好觉，目前整个人的精神处于萎靡状态。困倦之下，他果断按下胸牌上的凹陷处，离开游戏。

　　终于回到现实世界，苏尔眼中的倦意掩藏不住，他打了个哈欠。纪珩不再耽误他的休息时间，帮着叫了辆出租车："好好休息。"

　　苏尔点头，随意摆了两下手："再见。"

　　他向来警惕性十分强，哪怕现在很困，依旧强撑着，不敢直接在出租车上睡过去。电台里播放的旋律很勾人，歌手也唱得好，听着心坎里会生出一股痒意。

　　苏尔的睡意散去了大半，下意识坐直身体仔细侧耳聆听。这声音越听越是熟悉，他下意识说了一句："曲清明？"

　　开车的司机是个年轻人，捕捉到他的自言自语，顿时兴致高涨："你也知道她？"

　　苏尔含糊不清地应了一声。

　　"有眼光！"正好遇上红灯，出租车司机打开车窗，胳膊搭在窗口，侧过头说，"我见过一回，本人是真的漂亮。听说她最近打算出道，未来一定能大火。"

　　"挺危险的。"

　　"啊？"

　　"你的胳膊。"

　　出租车司机说了句"没事"，不过还是把胳膊收了回来："看过《陌路》没？那个特漂亮的货车司机就是曲清明客串的，她在里面很喜欢做这个动作。"

　　苏尔本来准备引一下话题，详细问问，可惜出租车司机就是一个标准的迷弟，沉迷于自问自答，根本不给别人开口的机会。

　　赵三两说过，有不少人在现实里调查过失踪玩家的下落，但执着于探究的下场都不会太好。苏尔认为这句话有夸大其词的成分，至少他敢肯定赵三两和纪珩一直都在追查，只不过他们把握住了度。至于游戏的底线在哪里，未触碰到时，谁也不清楚。

　　想到这里，苏尔重新向后一靠，恢复放松的姿势，掏出手机搜索了一下曲清明。

　　听出租车司机的意思，她还小有名气。

网上的介绍很全，曲清明在模特界小有名气，去年才进入娱乐圈，目前知名度还不是很高。关于她的黑料不多，最常见的标签是"从小美到大"。

苏尔点开几张照片，承认她确实很漂亮，小时候就是个美人坯子。

把手机倒扣着放在腿上，苏尔半合着眼开始沉思。离开副本前纪珩最后问曲清明的那个问题一直在他脑海中挥之不去。

——你从前好看吗？

——或许吧。

不论是提问者还是回答的一方，都很奇怪。

纪珩那样的性子，为什么会把重点放在曲清明的相貌上？

苏尔忍不住又看了几眼资料。曲清明入行早，网上还有不少她从前走秀的视频，一一点进去看完，苏尔没发现异常。

苏尔遗憾地叹了口气，他之前还脑补过曲清明和游戏进行了某种交易才换来美貌的故事。

"到了。"司机出声打断他的胡思乱想。

"谢谢。"苏尔付完钱匆匆下车，快步朝空无一人的房子走去。

今年天气很奇怪，格外爱下雨，而且是那种猝不及防的绵绵细雨。

一进家门，苏尔没管自己被淋湿的头发，扯了件外衣盖着，直接倒在沙发上开始补觉。

昏昏沉沉中，等他再有意识时竟然发现自己身处墓地，周围全是荒冢，哭坟声断断续续传过来。

天地间白茫茫一片，就差没直接告诉你，这是梦，而且不是个好梦。苏尔循声走过去，看到一个人，跟月季绅士给的邮票上的人一模一样。

他站在一旁，一动不动。半晌没听见说话声，因为啜泣而颤抖的肩膀渐渐平复，哭坟人缓缓转过身来，黑沉沉的眼睛直视苏尔。

比耐心苏尔就没输过，他坚持一言不发，等着对方先开口。

哭坟人擦干眼泪："你的眼睛很值钱。"

苏尔面色不变，觉得他指的是自己在游戏里时体内的那只眼睛。

哭坟人嘴角一勾，笑起来也跟哭一样："拿到我邮票的人，我可以免费帮他一次。"

苏尔直截了当地摇头拒绝。

"先别急着拒绝。"哭坟人笑眯眯道，"认识一下，你可以称呼我为守墓忠仆。"

苏尔说："Nice to meet you."

"……"守墓忠仆，"还是说正事吧。"

苏尔目光一动："你能听懂？"

主持人懂外语，是不是意味着他和现实世界有过交集？

"狡猾的小子。"守墓忠仆做了个噤声的动作，"别去探究。"

苏尔的神情恢复冷淡："你不是要说正事吗？"

守墓忠仆："……"好想弄死他。

守墓忠仆的情绪一激动，就容易飙出眼泪，他用袖子擦干眼角的泪花，沉声道："月季手上有一颗珠子，能照出人心底的秘密。"

这话没错，苏尔才在上个副本里见识过。

"那玩意儿不过是个残次品，还是仿的你身体里的这个东西。"

饶是苏尔向来擅长隐藏情绪，乍一听这话，手指也不由得弯曲了一下。

好像的确有相似的地方，说穿了，都能映照出事物的本质。

守墓忠仆将这一幕看在眼里，像是一条引诱夏娃偷食禁果的毒蛇："想不想让它收放自如，甚至在现实中也能使用？"

苏尔眯了眯眼："我需要付出什么？"

守墓忠仆："眼泪。"说着他拿出一个小瓶子，"任何魅物都行，收集它们的泪水，直到这个瓶子被灌满。"

见苏尔有拒绝的意思，守墓忠仆又掏出合约，上面明确写了瓶子不是无底洞，只要一百滴眼泪就能灌满，同时泪水进入瓶子后也不会出现蒸发等状况。

苏尔认真浏览了一遍，合约没有明显的猫腻。

"时效是一年。"守墓忠仆补充了一句。

要完成任务可以说是天方夜谭，通常情况都是魅物让玩家哭。

"失败了会如何？"

守墓忠仆虚情假意地流出两行泪，指着四周的荒冢道："就是这样。"

远处的情况看不见，但没有被雾遮掩到的区域至少有一百多个坟头，苏尔暗自警惕：都是聪明人，为什么会有这么多玩家愿意做交易？

"获取的价值不同，要求也不同。"守墓忠仆好心解释道，"他们中有的渴望道具，有的渴望功名利禄，多数只需要攒够不到十滴的眼泪。"

苏尔问："成功的有多少？"

守墓忠仆竟说了实话："百分之三。"

"不划算。"苏尔理智道，"现实里又没有魅物，这只眼睛就算能用也起不了多大作用。"

攒十滴眼泪都死了这么多玩家，更何况一百滴。

"错了。"守墓忠仆的泪失禁体质让他的眼睛又充满泪花，"这关系到你是否能获得脱离游戏的资格。"

四目相对，苏尔静默不语。

守墓忠仆笑了："任何玩家都不可能做到集齐 24 个成就点，有些承诺只是噱头。"

沉默的间隙，苏尔连续看了三遍合约，快要意动时他忽然问："这些眼泪是不是要从不同魅物身上搜集？"

计谋被拆穿了，守墓忠仆抿了下唇。

"难怪……"苏尔冷笑一声，"同一只魅物，恐怕流再多眼泪也只会被判定为一滴。"

否则哪里会死这么多玩家！

对稍微厉害点的玩家而言，要抓住一只魅物不难，但想要威逼多只魅物，迟早在阴沟里翻船。

眼看煮熟的鸭子就要飞走，守墓忠仆组织言语，试图再次进行蛊惑。然而下一刻，苏尔却直接咬破手指，潦草地在合约上签了名。

守墓忠仆检查了一遍，见签名没有被做手脚，他反而觉得哪里不对劲。

苏尔伸手："瓶子。"

守墓忠仆扔给他。

苏尔说："现在是不是该兑现你的承诺了？"

白茫茫的雾气散去一大半，守墓忠仆摇头："时间不够了，明晚我会再来找你。"

苏尔没有强求，抬头望着远处苍茫的天地，待到白雾彻底消散，面前的一切猛地同意识割裂开来。黑暗消失，他正躺在沙发上，皮质家具并不散热，他身上薄薄的一件T恤几乎被汗液浸透。

还没缓过神，他刚翻了个身，就听"啪嗒"一声，一个瓶子掉在地上，朝沙发底下滚去。苏尔忙下地去捡，瓶子沾了不少灰尘，好在坚固异常，没有任何破损。

他垂下眼，瓶子的存在就是证明——不是梦。

缓过神来后苏尔做的第一件事就是检查自己的手指，见没有伤口才松了口气，至少在梦里负伤不会给现实中的身体造成负担。

此时已经接近天亮，苏尔先去冲了个澡，难得兴致来了，而后他又打开电视机系上围裙，准备边听新闻边做一顿丰盛的早餐。

"据最新报道，近日一名经纪人向警方报案，称旗下有艺人失踪……"苏尔切菜的动作一顿，快步走到电视机旁。

这段报道不过三言两语，他打开手机一搜，全是铺天盖地的相关爆料。

曲清明失踪了。

她之前获模特比赛大奖时也没怎么被媒体宣传，如今却因为失踪后各种营销号的揣测，一时间占据了各大媒体平台的头条位置。

根据一个还算靠谱的媒体介绍，前天曲清明缺席了一家杂志的拍摄，经纪人通过各种途径都联系不上她，情急之下才选择了报警。

由于在这之前曲清明处于休假状态，故而到现在都没有办法确定她具体的失踪日期。

苏尔看完最新消息，沉默地站在原地……过于巧合了。

新闻偏偏在这个时候才曝出来，哪怕再早一天，自己尚未进入游戏，听闻曲清明失踪的风声，再进副本后就会简单很多，至少他绝对会在一开始就怀疑曲清明的身份。

手机振动了几下，是纪珩打来的电话。

"看新闻没？"

苏尔"嗯"了一声："正在看。"

"别太过关注，过两天我会去找你一趟。"

苏尔说："好。"

对话匆匆结束，苏尔盯着已经黑屏的手机愣怔了两秒，重新走进厨房做早餐。

纪珩特意打电话提醒，意味着或许他该在曲清明的事情上更慎重一些，至少不能轻易在明面上去调查这桩失踪案。

苏尔心不在焉地做完一个豪华三明治，一天的时间在沉思中很快过去。

晚上，他早早躺上床强迫自己入眠。

熟悉的哭坟声传来。

守墓忠仆假惺惺地对着那些坟墓哭泣，见到苏尔，他揉了揉哭红的眼睛："你来了？"

苏尔点头，立刻抛出一个问题："月季绅士给了我一张邮票，是不是意味着……"

说到这里他停顿了一下，直视对方的双眼："下次我一定会进入你主持的那个副本？"

守墓忠仆："无聊的问题。"

苏尔不在乎他的看法，耐心等待着答案。

"不错。"守墓忠仆慢悠悠地说，"拿了邮票，就必须亲自归还。"

得到肯定的回答，苏尔又问："能不能借用一下纸笔？"

守墓忠仆看了他一眼，满足了他。

苏尔似乎早就在脑海中打好草稿，下笔如飞，片刻后连带写好的东西一并递了回去。

守墓忠仆开始只是随便扫了眼，很快，他的神情变得古怪起来。纸上的内容可谓"不堪入目"，标题一栏龙飞凤舞地写着"爱心陪伴计划"，下方是详细介绍：

> 漫漫长夜，你寂寞吗？爱心陪伴计划将温暖你的一生。
>
> 价格表：
>
> 有灵智的小泥人（推荐有求子计划的魅物领养）：5 滴眼泪／只。
>
> 漂亮的橡胶人（死宅魅物、单身魅物必备！注：此为无灵智版）：1 滴眼泪／只。
>
> 可爱的动物泥人（宠物爱好者的福音）：5 滴眼泪／只。
>
> 月季绅士、书海先生、笑脸商人等 Q 版小萌人，可附加唱歌跳舞等多种功能：价格面议。
>
> 开业大酬宾，想爱你就来！前三单八折优惠，橡胶人买三赠一！上不封顶！

"如果可以，请帮忙把宣传单提前发放给你那个副本里的魅物。"苏尔认真地道，"看它们有没有需要，团体下单更优惠。"

一百滴眼泪不是个小数目，光靠残害魅物肯定不好办，如果能通过做生意赚取，再好不过。

守墓忠仆在看到橡胶人那一条时，总是似悲似喜的嘴角抽了一下。他深吸一口气，望着苏尔说："你，迟早要被游戏封号。"

封号？苏尔将这句话视为守墓忠仆对自己的祝福。

守墓忠仆尽力忽视那张纸带来的冲击，手指头突然变得又尖又细，乍一看像是衰败的枯枝。

苏尔不躲不闪，任由那根手指穿过自己的肩胛骨。

"对自己还挺狠。"守墓忠仆的话听不出是褒奖还是嘲讽。

苏尔先前有专门咬破手指做过实验，证明梦境中的伤影响不了现实中的自己，不过装还是要装的。他微微抬眼，仿佛目空一切："没有死的胆量，何来生的觉悟！"

说出的话同说话人的气质格格不入。语毕，他连下巴都抬起来了一些。这下守墓忠仆可以确定面前的人绝非善茬。

苏尔的威风没能逞多久，他的身体开始止不住地发抖。梦里的疼痛感大约有减半的效果，即便如此，那滋味也不好受。穿进骨头里的手指生出无数藤蔓，在血肉中四处游走。

还不到十秒钟，他就彻底痛到昏迷。

苏尔沉浸在黑暗中，神志却很"清醒"，意识轻飘飘的，似乎脱离了身体，越飘越远。

不知道过了多久，一阵悲惨的哭声刺痛着他的神经。民间常说"喊魂"，此时从四面八方传来的哀号效果绝对不比喊魂差。

睁眼就看见一张悲苦的脸，苏尔瞳孔微缩，因为哭声的影响，他不受控制地感觉到了压抑。

守墓忠仆盯着他看了几秒，确定没在他脸上瞧见劫后余生的庆幸，纳罕地嘀咕道："看来是真不怕死。"

苏尔怕不怕死另说，但他绝对有对生的追求，且思虑得比较周全。倘若主持人能够穿过不同的空间在现实里行动，早就成了游戏的主宰者。更何况，如果不是同处在一个等级，月季绅士不可能找死地把对方视作死对头。

"东西呢？"苏尔哑着嗓子问了句。

守墓忠仆摊开手心，露出一个红宝石戒指。

苏尔皱眉。

"障眼法而已，你仔细看。"

守墓忠仆和月季绅士有一点很像——格外注重承诺。

苏尔的身子稍稍前倾，把戒指拿过来放在眼前端详，看久了便感到一阵眩晕，隐约瞧见一只黄褐色的眼睛正通过红宝石和自己对望。

亏得他心理素质够强，才没第一时间把戒指丢出去。

他若无其事地把戒指戴在手上，礼貌地点头致谢。

第一次在天机城见到这颗眼珠时，光顾着你追我逃，刚刚才发现，这只眼睛是竖瞳。

完全就是一条蛇的眼睛。

当时在副本里处处被花蛇跟着，没想到离开游戏后又获得了一只蛇眼，那种被尾随窥视的感觉再次萦绕在苏尔的心头。

"记得本月 13 号进入游戏。"

苏尔的视线从戒指上移开："有什么讲究？"

"那日忌迁徙，诸事不宜。"

苏尔："……"

守墓忠仆的笑容很夸张，在一张哭相脸上就显得更加惨淡了。

守墓忠仆的轮廓渐渐变淡了："给你一个小小的提示，下个副本能用上。"

苏尔一眨眼，主持人已经消失不见，唯余幽怨的声音在坟场周围回荡："红纸，新衣，烫好头。你笑，我哭，关门狗。对拜，敬酒，堂中客。儿郎，棺材，红袖舞。"

最后，苏尔听到的是一阵笑声。

"咚咚咚"！苏尔猛地从床上坐起来，一看表，竟然已经十点了。

闹铃在数次没有唤醒主人的情况下宣告罢工，外面的不知是谁，正在暴力敲门。苏尔来不及穿鞋，光着脚丫走过去，尽量不发出声响，通过猫眼去看。"杀马特"的发型很瞩目，苏尔不再迟疑，给他开门。

赵三两探头探脑地张望，确定屋里没有绑匪和女人，才问："出什么事了？"

苏尔穿好鞋，说："能出什么事？"

赵三两顶着乱糟糟的头发，自来熟地坐下："好端端地会突然无故联系不上你？"

苏尔反应了几秒，怔怔地重新看了眼表，立马飞奔到卫生间洗漱。

"姚知见你不接电话，就打给了老大。"赵三两说，"老大和你不住一个区，赶过来太慢，就让我先来了。"

苏尔洗完脸，感觉头还在隐隐作痛。

"算了。"他叹了口气，喝了杯温水舒缓一下喉咙，"索性就请一天假。"

赵三两说："听说你和老大拿了个'天仙配'的成就。"

苏尔面不改色地喝完水。

赵三两翘起手指即兴来了一段："树上的鸟儿成双对……"

鼓掌声传来。

赵三两："我才刚开始唱呢。"

说完就见苏尔一脸同情地看着他。

赵三两意识到不妙，回过头，适才门他只是轻轻一带，没有关上，此刻纪珩就站在门外，神情冷若冰霜，活像来索命的黑白无常。

"啊——"赵三两朝苏尔那边倒去，发出惊恐的叫声。

纪珩有随手关门的好习惯，伴随"啪"的一声，赵三两感觉龙头铡落下，自己的脑袋也要不保。

见他紧张成这样，苏尔不是很理解："法治社会，你怕什么？"

纪珩在游戏里再厉害，也不可能在现实世界里怎么样。

赵三两小声说起往事："以前我仗着家里有钱嚣张，刚被拉入归焚时对谁都不服气，还妄想当首领。"

苏尔挑眉："然后呢？"

"竞争上岗失败，起了报复心理，故意对他的饭呸了一口。"

苏尔惊讶，没想到"杀马特"还会做这种事。

"我那不是年少无知吗……"赵三两陷入回忆，"后来在一次以神佛为背景的副本里，恶人供奉邪祟为它提供力量，老大彻底断了邪祟的香火不说，又设计让供奉的村民迁徙。没了香火，老大开始一点点消磨它的力量，最后邪祟堕落成了饿死魅。"

苏尔："……"

赵三两说："事后老大看着我说：'粒粒皆辛苦，往饭里吐口水是要遭报应的。'"

很明显他到现在都没有忘记当时纪珩说话时的语气和神态，忍不住打了个哆嗦。

苏尔摇头，这是留下了多大的心理阴影？

转念一想，看来自己对纪珩的了解还不够深，没想到纪珩竟然是这种"善人"，没有在赵三两第一次作妖时就把人赶出组织。

"有教无类。"纪珩语气平淡，说出的话却让苏尔和赵三两同时心里"咯噔"一下，"我不会放弃感化任何一个组织成员。呵。"

如果他没有在最后"呵"一声，或许苏尔和赵三两还会假装感动一下。

赵三两不想再谈伤心往事，打听起苏尔失联的原因，顺带吐槽一句他居然在家还戴这么闷骚的戒指。就在这时，纪珩突然扣住苏尔的手："这戒指……"

苏尔没瞒着，把梦见守墓忠仆的事说了一遍，顺便请他帮忙分析自己有没有被坑。

"胆子很大，都会和主持人做交易了。"纪珩轻飘飘的一句话中，蕴含的情绪绝对不是褒奖。

苏尔虚笑一声："小泥人跟了月季绅士，我能做出这些东西的事情瞒不了多久，还不如碰碰运气，看能不能借此捞上一笔。"

"主持人必须恪守规则，合约不会有问题。"红宝石中暗藏的竖瞳正用一种残暴的眼神望着纪珩，见状纪珩冷笑一声，"不过用一百滴魅物的眼泪换这玩意儿，亏了。"

眼睛见自身力量被低估，散发出的气息越发危险。

纪珩毫不理会。

苏尔说："守墓忠仆强调过在现实里也能用它。"

赵三两插话道："现实世界里又没有魅物，能有什么用？"

苏尔耸耸肩，表示自己也想问来着。

戒指是才得到的，还没有来得及试用，现实里是不是有魅物只有经历过才能确定。为保险起见，苏尔上网搜了城市里几个盛传有魅物的地方，三人一并去走了一圈。

戒指似乎能连着心神，凡是蛇眼看到的细微角落，在苏尔脑海中都会自动成像。

依次逛下来，连个鬼影都没瞧见。

苏尔说："浪费我看书的时间。"

赵三两无语："没魅物是好事。"

要真的有，那才是滔天祸事。

"也对。"苏尔走出大楼，其间接了通电话，神情变得凝重许多。

赵三两问："咋了？"

苏尔挂断电话："姚老师说中午会抽空检查我最近的学习成果。"

赵三两一脸同情。

苏尔苦着脸："全球几十亿人，我怎么会和曾经的班主任一起进游戏？"

纪珩望着远处的街道："也许被召进游戏的玩家比大家想象中要多。"

苏尔皱眉收起手机，没说话。

察觉气氛有些沉重，赵三两连忙道："既然姚知要过来，正好大家中午一起吃个饭。"

昨天才下过雨，天气凉爽，吃什么都很适合。

赵三两最终把地点选在一家叫"鱼宴"的店，他点了几个大鱼头，鱼目泛白，颇有种死不瞑目的感觉。姚知来得最晚，汤底已经煮沸。

他没急着吃，反而先认真观察了一下苏尔，原本以为苏尔是频繁下副本导致状态有异而失联，不料他看着挺正常的。

苏尔拿出耳机插在手机上，给姚知递了过去。

姚知问："做什么？"

"听录音。"苏尔嫌一次次解释太麻烦，之前介绍戒指来历时，特地录了音。

姚知耐心听完，觉得苏尔不下海经商可惜了。

苏尔将录音删除，用指腹摩挲着戒指。

"按主持人的说法，月季绅士手上的那颗珠子是残次品，我这个才是正品。"苏尔起了好奇心，"珠子能测出人心底里的秘密，不知道这个行不行。"

赵三两的好奇心瞬间被勾起来，眼珠一转："试试？"

苏尔咧开嘴笑了笑，取下戒指把手放在上面，可惜并未浮现出任何字迹。

赵三两说："直接对着人呢？"

苏尔说："你刚到我家时我就试过了。"

赵三两："……"

纪珩说："血。"

经他一说，苏尔不知想到什么，睫毛微微颤动了一下："当初神算子的花蛇就是要饮血，这蛇瞳可能有同样的需求。"

苏尔用征询的目光望向其余三人："有谁想试试？"

赵三两不怕疼，直接掏出随身携带的瑞士军刀在手上一划，血落在戒指上，没有滑下反而被吸收，红宝石上很快出现一张微笑的脸，赫然是苏尔！

"我的天！"赵三两失声叫了起来。

幸亏他们订的是包厢，要不这一嗓子喊出来，必定会引来不少关注。

苏尔喷道："想不到啊……"

赵三两是有口说不清："真不是你们想的那样。"

"咔嚓"一声，苏尔拍照留念。

"我来试试。"姚知割出一道伤口滴下一滴血，戒指上出现的人笑容腼腆。

赵三两从打击中回过神，看姚知的目光十分复杂："你才和苏尔一起下过一次副本，就对他如此'念念不忘'？"

姚知没说话。那一次福利场的经历终生难忘，和苏尔一起进游戏，心理素质绝对不能低。

纪珩随后滴了一滴血，浮现出的同样是苏尔的脸，不过这回苏尔看着要狡猾很多，像是刚偷完鸡的狐狸。

苏尔微笑着一一拍照留念。

戒指每用一次，似乎反应就会慢半拍，纪珩沉吟道："和成长型道具差不多，目前能发挥的功能有限，生效范畴大约是使用者最近接触过的人和事。"

赵三两点头表示认同。

苏尔的关注点不同："吸血的？"

他身上已经有一个同类型的成长型道具——主持人小女孩给的乳牙，再来一个怕是吃不消。

纪珩沾了点鱼血，戒指并不吸收。

赵三两一脸同情地望着苏尔："看来这玩意儿还挑食。"

苏尔按了按太阳穴，头更疼了。

眼见苏尔就要把戒指重新戴手上，赵三两问："真的不试试？"

人都有好奇心，苏尔犹豫了一下，还是没忍住在自己手上划了道口子……这次戒指上浮现出的面容很熟悉：戴着眼镜，分外严肃。

姚知下意识看向苏尔，苏尔无奈地摊手："历代数学老师都是我的阴影。"

事实证明纪珩说得没错，戒指反映出的都是使用者当下印象尤为深刻的人或事。

重新戴好戒指，苏尔的视线开始在三个人身上流连，片刻后他看着刚刚拍下的照片，沉声道："我知道自己很优秀。"

其余三人："……"

"但落花有意，流水无情。"苏尔叹道，"我不会为你们任何一个人驻足……放弃吧。"

面对这份超乎寻常的自信，赵三两干笑两声，连连摆手："别了，无福消受。"

苏尔涮了片鱼肉，蘸着醋本来想直接入口，中途却突然放下筷子，聊起守墓忠仆最后留下来的线索。

"'红纸，新衣，烫好头'……"姚知扶了扶镜框，"单听这句话，是婚礼。"

赵三两迫不及待加入讨论："最后一句有些奇怪，'儿郎，棺材，红袖舞'，重点在于'棺材'二字，说不准和结缘有关。"

"结缘？"苏尔挑眉，"这可是我的强项。"

赵三两："……"

赵三两默默埋头吃饭，姚知觉得自己有必要纠正苏尔荒谬的想法，但一对上苏尔坦荡的眼神，话又咽了回去。

气氛僵住的前一秒，纪珩终于发话："线索究竟指的是什么，只有进了副本才知道。"

单说结缘，不同朝代不同地方操办的方法都不一样，搜集相关资料用处不大，说不定还会影响判断。

苏尔点了点头，又道："主持人建议我13号进游戏，理由是那天诸事不宜。"

纪珩想了想，竟然表示赞同："按他说的做。"

聊天内容一旦涉及游戏，众人皆食不知味。

赵三两的目光在纪珩和苏尔间打转，许久后问："老大还准备组队？"

纪珩点了点头，看向他："你准备几号下副本？"

赵三两："后天。"

纪珩稍作沉吟："如果能顺利回来，记得在中转站挂上交易信息，收购组队道具。"

赵三两"哦"了一声，有些心疼地望着苏尔，坐过去小声嘀咕："看来你又没有艳遇的机会了。"

苏尔说："什么意思？"

赵三两："大家都在好奇你的成就点，听说有几个组织还想对你用美人计，觉得你年纪轻轻好上钩。"

苏尔诧异："真会有人用这种手段？"

赵三两："可惜每次都有老大在，人家就是有想法也不好实施。"

离下副本还有近两个星期，这段时间苏尔的生活很规律，按时上学放学，守墓忠仆也没再现身梦境。

若说唯一的插曲，就是他经常会梦见蛇。梦里，天空被一双硕大浑圆的眼珠挤满，眼珠死死地盯着他，叫嚣着要喝血。

　　苏尔不会去喂养一枚戒指，这眼珠太过奇怪，苏尔一直担心等它成长到一定程度，会吞噬自己当作养分。谁都不肯退一步，不知不觉中，双方形成了一种古怪的对峙关系。

　　时间一跃来到 13 号，苏尔和纪珩约好，晚上八点在中转站碰面。

　　纪珩准备用组队道具。

　　"可行吗？"苏尔有些怀疑。

　　纪珩说："之前游戏明确说明要凭借卡片进入副本，这次不同，邮票是主持人给你的。"

　　苏尔若有所思："所以组队道具能起作用？"

　　纪珩笑了笑，捏碎手上的一枚珠子："试试就知道了。"

　　出乎意料的是，这次传送时间一反常态的长，中间仿佛有一个时间断层，苏尔沉入一片黑暗，耳边响起提示音："在一个偏远的地方，有一群人梦想着去往自由小镇。他们中有一个擅长和稀泥的家庭调解员，一对恩爱的新婚夫妇，两个娶不上老婆的光棍，还有三位长期被家暴迫害的可怜妻子。你的身份是娶不上老婆的光棍，请尽快找到通往自由小镇的邮票，去迎接全新的生活。"

　　提示音结束的一刹那，苏尔发现自己正穿着破破烂烂的衣服，靠在阴暗的犄角旮旯里，全身上下弥漫着一股酒味。显然，这次副本给玩家安排好了身份。

　　苏尔回过神后第一时间去看手上的戒指，戒指还在。

　　守墓忠仆说过可以让蛇眼收放自如，苏尔试着命令眼珠重新回到身体里，戒指似乎有些不情愿，过了几秒钟才渐渐消失。

　　"值了。"至少交易没有亏本。

　　一旦戒指像之前那样不受控制，大不了先丢到一边。

　　苏尔站起身观察周围的环境，不远处的街道修得破破烂烂，墙上贴着很多小广告，来往行人的穿着皆较为朴素。环视一圈，他未曾发现其他玩家，更没见到主持人。

　　"救命！"一声哀号传来。

　　苏尔走出巷子，看到一个女人正披头散发地疯狂逃窜，然而街道上的行人只是躲闪，卖菜的大妈小心护着菜摊，低吼着别踩到她的菜。

　　待到女人稍微跑近些，苏尔竟然瞧见这女人有一枚胸牌。对方也看到了苏尔，咬牙跑过来，停止喊救命，生怕暴露位置。巷子尽头是死路，苏尔一把拽住她跳进垃圾桶，用盖子挡住自己的身形。

　　女人上气不接下气，开口直接爆出一句脏话。

　　苏尔说："什么情况？"

　　女人说："副本给我安排的身份是被家暴迫害的女人。"

　　苏尔的手一直没离开电击器，对这句话持怀疑态度。玩家武力值都不低，怎么会被追着打？

垃圾桶内又黑又脏又臭，女人捂住口鼻，解释道："每天我有一个小时武力值会失效，只能挨打。"

苏尔说："以弱胜强的方式很多。"

女人说："之前有玩家下耗子药，本以为神不知鬼不觉，没想到第二天就被抓进了理治局，说是要判刑。"

苏尔听出不对，皱眉问："你什么时候进的游戏？"

女人说："两天前。"

苏尔有些惊讶。

隔着一片黑暗，女人似乎知晓他的困惑："这次大家进副本的时间都不一样，还有一个玩家已经进来五天了，不过昨天出局了。"

女人咒骂道："该死的设定！我去报案，理治局说必须经过家庭调解员的批准，但家庭调解员也是一名玩家，他的角色设定是没有批复资格的。"

苏尔："……"

"前车之鉴，伤害丈夫会第一时间被抓住。不管最后获得什么刑罚，一旦在牢里待上七天，没在规定时间内完成任务就完蛋了！"

苏尔同情地说："听着挺惨的。"

女人说："你还是快点走，按照游戏设定，我不管藏到哪里都会被找到。"

苏尔说："没别的办法？"

女人叹道："每天武力值失效的时间段里，我必然会遭遇毒打，只能在你追我逃中消耗时间。"

苏尔没迟疑，重新走到街道上，果然看见正前方有一名壮汉提着棍子骂骂咧咧地走过来，逢人就问"见到我家婆娘没"。

苏尔假装醉酒，晃晃悠悠走过去，故意指着相反的方向："她朝那个地方跑走了。"

壮汉本是朝着他说的方向去的，谁料路上被石头绊了一下，摔倒的时候手里的棍子刚好飞到垃圾桶上。

"咚"的一声响，垃圾桶里面的人被吓到，条件反射地叫了一声。

壮汉的目光一变，拍拍身上的土走过去，猛地踹向垃圾桶："臭婆娘！你还挺会躲的！"

女人不得已爬出来，对苏尔抛去一个无奈的眼神——瞧见没，无论躲到哪儿，都会被发现。

好在今天一个小时的武力值失效时间已经过去，壮汉刚想再踹过去一脚，突然感觉有些饿，他凶神恶煞道："还不赶快滚回去做饭！"

女人松了口气，整理了一下头发，跟着他往回走。

没了长发的遮挡，苏尔终于看清她胸牌上的名字：夏至。

酒味和垃圾的味道混在一起，街道上的行人都纷纷避着苏尔。

苏尔也知道自己讨人嫌，主动去到僻静的地方，他望着热闹的街道，眼神有些异样。

游戏对玩家的安排向来公平，好比当初温不语实力一般，但她在副本里的身份和卫长候选人的儿子是恋人关系，一定程度上弥补了武力值的不足。

适才那名叫夏至的女玩家，身份设定可谓相当苛刻。同为一个副本的玩家，光棍的身份就好很多。

这不符合游戏的规则。

苏尔垂下眼，只怕前面还有不少未知的坑在等着自己往下跳。

意识到这点，他倒宁愿去走夏至那个设定，至少需要克服的难点已经挑明了，而他现在这样，一不留神说不准就会触发出局点。

"抓住他！"

一道吼声打断他的思绪，仿佛一阵风刮过来，苏尔眼睁睁看着身边多出两个牛高马大的人，一左一右按住了他的胳膊。

"押走！"

苏尔没有挣扎，被推推搡搡地带去未知的地方。

任凭想象力再丰富，他也没料到自己竟然会被带去理治局。从办公环境和制服就可以看出，这里完全不规范。一名大婶正哭哭啼啼，说什么昨晚收摊时被个蒙面人摸了下屁股。

苏尔才进来，大婶瞪大眼睛就开始骂。

"肯定是他们俩中的一个干的！"

他们俩？

苏尔左顾右盼，很快瞧见最左边还有一人在被询问，同样衣衫褴褛，一身酒气。那人微微偏过身，苏尔看清他侧脸后，险些笑出声。

纪珩？

看他的打扮，估计是跟自己一样，落了个单身汉的设定。

"镇子上谁不知道他俩就是两个地痞流氓！"大婶还在控诉，"他们娶不上媳妇，才把主意打到我头上！"

苏尔没去讲理，从夏至的经历就可以看出，在这里，道理是讲不通的。

这种时候，能捞出去一个是一个。于是他很干脆利落地道："是我干的。"

他承认得太快，哭诉的大婶反而愣住了。

苏尔说："大姐您徐娘半老，但风韵犹存，我是一时被蒙了心。"

有人担责，纪珩自然被释放了。两人根本没时间做私下交流，纪珩就被强行赶走。

一扇铁门之隔，苏尔在里面深情款款地诉说着恨不相逢未嫁时，示爱示得连理治局的人都听不下去，想把他押去暗室关起来，谁知苏尔转头就往墙上撞，高喊着如果见不到大姐自己就不活了。

因为这种无赖行为，他最终被当作垃圾扔了出来。

他跟跟跄跄地从楼梯上下来，还追着大婶不放，直到看见纪珩才停下脚步。

"很精彩。"纪珩对他的表演做出评价。

苏尔收起痴心不改的嘴脸，正色道："你有房子住吗？"

纪珩摇头，但凡有点钱或是有套房子，也不会被当成流氓抓起来。

苏尔耸耸肩："那今晚准备如何将就？"

两个没房子的单身汉在天桥底下互相取暖？

纪珩平静道："先找到主持人。"

他们并肩前行，苏尔之前藏垃圾桶时沾染上的味道还在，路上凡是遇到他们的人纷纷闪避，反而给交谈带来一定便利。

纪珩说："主持人没立即出现，说明在这个世界他另有身份安排，找到他很重要。"

苏尔觉得月季绅士就挺会偷懒，上个副本不过是多了个综艺节目，本质上他仍旧是干的主持人的工作。

"我倒是有个办法可以试试。"他停下脚步，拉纪珩到角落里说了几句话。

镇子上天黑得早，下午六点一过，天就黑了大半。到了九点，路上已基本见不到人了。

守墓忠仆像幽灵一般，游走在大街小巷，正如纪珩所料，主持人在这个副本中也有一个身份设定：神秘的自由小镇接引员。

他每走过一处，便会留下一张邮票。这些邮票中，有的会把玩家淘汰，有的则能为玩家提供帮助。

守墓忠仆身后跟着一名实习接引员，正在跟他学习如何做好接引工作。

守墓忠仆抬头望着栖息在树上的乌鸦道："只有在漫漫长夜中，才能自由行走。一旦被镇民发现我们的存在，欲望会让他们强行留下你我，抢走邮票。"

"接引员大人。"原本仔细聆听教诲的年轻实习生突然驻足，"这好像是您。"

守墓忠仆停下脚步，看向实习生手指的方向——

寻人启事

姓名：守墓忠仆

年龄：27

于本月初走失，哭相脸，身穿黑色风衣、黑色长裤。精神状况不稳定，暴力倾向严重。如有见到他的父老乡亲，请第一时间将他送往理治局。

在这则内容不全的寻人启事中，不但守墓忠仆的年龄被魔改，用的纸还破破烂烂，污渍很多，仿佛是从垃圾桶里捡的。

更有特色的是，照片被张贴人用素描代替，头像倒是画得生动逼真。

"接引员大人。"实习生小心叫了一声，想知道是怎么回事。

作为有涵养的神秘接引员，守墓忠仆盯着寻人启事看了三秒。因为个人体质，他情绪起伏一大，眼泪就流了下来。他抹了把脸，边哭边骂："去他的！"

素描全靠手工，苏尔没这种技能，都是纪珩干的。人力有限，满大街他们总共也就贴了十来张。

苏尔不指望真能凭借寻人启事找到守墓忠仆，重赏之下才有勇夫，他们一点好处没给，谁愿意冒风险扭送一个可能有暴力倾向的人去理治局？

"如果明早寻人启事不见了，说明主持人和我们一样，都在镇子上。"苏尔边思考边说，"而且还会在夜间活动。"

纪珩忽然捕捉到一些声音，看了苏尔一眼，用眼神示意他找个隐蔽的地方藏起来。

今天大概是跟垃圾桶有缘，苏尔环视一圈，最后发现能藏身的地方只有垃圾桶后面。

藏好后他透过缝隙循声看去，只见迎面跑过来的是一名穿着囚服的女人，纤细的胳膊上布满血痕，约莫是被铁丝一类的东西钩剐过。

"怎么还不来……"月光将她的面容照得一清二楚，她脸上是一种很古怪的神情，焦灼、期待、恐慌，多种复杂的情绪糅合在了一起。

谷雨。

苏尔看清对方胸牌上的名字，低声对纪珩说："上午我还碰见过一个女玩家，叫夏至，扮演的是被家暴的女人的角色。"

巧了，这两人都是以节气为名。

"夏至说之前有玩家除掉了副本里的丈夫，被抓去理治局了，会不会就是她？"

纪珩望着谷雨那一身破破烂烂的囚服，点了点头："越狱。"

苏尔觉得奇怪，不明白为什么在这种危急关头，对方不抓紧时间跑远些，反而停步等待。

正当他疑惑时，街道上忽然响起沉重的脚步声，远处走来两名抬棺材的人，均是面色发青，步伐十分整齐。名叫谷雨的女玩家连忙取出一张邮票握在手中，似乎还祈祷了一下。

棺材在她面前落地，溅起地上的尘土。

谷雨根本顾不得这些，反而上前一步，把邮票交了过去。

抬棺人核对过邮票，打开棺材，语气冷漠："人。"

迟疑了几秒，谷雨深吸一口气，主动躺了进去。

"起。"前方的人开口，两人合力重新抬起棺材前行。

待他们走远一些，纪珩轻声道："跟上去看看。"

为避免被发现，中途他们一直刻意保持着距离。夜半抬棺，光是远远看轮廓都十分诡异，大概也就走了三百米，突然传来尖叫声。

"错了！选错了！"因为惊恐，女人的声音格外尖厉，"快放我出去！"

谷雨不知道遭遇了什么，像是被掐住喉咙的鹅，尖叫声戛然而止。

抬棺人这才停步，打开棺材把失去意识的谷雨丢进路边的沟渠里，继续前行。

纪珩先一步走过去，让苏尔在后面等着，没有异常再出来。

几秒钟后，纪珩转身对苏尔摇了摇头。

谷雨胸牌上的数值呈灰色，手臂挡在身体前方，双目紧紧闭着，似乎刚才看到了什么东西，让她连睁眼的勇气都没有。

苏尔回忆了一下先前看到的画面："她进入棺材前给了抬棺人邮票。"

纪珩脱掉了谷雨的一只鞋子，见里面还塞着三张邮票，目中泛起冷意："任务是找到正确的邮票去往自由小镇，看来游戏是要让人玩大海捞针那套把戏。"

苏尔试着总结眼下得到的信息：首先抬棺人可以带玩家去自由小镇，但玩家每次只能给抬棺人一张邮票，给错就可能被淘汰出局。

纪珩却在这时猛地转过身，两指夹着一张篆纸。

苏尔意识到又有人来了，也暗自戒备。

刚开始隔得远，对方又穿着一身黑，只能看到风衣扬起的一角。而后那人随手扔过来一个东西，滚到脚旁边苏尔才看清是个小纸团。苏尔拾起打开，正是不久前他亲自参与制作的寻人启事。

这时双方距离不足一米，来人露出庐山真面目，赫然就是主持人。

守墓忠仆任何时候都顶着一张悲戚的面孔，看着像才哭过，眼角还有泪痕。

纪珩收起篆纸，站在原地没有任何要开口的意思。守墓忠仆同样保持缄默，他走到沟渠旁，慢悠悠蹲下身子，看到那名女玩家，霎时就飙出了泪花。他身后一名穿斗篷的年轻人忙递过去一张黄纸。

守墓忠仆擦了擦眼泪，指甲没有一点预兆地变得细长，只见他动作细致地用沾着泪珠的黄纸拓印女玩家的脸。黄纸重新被取下时，神奇的事情发生了，那张纸上竟然活脱脱就是谷雨生前的面容。唯一不同的是，黄纸上的脸一直在流泪。守墓忠仆让年轻人收好纸。

"我很喜欢你的脸，"哭相脸上露出矛盾的笑容，"很适合印在纸币上。"

"谢谢赏识。"苏尔面无表情地说了一句，"不过是不是该详细介绍一下规则？"

守墓忠仆保持着笑容："已经介绍过了，碰运气而已。"

进入副本时从提示音中得到的信息实在太少，眼看主持人没有多说的打算，苏尔又问了一个不那么敏感的问题："选错邮票就会出局？"

"当然不。"守墓忠仆仿佛蒙受了滔天的冤屈，做出夸张的表情，"哪怕不是通往自由小镇的邮票，有的也能给你们带来很大的好处。"

不再给他们任何提问的机会，主持人重新迈开步伐，身影消失在无边夜色中。

"分开跑。"守墓忠仆刚一走，突兀的声音便传来。

苏尔疑惑地抬起头，确定是纪珩在说话。

纪珩冷笑："这么多街道，棺材偏偏停在我们面前。"

苏尔稍稍反应了一下，很快看向沟渠里的女玩家，做出不妙的设想："你是说，我们会被当作凶手抓起来？"

纪珩说："你遇见的被家暴的女玩家藏得再严实，一样因为离奇的巧合被找到了。"

主持人特地提到了"运气"一说，恐怕他们的运气在这里会被削弱成负数。负负为正在副本里可不适用，两个倒霉鬼聚在一起，只会更倒霉。

不知道是不是因为心理作用，远处仿佛真的有理治局的人正在赶来。侧耳一听，只是风声罢了。

苏尔当机立断，决定按纪珩说的做，理治局的人不可能为了追捕一个逃犯全部出动，他们分开跑被抓住的概率还小一些。

纪珩似乎有意要慢他一步。

苏尔突然回过头说："不用特别照顾我。"

纪珩说："哦？"

苏尔说："白天我记下了那个报案大妈的住址，一会儿我去她家大门外读诗，就算被抓了，也就是个要流氓的罪名。"

纪珩："……"

苏尔被自己的计谋折服，反而打开了思路："你可以和我一起。"

纪珩虽然也是可以见鬼说鬼话的，但还没有达到那种境界，理智地拒绝："不了。"

相较之下，他热爱逃命。

苏尔没强求，当年练出的翻墙的本事派上了用场，他轻松翻过高墙，选择另外一条小路跑走了。

运气被不断削弱的后果显而易见。

纪珩不知道苏尔那边是什么情况，但他一晚上基本一直在被追赶，无论走到哪里，都能碰见巡逻车。有趣的是，在只有几千人口的小地方，一共就两辆巡逻车，但无论他跑到哪里，巡逻车都会因为各种理由找过来。

最终他能够脱身，依靠的不是智慧，而是强行武力抵抗，才避免了被抓去理治局。

不过走街串巷了一个晚上，倒是有些意外的收获。快天亮时纪珩在一辆三轮车的车轱辘上发现一张皱巴巴的邮票。邮票表面已经有些褪色，隐约画着一只喜鹊。

附近小吃摊开得很早，包子、豆浆等各种香味飘荡在四周。

纪珩身无分文，盯着刚出笼的热腾腾的小笼包，开始思索如何混上一顿饱饭。

"老板，来两屉。"

说话的是个女人，她用头巾把整张脸都裹住，胸牌显示她同样是一名玩家。

纪珩看到她的胸牌上玩家姓名是"夏至"。

是苏尔提过的那名女玩家。

夏至招了招手："我请。"

纪珩坐下，掰开一次性筷子。

"我听说过你的一些传闻，"夏至有些惊讶，"还以为你会拒绝。"

高冷大佬通常都不喜欢和陌生人有太多纠葛。

纪珩皱眉："饿了有人请吃饭，拒绝的理由是什么？"

夏至眨巴了一下眼睛，无言以对。她开始狼吞虎咽地吃包子，比饿了一天的纪珩还要凶猛。

"我得抓紧时间，再过半小时就要挨打了。"夏至把掉出来的发丝别到耳朵后面，面巾下露出脸上的一块瘀青。

纪珩停止动筷，没有探究伤痕，反而问："你是不是更容易找到邮票？"

夏至的眼神闪烁了一下，觉得可以试着用情报换个交情，便说："不错。身份设定越苛刻，在寻找邮票方面的运气就越好。好比同样走过这条街，我可能直接就能在路边捡到一张，你就一无所获。"

吃完饭她便匆匆离开，显然日子过得也很拮据，结账时拿出的钱都是角角分分。

纪珩多坐了一会儿，分析完对方提供的信息，确定夏至走入了某种误区。运气不是绝对的，好比昨晚自己被理治局的人追赶，意外发现邮票，今早又刚好碰见能请客的人。

目前看来，应该是遭遇越大的危机，就越容易在那个时间段运气飙升。

纪珩思忖片刻，决定再去找一名玩家，完成线索拼图。

被打了几天，本以为有了足够的应付经验，现实却比想象中更加残酷。夏至今天的运气糟糕到了极点。逃命时，她逐渐意识到自己犯了一个大错——昨天不该畏畏缩缩错过抬棺人。

邮票有时候也会给玩家提供保护，运气好时甚至可以从棺材里得到一些只能用在这个副本中的小道具，上一次她就是得到了伤药才快速复原的。不该迟疑的。

夏至无比后悔，铆足了力气往前跑，终于明白进棺材的重要性。

跑步给身体造成额外负担，她的神志开始渐渐不清楚，不知不觉就跑到了家庭调解处。

身份设定为家庭调解员的玩家看到她这样子也吓了一大跳，终究是动了恻隐之心，帮忙拦住了后面追赶过来的壮汉。

"我一定会好好劝导她……"家庭调解员说尽好话，才勉强把壮汉劝走。

夏至说了声"谢谢"，意外发现纪珩也在这里，她勉强笑了一下："又见面了。"

纪珩帮她把伤口包扎好。

"我可能会出局……"夏至凄惨地笑了下，她能感觉到自己伤势很重。

人在绝望的时候居然开始反省："记得我刚工作时，对门有个女孩子就经常和她老公有争执，我当时还和家里人说她的风凉话，认为可怜之人必有可恨之处，如果她没有不检点的地方，为什么不去反抗……"

事情落在自己身上才知道，有时候反抗也不是那么轻而易举的事情，噩梦不是靠口头上说说就能轻易摆脱的。

夏至苦笑一声："或许是游戏故意惩罚我，才让我进这个副本，用血的教训给我上最后一堂课。"

"就是她吗？"一道悦耳的声音从门口传来，打断了她的忏悔。

纪珩颔首。

苏尔连忙走到夏至身边："首领说你请他吃了一顿饭，有恩必报，你放心，我会尽量救你。"

夏至怀疑自己出现了幻觉，昨天碰到苏尔时，对方的状态比自己还狼狈，如今他却衣冠楚楚，头发也专门打理过，整个人散发着一股精英气质。

苏尔主动解释道："我在一位大姐家门口念了一晚上情诗，大姐被感动了，给我买了新衣服。她还愿意提供启动资金，支持我闯事业。"

他细心地擦干夏至脸上的血迹："之后我又专门去请教了镇上开特殊用品商店的老板，她因为干这行，四十岁都没有嫁人，在我表达出有入赘的想法后，她愿意让我做供货商……不过那老板似乎是魅物假扮的。"

"其实是魅物也没关系，有执念反而更单纯。"苏尔承诺，"等赚了第一桶金，我就花钱买断你和你老公的孽缘，让他签离婚协议书。"

夏至张了张口，却什么话都说不出来，最后转过头，用一种复杂的目光看向纪珩。

纪珩淡淡道："你坚持住。"

夏至捂住胸口。

苏尔没听出他话中深意，还点头附和："没错，苦日子就快到头了。"

夏至："……"

原本生死之间有了很多感慨，如今一瞬间烟消云散，夏至算是悟了，什么因果循环，报应不爽……都是虚的！

她凝视着正无比温柔地给自己喂水的苏尔，嘴唇颤抖……

夏至在沙发上迷迷糊糊躺了好一阵。其间苏尔和扮演家庭调解员角色的玩家聊了一下，得知对方叫王三思，已经进入这个副本三天了。

苏尔说："你和夏至同一天进的副本？"

王三思点头："我们是第二批进来的玩家，是来补空位的。"

"空位？"苏尔第一次听见这种说法。

王三思替他解惑："有些副本特殊，扮演必要角色的玩家一旦出局，游戏会自动吸纳新玩家补上。"

大夏天的，一句话让人心中发寒。

苏尔皱眉："也就是说，之前扮演单身汉的两名玩家已经被淘汰了？"

王三思说："就在你们来的前一天，他们被当作杀人犯追捕，拒捕过程中出了意外。"

苏尔看向纪珩，用目光传递出一个信息：幸亏昨晚跑得快。

纪珩看问题很有针对性，比起玩家的死因，他更关注任务本身："说说邮票的事情。"

王三思处事圆滑，因为家庭调解员的身份，他平常可以和不同的人接触，得到的信息比较全面："饭馆、小卖部……邮票可以出现在任何地方。零点后抬棺人会出现，你只要携带邮票出现在街道上，他们就可以找到你。"

纪珩说："棺材里都有什么？"

"药品、隐身符……东西千奇百怪，不过只能在这个副本中使用，而且功能持续时间很短，就像是……"王三思一时半会儿不知怎么形容。

苏尔神情一冷："仿制或发明失败的残次品。"

"对！"王三思一拍手，"就是那个！"

苏尔和纪珩对视一眼，不约而同想到了他体内的那只眼珠和月季绅士手里的珠子。守墓忠仆说过，后者就是前者的仿制残次品。

王三思："还有一件事，找到稀有邮票时会额外获赠一次性道具。"

了解完大概，纪珩忽然起身："走吧。"

苏尔说："去哪里？"

纪珩说："你不是加盟了一家商店？"

苏尔连连咳嗽："我是供货商。"

剩下的话等走到门口纪珩才跟他说明白："危险系数越大的地方，找到的邮票对我们越有利。"

苏尔纳闷这点事为什么还要刻意瞒着王三思。

纪珩说："刚刚他只说了进棺材的好处。"

苏尔一点就通："王三思是想故意引我们进棺材？"顿了顿，他笑着开口，"难怪你想去商店。"

也不能说是王三思在刻意害人，只能说他把他们当作了投石问路的石子。至于自己，苏尔亲眼看到过商店老板吃香灰，副本里这样的角色绝对不是人类NPC。如果没意外，在那里找到有用邮票的可能性很大。

苏尔说："你要蒙面吗？"

昨晚隔着老远都能听到巡逻车追赶纪珩的动静。

"不需要。"纪珩说，"巡逻人员还在昏迷当中，暂时醒不来。"

苏尔："……"

这是个奇妙的偏远小镇，人们衣着朴素，还有些封建愚昧的思想，然而绝对谈不上保守。镇民看不起开这种店的老板，茶余饭后经常把老板当成谈资，但这并不影响他们私下偷偷来消费。

这家店铺的老板除了贩卖一般商品，也售卖一些特殊的小玩意儿，把店铺经营得风生水起。

"张姐！"苏尔调整了一下微表情，特别亲切地喊了一声。

被他唤作张姐的人正坐在小马扎上，摇着芭蕉扇，看到苏尔，立马来了精神，可瞟见他背后的纪珩，又露出几分嫌弃之色。

纪珩穿着一套破烂的衣服，对比之下显得十分寒碜。

"我雇他打个下手。"苏尔笑着说，"相信有了工作，他就能改头换面。"

张姐用扇子抵住嘴遮掩夸张的笑容："姐姐就喜欢你心善。"

苏尔朝乱糟糟的店里看了一眼，提出要帮忙打扫卫生。

张姐夸他懂事，不过当苏尔挽起袖子跨进门槛时，她的笑容意味深长："清理东西的时候小心点，你还太年轻，店里有些东西别碰。"

乍一听像是在调戏，仔细琢磨仿佛又带着别的意思。

很多货物没经过整理，随意堆在地上的箱子里。热血少年谁还没个春意萌动的时候，但苏尔是个例外，自青春期起他对于情爱一事就一直相当冷淡。他的心绪毫无起伏，把货品一件件拿出来查看，认真寻找邮票的踪迹。

至少有几十件东西经手，却连邮票的影子都没瞧见，苏尔摇头："运气竟然差到了这种境界。"

周围的架子上摆放着数个香炉，燃香气味过于浓郁，闻得人头晕，他捂住口鼻，考虑要不要换个目标检查。纪珩却在这时突然停下手里的动作，快步走到一个低矮的柜子前，搬下上面的杂物后用力一扯遮掩的布。没了桌布的遮掩，底下露出的竟然是一樽棺木。

苏尔怔了下，盯着黑漆漆的棺材："开棺吗？"

纪珩点头："你退后些，我来。"

苏尔的人生词典里没有"逞强"二字，纪珩话音落下的瞬间他便退到一米开外，顺便朝门外的老板看去。张姐打着哈欠靠在门框上小憩，无视屋子里的异动。

苏尔低声提醒："还是小心些。"

开棺产生的噪声不小，老板却看都不看一眼，像是在故意请君入瓮。

棺材里并没有什么可怕的东西，一张邮票孤零零地躺在正中央，上面印着一个丰腴的女人。

纪珩随便朝里面扔了件东西，棺材没有反应，又过了片刻，他才拿着一张箓纸缓缓探入。起初一切顺利，和邮票只差一个指节的距离时，陡生变故，邮票上的女人竟然"活"了过来，猛地伸出胳膊，箓纸一瞬间燃烧殆尽。

纪珩皱了皱眉，徒手捏断了女人的半边胳膊。然而魅物的复原能力无比强大，女人又抬手破空朝苏尔抓来。一切发生得太突然，苏尔甚至来不及动用电击器，直接被拽进了棺材。

眼看棺材盖就要合上，纪珩在缠着自己的那双手缩回去之前，一起跳了进去。

棺材内部是另一个世界。空间比想象中大，起码他们两个平躺着都不觉得挤。

苏尔感觉到脸上有些痒，因为太黑看不清，纪珩拿出一个可以照明的道具。光芒乍现的瞬间，苏尔找到痒意的来源，那是一些碎发……

顺着看过去，邮票贴在棺材盖上，上面的女人正一动不动地凝视着下方的两人。

担心空气有限，苏尔连呼吸都是克制的。

他认为如果对方趁现在出手，掐死个玩家不难，但女人只是盯着他们，似乎不能直接下死手。

纪珩说："她想慢慢耗死我们。"

苏尔沉声道："最好是能找到克制这种魅物的东西。"

纪珩略一沉吟："香灰。"

苏尔怔了下，觉得可行，问题在于他们都被困在这里了，到哪儿去弄香灰？

女魅定定地望着他们，欣赏两人垂死挣扎的窘态。剩下的话不方便当着她的面说，纪珩轻轻在苏尔掌心写了一个字：鞋。

店里的香炉不少，都燃着香，先前他们搜寻邮票时，很有可能鞋底会沾到一些。

空气变得更为稀薄前，苏尔不动声色地屈腿，他的腰力足够好，在密闭狭小的空间内依然毫不费力地一脚踹了上去。女魅下意识地用躯干格挡，皮肤和鞋底相碰的一刹那，接触点竟然直接冒烟了。

机会！

苏尔一眯眼，又乱蹬了两下。

纪珩趁女魅吃痛，一个鲤鱼打挺坐起，连魅物带沉重的棺材盖一并扔了出去。

新鲜的空气扑面而来，苏尔贪婪地吸了几口，迫不及待要出去。女魅已经消失不见，一张邮票安安静静躺在地上，仿佛什么也没发生过。

邮票旁边还有一根红绳和一张使用说明卡，说明卡上写着：红绳，一次性双人道具，同时系在手腕上可降低魅物伤害30%。注：只针对此副本。

同一时间，离这家店铺不远的地方，穿黑衣的男子小心遮掩住容貌，微微勾起的嘴角证明他很满意这个结果。

幽闭的空间里少不了肢体接触，说不准就会擦出暧昧的火花。又看了一会儿，男子默默转身进入拐角处的一间民房。这位躲在暗处窥视的不是别人，正是讨厌日光的守墓忠仆。

民房处在阴面，终年晒不到太阳，十分潮湿。守墓忠仆却很喜欢这种环境，他取出从苟宝菩那里买来的情报，上面记录着苏尔在其他副本里的表现。

很亮眼，亮点在于新奇。主持人习惯了高高在上，突然出现这么一个玩家，吃点小亏很正常。守墓忠仆从来不会轻视任何对手，阅读完苏尔的全部信息，很快分析出了对方能占到优势的原因。

说白了，不按常理出牌。

结缘、捏泥人、卖周林均发财……都是不按常理出牌的一种体现。

但同时，这人身上又有着一些宝贵的品质，譬如坚韧、守信用、不抛弃同伴。

"外冷内热。"守墓忠仆对苏尔总结得相当到位。他很懂得人性的复杂和阴暗面，明白用"渣"来伪装自己的人一旦认真起来，对待感情反而会更加坚定。

想到这里，主持人手中突然多出一张邮票，被封印在里面的魅物很有意思，不强大，却擅长制造幻觉。守墓忠仆修长的手指抚摸着邮票上的人脸，魅物不断打着哆嗦，守墓忠仆眯了眯眼："纪珩在游戏里也是个能惹麻烦的，既然他喜欢组队下副本，我更要成全。"

仿佛没有看见邮票里魅物的恐惧，守墓忠仆轻声说："人类总认为幻境里出现的画面会是隐藏在自己内心深处的弱点，你去想办法让那两人错认为对方就是自己的软肋。"

魅物连连点头。

守墓忠仆又拿出一张有入梦功能的邮票，交代道："至于你，勾勒些梦境，埋下心理暗示。"

都安排好后，他托着下巴看向窗外，眼神中透露出残忍："当然，过程中能把他们淘汰出局最好。不过怕是没那么容易。"

邮票里的魅物小心开口："按照规则，胜利的玩家会获赠一次性道具，我们是不是不大划算？"

守墓忠仆耸耸肩："打怪拿装备，挺好的。月季那个蠢货，只会玩些文字把戏。"守墓忠仆挑了挑眉，满眼的轻蔑，"既然玩家喜欢不按常理出牌，为什么不成全他？"

假设早点促使这两人内部消化，苏尔根本不会去结缘，纪珩更不可能去主持。他那几个白痴同僚，竟然不知道要从根源上解决问题。

思想无法靠空气传播，苏尔并不知道主持人此刻正打着多么离奇的算盘。

棺材板被掀飞，地上的砖出现裂缝。

苏尔拾起邮票和红绳，又看了一眼老板。这次张姐没有再装聋作哑，她夸张地尖叫一声，扭着身子跑过来："怎么回事？"

苏尔看起来比她还惊讶："棺材突然自己炸了！险些砸到我脸上。"

毁容是大事。张姐仔细去看这张脸蛋，确定没有损毁，拍了拍胸口："才交代过你店里有些东西不能碰，你就是不听话。"

后面一句她说得娇嗔，还抛了个媚眼。

苏尔镇定地站在原地，心里却着实有些扛不住了。

张姐瞧着是真心喜欢他的脸，没计较损坏的财物，甚至想趁机摸摸他的手。苏尔皮笑肉不笑地先一步转过身，假装欣赏起架子上的香炉："看着有些年头了。"

"它们可是价值不菲，几乎耗尽了我的家底，"张姐摊手，"导致我现在还欠着外债。"

苏尔早就好奇这家店铺的利润都用在了哪里。店里单独隔出个小单间，平日张姐吃住都在店里，她尤其爱美，店里却看不到化妆品。

"这么贵为什么还要买？"

张姐用手指蘸了点香灰舔了舔，露出餍足的神色："这些香炉是从自由小镇流落出来的，百邪不侵，能助人生财。"

一直保持沉默的纪珩望着堂而皇之摆在架子上的香炉，突然开口："财不外露，你就不怕招贼惦记？"

苏尔斜眼瞟着对方，确定已经有人开始惦记了。

"偷不走的。"张姐陶醉地闻着香灰的味道，"它是我的一部分。"

苏尔闻言眯了眯眼。

张姐错过了他目中的嘲讽，语气充满暗示地道："只要你好好跟着我，以后也有你的一份。"

苏尔恭维了几句，试着把话题引向自由小镇。

"听说不管是什么愿望，只要到了那里就会实现。"张姐一脸神往，满目憧憬道，"可惜这辈子我是没机会去了。"

苏尔询问起原因。

张姐说："我怕死。"

苏尔竭力装出一副好奇的样子。

张姐摇头说："不能说，说了你就得跑了。"

她口风很紧，打听不出什么。苏尔望着纪珩，用口型问接下来要怎么办。

纪珩嘴角微掀，把那条能降低魅物 30% 攻击力的绳子系在自己和苏尔手上，紧接着没有任何一点预兆地朝张姐发难。

在偷袭这方面，玩家有时候做得比魅物还好。纪珩的拳头看似挥得漫不经心，苏尔却能感觉到他此刻的状态无比认真，绝对没有轻视对手。

苏尔不禁再次打量张姐，这个看上去一心恨嫁的女人体态臃肿，竟然能在第一时间避开攻击。他还是首次见到纪珩的拳头落空。

"我不是在和人打架。"纪珩淡淡道。

苏尔的视线扫过周围，明白过来他真正的对手是这些神秘的香炉。

张姐根本不知道自己早就在不知不觉中被香炉同化了，她虽然保留了独立思考的能力，但只要这些香炉想，随时能接手她这具躯体。

纪珩瞥了眼苏尔："别走神！吸！"

苏尔："……"

"香炉毕竟是死物，你吸它们，它们躲不开。"

苏尔大大方方站在架子前，对着香炉就是一顿吸，带着香味的灵气顿时让他的脑袋晕晕沉沉。

张姐几次想要越过纪珩阻拦苏尔，均以失败告终。

苏尔连吸了几口，脚下有些站不稳时才停止。香炉里的线香早在他张口时便突然开始燃烧得奇快，如今只剩大拇指长短。

失去香炉的庇护，张姐只能束手就擒。

她愤怒地望着苏尔："我对你一片痴心，你居然联合外人算计我！"

苏尔沉默了一下，解下手上的红绳，去打了点水来，浸湿纸巾给纪珩擦了擦脸，又帮他拨开额前碎发，这才回应张姐："现在你还痴心不悔吗？"

比起苏尔那较为稚嫩的容颜，张姐显然更倾心于深邃成熟的相貌。她咽了下口水，把一腔爱意转移到纪珩身上："只要你跟我好，我……"

纪珩直接打断了他："把知道的都说出来，说少了或说错了……"他抬手指着棺材，"它会给你提供永远的安宁。"

听到威胁的话，张姐眼神变了变，终究保命为先，怂了。

"想去自由小镇就要搭乘抬棺人的棺材……"

苏尔不禁道："大家都知道抬棺人的存在？"

张姐白了他一眼，没好气道："你是失忆了吗？这又不是什么秘密，接引员会神不知鬼不觉地发放邮票，其中有真有假。"

她说的基本和玩家知道的信息差不多，唯一不同的是在提起接引员时，张姐目露贪婪："其实最直接的方法就是抓住接引员，抢走他们身上的邮票。"

苏尔面色不变，却想起那天晚上和主持人的狭路相逢。如果没猜错，主持人在游戏里扮演的就是接引员的角色。

一口气说完，张姐再三保证自己只了解这么多。

苏尔看向纪珩："你信吗？"

纪珩冷冷扫了眼张姐："香炉是从哪里买的？"

张姐的眼神闪烁了一下，言辞开始含糊不清："托关系……"

纪珩没给她说完的机会，直接把人甩进棺材，盖上了盖子。

纪珩让苏尔去关门，顺便挂上一个歇业的牌子。

张姐的喊声隔着厚重的棺材传出来，还挺清楚："真的是托关系！理治局的人介绍给我的卖家！"

她嘶吼着强调这次自己真的把底交代干净了。

苏尔问："放人不？"

纪珩说："再让她冷静一下。"

等她的声音越来越微弱，纪珩才慢悠悠打开棺材盖。张姐整张脸憋得通红，重见天日，立马开始大口地呼吸。

"你大可以把刚刚的事情泄露给理治局，不过……"纪珩的目光变得凌厉，"到时候你就完了。"

张姐的额头流下冷汗，一时间竟不敢爬出棺材。

苏尔快走出门时，问："香炉不带走？"

纪珩说："都是糊弄人的玩意儿，留下来没太大用处。"

苏尔最后回头看了一眼店铺，心道：虽然当不成供货商了，断了前程，但拿到了邮票，不算亏。

临近中午，二人原本是要去吃午饭，纪珩却突然改了主意，要去家庭调解处见王三思。

半路天色变了，开始刮起大风，苏尔在被风卷起的落叶中瞧见一张邮票。

"不用理。"纪珩很有原则，"主动送上门的多半不是好东西。"

苏尔把这句话听了进去，目不斜视地往前走。

邮票里的魅物急了，它还有任务在身，要给这两人制造幻境。可幻境只能在有玩家拾起它时才能布置，说穿了就是个被动技能。

山不来就我，我就去就山。邮票索性主动顺着风飞到他们前方的小道上。

苏尔的无视工作做得相当到位，为避免被碰瓷，他小心地把手插在兜里，一脚迈过邮票，继续前行。

邮票："……"

他们瞎吗？！

血已经凝固，休息了半晌，夏至可以下地行走了。不能坐以待毙，她暗下决心，今晚必须去碰碰运气。

王三思倒了杯水递过去，刚想说话，就听到了脚步声，立刻回头。

"是你们？"

他有些惊讶，没想到纪珩和苏尔不仅不抓紧时间收集邮票，反而在这个节骨眼上回来了。

纪珩开门见山："你们刚来时，游戏提示音都说了什么？"

王三思愣了下，照实回答，无非就是一群人要去往自由小镇，一群人里包括家庭调解员、新婚夫妇、单身汉、被家暴的妻子。

确定所有玩家听到的都是同一个内容，纪珩又问："扮演新婚夫妇的玩家怎么样了？"

"还好吧。"王三思有些不确定。

纪珩说："用你的身份应该可以调查到他们的住址。"

王三思暗自防备。纪珩淡淡道："召集玩家，试着联手。"

王三思紧皱眉头："什么意思？"

纪珩说："晚上你们弄出些动静，负责吸引注意力，我会趁机除掉一个抬棺人。"

王三思吓了一跳，还没来得及拒绝便听纪珩说："我手上有个易容道具，可以伪装成抬棺人的样子。"一旦顺利，只要跟着前面的那个抬棺人走，就能知道他们的落脚点在哪里。

王三思拒绝的话到了嘴边又咽了回去，他承认，这的确是个办法。

"风险太大，"苏尔皱着眉插话，"目前还不知道对方的实力，想要神不知鬼不觉地除掉一个抬棺人并不容易。"

纪珩笑了："试试水而已。"

王三思连忙道："这个险值得冒。"

迄今为止，就他所知已经有六名玩家出局，可知想用正常的办法完成任务很难。

苏尔轻"喊"了一声："你又不用担风险。"

王三思尴尬，找不出反驳的话语。

不知想到了什么，苏尔眸光闪烁，语气突然变得真诚起来："其实我有一个想法。"

他看了眼众人，沉声道："既然棺材里另有乾坤，有人生有人死，还能得到道具，我们为什么不直接抢了它？"

王三思嘴巴张得很大："打不过……"

苏尔说："打不过可以跑。"

这下连夏至都忍不住摇头："哪有人跑得过魅物？"

苏尔看向她："棺材是重点，你觉得抬棺人是会放弃棺材来追你，还是扛着棺材来杀人？"

众人："……"

一句话把几个人都问住了。

苏尔说："提前埋伏好，假如一个抬棺人去追，另一个在原地守着，我们就中途折回，合力攻击一个抬棺人；假如两个抬棺人都去追，那就更简单了，打个时间差，直接扛走棺材；就算他们按兵不动，我们也没损失。"

他稍稍停顿了一下，摊了摊手："逃跑时大家一定要分散开，当然，被抬棺人追杀会很危险，这就看个人命数了。总之，我们的目标只有一个——夺棺！"

夏至倒吸了口冷气："如果被追的玩家实力不够，被秒杀了怎么办？"

苏尔稍稍思索片刻，道："每人交出一样道具，集中放在一名有实力的玩家身上，逃跑时让那人故意慢半拍吸引抬棺人。"

氪金总能坚持一段时间。

夏至皱了皱眉，迟疑道："估计不会有玩家愿意。"

道具说到底是用来保命的，现在为了得到道具有可能要出局，这桩买卖谁会做？

苏尔很果断："没人上，我上。"

富贵险中求，他还有电击器，未必不可以全力一搏，说不准还能一次性独吞数个道具。

有了决策后，苏尔偏过头问纪珩："你觉得这个计划如何？"

"我觉得……"纪珩垂眸思索片刻，分析后得出结论，"这个副本，要崩。"

纪珩说完，四下一片沉默。

在此之前，王三思没有和苏尔打过交道。他今年快三十岁了，下意识开始思考是否当代年轻人的思路都如此开阔清奇，而他则因为在游戏中沉沦太久，不幸被时代的浪潮打了出去。

"等联系到其他玩家再做决定也不迟。"夏至开口打破这份沉默，她现在受伤了，帮不上什么大忙，如果能拖延半天，于她而言再好不过。

这个副本的独特之处在于并非一人通关，全体受益。任务里提过，谁能拿到通往自由小镇的邮票，谁就可以先离开副本。换言之，剩下的人依旧要靠自身努力寻找出路。

苏尔知道她的想法，不过没拆穿，计划再好也只是计划，能不能执行得等玩家都聚得差不多了才知道。

王三思很上心，取出一本册子一页页翻找，很快找到了那对新婚夫妇的住址。

苏尔感慨："你这儿的资料比理治局还齐全。"

王三思说："镇上的家庭大部分都来调解过纠纷，刚结婚的也要专门留资料领宣传册。"

他把地址抄下来递给苏尔："夺棺成功大家都能受益，想必他们不会拒绝。"

苏尔离开前突然看了一眼夏至。

明白过来他的意思，夏至想了想："一共有三位玩家扮演被家暴女人的角色，出局了一个，副本今天应该会拉新玩家进来。我负责联系。"

光顾着听她说话，没看路，苏尔不小心被门槛绊了一下，身子前后大幅度晃了几下，好在他及时扶住了墙。就在这时，调解室的电话突然响了，王三思叫住即将离开的苏尔："理治局的人让我们过去一趟。"

"理治局？"

王三思也觉得奇怪："他们指名道姓，我们几个都在其中。"

苏尔指了指纪珩："包括他？"

王三思点头，焦灼地说："会不会是陷阱，想把我们一网打尽？"

苏尔看向纪珩："去吗？"

纪珩说："看你。"

苏尔想了想，很快做出决定："去。"

王三思不赞同："危险太大。"

苏尔说："真要一网打尽就不会打电话来了。"

王三思琢磨了一下，觉得有道理，理治局完全可以私下派专人来围堵，把他们一起带走，哪里需要事前客客气气地通知？

尽管找了诸多安慰自己的借口，大家心中仍不免惴惴不安，在去往理治局的途中，各自做着不同盘算，基本一路无话。

偏远小镇多数案件是邻里纠纷，理治局的工作不忙，人员也少。建筑的外墙皮早些年便脱落了一层，从内到外给人的感觉就三个字：不管事。

快到时，纪珩面色不变，却拦住了还在往前走的几人："不对劲。"

王三思是所有人里最谨慎的，闻言立刻停下脚步："是有些太安静了。"

纪珩说："和安静无关。"

王三思顺着他望着的方向看过去，不知道是不是错觉，看久了竟觉得建筑外围的线条是模糊的。小心驶得万年船，再度迈开脚步时，众人提起了十二万分的警惕。

一推开门，冷风扑面而来，如同进入了大型高档商场。夏至走在最后面，打了个寒战："是空调的原因吗？"

王三思经常和理治局的人打交道，很肯定地道："这里没安空调。"

门自动关上的一刹那，周围静得他们只能听见彼此的呼吸声。

夏至有伤在身，忍不住打退堂鼓："不如先回去？"说话时她下意识看向苏尔，毕竟现在几个人中就他们俩武力值最低。

苏尔的想法注定会令她失望："走了或许更麻烦。"

虽然不知道为什么理治局会指名道姓让他们来，但现在他们人多，就算对方想做什么，也得掂量着来。能抱团绝不落单，这才是生存法则。见未有人再表态，夏至不再吱声，跟着众人往前走，只是继续维持着走在队伍最后的状态。

办公桌上的保温杯是打开的，冒着热气，周围却空无一人。苏尔走过去拿起一份文件，签名处的字只写了一半，笔静静地躺在地上。

整个理治局呈现出的画面只给人一种观感：这里的工作人员顷刻间消失不见了。

"砰"！

沉闷的声响还没完全散去，有人推开门疾步走来，吓得夏至一个哆嗦，做出防卫姿势。

苏尔很有经验："刚才我就想说，队伍中间才是最安全的。"

队尾和队首的位置一样不靠谱。

来人制服松松垮垮地披在身上，并不是什么妖魔鬼怪，他不耐烦地看了他们一眼："报案？"

苏尔放低姿态，以一副好奇的姿态询问道："这里怎么都没人？"

工作人员惊奇地望着他们："你们不知道？"

苏尔目中的疑惑丝毫没有消失的迹象。

"难怪……我就说这时候怎么可能还有人来报案。"工作人员撇撇嘴，"许家的小儿子回来了，前两年不都在传他被接去了自由小镇吗？现在他回来探亲，镇上的人全都跑去围观了。"

苏尔说："那你……"

知道他想问什么，工作人员愤愤不平："领导派我回来守着，说理治局不能没人。"

怨气让他在坐下前拉开凳子时发出的声响格外大。他把纸笔准备好："想报什么案？"

苏尔说："不报案，有人打电话通知我们来的。"

工作人员皱眉，表示并不知道这件事，现在也无从查起，建议说："要不你们晚点再来？"

苏尔正好想出去看看热闹，顺势点了点头。

街上没什么人，似乎真如工作人员所说，镇民都聚在一个地方去了。

苏尔注意到纪珩出来前又回头看了眼理治局，不知在想些什么。

察觉有视线落在自己身上，纪珩抬眼与苏尔对视，低声问："吸了没？"

苏尔眼皮一跳："我又不是变态，逢人就吸。"

纪珩平静地听着他说瞎话。

过了片刻，苏尔叹道："那人身上没有灵气。"

纪珩深深地看了他一眼，果然吸了。

苏尔别过脸，心道：真是养成一个习惯容易，改掉很难。他现在已经习惯遇到一个可疑的人便先吸一口，好辨认是不是魅物。

王三思说："我回去找一下许家人的住址。"

"不用。"纪珩说，"镇子也不大，随便走走，循着动静最大的地方去就行。"

沿途他刻意放缓了步伐，视线流连在周围的花草树木上。

夏至感慨不愧是大佬，这时候还有心思看风景。

苏尔却明白纪珩绝不是在做无用功，他下意识跟着一起观察，一个不留神踢到什么东西，失去平衡朝前倾倒，正好撞在纪珩的背上。

夏至在旁边捂着嘴打趣："这已经是你今天第二次差点摔倒了。"

苏尔皱了皱眉，他很清楚地记得，适才路上根本没有这块黑石头。

蹲下身仔细检查了一番，确定只是普通的石头。看不出异常，那就只能暂时忽略，再走路时苏尔可谓相当小心。这段时间的经验告诉他，一旦在游戏里走了霉运，自己就会频频被衰神"眷顾"。

在对某些事情的预测上，苏尔可谓跟纪珩一样准，从未出过差错。

"许家的那位小儿子……"话说到一半，苏尔突然顿住。

过了几秒，纪珩没听到后文，淡声问："一直瞧着我做什么？"

苏尔说："脖子扭了。"

纪珩："……"他停下脚步，看到苏尔苦闷的笑容，意识到他是真的脖子扭了。

纪珩把手贴在他的脖颈处，轻轻动了一下便放弃："不是寻常扭伤。"

眼下苏尔只能一动不动地看着他，偏偏连眼睛都不带眨的，场面有些滑稽。

苏尔闷声道："连你也没办法？"

纪珩失笑："再厉害的医生，整治前也得询问病患的感受。"

苏尔描述道："感觉像是肩膀上骑了一个小魅物，强行把我的头转向一个方向。"

纪珩："……"

此话一出，夏至和王三思不由得离苏尔远了几步。

纪珩颔首："不错，会主动去寻找病因了。"

苏尔面色微变，他只是随口一说，难不成真言中了？

"不是魅物。"纪珩伸手隔着些距离一抓，动作很潇洒。

但很快，纪珩又偏转方位再次出手，苏尔这才反应过来，他竟也不能确定缠在自己身上的东西具体是什么，才会一次次出手试探。

苏尔没有坐以待毙，试着用力往另外一个方向转头，不承想竟然成功了，脖子恢复自由。

好景不长，没多久就再次出了问题。之前脖子是向左卡住，现在是往右。

纪珩目中多了些严肃，出手帮他恢复正常后沉吟道："不是魅物，更像是一团气，只能打散。"

现在的问题在于这东西为什么偏偏缠上了苏尔。

街道不长，他们的行进速度却很慢，纪珩不时就要停下脚步帮苏尔打散脖子上的气团。

久病成医，到了第六次，苏尔终于发现一丝端倪："和你有关。"

纪珩停下脚步。

苏尔说："每次扭的方向，都是朝向你的方向。"

夏至忍不住道："会不会是巧合？"

苏尔稍稍动了下脖子，证明现在不是扭着的状态，他注视着纪珩开口："只要我主动望着你，气团就不会缠着我。"

纪珩面上出现罕见的惊讶神色。

苏尔说："麻烦你走前面，这样我就可以正常走路了。"

纪珩按他所说的走在前面。

苏尔发现还是不太行，转念一想，又绕到纪珩前方，跟他面对面，自己倒着走。

"原来是这样……"苏尔得出肯定的结论，"不仅要看着你，还必须看到你的一部分脸才行。"

夏至自认在副本里见过的魅物不少，但这么奇怪的事件还是头回听闻。王三思想得就比较全面："一直这样恐怕不妥，万一遇到魅物，他出手时被迫移动位置到你的后方，你反应不及，岂不是脖子要跟着扭转一百八十度？"

苏尔："……"

魅物难对付，小魅物则缠人。现在缠住苏尔的这股神秘气团生动形象地给众人上了一课。

"一百八十度吗？"苏尔脑补了一下那个画面，觉得有地方想不通。小魅物的难缠之处在于它们实力太弱，就连用吸灵气的方法都可能辨别不出来。

正常情况下，只要发现了他们的所在便很好对付。

但纪珩连续出手几次，不过是把它打散，没过多久它就能复原。

联系一路走来纪珩一直留意着沿途风景，苏尔心中忽然生出一个猜测，带着不确定的目光看过去。

纪珩点头，表示跟他看法一致："你的判断应该没错。"

夏至下意识顺着话茬问了句："什么判断？"

苏尔说："让我的脖子扭一百八十度。"

为了证实一个猜测可能要拿命验证，不太划算，现在倒是有个基本零风险的法子。苏尔看着夏至，微微一笑。一股凉意顺着毛孔往上无限蔓延，夏至忍不住想要后退。

由于现在只能面朝纪珩的方向，苏尔只朝前迈了一小步，说话却很直接："跳舞。"

"哈？"苏尔瞟了眼王三思的方向。

纪珩走到王三思旁边，低声说了几句话。

夏至正在一头雾水时，冷不丁就被牵住了手，开始跳舞。

王三思的舞步丝毫不讲究优雅，总结下来就是半强迫地拽着夏至转圈圈。转了十来个圈后，夏至脾气再好也爆发了，用力甩开他的手："你做什么！"

王三思摸着下巴，开始进行点评："中气十足，无不良反应。"

夏至沉声道："说人话！"

从刚刚起，这些人就开始莫名其妙。

苏尔终于重新开口："能站稳，你不觉得奇怪吗？"

夏至说："只是转了几个圈……"

话说到一半，瞳孔一颤，她惊讶地摸着头上的伤口，这才察觉到异常。自己才被打成重伤，轻微的脑震荡少不了，别说快速转十个圈了，按理说五个都够呛。

"幻觉。"夏至瞬间做出判断。

把玩家拉入幻境，在副本里不是什么新鲜的操作。他们之所以一直没察觉，是因为幻觉通常是侵入人心灵最脆弱的地方，这种和副本无限贴近的场景构建相当罕见。

然而幻境并未随着被识破而消失。

纪珩转身朝一个方向望去："看来要折回理治局去才行。"

那里才是源头。

苏尔的脖子依旧在跟着纪珩扭动，心里恨不得磨刀霍霍当场就把制造幻境的小魅物砍了。

他的身体很好地贯彻着主人的想法，步伐非常快，几人再次进入理治局的时候，连五分钟都不到。

"你们来了？"工作人员，确切地说是邮票魅物，故作镇定。

苏尔定定望着他，想起不久前从商店到家庭调解处的路上，有一张主动送上门的邮票，自己当时听从纪珩的建议，并没有捡。

"我一路尾随，粘在了门把手上。"邮票魅物主动解惑，"你开门时，刚好挨上了我。"

苏尔："……"

这和碰瓷有什么区别！

苏尔冷声问："为什么盯上我？"

就因为他比较倒霉？

"你并不倒霉。"邮票魅物仿佛具有看穿人心的力量，淡淡道，"这个幻境，你是主动触发者，其他人因为离得太近才被拉了进来，倒霉的是他们。"

苏尔理了一下逻辑，发现是通顺的。

"现在你们有两种选择：除掉我及时脱离幻境，或者先留下来。"邮票魅物垂眼，"五个小时后，我会亲自送你们离开。"

没人立刻做出选择，包括最想离开的夏至。苏尔沉吟两秒，问出大家最关心的问题："留下来有什么好处？"

邮票魅物："这里的一切都是真实发生过的，也就是你们通常所要寻找的……线索。"

多数魅物的承诺不值钱，苏尔抿了抿唇，开始谨慎地衡量这个险究竟值不值得冒。

纪珩忽然道："让他跟着我们，不听话就直接宰了。"

邮票魅物居然顺服地点头："可以。"

达成一致后苏尔秋后算账，活动了一下脖子，嘴角勾起一丝笑意："你似乎很喜欢恶作剧。"

邮票魅物："我的能力是入侵人潜意识里的弱点，你才是这个幻境的载体。"

苏尔面无表情地对纪珩说："还是杀了他吧。"

王三思只关心任务，在纪珩开口前忍不住道："当务之急是找到线索，杀魅物灭口这种事什么时候做都不迟。"

苏尔的眼神冰冷得吓人。

王三思坚持己见。

"在这种事上做文章对我没好处。"邮票魅物十分平静，仿佛没听见"杀魅物灭口"这个提议，"记忆会消失，但感觉不会变，有一个潜意识的代名词，叫作'曾经'。"

苏尔按了按眉心，心道：魅物什么时候有了信口雌黄的能力？

邮票魅物的声音幽幽飘过来："有缘人终究还是会在命运的安排下重逢。"

"你给我的感觉很熟悉。"苏尔快受不了时，纪珩终于开口，话却是对着邮票魅物说的，"我有一个朋友，他在游戏里写剧本时，也是这种表情。"

说到"朋友"时，他刻意加重了语气，佯装无意地扫了一眼苏尔。

邮票魅物目露迷惘："剧本？"

纪珩没继续说，把话题引向另一个方向："带我们去许家。"

有邮票魅物带路，省去了很多绕弯子的工夫。苏尔看向纪珩的目光略带深意，不明白他为什么突然放弃追究。

"好奇。"纪珩读懂了他的疑问，回答说，"想看看神笔马良遇上最佳编剧，会发生什么。"

苏尔："……"

街道上还有没来得及收的摊子，卖菜的人却不在，可见自由小镇对这里的人有着至高的吸引力。

邮票魅物给人的感觉很无害，夏至大着胆子主动跟他搭话："我们如果在幻境里死了，出幻境后也会死吗？"

"不会。"邮票魅物有问必答，"如果我有这么厉害，我早就布置陷阱了。"

过度的坦诚令人无话可说。

夏至无语："既然如此，为什么还强行拉我们入幻境？"

"时间是真实流逝的。"邮票魅物说，"超过七天时限，你们必定被淘汰。"

苏尔表面看着漫不经心，私下一直留心听着，心想这只魅物有些太实诚了，可越是看着无害的魅物往往越可怕。

邮票魅物猝不及防地回过头，同他四目相对："我答应了过去的你，为你安排一次重逢。"

苏尔："……"

报应不爽！

苏尔叹息着用胳膊肘碰了下纪珩，意思是：真的不用阻止这只魅物继续胡说八道？

纪珩望天，若有所思："原来真的存在因果一说。"

上个副本里这人是何其嚣张地伪造祭坛编故事，把玩家和爱情杀手耍得团团转，没想到眼下就要一次性还回来。

该信的没信，不该信的瞎琢磨，夏至和王三思的神情此刻就很复杂，仿佛真的信了邮票魅物的说辞。

远处传来贺喜声，打断了这场荒诞的交流。

"恭喜啊！"

"小鹤，快说说，自由小镇是什么样的？"

被一群人簇拥着的年轻人头发留得有些长，眼睛是难得的清澈。

"都是无稽之谈。"他不好意思地挠头，"我就是不愿意接受父母安排的工作才离家出走，去外面闯了闯。"

一群人听得将信将疑，然而无论他们怎么追问，许鹤给出的答案没有变过，他是真的没去过自由小镇。他的说法是真是假不好分辨，不过有一点很确定：许鹤发了大财。

他这次是开着高级轿车回来的，带了不少好东西，特意从后备厢拿出很多小礼品，发给人群里的小孩。

后备厢关上前，最底下的红绸被风掀起一角，苏尔眼尖，瞧见红绸底下有几个眼熟的香炉。

不久前他才在张姐的店铺里看到过这些香炉，当时在纪珩的逼问下，张姐交代是花重金托了理治局的关系才买到的。

许鹤、理治局、张姐。苏尔眉头微蹙，预感他们之间发生的事情不会太美妙。

"许鹤……"王三思重复了一遍这个名字，摇头道："我没印象。"

夏至说："镇上近千户人家，你不可能每个人都记住。"

王三思笃定自己没记错："我进副本时，上一任家庭调解员正好退休，做交接工作时她特意介绍了镇上的几个大户，还嘱咐不要因为处理纠纷而得罪他们。"

被特意点出的人家中，没有一户是姓许的。而一般人家出来的不会有这个排场。

"不奇怪，"苏尔舔了下嘴唇，"既然是过去发生的事情，必定是有一个悲惨的结局。"

夏至沉默片刻，眼神中透出悲悯："可惜了这个年轻人。"

照经验来看，许鹤接下来会遭遇很可怕的事情。

苏尔却发表了不同的看法："他不像是个好人。"

夏至惊讶，连忙问："你发现了什么？"

苏尔说："只是一种感觉。他笑得很腼腆。"

夏至嘴角一抽，这是什么鬼扯的理由？

见没人相信自己的话，苏尔叹了口气，露出一个跟许鹤十分相似的笑容：只见他微微垂眼，弯了弯嘴角，眼神里有着不谙世事的清澈。他这腼腆的笑容比起许鹤的有过之而无不及，甚至连弧度都卡得更加完美。

众人："……"

一行人包括邮票魅物在内，先看了看苏尔，又望了眼许鹤，对比了一下，脑海中齐齐蹦出一个结论——就是这种笑容！那个叫许鹤的心肯定坏透了！

虽然得不到想要的信息，但许多小孩已经拿了别人的礼物，镇民们也不好咄咄逼人，最终败兴而归，一时散得只剩下理治局的工作人员还在原地。

苏尔等人原本被挤在外围，至少离许鹤有三四米远，现在一下就进入了他的视野范围。

"还有事吗？"许鹤好脾气地问。

理治局的负责人没立刻回答，而是不悦地看向邮票魅物："不是让你留守工作岗位吗？"

邮票魅物把苏尔推了出去，说是他接到一通电话，说理治局有急事找他。

负责人不耐烦地道："我没打过电话。"

"怎么会这样？"苏尔适时做出苦恼的表情，"害得我急匆匆赶来，路上还被偷了钱包，现在饭都吃不上。"

在他身后的王三思听到这句话，不赞同地摇头，觉得这方法有些低级，派不上用场。

现实出乎意料。许鹤低头看了下表，盛情邀请："正好快到饭点了，不如就留下来吃？"

王三思愣了下，却见苏尔面上没有一点惊疑，笑眯眯地点头。

"我听说大城市里有很多我们没见过的吃食，有个叫马……马……"

"马卡龙。"许鹤说，"是一种甜品。"

两人聊得投机，许鹤做事周到，客气地问其他人要不要留下一起尝个鲜。出于对自由小镇的好奇，理治局的人没拒绝，玩家更是不会轻易推开送上门的机会。

自从进了许家的门，苏尔神奇地发现，即便纪珩不在自己的视野范围内，自己的脑袋也不会跟着转了。

颈椎病一秒治好！

他回头看了眼走在最后的邮票魅物，可以肯定，原先自己的脖子僵住就是对方在搞鬼，一进宅子这股半强迫的气团就消失了，是不是侧面说明了邮票魅物的力量在许家会被削弱？

许鹤的大哥叫许翰，兄弟俩五官挺像，不过脸型不同，许翰一只眼睛有些斜视，看人的时候总是夹着一分算计。

许鹤带苏尔等人进屋子休息，又请许翰和自己出去搬一下车上的东西，后者倒是很积极地同他去了。

"也不怕东西被偷。"王三思忍不住说了句。

单独把一群陌生人留在家，心可真大。

理治局的负责人不悦："谁敢在我们眼皮底下偷东西？"

王三思悻悻然闭嘴。

邮票魅物坐在门口，瞧着很没有存在感。

苏尔移步到他身边，问："这里发生过什么？"

这次一起来的理治局的工作人员全都是陌生面孔，似乎一批人全部被换了。

邮票魅物冷淡地回应："你所能看到的都是我记忆里的画面，其余的我也记不清了，不过这次或许会有意外发现。"

苏尔虚心求教。

邮票魅物："在此之前我是一直把许鹤当成受害者来看的。"

苏尔说："那他后来发生了什么？"

"失踪。具体的我忘了。"邮票魅物说到这里有几秒神游其外，回过神后沉吟道，"如果谁能找到我的死亡原因，我会给出报酬。"

苏尔准备详细询问，耳边提示音先响了："是否接受邮票魅物的交易？"

他下意识抬头去看其他玩家，发现他们都不约而同地有些惊讶，但很快就平静了下来。

纪珩解释："魅物和玩家之间互不信任，但特殊情况下魅物会以游戏为平台，发布任务。"

如此一来，玩家就不怕魅物背信弃义，从而全力以赴地去实现魅物的执念。

苏尔问："失败有没有惩罚？"

"没有，可以当作正常的生意往来。"

苏尔不再迟疑，低低说了句"接受"。

提声音再次响起："帮助邮票魅物查明死因，你将得到他的馈赠。"

只有短短一句话，具体的奖励并未说明，苏尔注视着安安静静站在门边的邮票魅物，莫名生出一股违和感，可惜又说不上哪里不对劲。

许鹤亲自下厨，做出八菜一汤，相当丰盛。许鹤的父母没有到场，据说他们因为身体不好，一直卧病在床。

许鹤说："我这次回来就是想成个家，完成他们二老的心愿。"

许翰撇了撇嘴："嘴上说得轻巧。"

许鹤笑了笑："我在外面交了一个女朋友，她有点事，要迟些才能到。我们已经商量好婚事了。"

"结婚是大事，你现在发展得这么好，万一对方是图财怎么办？"许翰一下不乐意了，开始絮絮叨叨说个没完。

许鹤擅长打太极，任凭自家大哥说得口干舌燥，依然笑着坚持。快吃完饭时，许鹤突然很郑重地请求理治局的工作人员在家里住几天。

"我这次带回不少准备给女方的彩礼，担心招贼。"

这话正中负责人的下怀，他立刻承诺道："保护大家的财产安全本来就是理治局的责任。"

苏尔擦了擦嘴角，同样表现得豪爽大气："为报一饭之恩，我也留在这里帮你免费看几天门。"

纪珩附和着点头："说得对，我们有这个义务。"

夏至对眼前的场景十分无语，明明各怀鬼胎，双方却都能装得一本正经，许鹤竟然还露出感激的微笑，表达出欢迎之意。她插不上话，只能私下拽了拽王三思的袖子。

副本里，主人留客通常意味着要把客人当羊羔宰了。想到这里，王三思一个激灵，倘若一开始许鹤给他留下的是好人的印象，他免不了会认为是有人想要谋财害命，然后和许鹤站在一个阵营。

他心有余悸地抬头看向苏尔，心生感慨："以人为镜，可以明得失……"

幸好有苏尔作参照物，不然他会一直被蒙在鼓里。

当他完全摒弃一开始对许鹤的好感后，不难发现他的很多行为都透露着古怪。

王三思忘记了压低声音，成功吸引了在座其他人的注意力。他喝了口水避开聚集而来的视线，讪笑一声道："突然想到一位古代的智者。"

饭后，许鹤给他们安排房间入住，许家只是镇上的普通家庭，住平房，胜在房间数量够多。全部安排妥善，他才去见了父母，将近一小时后重新出来，一副无奈的样子。

他出来后第一眼看到的是院中的邮票魅物，连忙走过去："二老身体不好，神志也有些迷糊了，现在我不方便出门，能不能拜托你去车站接一下我女朋友？"

理治局也负责维护镇上治安，许鹤会选择让工作人员帮忙，勉强说得过去。

话音刚落，许翰便叫他："妈怕你又偷溜了，闹脾气不肯吃药，你快点！"

许鹤从口袋中掏出一枚胸针硬塞过去："她下午三点到，这是信物。"

然而他连名字都没来得及说，就被许翰催促着回了房间。

同样的事情邮票魅物经历过无数次，他按部就班地走剧情。

这一切苏尔并不知情，不久前他主动要求收拾桌子，趁机给去确定香炉下落的纪珩望风，再出来时才发现院子里少了几个人，显得空荡了不少。

"王三思呢？"

夏至说了一遍方才的事："早知道我一块儿跟去了，当时没反应过来。"

想要探查邮票魅物的死因，肯定要关注他生前都去过哪里，王三思很好地抓住了契机。

苏尔终于知道先前那种违和感源自哪里了，面色倏地变得不善："之前把许鹤当成受害者，现在又把邮票魅物当成受害者，他的脑子是灌汤小笼包吗？"

小笼包里的汤好歹鲜，王三思的脑子里估计都发馊了。

这话说得毫不客气，夏至怔了下，猛地意识到邮票魅物发布的任务让他们间接忽略了魅物本身的恐怖。

"我遇见的魅物没一个不想淘汰玩家的。"苏尔冷声道，"在幻境中死了不代表立刻出局，但不代表不会发生其他事。"

夏至眼神闪烁："比如削弱实力，对吗？"

离开幻境有两种法子：杀死邮票魅物或者被对方亲自送出去。实力不断被削弱的情况下，用第一种方法很难成功，那他们只能祈求邮票魅物有一副菩萨心肠，肯主动放玩家离开。

然而这种可能性……为负数。

苏尔仰着脸看天上的白云，笑容讥诮："我还是第一次见这么会耍伎俩的魅物。"

夏至笑不出来，彻底从邮票魅物给出的好处中清醒了。

短短一会儿工夫，纪珩基本已经把许家摸透了，确定了重要物品的摆放位置。

夏至听到脚步声，忍不住对他强调了幻境的危险性："要不要联手弄死邮票魅物？"

纪珩说："拿什么解决？道具？"

夏至蹙眉，除非是用特殊道具，普通道具在幻境中起不了作用，确定了魅物的实力后再动手也不迟。

她说："是我想简单了。"

她倒也不是什么柔弱的菟丝花，知道行不通，很快又想到了别的主意，选择暂时单独行动。

纪珩走到苏尔这边，道："香炉下面埋着红纸。"

苏尔眼前一亮："主持人给的提示中有提到这个。"

红纸，新衣，烫好头。

他初来镇子时还疑惑过，在副本里接触到的信息和打油诗沾不上边。

纪珩说："红纸镇魅。"

苏尔挑眉："你确定？"

当初他把周林均的家产卖了，苟宝菩隔空取来的便是一堆红纸。

"但对焰罗不起作用，反而会成为储备灵气的容器。"纪珩拿出两张红纸，"香炉里镇着东西，没办法取出太多。"

苏尔望着递到面前的红纸："给我？"

纪珩说："许鹤不是焰罗，红纸可以当护身符。"

苏尔有些迟疑，自从进了游戏，他就拿了纪珩不少好东西，脸皮再厚也得装一装矫情。

纪珩点明现实："你防身的东西太少，真遇到厉害的魅物，拿什么去对付？"

苏尔沉默了一下，从容自信地道："套路。"

纪珩："……很有见地。"

他上前一步，顺势把红纸放入苏尔的口袋，心平气和地说："不过，司机的开车技术再好，车也不能没有安全气囊。"翻车这种事，往往来得猝不及防。

矫情一次就够了，苏尔没再像过年收红包一样口是心非地推推搡搡，认真道了句"谢谢"。

第九章
狼人杀

出去不过四十分钟，王三思便回来了。他的身边跟着一位穿白裙子的女孩，黑直顺滑的长发编成麻花辫，脸型生得十分好，眼睛眨巴之间透出一股清纯。

"你们好。"女孩浅浅笑道，"我叫小翠。"

小翠一般只会是昵称或代称，不可能是全名，苏尔还是头回见有人这么自我介绍的。

王三思帮小翠提行李，送她进屋。苏尔盯着他们的背影，忽然开口："跟你一起出去的工作人员在哪里？"

王三思停下脚步，却没回头："许鹤交给我的信物——一枚胸针，半路掉了，他在帮忙找，我先送人回来了。"

邮票魅物会好心帮人找胸针？等王三思走远，苏尔偏头笑着对纪珩说："我长得很好骗？"

找了个这么拙劣的借口，真敷衍。

纪珩说："估计他是认为借口再好，你也会产生怀疑。"

苏尔想了想，认同地点头："那倒是真的。"少顷，他用带着些不确定的口吻说，"魅力值在这里似乎不管用。"

纪珩说："哦？"

"刚进许家时，我试着吸了口许家兄弟俩，口感是一样的。之后我又突发奇想吸了下邮票魅物，味道跟普通人无差。"苏尔皱眉，"如果只是因为幻境的缘故，会不会太牵强？"

邮票魅物可是真实存在的，怎么可能吸不到灵气？

纪珩思索片刻，做出判断："或许你吸到的是香的气味。"

苏尔说："你是指香炉？"

纪珩说："燃香的气味可以遮住灵气。"

苏尔来了兴趣："张姐后来买下的香炉大概率就是从许家流失出去的，不过比起这次这个就要弱很多。"

纪珩颔首："张姐的那些香炉里并没有镇着东西。"

许鹤家中的香炉，刻意埋着红纸，谁知道里面封着什么玩意儿。

苏尔斟酌道："香的气味屏蔽了灵气的口感，但我还有一只眼睛。"

不能吸，那就用体内的眼睛去验验王三思。苏尔是个行动派，当即就迈步追了过去。

厅堂里，小翠刚倒好一杯水，主动递给王三思，感谢他去接自己。苏尔的脚步顿在门口，没迈进去。

感觉到有人来，小翠转过身，露出温婉的笑容，从行李里拿出特色小吃送给苏尔。

"能不能多给几个？"苏尔不好意思地笑笑，"我朋友特别喜欢吃。"

小翠特别大方，又塞过来一些，苏尔十分感激，转身准备去找纪珩。

没走几步，他差点和许鹤撞了个满怀，后者急着来见未婚妻，边说着"对不起"边匆匆跑走了。

许家院中单独分出了一块区域种菜，地里菜叶绿油油的，苏尔刚一走近就看到纪珩正在抱臂"赏菜"。

很接地气了。

轻轻的叹息声随风飘过来，纪珩的注意力从菜上移开，他用余光瞟见苏尔的表情后，嘴角微掀："一无所获？"

苏尔沉声道："看不透。"

用那只眼睛望见的所有画面，都跟打了马赛克似的。

纪珩对这件事并不惊讶："游戏肯定会想出办法制衡你体内的那只眼睛。"

苏尔只会看实际的好处，目光一动："不过这从侧面说明，判断出到底谁是人谁是魅物，会成为我们这次完成任务的关键。"否则副本不会特意限制蛇瞳的这项能力。

纪珩沉默了一下："出去走走。"

苏尔没多问，直接跟在了他身后。到了一处僻静的地方，纪珩认真地命令道："用力叫。"

苏尔愣了下，提气朝着天空"啊"了一声。

声音没有立刻散开，反而相当沉闷，隐约带着回音。

苏尔皱了皱眉，又叫了一声，奇怪的感觉反而更明显了。

纪珩说："有什么想法？"

苏尔低头沉思："就像是在密闭的空间里似的……"

后面的话他没立刻说，脑海中不停搜索着贴切的比喻。

纪珩提醒他："棺材。"

苏尔怔了下，这么一说还真的很形象——哪怕是站在人烟稀少的地方，空气也并不清新，反倒让人觉得憋屈。

纪珩笑笑："棺材里的世界另有乾坤，现在算是见识到了。"

苏尔还有几分疑惑："有一点说不通，邮票魅物信誓旦旦地说这是他造的幻境。"

事实似乎也确实如此，至少夏至的伤在这里根本没显现。

纪珩说："如果魅物的力量是棺材赋予的，那就不矛盾了。"

仔细回想了一番和邮票魅物接触的细节，苏尔嘴角一抽："该不会那只邮票魅物根本没意识到这点？"

除非对方有拿奥斯卡奖级别的演技，否则那种作态是装不出来的，邮票魅物言谈举止间透露出的自信很明显：自己就是幻境的造物主。

"他的脑子大概全用在编故事上了。"纪珩一副不足为奇的样子，"从把许鹤当成好人这件事上就能看出。"

邮票魅物言明很多事情他都记不清了，如今看来他不单单是记忆缺失，更确切地说是记忆混乱。

回去时苏尔留心观察周围景致："不知道我们是处在过去的某个节点，还是处在棺材制造的幻境当中。"

如果是在过去，是否意味着他们当下的举动可以改变未来？

纪珩平静地说："许鹤肯定别有所图，无论他在图谋什么，我们把好处抢过来就是。"

苏尔喉头一动："倘若他单纯是想要把玩家淘汰……"

纪珩："那就反杀。"

苏尔一脸钦服，表示受教。

许家气氛不大好。

小翠很依赖地靠着许鹤，许翰嘴上没说什么，神情中却写满了对小情侣的不认可。

理治局的几位工作人员在一旁打着圆场，说小翠漂亮，和许鹤极为般配。

小翠抿着嘴笑了笑。站在旁观者的角度，苏尔总觉得她的笑容带着些勉强。

院门没锁，被人一推就发出"吱呀"的响动。

邮票魅物竟然回来了，径直走到小翠面前，摊开手，露出手心里的一枚胸针。

小翠很惊讶于丢了的东西还能找回来。

许鹤搂着小翠，对邮票魅物致谢："太好了！你帮我们找回了定情信物。"

见状，苏尔压低声音道："她腰上有伤。"

纪珩点头，同样注意到小翠在被环住腰时，没控制住让身体出现一瞬间的紧绷。但她又不敢躲开，佯装无意地握着许鹤的手腕，把对方的胳膊往下压了一点。

许家人不喜欢娱乐活动，棋、麻将、扑克牌统统没有，电视也不常开。这会儿人一多，聚在一起只能没话找话。

许鹤为了缓和这种气氛，主动说："我带大家去参观一下我在外面买下的宝贝。"

所有人皆露出感兴趣的表情。

许鹤领着众人来到一间小屋，夏至就站在附近的树下，慌忙掩饰住目中的慌张。许鹤完全没去质疑她在这里做什么，反而热情地邀请她一同去欣赏。屋中每个香炉里都燃着香，许鹤的目光不经意间露出一丝痴迷。

"这是……古董？"理治局的几位工作人员也算是见多识广，可惜没有鉴定古董的能力。

"比古董厉害多了。"许鹤恢复正常，一脸神秘地道，"据说到了特定的日子，这些香炉里冒出的烟将绵延数千米而不间断，指引人通往自由小镇。"

话音落下，四周鸦雀无声。

许久，理治局的负责人率先回过神，激动得嘴唇都在颤抖："当真？"

许鹤定定地看了他几秒，"扑哧"一下笑了出来："传说而已，我只是觉得有趣才买下来的。"

很快他又深情地望着小翠道："说不定有一天这香炉真的能显灵，我们就一起去自由小镇。"

一旁的王三思恭维地说着他们真般配之类的客套话，然而视线就跟胶一样粘在香炉上，迟迟不肯移开。夏至意识到他不太对劲，蹙了蹙眉，故意站远了一点。

"许哥，我有点累。"小翠突然用撒娇的语气说。

许鹤随即在众人恋恋不舍的目光中重新把屋子锁上了。

黄昏时的院子就像一幅最完美的油画。王三思察觉到玩家都在避着他，便主动找到其余三人，谈起接小翠的经过。

"她跟我说许鹤还在城里时，便经常用香炉的传说引人来参观，后来那些人都不见了。小翠还抱怨说许鹤经常打她，并非看上去那般文质彬彬。"

夏至防备道："你之前怎么不说？"

王三思一本正经："我有私心，想独自美丽。"

夏至："……"

一般玩家得到线索后藏着掖着很正常，王三思这么做也无可厚非。

没给他们更多提问的机会，王三思神情一肃："我刚看到那些香炉时，有一种前所未有的危机感。"那一瞬间，他感到仿佛有什么东西要从香炉里冲出来，吞噬他的灵魂。

"所以经过慎重考虑，我认为把筹码放在团队合作上更稳妥。"

夏至判断不出他话的真假，看向苏尔和纪珩，想听听他们的意见。

苏尔微笑着说："众人拾柴火焰高，你愿意重新合作自然好。"

他竟是直接把话题带了过去，甚至没有要试探一下王三思的意思。

夏至觉得纳闷，又不好明说。

许鹤虽然给每个人都安排了住处，不过苏尔从傍晚起便一直和纪珩待在一起，天彻底黑了后，他们相约去听墙脚。

两人并未直接到许鹤那里，而是在锁着香炉的房间外找了个隐蔽的地方蹲守。好在虽是夏日，草丛间并没有多少蚊子，否则少不得要遭罪。月上柳梢头时，许鹤终于现身，面上没了白天里那种友善的笑意，取而代之的是一种虔诚。

他是三步一跪进屋的，进去后又连续对着香炉重重磕了七下头。

"祭品很快就会来。"许鹤笑容诡异，"自由之神，请您让我成为抬棺人，我会是您最忠实的仆人！"

最后又磕了七下头，许鹤离开了屋子。

"祭品……"苏尔微微低着头，"故意用老旧的锁，又带人来参观，他是不是想引人来偷香炉？"

而小偷，定会被香炉当成祭品。

纪珩点头："只有这种可能。"

一旦贸然闯入，危险系数可想而知。

苏尔轻咳一声，说出经典台词："我有一个想法。"

和他对视一眼，纪珩无奈地说："去竞选抬棺人？"

有当卫长的事在先，不难推测出他的行为逻辑。

苏尔坦言道："照小翠所说，许鹤拥有香炉这么久都没成为抬棺人，证明那劳什子自由之神根本看不上他。"这跟谈恋爱十几年却不肯结婚的女朋友有什么区别。

纪珩好笑："就怕你进去连开口的机会都没有。"

苏尔一言不发地跑到菜地那边开始捏泥人，至少捏了有四五十个，其中有正常的，也有长了五只眼睛或者三头六臂的。他依次偷偷用电击器注入了灵气。

最后一只泥人因为灵气存量不够，像是早产儿般，十分虚弱，声音跟小奶猫一样。

苏尔收起电击器，皱了皱眉，存货用完意味着又要冒险杀魅物来补充灵气。不过现在不是顾虑这些的时候，他抓紧时间带着泥人军队回到了院中。

苏尔清点了一下泥人数量，纪珩深深看了苏尔一眼，没说话。

苏尔对着泥人军队事无巨细地交代良久，其间纪珩帮忙把院子外面的锁打开，侧身让开道路，意思很明显：请开始你们的表演。

泥人军队按照苏尔的要求，模仿不久前许鹤做的事情，三步一跪，进屋后又稳当当地给香炉磕了七个头。不同之处在于，它们开口时说的话是苏尔修改过的版本：

"我有三条腿。"

"我有五只眼睛。"

"我有六只大翅膀。"

…………

逐一自我介绍完，最后泥人们异口同声道："自由之神啊，请您在我们当中选择抬棺人，您爱的样子我们都有，信徒愿为您提供一切服务。"

香炉："……"

以防万一，苏尔没有踏入房间，安静地在外面等待。

不知过了多久，小泥人排着队出来了。

来来回回数了三遍，确定数量没减少，苏尔面露疑惑："一个都没被看上？"

那自由之神究竟好哪口？

纪珩看得更全面些："寻常的魅物，对待同类也是相当残忍的。"

杀同类吸灵气，是它们的常规操作。

但泥人既然能够完整无缺地出来，说明香炉里封印的东西并不能通过养蛊的法子强壮自身。

"是专门食人的魅物。"纪珩神情凝重，提醒道，"接下来没有万全的把握，不要再去招惹它。"

苏尔点了点头。

许家宅院里，不知道混着多少魅物，苏尔让小泥人藏在床下，没有他的命令不准出来。但只要脱离苏尔的视野范围，小泥人并不完全受控制，苏尔也清楚这点，对着一张张木讷的面孔补充道："谁想找死就往外面跑，这里住着变态，发现你们后会把你们先毁容再弄死。"

幸而苏尔的小泥人对美都有一定追求，有几个打坏主意的暂时歇了心思。

苏尔的视线一一扫过小泥人，确定短时间内泥人生不出异心，满意地点点头，和纪珩商讨接下来的计划。

商讨还不到一分钟，敲门声传来。夏至站在门外，散着长发："你们屋子里有剪刀吗？"

苏尔看了她一眼，双方达成一种默契。

"我找找。"说完他当真在屋子里开始翻找起来。

夏至倚在门框上，佯装不经意地说："小翠请我帮忙剪纸。"

"这么晚还不休息？"苏尔在抽屉里发现了一把剪刀，递了过去。

"她说想剪些'囍'字和漂亮的图案，等布置婚房时用。"夏至说，"不如一起去？"

苏尔看了纪珩一眼，后者微微颔首："去看看也无妨。"

一盏小灯在黑夜里闪烁着，小翠孤零零地坐在院中的石凳上，桌上放着数张红纸。

看到他们来，她稍稍愣了下。

苏尔主动开口解释："我对剪纸的技艺很感兴趣，特地跟来观摩。"

小翠露出恍然的神情，谦虚地表示自己的手艺也就一般。

苏尔小心地拿起一张剪好的红纸，只见那图案是一个罐子，上方布满密集的花纹，仔细对着灯光瞧，竟像是半个人脑袋。

厉害的剪纸大师可以做到"藕断丝连"，仅仅用头发丝那么细的线条，便能构造出复杂的内容。小翠的剪纸技艺丝毫不逊色，剪出的图案似乎是在表现人头拼命想钻出罐子的场景，无比真实。

"婚房里贴这个是不是不大吉利？"

小翠认真地忙着手上的事情，道："就是张幽默剪纸，现在外面都流行这种风格。"

她手上的活儿做得很快，没过多久桌上的纸张就用完了。

小翠站起身："我去再拿点来。"

她离开的时间有些长，夏至庆幸自己提前叫了苏尔和纪珩来，否则她一个人留在这里，夜深人静守着一桌子奇异的剪纸，简直是对精神的极大摧残。二十分钟后，小翠才回来，咕哝着说纸被老鼠啃了，害她又重新裁了许多。

几人聊了会儿天。久了苏尔发现小翠的言谈更像是在钓鱼，而且每次只放一点鱼饵。她总是在不经意间提起许鹤，说到紧要处便巧妙地转移话题。

苏尔只喜欢做垂钓者，没心情当肥美的大鱼，打了个哈欠装作很困的样子："我先去睡了。"

一声尖叫打断了他接下来的动作。

被惊到的不只他们，还有其他人，离声源最近的理治局负责人第一个赶到，远处亮起灯光。

纪珩下午摸索了一遍许家的布局，看一眼就知道了出事的地点。

和苏尔对视一眼，他轻声道："去厨房。"

许家的厨房面积不大，苏尔等人到达时，本就不大的一扇小门内外都挤满了人，还有两个人正扶着大树干呕。苏尔皱了皱眉，从面色难看的围观人群中挤了进去。

然后他发现，厨房内的死者，死状和那张剪纸上的人一模一样！

"是小张！"有人喊了声。

虽然不清楚小张是谁，不过苏尔环视一圈，确定玩家和许家两兄弟都在，死者只有可能是理治局的人。

好歹年轻时经手过一些杀人案件，理治局的负责人是为数不多能保持镇定的。他深吸一口气走上前，探鼻息时意外发现死者口中咬着东西：一张剪纸。

负责人小心翼翼地将对折的纸张打开，乍一看是倒吊人。

倒吊人的脸很好辨认，负责人转过身，看向一脸惊愕的夏至。

死亡预告。

这四个字霎时在不少人心中升起。

莫非下一个死者会是夏至？

邮票魅物瞥见夏至瞳孔骤缩的瞬间，"喊"了一声："又不会真死，你在怕什么？"

夏至捏紧拳头，哪怕邮票魅物再三强调幻境中的死亡不会影响出幻境后的世界，但生死大事前，谁能完全相信一只魅物的话？

退一万步说，就算邮票魅物说的是真的，但剪纸上倒吊人如此痛苦，真要经历一遍，那跟要了半条命有何区别？

她忍不住看向在场其他玩家，想说服他们一起对付邮票魅物，以离开幻境。然而王三思刻意避开与她的对视，纪珩连个目光都没施舍，明显是要继续留下查寻线索的。至于苏尔……他关心的重点不在于死者，反而一直盯着许鹤的未婚妻看。

不过此刻苏尔只是单纯地想知道小翠会怎么辩解，毕竟眼前的情景和她的剪纸如出一辙。

对视间，小翠突然捂住胸口，一副受到惊吓的模样，朝许鹤的方向倒了过去。

许鹤连忙抱起"昏厥"的未婚妻回屋。

"……"苏尔撇撇嘴，看来嫌疑人根本连解释的想法都没有。

"不好，声东击西！"负责人突然面色大变，低吼一声，慌忙拉着刚送完小翠回来的许鹤说，"快去看看香炉还在不在！"

一群人匆匆朝存放香炉的屋子拥去，王三思本来要跟着，一看苏尔等人都在，又歇了心思。

"负责人妙啊。"苏尔瞟了眼尸体，"这个时候还能想到香炉。"

"这里的人对自由小镇有着病态的执着。"家庭调解员的身份让王三思经常和镇民打交道，他很了解他们的思想动向。

"……现在不确定的情况太多，我们是不是离开幻境比较安全？"犹豫许久，夏至终于还是问出了这句话。

苏尔保持缄默。

见没人说话，纪珩直接挑明了道："时间不能白浪费。"

在幻境里已经待了大半天，除非疯了才会在一无所获的情况下离开。

王三思持同一想法，扮演老好人含蓄地安慰夏至："七天内完不成任务，大家都得被淘汰，来都来了……无功而返不好。"

夏至的面色变化不定，最终一言不发地离开了。

纪珩似乎准备检查一下现场，王三思无意多留，走到外面空旷的地方透气。

"道具。"纪珩冷不丁侧过身，对苏尔说。

反应了两秒，苏尔拿出小女孩的乳牙，根据之前的鉴定结果，这是成长型道具。

乳牙沾染到血液，立时展开疯狂吸收模式，好在它就如一个眼大肚小的暴食者，很快就停止了吸收。苏尔微松一口气，如果乳牙真的食量巨大，那他还真得估量一下这东西还能不能继续带在身上。

纪珩忽然说了句："欲盖弥彰。"

苏尔弯腰捡起乳牙，点了点头："小翠故意在我们面前剪纸，中途又离开一趟，仿佛在宣告她就是杀人凶手。"

想想又补充一句："还有死者嘴里的那张纸，就是在给夏至施加心理压力。"

仅凭一人之力无法离开幻境，夏至在求助无门的情况下难免对其他玩家心生嫌隙。

"挑拨离间造不成多大的影响。"纪珩笑了下，问，"如果从夏至的角度来思考，她接下来会做什么？"

苏尔低着头思考，片刻后叹道："除掉小翠。"

横竖都是要死，还不如碰碰运气从根源上解决问题。尤其是小翠的一举一动都透露出可疑，哪怕有故意误导的成分在，她也绝对脱不开干系。

"现在只剩一个问题，"纪珩唯一的一点笑容也瞬间消失了，"为什么小翠要诱导夏至去杀她？"

苏尔正想接话，脑袋猛地偏向一边。窗户外面，邮票魅物正眼珠一动不动地在看他。

"有人让我带话。"邮票魅物一字一句地道，"说你的反应太迟钝了，明明早就用打油诗做过提醒。"

苏尔回忆了一下打油诗的内容："你笑，我哭，关门狗？"

邮票魅物只负责传话："狗是灵敏的，所以要关在出不去的地方。"

他走后，苏尔眼神闪烁："前半句对应了受害者死亡时的状态，至于后面一部分……守墓忠仆将我比作狗，而我们现在正好处在棺材的幻境中。"

不像是提醒，更像是一种讽刺。

"手段不错。"纪珩淡淡道，"既能避开和你的接触，还能在暗处下套。"

很会精打细算。

这时邮票魅物突然去而复返："忘了还有一句，他说牵狗的绳子在他手中，如果你跟着走，还能有一线生机。"

言下之意，不要轻易去违背主持人的意志，摇尾乞怜才是玩家活命的法子。

苏尔沉默了好久，缓缓道："做人不能太秀。"

"木秀于林，风必摧之"的道理都快被说烂了，依旧值得借鉴。

"守墓忠仆和月季绅士有矛盾，在我的计划中，是想跟他交好留条后路的。"他已经相当克制，可如今对方一再咄咄逼人。

纪珩充当聆听者，安静地听他说下去。

苏尔说："下副本前，我曾和守墓忠仆签订过条约。"

纪珩点头，表示记得这件事。

条约内容是一年内苏尔收集够一百滴魅物的眼泪，守墓忠仆就要帮忙取出他体内的那颗眼珠。

苏尔拿出瓶子对着月光轻轻晃悠："当时守墓忠仆明确承诺过瓶子里魅物的眼泪不会蒸发，"说到这里他的眉眼间含着笑意，"我反向试验了一下，发现人的眼泪就不行。不过这也正常，可以有效避免鱼目混珠。"

"可换个角度思考，这瓶子不是成了最好的辨魅仪器？只要想办法让对方哭，就能知道对方是人是魅。"说着苏尔走到菜篮子旁，随手拿起没用完的洋葱，"让人哭的法子太多了，譬如这个洋葱。游戏强行屏蔽了魅力值和那只眼睛，就是不想让玩家辨别出这里谁是人谁是魅。守墓忠仆却在我下副本前给了我一个能辨别魅物的瓶子，这说明什么？"

纪珩扬了扬眉，大概猜到了接下来会发生的事情。

"说明他早有反心，想要跟游戏对着干！"苏尔义正词严，"若是这点不足够证明，那么那句'你笑，我哭，关门狗'就是铁证，主持人是在提醒我利用眼泪的方式去分辨魅物和人。"

哪怕身处同一阵营，纪珩都不免为苏尔这种胡搅蛮缠的能力感到惊讶，守墓忠仆的原意不过是想用这句话讥讽苏尔是狗，却被强行解释成是考官漏题。

"非但如此，守墓忠仆经常以搜集眼泪为由和玩家做交易，每次都少不了要给出瓶子。这是公款私用，用游戏的道具谋求私利，甚至违背了副本的意志，轻易把辨别神器交给了玩家！

"利用职务便利，进行非法牟利，再三侵犯游戏的所有权，具有主观意愿且不知悔改！

"游戏，你能听见我说话吗？

"他就是一个同时薅游戏和玩家羊毛的史上最无耻的中间商！

"我！苏尔！为了维护游戏的利益，在此实名举报主持人守墓忠仆！"

一席话说得掷地有声。纪珩一时无言以对，苏尔竟然能堂而皇之地把"史上最无耻的中间商"的帽子扣在守墓忠仆身上，完全是在睁眼说瞎话。

一分钟，两分钟……足足五分钟过去，熟悉的提示音并没有响起。

望着还在翘首以待的举报人，纪珩叹了口气："家丑不可外扬，游戏不可能立马回复你。"

苏尔点了点头，不忘最后给守墓忠仆上一次眼药："结党营私，滥用职权，相信游戏不会容忍一个违背公平意志的主持人。"

目睹完这场一本正经的告发，纪珩笑道："还记不记得我们刚刚谈到哪里了？"

苏尔正色道："小翠引夏至动手的原因。"

正常情况下，就算是魅物，也没有理由这么做。

纪珩看向窗外，轻笑一声："谁都不会做赔本买卖，小翠也一样。"

苏尔察觉到今天纪珩很反常，笑容在他脸上出现的次数罕见的多，就像现在，淡淡的笑意又重新浮现在他的双目中。苏尔突然想起一个细节，在进入幻境前，纪珩找王三思了解情况时，让王三思重复了一遍任务内容。为什么要多此一举？

原因是不同的玩家接到的任务有可能不一样。

"你下过有不同任务的副本？"

纪珩说："下过两次。"

苏尔忽然想到一个可能性，眸光微颤："小翠……会不会是玩家？"

纪珩似乎已将此事当成笃定的事实，道："游戏禁止玩家互相伤害，一旦夏至出手，受到游戏惩处的一定是她。"

苏尔抓着洋葱的手微微用力："那许鹤，究竟是魅物NPC、普通NPC，还是玩家？"

由玩家扮演的想要去往自由小镇的人物角色中，迄今为止，他们唯一没打过交道的便是提示里提到的新婚夫妇。

纪珩注视着他手里的东西："试试就知道了。"

洋葱被扔到半空中又被稳稳接住，苏尔说："择日不如撞日。"

他做事比做人直接，竟是直接来到小翠房门外。敲了好几下门，里面才传来一道幽幽的声音："请进。"

苏尔站在原地没动。

"门没锁。"

苏尔这才伸手一推。屋子里很整洁，小翠坐在床上，腰后垫着一个枕头。

"有事吗？"她的嗓音略带沙哑。

苏尔开门见山："死掉的那个人，我怀疑是被超自然的力量杀害的。"

小翠垂首，肩膀颤抖，不知是在笑还是在恐惧："超自然的力量？你是说魅物？"

"魅物杀人的传闻镇上早就有，我很担心你。"

原以为对方是来找碴儿的，谁料话锋转得猝不及防。小翠抬头，这一次她眼中的疑惑不似作假："担心……我？"

苏尔重重点头："女子灵气重，容易被缠上，好在我知道能克制魅物的法子。"说罢他猛地跨出一步，直接在她面前开始撕洋葱。

小翠原本半靠在床上，身后是墙，面前是苏尔，某种意义上是处于一个不易逃脱的境地。起先她以为对方是要借机对自己下手，心中不但不惧，反生出一抹喜意，然而没过多久，就发现苏尔只是单纯地一层层剥洋葱。不一会儿小翠的眼睛就被熏出了泪花，当然始作俑者也好不到哪里去。

"离我远点！"

"天灵灵地灵灵，邪祟快退散！"撕碎的洋葱被抛向半空，散落得到处都是。

苏尔趁小翠失神的刹那，帮她抹了下泪水。

沾满洋葱汁液的手指一接触到眼睛，泪花翻涌得更加厉害，苏尔连忙掏出瓶子去接，动作一气呵成。冰凉的触感贴近眼角，小翠猛地别过脸推开他："你究竟想做什么？"

苏尔不慌不忙："我就喜欢你为我流泪的样子。"

说罢，他转身跑走。

小翠："……"

"抱歉。"纪珩被留下来善后，"他脑子有些问题，每隔一段时间就要犯傻。"

小翠眼睛还疼，指责道："那你刚刚为什么不拦着？"

"医生说强行阻止容易激发他的暴力倾向。"纪珩再次致歉，悉心收拾好周围的洋葱，"晚安，祝你做个好梦。"

离开时还体贴地把门带上了。

小翠："……"

屋内，小翠的眼球彻底赤红，不知是流泪的缘故还是被气的。

凉风徐徐，苏尔坐在院子里，凝视着手上的瓶子："接下来就看这里面的眼泪是否会蒸发了。"

纪珩在他旁边坐下："不怕打草惊蛇？"

苏尔说："任凭小翠想破脑袋，她也不可能知晓瓶子的真正用途。"

"如果她真是玩家，说不定还会一边生气一边窃喜，以为我要借助眼泪和瓶子杀人。"

瓶子盖上盖后，极大地减缓了蒸发速度，即便如此，过了几分钟再去看，靠肉眼就可以看出里面的液体少了一半。

"不是魅物。"苏尔难得被愚弄了一回，有种新鲜的体验感，"她那一手精湛的剪纸技艺几乎真的骗到了我。"

月下剪纸，恐怖感塑造得很好。

纪珩说："吃一堑，长一智。"

苏尔感慨："果然人还是该多学几项特长。"

至少在游戏里很有用。

一看他那副样子就知道又悟到了奇怪的道理，纪珩放弃细究，提醒道："不要轻易对许鹤故技重施。"

苏尔心里有数，论城府，许鹤的城府要比小翠深得多。

"我会谨慎的。"

纪珩表示赞赏，即便苏尔行事上离经叛道，却是个难得的聪明人，至少听得进去劝告。

适才在小翠那里扯了不少胡话，但其中有一句道出了苏尔内心的真实想法。理治局的那名工作人员，多半是死在了魅物手中。按照许鹤跪拜香炉时的说辞，他故意引人去偷香炉，香炉则会把这些打自己主意的小偷当作祭品笑纳。

"死者后来被刻意搬到厨房，更像是人为的，方便给夏至施压。"苏尔眉头紧锁，"就是有一点很奇怪，如果他们也是玩家，为什么要对其他玩家赶尽杀绝？"

副本不会直接下让玩家互相淘汰的任务，从上一个副本就可以看出，否则它大可以在玩家中选定一名爱情杀手，然而它却选中了在上一轮游戏中被淘汰的曲清明。

纪珩轻轻敲了下桌子："跑题了。"

苏尔看他。

纪珩说："琢磨玩家的心思没必要，邮票魅物才是关键。"

找出邮票魅物的死因，就等同于找到了一半幻境的真相。

苏尔沉吟了几秒，说："我有一个想法。"

最近这句话出现的频率有些高，高到纪珩快要习以为常了。

苏尔说："先前的提示音只是很简短的一句话，而交易里根本没有限制条件。"

说罢他清清嗓子，对着无边的夜色缓缓开口："杀死邮票魅物的是许鹤……"他故意停顿了一下，又说，"是小翠……是许鹤和小翠……邮票魅物是自杀的……"

每说出一个选项，他就停几秒。

纪珩揉揉眉心，心想：这人真是把瞎蒙做到了炉火纯青。

冷冰冰的机械提示音在苏尔瞎扯了一分钟后终于响起："'邮票魅物的交易'任务更新，每名玩家仅有三次作答机会。"

苏尔没有丝毫失望，反而从容不迫地说："幸运的是我提前排除了四个错误选项。"

"不算幸运……"

"嗯？"

纪珩说："进入幻境的玩家数量不多，否则可以把错误选项卖出去，让别人少走弯路的同时，你也能赚一些好处。"

苏尔："……"

"折腾了半个晚上，"纪珩站起身看了看天色，"回去休息吧。"

武力值再高，也不排除因过度劳累在副本里猝死的可能。

门外，有一道倩影立在月光下，正抱着枕头东张西望。在看到苏尔和纪珩时，她尴尬地笑了笑："能不能让我打个地铺？"

就在一小时前，夏至从厨房离开时还带着一种决绝的愤怒，和现在判若两人。

有求于人，夏至只能实话实说："其实我本来是想去杀了小翠，那张剪纸肯定跟她有关。"

苏尔挑眉："为什么改了主意？"

"我去找她时，看她眼睛都是红的。王三思先前说许鹤对小翠实施家暴，我还有几分存疑，现在看来是真的。说来也好笑，我从前最见不惯这种受了委屈就只会哭的性子，如今竟有种同病相怜之感。"

迫于角色设定，她不得不扮演被家暴迫害的妻子，看到满眼通红的小翠那一瞬间，她突然就下不去手了。

听完夏至的心路历程，苏尔神情复杂："看来你也有做编剧的潜质。"

导致小翠哭红双眼的元凶明明是一个洋葱。

夏至听得疑惑。苏尔主动把门推开。夏至试探地往前迈了一步，确定他们默许她打地铺了，长舒一口气。

香炉太过邪性，为安全起见苏尔也来纪珩这里打地铺，一人一屋变成三人一间，难免有些拥挤。纪珩让苏尔去睡床，夏至睡小沙发，自己打地铺。夏至想着剪纸，夜不能寐，翻了个身，突然发现苏尔同样没睡，正坐在床头对着空气自言自语。

夏至看了两秒，被吓得猛地坐起身，好不容易生出来的睡意顷刻间荡然无存。

她下地走到纪珩那边，小声问："他在做什么？"

大晚上的像魔怔了一样。

纪珩见怪不怪，淡声道："打小报告。"

"啊？"

感觉他没有要继续解释下去的欲望，夏至识相地重新窝回小沙发。

此时，苏尔正在用低到听不清的声音碎碎念："邮票魅物的交易进度都能及时更新，说明游戏的意志无处不在。希望能及时反馈我的举报结果。"

与此同时，另一个副本中，尸横遍野。

倒下的人中有玩家，也有游戏里的 NPC，其中有一个女人，容颜绝美。

男子弯下腰，蘸了点她的血液，蹭在小泥人的额头上。

小泥人不在乎血的腥臭味，还挺高兴，想要再画一朵六瓣莲。

可惜月季绅士没有再理它，他看向远处的青山，耳边花朵的颜色越发鲜艳。

"团灭副本永远这么美好，何况这次是双喜临门。"

揣着那张邮票，想必苏尔此时已经进了守墓忠仆的副本。

主持人里，守墓忠仆是出了名的喜欢做交易，更爱把玩家当狗遛着玩，无论最后是苏尔被淘汰还是守墓忠仆被坑，他都不亏。

正想着，便收到了游戏公告：守墓忠仆因滥用职权破坏副本公正性，即刻起停职检查。

月季绅士嘴角一弯，轻轻的笑声回荡在山谷间。然而开心不过三秒，下一条私人消息紧随其后：请立即前往《自由小镇》副本，接手被停职主持人未完成的工作。

夜深人静。

三人一间也有好处，纪珩是靠着门边打地铺的，有人守在那里，给另外两人增添了一种安全感。

无论是夏至还是苏尔，都睡得很沉。

久违的轻松感让苏尔忘记游戏，忘记了近几个月来遭遇的一切，他的身体越来越轻，直到大脑彻底放空。

"发什么呆呢？"

一声呼唤让苏尔回过神来。

正在说话的女子看不清面容，笑吟吟道："你这次可是省状元，接下来的假期你不是说要去环游世界吗？赶紧去吃早餐。"

餐桌旁坐着一位正在看报的中年男人，无奈地摇头："你儿子你还不了解？指不定他今天就改变主意要待在家里。"

苏尔近乎失神地叫了声"爸爸"。

中年男子放下报纸，盯着苏尔看了几秒，然后过来摸了摸他的额头："没发烧啊，怎么你今天好像反应有些迟钝？"

"我没事，只是有点头疼。"

苏尔习惯性地在桌子左边坐下，他总觉得哪里不对劲，但是思维就像生锈的发条，根本上不紧。

"来，喝杯牛奶养养神。"女子把装着白色液体的杯子往他面前推了推。

苏尔端起杯子，一丝若有若无的奇妙气味萦绕在鼻间，他的动作一顿，没有直接喝下去。

"现在温度刚刚好。"女子笑容温和，语气中却透着催促的意思。

就在苏尔即将抿一口时，一滴液体从天花板上滴落，紧接着是越来越多的水滴。他抬起头，猛地对上一张脸。

"啪"。杯子掉落在地上，四分五裂。

苏尔喉头一动，天花板上的人身上一直在滴水，仿佛才从河里爬出来一样，他认出了那张面容——

"祝芸？"

祝芸冲他微微摇头，视线落在地上。

苏尔低头一看，乳白色的牛奶中掺杂着某种灰色的不明物质。

餐桌旁，女子脸上温和的笑容荡然无存，中年男人则拿起一边的水果刀朝苏尔走来："都多大了，杯子都拿不稳。"

顾不得天花板上突然出现的人，苏尔四下环顾，想要寻找什么东西阻挡，最后只能抄起身旁的凳子砸过去。

中年男子轻松躲过。

苏尔想要逃跑，腿却跟灌了铅似的，根本动不了。

两米，一米……双方的距离越来越近，苏尔的大脑先一步感觉到了刺痛。

"醒醒！快醒醒！"

苏尔努力掀开眼皮，视野中夫妇的面容逐渐模糊，终于睁开眼，看到夏至正在用力摇着自己的肩膀。

苏尔"嘶"了一声，忍住头疼坐起来。

夏至解释："纪珩说你可能出了状况。"

苏尔偏过头，发现地铺上没人。

夏至说："他出去拿凉水了，说实在不行可以浇醒你。"

话音落下没多久，纪珩端着水进屋了。

苏尔用询问的眼神看过去，后者摇头："我也只是凭感觉，以防万一才让夏至喊醒你的。"

苏尔说："感觉？"

"他说你在睡梦中笑得太过甜美。"夏至插话解释道，"正常情况下，你不会露出那样的微笑。"虽然听着挺无厘头，但不得不承认，平日里苏尔的笑容里掺杂的更多是算计。

苏尔没急着否认，省略祝芸的部分，讲述了一遍刚刚的梦。

"据说抵达自由小镇能实现人的一切梦想，我又没有做梦的习惯，这应该不是巧合。"

大半夜聊这种话题足够令人毛骨悚然，夏至吞咽了一下口水，心道：难不成真的有魅物能瞒天过海潜入这间屋子？

"气味。"纪珩沉思半晌，突然开口。

苏尔顺着他的视线低头，瞥见自己袖子上不知何时竟然沾了点香灰，指甲盖大小，散发着一股淡淡的奇异幽香。

夏至见状，若有所思地道："你武力值不高，被选作下手对象倒也正常。"

哪怕在副本里有再亮眼的表现，苏尔毕竟进游戏的时间太短，武力值的提升有限。

纪珩走到床边，抹了点他袖子上的香灰，忽然问了个不相干的问题："许鹤离家了几年？"

苏尔摇头表示不知，夏至却直接给出答案："差一个月就满两年了。"

可见下午分开的那会儿工夫，她做的调查工作很全面。

纪珩笑了下："两年不到就发了大财衣锦还乡……"他用余光打量着屋中简易的布置，"还是在没有原始资本支持的情况下。"

夏至说："根据我打听来的信息，许鹤是经商发的财，具体做的什么生意不得而知。"

现实中任何一个人都可能白手起家，但在副本里，面对这种状况往往需要多想一层。

纪珩注视着苏尔："我有一个想法。"

苏尔："……"

苏尔撇了下嘴，不满于纪珩复制他的口头禅。

对视间纪珩的笑容骤然收敛："杀死邮票魅物的是王三思。"

苏尔轻轻挑了下眉。

结论来得太突兀，夏至的第一反应是就算胡扯也不能扯到这种地步。她愣了片刻，一脸惊骇地看过去，可还没等她质疑，游戏率先给出回应："恭喜玩家纪珩破解邮票魅物的死因，获得邮票魅物的馈赠——银色子弹，对付狼人的利器。"

众多疑问堆在心底，几乎快要爆炸，夏至唇瓣抖了好几下，最终只憋出一句："王三思怎么可能杀得了邮票魅物……"

"不在于能力，而在于身份。"纪珩没有因为说对答案而有太多喜悦，目中反而多出些凝重，"每个人扮演的角色决定了他会经历的命运轨迹。"

夏至纳闷："王三思不就是个家庭调解员吗？"

纪珩摇头。

一直在沉思的苏尔目光动了动，忽然轻"噢"了一声，起身朝外面走："稍等我一下。"

夏至好奇："你去哪里？"

苏尔想着她留下来免不了要继续提问，而纪珩厌恶没完没了地给人答疑解惑，于是问："一起吗？"

夏至迟疑了片刻，点了点头。

纪珩选择独自待在屋中，似乎知道他们要去哪里，没有跟上去但也没阻拦。夏至以为苏尔会去存放香炉的地方，然而两人一路走到了许鹤父母的屋外。

明明是闷热的夏天，这间屋子却门窗紧闭。苏尔把窗户撬开一条缝，看见两个形容枯槁的老人被铁链拴在床上，身体不停扭动，处在一种极度兴奋的不正常状态中。

"给我，给我药……"撬窗户的动静分明挺大，老人却像没听见一样，只不断重复着这两句话。

夏至莫名觉得这一幕瞧着眼熟，直到看到地上的针头，瞳孔一缩……

再联想到许家兄弟间的种种异常，她不禁生出一种可怕的猜想。

老人后知后觉地察觉到来自窗外的窥视，灰白的眼珠猛地朝这边看来。苏尔弯下腰，在被看清之前把窗户合上了。

回屋的路上，夏至吹着夜风，许久才缓过神来："许鹤是贩毒发的家？"

苏尔点头："所谓的能达成一切梦想……说穿了，梦里什么都有。"

有些在现实中郁郁不得志的人，懦弱地选择用毒品腐蚀灵魂，达到另一种享乐的极端。

夏至深吸一口气："可任务要求是找到正确的邮票，去往自由小镇。"

她的脑海中有什么东西一闪而过，她突然停下脚步："有贩毒的，就有缉毒的。"

"空降的家庭调解员和镇上没有固定住处的单身汉，"苏尔神色平淡，道，"我、纪珩和王三思最可能的身份是在这里卧底的警察。"

至于许家，明显是个毒窝。

他眼睛一眯，看向夏至："所以你的身份应该是……"

"线人。"夏至冷静下来，展开分析，"因为忍受不住丈夫虐待，又没办法离婚，所以选择秘密举报。"

这样一来，不但可以永久脱离苦海，说不定还能用线索换得一些奖金，衣食无忧地过好下半生。长期被家暴迫害反而成了障眼法，让她有名正言顺的理由去见王三思，哪怕次数再多也不会引起怀疑。

难怪适才纪珩会当着她的面说出重点，原来大家是一个阵营的。

交谈间他们已经走到屋外。纪珩不知什么时候已经出来，坐在门口的小马扎上，看似在赏夜景，可惜目中没有任何星河倒影。

苏尔用手在门槛上抹了一下，随意地往旁边一坐。

"有答案了？"

苏尔点头："身份牌已经对应好，只剩下最后一点疑问。"

纪珩相当平静："王三思。"

苏尔颔首，沉声道："有线人提供信息，许鹤父母又吸毒，再不济也能来个人赃俱获。可他依旧逍遥法外。"

最有可能的一种情况是卧底中出了叛徒，在中间虚与委蛇，拖延时间。

靠在门上一动不动的夏至面色有些难看："王三思杀了邮票魅物……所以邮票魅物竟然代表正义？！"

她语气中的嘲讽意味很浓。

苏尔幽幽道："或许几年前理治局还没有这么腐朽，上头接到举报要抓毒贩，当地理治局当然要全力配合。"

现在他们看到的这些理治局工作人员远不到退休年龄，然而后来这些人全部消失不见，应该是遭到了某种不测。

"假设当前我们是在经历过去某个时间节点真实发生过的事情，而王三思依旧是家庭调解员，这么多年过去，他很有可能把小镇发展成了据点。"

　　王三思配合许鹤解决理治局的工作人员，再把自己的人手安插在理治局中。卖香炉的老板说这东西是托理治局的关系才买到的，也是一种佐证。

　　夏至的眉头渐渐舒展："如果是这样，许鹤也不过是抽到了身份牌的普通玩家。"

　　只不过对方需要扮演的是毒枭角色，却未必有罪犯毒辣的手腕。

　　"是吗？"纪珩低低笑了一声，在寂静的夜色中，这声音显得寂寥又诡谲。

　　夏至忍不住指尖颤抖了一下："难道不是？"

　　纪珩淡淡道："根据我的经验，角色扮演副本中，游戏会按最符合玩家本人特质的原则让玩家对号入座。"

　　王三思和许鹤在现实中是好人的可能性小得可怜。

　　"特质？"苏尔仔细审题，亲切地拍了一下纪珩的肩膀，"那我们的特质就是娶不上媳妇？"

　　纪珩无奈："单身汉只是用来打掩护的身份。"

　　苏尔："……"

　　阴风袭来，邮票魅物不知什么时候出现在院中，目中少了平日里的那种迷茫。

　　一枚银色的子弹呈抛物线扔了过来。

　　"这是你帮我找到死因的报酬。"

　　纪珩接住，放在手里摩挲了一下，东西是好东西，可惜在这个副本里用不上。

　　夏至试着开口："你找回了记忆，是不是要去报仇？"

　　"哪有这么容易！"邮票魅物闭了闭眼，"这个镇子已经被毒毁了，每个人的神志都受了影响。"

　　冷冰冰的提示音在此时响起："代表正义的你已经知道自由小镇的秘密，请在三天内找到毒王，彻底毁了它。"

　　三个人的任务介绍只有细微的差异，夏至代表的是混沌。

　　苏尔耸肩："毫无疑问，王三思他们代表的是邪恶。"

　　今晚纪珩特别喜欢看天空，当月亮的轮廓逐渐模糊时，他才重新开口："秘密被揭开，幻境要崩塌了。"

　　闻言，苏尔四下环顾，留意到周围的一草一木都在渐渐化为虚无。他怔了两秒，连忙脱下外套跑回屋中，把几十个小泥人打包。刚直起腰，眼前的世界便天翻地覆。

　　睁眼后苏尔不知身处何处，首先检查小泥人，好在因为注入了灵气，它们并没有随着幻境一并化为虚无。他不禁微微松了口气："全员幸存。"

　　电击器里的灵气都用光了，泥人军团还没发挥作用，假如刚刚葬送在幻境中，自己就亏大了。

　　然而他嘴角掀起的弧度在抬头的瞬间又垮了下去，熟悉的月季花映入眼帘……

　　此刻月季绅士正面无表情地站在苏尔对面，肩膀上还坐着个小泥人，小泥人眉心处的红点格外醒目。

苏尔的心一下凉透了，半晌，他僵硬地偏过脑袋，对纪珩说："才从第一层幻境出来，想不到又进入了第二层。"

没错，这一切肯定都是幻觉。

副本太过分了，居然整出幻境套娃！

"是月季绅士。"纪珩冷漠无情地道，"活的。"

苏尔眼皮一跳，目光凝视那张冰冷至极的俊脸，试探着问："你来度假的？"

幻境崩塌时，苏尔、纪珩和夏至是在一起的，被传送出来后，这片区域也只有他们三个玩家。

月季绅士："你觉得呢？"

苏尔不死心："游泳游错地方了？"

如果是那样，他一定当场高歌一曲《漂洋过海来看你》。

"呵。"回应他的，是一声嘲讽的轻笑。

月季绅士还要通知其他玩家，没时间为私人恩怨多做纠缠，视线一扫，道："上一任主持人因故停职，将由我来接手这个副本剩下的工作。"

他和守墓忠仆的主持风格完全不同，免去玩家自主探索的步骤，说："邮票是破局的关键，各位有两条路，费力去搜索，或者直接对接引员下手，夺走邮票。"

接引员是由主持人扮演的角色，只要没活腻，众人就不会动这个心思。

目睹几人的表情，月季绅士露出冷淡的笑意："镇上还有一位实习接引员，实力一般，你们有能力抗衡。"

苏尔想起当初跟在守墓忠仆身后的年轻男子，他应该就是实习接引员。不等他们更详细地询问，月季绅士便凭空消失不见，大约是去通知其他玩家了。

"怎么会突然换主持人？"夏至一头雾水。

苏尔云淡风轻："没准是哪个好心人举报搞出来的事。"

夏至偏过头，仿佛看到苏尔的一只胳膊动了一下："你怀里抱着的那些泥人……是什么？"

苏尔目光悲悯："从幻境里顺手救出来的，估计是许鹤弄出来的玩意儿。"

一盆脏水泼得毫无心理负担。

他的话，夏至自然不可能全信，不过现在也不是计较这些琐事的时候。

"许鹤是玩家，毒王不会是他。"

游戏从未公然让玩家互相淘汰。

苏尔垂眸瞥了一眼袖子上的香灰，即便从幻境出来，那股淡淡的异香依旧挥散不去。

"罂粟。"他猜测说，"香炉里可能是一枝成了魅的罂粟花。"

纪珩强调过那玩意儿会吞噬血肉，牵强点说，也符合罂粟花对人体造成的影响。

说着苏尔抬眸看向一旁保持缄默的纪珩，似乎想求证。

"可能性很大。"纪珩翻到墙上，确定了自己目前所在的位置，重新跳下来后说，

"张姐手里的香炉力量很微弱，也没有用红纸，封印的东西想必转移到了其他地方。"

他们的任务是摧毁毒王，处在他们对立面的王三思等人的任务毫无疑问是保护它。

夏至的脸色不是很好看："赢面很小。"

理治局的人早就换了一拨，现在那些人全是毒贩的帮凶，王三思完全可以利用那些人找到他们，并且作为最早的一批香炉拥有者之一，毒王被移去了哪里恐怕也只有藏它的人知晓。

不过夏至不蠢，副本不会只将天平朝一个方向倾斜，一定有什么对玩家极为有利的条件还未被发掘。

"关门狗。"纪珩不知想到什么，忽然望着苏尔说，"那句话不单单是嘲笑你。"

"你笑，我哭，关门狗。"苏尔目光闪烁——他们真正要找的可能是一只缉毒犬。

命令邮票魅物传话进行人身侮辱只是假象。

"守墓忠仆图什么？"苏尔皱起眉头。

假使一开始没给出打油诗的提示，哪里会有后面这么多事！

"真相近在咫尺，你却没有看出来，"纪珩笑道，"等你死前他再摊牌，那你岂不是要死不瞑目？"

苏尔："……"

夏至早就不在乎这两人在背地里究竟做了多少事，专注于想办法离开副本："要不要去找其他两名线人？"

苏尔从守墓忠仆令人无语的操作中回过神来，摇头："任务里特指你代表混沌，说明线人也可以成为双面间谍，随时能背叛。"

其中不确定因素太多。

夏至忍不住心思一动。

苏尔轻飘飘地道："你和我走得太近，就算叛变了王三思也不会信你。"

有三人共宿一间的事实在前，夏至投敌的路早就被堵死了。

自知不存在退路，夏至选择认命，提议抓紧时间去找狗。她被打的次数多，经常躲在巷子里的犄角旮旯，倒是知晓几条流浪犬的窝点。

苏尔略作沉吟："能对付魅的只有魅，缉毒犬大约早就殉职了。"

大夏天的，夏至没忍住打了个寒战："所以我们要找的狗……是一只魅物？"

任凭生前如何良善，能化成魅物靠的都是戾气。譬如邮票魅物，生前或许是个好人，可死后执念不散，才成了专跟玩家作对的魅物。

狗的特性是灵敏，又是专门经过训练的缉毒犬，贸然找过去，不就是去送人头？

纪珩站在光线比较好的地方，拿出在张姐的店铺找到的一张邮票，曾把苏尔拉进棺材的女魅如今正安安静静地当一幅画像。

他看向苏尔："邮票是破局的关键。"

苏尔瞬间明悟："要找印着狗图案的邮票。"

纪珩颔首，视线看向漆黑一片的夜空。

幻境里的时间和幻境外一样在流逝是好事，否则一出来便是青天白日，不利于行动。

估算了一下距离天亮的时间，他很快下决心："分头行动。"

三人聚在一起，动静太大，又影响效率。夏至没拒绝，分散开危险系数无疑会增大，却是眼下最合适的法子。况且实力最弱的苏尔都没拒绝，自己更没理由逃避！

正想着，就见纪珩似满不在乎一般掏出几个道具递给苏尔："保护好自己。"

夏至："……"

一瞬间，夏至的心沉入了谷底。

三人朝不同方向搜寻，说句不好听的，这个节骨眼上他们纯粹是在碰运气。

月黑风高，苏尔感觉自己像是化身成了一只阴沟里的老鼠，漫无目的地四处晃悠。

小泥人不好安置，他便用外套做出一个小兜，装起泥人拴在腰上。

沿路捡到两张邮票，都是没用的。苏尔眼珠一转，突然跑到另外一条街道，翻墙入室，还故意弄出些动静。

"谁？"身材结实的大婶提着木棍出来，看到苏尔时愣了一下。

这位大婶正是苏尔进入副本第一天碰到的那个中年妇人，当时对方冤枉他摸自己屁股，害苏尔被抓去理治局，此后苏尔在大婶家门外念了一夜情诗，大婶心动不已，又把他介绍给张姐做生意。

可以说苏尔能一度混得风生水起，这位大婶功不可没。

"哟，原来是你个冤家。"大婶走过来，矫揉造作地在苏尔肩膀上一拍。

苏尔斜眼瞟到院子里种植的罂粟，快速收回了视线。在这个落后偏远的地方，镇民只关心能不能拿到钱过上富裕的生活，根本意识不到其中的危害。

酝酿了一下情绪，他才故作神秘地开口："向您打听一个人，许鹤。"

大婶立马露出警觉的神情。

苏尔佯装没看见，继续说："张姐醉酒后透露说许鹤藏着一箱金子，我想偷出来，和您五五分。"

"一箱金子？"能听出大婶的语气中透出一种觊觎。

"我是这么听说的，所以我需要了解更多的信息。"

大婶狐疑："万一你私吞……"

苏尔苦笑："那您完全可以去理治局告我，一箱金子多沉呀，带着别想跑远。"

财帛动人心，大婶舔了舔干涩的嘴唇："我考虑一下。"

苏尔在旁边不时说上一句，不到半个小时，大婶便下定决心，沉声道："许鹤喜好笼络一些寡妇或者酗酒者、赌徒为他做事，我们只负责种植那东西，他则定期给我们一笔小钱。"

苏尔说："可许家在镇子上并不出名。"

说完他就知道自己犯蠢了，这个信息是王三思透露的，或许不够准确。

果然，大婶一脸惊奇："不了解就别胡扯。"片刻后又说，"不过他最近是搬了住处，说低调才能长久生财。"

苏尔连忙问："搬去了哪里？"

大婶凑近他，明明没外人，她却下意识把声音放得很低："这秘密知道的人不多，我也是意外得知……在墓地。"

苏尔瞳孔微微一颤。

"想不到吧……"大婶得意扬扬，"前不久，他爹娘去世，许鹤打着修建墓地的幌子，在那里弄了个秘密基地。"

苏尔说："消息准确吗？"

"看墓地的是我从前的老相好。"大婶说着，眼前一亮，"不如我们再叫上他……"

苏尔冷冷道："多个人就得多分出去一份。"

大婶立马歇了心思。

得到有效信息，苏尔重新游走在夜色中。

大约在苏尔离开后二十分钟，大婶家的门就直接被踹开了。

理治局的人二话不说直接进屋搜查，一无所获后厉声质问苏尔在哪里。

大婶惦记着金子，没把苏尔抖出来，一口咬定自己不知情："他这些天一直和张老板鬼混哪。"

理治局的人又气势汹汹冲到张姐的店铺。

张姐一脸莫名其妙。

工作人员冷笑道："据我们得到的信息，全镇子他就跟你和那个寡妇来往最多。"

张姐叹道："狡兔三窟，苏尔是个花心鬼，至少在附近安了三个家。"

月黑风高，除了追杀者和亡命徒，还有要设计害人的。

月季绅士给邮票魅物下命令："你在幻境中和苏尔接触不少，生前又是正义的一方，他对你会少一分防备。"

邮票魅物哪里想到一出来就换了上司，不过这对他没什么影响，他听从指挥就行。

月季绅士："苏尔和纪珩是聪明人，肯定能寻到墓地。那里沉睡着不少魅物，先和它们谈拢……"他一边说着，嘴角一边勾起残忍的弧度，"剩下的不用我说，你也知道该怎么做。"

"小魅物难缠，它们如果强硬地表示不合作，会很麻烦。"

月季绅士："提供适当范围内的好处，成本我来出。"

得到承诺，邮票魅物点了点头，去执行命令了。

幽灵一样飘浮在悠然的夜色中，他认真寻思着接下来该进行什么样的操作。

他的思考还是建立在前一任上司守墓忠仆的思维框架中，因为月季绅士不爱说太多话，邮票魅物理所当然地认为两任上司的目的一样，就是想把苏尔和纪珩一网打尽。

生前的经验告诉他，有两种原因可以促使人类产生纠葛。

为情，或图财。

深入分析完，邮票魅物很快制订好一套完整的计划。

第一步，和墓地的魅物打声招呼，让它们帮忙筹办一场史无前例的华丽的结缘大典。十里仪仗，锣鼓喧天，唢呐二胡一起上！

第二步，下一场鲜花雨，梦幻粉、知性蓝、神秘紫，各种颜色都要有！

第三步，准备十箱只能在当前副本使用的一次性道具。

只要他们愿意结缘，道具统统免费送！

夜晚的墓地里，一点点的风吹草动，都能令人毛骨悚然。

看守墓地的人窝在房子里睡得死沉，好几只野猫在外面闹腾他都听不见。

这一片并非盆地，而是一个陡坡，路不好走，杂草在杂石缝隙间放肆生长，苏尔每走一步都需要避讳着不踩到坟土，相当耽误时间。

到了高地，视野便开阔了许多。

远处有一片不起眼的平房，苏尔猜测那里便是许鹤的秘密基地。

许鹤和王三思有个共性：性格多疑。虽然不清楚中间发生了什么事，才让香炉里封印的东西换了地方，不过假设这件事他们知情，或者他们就是始作俑者，那么他们一定会把毒王移植到就近处。

而缉毒犬生前的使命是缉毒，死后或许也会无意识地朝毒王所在地靠拢。

正当苏尔思索着从哪里开始探查时，周围的树木突然开始不自然地抖动。大脑还未分析出发生了什么，身子先一步做出了反应——苏尔迅速闪躲到了一块很大的石碑后。

这个副本屏蔽了魅力值技能，让玩家无法分辨人和魅物。但这种限制似乎是双向的，魅物对人的磁场感应也不像其他副本里那样敏锐。

邮票魅物游荡在坟包间，并未第一时间发现苏尔。

他在一处站定，释放了身上的灵气，一些沉睡的魅物开始无意识地吸食，刚尝出点滋味，投喂突然间断，其中几只因为不满被迫苏醒。

邮票魅物清点后略微失望，醒来的五只魅物里，三只生前估计都有百岁，佝偻着腰，连正常的俯身都做不到。

唯一的好处是它们思维迟缓，便于控制。

邮票魅物："稍后听我指挥，一会儿这里会来两个年轻人——一个叫苏尔，白色 T 恤加长裤；另一个叫纪珩，不修边幅。"

听到"不修边幅"四个字，躲在暗处的苏尔险些笑出声。

纪珩进入副本时，因为设定原因穿着、发型都变了，又没有像苏尔一样遇上富婆，故而迄今为止穿着的还是那件破烂长衫。

邮票魅物："现在你们就开始做准备，等他们一来……"

石碑后的苏尔呼吸一紧，连忙竖起耳朵，不放过任何一个字，以为自己是在不经意间撞破了针对自己和纪珩的巨大阴谋。

"撒小花瓣，送礼，营造出天赐良缘的假象。"

苏尔："……"

他忍不住挺直僵硬的脊梁骨，仔细回味了一遍，确定自己没听错。

他的面色顿时一变……莫不是找回记忆后，邮票魅物得了失心疯？

苏尔越听越诧异，微微变沉重的呼吸声被捕捉到，一眨眼的工夫，邮票魅物出现在苏尔藏身的石碑后，倒挂着垂头看他："你在偷听？"

四目相对，苏尔并无多少畏惧。

"我来找一张邮票。"他先发制人，"为什么从一开始，你们便想方设法把我和纪珩往一块儿凑？"

邮票魅物酝酿了一下，准备编故事。

苏尔太熟悉对方那种胡扯前的神态变化了，就像是在照镜子。知道问不出真相，他索性打断了邮票魅物："不如合作？我不清楚你这么做的原因，但我可以配合你，相应地，你告诉我哪里有印着狗的邮票。"

邮票魅物深思熟虑，觉得表面功夫可以做做，毕竟新上司看起来脾气不大好，万一他把事情搞砸，恐怕要凉。

"能找到这里，说明你的思路没错。"

主持人都不能透题，何况区区一只魅物。

邮票魅物十分含蓄地说道："只是别忘了，任何事情都是相对的。"

苏尔一点即通："你是说可以反向思考，试着引它来寻我？"

"呸，我没说！"邮票魅物连连后退。

苏尔也不是个过河拆桥的，当即补了一句："这都是我用个人智慧悟出来的。"

邮票魅物松了口气，故意瞟了个方向。

见他能用眼神传递答案，苏尔若有所思，忽然意识到邮票魅物就是这个副本维持公平的先决条件。他可以给正义一方的玩家带去关键信息，否则好处都被毒贩占了，正义一方的玩家哪里有机会翻身？

走到邮票魅物暗示的地方，苏尔并没有感觉到什么，心一狠在掌心划了一道口子，血滴落在地上，味道像是铁锈一般，很快随着夜风在周围飘散。

兽类的声音破空刺入耳膜。

吼声太过凄厉，苏尔的脑袋嗡嗡作响。

一个黑团从夜色中猛扑出来，大有要一口咬下苏尔散发着血腥味的手掌的趋势。苏尔躲得足够快，在短暂的几秒间，指间似乎触碰到什么相当尖锐的东西，刺痛感提醒他自己手上多了处破皮的地方。

顾不得伤口，苏尔连忙把手缩进袖子里，背在身后，防止血腥味继续扩散。

月亮从乌云后出现，他终于看清了几米外的黑团。

是一只巨型犬，正奓着毛恶狠狠地盯着他。

这里的奓毛绝对不带丝毫萌感，黑狗的每一根毛都是竖起的，坚硬得如同钢针。

隔着一段距离，苏尔清楚地感觉到黑狗对自己的厌恶，不禁纳闷，缉毒犬就算化成魅物，眼神中也不该有那种敌视才对。

他用余光留意着周边有没有能爬的大树，忽然想到了什么，用力撕下之前沾了香灰的半截袖子，裹着石头扔了出去。

几乎同一时间，黑狗朝石头猛扑过去。

果然……苏尔松了口气，黑狗厌恶的是那些香味。

哪怕早已死亡多时，缉毒犬对这种味道还是潜意识地排斥。

解决了隐患，他把先前纪珩给的两张红纸牢牢抓在手中，黑狗有了顾忌，不敢轻举妄动。

苏尔的视线同样不敢移开，保持和狗的对视，防止它趁机攻击。暗地里他小心地从外衣做的兜里掏出一个泥人，目不斜视地问："会说狗语吗？"

泥人当然没这个技能，因为注入的灵气太少，它甚至不能像苏尔第一次做的小泥人那般口吐人言。

苏尔用余光瞟着邮票魅物。

邮票魅物说："你死一下，就知道会不会了。"

苏尔随即放弃沟通。

黑狗突然掉转方向，冲着另外一个方向低吼了几声。苏尔原以为是许鹤的人来了，正要闪身躲避，邮票魅物突然开口："别忘了你答应好的事情。"

苏尔张口就要说敷衍的话，邮票魅物突然掏出一次性道具——被抓包后的礼金可以省了，区区几个只在此副本中可以使用的道具他还是出得起的。

秉持着不放过任何一根羊毛的原则，苏尔没拒绝。

恰逢来人终于走近，熟悉的身影一点点在瞳孔中放大。看清是纪珩后，苏尔带着笑容迎上去："你来了。"

纪珩定定地看了他几秒，反手一张箓纸就贴在了他额头上。

苏尔："……"

箓纸刚一接触到皮肤，立刻轻飘飘地坠落。

纪珩皱眉，接住箓纸，审视般地望着苏尔："你没被附身？"

苏尔保持微笑。

纪珩能看出这笑容背后的冷漠，又瞟见一旁看热闹不嫌事大的邮票魅物，联系到其三番四次编的故事，试图让自己和苏尔结缘，隐隐猜出一些内情。

"辛苦了。"纪珩轻轻帮他捋顺了被风吹得翘起的头发。他笑容温和，转身朝黑狗走去，看样子是准备控制住这只犬魅。

苏尔趁机走到邮票魅物面前："你的目的达到了，好处给我。"

邮票魅物守约，交出一次性道具。

苏尔将东西揣进兜里，顺便说："你应该看得出来我们是在演戏。"

这么做根本没有意义。

邮票魅物说："聪明人擅长演戏。"

每一次表演的过程都是在做心理暗示，演戏的最高境界其实是自我欺骗。

作为玩家，苏尔只会盯着眼下的好处，懒得去分析一只魅物的心理。纪珩那边倒没有多大的动静，苏尔一回头，就看见他蹲在黑狗面前，黑狗龇牙咧嘴，可就是没扑上去。

苏尔挑眉，连它也要欺软怕硬？

邮票魅物："不要偷懒，我会时不时抽查。"

"好。"

邮票魅物消失不见。

黑狗虽不情愿，依然压抑着凶性跟在纪珩身边，按照他吩咐的，朝散发着最难闻气味的地方跑去。

中途，纪珩随口问了句："那只魅物在打什么算盘？"

"不清楚，大约是有什么误会。"苏尔淡淡道，"月季绅士是他的新上司，不可能下达这么荒谬的命令。"

纪珩同样不在意邮票魅物的算计，只说："机会难得，你看着多捞一些好处。"

苏尔点头。

黑狗虽然反感玩家身上的味道，但它更厌恶罂粟，过去的训练形成的条件反射让它忍不住去追寻那种味道。

纪珩摸了下黑狗的脑袋，它抖了抖，坚硬的皮毛在他掌心留下几道血痕。纪珩浑然不在意，只是等黑狗停下时警告道："万一有外人来，你要第一时间藏起来。"

黑狗不耐烦地低吼了几声。

苏尔说："它能听懂人话？"

纪珩说："它能感受到威胁。"

苏尔："……"

黑狗的不安和暴躁并非完全因为纪珩，苏尔朝周围看去，在遍地的墓碑中扫见一个熟悉的姓氏：许。

他现在对这个字格外敏感，哪怕在微弱的月光下，也能一眼瞧见。

"许成广。"

算了下生卒年月，墓中有可能就是许鹤的父亲，尤其是死亡时间能对上。

苏尔弯下腰，发现土很松，像是才被翻动过。

挖坑是一种天赋，无论是给别人挖坑，还是真正地挖土，苏尔都很在行，他当即就准备徒手刨。

"伤口。"

经纪珩一提醒，想起手上有伤，苏尔悻悻然站起身。

纪珩分析："看守墓地的人虽然不怎么管事，但经常刨坟动静也太大。"

苏尔怔了下："难不成有机关？"

他朝前跨了一步，随手在石碑上按了按，真的只是顺手一试，不承想地表震动了一下，最上面的一层黄土抖落，墓中间裂开一条沟壑，露出内部的棺材。

几只蛾子突然飞出来。

苏尔说："……上一次看到这个桥段是在《梁山伯与祝英台》里。"

纪珩垂眸："许鹤是真不讲究。"

竟然直接用了老人的墓地藏东西。即便玩家对副本里名义上的父母不可能存在多少感情，一般也会避免做犯忌讳的事情。

开棺后，老人只剩一副白骨，一朵巨大的花扎根在上面，有的根系因为太粗，直接撑裂了骨头。而老人颈部和胸部都有一定程度的骨折，死因或许是他杀。

"毒王？"

说话的同时，苏尔看到黑狗不安地在原地打转，就明白单靠这只狗对付不了。

纪珩不知道是不是艺高人胆大，竟然直接拽下来一片花瓣。

花朵完全没有攻击的意思，任由花瓣一片片被拽下。

终于，纪珩停止辣手摧花："有点麻烦。"

苏尔看出异常，却不知晓原因。

纪珩解释："它有心脏，不过心脏是最后长出来的。"

脑补了一下那个画面，苏尔皱眉："那在那之前受到的攻击……"

"哪怕被轰成渣，也能复原。"

苏尔本来想问心脏生长到一半时动手会如何，发现纪珩低头沉思，就知道这办法没用。他换了个更现实的问题："许鹤为什么不派人守着？"

纪珩说："这种类型的魅物往往成长起来的瞬间即是巅峰时期，凑近了就等同于送死。不过之后它的力量会逐渐衰弱，直到再一次陷入沉睡。"

"所以最好的出手时机，是等它进入衰退期之后？"

纪珩点头："时间有限。"

七天七夜是所有副本里完成任务时间的极限，在那之前，无论毒王力量如何，都要想办法铲除。

几分钟前被撕掉的花瓣重新长好，只差最后一点，毒王就可以完全绽放。

纪珩说："先离开这里。"

苏尔刚迈出几步，忽然拉住纪珩，低声问："这花能听懂人话不？"

随口一问，得到的竟是一个意想不到的答案。

"可以。"纪珩说，"魅物化成人形很常见，就像你之前在天机城碰见过的白狐。"

闻言苏尔突然后退一步，瞥了一眼生长在骨头上的花，开始品头论足："毒王果然名不虚传，若是没有见过月季花，我一定称它为世间绝色。"

半晌，他慢悠悠道："月季艳丽，化形后靠外形就能诱惑人，毒王却只能靠气味制造幻觉，这说明什么？"

纪珩好笑，配合地问："说明什么？"

苏尔说："它对自己的外表不自信。"

说完他根本不给毒王表态的机会，重新按下墓碑上的机关，一副骂完我就跑的作态。

　　黑狗被迫不远不近地跟着纪珩，几次想逃，都以失败告终。

　　纪珩说："最迟再过半天，毒王就会彻底成长起来。"

　　苏尔说："理治局的工作人员现在肯定是在全镇搜捕我们。"

　　纪珩突然停下脚步，看向黑狗："太显眼了。"

　　他想了想，掏出一枚邮票，在它面前晃悠。黑狗当然也能化为邮票，只是它眼下还在想着反击。但它终究是在威逼之下，不甘不愿地暂时变为一张轻飘飘的邮票。

　　不用去防着随时会逃走或反扑的黑狗，行动起来要方便很多。

　　"一前一后距离太远。"邮票魅物不知何时出现，认真履行抽查义务。

　　苏尔配合着和纪珩并肩行走。

　　纪珩忽然问："主持人在哪里？"

　　邮票魅物很大方地指了一个方向。

　　他巴不得这两人去找新上司的麻烦，再被干掉。

　　纪珩朝他手指的地方走去，边走边说："那朵花记住了我们的气味，成形后肯定会第一时间追过来。"

　　苏尔表示理解，谁让他们非要在毒王眼皮底下讨论怎么干掉它！

　　纪珩说："尽可能拖延时间。"

　　消耗越久对他们越有利。毒王的实力每分每秒都会一点点从巅峰走下坡路。

　　在一条暗巷里，苏尔和纪珩成功与主持人狭路相逢了。

　　月季绅士笑容复杂，看向远处的小山坡："有东西下山了。"

　　苏尔神情一紧。

　　这条暗巷十分潮湿，经常被当作垃圾处理地，气味难闻。

　　纪珩说："找个地方躲起来。"

　　说完，竟是当着主持人的面找了个藏身地。

　　没多久，一个妖冶的女人出现在巷子中，正是化形后的毒王。

　　她被垃圾的臭味影响了判断。

　　月季绅士伸出手，开口就要点明那两人的藏身地，对面的女人突然注意到他耳边的月季花，想起昨晚大放厥词的两个浑蛋。什么月季才是绝美的，没有品位的东西！

　　"好丑。"女人一脸嫌弃，目光鄙夷地望着主持人耳边那朵白日里略显黯淡的月季花。

　　月季绅士："……"

　　月季绅士嘴角的弧度一点点收起，浑身上下的气息冰冷又危险："你说什么？"

　　坐在他肩上的小泥人说话还不算太流畅，一字一句贴心地帮忙解释："她……说……你……丑。"

最后一个字它念得特别重。

暗巷有暗巷的阴暗面，在这里行什么危险之事都很难被注意到。道窄巷深，嗓门大了还会产生回音。好比现在，小泥人口中的"丑"字掷地有声，一时间充斥了整条巷子。

从毒王开口的一刹那起，月季绅士便知道是苏尔下了套，理智的做法是现在就将罪魁祸首的位置曝光。如今毒王才苏醒，实力正是巅峰，真对上了，那两个必定有性命之忧。

月季绅士望着对面一脸不屑的毒王，眯了眯眼，两相比较，苏尔和自己的仇怨似乎要大一些。就在这时，小泥人忽然断断续续道："一次，很多。"

它表达得言简意赅。

主持人不可能动手去对付副本里的 boss，想要弄死毒王，只能靠玩家。

但苏尔不同，山水有相逢，真要出这口恶气，日后总有机会遇到。

月季绅士瞥了小泥人一眼，几秒后有了决断，藏在袖间的手指随意动了两下，巷子里的风向在不知不觉间被改变。毒王蹙起眉头，被味道误导，觉得自己好像找错地方了。

转身前毒王重新打量了一下月季绅士，悄悄放出些能致幻的花粉试探，然而根本没产生影响。心道：若真动起手来，自己赢的可能性不大。权衡之下，她准备先去找昨晚溜走的那两个浑蛋算账。

即将走出巷子口，毒王的心绪依旧有些不平，她回头鄙夷地道："丑八怪。"

中二不等于愚蠢，她第一次出言挑衅时对方没有出手，毒王就猜到对方要么实力不允许，要么就是被什么条件限制着。正如同她自己，只要不死，便会无限重复从巅峰到衰弱，继而陷入沉睡再苏醒的死循环。

月季绅士一言不发，斜眼瞟向苏尔藏身的地方，冷笑一声后凭空消失。

暗巷重归寂静。

苏尔微松一口气，没立即离开臭味四溢的巷子，偏头对纪珩说："现在出去，容易把毒王重新引过来。"

一直躲着肯定也不是个办法，谁知道主持人的一个小动作能忽悠毒王多久。

还没说完，远处突然传来一声尖叫，打断了他接下来要说的话。

纪珩低声道："你别动。"

说完他爬到墙上，没几秒又跳了回来："是毒王。"

苏尔皱眉："她在伤人？"

纪珩打了个比方："毒王伤人的方式和蟒蛇有相似点。"

苏尔脑补了一下那个画面，脸色一沉。

横亘在两人间的气氛有些压抑，他们各自靠着墙开始思索对策。

同一时间，许鹤等人现身理治局。局里最早的一批工作人员殉职后，现在还留在局里的都是他们安排的人，说话没什么避讳。

"毒王已经苏醒。"许鹤闭了闭眼，"有自诩正义的人正在找机会对她下手。"

一个工作人员连忙道："可以进行贴身保护。"

许鹤懒得和蠢人说话，王三思处事圆滑，好声好气地解释道："毒王刚苏醒时，有食肉的本能。"

那个工作人员听后第一反应不是担心镇民的安全，而是会不会引起骚动。

"毒王彻底消化完食物还需要一段时间，"王三思不想再绕弯子，直接道出重点，"我要你们全员出动，尽快抓到那几人。"

虽然没有办法直接对玩家出手，不过羁押他们直到游戏结束不难。

工作人员讪讪道："要是碰到毒王……"

一直没说话的小翠赶在王三思再开口前不耐烦地道："随便从在押人员中带走一个，真遇到了，可以推出去当挡箭牌。"

工作人员一拍脑袋："这主意妙！"

足足过去了半个小时，苏尔和纪珩仍旧窝在垃圾堆中，探讨的话题从怎么在毒王眼皮子底下不被发现，渐渐过渡到了许鹤身上。

"根据那天晚上听到的信息，许鹤渴求做一名抬棺人。"任务明确后，苏尔唯独对这一点没想明白，"他是一个玩家，任务是保护毒王，跟抬棺人有什么干系？"

还有打油诗中的最后一句"儿郎，棺材，红袖舞"，红袖舞或许代表毒王，毒王从棺材中长出，勉强能套上关系，但"儿郎"一词代表什么他至今琢磨不透。

苏尔喃喃自语的声音传到纪珩耳边，后者思索片刻："假设'儿郎'代表抬棺人，三者之间应该存在某种联系。"

话没说完，纪珩目光微变："毒王从棺材中长出，还缺少一个关键信息——是谁把毒王移种进了棺材？"

许鹤不可能有这个本事。

苏尔顺着他的思路捋了一下，笑不出来了："所以真正站在食物链顶端的是抬棺人。"

然而转念一想，许鹤那晚口口声声向自由之神祈祷，说明抬棺人之上可能还有一个自由之神。

沉思了几秒，苏尔猛地抬起头，对上纪珩似笑非笑的表情，低低咒骂了一句。当然，咒骂不是冲着纪珩，而是冲着主持人。

"差点又被坑了。"

见面的那晚，苏尔还在奇怪月季绅士为什么没直接来找自己算账，不承想从一开始他就在下套。

苏尔忍不住自嘲地笑了笑："月季绅士引导我们从实习接引员身上抢邮票时，肯定预料到我们会从其他方面找线索。"

事实也是如此，他们成功找到了墓地，发现了最关键的黑狗邮票，然后……理所当然地忽略掉了实习接引员。

纪珩的情绪倒没有太大起伏，平静地说："无论是谁，如果能在永远不说谎的前提下顺风顺水，那你就该格外当心。"

苏尔点了点头："买个教训也好。"

因为家暴被迫做线人的受害者，以及卧底警察、毒贩、叛徒，每个人的身份背后都有故事，共同推动了副本的发展。在完整的故事线中，唯独一个人的身份很多余——实习接引员。

派发邮票这种事有主持人来做，实习接引员根本没有存在的必要。副本无缘无故安插这么一个角色，甚至让他来给主持人打下手，肯定有原因。

纪珩瞟了眼苏尔系在腰间的外衣，苏尔会意，依次从临时做的小兜里掏出泥人，吩咐道："去找实习接引员，他喜欢穿一身黑，不会像正常人一般自在地行走在阳光下。"

他边说边在满是灰尘的地上大概勾勒出一幅人物肖像，不过实在不太像，纪珩看不下去，对线条进行改动，改后不说十成像，至少像了个七八分。

特殊情况下，数量能代替质量。譬如此刻，泥人军团虽远不如初代小泥人聪明，但行动力强，能迅速在不大的镇子上隐蔽地展开搜寻。

一小时后，苏尔终于得到了想要的消息。

他们离开暗巷，得以呼吸到新鲜的空气，仿佛又重活了一次。

来的第一天，苏尔张贴过守墓忠仆的寻人启事，如今大街小巷都能看到他和纪珩的通缉令。好在有小泥人带路，搜寻得还算顺畅，发现有其他人靠近，它们便会提前给出警告。

实习接引员白日里是独处状态，似乎对什么都兴趣寥寥，独自坐在一个阴暗的房间内，等待黑暗的降临。

纪珩和苏尔出现时，实习接引员并不是很欢迎，表现出和他们敌对的态度。

苏尔说："我没有恶意。"

实习接引员淡淡道："你们想要抢夺邮票。"

苏尔摇头："其实看到你的第一眼，我就知道你是个有故事的人。"

这句话似曾相识，纪珩记得在新手场时，苏尔对待一个有故事的魅物，是把对方用线吊着放进抽水马桶，来来回回冲刷了好几次。

"我最欣赏有故事的人。"苏尔试图博得实习接引员的好感。

实习接引员摇头："我连记忆都不全，哪里来的故事？"

苏尔："……"

"不过我倒是经常做一个梦，梦里我渴望带给每个人自由……我帮助他们逃脱了生死束缚，然而他们却说自己的心灵不自由。于是我找到一朵能影响人神志的花，赋予它力量，期盼它带给迷茫者精神上的自由。可后来，他们都背叛了我，我耗尽力量，终于让永生者抬着他们本应踏入的棺材赎罪，并让花周而复始地沉睡、苏醒再沉睡。"

苏尔垂眸："你带给人的是逃避，不是自由。"

实习接引员的神色毫无波动，哪怕被否认了自己所做之事的全部价值。

苏尔问："为什么还有人渴望成为抬棺人？"

实习接引员说："他们只看到了永生，看不见其中的痛苦。"

他叹了口气，开始谈对自由的见解。

浪费时间和三观不同的人谈价值观没意义，苏尔选择打断他，开门见山地说："我想彻底消灭毒王。"

实习接引员突然阴森森地笑了："好，不过你要成为抬棺人。"

苏尔沉下脸，纪珩不动声色地上前一步，给了他一个眼神——走。

就在纪珩要丢出箓纸的前一秒，实习接引员慢悠悠地道："现在是九点半，不久前我给了镇上的小孩一点钱，让他九点二十分的时候通知理治局的人，来这栋民房抓逃犯。"他抬眼望向窗外，"算起来你们的时间不多了。"

说着，实习接引员收回目光，凝视纪珩："一刻钟内结束不了一场战斗。"

纪珩冷冷道："你的目的是什么？"

实习接引员站起身，指着苏尔说："我能看出他对抬棺人的不屑和厌恶，那个叫许鹤的反而一直梦想成为抬棺人。等许鹤来了，发现自己苦苦追寻的一切被别人轻而易举得到，岂不是很有意思？再者，我瞧你们俩关系不错，为了自己活命，眼睁睁让同伴沦为抬棺人，也挺有趣。"

面对不加掩饰的恶意，苏尔的手微微攥紧。

"答应他。"纪珩突然道。

"啊？"

纪珩说："眼下没有更好的法子了。"

实习接引员饶有兴趣地望着朋友即将反目的画面。

苏尔没生气，沉吟道："牺牲一个，保全大局。这是条出路。"

纪珩点头，又问："自由之神遭到背叛黑化，你现在遭受不公平的待遇，成为抬棺人后该做什么？"

苏尔想了想："报复社会。"

纪珩满意地笑笑："怎么报复？"

苏尔缓缓地说出四个字："无限副本。"

纪珩随即看向实习接引员："既然你想让他永远留在游戏中，就抓紧时间开始吧。"

说着他大方地走到一边，留苏尔孤零零地站在原地。

实习接引员伸出手，志在必得的笑容还未完全显现，整条胳膊突然被蓝色的火焰缠绕，任凭他痛得在地上打滚儿，火也没有丝毫要熄灭的意思。

起先实习接引员以为是纪珩在搞鬼，直至感受到死亡的威胁，才明白过来这是游戏的意志。

为什么？

为什么游戏要用惩处叛徒的方式对待他？明明他没有任何违规操作！

距离理治局的人赶来最多只剩十分钟，纪珩却花费五分钟讲了苏尔在天机城时的表现，并重点提到了异人的结局。

"如果你是游戏，看到有下属试图把这样的玩家永远留在游戏中，你的第一反应是什么？"

实习接引员设身处地想了下，忍痛吐出一句话："总……总有贱人想害我！"

说完这句话，实习接引员身上的火苗渐渐熄灭，他的复原能力很强，被毁坏的肌肤以不可思议的速度长好了。

苏尔好心倒了杯水递过去："理治局的人快到了，抬棺人……"

"那个称号配不上你。"实习接引员咬牙切齿地说完，费力地爬起来找到机关，打开秘道，"滚。"

苏尔态度坚决："不，我要成为抬棺人。"

"不行。"

"君子一诺千金，更何况你是堂堂自由之神。"

实习接引员眼皮一跳："别跟我杠！"

"……"感觉到对方的忍耐快要达到极限，苏尔这才旧事重提，重重说出"毒王"一词。

不想再和这个丧门星多打一分钟交道，实习接引员没好气地道："家庭调解处的饮水机后面有一张邮票，可以帮上忙。"

灯下黑？那个地方他们可去过不止一次。

苏尔评价："套路不错。"

没时间再耽搁，他最后看了一眼实习接引员，和纪珩从秘道离开。

"东西在那里反而比较容易隐藏。"漆黑的暗道里，纪珩开口。

苏尔点了点头，表示同意："王三思不会想到我们敢去调解处。"

不过眼下他更担心的是他们正在走的这条路。

"你猜秘道最终会通往哪里？"若是一出去发现外面就是理治局，就精彩了。

"副本既然留了秘道，说明这是一条生路。"

纪珩经验老到，判断没出错，秘道的尽头在一个偏僻的垃圾处理厂。

两人突然出现，吓得躲在垃圾桶后面的人拿起砖头就要砸过来。当看清他们容貌后，那人及时收住动作，夏至惊讶地道："是你们？"

苏尔也挺惊讶。

理治局的人搜了一晚上，夏至的伤还未痊愈，能坚持到现在很不容易。

"本来想去找毒王，但碰到巡查的，"夏至苦笑，"逃脱后我便躲在理治局后面的一棵大树上，等他们交接班时才敢移动位置。"

苏尔目光复杂，又一个灯下黑的成功案例，值得借鉴。

感觉他看自己的眼神很奇怪，夏至轻咳一声，询问他们有什么发现。

苏尔一五一十说了。

"家庭调解处……"夏至失神了几秒，突然取下发带。

乌黑的长发飘散，吸引人目光的却是藏在发带里的数张邮票。

她指着其中一张印有火苗图案的邮票问："是不是这个？"

苏尔仔细看了一下，发现那图案和先前在实习接引员身上燃烧的幽蓝光团挺像，连忙询问邮票的来源。

"我经常被打，跑去家庭调解处求救过几次，有一回趁王三思去上卫生间，我心血来潮四处翻找了一下。"

心血来潮肯定只是托词，那种情况下都不忘去搜集邮票，足以证明夏至的心思缜密。

为保万无一失，纪珩还是冒险去了一趟家庭调解处，确定饮水机后面已经没东西了，才开始讨论接下来的计划。

夏至说："万事俱备，只差找到毒王。"

纪珩说："让她来找我们。"

他们挑了处风口的位置站着，不刻意隐藏气味的情况下，毒王自然很快就会寻来。至于夏至，则躲在暗处随时配合行动。

但天公不作美，他们先等来的不是毒王，而是许鹤。

他的笑容一如既往的单纯脑腆，即便到了这个时候，也没表现出丝毫的剑拔弩张之感。

"早知道我该再带上些理治局的人手。"许鹤叹了口气道。话音落下，他的目光突然变得凛然，像刀子一样直刺苏尔，"你们见过实习接引员了。"

他的语气很笃定。苏尔没否认。

"第一次见你就觉得讨厌，"许鹤勾唇，"就像看到了同类。"

苏尔："……"

许鹤说："我们做个交易，只要你们告诉我实习接引员在哪里，我可以不管你们接下来的事情。"

苏尔的面色终于有了些变化，虽然对方是在看着自己，但他总觉得这句话是在问纪珩。

现在放行不排除许鹤会叫人来，纪珩沉默了一会儿，折中道："毒王来，你走。"

许鹤皱了下眉头，最后颔首："好。"

纪珩倒是没拖到最后一刻才说出实习接引员的位置，当场言明。接下来的几分钟，无人再开口说话，时间仿佛凝固。在此期间苏尔的视线一直胶着在许鹤身上，试图揣摩出对方的心理。

现在只有他们几人，许鹤完全可以利用玩家间不能互相淘汰的设定最后拼一下，试着从这里逃出去，或是制造出比较大的动静，吸引其他人来。

仿佛能读懂他内心的疑惑，许鹤走近了几步："就算你们不联手，纪珩也可以困住我，没必要浪费力气。"

对于这句话，苏尔一个字都不信，半晌才说："恐怕找到实习接引员对你更加有利。"

都是逐利者，装什么潇洒？

许鹤先是一愣，继而大笑，最后用一种漠然的眼神看着苏尔："下副本肯定有成有败，有些玩家是实力不够折在副本里，可还有一些，是注定要死在那个副本里。"

这时双方的距离已经足够近，许鹤附在他耳边轻声道："总有一天你会遇到，属于你的必死局。"

苏尔还未来得及做出反应，许鹤直接越过他，朝更远的地方走去。

纪珩没有阻拦，反而看向远处："毒王来了。"

人们常说，有毒的花最美，这句话放在毒王身上很贴切，单论艳丽的外表，苏尔至今也没见过谁能超过她。可惜那份绝美在她走近后，一点点消失。

发现猎物后，毒王的脑袋立刻变成一朵花，脖子以下化为韧性极强的茎干，延长数米，朝苏尔扑来。

为什么首选的攻击对象总是他？！

无奈归无奈，苏尔没有躲，认真履行着一个活靶子的职责。

花朵快要近身时，被一道黑影阻截。黑狗好不容易重获自由，一出来就闻见毒王的味道，当场咬了过去。花瓣的硬度似乎高于黑狗尖锐的牙齿，愤怒的花朵不停甩动，除了最初偷袭的优势，黑狗渐渐落了下风。

纪珩的视线扫向夏至藏身的地方，收到提醒，夏至连忙拿出印有火苗的邮票，一直沉寂的火苗主动从邮票中跳出，朝花朵冲过去。

火烧起来不分敌我，毒王发出凄厉的惨叫，想要撤离，黑狗死死拖住她，最终竟一同葬送在了火光中。黑色的粉末飘散在空中，苏尔及时捂住口鼻，那股腥臭味却无孔不入。不知过了多久，火苗终于熄灭，如同毒王和黑狗一般，彻底消散在天地间。

"结束了吗……"

苏尔的这句话如同自言自语，也不知道是在问谁。

期盼许久的提示音这才响起："毒王毁灭，任务完成。"

夏至从暗处走出，心里的石头落地，开始四处观望，寻找主持人的踪迹。许鹤那边还不知道是什么情况，唯恐夜长梦多，她现在只想赶紧被传送走。

苏尔说："放心，他肯定在附近。"

依照月季绅士的性子，毒王得罪了他，他就一定会找个好地方欣赏毒王死前的惨状。

苏尔抬头寻找了一下，很快发现了一棵大树，那里的视野就很好。

果不其然，树上跳下一人，月季绅士一挥手，话都没说直接开始传送。

苏尔望着他肩头的小泥人，朝不远处的泥人军团挑了下眉。小泥人接收到暗示，上下晃动了一下僵硬的脑袋。

人山人海，各种讨论声从四面八方涌来。中转站迎来从未有过的喧闹。

苏尔感觉自己就像来到了热闹的菜市场，先后看了纪珩和夏至，他们似乎也稍稍诧异了一下。

"集会？"苏尔不确定地问。

"老大！"赵三两顶着醒目的"杀马特"发型，穿过人群，艰难地向他们一点点靠近。

因为现在人太多，说话都得很大声。一同挤过来的还有姚知等归焚的成员。一旁的夏至来不及告别，看到自己组织的人，连忙挤了过去。

最初的惊讶过去，苏尔观察了一下周围，意外瞧见不少高武力值或者高灵值的玩家。

苏尔问："聚众抗议？"

赵三两："啊？"

苏尔猜测："他们是想集结力量，推翻游戏？"

"……"赵三两咽了下口水，"咱能不在游戏的地盘上商讨怎么对付它吗？"

不再胡乱揣测，苏尔等着下文。

赵三两的神情瞬间变严肃："海选。"

他废话多，絮絮叨叨说个没完，姚知见他实在讲不到重点，直接打断，接过话茬："游戏突然发布召集令，据说有一个特殊副本，想去的玩家可以报名，但要通过海选。"

纪珩："报名条件？"

姚知说："没有条件，有意愿的站在水幕边，胸牌会自动脱落。"

苏尔忙问他有没有报名。

姚知摇头。同一时间，赵三两整理了一下发型，说："老大肯定要去，但组织必须有人守着，防止全军覆没。"

苏尔听得一知半解，赵三两拉他到一边："老大是不得不去，归焚太招人眼，道具又多，如果别人去了实力飙升，难保回来之后不会打我们的主意。"

一进副本就背靠归焚这棵大树，苏尔基本没感受过玩家间的斗争，经他这么一分析，突然觉得当组织首领确实不容易。苏尔低头看了一下自己的魅力值，经过上个副本，数值已经提升到78，勉强可以自保。

"我也想去看看。"

赵三两做不了主，看向纪珩。

"游戏没有卡数值，海选考虑的应该不是大家明面上的实力，但你要做好心理准备……"纪珩讲明利弊，"特殊副本里，也许不限制互相淘汰，甚至会故意将玩家分散进不同区域，我不一定顾得上你。"

苏尔考虑得很仔细："这个险值得冒。"

哪怕不下特殊副本，其他副本难度也不低，横竖都有危险，肯定要择利而行。

水幕那边围得水泄不通。

"请让一让。"

有玩家认出纪珩，侧过身让开道。

临近水幕时，玩家们的胸牌和水幕就像磁铁的两极，胸牌纷纷被强行吸入水幕。胸牌随着水流滚动了一圈，几个呼吸间便物归原主。

苏尔问："这就结束了？"

还没等到回答，就见水幕上浮现出一长串名字，其中包括他和纪珩。约莫一分钟后，名单自动消失，直至又有人入选，才再度闪现片刻。

不知海选会持续多久，苏尔没继续凑热闹，同纪珩对视一眼，按下胸牌。

离开副本的一刹那，松了一口气的声音很明显。

纪珩说："在为成就点的事庆幸？"

苏尔点头，刚刚那么多人，游戏要是再像之前一样当众播报成就点，绝非好事。

游戏似乎出了什么问题，暂时没有精力关注他，这还是他首次从副本中出来没有获得成就点。

"不是不给，有一个瞬间天空中汇聚了乌云，"纪珩淡淡道，"可是当你走到水幕边，乌云又很快散开了。"

游戏在想什么，谁也不知道。

纪珩说："早点回去休息。"

苏尔点了点头。

一回家，苏尔就靠在柔软的沙发上，不大愿意动弹。良久，他用小拇指钩到电视遥控器，单是完成开电视这一动作就用了好几分钟。

关于曲清明的报道铺天盖地，一个美女模特突然失踪，别说新闻，苏尔打开社交网络，营销号编出的各种离奇版本都有数百个，偏偏每个版本下面都有评论。

他想看看能不能在其中发现疑似来自玩家的发言，然而多数评论不堪入目。他索性不再为难自己，关了手机，朝后一仰，靠在沙发上。

现在正在播放的是一个叫《花花娱乐》的娱乐节目，节目提到了曲清明和一个叫 Kate 的模特。

节目播放了一个视频片段："我和清明从小就认识，她一年级时就很喜欢炫耀自己的脸，很奇怪的感觉，我也说不清楚……"

网友都在抨击 Kate 和节目蹭曲清明的热度。苏尔皱眉，这番言论乍一听是很惹人厌，但如果建立在情况属实的基础上，就有些不对劲。

在一个人年纪特别小的时候，关注点会更容易聚焦在新衣服、新发型之类的事情上，而非长相。何况小孩在五官还没长开的时候，大多都挺漂亮可爱的。再联系到纪珩对曲清明关于美丑的提问，苏尔不得不多想一层。

他强行打起精神，拿出纸笔准备细细罗列线索，忽然感觉呼吸不畅，整个人像是掉进了巨大的旋涡当中。他无法抗衡这种力量，那种感觉跟最初被拉入新手场时很像。

第十章

金钱的力量

苏尔的意识恢复得很快，当他彻底清醒时，发现自己正规规矩矩地站在一个广场上。

还能活着睁眼看世界是好事，他随便一扫，每十个人里至少有一个是玩家。

远处高台上的人很显眼，估计三十岁出头，强壮，严肃，看任何人都带着审视感。男人说话时的声音很大，穿透力远超普通人，因此在场每一位都能听清他在说什么。

苏尔安静地站了片刻，猜测短时间内主持人不会出现，不由得轻轻一叹。主持人不在，意味着目前无法了解这个副本的任何信息。

台上的男人废话不多，讲明注意事项后沉声道："测试开始！"

第一个走上去的竟然是玩家，神情略带迷茫。

按照要求，那个玩家握住一块奇怪的石头站在一架仪器前，没过一会儿便开始浑身抽搐，青筋暴起。一声尖叫后，他的胸牌数值一瞬间灰了。

"失败。"负责测试的男人摇了摇头，"下一个。"

场上的气氛从一开始就很严肃，看到眼前的一幕，谁也没逃跑。

苏尔的位置靠后，时间还很充足，他找了个面相和善的女生开始旁敲侧击地打听。恰好临近处也有一个玩家，两个人配合着打听情报，像是玩拼图一般，终于凑出了一个大概。

正在测试的机器可以无限放大一个玩家的特性，为他生成某种身份。

譬如台上负责测试的男子，觉醒身份是"蛊"，有控虫的能力。

苏尔总结了一下，身份不过是一个代名词，真正重要的是觉醒出的异能。当然觉醒的过程很凶险，若特性并不是很强大，存在百分之三的淘汰可能。

鲤鱼跃龙门。

觉醒就是一道危险的龙门，跃过去便会有光明的前途。

"我有点后悔了。"一旁的玩家故意说。

之前还挺和善的少女立刻愤怒地道："快收起这种心思。"

玩家给苏尔使了个眼色，苏尔配合他，装作和女生站在一边，指责那个玩家的同时继续套女生的话。

很快，他们又得知每个去测试的人手中握着的石头叫"赋石"，一般会出现在魅物居住的巢穴里，每年会根据报名人数在测试前一天派人找到同等数量的赋石，伤亡在所难免。

赋石一旦离巢，里面的能量最多维持两天。

如果有测试者反悔，意味着一块赋石将会被浪费，长此以往，会给财政造成极大的负担。

所以一开始就没给大家反悔的机会。

苏尔正想着，前方有些骚动。

"是圣女！有人觉醒了圣女身份！"女生满脸激动，"她未来可以施展治疗术。"

之后又有几人陆续觉醒身份。时间一分一秒过去，终于轮到苏尔。

石头表面不断渗出黏液，握在手心里感觉不太好。

苏尔以为测试会是一个相当痛苦的过程，然而事实上很舒服，赋石渗出的液体被皮肤吸收，融合成一股力量在体内游走。之前离得太远，真正测试时才知道电子屏幕上会根据测试者的个人情况显示出关键词：快感、生命缔造者、吸……

苏尔的面色不太好，机器竟然能把他曾经的所作所为从记忆中搜寻出来。

这几个词真正对应的东西应该是：电击器、小泥人、魅力值。

好在测试仪只是冷冰冰的仪器，并未展示出详情。

不知是不是错觉，他的测试时间比之前的玩家都要久一些。又过去一会儿，屏幕突然闪现出两种颜色，旁边一直波澜不惊的冷酷男子脸上头一回露出喜色："仔细记录，他可能是双身份者！"

同一时间，台下的交流和艳羡声清楚地传到台上。受到这种气氛的影响，苏尔眯了眯眼，内心突然涌起一种君临天下的豪气！

谁没幻想过自己是世界的中心！

万众瞩目中，测试结果终于显现——

身份一：魅魔，挑动和摧毁欲望是成年魅魔的绝活儿。

身份二：长生种，强大的力量铸就了傲慢的贵族气质，一生中最多有三次可对垂死者使用的初拥机会，能延续垂死者十年生命。

苏尔睥睨的目光瞬间收敛，紧接着眉心一跳——这两个身份就差没明着昭告天下这里有一个能续命的万人迷，快来收拾他！

君临天下的气势荡然无存，面对台下一张张呼吸发紧的面孔，苏尔内心只剩一个想法——

纪珩，护驾！

广场上沸沸扬扬的讨论停止后，负责测试的人脸一沉。

"长生种身份……"测试官的神情有几分复杂，看向做登记的工作人员，"去通知吧。"

测试结果公布的三分钟后，一辆豪车停在广场外，苏尔在不明就里的情况下，被请上了车。

车内挂着香囊，装饰华丽。

"哎……"

一个几乎半躺在座椅上的男人调整了一下姿势，坐起来伸了个懒腰："欢迎你加入大家庭。"

苏尔定定地看了他几秒，缓缓道："长生种联合组织？"

"聪明！"男人拍了下手，侧过脸露出罕见的异瞳，"我叫三花。"

听到这个名字，苏尔眉间微微一动，面不改色地伸出手："苏尔。"

三花的手又冰又凉。

"获得长生种身份的人，会有一次到三次不等的续命能力，对于垂死之人，我们就像是沙漠里的绿洲。"他笑容讥讽，刻薄的语气逐渐平缓下来，"为了避免被这种人圈养，长生种联合起来，组成家庭，哪怕有一个成员遭受不公平对待，其余人都会还以百倍的报复。"

苏尔说："看来我们的靠山不小。"

有着续命能力还这么嚣张，没有依仗的话，早被其他身份的玩家组织联合清剿或者囚禁了。

三花颔首："善用你的天赋。"

苏尔垂眸思索，对于长生种来说，找一个位高权重的人在背后支持并不难，何况是一个长生种家族，等同于集合了多股顶尖势力。

别的三花没多说，他看了会儿写真集，直接把杂志扣在脸上睡了过去。

车上有小电视，苏尔每个台看了几分钟，结合之前在广场上从那个女生口中打听到的消息，对这个副本大致有了些了解。撇去"身份"和"异能"两个关键词，这个副本应该是迄今为止最贴合现实世界的。

国家、职场、学校……整个社会体系构成与现实世界基本一致。然而这个世界危险重重，除了有个别在历史长河中进化成了危险魅物的动物，还有一部分心怀不轨的人想要打造属于他们的王国。

在路口处遇红灯，三花没睁眼，声音隔着纸张传出来，有些发闷："录取通知书这两天就会到，明天记得去上培训课，会有专人为你们讲解激活特性后需要遵守的特定规则。"

"在哪里上？"

三花表示不用他操心："有专车接送。"

手机突然振动了一下，三花把杂志扔到一边，看到刚刚传送来的信息："双亲早逝？看来免去了我们去联系你父母的环节。"

苏尔没说话，他早就习惯了在副本里自己天煞孤星的角色设定。

车子一路开到郊区，最后停在一栋古堡外。周围只有树木和电线杆，依稀还能听见乌鸦的叫声。

苏尔沉默了几秒："这块地买卖合法吗？"

"当然。"三花下车后绅士地帮他打开车门，"长生种数量少，这座城市里一共就十个。"

说罢他对苏尔眨了眨眼："现在是十一个了。"

大门被推开时发出的响声沉闷又持久。这里装修风格复古，但没有丝毫人气。三花一进门便随意地坐在地毯上："大家各有工作，今天就我一个人在，三层以上，你随便挑一层住。"

一个人住一层楼，比起奢华，更多的是一种令人窒息的恐怖和压抑。

副本难得仁慈，这一夜平安无事。第二天一早，车子停在别墅外，喇叭响了好几声，苏尔已提前收拾好，听见声音立马跑了下去。

这是辆校车，里面坐着的都是这片区域内成功激活身份的新学员，大家坐在各自的位子上暂时没有交流。

培训中心建在本市一所知名高校内，现在正值假期，校园里除了来培训的，基本没有其他人。十分钟内，先后有三辆校车停下。

四名教师站在正前方，手上各有一份表格。

穿工装的女人拿着喇叭："我叫到名字的，上前来。"

苏尔不喜欢挤在人群里，站在队伍最后，看不清前面是什么状况，只能专心听她讲话。

百名学员被均匀分配到各个班级，最后剩下的二十五人竟然全是玩家。

苏尔看到一个非常眼熟的身影，五官几乎和纪珩是一个模子里刻出来的，不同的是，这人轮廓没那么深邃，皮肤很白，身上带着一股青涩和朝气。

似乎察觉到被人窥视，那人转过身来，苏尔看清了他的胸牌。

纪珩。

胸牌上面的名字做不了假。苏尔挑眉，他这是返老还童了？

纪珩示意他去看周围，苏尔视线一扫，发现所有玩家看着都很年轻。

他后知后觉地意识到，应该是副本强行把每个玩家的年纪回溯了数年。

"为什么花这么多心思？"上楼时，苏尔走在纪珩身边，"以往不都是直接塞个身份就完了？"

打游戏时 NPC 眼里看到的玩家只会是数据生成的结果。

"多留心。"纪珩刻意放缓脚步，两人落在队伍最后，他才压低声音说，"只有存在不可控因素时，副本才会如此谨慎。"

苏尔抿了抿唇，感觉到这次任务定会非比寻常。

教室里很干净，先前应该有人专门打扫过。玩家间开始有了交流，熟络些的自动坐在一起，当然也不乏独来独往的。突然有人"嚯"了一声，似乎很惊讶。

苏尔起先不知道原因，直到看清讲台上站着的男老师，愣了一下，又多看了几眼，来来回回看了三次，才忍不住感慨造物主的厉害。

那是一张精致到前所未见的容颜，当目光停留在他脸上时，会感觉惊为天人，可是稍微移开视线，又会觉得这张脸很平凡。

"我是本场主持人蒲柳先生，首先恭喜你们能通过昨天的觉醒测试……"

蒲柳先生说了近五分钟无关紧要的话。

"请问任务是什么？"第一排的一名玩家开门见山地催促，"已经过去一天了。"

拖的时间越长，越是损害玩家的利益。

蒲柳先生微微抬起手，示意他少安毋躁："我先说明一下规则，本场不禁玩家互相淘汰。"

苏尔随意一瞥，发现大部分人听到这句话都没多少反应，转念一想，对于厉害点的玩家，想要坑死队友，手段千千万，倒也不在乎规则禁还是不禁。

"你们要完成的任务叫……"蒲柳先生目光泛冷，"'是谁杀了主持人？'。"

一时间，几十道目光齐齐落在主持人身上。

蒲柳先生说："十天前，一位主持人带玩家正常做任务，全军覆没。这里的全军也包括主持人。"

主持人出局？

苏尔头一回听到这样的事情。

"这次情况特殊，大家有一个月的时间来查明真相。"

没有人因为这句话而感到轻松，反而心情沉重。连主持人都出局了，这个副本的危险性可想而知。

蒲柳先生面色严肃："虽然这次副本不限制玩家间互相淘汰，但我建议各位珍惜现有身份，联合力量，全面利用一切资源。"

苏尔感觉蒲柳先生话音一落，自己立刻成了被关注的焦点。

魅魔和长生种的双重身份，很利于拉拢人脉。

纪珩开口打断众人对他的关注："上一场副本的信息，可以透露多少？"

蒲柳先生说："按照原设定，那是一个叫《虎口夺食》的副本，玩家从万宝林中任意偷出一件拍品就算通关。万宝林是游戏里最有名的拍卖场所，戒备森严。"

他走下讲台，依次给众人发了一张单子，上面印着出局的主持人和玩家在上个副本里所扮演的角色信息。苏尔大致浏览了一遍，一共就四名玩家。人数少的副本在接近尾声前，死亡率一般不会太高，换言之，那个副本最多中上难度。不知中间究竟出了什么变故，最后竟然连主持人都一并被淘汰了。

接下来的时间，蒲柳先生仔细讲解了如何能最大限度使用异能。觉醒了异能的人一共有三种进化渠道：冥想、实战训练、服用能量液。经过三十分钟的辅导，在场的玩家基本都能使用出异能，但毕竟是新手，持续时间不长，影响也一般。纪珩觉醒的身份是狼人，力量大，速度快。

"培训期间要求住校。"蒲柳先生强调，"至于白天，作为培训老师的我会给你们最大的自由，你们可以任意外出活动。"

因为是培训第一天，中午学员们不约而同地选择在食堂就餐。

现在是假期，学校只请了两名厨师负责伙食。苏尔才进食堂坐下，立刻就有人来搭讪，他也没摆架子，态度很温和，不一会儿身边就聚集了好几名学员。等纪珩打完饭，发现苏尔被包围了，无奈一笑，换了个位子坐。

"魅魔的能力到底是什么样的？"

"可不可以展示一下？"

不少人都好奇他的能力。

苏尔支着脑袋，随意一笑，眸光流转间十分魅惑，和他对视的人身体都忍不住一阵酥麻。

有玩家看到这一幕，轻轻一叹："看来他很快就能组建自己的小团体了。"

苏尔也确实做到了，下午培训中心刚好给学员留出时间买洗漱用品、收拾宿舍，苏尔抓住这个机会，在一群人的簇拥下走出校门，美其名曰逛街。

从远处看，他身边有男有女，光是背影都写满了"众星捧月"。

晚七点，天空阴云密布，瞧着要下雨。

白天培训时，玩家互留了联系方式，还建了个群，约好这个时间点准时在教室交换查到的线索。二十五个玩家来了二十四个，苏尔缺席。

蒲柳先生视线一扫，冷笑："看来有人想做独行的猛兽。"

纪珩微微皱眉，这不大像是苏尔的作风，就算要组建小团体，他也不会刻意割裂和其他玩家的联系。正要给苏尔打电话，手机却先一步振动起来。

"纪珩。"那边的声音十分暗哑，甚至带着一丝委屈。

从未听过苏尔用这种语气说话，纪珩知道肯定是出大事了，突然站起来，吓了周围人一跳。

"别急，出什么事了？"

电话那头沉默了一瞬。

纪珩的语气比平日里柔和许多："说出来才能想办法应对。"

"……我在酒店被扫黄的人员误抓了。"说到这里，苏尔的语调微微提升，带着些不忿，"这像话吗！我是一只魅魔，他们凭什么抓我？"

"……地址发过来。"

纪珩挂了电话，不知想到什么，迈出门的脚步突然停下。他现在不过是个学员，没办法去保释苏尔。

他的目光扫向班级里一张张稚嫩的脸庞，最后看向蒲柳先生："上个主持人出局原因成谜，眼下是需要团结一心的时候。"

"你想说什么？"

纪珩说："就目前而言，主持人最好能和玩家统一战线。"

此话一出，不只蒲柳先生，聚集的玩家也品出些味儿来了……苏尔闯祸了，需要人去摆平。

纪珩走上讲台，声音压得极低，却直接把话挑明了："扫黄被抓，需要保释。"

众人："……"

苏尔在副本里是双亲早逝的设定，注定需要主持人去扛这个责任。培训期间，老师需要确保学生不出差错。

看守所的气氛没有想象中那么严肃，和苏尔一起被抓的还有三男二女，心理素质都挺好，只关心这次的不良记录会不会留档案。

"我们没有现金交易。"长头发女生眨了眨眼睛。

小胖子："全凭自愿。"

苏尔："……拜托你们安静。"

"越描越黑"这个词在这些人身上得到了充分演绎。

给他做笔录的是一个很温柔的姐姐，只要她一开口，大家的情绪立马平复，苏尔猜测这也是某种异能。

"不用太紧张，还有些细节需要核对。"

苏尔点了点头。

"为什么去酒店，而且只开一间房？"

苏尔说："听说前不久有学员突然要求去住酒店，最后却死在客房，我就是好奇而已。"

"查房时，有两个人被绑在床上，还有一个正抱着扫帚跳钢管舞，关于这点你怎么解释？"

苏尔叹了口气："能力失控，我什么都没做，房间里的气温就突然升高了。"

"这点我做证！"长发女生举手，"当时我特别热，差点想脱衣服，幸亏他及时把我绑了。"

做笔录的警员想了想："觉醒之初能力失控，有过这种先例。"

苏尔尽可能表现出一种无害状态，并未说出藏在心底的怀疑——那间客房，似乎有点问题。

"是你们的培训老师来了！"长发女生突然拉了下苏尔的袖子，激动地朝门口望去，"让他顺便把我们带走呗。"

苏尔看见来人，露出一个微笑："老师好。"

"这一声老师我承受不起。"蒲柳先生态度冷淡，没料到自己有朝一日竟然会亲自来局子里捞一个玩家。

"是误会。"警员帮忙说了句话，"成功激活了身份的孩子，只要不犯大错，会有很好的前途。"

蒲柳先生面无表情地填了张表格，打车把人全部带了回去。

路上他们一言不发，出于骨子里对老师的畏惧，连白日里说话最肆无忌惮的长发女生都只敢窃窃私语。车子平稳地停在校门口时，大家都松了口气。

其他几名学生和苏尔交换了联系方式，飞快地挥手道别。反正不在一个培训班，他们有足够的理由拔腿先跑，现在可不是讲义气的时候。

苏尔被单独落下，被迫和蒲柳先生一路往回走。没过多久，他发现远处的路灯旁站着一道熟悉的身影。

救星！

纪珩主动朝这边走来，影子被路灯拉得很长："下次找线索，不要太高调。"

苏尔顺着他的话点头："是我心急了。"

蒲柳先生无视他们的表演，走到宿舍楼下才开口："平时你们怎么闹无所谓，我要看到结果。"

说完他转身就走，身影一瞬间就消失在黑暗中。

苏尔面上的笑意渐渐淡了："他或许还知道一些内幕。"

只是主持人和玩家间的信任原本就薄如纸，蒲柳先生不可能尽数告知。

宿舍楼内很热闹，每一层都能隔着门听到里面的欢笑声。

纪珩把宿舍钥匙交到苏尔手上："培训员负责各自学员的查寝。"

苏尔细想了一下这句话，明白蒲柳先生肯定不会查寝，那晚上自己岂不是可以四处溜达？转念一想，又歇了这个心思，收好钥匙："我搬过来跟你住。"

他前后看了下，确定周围无人，小声道："上一批的一个玩家被淘汰前要求搬离宿舍，说明这里夜晚不安生。"

可惜今天出了变故，关键时刻他被带去了局子。

苏尔颇有些遗憾："明天我想再去酒店一趟。"那个房间总给他一种奇怪的感觉。

纪珩点头："一起去。"

十点半，寝室先后熄灯，楼道内只偶尔有匆匆走过的脚步声。

两人久违地同住一间宿舍。苏尔记得上一次这样跟纪珩夜谈还是在小女孩主持的副本里，现在想来，熊孩子虽然讨厌，却很实用，至少还能爆出一件装备。

纪珩说："见过其他长生种没有？"

苏尔说："打过交道的就一个，叫三花。"

纪珩说："抽空去了解一下长生种身份的觉醒历史。"

苏尔翻身，或许是因为有觉醒后的能力，隔着一条走道的距离，黑暗中他也能看清纪珩的表情。纪珩眸光幽深，眉尖微微下压，一副思索者的姿态。

苏尔沉默了一下，问："你怀疑玩家的死和长生种有关？"

纪珩坐起来，被子耷在一边，他手中似乎握着什么东西。

当他摊开手掌的刹那，苏尔微有失神："银色子弹？"

这是在《自由小镇》副本里，查明邮票魅物死因后得到的奖励。苏尔起初并未把它放在心上，陡然一见，心中一时生出诸多猜测。

"邮票魅物的馈赠说明中，特别提到了这个东西对付狼人很有用。"纪珩合拢手指，"我觉醒的身份好巧不巧，就是狼人。"

苏尔揉了揉太阳穴："守墓忠仆或许知道什么，早知道就不举报他了。"

应该利用那套说辞做一个交易，双方互惠互利。

"我不是怀疑长生种，"纪珩目光一沉，"而是怀疑所有势力。"

邮票魅物给了他银色子弹，他当然不可能用来对付自己，那这枚子弹最有可能的用途便是防备同类。

苏尔说："光有子弹不够，你还需要一把枪。"

纪珩说："万宝林最近正好有拍卖会，不但有枪，还有很多有趣的东西。"

苏尔连忙拿出手机查看。副本准备得很充分，手机上都是平时需要的软件，其中就有万宝林的 App（手机软件）。

他点进去后看了下近一周的拍品，总结下来，其中有好几件是专门供他们这一批觉醒身份的人使用的。再看价格，一般人根本买不起。

"像是在引诱人去偷。"苏尔嘴角翘起，"上一批玩家的任务不就是'虎口夺食'吗？去万宝林任意偷一件拍品。"串联在一起，怎么看都像是一个精心设计的陷阱。

不过东西必须拿到手，否则就算有银色子弹也是枉然。

"再观察两天。"纪珩提醒他不要轻举妄动，"拍卖会在周三，时间还算充裕。"

外面乌云密布，却一滴雨水不落，空气很闷。苏尔睡得不是太踏实，隐约听到什么东西落地的声音。他下意识以为是手机，伸长胳膊摸了摸，指尖感觉到金属外壳的冰凉，确定是其他东西。

苏尔睁开眼，在月光下看到自己的鞋子旁好像有颗亮晶晶的珠子，他下床想要捡起来看看。然而珠子一路滚到床底下，苏尔俯下身，猛地对上床缝里的一双眼睛。

黑沉沉的眼珠似乎动了一下，这场面足够让人每一根发丝都因为恐惧而战栗起来。苏尔屏住呼吸，目不斜视地站起身，佯装什么都没看见，重新躺上床。

他其实还有另外一种选择，直接出手试试这只魅物的深浅，然而他又觉得太过冒险。

"嗡"。

纪珩被手机振动声唤醒，瞟了一眼信息内容："床下有魅物。"

苏尔偏过头，用口型补充了两个字："我的。"

魅物比人还会欺软怕硬，他猜测只有自己的床下有东西。

纪珩起来看了一眼，什么东西也没有。

然而等纪珩回去，苏尔单独弯腰时，又有一双眼珠正满怀恶意地朝他看来。

苏尔憋屈地摇了摇头。

很快，他收到纪珩的短信："过来睡。"

苏尔想了想，准备抱被子过去，途中却忽然暂缓了行动，反而动作轻柔地一点点掀开床单。

床板是木头拼接而成的，中间有等宽的缝隙，苏尔缓缓趴在床尾，朝一条缝隙中看去。他的动作非常轻非常慢，即便如此，还是发出了一点响动。

床下的魅物听到轻微的窸窣声，扭过脖子去看，竟看到苏尔一双猫一样的眼睛瞪得滚圆，正透过床板的缝隙死死盯着它。

"啊！"

发出鸭子般尖叫的是魅物。

为防止被报复，苏尔鞋子都没穿，第一时间跳到了纪珩那边，长舒一口气。

"舒服了。"

大半夜被魅物扰清梦的仇终于报了。

纪珩失笑："祝贺你。"

宿舍床的空间有限，一翻身就能听见木头"吱呀"的响动，好在有纪珩在旁边，不用担心魅物，苏尔很快睡了过去。

觉醒的身份对人体多少有些影响。

苏尔不畏光，但面对有温度的朝阳会生出轻微的排斥感。翌日，他醒得格外早，且没有任何睡回笼觉的想法。按照昨晚的约定，今天两人准备先去酒店看看。

对面寝室门是开着的，窗户大开，刻意保持通风。

苏尔嗅到空气中淡淡的血腥味，而正坐在床边的男生额头上有伤。

"去医务室吗？"既然看到了，他总不好直接路过。

"破了块皮，不严重。"男生抬起头，发型和赵三两的"杀马特"有异曲同工之妙，倒是给了苏尔一些亲切感。

"你们要出去？"男生又问了一句。

苏尔点头："酒店。"

"带我一个。"他倒是直接，主动伸出手，"赵半斤，三十岁。"

因为副本将每个人的外貌拉回到青葱岁月，所以他在做自我介绍时，不得不多提了一嘴年纪。

苏尔虚握了一下对方的手。

"他是赵三两的堂兄。"纪珩的声音从背后传来。

苏尔愣了下。

赵半斤笑了："很倒霉吧？堂兄弟被拉进同一个游戏。"

苏尔认真地回答道："我和曾经的班主任同属一个组织。"

"……"赵半斤看他的目光瞬间多出不少同情。

这个时间实在太早，一般刚进副本头一天，大部分玩家会抓紧时间休息好，到了后面，熬个几天不睡都是正常的。楼道里暂时只能看见四五个人。在极度安静的情况下，说话声音再小，都能被捕捉清楚。

下楼时，赵半斤才恢复正常的音量同他们对话："宿舍里有魅物，不过实力很一般。"

苏尔瞥了一眼他额头的伤口，没拆穿。

纪珩问："你觉醒的是什么身份？"

"圣女，一个叫光明会的组织还招揽过我。"

光明会经常为穷苦的孩子提供免费治疗，在副本里声望很高。

圣女身份觉醒在一个男性玩家身上很罕见，不过赵半斤本人比较满意，治愈术很适合用来建立人脉关系。

纪珩说："可以潜伏进去看看。"

"潜伏？"赵半斤解读出另外一层意思，"你是指有危险？"

纪珩说："玩家团灭不奇怪，但让一个主持人出局，没有哪个种族能凭一己之力做到。"

蒲柳先生在培训课中也专门强调了全市势力排行前三的身份：长生种、狼人、圣女。

赵半斤沉声道："我会特别留意。"

城市的一天开始得很早，路上能看到不少为生活奔波的人。苏尔还瞧见了结伴去上补习班的学生，有一种仿佛回到现实世界的错觉。

"您好。"酒店前台露出甜美的笑容，在看到苏尔的一瞬间，笑容开始垮掉。

苏尔说："要 303 号房间。"

前台："这位……"

苏尔拿出身份证："我成年了。"

"我知道。"前台用安抚的语气说，"只是您昨天才在这里被抓，万一今天再被……"

她欲言又止地望着另外两个男生，内心一阵无奈：为什么不能低调些，每次少带几个来？

苏尔说："昨天是误会，宿舍空调坏了，我们订房是为了写作业。"

前台："……"

胡搅蛮缠下，前台最终心如死灰地给他开了房。

因为前段时间才死了人，酒店生意大打折扣，303 更是许久没人敢入住，苏尔的出现打破了这个局面。保洁员有按时打扫房间，里面很整洁。

"昨天我进来后不到五分钟，魅魔能力就开始失控。"

纪珩说："尽可能回忆一下当时的情况，不要忽略细节。"

苏尔后退一步，复原当时的行动轨迹："进门后我先丢了个垃圾，再把买来的零食和酒拿出来，试图灌醉他们打听消息，又顺手拉上了窗帘防止被窥视……"

"等等。"纪珩突然打断。

苏尔回头看他。赵半斤行动上更快一步，走到窗户边，没多久便发现厚实的布料上沾着一些亮晶晶的粉末，他蘸了一点放在鼻下闻了闻。

"是好东西。"

"嗯？"

赵半斤："稍稍闻到一些，我的治愈术能力就有增强。"

只是魅魔的勾人技能比较特殊，苏尔难免以阴谋论的角度去看待这件事。

赵半斤站起身："多半是玩家自己带来的，以备不时之需。"

苏尔神情复杂："可惜最终还是难逃一死。"

根据资料，当初住在这里的玩家叫森缓缓。

既然找到了失控原因，就没继续留下的必要了。

快要关上门时，纪珩突然停下脚步："森缓缓差不多坚持到了最后。"

赵半斤附和着随口一说："她实力应该很强。"

纪珩说："比起强，她更多的是聪明。"

从残留的药粉可以看出森缓缓当时做了充足的准备。

闻言，苏尔拿出蒲柳先生给的资料："主持人是在第五天失踪的，森缓缓第六天中午被淘汰，同一天晚上主持人的尸体被发现，可这上面没有提到主持人具体的出局时间。"

赵半斤忽然面色一变，不由得想到一种可能：如果主持人在失踪当天已经出事，森缓缓就是最后一个幸存者。

"主持人失踪，同伴出局，她肯定知道生存下去的机会很渺茫。"苏尔沉思后说，"何必多此一举搬到酒店来？"

宿舍楼内好歹日常人多一些，只在夜间危险系数大，酒店却是全天都不安全，从森缓缓在正午被淘汰这事就可以看出。

纪珩开始细细翻找。赵半斤同样如此。

苏尔随意翻了下桌上的东西："你们在找什么？"

赵半斤一直觉得他思维敏捷，没想到他会在这样的事情上慢半拍，好笑道："知道自己快被淘汰了，一般人会怎么做？"

"极限一换一，想办法同归于尽。"

"……还有呢？"

苏尔说："留足最后一口气，搏一下。"

赵半斤无话可说。

这时纪珩看了过来："试着找找书信一类的东西。"

苏尔点了点头，仔细翻找一圈，最后竟在浴室的镜子后发现了一封发潮的信，好在外面有一层布包裹着，受损不太严重。

字是一笔一画写的，很工整，判断不出写信的人是绝望还是冷静：

> 副本出了问题，游戏应该会再召集玩家来探索。
>
> 长话短说，有三条线索能提供帮助：
>
> 1. 万宝林有问题，但如果有针对自身异能的拍品，一定要想办法得到；
>
> 2. 我怀疑这个世界有人看穿了我们外来者的身份；
>
> 3. 不要相信同势力或异能组织的任何人。
>
> 最后，希望看到这封信的你可以帮忙照顾我的家人，地址我留在了信封背面。

苏尔说:"她留下线索是为了换取后来的玩家对她家人的照拂。"

故意搬来酒店,引起后来玩家的警觉,指引他们一步步找到这封信。

赵半斤走过来,记下信封后的地址,叹道:"但愿我们能成功出去完成她的心愿。"

苏尔没接话,森缓缓在游戏里都在惦记着家人,然而自己却在双亲离开时毫无感觉。自己是异类吗?还是怪物?

很快他便甩开了这种自暴自弃的想法。苏尔屏住呼吸,对自己进行心理暗示:没错,自己一定有一个了不起的身世,自己的"冷漠"都是有原因的。

纪珩看出苏尔不大舒服,收好信道:"走吧。"

因为有心事,路上苏尔一直有些神魂不定。

"手机。"

"嗯?"

纪珩说:"手机在响。"

苏尔怔了一下,拿出手机来一看,屏幕上"三花"两个字很醒目。

通话时间很短,挂断电话后苏尔打了辆车:"我要去趟古堡,晚点再回学校。"

纪珩说:"自己当心。"

苏尔点头,告知出租车司机目的地,车子扬尘而去。

一路顺畅,大概只用了半小时,苏尔就抵达了郊区外的古堡。

古堡内的人坐姿都相当随意,有的半靠在沙发上,有的惬意地坐在地毯上;众人的颜值无一例外都很高,聚在一起叫人根本挪不开眼。奢华风的花纹地毯,配上模样气质出众的男女,胜过任何一幅完美的油画。

"苏尔。"一道充满诱惑力的声音响起,"欢迎你加入这个大家庭,我是一心。"

很快,又有人懒洋洋道:"我叫二朵。"

随着他们逐一自我介绍完,苏尔的表情有了细微的变化。

一心、二朵、三花、四叶、五枝、六桠、七叶、八土、九木、十户……

"是父母起的还是后来……"

"后来改的。"三花的异瞳闪烁着光芒,"是不是很统一?"

苏尔来之前,全市一共就十个长生种,现在全部都在古堡。

"你是第十一个。"一心是其中长相最魅惑的,他勾了勾唇角,"名字就不必改了,反正不管怎么改,都破坏了结构。"

三花故作正经:"他可以叫十一减一。"

这话连冷笑话都算不上,却让众人笑成一片。苏尔跟着笑了笑。

过了片刻,七叶站起来:"午餐都准备好了,我去端菜。"

午餐很丰盛,红酒、牛肉十分诱人,可惜现在不是晚上,没办法来点烛光做点缀。

饭桌上众人其乐融融,苏尔隐约能感觉到表面的温情下仿佛有一个旋涡,而他正好处在旋涡中心。

"万宝林过两天要拍卖一把枪，可以对付狼人。"三花喝了口酒，语气十分随意，"到时候我去看看热闹。"

七叶不感兴趣："普通银色子弹一枚就要几万，稀有的更是六位数起步，耗不起。"

苏尔不动声色地吃着饭，思索着这段看似无意的对话是不是刻意说给他听的。

午饭后苏尔没有多留，临走前回头看了一眼，餐桌旁的人都在微笑着和他挥手说再见。

苏尔忽然好奇当自己背对他们时，这些人又会是什么样的表情。

万宝林成了全市瞩目的中心。这批拍品一共有十件，放在其他卖场，每一件都可以当作压轴拍品。时刻关注外界的玩家自然也没错过这个消息。

培训教室中，二十五名玩家，依旧只来了二十四名。

苏尔连续几天神出鬼没，其他玩家开始不适应，如今已经习以为常。

赵半斤问："他去了哪里？"

纪珩微微摇头。

"你没问？"

纪珩平静地道："怕听了糟心。"

从苏尔说自己有一个想法时，他就已经做好了心理准备。

万宝林这次竞拍的一件产品专门针对狼人，纪珩坐在这里，免不了被关注。

蒲柳先生站在讲台上主持大局："有人已经掌握了线索，作为交换，他需要你们帮忙合力偷出一件拍品。"

毫无疑问，"有人"指的是纪珩。

很快有玩家开口："那要看线索的价值。"

纪珩淡声道："交易全凭自愿，觉得不值得可以不换。但丑话说在前面，这个副本不限制我们互相淘汰。"

他就差没挑明，如果有人拿到线索却不出力或者暗中使坏，就可以等着出局了。

教室内一时间安静到落针可闻，大家各自打着算盘。

终于，一名叫齐文的玩家第一个打破沉默："上一批玩家的任务和万宝林有关，我们合力去探探底也好。"

能被游戏选来这里的都不会是蠢笨的，集体行动的好处在于，只要实力强跑得快，死神永远追不上我。

在座的人显然都对自身实力有自信，很快谈妥。

蒲柳先生面无表情："我会为你们提供万宝林的内部结构图。"

主持人不能过多干预副本，玩家也不知道他能做的极限在哪里，能得到一张图纸已经算是万幸，大家立马抓紧时间开始商量："拍卖会周三早上十点开始，拍卖前一天万宝林必然是铁板一块，最好从今天就开始派人潜伏进去……"

"到时候我负责开保险箱。"

"陈林身法快，可以引开人。"

………

细细筹谋了一个小时，一套严谨的方案出炉。

随着拍卖会的日子临近，每一名玩家都打起了十二分精神，几乎快到了风声鹤唳的地步。

拍卖会前一天，蒲柳先生临时召集所有人，毫无预兆地说："明天的行动取消。"

短暂的静默后，坐在前排的人只吐出两个字："原因。"

蒲柳先生看了他一眼，打开投影仪播放了一段小视频，都是新下载的小广告。

"自信堂，美丽就是这么不可复制！"画面里的人手里拿着一瓶精华液，四十五度角仰望天空，脸上笑容可人。

"提升吸引力的诀窍在哪里？最新觉醒的小魅魔告诉你，一瓶花花香水就足够。"

"芝士红酒，长生种也爱的红酒！"

粗制滥造的广告片简直让人无法直视，看到后面，已经有玩家受不了，别开了眼。

广告的主人公自然都是苏尔。

纪珩按了按眉心："是他的作风。"

苏尔的行事准则是：能氪金绝不氪命。

纪珩轻轻地叹了口气，似乎可以想象明天的拍卖场上会出现什么场面。

赵半斤僵硬地笑了笑，原来他们费心讨论着怎么从万宝林全身而退时，有人已经拿到代言费准备一掷千金了。

看到广告的不只他们，还有长生种家族。彼时他们正聚在一起，讨论着会不会有碍眼的小虫子去万宝林浑水摸鱼。

三花养了只猫，和他一样是异瞳，他偶尔会温柔地给猫顺一把毛："富贵险中求，总有不怕死的人。"

一心语带深意："年轻人在真正吃亏前很难学乖。"

就差没指名道姓说出苏尔的名字了。

十户盯着自己红酒杯里的液体："饵已经扔下，鱼也该上钩了。"说罢，他半眯着眼抿了口酒。

"芝士红酒，长生种也爱的红酒！"电视机里传来一道活力十足的声音。

"噗——"

十户没有一点心理准备，直接把酒喷了出来。

三花望着地毯上的污渍，皱了皱眉，换了频道。

"kiss kiss 唇蜜，诱惑长生种的颜色！"

"大天地洗发水，长生种的防脱秘诀！"

七叶正在用平板电脑看电视剧，到了精彩处突然就进入了十五秒广告时间，苏尔的脸突兀地出现在屏幕上。

七叶："……"

当电视剧重新开始播放，弹幕一下多了起来。

"长生种什么时候沦落到接小广告了？"

"我比较关心长生种为什么会脱发。"

"我昨天还看到一个美瞳广告，坊间传言长生种里有一位异瞳者，现在看来是以讹传讹，人家其实戴的是美瞳。"

一旁的三花用余光扫到这条弹幕，给猫顺毛的手没控制住力道，猫叫了一声，猛地跳到一边。三花没去抓猫，盯着广告里苏尔的那张脸，面色难看："他是疯了吗？"

苏尔有没有疯不知道，但他很快乐。留在副本里的时间有限，一瞬间消耗完曝光度和观众好感换来银行卡里的一长串数字，很划算。他站在万宝林的大门外，深情凝视着这家号称全国排名第一的拍卖所。

良久，他嗤笑一声，低头看了下表。

还有 12 小时 9 分 37 秒，他就要在这里开始自己的表演了。

这一晚苏尔没回宿舍，而是住在了酒店。

前台见他是一个人来的，立时笑靥如花："303 号房是吗？"

苏尔点了点头。

"一个人？"前台忍不住再次确定。

苏尔继续点头。

目睹他上电梯，前台松了一口气。一个人好，一个人就不用被扫了！

进入客房没多久，苏尔枕着手十分规矩地躺在床上，开始一动不动地盯着天花板看。

"森缓缓。"他念了一遍这个名字，闭上眼。

如果可以自行决定觉醒的异能，苏尔一定会毫不犹豫地选择觉醒共情，尝试去体会那种惦记亲人的心情。

酒店楼下，挂在墙上的钟表即将走到十一的位置。前台小姐目露期盼，可以换班了！

就在这时，她看到白天才来过的一道熟悉的身影从旋转门进来，径直走到电梯旁。前台嘴角一抽："这位同学……"

"我找人。"纪珩坦然地回应。

前台问："303 号？"

电梯门开了，纪珩点头示意，很快身影就消失在了门后。

前台："……"

嘀——嘀——

酒店不但装了门铃，声音还十分有特色。

苏尔猛地睁开眼，心下戒备，但转念一想，比起按门铃，魅物一般更喜欢敲门，至少他看过的恐怖故事里，只有敲门鬼，门铃鬼从未出现过。

"谁？"

"是我。"

听出是纪珩的声音，苏尔才把门开了条缝。看清他左手还偷偷捏着道具，纪珩嘴角微掀。

苏尔耸肩："万一有魅物冒充你来找我怎么办？"

体内的神秘眼珠可以帮助他不被表象欺骗，却没法帮他分辨声音的真假。

"谨慎些是好事。"

纪珩注意到窗帘上的粉末已经被清理干净，床虽有被躺过的痕迹，被子却很规整，没有被搅成麻花形状，完全不符合苏尔嚣张的睡姿。可见刚刚这段时间，他纯粹是在躺着思考人生。

"你怎么知道我在这里？"苏尔打开窗户，让风拂过飘起的帘子吹进来。

"白天看到那封遗书时，你似乎颇有感触。"

苏尔低头沉默了一会儿，说："双亲离世，一般人总能感觉到痛苦，我只是好奇这是种什么样的感觉。"

纪珩的目光微微一动，并未表现出太多惊讶之色，过了一会儿才问："你父母对你不好？"

"记忆中他们从未苛待过我。"苏尔的嘴角勾起嘲讽的弧度，"有问题的是我。"

纪珩没直接开口安慰，当真就这个问题思索了一番，然后说："闭上眼睛。"

苏尔依言照做。

"想象一幅画面：我死了，被数万魅物一点点扯下皮肉，扔进烈火里……你难过吗？"

苏尔说："心里会不好受。"

"赵三两下副本没回来，姚知也下落不明，你伤心吗？"

苏尔说："伤心。"

"所以问题多半出在你父母那里。或许是他们篡改了你的记忆，也许你有一个悲惨又惊人的身世。"

苏尔："……"

其实苏尔不止一次给自己做过这种心理暗示，目的是宽慰自己，哪里想到纪珩竟然还能这样来安慰他。重新睁开眼时，他十分感慨："你说得很有道理。"

他抿了抿唇，又憋出一句"谢谢"。

他向来巧舌如簧，此刻不知为何竟然说不出别的，哪怕是用玩笑话来活跃一下气氛。

纪珩还是平日里那副冷淡的表情："不客气，记得把枪拍下来送我。"说着他打开手机进入万宝林的官网，"对了，这几枚普通版银色子弹我也看上了。"

"……买！"

苏尔睁眼盯着窗帘，隐约可以看见月光渗进来的痕迹。纪珩的感知太过敏锐，苏尔有种错觉，仿佛一旦距离太近，对方就能轻而易举地剖析自己的大脑。

纪珩偏过脸，好笑道："你在怕什么？"

苏尔在某些方面意外坦诚，回答道："我一直希望有人能帮我找理由开脱。"

从父母离世至今，他渴望出现一个人，能对他说他不是异类，一切都是另有隐情。

曾经苏尔在祝芸身上有过这种期盼，因为祝芸是唯一一个相信他有着不凡身世的人，然而她或许注意到了他的另类，总是故意回避关于他父母的问题。这毫无疑问是一种善意，就像在街上看到一个残疾人，故意目不斜视，平静地路过，展示出对他的尊重。

可心理上的疾病，到底是有些不同。

不知纪珩听明白了几分，睡意渐渐侵袭，苏尔终于彻底陷入梦境。

大约因为睡前想到了祝芸，这位失踪的神秘同桌今晚成了他梦境中的主角，很多与她有关的事情依次出现。

祝芸准确告知他要进入游戏的时间点，预料到他会去天机城副本，提前把神秘的眼珠存放在天一卦那里……

天亮时，苏尔睁开眼，一些细节还历历在目。

纪珩半个小时前就醒了，还冲了个凉，正坐在床边把玩着那枚银色子弹，不知是在琢磨什么。

清晨醒来说话，嗓音自带了一些沙哑。苏尔爬起来喝了口水。昨晚的梦带给他不少启发。

他握住矿泉水瓶子的手无意识地用力了些，正色道："论实力，哪怕是和焰罗交手，主持人也能不落下风。"

当初他可是亲眼见过书海先生和魅物的交锋，就算是周林均，也不敢对书海先生太过咄咄相逼。

纪珩站起身拉开窗帘，刺眼的光亮瞬间充斥整间客房。很快他想到苏尔长生种的身份，又重新拉上："先发制人。"

除非一方占据了某种先机。

"我上网搜过，这个副本的异能种类千奇百怪，唯独一种从未出现过……"纪珩靠在窗台上，缓缓吐出两个字，"预知。"

即便有此猜测，苏尔听见后仍旧不免心下一紧。类似的能力他在祝芸身上见到过。

现如今，很可能有人跟祝芸拥有一样的本事。

他们都预见到了某种未来，又为了改变这种未来，做出一系列安排。

只不过祝芸是选择让他进入游戏，而这个副本里的预知者，更简单粗暴，直接设计让主持人出了局。

纪珩突然看向苏尔，目光并不如看常人时那般凌厉，却让苏尔有一种被看穿的错觉。

好在任何事他不说，纪珩也不会追根究底，他们理智分析的都是现下副本里的事情。

"无论是谁，必然和万宝林关系密切——他们都痛恨玩家盗取竞拍品的行为。"

副本设定的任务不会对这个世界造成不可逆的影响，对方冒险把玩家和主持人全淘汰了，万宝林少不了是根导火索。

苏尔颔首认同这种看法，突然发现离拍卖会只剩两个小时了，连忙抓紧时间洗漱。

万宝林外至少有十名保安，更别提一道道安全防线了。

苏尔和纪珩站在街角慢悠悠地啃油条，没直接进去，而是在认真观察。不到片刻，他们便得出结论：表面上十分周密的安保其实都有漏洞可寻，请君入瓮的可能性很大。

苏尔从口袋中掏出一张黑卡，咽下最后一口油条："是不是局无所谓。"

反正他有钱，可以正大光明地买东西。

擦干净手，苏尔站直身体："走，看上什么跟我说。"

这副目中无人的暴发户做派，他拿捏得相当到位。

纪珩配合他的表演，故意落后小半步，像是跟在大少爷身边的小弟。

万宝林一共有四层楼，大厅里摆放了不少展品，供人免费欣赏。三层以下主要是看客，想要进入顶楼的人，要提前在网上交一笔保证金，确定拍卖当天会参与竞价。当然，如果竞价成功却余额不足或是反悔，万宝林会根据合同追究其法律责任。这种拍卖流程和现实世界完全不同。

因为昨晚提前交了一万元的保证金，苏尔如今就坐在第四层。

有身份的人喜欢携助理或者女伴一同来竞价。纪珩不属于任何一种，不过保安还是在苏尔的据理力争下放纪珩一起进来了。

他们坐在第三排，观察周围人的装扮，不是西装革履便是长裙飘飘。拍卖会还未开始，两边站着几位礼仪人员，相貌、气质也俱是一等一的出挑。

苏尔的视线扫到最末的一位礼仪人员，眼皮一跳，想要移开目光，那人却已经先一步望过来，咧着嘴，露出类似白鲨的可怕微笑。

苏尔僵硬地扭过脖子："我记得你曾经说过，在不同的副本中遇到同一个主持人的概率十分小。"

纪珩点了点头。

苏尔说："看右前方。"

纪珩斜眼瞟过去，守墓忠仆那张悲苦的面容毫无预兆地映入眼帘。

苏尔沉默了几秒，忍不住说："我是不是遭遇了鬼打墙？"

为什么他总在熟悉的几个主持人之间反复横跳？

纪珩说："他被停职，想要将功赎罪很正常。"

如果能先一步查明真相，功可以抵过；就算暂时一无所获，一旦蒲柳先生出了意外突然死亡，守墓忠仆很可能会被游戏安排暂时接手剩下的工作。

无论如何，守墓忠仆都不亏。

"不用太担心。"发现苏尔皱着眉头，纪珩出言宽慰，"查明主持人的死因才是他的主要目的，你只是次要的。"

苏尔的眉头略微舒展，又瞥了一眼守墓忠仆的方位，那种恨不得将他挫骨扬灰的怨念隔这么远都能感受到。

他轻咳一声："就快要上升成主要的了。"

纪珩明显也感觉到守墓忠仆掩饰不住的幽愤，淡淡道："既然无法化干戈为玉帛，那就实际点。"

苏尔说："叫他来端茶送水？"

大夏天说了这么多话，免不了有些口渴。

纪珩其实还有些别的想法，闻言确实也感觉喉咙有些干，便点了点头："要冰的。"

端茶送水的想法还未来得及实施，一道进入拍卖厅的身影就先一步吸引了苏尔的目光。

纪珩顺着他视线定格的方向望去，瞧见了一位异瞳者。

苏尔的身子微微偏移一些，对他耳语了几句，末了摇摇头："稍后若是他刻意哄抬价格，会很麻烦。"

纪珩低下头，似乎笑了一下："表现得热情点。"

苏尔"嗯"了一声，生出一些疑惑。

纪珩说："外人眼中，你们是个团结友爱的大家庭。"

苏尔很快反应过来，长生种以护短著称，无论内部有什么矛盾，在其他人眼中也必须表现出铁板一块的样子。他心念一动，嘴角翘起愉悦的弧度，当下挥舞手臂喊起来："三花大哥！"

这热情的一嗓子，让三花的脚步狠狠顿了一下。

他今天是抱着猫来的，有趣的是，三花养的是一只三花猫。毛色为橘、白、黑三种，一双异瞳，活脱脱是它主人的翻版。

三花内心如何想的不为人所知，至少他是面带微笑而来的。

可这两天看了太多苏尔拍的粗制滥造的广告片，导致他现在瞧见苏尔的这张脸，就有些不适。

"一会儿我请你吃饭。"苏尔主动道。

三花慢悠悠地摸着猫："有事相求？"

"听说打工挣的第一笔钱要用来给长辈买个小东西。"苏尔故作伤感，"我父母早逝，如今你就是我最亲近的人。"

"喵——"三花猫不满主人突然加重的力道，叫了一声。

三花微微眯眼，想知道对方在打什么算盘。

"挑贵的吃，"苏尔表现出与他相当亲近的样子，"反正我今天只准备拍下那支枪，若无意外应该有结余。"

三花目光一动，至此终于明白苏尔的用意。

一来他可以利用自己压价，他说了这句话，周围人少不得要卖给长生种家族一个面子；再者，自己不可能再公然同他叫价。

"那我就不客气了。"三花没有泄露自己真正的情绪，"附近正好有几家不错的餐厅。"

拍卖开始前，他把怀里的三花猫朝苏尔递过去："帮忙抱一会儿，我去趟卫生间。"

能对付狼人的枪是第一个拍品，苏尔感觉这只猫也不是个简单的，说不准一会儿就会闹出什么事。

即便如此，他也不好当众拂三花的面子，微笑着接了过来。

三花站起身，似乎真要去卫生间。

"喵——"

猫看上去非常乖顺，窝在苏尔怀里，只是藏于软垫中的利爪已经隐隐露出一角。

"给我。"一旁的纪珩淡淡道。

苏尔把猫交给他，三花猫还有些不情愿，试图用爪子钩住苏尔的衣服，不过纪珩的动作要更快一步，直接把三花猫捞了过来。

苏尔说："小心些，它看上去不太正常。"

纪珩却走到守墓忠仆面前，二话不说就把烂摊子丢了过去："麻烦了，我朋友要竞价，抱着猫不方便。"

作为礼仪人员，守墓忠仆没有办法拒绝顾客的合理要求。

三花猫炸毛，直接准备亮爪子。

"不乖，弄死你。"守墓忠仆情绪一激动，眼眶就红了，不禁迁怒于这只猫。

三花猫感受到威胁，瞬间蔫了。

纪珩回到原位，中肯地道："守墓忠仆的用处不只端茶送水。"

苏尔："……"

拍卖师提前十分钟登场，时间卡得很好，强调完今天的流程，正好是拍卖开始的时间。

没有任何意外，第一件拍品就是枪。

拍卖师大致介绍了性能，又把枪拿在手上做了展示："对比一般能对付狼人的枪，它的特色在于小巧，方便携带。起拍价一百万。"

"二百万。"苏尔直接开口。

这种叫价方法非常容易得罪人，不过因为有在拍卖前和三花的那场对话，其他人也就没太计较。

苏尔的态度很明显，他就是要这把枪，完全不会参与之后其他物品的竞价。

拍卖师嘴角抽了一下，如果按正常方式叫价，这把枪应该会拍到二百三十万左右，三次询问后眼看没有人再开口，他不得不落锤。

苏尔勾了勾嘴角，身子朝后靠了靠，准备安逸地度过接下来的时间。

三花回来时，看到自己的猫被陌生人抱在怀里，脸色一沉。不过他没多说什么，抱回猫坐下了。

拍卖会一共持续了近一个半小时，苏尔付完尾款，笑眯眯地主动凑近三花，商讨要去吃什么。

"下次吧，我临时有点事。"三花说完不知为何又改了主意，"你才刚进培训班，要抓紧时间打好关系，不如今晚叫上同班的人，我来请客。"

苏尔说："我和几个同学有隔阂，他们来的可能性不大。"

三花说："那就先请你们的老师。"

苏尔本来想拒绝，瞥见纪珩微微摇头，于是点头说："好。"

三花："六点钟长福楼见。"

临走前他忽然走到守墓忠仆面前："我的猫性子不好，你能让它服软，很不错。"

守墓忠仆面无表情。

三花："晚上的饭局如果有兴趣，你可以一起来。"

旁人看到这番情景也没觉得奇怪，觉醒长生种身份的人稀少，他们有时不得不去拉拢外人，倒是很多人对守墓忠仆高看了一眼。平日不乏有天赋的年轻人来万宝林兼职，能得到三花的邀请，这个面容悲苦的服务生可能也是有着什么过人之处。

拍卖行的手续办起来很快，苏尔拿到枪后，直接给了纪珩。

纪珩没立刻收起来，而是先给苏尔演示了一下枪的用法。

纪珩说："或许有天你会用得上。"

枪里没有子弹，苏尔拿在手上试了一下，大致明白使用方法后才重新递给纪珩。

两人在万宝林外逗留了一会儿。没多久，守墓忠仆出现，先前的那身制服已经被换下，他又恢复了黑长风衣的穿着。

出乎意料地，他看苏尔的目光不如原先般仇视了。

及时止损。

苏尔只能这么猜测。守墓忠仆有的是机会对付自己，但当下大家的目的一致，就是找出杀害主持人的凶手。

守墓忠仆说："我早你们几天进入副本，去过梨花小姐的住处，可惜她在那里生活过的痕迹已经被抹除了。"

梨花小姐便是那个出局的主持人。

苏尔突然有些佩服森缓缓，能想到把信留在酒店里。

想必就连当时淘汰森缓缓的人都只当她是被吓破了胆，神志不清，无意间放松了警惕。

苏尔说："根据我们这些天查到的线索，凶手……"

"和万宝林有密切联系。"

苏尔扬了扬眉，心想自己真是低估守墓忠仆了。

"希望你们做事能有点效率。"

守墓忠仆行踪飘忽不定，并未明确说明今晚的聚餐他会不会去，撂下这句话便消失在街角的人潮当中。

苏尔收回探究的目光，同纪珩先回了一趟培训学校。

原本今天是要去万宝林偷东西的，因为有人愿意砸钱，一众玩家便也懒得掺和，索性就都待在教室听蒲柳先生讲课。

查线索固然重要，但对他们而言，如何最大程度地使用觉醒的异能同样需要上心。

苏尔进教室时，发现玩家一个都没少，大家的神情却都很凝重。

他和纪珩挑了最后一排的位子坐下。

赵半斤问："东西拿到了？"

周围的人竖起耳朵听，得到的是一个肯定的答案。

赵半斤又低声道："来了几天，没一个玩家出事，这情况有些吓人。"

"的确。"苏尔点头附和。

上一批玩家在六天内全军覆没，这一次对方却迟迟未动手。

一直沉默不语的纪珩忽然打断了他们的交流："专心听讲。"

苏尔挑了挑眉，思绪却跑偏了。

主持人虽然会经常换到不同副本去，但也不是胡乱换的。他们所主持的必定是他们有着很深了解的副本，好比蒲柳先生，讲起课本里的理论知识来，不比正儿八经的讲师差。

为什么他们会对这些副本有着如此深刻的了解？这也是一个值得琢磨的点。

下课后，苏尔走到讲台旁，将三花的原话传达，最后加了句个人见解："请你去赴鸿门宴。"

蒲柳先生收拾着教案，问："见到他了吗？"

"……你是说守墓忠仆？"

"万宝林里疑点最多，他去那里的可能性很大。"

苏尔直言："见了，三花今晚也请了守墓忠仆。"

蒲柳先生点了点头，表示知道了。

长福楼，一整层楼都被包下。作为全市生意最好的酒楼，这里可谓日进斗金。包下一层楼的钱，足够普通家庭一年的吃穿用度。

楼内的装修设计有很多山水元素，光是外景就占了三分之一的面积。

苏尔和纪珩在服务生的带领下，来到订好的包厢。包厢设计得很独特，四周有密实的珠帘遮挡。

苏尔下午和纪珩买了一枚普通的银色子弹，去无人处做了实验，确定枪没有问题。

这会儿他们提前一刻钟来，不承想却成了最后到的。

三花抱着他那只猫，半眯着眼，时刻有要睡着的趋势。

守墓忠仆一动不动，同为主持人，也不见他和蒲柳先生有交流。

苏尔和纪珩一入座，三花便按下叫餐铃，五分钟不到，一道道菜开始依次被端上桌。

三花调整坐姿，松开手，猫没乱跑，乖乖窝在凳子旁。

"今天请各位来，是希望日后如果方便，各位可以关照下我们家族的这位新成员。"

三花起身举杯，言谈间赫然是一位温和长辈的姿态。

蒲柳先生的目光却笔直地看向另一处："那里是谁？"

苏尔跟着望过去，可惜有厚实的珠帘遮挡，什么都瞧不见。

三花笑着开口："这是我请来的大师，不方便露面，他觉醒的异能和占卜有关。"

占卜听上去和预知很像，但到底还是有差别。

觉醒占卜异能的人能预测出吉凶，能力强的甚至能对近期的事情做出预判，但也仅仅是抓取某个片段。

即便如此，在副本里，这样的人才一旦被发现，便会被各种有权有势的人争相拉拢。

"仅仅是占卜？"蒲柳先生深深地看了他一眼。

三花："不然呢？总不至于我找来个先知，预测各位的命运？"

他的笑容轻松，仿佛是朋友间的打趣。

苏尔拿起水杯，摁着杯壁边缘时，不经意间皱了皱眉。

他不大明白三花这么做的用意。三花就不怕他们联手，现在就挟持珠帘后的人？

转念一想，苏尔又摇了摇头，三花越是这么直白，反而越让他们不得不有所顾忌。

苏尔放下杯子："怎么占卜？"

三花："人力有限，大师也做不到同时给四人卜算。"他冲苏尔眨了眨眼，"你就别凑这个热闹了。"

占卜一事，结果好往往会让人掉以轻心，结果不好则徒增心理负担，因此纪珩也当场拒绝了。

如此一来，只剩守墓忠仆和蒲柳先生。

"装神弄鬼。"

蒲柳先生毫无预兆地一挥手，珠子尽数粉碎，珠帘后的人却已经消失不见，只剩小圆桌上的杯子里水波晃动。

"只是一个娱乐性质的活动。"三花微微一笑，"大师都被你吓走了。"

接下来没有再发生任何变故。

饭吃得差不多时，三花不再虚与委蛇，看向苏尔："要不要跟我一同回去？"

苏尔摇头："我住校。"

三花没有勉强，以结账为由，抱着猫离开了。

在他走后，苏尔准备打包剩下没吃完的糕点，然而下一刻，他直接呆住了。

四面八方不知何时全变成了镜子，楼梯口更是不见踪影。

再一回头，他已独自站在一个空间当中。

除了周围光滑的镜子，一点线索也找不到。苏尔只能闷头前进，一只手插在兜里，时刻紧握住电击器。

走了一段时间，他试着冒险敲碎镜子，然而一面碎了，很快又会出现新的一面。苏尔开始思索这会不会是幻境。

再往前走，居然看到了纪珩和守墓忠仆，他不敢贸然靠近，调动体内的眼睛去看，确定是他们本人。

守墓忠仆正神经质地在原地低声笑着。

苏尔走过去："不找出口？"

"想出去还不容易？"守墓忠仆给出建议，"放心大胆地往前走，他们真正要对付的是蒲柳。"

苏尔皱眉："什么意思？"

守墓忠仆："有人早就给我和蒲柳占卜过。"

苏尔闻言一怔。

守墓忠仆："前天我抓了一名万宝林的高层，搜索了他的记忆，可惜那人知道的信息太少。"

苏尔说："可以故技重施，直接揪出幕后人。"

守墓忠仆摇头："游戏定下了规矩，不能对副本里的 NPC 动手，我已经违反过一次，如今被规则反噬，重伤在身。"

苏尔从未想过游戏还会有这样的规定，默默记下，转而思考起既然对方选择向蒲柳先生下手，是不是证明蒲柳先生才是破局的关键？

仿佛看穿了他的想法，守墓忠仆神情愉悦地道："卜算结果是两个截然相反的命运，我是'有心栽花花不开'，而蒲柳是'无心插柳柳成荫'。"

"难怪……"

从占卜结果看，蒲柳先生才是需要对付的首要目标。

这时，守墓忠仆不知为何又低声笑起来："然而我来这里根本不是为了查明真凶，将功抵过。"

听到这里，纪珩也有些许诧异。

"没成功的事就一定要继续做。"守墓忠仆看了看苏尔，又望向纪珩，"其实我的主要目的跟上个副本一样，想让你们的缘分更深一些。"

纪珩"……"

苏尔揉了揉眉心，破案了——

上个副本里邮票魅物千方百计地把他和纪珩往一起凑，竟然是这守墓忠仆授意的。

没来得及追问他这么做的目的是什么，便又听他道："所谓的'无心插柳柳成荫'，应该是指蒲柳先生会无意中帮我完成我想做的事。"

这结论来得猝不及防，苏尔和纪珩同时眼皮一跳。

守墓忠仆翘起嘴角："结果却被幕后的蠢货理解错误，蒲柳那家伙也是够倒霉的！"

说完他捧腹不已，注视着苏尔和纪珩："这场致命的误会是不是很有趣？"

苏尔勉强点了点头。

"那还愣着做什么……笑啊！"

苏尔："……"

守墓忠仆癫狂的笑声在被镜子封锁的空间中听着格外瘆人。

苏尔望着纪珩，用口型道："他疯了。"

纪珩微微颔首。

苏尔自认是个正常人，无法理解这种行为，问："千方百计缔结我们的缘分，对你有什么好处？"

守墓忠仆擦去眼角的泪珠，悲苦的面容上露出诡异的微笑："原先我的用意是让你们的情谊在经历过同生共死后越来越坚固，然后再设计淘汰你，让他自责不已，再趁他情绪受影响，一箭双雕，同时淘汰两名玩家。"

"等等。"苏尔愣了一下，指着自己，"为什么要先淘汰我？"

守墓忠仆："武力值低，好下手。"

苏尔："……"

苏尔用余光注视着纪珩："请你控制住你上扬的嘴角。"

纪珩别过脸，回想起遇到魅物时苏尔往往首当其冲，若是一次两次也就罢了，偏偏每次都是他，他就像是一个移动的活靶子。

这么想来，真的有几分好笑。

守墓忠仆忽然站直身体，面上再看不出一丝笑容："这些镜子可真是讨厌。"

每一面都清楚地映照出他边笑边哭的场景，显得他无比滑稽。

说完守墓忠仆瞥了一眼苏尔："去打碎左边第三面。"

苏尔依言照做，不过留了个心眼，击打完的一瞬间，他立马后退。

一束耀眼的光芒突然刺进来，重见光明的刹那，苏尔微微恍神。

同时，他心里的弦瞬间绷紧，避光面为什么会这么明亮？

未及细思，他突然被人从后面拽了一下，他重心不稳，一个踉跄倒过去，被纪珩扶住。

眼睛突然接触到强光造成的模糊感逐渐消退，他缓了会儿，再抬眼看去，才发现那面破碎的镜子其实是一面窗户，真要一脚踩空，他恐怕会直接摔下楼。

守墓忠仆微笑道："我可是好心才告诉你出口的。"

苏尔面色一沉，重新走过去，确定碎玻璃没砸着路人，松了口气。

这里的动静很快引来了服务生。

苏尔看了眼纪珩。

"没事。"纪珩摇了摇头，表示不必太担心。

对方既然选在这里动手，就不会留下监控之类的隐患，甚至应该提前做好了一系列安排。

正如他所料，服务生像是早就接到了指示，也不问缘由，只默默收拾干净了地上的碎玻璃。

苏尔松了口气，抬起头，竟在楼梯口瞧见了蒲柳先生，后者袖子上染了些血迹，但伤势不重。

视线一扫，蒲柳先生就知道自己方才的遭遇原来是暗算。

"没事吧？"守墓忠仆状似关怀地走过去，望着对方袖子上的血迹，眼眶都红了，"谁干的？"

不知道内情的人看到这一幕，兴许会误认为他是在担心同僚，然而在场的人都很了解守墓忠仆，自然知晓他眼眶红是因为愉悦。

蒲柳先生目光冰冷："你进副本我不管，但是别碍我的事。"

见他转身要走，守墓忠仆笑呵呵道："不利用玩家，一个人闷头干，是该说你自信还是该说你蠢？"

一山不容二虎，亲眼见识到主持人之间的针锋相对，苏尔终于体会了一把身为局外人看好戏的心情。

"玩家可信？"留下这句话，蒲柳先生没再搭理任何人，下楼离开了。

守墓忠仆皱了皱眉，不多时也消失不见了。

苏尔神情微动："听他的意思，该不会怀疑玩家中有奸细？"

纪珩不说话，递过去一块湿毛巾，让他抹掉衣服上的玻璃碴儿。

苏尔小心地擦掉细碎的玻璃碴儿，回想当时海选时的场景。

"玩家都是游戏挑进来的，进入副本前不可能知道这里面的情况。"

纪珩没再任由他揣测下去，颇有深意地道："游戏越到后面，攒积分的难度越大。"

苏尔一直只关注成就点，很少注意积分，经他提醒，查了一下，发现自己仅有几百积分。

进过七个副本，还被游戏判定为表现突出，却才攒了这么点积分。真想达到10000积分，无异于天方夜谭。至于24个成就点，收集起来比积分还困难，也就是说，玩家无论想通过哪一种方式离开游戏，都十分艰难。

下楼时，纪珩说："这个副本曾经有一瞬间脱离过游戏的控制，或许会有人孤注一掷，意图通过这一点做文章。"

"难怪大家不怎么热络。"

有了前车之鉴，按理说玩家该团结一致，可现在大家基本都是两三人抱团，不但防着外人，连自己人都防。

长福楼外站着不少围观群众，指责他们的玻璃质量太差，要是砸到人麻烦就大了。酒店经理亲自带人清理，连连保证下不为例。

苏尔用手机搜了一下，发现万宝林是长福楼最大的股东，随即考虑如果从这里入手去查，有没有可能发现幕后人的端倪。

很快他就打消了这种想法，既然三花敢把这里选为聚餐的地方，他们肯定就无法从中获得有效信息。

看出苏尔有些拿不定主意，纪珩主动道："先回宿舍。"

休息时间，宿舍楼内很安静。

关上门，苏尔才开口说话，其间他手里还拿着张纸，试图做总结："万宝林中有人觉醒了预知能力，抢先淘汰了想要夺宝的玩家和主持人。只是那人没有预知到，在此之后，又来了我们这批不速之客。"

单就三花的表现看来，其余几个长生种也参与了计划。

可是无缘无故的，长生种家族为什么要蹚这趟浑水？

纪珩稍稍点拨了他一下："长生种本质上是靠着拉拢各方势力来加强自身的，万宝林作为排名第一的拍卖行，拥有奇珍异宝无数，想要笼络人办事再容易不过。"

苏尔恍然："所以他们很有可能只是扮演了杀手的角色，收了好处办事？"

纪珩点头。

短暂的交流过后，苏尔在手机上打开了万宝林的官网。

信息时代的便捷处很明显，他很快就找到了万宝林董事长等一干人的名字，又在论坛等地查询关键词，连小道消息都仔细看了个遍。

"董事长五十多岁，坊间处处是他的桃色新闻，半年前他因为一段婚外恋还间接导致企业股票狂跌。"

苏尔摇头，这样一位完全不顾惜企业名声的人，不太可能是幕后黑手。

其余几个高层，网上的报道不太多。想着万宝林是家族企业，他又尝试搜索董事长儿女的信息。

万宝林董事长膝下有三男两女，两个女儿还小，最优秀的是二儿子，媒体针对他和长子谁会成为未来的继承人一事，发过数百篇报道。

其间苏尔发现了一个特别有趣的消息："他的小女儿竟然和我们是同批学员，叫林浅。"

只是不同班，林浅在另外一位培训老师的班上。

豪门的孩子难免要被多关注几分，林浅长得又漂亮，在社交平台上有好几十万粉丝，很容易查。从网友的留言里可以知道，她觉醒的身份是傀儡师，能隔着一段距离操纵傀儡。

"厉害的能力。"苏尔打开万宝林的 App，查看近期有没有能对付傀儡师的玩意儿。

纪珩看他是准备在砸钱通关的路上一条道走到黑，问了句："代言费还剩多少？"

"不到两百万。你还剩多少钱呢？"

纪珩说："不到两千。"

苏尔："……"

从回到宿舍起，苏尔一直在思考如何接触到林浅，两人在不同的培训班，贸然找过去怕是不太妥当。

在他苦思冥想时，纪珩一边收拾了一下宿舍，一边道："你们这个年纪，不都喜欢英雄救美？"

苏尔摇头："我不骗人感情。"

纪珩挑了下眉。

苏尔冷静地道："骗魅物不算。"

说完他约了几天前陪他逛局子一日游的同学，美其名曰探讨学习，实则打听消息。

晚上回来时，他的手里拎着一份肠粉："给你带的。"

纪珩瞟了眼，加了肉末，也算是份"豪华"夜宵了。

一天都没闲下来过，苏尔很早就躺上了床。然而才入睡没多久，又被异响吵醒。

有了之前的经验，他无奈地坐起身，从容地掀开被褥一角，一点也不意外地在床板缝隙里对上了一双死鱼眼。

另一边，纪珩侧过身："又是那只魅物？"

苏尔点了点头。还要在宿舍住一个月，总不好天天去蹭纪珩的床，于是他第一次尝试去搭理这只魅物："说出你的目的。杀人还是放火？"

"……想要彻底摧毁这个游戏吗？"魅物哑着嗓子开口，说出的话无异于一枚重磅炸弹，"合作，我可以帮你。"

"摧毁？"苏尔蹙了蹙眉。

魅物笑了两声："脱离它的控制，自由自在地活……"

苏尔："我永远忠于游戏！"

魅物的一双死鱼眼里露出不可思议的目光。

对面的纪珩静静看苏尔表演。

"很多人憎恶游戏，痛恨被强行拉入的经历。可是我们为什么会被拉入游戏？或许玩家本来就是身处人生低谷之人，又或许是怀有某种强烈的愿望。而游戏让我们经历了很多坎坷，给予我们走出低谷的勇气，让我们获得了第二次生命。

"游戏有恶趣味，但不以淘汰其他玩家为乐，否则玩家早就全部死无葬身之地。

"我相信游戏，我忠于游戏，我会用脆弱的双手去保护游戏！今天，我就要亲手解决你这个对游戏心怀不轨的恶徒！"

苏尔面上情感激烈，内心却平静如寒潭。

他鄙夷地望着床下的小魅物。上次自己举报守墓忠仆，不日就有了结果，证明副本里的一言一行都瞒不过游戏。而这种在副本里搞小动作还恨不得弄得举世皆知的行为，不是上赶着找死？

退一步说，就算他想推翻游戏，也绝对不会在口头上表达出来。

表完态，他还不忘冲纪珩使了个眼色，示意他也抓紧夸一夸游戏。

纪珩保持了沉默。

床下的魅物阴森森地道："你可想好了，机会就一次。"

苏尔废话不多说，直接动手，张口就要用魅力值吸食魅物体内的灵气。

想象中的激烈战斗并未发生，下一刻，魅物眼珠子一转，连连告饶，用一种类似蜘蛛的姿势从窗户爬走了。

苏尔没追，反而在原地沉思。

"好弱。"

论综合实力，苏尔不强，说得难听些，也就是因为有纪珩在场，他才敢狐假虎威正面刚，然而那只魅物却出乎意料地弱。

纪珩看过来。

苏尔会意："那只魅物和万宝林没关系。"

接着他又喃喃自语："也对，这个副本里的人有异能，但没听说过有关魅物方面的异能。"

和纪珩对视一眼，苏尔立刻恍然："这么说，魅物可能是蒲柳先生专门派来试探玩家的。"

"……"纪珩神情难辨，"我还什么都没说。"

"但你给了我一个眼神。"

纪珩："……"

苏尔笑呵呵地道："开个玩笑。"

实际上从那只魅物一出现他便开始有所怀疑，心知必然有人确实想推翻游戏，但能存在这种志向的人绝对不会蠢到当面问"朋友，你要造反吗"这种瞎话。

不多时，苏尔面上的笑容荡然无存："会有人上当吗？"

真正来这里的玩家都不蠢，他能做出正确的判断，别人应该也能。

纪珩从床上坐起来，给出的竟是一个斩钉截铁的回答："会。"

苏尔一怔。

"未必所有派出去的魅物实力都弱。"纪珩说，"别忘了赵半斤。"

苏尔神情一肃。

第一次打照面，对方额头上有伤，虽然他当时轻描淡写地说是皮外伤，还讽刺魅物力量弱，但毕竟是能伤到赵半斤的东西，绝非他说的那么简单。

"我不明白，"苏尔不带顾忌地直接问出心底的疑问，"为什么不一视同仁？"

他可不相信主持人会发善心，故意让一只弱魅来试探自己。

纪珩幽幽道："或许是为了避免一个得力下属因公殉职。"

实力和破坏力不一定成正比，至少在苏尔这里，他已经一手葬送了数只魅物。

"不用想太多，我们的任务只是找出杀害主持人的真凶。"

他特地强调了"找出"两个字，侧面提醒苏尔不用硬碰硬，搜集到充足的证据足矣。

苏尔再三斟酌，决定以林浅作为切入点。

"要不你写一封情书，我去送，顺便接触一下？"

纪珩失笑："这就是所谓的不骗人感情？"

苏尔摊摊手，表示自己只是个跑腿的。

"情书我不会写，"纪珩直接表明态度，"不过我有个更好的法子。"

苏尔做出洗耳恭听的样子。

"她在网上有几十万粉丝，可以以合作为由去找她。"

苏尔说："万宝林董事长的女儿，不可能缺钱。"

纪珩笑了："你背后是长生种家族，不会被拒之门外。"

为了不显得太过突兀，第二天苏尔挑在上课前在食堂见到了林浅，他还带了收集好的几款新上市产品的资料，仿佛只是单纯地谈合作。

林浅真人比照片还漂亮，脸部的线条尤为精致，留着一头黑长直，就像一个瓷娃娃。

"我前些日子拍了不少小广告，目前急需一个质量高的。"苏尔笑着说出来意。

作为豪门名媛，林浅今年才毕业，又觉醒了身份，只要她愿意，随时能成为广告商的宠儿。

俊男美女，坐在一起总会招来过多的关注。

林浅站起身："出去说吧。"

花坛周围香味浓郁，飞虫也不少。林浅从包里掏出一个手掌大小的木偶，利用它来驱虫。

"可以先交个朋友，再谈合作。"

苏尔点了点头。

林浅喜欢掌握交谈的主动权，苏尔没有打岔让她很满意。她说："下午我来给你送邀请函。"

"邀请函？"

林浅说："周末家里要为我办一场生日宴会，我想抓住机会多开拓一下人脉。"

话说得很直白，苏尔却感觉到她有几分漫不经心，似乎邀请函只是个借口。

因为林浅的话，苏尔一天都待在培训班老老实实上课。下午的两节课结束，林浅果然来了，手上拿着厚厚一沓邀请函，并不只是给苏尔，培训班的每一名学员都有。

邀请函表面粘了一朵小花，内里是印花纹路，不起眼的角落里烫着一行鎏金英文：destiny。

"命运……"苏尔的神情变得凝重，往往扯上"命"这个字，都不会是什么好事。

合上邀请函，他偷偷用余光打量着培训班的其他人，发现有几个玩家露出的表情很奇怪。

苏尔暗暗记下了这些人。

"去吗？"他问纪珩。

"离周末还有两天。"纪珩手指摩挲着邀请函下面的英文字母，冷不丁地望向苏尔，"不是要上厕所？一起。"

话题转换得太快，实际上苏尔并没有这种欲望，不过还是起身随他去了卫生间。

"这里不受游戏监控？"一进去，苏尔就先问了一句。

纪珩很欣赏苏尔的这份聪明，赵三两曾经指责过他对人太苛刻，解答问题不够耐心。实际上，回答疑问不是难事，前提是对方提出的不是白痴问题。

"厕所和浴室这两个地方比较特殊，只要里面没有魅物，一般不会受到游戏监管。"

苏尔有些惊讶于他连这种信息都能知道。

纪珩说："我在副本里试验过。"语毕他切入正题，"玩家会试探游戏的底线，游戏同样也会试探玩家的底线。"

苏尔仔细琢磨这句话，眉头微拧。

纪珩接下来的话相当出其不意："尽可能把你身上的秘密告诉我，涉及保命的事情略过。"

苏尔留意到他眉宇间的严肃。分明几天前他们相处的原则还是"你不说，我就不问"。他不禁沉默许久，终是缓缓道出有关祝芸和电击器的事情。

其实电击器可以不提，不过他还是照实说了。

"预知能力。"纪珩叹了口气，仿佛在面对一件相当棘手的事情。

苏尔说："我能走到今天，少不了祝芸的帮助。"

电击器在他还很弱时，发挥了非同一般的作用。

纪珩深深地看了他一眼："做好心理准备，游戏很可能是故意放任了一名预知者的所作所为。"

苏尔的手一点点攥紧，尽管已经有了猜想，他依旧用询问的方式确认道：

"目的？"

"测试预言是否会对游戏本身造成伤害。"纪珩说，"然后再决定要不要对你进行抹除。"

苏尔的存在就是一个变数，不知为何游戏发现得太晚，正巧有个副本里出现预知能力者，索性就拿来试验试验，估计是想看看这些预知者究竟能做到什么地步。

苏尔冷静地道："宁可错杀不可放过，游戏其实可以直接淘汰我的。"

纪珩好笑："它又不是人，单凭喜好行事。"

"人工智能？"苏尔试着打了个比方。

"挺形象。"

苏尔抿了抿唇："所以游戏也不能平白无故地淘汰玩家，它需要做出一系列判断。"

只有条件满足，它才会毫不迟疑地进行抹除。

纪珩点头，提出接下来他们要做到的两件事："尽快找到真凶，证实预知者翻不起多大风浪……"

一个普通玩家都能制衡的预知者，理论上来说对游戏造成危害的可能性不会大。

"还有呢？"

"坚持你的'初心'，抓住机会，多对游戏表忠心。"纪珩淡淡道。

苏尔："……"

离开卫生间，纪珩走在前面，回头和苏尔说话时，无意间撞到了前面的人。

说是无意，苏尔留意到纪珩其实是故意碰到了对方的麻筋，那人手一麻，手里的邀请函落地。

纪珩弯腰捡起来："抱歉。"

"没事。"玩家揉了揉肩，拿着邀请函离开。

凭借脚步声确定人走远后，纪珩才开口："我们收到的邀请函带有诅咒，他的却很正常。"

苏尔对那名玩家有印象，是先前他暗中记下的几人之一："看来他已经站好队了。"

"这个副本不限制玩家互相淘汰，小心这些人。"

苏尔点头。

离开教学楼时，苏尔瞟到自己的影子不大正常，却移开目光，继续目不斜视地向前走。

他先去了趟小超市，带着新买的本子和笔回到宿舍。

闷热的天气里，空调都顾不得开，他便开始写日记。

纪珩从食堂打完饭回来，随意一瞥，就瞄见了一系列彩虹吹：

"游戏是太阳，我是夸父，哪怕只剩一口气我也要追逐它的身影！"

············

后面还有很多，纪珩实在看不下去，说："先吃饭。"

苏尔掰开卫生筷，暗示性地瞟了眼黄昏光线下的影子。

纪珩抬起腿，毫不迟疑地就要踩下去，影子却靠墙延伸，自己立了起来。

虚影实体化，变幻成守墓忠仆的模样。

苏尔轻"嚯"了一声："贴身尾随，是不是不太好？"

守墓忠仆没有直接回应，反而望向日记本，不屑地吐出两个字："虚伪。"

苏尔不以为然："说不定游戏一感动，出门就让我捡个道具。"

这次守墓忠仆没反口讽刺，反而从怀中掏出一面镜子。

苏尔定睛一看，里面呈现的竟然是当前发生在中转站的事情。

守墓忠仆得意扬扬："这可是我的宝贝。"

纪珩摇了摇头，财不外露，他当着苏尔的面展示，太不明智了。

另一边，苏尔果然露出垂涎的目光，然而没等他思索如何从守墓忠仆身上捞好处，就被镜子里的画面吸引了。

长达数十丈的水幕宏伟壮观。

苏尔对水幕并不陌生。此刻，水幕周围聚着不少玩家。守墓忠仆将画面放大，苏尔终于看清水幕里正在播放的场景：

"我相信游戏，我忠于游戏……"说话的人捂着胸口，目光虔诚而热烈，"我会用脆弱的双手去保护游戏！"

苏尔愣怔许久，这不正是昨晚的他？

"游戏很感动，然后选了你做它的代言人。"守墓忠仆轻飘飘地道，"日后水幕会无限循环播放这一段。"

看到最后，苏尔的脸沉了下来。游戏这是要把他塑造成所有玩家的公敌。

"蒲柳提的建议。"守墓忠仆愉悦地打着小报告。

除了让他去看守所捞人，苏尔不记得有得罪过这次的主持人。

"那家伙喜欢万事尽在掌握，试探出了几位叛变玩家，但又不放心你这个变数。"

墙头草要倒，还需要风吹？苏尔纯属自行三百六十度旋转的类型，哪里有好处便朝向哪里倒。

"所以你一开始就断了自己的后路，"守墓忠仆幸灾乐祸道，"很快，他就会将昨晚的事情广而告之。"

苏尔叹息一声，顺风顺水太久，他差点忘了"常在河边走，迟早会湿鞋"的道理。

没在苏尔那张可恶的面容上看到悲愤之情，守墓忠仆颇为遗憾。他收回镜子，像来时一样瞬间消失得无影无踪。

"他来就专门为了怼我一下？"

多大仇多大怨？

纪珩说："无聊的人不必管，不过蒲柳先生那里要多留意一下。"

和其他主持人不同，蒲柳先生从未明面上针对过苏尔，更未刻意避让，这样不声不响地在暗中行事的风格，才最值得警惕。

苏尔坐下来，被守墓忠仆一打岔，饭都凉了。他随便吃了两口，问起邀请函的事情："你说上面带了诅咒？"

纪珩说："会降低人的运气。"

副本里的运气被降低了，意味着时刻会有生命危险。

苏尔说："要不要去知会赵半斤一声？"

纪珩摇了摇头："他那里我另有安排。"

苏尔"哦"了一声，埋头吃饭，总感觉有一道视线在身上徘徊不去，抬起头和纪珩的目光撞了个正着。

"天机城的副本核心也是命运。"

因为神算子作弊失败，苏尔印象很深，点头道："是和这个副本有相似之处。"

纪珩望着他，忽然道："眼珠或许会派上用场。"

苏尔放下筷子，从体内取出神秘的眼珠。

相较于之前，此时眼珠表面的浑浊散去不少，竖长的瞳孔更加清楚，完完全全蜕变成了一只蛇的眼睛。

纪珩一提，他就有了些想法，祝芸似乎在和命运有关的副本里掌握着比较大的主动权，也许这次她也能提供某种帮助。

湿润柔软的眼珠突然在掌心跳动了一下。

苏尔的身子不受控地跟着小幅度一抖。和一颗蛇目对视绝对不是多令人舒服的事情，他坚持着没有移开视线。

"咝——"

蛇吐芯的声音在耳边萦绕，这一刻苏尔仿佛又回到了天机城，身后跟着恶心的人面花蛇。

"双身份，杀。"许久，苏尔终于听清了这道模模糊糊的扭曲的声音。

眼珠重回体内，苏尔的面色多了几分严肃。

单从字面上理解，有数种可能。

纪珩说："走到那一步才知道。"

不再过多纠结这个问题，苏尔转而想起另一件事：当初为了得到从体内召唤眼珠的方法，他还欠守墓忠仆一百滴眼泪。

目前进度是零。

他揉了揉太阳穴，心道：得尽快将这件事提上日程才行。

—— 未完待续 ——

（敬请期待《七天七夜·完结篇》）

番 外
知更鸟的游乐园

苏尔最近睡眠质量差到了极点，一个晚上最多有两三个小时能安眠。持续了四五日，他实在受不了了，找到纪珩。

"救救我，救救我，救救我。"

两人约在一家火锅店碰头，一进去苏尔就趴在桌子上碎碎念，头上翘起的一根呆毛让他显得更加无精打采。

纪珩耐心地听他说。

掩着嘴打了个哈欠后，苏尔终于说到正事："每次刚睡着，我就会听见一道若有若无的声音，好像是在说……"

他皱眉回忆，最后吐出一个字："来。"

那是一道比游戏提示音还要冰冷的声音，仿佛是在召唤自己。

苏尔认真地问："你觉得我需要去看心理医生吗？"

纪珩想了想，摇头，他猜测造成苏尔不能踏实睡觉的原因和苏尔的精神状态无关。如果是下副本造成的心理负担，不会到现在才显现。

原本纪珩是要搬去苏尔的住处陪他住上两天，看看究竟是什么缘故的，不过就在刚吃完这顿火锅后，纪珩接了一通电话。通话结束后他用指尖轻轻在桌子上敲了一下："我收到消息，游戏原本准备新上一个副本，但出了些问题，目前正在招募玩家去销毁这个副本。"

苏尔耸了耸肩，一副"关我屁事"的样子。

纪珩真诚地问："论破坏副本的能力，你认第二，谁敢认第一？"

苏尔："……"

他险些从凳子上侧翻过去，冷不丁想到一个可能："所以这几天是游戏在召唤我？"

纪珩颔首。

喝了口茶后，他缓缓说："我建议你去，我会陪同。"

苏尔钻过太多漏洞，偶尔刷一下游戏的好感度没坏处，再说这次的任务危险系数不会太高，毕竟按照游戏的意志，它是想要毁灭失控的副本，所以会跟玩家站在一条阵线上。

苏尔斟酌了一下，很快有了决定："我去。"

游戏下发的任务很简单，消灭知更鸟，毁掉副本运转的中枢。

玩家招募截止到周末。零点一过，苏尔和纪珩同时进入中转站，随后进入特殊副本。

熟悉的天旋地转过后，苏尔左顾右盼，开始寻找纪珩的身影。可惜周围的雾实在太浓，他什么也看不见。有人隔着雾气抓住他的手腕，用食指轻轻按了一下他的掌心。

"纪珩？"苏尔试探地问。

"是我。"

纪珩的声音任何时候听上去都给人一种冷淡的感觉，如今穿过雾气传来，仿佛更冷了。

不知过去多久，雾气渐渐散去一些，陆续有人说话的声音响起。

"不愧是特殊任务，一开始就搞得这么神秘。"

"毁灭副本非同小可，大家最好稍微友善点。"

所谓的"友善"，自然是指不要在一开始就互相淘汰。

话虽如此，其实就连说话的人心中都嗤之以鼻。他们虽然已经积累了不少经验，但头一次面对这种任务，谁也没有把握说自己能通过。

此时雾气散去大半，苏尔观察起周围的人来。

除了他和纪珩，这一次副本还来了八名玩家，五男三女，个个不是善茬。苏尔打量他们的同时，其余玩家也在互相打量。

这次副本没有主持人，玩家没有生成自动佩戴的胸牌，甚至他们每个人脸上都有一张面具，互相不知底细。

苏尔摸了摸自己的脸，同样感觉到了冰冷的面具。

玩家中一个看着挺憨厚的大块头主动跟他们打起招呼："你好。"

苏尔微微颔首。

大块头挠了下脑袋："我绰号大熊。"

苏尔："我叫苏三绝，因为我这人思想绝，说话绝，做事绝。"

纪珩冷淡地说了句："我叫断后，专业为他断后。"

大块头："……"

玩家里一位自称小桔的女生笑呵呵地道："互相认识的事情可以放在后面做，不如先商量一下……"

就在这时，半空中突然传来一道机械化的声音，打断了她的发言。

检测玩家人数……玩家人数十，开启任务。欢迎各位玩家来到《知更鸟的游乐园》。这里是知更鸟新开的游乐园，很受欢迎。你们是来自外地的游客，为了值回票价，请在闭园前至少体验五个游玩项目。

随着最后一个音节播报完毕，玩家个个暗自忐忑，哪怕是先前看着很冷静的人。副本里的游乐园可不是孩子的天堂，不用想也知道每一个项目都暗藏杀机，连续通过五个，生存概率何其渺茫。原本以为他们只是要让副本崩溃，没想到还需要做任务。

有的玩家已经在考虑如何通过淘汰别人降低游戏难度。按惯例，只剩一个玩家时，副本难度会降低。

苏尔按了下纪珩的掌心，用眼神询问他有没有什么发现。

纪珩只是笑了下，没有说话。

各自心怀鬼胎间，那名叫大熊的玩家指了指前面："游乐园！"

他们正处在一片荒坡上，远远地可以看见前方五彩缤纷的建筑物。

现在是白天，每多耽误一会儿，便离闭园时间更近一分，因此没人敢耽搁，众人快速朝游乐园的方向跑去。

苏尔有意落在最后，低声道："情况不明朗之前，我们不要太高调。"

纪珩闻言，深深地看了他一眼，道："你心里明白就好。"

苏尔："……"

他感觉自己被内涵了，刚想为自己辩解一番，回过神发现自己已经追随着前面玩家的步伐抵达游乐园门口。

外面有 NPC 排着一条长队入园，照目前队伍的长度估算，轮到他们至少要一个小时。

大熊揽着一名长相甜美的短发女玩家的腰，女玩家很配合，状似无力地靠着他，两人走到前排。

"我女朋友好像有点中暑，能不能让我们插个队？"大熊望着两名小姑娘，尤为真诚地道："作为感谢，叔叔给你们买票。"

他先前已经发现，玩家身上都有一个钱包，里面装着零钱和门票。

两名小姑娘对视一眼，其中一个笑嘻嘻地道："可以啊，但你要把女朋友留下来陪我们说会儿话。"

大熊毫不犹豫地点头。

女玩家直起身子，冷眼望着大熊。

"初始任务难度不会太高。"大熊小声道，"回头入了园，我补你一件道具。"

两人达成协议。

苏尔和纪珩也过去找到那两个小姑娘，苏尔很主动地说："我留下。"

小姑娘摇头，指着纪珩："他留。"

纪珩眯了眯眼，琢磨其中的深意。NPC 一般能自动分辨出哪一个玩家更厉害，会选择弱势的留下，那对方为什么会执意选择留下自己？

小姑娘鼻尖动了动，看着苏尔，补充了一句："我在他身上，闻到了祸害的味道。"

苏尔："……"

其他玩家也分别结队谈妥条件，各自留下一人。他们都没有再试图去找其他NPC，好歹已经摸清两个小姑娘的套路，剩余的"游客"必然也各自有刁难人的问

430

题，倒不如选择她们。

园内有穿着玩偶服的工作人员走来走去，不时就能看见一家三口一起拍合照的画面，乍一看和普通的游乐园无异。

苏尔入园后还没半分钟，又一名玩家就走了进来。

大熊面色微变，自己最先留下同伴入园，可同伴到现在都还没进来，他倒不是担心短发女生的安危，只是想知道外面发生了什么。

大家都才入园，还没有分道扬镳，所有疑问的目光都聚集在大熊身上。

可惜大熊不欲多说，径直走了过去。

纪珩是倒数第二个进来的，面对众人的疑问，他十分平静地道："回答对问题就能进来。"

苏尔："问了什么？"

他纯属好奇，也不怕其他人听到，再说已经回答过的问题不具备太大参考意义。

"每个人问题不同，因为我前面的那个人没回答上来，所以到了我还是同一个问题。问的是我们来的时候路过了几棵树，一共遇到了几种颜色的鲜花。"纪珩面无表情，"能提出这样的问题，脑子绝对不正常。"

众人的表情一言难尽，他们觉得能回答上来的，才是真正的不正常。

紧随其后进来的是短发女生，她面色难看："该死，废了我一个替死道具！"

短发女生让大熊多补一个道具给自己，两人为此争执不下，其他玩家这时已经各自散开。

苏尔和纪珩对游乐园项目暗藏的陷阱不感兴趣，旁人想要留一条后路，实在毁不了副本，完成任务后也能离开，可他们的目的自始至终很明确——管他什么任务，直接找到副本的中枢，然后毁掉。

纪珩："知更鸟很可能出现在高难度的游乐园项目中，任务是消灭知更鸟并毁灭中枢，说明中枢可能不在知更鸟身上。"

苏尔若有所思，正要开口，纪珩忽然用食指抵着唇，摇了摇头，示意他噤声。

有两个路过的玩家想要偷听，察觉被发现了，有些尴尬地别过脸去。

纪珩面不改色地指了指近处的摩天轮："上去看看。"

他先去买了一个望远镜，以便能够更为彻底地从半空中俯瞰游乐园。

苏尔没有意见，游乐园实行一票通，只要有票，就可以体验所有项目。摩天轮和过山车是所有项目里人最少的，他们果断坐上去时，不但玩家注意到了，就连NPC也多看了他们一眼。

"那两个人有点猛啊。"

"大概也是有替死道具，不过从摩天轮开始体验，也够自负的。"

有玩家特意走过来，想看看坐摩天轮会遇到什么难题，好提前做准备。

随着摩天轮缓缓升起，苏尔注意到了周围的玩家："早知道我们该向他们收费的。"

围观一次给几十元。

在地面遇到危险还能跑，在高空就不同了，特别是被困在一方狭小的空间内。他们乘坐的厢体到达最高处前，一切都很平静，借助望远镜，苏尔大致记下了游乐园的布局。他用余光瞥见纪珩正支着脑袋看向窗外，似乎在出神。

"想什么呢？"

"民间说法，在摩天轮最高处接吻，感情可以持续一生一世。"

苏尔："……"

苏尔按了按眉心，很想问问他究竟看了多少青春疼痛文学。

仿佛知道他在想什么，纪珩道出实情："赵三两喜欢看这类小说，还经常挂在嘴边。"

警报声没有预兆地响起，跟着厢体重重一晃，不知道从哪里射来了灯光，玻璃被照得通红。

"啪！"

窗外突然出现一个倒挂着的人，咧着嘴冲他们笑。那人一下又一下地撞着玻璃，苏尔从穿着认出这好像是一个玩家。

纪珩："是刚刚留在游乐园门口的人，没回答对问题。"

窗户被砸破，罡风猛灌而入，一只小鸟飞了进来。

这是一只机械小鸟，眼球部位由两颗硕大的宝石组成，在不足巴掌大的小脸上显得十分不和谐。

它一爪子把倒挂的玩家踢了开去，随后口吐人言："登高望远，只有知识渊博的人才配乘坐知更鸟游乐园的摩天轮。"

"你们可以叫我全知的知更鸟。"小鸟得意地扑扇着翅膀，"你们有两个选择：一是你们问我问题，二是我来问你们问题。需要特别注意的是，我的脾气很不好，如果你们问我天上有多少颗星星这种会难倒我的问题，我会很生气！"

最后两个字小鸟说得格外尖锐，整个摩天轮顿时如同一棵剧烈摇摆的树，厢体就是残叶，摇摇欲坠。苏尔垂眼笑了下，这还真是一只不讲道理的小鸟，听它的意思，如果问出了让这只小鸟感到困难的问题，他们俩便会性命不保。

小鸟的语气突然变得和缓："真诚地建议你们选择被提问。"

它还害着地啄了啄地上的玻璃碎片："因为人家的脾气是真的很不好。"

苏尔微笑着道："然后等你提问天上星星的数目吗？"

小鸟惊讶地"咦"了一声："你怎么……"

"我怎么知道？"苏尔心平气和，"因为如果我是你，就会这么做。"

被看破心思，小鸟不开心地催促他们做选择。

苏尔："我选提出问题，不过我们是两个人，应该问几个问题？"

小鸟："只要在一个厢体里，不管几个人，都只问一个问题。"

随后它恶劣地道："当然，要淘汰也是一起淘汰啦！"

小鸟凭空拿出一个计时器，倒计时一共十秒，也不知道这东西有什么用。

"十，九……"

小鸟才刚开始计时，苏尔就不疾不徐地问："你猜我有几个孩子？"

小鸟愣了下，先后看了看他和纪珩，不明白他为什么要问这个问题。它直觉可能有陷阱，翅膀不停地颤动。

很快，小鸟有了结论，它扑扇了一下翅膀，小眼睛动了动："你很狡猾。不过瞒不过我。"

随后它准确说出了苏尔曾经捏出的泥人数目。

苏尔的嘴角开始有了弧度："你确定？"

说着，他内心暗道这东西果然有点本事，难怪游戏要让这个副本毁灭。

小鸟："当然确定，你骗不了我。"

苏尔笑了，从口袋里拿出一个五官狰狞的小泥人，显然是才捏的："傻鸟，睁大眼睛看看，还有一个孩子你没算进去。"

直到先前小鸟点头的刹那，他才朝泥人身体里注入了灵气，确保不会被计数。

这一番操作直接看呆了知更鸟。

纪珩的关注点则不同，他惊讶于苏尔竟然有随身携带泥土的癖好。

小鸟的视线从小泥人身上逐渐过渡到苏尔身上。

"你耍赖，你耍赖……"知更鸟扑扇着翅膀就要来啄苏尔的眼睛。

苏尔安静地坐在原地，摇了摇头。

游戏讲究相对公平，所以它没有直接毁灭这个副本。

相应的，这场游戏知更鸟输了，就要愿赌服输。

摩天轮已经快要转完一圈，趁小鸟发疯的间隙，纪珩从破裂的窗户跳了出去。站稳后他没有任何迟疑地去往先前玩家坠落的地方。

草丛里一片黏腻，放在任何副本里，都不会有玩家主动去靠近。但纪珩不但靠近，还在仔细地检查。

正如大熊所说，进园只是初始难度，能参加这次任务的玩家基本都能成功走进来，区别只在于使不使用所谓的道具。但在这种情况下，有一名玩家却被淘汰了，这就有些不合逻辑，想来想去，只有一个可能，这玩家可能是知更鸟跟他们玩的灯下黑把戏，实际悄悄把中枢安置在了这副躯壳当中。

纪珩翻找出一块血红色的晶体，没有任何迟疑，用力一捏，坚硬的晶体出现裂痕，整个游乐园中不少建筑开始摇摇欲坠。

知更鸟发出尖厉的叫声。

"浑蛋，我要……"无数羽毛化为利刃，朝着苏尔和纪珩而去。

恐怖的利刃在空中掀起一场风暴，近身前却被凭空出现的身影拦下。一道修长的身影逐渐凝实，月季绅士冷冷地看了一眼苏尔："游戏果然没找错人。"

苏尔有逼疯任何事物的能力。

月季绅士看都懒得看知更鸟一眼，直接宣读结果："013 号副本工作人员，你违反游戏规则，即将被召回做销毁处理。"

游戏想要处理这玩意儿很久了，一直找不到借口，如今知更鸟违背规则对玩家出手，也算是让游戏找到了由头。

初代小泥人钻出来和苏尔打了招呼。

苏尔假惺惺地一抹眼泪："儿啊。"

小泥人手指动了动，给他比了一个心。

……爱你哟。

月季绅士一刻都不想和苏尔多待，拎起知更鸟，带着小泥人消失了。

纪珩拉着苏尔找了个空旷的地方站着，抬头看着雾气彻底化为虚无，天空裂开一条缝隙，他手指微微收紧，晶体碎片化为粉末，自指缝间被风吹走。

副本世界彻底崩塌。

苏尔眼前一片黑暗，他仿佛化身为一片叶子，被卷入深不可测的旋涡。不知过去了多久，一直到世界恢复光亮，他的眩晕感还未消失。

一双手及时伸过来扶了他一下，苏尔松了口气："结束了，还好孩子够多。"

感恩有你，小泥人。

图书在版编目（CIP）数据

七天七夜 / 春风遥著. 一成都：天地出版社，
2023.6
　ISBN 978-7-5455-7760-0

　Ⅰ. ①七… Ⅱ. ①春… Ⅲ. ①长篇小说—中国—当代
Ⅳ. ①I247.5

中国国家版本馆CIP数据核字(2023)第094690号

QITIANQIYE

七天七夜

出 品 人	杨　政	
作　　者	春风遥	
责任编辑	王筠竹	
特邀编辑	杨晓丹　刘玉瑶　宋艳薇	
责任校对	曾孝莉	
封面设计	Recns	
责任印制	白　雪	

出版发行　天地出版社
　　　　　（成都市锦江区三色路238号　邮政编码：610023）
　　　　　（北京市方庄芳群园3区3号　邮政编码：100078）
网　　址　http://www.tiandiph.com
电子邮箱　tianditg@163.com
经　　销　新华文轩出版传媒股份有限公司

印　　刷　天津鑫旭阳印刷有限公司
版　　次　2023年6月第1版
印　　次　2023年6月第1次印刷
开　　本　680mm×970mm 1/16
印　　张　27.5
字　　数　602千字
定　　价　49.80元
书　　号　ISBN 978-7-5455-7760-0